近世近代小説と中国白話文学

徳田武著

近世近代小説と中国白話文学　目次

近世近代小説と中国白話文学

第一章　読本と中国小説

一　序

近世三百年を前後期に分てば、読本は、後期の多種多様な小説群の内でも最も小説らしい小説であった。小説らしい小説とは、近代小説に近づいた小説という意味である。如何なる点をもって近代小説に近づいた小説かといえば、一に、ストーリーが建築的に整然と仕組まれている点、二に、人情が近世的にではあるが詳細に描かれている点、三に、知的な議論や知識をふんだんに盛り込んでいる点、四に、従って明確な主題や思想をストーリーの裏に通底させている点、五に、和漢混淆体の文体を確立させている点、等々である。これらの諸性格は、日本の古典文学や近世の軍記・実録などの、他の小説分野の作品に学んで形成されたことも勿論あったであろうが、それ以上に、否、大半の程度において中国小説から学び取られ、日本的に改良発展させられたものであった。すなわち我が近世で最も本格的な小説である読本の特性は、実に中国小説の刺激と影響のもとに生成し発展したものであった。以下にそうした諸相を四期に分って簡単に展望することにしよう。

二　読本前史

読本は、普通には寛延二年（一七四九）に刊行された『英草《はなぶさ》紙』（都賀庭鐘作）をもってその嚆矢とする、といわれているが、それ以前の元禄から享保に及ぶ時期に、中国小説と密接な関係を持ち、読本と性格が近似し、読本に種々影響を与えて、その発生を助けている小説分野があった。いわゆる通俗軍談である（林羅山の『怪談全書』（元禄十一年刊）、浅井了意が『剪灯新話』『剪灯余話』等を翻案した『伽婢子《おとぎぼうこ》』（寛文六年刊）、唐代の『宣室志』等の異聞瑣話を翻案した『狗張子《いぬはりこ》』等の短編小説集も、読本前史に位置づけられるべき作品群であるが、論考が少くないので、今は扱わない）。この通俗軍談は、読本と兄弟関係にありながらも、しかも版本の様式・題材・文体において読本とは相違するものがあるので、私は通俗軍談の盛行を読本前史に当るものとして位置づけている。そしてそれらの大方は、中国講史小説の翻訳ないしは翻案であった。よって、この場合の『通俗』の意は、中国小説を邦俗に翻訳して紹介する、というほどのものであった、と考えられる。

その最初の作品は『通俗三国志』（五十巻五十一冊。元禄二―五年刊）であるといわれている。だが、それよりも前に、第三章「本邦最初の『三国演義』の翻訳」に述べた如く、寛文二年（一六六二）刊『為人鈔《いじんしょう》』五「賊臣董卓之弁」、一「孔明之智謀至高之弁」で、早くも『三国演義』第八・九回や第八十五・七回の話が翻訳されていることを、一言注意しておこう。『通俗三国志』は、異版の多い『三国演義』の内でも、『李卓吾先生批評三国志』全百二十回（羅貫中編、明建陽呉観明刊本、蓬左文庫蔵）と題する版本、または、それと本文が極く近い版本を翻訳の底本にしたもので、訳者の湖南文山は天竜寺の僧義轍・月堂兄弟のことだといわれる（田中大観『大観随筆』）。この義轍・月堂兄弟は、次に述べる『通俗漢楚軍談』の訳者夢梅軒章峯・称好軒徽庵兄弟と訳風が同じである点から推して同一人物である、と考えている。その翻訳ぶりは、毛宗崗批評本など幾つかの異版も参照したふしがあるが、概ね底本に忠実でよくこなれたものである。この書が一たび出づるや、通俗軍談刊行のブームを招来し、さらに近世小説に多大の影響を与え、延いては現代に至るまで断え間なく続く『三国演義』流行の源泉となった。

次に『通俗漢楚軍談』十五巻二十冊が元禄八年（一六九五）に刊行される。その原作底本は『重刻西漢通俗演義』百一則（甄偉編、明万暦壬子金陵周氏大業堂刊。宮内庁書陵部蔵）。全十五巻の内、巻七までを章峯が訳し、その死後、徽庵が継いで完成させた。この原作は、ほぼ文語体ともいうべき『三国志演義』に比べると相当に白話を多く用いているが、まだ唐話学（中国語学）が開始されていない時期であるのにも拘らず、白話をも要領よく平明に翻訳している。本書も劇的な話が多く、読物として面白いので、『通俗三国志』と並んで近世小説への影響が多い。

以下、刊行された通俗軍談の作品名とその原作のみを記す。

第三作、『通俗唐太宗軍鑑』二十巻二十冊（章峯訳・元禄九年刊）。原作、『新刻按鑑演義全像唐国志伝』八十九則（明、熊鍾谷編・潭陽書林三台館刊。宮内庁書陵部蔵）。参照、『新刊参采史鑑唐書志伝通俗演義』（底本の異版）。

第四作、『通俗両漢紀事』二十巻二十冊（称好軒徽庵訳・元禄十二年序）。原作、『京本通俗演義按鑑全漢志伝』（熊鍾谷編・万暦十六年秋・余世騰克勤斎刊。蓬左文庫蔵）。参照、『京板全像按鑑音釈両漢開国中興伝誌』（黄化宇校正・万暦乙巳冬月・卤清堂詹秀閩刊。蓬左文庫蔵）。途中から、原作『資治通鑑』。部分的利用、『重刻京本増評東漢十二帝通俗演義』。

第五作、『通俗列国史』十八巻十八冊（別題「通俗呉越軍談」、清地《きよち》以立《いりつ》訳、後編・元禄十六年刊、前編・宝永二年刊）。原作、『新鐫陳眉公先生批評春秋列国志伝』二二三則（余邵魚編・明万暦乙卯序・姑蘇龔紹山刊。内閣文庫蔵）。『史記』『左伝』等により補正。

第六作、『通俗続三国志』三十七巻三十八冊（中村昂然草書・尾田玄古校定・宝永元年刊）。続編『通俗続後三国志』五十七巻五十八冊（尾田玄古（馬場信武）述・正徳二年・享保三年刊）。原作、『新刻続編三国志後伝』（酉陽野史編次・万暦己酉序）。

宝永期（一七〇四―一一）に入ると唐通事（長崎の中国語通訳）が小説界に関わるようになり、宝永二年に刊行された以下の三作は、いずれも唐通事の手になるものである。

第七作、『通俗元明軍談』二十巻二十冊（岡嶋冠山訳）。原作、『新鐫竜興名世録皇明開運英武伝』六十則（明万暦十九年・楊明峯刊。内閣文庫蔵）。

第八・九作、『通俗南北朝軍談』十五巻十五冊・『通俗北魏南梁軍談』二十三巻二十三冊（ともに長崎居士一鶚訳）。底本、『精繡通俗全像梁武帝西来演義』四十回（天花蔵主人・康熙癸丑花朝序・永慶堂余郁生刊）。訳者の一鶚は「…長崎君舒ナド、華音ノ処ハヨケレドモ、不学ユヘニ無理多シ」（『忠義水滸伝解』第一回）と言われる君舒と多分同一人かと思う。とすると、長崎君舒は、荻生徂徠に唐話を教えた慧《え》通の還俗後の名であり（石崎又造『近世日本に於ける支那俗語文学史』六八頁）、『古今文評』（享保十三年刊。『和刻本漢籍随筆集』第十七集所収）に漢文序を書いており、『長崎名勝図絵』首巻に「長崎十二景」詩を寄せ、同書巻之二上「清涼菴」に略伝が見え、巻之四「瓊杵山《にぎやま》」に比丘玉英藍田の名で「無凡山神祠記」が引かれている人である。

第十作、『通俗列国志十二朝軍談』十四巻十四冊（李下散人訳・正徳二年刊）。原作、『刻按鑑通俗演義列国前編十二朝』五十四則（余象斗編・双峰堂三台館刊。神宮文庫蔵）。

第十一作、『通俗宋史軍談』二十巻二十冊（瑞亨堂松下氏訳・享保四年刊）。原作、『全像按鑑演義南宋志伝』五十回（熊鍾谷・潭陽書林三台館刊。内閣文庫蔵）。

第十二作、『通俗両国志』二十六巻（入江若水撰（和漢軍書要覧による）・享保六年刊）。原作、『新刊大宋中興通俗演義』八十則（熊大木（鍾谷）編・双峰堂刊。内閣文庫蔵）。

第十三作、『通俗隋煬帝外史』八巻八冊（贅世子〔西田維則〕訳・宝暦十年刊）。底本、『隋煬帝艶史』四十回（斉東野人編演・崇禎年間成）。

これら通俗軍談の原作となった版本は、その当時から稀覯書であって、現在は中国でも佚書となっているものが少くない。そのように貴重な作品の内容を、多くの日本人の読者に容易に伝えてくれる役割りを果している点で、通俗軍談は極めて重要な資料的価値がある。また、その内容は、歴史事実に制肘される性格があるので、作品によっては虚構の面白味に欠ける恨みも存するが、『通俗三国志』『通俗漢楚軍談』は興趣に富む挿話が多く、結構も雄大で統一されており、しかも歴史知識をも授けてくれるので、面白い長編小説が無かった近世前期の読書界の渇を愈やし、同時に、史実と虚構を綯交ぜにして構成するという歴史小説の方法をも日本の作者に教えたのであった。康熙六十年に台湾に起った朱一貴の乱を、『靖台実録』を利用して小説化した『通俗台湾軍談』（上坂《こうさか》勘兵衛兼勝作、享保八年刊）、『明朝紀事本末』『読史綱』等を利用して国姓爺鄭成功の一代を綴った『明清軍談国姓爺忠義伝』（作者未詳。享保十年刊）、『仏説柰女耆婆経』を粉本として名医耆婆の一代を小説化した『通俗医王耆婆伝』（都賀庭鐘作、宝暦十三年刊）、源義経の蝦夷渡海伝説を題材とした『通俗義経蝦夷軍談』（滕英勝秀山編、明和五年刊）などは、いずれもこの通俗軍談の方法に学んで、邦人が歴史小説を創作する、という試みであり、この流れを継承し発展させたものが馬琴の『椿説弓張月』『朝夷巡嶋記《あさひなしまめぐりのき》』の如き史伝小説であった。

そのように後の読本作家に歴史小説の方法を教えている点で、通俗軍談は読本前史に位置づけられる。しかし、一方では、通俗軍談の題材は当然のことながら中国の歴史であって、読本の題材が概ねは日本の歴史であるのとは異なる。また、通俗軍談の文体は概ね漢文訓読に近い直訳体であり、表記も漢字・片仮名まじりであるが、読本の文体は和文脈をも大幅に導入した和漢混淆体であり、表記も漢字・平仮名まじりである。版本の様式について見ても、通俗において、通俗軍談はやはり読本前史に位置づけられる作品群なのである。

軍談は大本《おおほん》型であり、読本は半紙本型で、口絵と挿絵を備えている。かような点が読点とは一線を画していることに

三　前期読本

中国講史小説は文言体を基調とする文体の作品が多かったから、まだ唐話学が興らなかった近世前期においても訓読の力で何とか翻訳できたのであったが、『水滸伝』や三言二拍（『喩世明言』『警世通言』『醒世恒言』および『初刻拍案驚奇』『二刻拍案驚奇』）のような本格的な白話小説になると、その翻訳は中期の享保年間における唐話学の興隆を待たねばならなかった。伊藤東涯が現代でも有益な中国近世語の字書『名物六帖』（享保十年刊）の編纂に備えて、宝永年間から『水滸伝』や『拍案驚奇』の語彙を集め、光風子こと都の錦が『新鑑草』（宝永八年刊）巻五第二話に『水滸伝』の生半可な智識を取り入れ（第五章）、蓮華軒主空也が宝永・正徳の交に黄檗の唐僧に『水滸伝』の知識を得、唐話を研究していた（聴雪紀譚・上巻「花鳥使」。正徳二年序。『影印日本随筆集成』1）ことがあったにもせよである。かくて、享保十三年（一七二八）に『忠義水滸伝』（第十回まで・伝冠山施訓。宝暦九年には第二十回までの施訓も刊行）、寛保三年（一七四三）に『小説精言』（岡白駒訳。宝暦三年には『小説奇言』も刊行。『水滸伝』の講義録『水滸伝訳解』（『唐話辞書類集』十三）もある）と、水滸・三言の施訓本が出て後、寛延二年（一七四九）にようやく三言を翻案した『英草紙』（都賀庭鐘作）が刊行され、ここに本格的な読本が初めて出現した。この江戸中期の代表的な中国小説通である都賀庭鐘の第二作が『繁野話』である。庭鐘は三言などの小説方法に学んで、冒頭に挙げた如き読本の性格を造りあげたのである。

なお庭鐘の第三作『莠句冊《ひつじぐさ》』（天明六年刊）については、次の点が注目される。まず、彼は第三話に『西湖佳話』「西

冷韻迹」と『聊斎志異』中のユニークな一編「恒娘」を翻案しているが、これは『聊斎』の青柯亭刻本が刊行されて僅か二十年後の翻案であり、日本における清朝筆記小説の極初の受容を語る例である。また、第六話には明の徐文長の戯曲『四声猿』中の「狂鼓史漁陽三弄」が翻案されているが、難解な中国戯曲を翻案できるのは、『四鳴蟬』(明和八年刊)において日本の能や浄瑠璃を明の戯曲の形体に漢訳した庭鐘ならではのことであった。また、庭鐘が明の類書『新刻天下四民便覧三台万用正宗』二十一「青楼軌範」に拠って、『開巻一笑』(宝暦五年刊)「風月機関」の俗語の釈義を作っていることは、第七章「都賀庭鐘と中国色道論」に述べた如くである。この三例や、彼の読書抄記『過目抄』(天理大学図書館蔵)を見ても、庭鐘が中国の新奇な文芸思潮と作品とに常に注意を怠らなかった人物であることが窺えるのである。なお、庭鐘作と見られていた(『京摂戯作者考』)『席上奇観垣根草』(菅翁作。明和七年刊)は、別作者のもの、と見るべきである。

この頃にはこうした中国白話小説通が輩出した。蘐園の歴とした校勘学者で、『水滸伝』翻案小説の嚆矢ともいうべき『湘中八雄伝』(明和五年刊)を著わした根本武夷。庭鐘に中国小説の手ほどきを受けて、同様に明代短編白話小説や文言体の『剪灯新話』を翻案した上田秋成。秋成の知友で、西宮の儒医であった勝部青魚(彼の随筆『剪灯随筆』にはその方面の蘊蓄が傾けられているが、『金瓶梅』『肉蒲団』『平山冷燕』『玉嬌梨』等の軟文学にも眼を曝していた)。京都の書肆風月堂荘左衛門こと沢田一斎(宝暦八年刊『小説粋言』、刊年不詳『演義侠妓伝』。早稲田大学図書館には一斎の愛蔵した『画図縁小伝』が所蔵されている)、『水滸伝』の詳しい字典『忠義水滸伝解』(宝暦七・天明四年刊)を著わした陶山南濤と鳥山輔昌。「売油郎独占花魁」(『今古奇観』七)流行の魁となった『通俗赤縄奇縁』(宝暦十一年刊)や、金雲翹の苦難を描いた『通俗金翹伝』(宝暦十三年刊)等の訳業を持つ西田維則。『石点頭』第十三話「唐玄宗恩賜纊衣縁」を『白菊奇談』に翻案した和学者富士谷成章。『和漢嘉話宿直文《とのいぶみ》』「叙兼別し妻に再会の談」に李漁作『十二楼』「奉先楼」を、「董昌美女希光を娶の談」に『石点頭』第十二話「侯官県烈女殲仇」を翻案し、『女仙外史』の翻訳『通俗大明女仙伝』（寛政元年刊。第三十回まで）を刊行した三宅嘯山、及びその息の匡敬（後述）等々である。清田《せいだ》儋叟は、れっきとした福井藩儒であるが、俗文学の価値をもよく認めた通儒であって、早く唐土には逸した『照世盃』になかなか上手な訓を施し（明和二年刊）、『水滸伝』の講義を行って『水滸伝批評解』（『唐話辞書類集』三）を残し、貫華堂刊の初刻『水滸伝』に綿密に評語を書き入れる（東京大学東洋文化研究所蔵）ほどで、白話をも十分に読解できる人なのであるが、自らが翻案した『中世二伝奇』（安永二年刊）は、白話小説全盛の風潮に背いて、唐の李朝威の『柳毅伝』、『太平広記』四〇五「王清」、三七八「李主簿妻」という簡潔な文言体小説を粉本としていた。伊丹椿園は、伊丹の剣菱の醸造元の主人津国屋善五郎の筆名である。四十回本『平妖伝』を愛好し（『椿園雑話』）、その悪漢小説の構成を借りて『両剣奇遇』（安永七年刊）を物したが、その『女水滸伝』（天明三年刊）とともに、いずれも趣味的な翻案というほかはない。『宣室志』以下十五作品の翻訳であると自注する『怪異談叢』（安永十年刊）にしても、その殆んどは『太平広記』からの訳出と考えられる。ただし、乾隆版の『笑林広記』十二巻から佳話を選んで訳出した『笑林広記鈔』（安永七年刊）は、白話文をなかなか要領よく訳出している。ついでに、宋の『笑海叢珠』や元の『笑苑千金』から訳出したという（武藤禎夫氏、『噺本大系』第二十巻解題）『雞窓解頤』（宝暦二年刊）の松忠敦も、白話文を読解した人であることを言い添えておこう。丟电《とうく》道人は、身元不明であるが、『通俗忠義水滸伝』拾遺（寛政二年刊）で、百二十回本の田虎・王慶説話を補い訳し（天明八年「口稟」）、『覚世奇観渚《なぎさ》の藻屑《もくず》』（寛政七年刊）では、五話の内、四話までを『今古奇観』から翻案した。残る一話も、『十二楼』「三与楼」が粉本に擬せられている（浜田啓介氏『近世小説・営為と様式に関する私見』）。雲府観も、まだ正体が不明であるが、『聊斎志異』「大男」の翻案『邂逅《わくらば》物語』（寛政九年刊）や、『小説精言』「張淑児巧智脱楊生」の翻案『桟道《かけはし》物語』（寛政十年刊）を著わしたのみならず、両作に評論を付して、文面の背後に隠されているものを読み取ろうとするが、そうした批評眼は、金聖嘆の小説批評などで養われたものであろう。前川来太（伊丹屋善兵衛）は、大阪の書肆で、『近世奇談唐土《もろこし》の吉野』（天明三年刊）に白話の題辞を掲げて、翻案小説の出典考を開陳しているが、これには漢学書生の助力もあったろう。

森羅子こと森島中良は多才の人で、読本も『月下清談』（寛政十年刊。『醒世恒言』「銭秀才錯占鳳凰儔」の翻案）、『灯下戯墨玉之枝』（享和二年刊。『照世盃』「七松園弄仮成真」の翻案）等を著わしているが、次の二点は注目されるべき仕事である。一は、その最初の読本『凩《こがらし》草紙』（寛政四年刊）は、全九話の内七話が『聊斎志異』の七つの話の翻案である、ということである。庭鐘に次ぐ『聊斎』の翻案であるが、この話数の多さは、中良がいかに『聊斎』を愛好したかということと、寛政初頭より清朝筆記小説が我が国でも盛んに読まれるようになったことを語るものである。もう一つは、文化六年（一八〇九）に『警世通言』を読んで、全三十六編中、四編の本事（原話）を発見し指摘していることである。三言の本事を探索する作業は、中国では三言が禁書になって読み難かった故に、遅れて近代になってから開始されたのであるが、中良はそれに先んじていち早く本事考証に着眼し実践したのであった。中良のそうした作業は、彼の手沢本（東京大学東洋文化研究所蔵、三桂堂玉振華本『警世通言』）に残されている。

四　後期読本

『英草紙』より寛政（一七八九―一八〇一）頃までの読本は、上方で刊行されたものが多く、建部綾足の『本朝水滸伝』（安永二年刊。前編）などの水滸物を除けば殆どが短編集であり、従って三言二拍や唐・明の文言小説など比較的短い作品が翻案されたのであったが、寛政・享和の交より長編読本が擡頭し、江戸における出版が盛んになり、読者も前期読本のそれよりも増加し大衆化していった。自ら読本の内容も大衆化し、作者も山東京伝や曲亭馬琴のように職業的な戯作者が登場してきた。京伝の『忠臣水滸伝』（寛政十一・享和元年刊）は、世界を『仮名手本忠臣蔵』に採り、『通俗忠義水滸伝』を粉本として翻案し、江戸の長編読本の魁として、馬琴の『高尾船字文』（寛政八年刊）に次ぐものであるが、京伝の資質は場面々々の機智諧謔に意匠を凝らすことに在って、全編を首尾一貫した構成で統合することは不得意としたため、読本では本領を発揮し得なかった。また彼が粉本として使用する中国小説は、『通俗孝粛伝』（明和七年刊。紀滝淵による『竜図公案』の翻訳。『復讐奇談安積沼』『優曇華物語』に用いる）、『通俗酔菩提全伝』（宝暦九年刊。三宅嘯山による『済顚大師酔菩提全伝』の翻訳。『本朝酔菩提全伝』に用いる）など、既に公刊されている通俗物の範囲を出なかったので、多少なりとも中国小説に関心を持つような読者を驚かすほどの翻案ができなかった。これに対して、最初は京伝の門人格として出発した馬琴は、滑稽諧謔の才は不得意であったが、努力家であり、明敏な頭脳と強靭な体力の持ち主でもあったから、多くの中国小説を読破して、それを我が国の大衆読者の嗜好に適うように翻案することに腐心し、やがて読本界の第一人者となった。

馬琴は初め黄表紙作家として出発したのであり、滑稽諧謔と穿ちを旨とする黄表紙は翻案には適さない分野なのであるが、寛政中期には中国小説の勉強に入っていたようで、同十一年の『戯聞《おとしばなし》塩梅《あんばい》余史《よし》』は噺《はなし》本（笑話）に分類されるべきものだが、清の沈起鳳の筆記小説『諧鐸』の「鮫奴」「鬼婦持家」を翻案している（第十一章「曲亭馬琴と鈴木桃野における『諧鐸』」）。このように翻案には適さない分野においてさえも、清朝筆記小説の幻想的なストーリーの面白さを導入する点に、馬琴の資質が早くから読本に向くものであったことが看取できる。また、かように寛政期に文言体の小説を粉本に用いたのは、まだ白話がよく読めなかった事情にも拠る。その他、寛政末年には『通俗漢楚軍談』の絵本版『絵本漢楚軍談』（文化元・三年刊）を作る仕事をしているが、たとえ書肆から要請された儲け仕事であるとはいえ、こうした仕事を通じて『西漢演義』の小説方法を勉強したことであろう。

享和期（一八〇一—〇四）に入ると、馬琴は白話の作品をも使用するようになる。その中でも李漁の戯曲『玉搔頭伝奇』は歌詞が難解で、相当に白話と文言に通じなければ読みこなせないものであるが、馬琴はとにかく全編の梗概を誤つことなく把握して、中本型読本『曲亭伝奇花釵児』（享和四年刊）に翻案した。文化期（一八〇四—一八）に至ると、馬琴は半紙本型の本格的な読本に着手する。その第三作『復讐奇譚稚枝鳩《わかえのはと》』（文化二年刊）には『石点頭』（明、天然痴叟編）中の「江都市孝婦屠身」と「侯官県烈女殲仇」がそれぞれ別の系の話の粉本として使用され、エロ・グロの猟奇性と復讐譚の鮮烈性とを打ち出し、時代の嗜好に適うものになっている。このことが示す如く、文化の初頭には復讐を題材とすることが流行し、従って作中に悪人が跳梁することが多く、それらの悪人は様々の巧妙な騙術（詐術）を用いて善人を苦しめるのであるが、馬琴はこの様々な騙術を『江湖歴覧杜騙新書』（清、張応兪編）に求めて、『四天王剿盗異録』（文化二年刊）、『三国一夜物語』（文化三年刊）、『雲妙《くものたえ》間《ま》雨夜月《あまよのつき》』（文化五年刊）、『三七全伝南柯夢』（同年刊）等の内に導入した。『杜騙新書』は早く幕初に輸入され、林羅山が筆写し（国立公文書館内閣文庫蔵）、膳所《ぜぜ》藩儒五瀬亀貞（石川金谷。名は貞、字は太一）が抄録し施訓した和刻本も刊行されている（明和七年序）が、馬琴は唐本の写本を利用したのである（『烹雑《にまぜ》の記』）。なお文化四年刊の『標注園の雪』巻二には『通俗金翹伝』の発端が襯染として用いられている。

文化四年（一八〇七）から刊行され始めた、馬琴初の本格的史伝小説『鎮西八郎為朝外伝椿説弓張月』は、大島で死んだはずの為朝が琉球に渡って王国を再興する構想が、『水滸後伝』（明、雁宕山樵）の、梁山泊の残党がシャムに渡る構想に基く、といわれたりするが、それよりも確実に利用したことが判明している中国小説は、『照世盃』巻三「走安南玉馬換猩絨」の海外奇譚である。『弓張月』前編第六回の筋は、まったくこれを襲うものである（拙編『照世盃付中世二伝奇』（ゆまに書房）解題）。また『弓張月』では、読者の主人公に寄せる同情を喚起すべく、源為朝を不遇な敗者弱者に造形してゆく筆法が顕著なのであるが、そうした筆法は『五虎平西前伝』（『狄青演義』）の主人公狄青を造形する筆法に学ぶことがあった。『水滸後伝』に関しては、馬琴は後の文政十三年（一八三〇）に明の万暦三十六年版（殿村篠斎蔵）と清の乾隆三十五年版とを対校しつつ、その批評を筆写している（『早稲田大学蔵資料影印叢書　馬琴評答集㈤』）。

翌文化五年が読本の最盛期で、馬琴も獅子奮迅の活躍をして実に十一部もの読本を刊行したが、その内『三七全伝南柯夢』は『弓張月』『八犬伝』と並称される傑作であった。この作品は、ヒーローとヒロインの数奇な離合が、出会い―仮祝言―別離―ヒーローの節操―再会―団円という構成をとって叙せられるが、こうした型は従来の日本の小説には見出されず、中国の才子佳人小説『二度梅全伝』（清、惜陰堂主人）のそれが備えているものであった。これに学んだとすれば、この時点に到って馬琴は、筋や措辞を借用するのみならず、粉本の構成の型を取って自作の枠組にする、といった高度な翻案方法を確立したことになる。『南柯夢』はこの他に、ヒロインの辛苦する姿を『琵琶記』（元末明初の高明作）の趙五娘から取って描き、清の李漁がそれを改めた「琵琶記尋夫改本」（『閑情偶奇』二詞曲部下演習部変調第二「変旧成新」）をも参照している。さらに巻之三の赤根半六・半七父子の争論は、『琵琶記』第四齣「蔡公逼試」の有名な父子の争論の趣旨と措辞とを参照して、立身出世主義への不信を説いたものであった。

『南柯夢』で駆使された高次の翻案方法は、同年刊の『旬殿実実記』にも見出される。それは、同じく『金石縁全伝』（清、静恬主人序）の筋と措辞をそのまま取り入れた『絵本璧落穂《たまのおちぼ》』（文化三・四年刊。小枝繁作）と比較すると、明瞭になる。なお、この作品の「心猿第十猿猴橋下」では、馬琴は、草枕が語る辻君論を「売油郎独占花魁」に拠って作っている（拙編『馬琴中編読本集成』第六巻解題）。

同年刊行の『松浦《まつら》佐用《さよ》媛《ひめ》石魂録《せきこんろく》』では、粉本である『平山冷燕』における男女の離合の構成がやや平板で、筋の面白さよりもむしろ応酬される詩文の美しさに重点が置かれているのに対して、馬琴は筋を複雑化し、悪人を活躍させ、歌舞伎の型を導入して、より大衆読者が好む性質の作品に造形した。『平山冷燕』が文人による雅の小説とすれば、『石魂録』は戯作者による雅俗折衷の小説であった。馬琴のこうした小説造りの方法は、三宅匡敬の『絵本沈香亭』（文化三年刊）が『錦香亭』（清、無名氏撰）の筋そのままの踏襲であるのと比較すると分明になる。

　中国小説には、文言では『棠陰比事』、白話では『竜図公案』などの裁判小説・推理小説があったが、馬琴も、西鶴の『本朝桜陰比事』（元禄二年刊）などの比事物を承けて、この方面の作品を作る志向が存し、文化九年に『青砥藤綱摸稜案』前・後集を刊行した。前集では、原序において『竜図公案』の序を襲用したことから始まって、巻一・二の話を『公案』一「鎖匙」と『棠陰比事』上「向相訪賊」を撮合して翻案し、巻五の話も『公案』三「裁縫選官」を粉本とするのであるが、注目すべきことは、それのみに止まらずに、『百家公案』第二十二回「鍾馗証元弼絞罪」からも鍾馗の趣向を導入していることである（『馬琴中編読本集成』第十三巻解題）。前集の見返しや後跋には「新増百案」などと、『新刊京本通俗演義増象包竜図百家公案』（『百家公案』の目録題）を利用したことを仄かす句も見える。

　馬琴は文化十一年（一八一四）より『南総里見八犬伝』、同十二年から『朝夷巡嶋記《あさひなしまめぐりのき》』（清の天花才子の『快心編』を粉本とする）、文政十二年（一八二九）から『近世《きんせ》説《せつ》美《び》少年録《しょうねんろく》』、天保三年（一八三二）から『開巻驚奇侠客伝』（『女仙外史』の思想を参考にする）という雄編を、長期にわたって続刊することになる。長編小説というものは首尾一貫した筋を備える必要があるところから、話の前部と後部の照応に顧慮せねばならぬ。また、雄編なればこそ、『三国志演義』や『水滸伝』と同様に全編に通底する中心思想を持たなければならぬ。いわば、長編小説は特に主題と構成方法を確立させることが要請される。この点に思いを馳せた馬琴は、『八犬伝』九輯中帙付言（天保六年八月執筆）において、いわゆる「稗史七法則」という小説論を唱えた。それは簡単にいえば、小説には大きな中心思想を通底さすべきこと、構成を前後照応さすべきことを論じたものである。これにも金聖歎の水滸評や張竹坡の金瓶梅評、毛声山の琵琶記評など様々な中国小説戯曲の批評が参考材料としてあったが、馬琴が直接の拠り所とした小説論は、清の毛声山・宗崗父子の「読三国志法」であった。それは、『三国志演義』の中心思想を、三国の内では蜀を正統に置く正統論だと指摘し、筋の前後照応の型を細かに分析している。馬琴はこれを整理して七法則にまとめたのであったが、この七法則は先に挙げた四大雄編のいずれにも適用されて、その構成を整然たるものにし、また史論に託して馬琴の当代の政治状況を諷刺するという形で思想が導入されている。なお、『近世説美少年録』は、第三十九回までは清の『檮杌閑評全伝』の筋を主筋として採用するが、ただにそれのみならず、その間に脇筋として清の無名氏撰『緑牡丹全伝』の第二回から第十一回までの姦通譚が挿入され、また冒頭には『通俗続三国志』十八「韓檠建金竜城」の蛇の縄張り説話が導入されている。合巻においても馬琴が、読本よりも大っぴらに白話小説を下敷にしていることは、よく知られたことだが、『新編金瓶梅』第三集下帙（天保六年刊）において惜陰堂主人編『金蘭筏』第六回までの話を翻案していることが、近時、神田正行氏によって明らかにされた（「『新編金瓶梅』と『金蘭筏』」。長谷川端編『論集太平記の時代』）。

後期読本の時期における、中国小説と縁の深い作家は、なお少くない。『物草太郎』（文化五年刊）など数部の読本を著わした西洲散人（片山敬斎。文政五年版『平安人物志』上・篆刻、大高洋司氏）は、『通俗漢楚軍談』のダイジェスト版たる『絵本漢楚軍談』十冊（文化四年刊・北尾政美画）を物したが、それは『新刻剣嘯閣批評西漢演義伝』に当り直しての良心的な仕事であった。後の本草学者阿部櫟斎の『訂正補刻絵本漢楚軍談』（初・二輯があり、二輯は弘化二年刊）も同じ原作に就き、更には『史記評林』に照らして史実に基く改訂を施した良心的な作品である。大田南畝や馬琴と親交を持った馬田《うまだ》柳浪（久留米藩儒広津藍渓の二男）は、長崎の医家馬田氏を相続した縁でか、唐話を善くしたようであって、『朧月夜恋香繡《おぼろづきよれんこうしゆう》史《し》』（文化七年刊）巻之三「白鼠」では「呉衙内隣舟赴約」（『醒世恒言』二十八）の滑稽を翻案し、翌八年の『朝顔日記』では清朝戯曲の傑作『桃花扇』（孔尚任作）のメロドラマとしての構成を取り入れて、典型的なすれ違い劇を創造した。

文体も白話を多く用い、他に『通俗金翹伝』の女性悲劇をも摂取する。

清朝筆記小説の流行については既に述べたが、『今古奇談』(煙波山人序・文化二年刊)巻五「除夜の談」には清の楽鈞の『耳食録』一「西村顔常」が翻案されている『耳食録』はまた、巻一「張将軍」が馬琴の『松浦佐用媛石魂録』後編(文政十一年刊)第十一回に用いられている。馬琴はまた、『咫聞録』(清・慵訥居士)四「楊舟」を、『八犬伝』第百四十一回(天保九年執筆)、竹林巽の画虎の話の粉本としたが、それは天保六年七月、友人鈴木有年から聞いた知識が基になっているのであった(『かくやいかにの記』第二十八)。その翻案の仕方は、第六十回(文政九年九月執筆)で犬飼現八の妖猫退治の話を『剪灯新話』三「申陽洞記」を粉本として作ったことと同様であって、馬琴は明と清との相違にこだわることなく、奇譚としての面白さを自作に導入したのであった。このほかに石川雅望は『醒世恒言』を好んで、その内の四話を『通俗醒世恒言』(寛政二年南畝序)に訳したり、『近江県物語《おうみあがたものがたり》』(文化五年刊)に『巧団円伝奇』(李漁『笠翁十種曲』)を翻案したりして、この方面にも通じていることを現わしているが、『通俗排悶録』(文政十一・十二年刊)は、稀覯書である清の孫洙の『排悶録』を流暢な雅文で訳したものである。『排悶録』(宮内庁書陵部に鈴木白藤による写本あり。道光十八年(天保九年)に『異聞録』と改題して述古堂から重鐫されている)は、『虞初新志』『虞初続志』『聊斎志異』『池北偶談』『香祖筆記』などの清朝筆記小説から集めた百三十二話を部門に別ったものであり、その内には『客窓渉筆』『闡義』の如く現在では佚書になっているものもあって、貴重な資料でもある。これを訳したことは、清朝筆記小説を多量に我が国に導入したことを語るものであって、この時期の文芸思潮を集約的に体現した著書といってよい。

この期には、なお『通俗西湖佳話』(文化二年刊)の十時《ととき》梅涯、『通俗古今奇観』(文化十一年刊)の淡斎主人(佐羽《さわ》淡斎)、『通俗好逑伝』の蒜園《さんえん》主人(萩原広道)、山東京伝の『忠臣水滸伝』前編(寛政十一年刊)や馬琴の『月氷奇縁』(文化二年刊)などに跋や詩を与え、みずからも『鳳凰池』(清、煙霞山人編)を粉本として『復讐棗物語』(文政十年刊)などを創作した伊藤蘭州(東兆熊)などもいるのであるが、中期の白話小説全盛期に比べれば、その数が少なくなるのは否めない。その中にあって最も唐話学に気を吐いた者は、馬琴を除けば、遠山荷塘であったろう。荷塘は僧一圭とも称し、文化十四年(一八一七)には広瀬淡窓に入門し、長崎で唐話を学び、文政七年(一八二四)には亀井昭陽の塾に滞在して昭陽から大いに推重され、江戸に来って白話小説通として盛名を得た。すなわち、大窪詩仏の家では荷塘を招いて『西廂記』『水滸伝』を読み、その会には朝川善庵・菊地五山・館柳湾・大沼竹溪などの名家も来集した(清水礫洲『ありやなしや』)。また、『福恵全書』『金瓶梅』も講じ、鹿児島大学玉里文庫には荷塘の『金瓶梅』の講義の内容を伝える張竹坡批評本『金瓶梅』全百回の写本も存する。が、荷塘は天保二年(一八三一)七月一日に三十七歳で夭折したため、刊行された業績は『訳解笑林広記』(文政十二年刊)のみに終った。しかし、和泉屋金右衛門の「玉巌堂発兌目録」には彼の『諺解校注古本北西廂記』『覚世名言』『諺解注釈琵琶記』の予告が載るから、荷塘はこれらの仕事にかかっていたのである。現に、唐話辞書類集別巻『校注西廂記付訳琵琶記』にはその礎稿に当るものが収められている。また、彼の中国俗語の抄録『胡言漢語』(『唐話辞書類集』一)も、闕本があるが、優れた内容を備えており、識者の評価は高い。

他に田能村竹田や、幕府儒官であった鈴木桃野(白藤の男)も小説愛好家であって、竹田は『西廂記』愛読の素養に基いて、唐代小説「霍小玉伝」を批評した『風竹簾前読』を著わし(第二十章)、桃野はその随筆『反古のうらがき』四「やもめを立てし人の事」に『諧鐸』の「節母死時箴」を訳出し、近代に近づいた小説観と人間観を理解できる人であることを示している。

五　読本と近代小説

坪内逍遙の『小説神髄』（明治十八年）は『八犬伝』の人間描写を前近代的だと批判したが、それは考えてみれば近代小説の仮想敵国となるほどに『八犬伝』が旧小説としては完成していたからであった。逍遙も馬琴の稗史七法則の構成論に関しては、これを承認している（下巻「小説脚色の法則」）。また、幸田露伴は「其俤《そのおもかげ》今様《いまよう》八犬伝」（明治三十九年）を著わして、『八犬伝』の話が明治時代の社会にも適用されるものであることを示した。逍遙も露伴も否定と肯定とのニュアンスの相違はあるが、『八犬伝』が近代小説に近づいていることは認めているのである。読本の最高峰『八犬伝』がそのように近代小説の成立に投影しているのは、江戸幕府以来三百年間の中国小説、特に白話小説の受容の積み重ねに負っている。この点において、中国白説小説と読本との交渉は、現代の小説のなりたちに決して無縁ではないのである。

参考文献
徳田　武『日本近世小説と中国小説』（一九八七年・青裳堂）
徳田　武『江戸漢学の世界』（一九九〇年・ぺりかん社）

なお、石崎又造『近世日本に於ける支那俗語文学史』、麻生磯次『江戸文学と中国文学』、中村幸彦『中村幸彦著述集』第七巻等の先人の業績に記されていることは、既に学界の共有の知識になっているので、一々その出処を記すことは、しなかった。

（『繁野話　曲亭伝奇花釵児　催馬楽奇談　鳥辺山調綫』新日本古典文学大系80　岩波書店　一九九二年二月。二〇〇四年七月補訂）

第二章　中国故事集の盛行とその影響

一　「故事集」序説

小説というものは、漢籍の分類においては「子部《しぶ》小説家類」に位置づけられ、雑事・異聞・瑣語・伝奇などの巷説を記録したものを指した。この考え方に従えば、天変地異、社会や人間の珍事・異聞・奇説などは、すべて小説ということになる。また、中国では史書や正史の本紀《ほんぎ》・列伝《れつでん》に記される人間の生き様をも、現代の小説に相当するものとして読んでいた。この両者を併せていえば、天地・社会・人間の耳目を惹きつける事件・逸話は、すべて面白い読物、すなわち慰藉と快楽および教訓を与える小説に相当するものとして読んでいたのであり、こうした小説観は我が日本の近世においても踏襲されていた。

このような、天地・社会・人間の耳目を惹く事件・逸話は、小説のほかには「故事」とも称されており、そこで故事を集めた書籍は「故事集」と呼ぶことができよう。要するに、故事集は過去の中国と日本においては小説の一種であったのであり、また人間と社会を描いて慰藉と快楽を与える点では、今日の我々が抱いている小説の通念にも該当する面を備えているのである。そして故事集は、我が日本の近世においては和刻本として刊行され、邦人のそれに倣った著作も盛んに出版された。

これら故事集の刊行は、寛文一〇年（一六七〇）刊の『増補書籍目録』からは「故事」という分類項目が設けられ、以後の書籍目録にもそれが踏襲されてゆき、当時の出版界にあっては一ジャンルとして独立するほどに顕著な現象であった。したがって、その消長の様相、それが日本近世の和文の小説に与えた影響をさぐることは、近世の邦人が如何なる小説を求めていたのか、中国小説をどのような貌で日本の小説に摂取しようとしていたかをさぐることにも通じ、文学史にとって軽視できない問題であろう。しかるに、この問題については、一部の故事集については言及したものが存するが、総体的に捉えようとした仕事は、いまだに現われていないようである。そこで、本稿はその一つの試みとして、与えられた紙数の中で管見に入った資料に基づき、故事集に関する諸問題について述べることにする。

二　蒙求物について

豊臣秀吉の朝鮮出兵によって本邦に朝鮮の活字印刷術が輸入され、我が近世の印刷文化が開始されたのは周知のことであるが、その劈頭の文禄五年（慶長元年〔一五九六〕）、小瀬甫庵《おぜほあん》によって『徐状元補註《ほちゅう》蒙求《もうぎゅう》』（三巻三冊）が古活字版のほとんど最初のものとして刊行されたことは、邦人がいかに切実に中国の故事集を求めていたかを語って余すところがない。いうまでもなく『蒙求』が故事集の代表的なものであるからである。『蒙求』は、早く平安時代から邦人に愛好されていたが、中世からは徐注本が流行し、その趨勢のもと、出版が開始されるや否や、まず印刷に付されたたのである。それというのも、本書が古代から六朝までの代表的な故事を網羅し、四字の標題は記憶しやすく、偶数句の脚韻は朗誦するに便があり、徐子光（前出徐状元と同一人物）の補注は故事の内容を詳しく説明していて、故事集として非常によくできていたからである。そこで、この古活字版は徳川家康が政権を執るやいなや、さっそく、

（標題徐状元補注）蒙求　三巻　唐、李瀚編　宋、徐子光注　元和（一六一五―二四）刊　大本三冊

という形で覆刊された。以後『蒙求』は、おびただしい異版と後印本とが近世を通じて刊行され続けたが、その状況は『和刻本漢籍分類目録』[1]（長澤規矩也編）に譲る。かかる流行は、初学者や童蒙の間でのみならず、服部南郭《はっとりなんかく》の如き有名な文人にも影響を及ぼしていて、南郭がその詩文に用いる故事のほとんどは、『蒙求』に出づるものと自認されている（寛保元年（一七四一）刊『新刻蒙求』序、『南郭先生文集』三編五）ほどである。

和刻本がおびただしく刊行されれば、それを細かく読解しようという要求が当然に出てくる。かくて、邦人の『蒙求』解釈書が続々と出現する。その主要なものを列挙すると次の如くである。

蒙求抄　一〇巻　寛永一五年（一六三八）正月　京、二左衛門刊　大本一〇冊
蒙求詳説《しょうせつ》　一六巻　宇都宮遯庵《とんあん》撰　延宝八年（一六八〇）六月跋　天和三年（一六八三）一一月刊　大本九冊
故事《こじ》俚諺《りげん》絵抄《えしょう》　一四巻　毛利《もうり》虚白（貞斎《ていさい》）　元禄三年（一六九〇）七月刊　半紙本七冊
（新刻）蒙求国字弁《こくじべん》　六巻　宇野成之（東山《とうざん》）述　安永六年（一七七七）刊　六冊
（補注）蒙求国字解《こくじかい》　六巻　田興甫註解、松正楨删定　寛政元年（一七八九）一一月　京、秋田屋平左衛門等刊　半紙本六冊
蒙求居敬説《きょけいせつ》　一巻　釈俊識序、釈慧上・聞中録　寛政十年（一七九九）十月　伊勢津、大森伝右衛門刊　半紙本一冊
（国字諺解）蒙求図会《ずえ》初編　一〇巻　下河辺《しもこうべ》拾水《しゅうすい》図解、吉備祥顕考訂　享和元年（一八〇一）八月　京、菱屋孫兵衛等刊　半紙本一〇冊
蒙求標題経典余師《ひょうだいけいてんよし》　三巻　桃華園訳　文政九年（一八二六）　江戸、須原屋茂兵衛等刊　半紙本三冊

『蒙求抄』は、徐注の説明であり、著者未詳。元和・寛永中の古活字版が先んじて刊行されている。『蒙求詳説』は、漢文による詳注で、標題や徐注について、ほとんど一語一句ごとに出典や語釈を施したもの。

『故事俚諺絵抄』は、和文によって標題と注とを詳しく敷衍し、図を入れたもの。もちろん『蒙求詳説』を参照したことであろうが、注の解釈などだいぶ読みやすくなっている。『蒙求国字弁』と『蒙求国字解』とは、類版問題を起したもののようで、『京都書林行事上組済帳標目』の安永五年（一七七六）五月には「一、蒙求国字解、同国字弁より相対相済候趣口上書之事」とあり、一応、重板ではないと認定されたようであり、七年五月より九月迄には「一、蒙求国字解作者替り候ニ付、改御届申上候事」とあり、『国字解』の方が当初の作者名を変えることによって決着が着いた様子である。『国字解』の刊記に「安永七戊戌歳孟春」と「寛政元己酉年十一月補闕成全備」との文字が併記されているのは、『国字解』の方の刊行が遅らされたために生じた現象、と思う。確かに『国字弁』の方が詳細であり、両者を類板・重板とすることは、妥当ではあるまい。『蒙求居敬説』は、俊識の一門が会読した成果をまとめたもの。語注に問題のあるものを抜き出して訂正しようとし、『蒙求詳説』『故事俚言絵抄』、南郭の『新刻蒙求』、岡白駒の『箋註蒙求校本』（明和四年刊）、『蒙求国字解』の訓や注の誤りを採りあげている。筆録者の覚性釈聞中は、学僧として聞える聞中浄復であろうか。『蒙求図会』は、文字通り各話を和文で解釈し、図を付したもの。初編には「王戎簡要」より「盧充幽婚」に到るまで一八四話を入れた。初編に第二・三編嗣出の予告があり、第二編は安政年間（一八五四―六〇）まで延びて刊行されたが、第三編は刊行されなかったようである。『蒙求標題経典余師』は、標題と注をごく簡単に説明したもの。この他に林羅山撰『蒙求官職考』（三巻、明暦三年、水田甚左衛門刊）は、『蒙求』に見える官職の出典を『杜氏通典』『唐類函』『初学記』『芸文類聚』等に求めたものであることを、いい添えておこう。

これらとは別に『蒙求』の様式に倣って、『蒙求』が収めなかった故事を『蒙求』とは異なる視点に立って集成した蒙求物も大量に選述されたが、それらも多数和刻本が刊行された。いま手元にあるものだけを挙げてみても、

禅苑《ぜんえん》蒙求（禅苑瑤林）　三巻　金、錯庵志明撰、金、無諍徳諫注　寛永一六年（一六三九）五月　京、田原仁左衛門

刊　大本三冊
伝法《でんぽう》蒙求　一巻　寛永一九年八月　安田十兵衛刊　大本一冊
(新刊音釈校正標類)蒙求(題簽、新蒙求)　一巻　明、李廷機校輯　寛永二〇年二月　風月宗智刊　大本一冊
続蒙求　四巻　朝鮮、柳希春(眉厳居士)撰　万治二年(一六五九)五月　大和田九左衛門刊　大本四冊
釈《しゃくし》氏蒙求　二巻　霊操撰　寛保元年(一七四一)三月　京、長谷川庄右衛門刊　大本二冊
左氏《さし》蒙求(左伝比事)　一巻　元、呉化竜撰　寛政一一年(一七九九)刊　佚存叢書　大本一冊
(重新点校附音増註)蒙求(韓本蒙求)　三巻　細合方明《ほそあいまさあき》序　享和二年(一八〇二)九月　京、菱屋孫兵衛等刊　半紙本三冊
純正《じゅんせい》蒙求　三巻　元、胡炳文撰　文化元年(一八〇四)刊　官版　大本三冊
左氏《さし》蒙求　二巻　元、呉化竜撰、樋口邦古注　文化八年(一八一一)一二月　尾張、永楽屋東四郎刊　大本二冊
(王先生)十七史《じゅうしちし》蒙求　一六巻　宋、王令撰、岡崎元軌点、岡崎正章校、文政八年(一八二五)　浪華、河内屋茂兵衛等刊

等が存する。このうち『禅苑蒙求』は、金の正大三年(一二二六)の閑居士の引《いん》(序の短いもの)を有するが、それによれば「五百余則」の「文字禅」の話を集め、対句の形を取ってならべ、句末の韻を整えたという。「釈迦七歩　達磨九年」という具合に四言句の対句をならべ、句の後に詳注を加える形式は、まったく『蒙求』のそれに等しい。前述した『蒙求抄』の巻頭には中国の『蒙求』の続書が列挙されているが、その中に本書も『禅蒙求』の名で挙げられている。

『伝法蒙求』には序跋など撰者を窺わせる記載はいっさいなく、うちつけに「標題」が掲げられているが、それによ

れば「世尊見星　迦葉拈華」以下「祖先消息　無準白汗」に到るまで、五四則の仏教故事を収める。そして各話にむずかしい禅問答から成る詳注が施され、五絶形式の偈も付されているのが特徴である。ただし、この偈は、第三六則の「馬祖坐仏」以後には付されていない。説話の中の禅僧は唐代までの人であり、注は『五灯会元《ごとうえげん》』等に基づいて作られているようである。

『新蒙求』も、成立の事情などが窺知できる序跋類は付されていないのであるが、「朱子蒙訓　呂氏斎規」から始まることが語っているように、朱熹《しゅき》・呂祖謙《りよそけん》など、宋人の逸話を多数入れていることが徐注『蒙求』には無い特色である。また、唐代以前の人物の故事も収めているが、徐注『蒙求』と話がかさならないように配慮している。収録標題は、すべて一七六則。

『続蒙求』は、朝鮮人の手に成るものではあるが、柳希春の「続蒙求題」には「嘉靖戊午」(三七年、一五五八年)と中国の年時が記されており、成立年時が判明する。また、嘉靖四五年一二月の文によれば、有名な大儒李退渓《りたいけい》に文字の斧削を受けたことを述べる。題で自ら、徐注『蒙求』には隋から明に到る人の話がないことを惜しむ、と述べることが示す如く、隋・唐から明代に到るまでの人物の故事を収めたことに新味が存する。また、「人物言論出処」に多くの漢籍と並んで『高麗史』『東国通鑑』等の朝鮮の書籍名が記されているが、高麗の人物の話をも織り込んだところが、当然といえば当然であるが、ユニークである。巻四末の第五則「禹倬究易」などがそれに該当する。禹倬は元の時の高麗の人である。このように朝鮮の蒙求物が和刻されるところにも、当時の蒙求熱が反映されているのである。収録故事は全部で五八九則。

『釈氏蒙求』は、序によれば、慧皎《えこう》・澄照・通慧の三部の『高僧伝』八〇巻から話を採録し、事類を集め、対句としてならべ、押韻したという。慧皎の『高僧伝』は有名であるが、他の二人の『高僧伝』は存否未詳である。本書は『宋史』芸文志四、釈氏類に著録されているから宋の成立と考えられるが、それだけでは「己酉四月望日」という年時がいつのものなのか決定することはできない。ただ末尾に「操曰、教法東興、後漢以来、迄レ今幾二于二千載一」というから、できるだけ時代を下げて南宋末の淳祐九年（一二四九）であろうか。標題数は、二一一四則。

『左氏蒙求』は、『左伝比事』の名で和刻されていたものを天瀑山人林述斎《じゅっさい》が旧名にかえして刊行した。その識語にいう如く、清の大儒朱彝尊《しゅいそん》が佚書としていたものを、述斎が発掘したものである。標題六五六則と、その年時を示した夾注のみであって、詳注はない。

『韓本蒙求』は、細合方明の序によれば、大典《だいてん》が対馬の以酊庵に滞在していた時に入手したもの。標題は徐注本と同一であるが、趙郡の李華《りか》によって作られた序（ただし、内題下には「安平　李瀚撰註」と記す）は、徐注本のそれとは異なって、より簡潔的確に整理されたものである。

『純正蒙求』は、宋までの話をすべて三六〇則集めており、標題を幾つかずつ「師儒之教」「父母之教」「勤学之功」などという項目のもとに類別している点が新しい。そして、「朱子蒙訓　呂氏斎規」という句から始まることが示唆している如く、その標題は『新蒙求』と一致するものが多く、注もまた『新蒙求』のそれと同文である。しかし標題の順序は『新蒙求』のそれと必ずしも一致してはいないところを見ると、どうも『新蒙求』の方が『純正蒙求』を参照したようである。『左氏蒙求』は、前述した『左伝比事』に注が無かったものを、邦人の樋口邦古が各題の故事を捜索して付加したもの。冢田大峯《つかだたいほう》の序では邦古の業績を、宋の王舜兪の『左氏蒙求』、宋の文済道の『左氏綱領』（ただし両書とも大峯は未見）よりも優れたものではないかと賞賛している。『十七史蒙求』は、文字通り『史記《しき》』『漢書《かんじょ》』以下、『唐書《とうじょ》』『五代史《ごだいし》』に到るまでの十七史から故事を集めたもので、すべて八一六則。清刊本を底本にしたものである。

以上、主要なものだけを眺めてみても、徐注『蒙求』には欠けている唐・宋以後の故事や仏教故事を集成したものが読書界に求められていたことが判明する。特に近世前期には仏教ものの刊行が相次いでいるのは、知識層の主要構成者たる僧侶が仏教故事集を要望していたことの反映であろう。

このように徐注『蒙求』には備わっていない故事を『蒙求』の様式によって読みたいという欲求は、邦人をして蒙求物を編述するという行動に走らせた。それらのうち、いま主要なものを挙げてみる。

釈　書蒙求《しやくしよ》　三巻　祖寛撰　延宝四年（一六七六）一一月　寺崎長右衛門刊　大本三冊

本朝蒙求　三巻　菅亨《かん》（字は仲徹《ちゆうてつ》）編輯、辻質（字は元樸《げんぼく》）校訂　延宝七年一二月自序、貞享三年（一六八六）正月菅謙由益甫跋　京、奥村太右衛門刊　半紙本三冊

蒙求拾遺　三巻　大江広保季成輯　宝暦二年（一七五二）九月　江戸、小林新兵衛刊　大本三冊

（新撰自註）桑華《そうか》蒙求　三巻　豊臣（木下）公定《きんさだ》彙輯　宝永七年（一七一〇）林鳳岡序　大本三冊

医学蒙求　二巻・別巻一　伊東見竜《けんりゆう》好礼著、伊東玄軌《げんき》・本間俊安公里音註、伊東玄慎校訂、奥山厚淳校正　延享元年（一七四四）三月　京、金屋治助等刊　大本三冊

蒙求続貂《ぞくちよう》　二巻　恩田《おんだ》仲任著　安永九年（一七八〇）七月　尾張、永楽屋東四郎等刊　大本二冊

四史蒙求　三巻　山本世孺仲直（亡羊《ぼうよう》）編集　自筆稿本　半紙本三冊

芸林蒙求　六巻　高崎、松田迂仙編輯　嘉永四年（一八五一）六月　江戸、山城屋佐兵衛等刊　大本六冊

自警《じけい》蒙求　二巻　藤沢恒（南岳《なんがく》）著　慶応元年（一八六五）五月　大坂、河内屋茂兵衛等刊　大本二冊

『釈書蒙求』の撰者祖寛は奥羽秋田の人。本書は、虎関師錬《こかんしれん》の『元亨釈書《げんこうしやくしよ》』の記事を時に縮約し時に増加して『蒙求』の形式にしたものだが、脚韻は『蒙求』のそれには従っていない。述作の目的は、日本にも真人の乏しからざることを示して鑑戒とするというもので、総計二八二則を収める。前述した、寛永から万治年間にかけての仏教蒙求物の和

刻流行を承けて、それに対する日本版を求めるという動向を反映したものであろう。

『本朝蒙求』は、中華の『蒙求』に対して、本邦にも善言嘉話の多いことに思いを致し、それらを史書・小説・雑記から捃摭《くんせき》して、「常立葦牙　武尊草薙」の如く相似た話を対句とし、脚韻を押したもの。注も漢文による。総計四〇〇則。跋には『事類蒙求』『名物蒙求』『左氏蒙求』『両漢蒙求』『南北蒙求』『十七史蒙求』『唐蒙求』(白延翰)、『宋蒙求』(范鎮)、『続蒙求』(王範)、『続蒙求』(朝鮮柳氏)、『新蒙求』(李廷機)、『釈氏蒙求』『尼蒙求』『禅苑蒙求』の名を挙げる。『蒙求抄』の冒頭に挙げられている書名よりも数が増しているが、これらの蒙求物に対して本邦の『蒙求』を提示するという意識を明確にうちだしている。また、子の亨が延宝七年から著述にかかったが、病いのために中絶し、六年後に完治したので、再び筆を執って完成させた、という。

『桑華蒙求』は、扶桑すなわち日本と中華の人物の相似た性行をとりあわせて対句とし、韻を踏んだもので、全二〇〇則。自叙に『続蒙求』『新蒙求』『禅苑蒙求』の名を挙げているから、やはり和刻本の蒙求物流行に刺激されて、「諾尊探海　女媧補天」「武尊白鳥　望帝杜鵑」に見られる如き和漢駢事の巧妙さによって新味を意図した述作である。冒頭に掲げられた「引書」のうち、「中華経籍」のところには『列女伝』『蒙求』『捜神記《そうじんき》』『世説《せせつ》』『事文類聚』『開天遺事』『書言故事』等が見えていて、それらの故事集の盛行と影響が窺えることは、以下に述べる通りである。本書は、「和漢ノ比偶ヲ検スルニ於テ、大イニ益有」(木活字本、源玄寧跋)ることにより、天保一五年(一八四四)秋、木活字本大本三冊が「数十部」印行されている。

『蒙求拾遺』は、名が表わす如く、徐注『蒙求』に遺脱した故事を四八〇則集めた書。「考例」に引用書目を挙げるが、そのうち、正史は『隋書』で終っているので、徐注『蒙求』とほぼ同じく唐以前の人物の故事を拾ったことがわかる。また、『飛燕外伝《ひえんがいでん》』『捜神記』『捜神後記《そうじんこうき》』『世説』『古列女伝《これつじょでん》』等の書名も掲げているが、そのことは、実事ばかりではなく虚譚、すなわち小説をも取り込んでいることを示し、蒙求物が小説ないしは説話集と同様の面白さを期待されていたことを語っている。

『医学蒙求』は、蒙求物が盛行するが医家のそれがないのを残念に思って、上は神農より下は明・清の諸家に到るまでの医家の事蹟を四言の対句にまとめ、押韻したもの。すべて二四六則。それに押韻せずして妄りに句を作ったものと称する一九四則を「付翼」として添えている。本書の特色は、ただに前述の如きもののみならず、男、伊東玄軌と本間俊安の音註にも存していて、たとえば第一則「神農百薬」に就いていえば、神農の事蹟を『綱鑑実録』、『淮南子《えなんじ》』十九、『游洄集《そかいしゅう》』引淮南子、『文選《もんぜん》』巻四から引用して、神農に関する辞典になっている。つまり、医家列伝の知識が得られるという実用性をも備えている。「諸家引用書目」に掲げられている医籍が六二部にも及んでいて、それらのうちの記事が本書に集められている点も、有益であろう。なお本書には「題辞」が法帖に仕立てられて一巻付されており、趣味性も備わっている。

『蒙求続貂』は、岡田挺之（号は新川《しんせん》）の跋によれば、昔人に『南北史蒙求』があって、ただその書目だけが存し、書物は見たことがない、そこで家弟（恩田）仲任（蕙楼《けいろう》）が正史から採って、それに代るものを作ったという。『南北史蒙求』は『蒙求抄』『本朝蒙求』に名のみ挙げられている佚書であるが、それを邦人の手で代作したという、はなはだ好事の書である。岡田新川は、良野華陰《よしのかいん》から借りて、中国には伝わらぬ『群書治要』中の鄭康成註『今文孝経《きんぶんこうきょう》』（寛政五年（一七九三）刊）を刊行したり、その当時では稀本であった劉向《りゅうきょう》『列仙伝《れっせんでん》』（寛政五年刊）を刊行したりした書誌学者であり、その影響で恩田仲任も佚書の代作などという書誌学的知識が要求される仕事を行なったものであろう。

『四史蒙求』は、京都の医家山本亡羊の自筆稿本で、家蔵。『十七史蒙求』には洩れている『宋史《そうし》』『元史《げんし》』『金史《きんし》』『遼史《りょうし》』の故事を蒙求様式にしたもので、「女史堯舜　末世周公」以下、総計七二〇則を収める。用いている書は、右四史のほか、『伊洛淵源録《いらくえんげんろく》』『輟耕録《てっこうろく》』『夢渓筆談《むけいひつだん》』『鶴林玉露《かくりんぎょくろ》』『宋名臣言行録《そうめいしんげんこうろく》』『冷斎夜話《れいさいやわ》』『遵尭録《じゅんぎょうろく》』『明道文集《めいどうぶんしゅう》』等である。

『芸林蒙求』は、書画に関する漢土の故事を採摘して、対句に作り押韻したもの。「凡例」では李翰《りかん》の『蒙求』に倣って押韻を厳密に使用し、人物の伝を明らかにすることに努め、必ず正史またはそれに準ずる書に拠ったことをいう。確かに各話の注には出典が必ず明記してあり、伝を延々と記している場合がある（巻六「宗元厭鶏　禹錫弄雛」など）。また引書には当然のことながら書論・画論書が多い。所収の韻語（標題）は二〇八則。題簽には「初編」と記すも、二編以降は刊行されなかったようである。

『自警蒙求』は、全一八〇則。宋朝における胡奴（金・元）跋扈の状を読み、本邦の当今の外夷騒擾の事に感じて、『宋《そう》史新編《ししんぺん》』『弘簡録《こうかんろく》』『宋元通鑑《そうげんつがん》』『鶴林玉露《かくりんぎょくろ》』、宋人文集等から抜抄し、属対押韻し、「自警」と題して、外夷の圧迫にさらされる本邦に警告の意を発したものである。はなはだ当世的な問題意識を『蒙求』の様式を借りて表わすという点に、蒙求物がいかに喜ばれていたか、ということが知られる。本書は元治元年（一八六四）にまず木活字本三巻が泊園社から出され、その一年後に整版が刊行された。

以上、邦人撰述の蒙求物を概観してきたが、その結果、後出の著述は、同一の故事が重複するのを避けて別方面に題材を求め、新しい視角から蒙求物を制作していること、それは換言すれば、それだけ各方面の故事を蒙求形式によって読むことを近世の読書界が求めていたこと、を語るものである、ということができよう。

三　類書と故事集の刊行

漢籍目録で類書に分類されるものは、故事集を兼ねているものが多く、現に、

（新編）古今事文類聚《ここんじぶんるいじゅう》　前集六〇巻・目録二巻　後集五〇巻・目録二巻　続集二八巻　別集三二巻　新集三六巻
　外集一五巻　宋、祝穆編　新集・外集は元、富大用編　元和・寛永中（一六一五—四四）刊　大本八一冊

は、『増補書籍目録』では「故事」に分類されている。本書が浩瀚であるのにもかかわらず早くから和刻され、寛文六年（一六六六）には「遺集」（一五巻、元、祝淵編）を補足して、京の八尾勘兵衛から新たに整版一〇〇冊が刊行され、さらに上坂勘兵衛の後印本、河内屋吉兵衛らの後修本も刊行されるほどに需要があったのは、寛文六年版の林鵞峰《がほう》の跋にいう如く、事を考えるのに例が精しく、詩文をも豊かに掲載していて、『太平御覧《たいへいぎょらん》』と『文苑英華《ぶんえんえいが》』がそれぞれ一方をしか備えていないのに対して、双方を併せ備えていたからであろう。さればこそ、林羅山《らざん》は若年時にこれを一覧し、壮年時に再びその全部に朱点を施すという打ち込みようを示し、鵞峰も羅山の勧めによって通読する、というほどに必読の書としたのであった。後述する如く、邦人撰述の故事集の最初のものである『語園《ごえん》』が本書を多大に利用したり、後期の山東京伝《さんとうきょうでん》や曲亭馬琴《きょくていばきん》が趣向源として珍重したりしたことに見られる如く[2]、本書は江戸時代を通じて広汎な人々から中国故事の宝庫として珍重されたのである。

ただし、『事文類聚』はあまりにも厖大で、検索するに不便であるという面がある。そこで、さほど大部なものではなく、故事集として独立している書籍が求められるようになる。近世に入って比較的早くに、

（京本音釈註解）書言故事大全《しょげんこじたいぜん》　一二巻　宋、胡継宗編、明、陳玩直解、李廷機校　正保三年（一六四六）刊　大本
　一二冊

が和刻刊行されるようになったのは、やはり時代のそのような要求の反映であろう。本書は長澤規矩也氏によれば、「この種の故事集中、江戸時代に最も弘く行はれた書」（『和刻本類書集成』第三輯解題）で、四種の後印本と明治一八年刊

の刪補本とが知られている。人君類・聖寿類・父母類などと事項を類別し、その類が二五二の多きにわたり、各項にはまず語が掲げられ、その語釈が施され、その次にその語に関する故事が述べられる、という具合に、辞典の形式を取っていて検索しやすく、項目数と話数が多いので重宝されたのであろう。たとえば、曲亭馬琴《きょくていばきん》が『曲亭伝奇花釵児《きょくていでんきはなかんざし》』（享和四年〔一八〇四〕刊）自叙の末尾で「布鼓を鳴して雷門を過ん」というのは、他の近世辞書類にはあまり見かけない言葉であるが、本書巻一二事物譬類に「布鼓過雷門」の項があるので、本書を利用したのであることが判明する(3)など、その一例である。

この後、書名に「故事」の語を入れた故事集の和刻刊行が続く。すなわち、

（新鍥類官様）日記故事大全　七巻　明、張瑞図《ちょうずいと》校　寛文九年（一六六九）正月　中尾市郎兵衛、覆明万暦中劉竜田刊　大本七冊

（全一道人）勧懲故事《かんちょうこじ》　八巻　明、汪廷訥《おうていとつ》編　寛文九年六月　中尾市郎兵衛刊　大本八冊

（分類合璧図像句解）君臣故事《くんしんこじ》　三巻　立庵点　寛文一二年跋　延宝二年（一六七四）九月　京、上田甚兵衛刊　大本三冊

（新鋟鄭翰林類校註釈）金璧故事　五巻　明、鄭以偉編　覆明万暦中集義堂黄直斎刊（寛文六年頃刊『和漢書籍目録』には登載されている）

（新鐫詳解丘瓊山）故事必読成語考《こじひつどくせいごこう》　二巻　明、盧元昌著、中島義方訓点　天和二年（一六八二）跋　長尾平兵衛刊　半紙本二冊

（重刻楊状元彙選）蓺林伐山故事　四巻　明、黄克興編　正徳六年（一七一六）京、積善堂等刊　大本五冊

等があり、これらは『和刻本類書集成』第三・四巻に収められている。このうち、『日記故事』は『書言故事』と同様

に盛行して、元禄五年（一六九二）の秋田屋大野木市兵衛の後印本のほか、天保四年（一八三三）には鎌田環斎《かまたかんさい》再校で半紙本型としたものが敦賀屋九兵衛等から刊行され、これにも二種の後印本が存し、明治一三年に到っても後印されているほどである。その巻一には「二十四孝」説話が収められているが、それが近世を通じて多く著わされた二十四孝の注釈考証物の原拠になる、[4]というように多大な影響を読書界に与えた。『故事必読成語考』には京の三宅元信が注を施した『明丘瓊山故事必読成語考集註』（二巻、寛政三年（一七九一）九月　京、蓍屋儀兵衛等刊）が刊行されて、故事がより詳しく知られるようになっている。このほかに、

（新刻）鄒魯故事《すうろこじ》（外題、四書故事）五巻　明、魏時応纂輯、林時若音釈、黄雲竜校閲　寛文九年三月　京、山村伝
　右ヱ門刊　大本五冊

なる書も存する。外題が示すように、孔子を始めとして四書中に登場する二〇〇人の人物の伝および故事を録したものである。[5]万暦戊午（四六年、一六一八）孟冬の黄雲竜の叙によれば、近ごろ行なわれる『金璧故事』『五宝《ママ》故事』『黄眉故事』『白眉故事』の庬雑にして事実に基づかず世教に益なきを嫌い、『日記故事』の賢良を標示して蒙を啓き、『書言故事』の経伝に出入して詞翰を佐ける書法を祖述した、という。その言に示唆されているように、経書に有名な聖人・賢人の言行を文献に依拠して伝えようとする姿勢が本邦の読者にも喜ばれたのであろうか、堅い内容であるのにもかかわらず、延宝から元禄にかけて三種の後印本が出版されている。外題を『四書故事』としたのは書肆のさかしらであったと推定されるが、しかしこの改題は商業上かなり有効であったのであろう。また、中国明代においては『書言故事』と『日記故事』の二書が多くの故事集中で評判が良かったことが知られるが、それは本邦においても同様であったろう。

右の如き故事和刻の流行の掉尾を飾るものが、

孝経列伝　五巻　明、胡時化編　大本五冊

であった。本書には刊年と書肆が記されていないが、延宝四年(一六七六)以後、元禄七年(一六九四)以前の刊行であろうと考証されている。(6)本書は、明の永楽一八年(一四二〇)の勅撰本『孝順事実』一〇巻が二〇七人の孝子の列伝を立てていたが、その別名であり、後述する『訓蒙要言故事』『孝道故事要略』『忠孝夜話』(『古今二十四孝大成』三・四巻の改題本)等の材源になっており、相応に行なわれた。それには金陵の陳文慶の手に成る興趣ある挿絵が各人ごとに付されていることも有効に作用したことであろう。

四　伝奇小説的な故事集

漢籍目録では、子部小説家類の下位分類の一として「伝奇小説」という項が設けられている。現在の意識で一般に中国小説と見なされているものがこの項に入るが、『増補書籍目録』等では、やはり「故事」として扱われていた。こうした伝奇小説的な故事集のうちで最初に和刻されたものが、

長恨歌伝《ちょうごんかでん》　一巻　唐、陳鴻《ちんこう》　慶長(一五九六—一六一五)勅版本　大本一冊

である。この書には「長恨歌」「琵琶行《びわこう》」が付されているが、さらに「野馬台《やまたい》」詩も付されている慶長刊本、元和の覆古活字版も存し、寛永以後は頻繁に刊本や後印本が刊行されている。非常に流行した本といってよい。そのような流行の原因は、玄宗・楊貴妃のロマンが甘美で哀切であり、しかも唐帝国の盛衰を背景としてスケールが大きく、為政者への勧戒の意も含められており、我が国では古く『源氏物語』に利用されていることが知られている、等々にあろう。

このように『長恨歌伝』が行なわれると、その主人公たる玄宗と楊貴妃の遺聞逸話を沢山に伝える、

開元天宝遺事《かいげんてんぽういじ》　三巻　五代、王仁裕《おうじんゆう》　寛永一六年（一六三九）京、風月宗智刊　大本一冊

が刊行されるのは、当然なる連鎖反応であった。風月宗智は寛永四年に覆古活字本『長恨歌伝』の後印本を出したりしているから、『長恨歌伝』の好評に乗じての出版であることは疑いない。この書の全一五九条の故事がおおむね短くて読みやすく、面白いものであることも、刊行の一因であろう。果せるかな本書もよく読まれて、四種の後印本が報告されている。故事のうちでは「牽二紅糸一娶レ婦」「鸚鵡告レ事」「花上金鈴」「解語花」「肉腰刀」「風流陣」「美人呵レ筆」等が有名で、日本の小説類などによく利用されている。たとえば曲亭馬琴の場合、「牽紅糸娶婦」の趣向を『八犬伝』第一八〇回下（天保一三年（一八四二）刊）、八犬士と八姫の結婚に用い、(7)「鸚鵡告事」の鸚鵡が殺人者の名をいう趣向を『盆石皿山記《ぼんせきさらやまのき》』後編（文化三年（一八〇六）刊）第七「大沢の闇撃」に換骨奪胎し、「花上金鈴」を『苅萱後伝玉櫛笥《かるかやごでんたまくしげ》』（文化四年刊）上第七丁表に「天宝遺事」と明記して用い、「解語花」「風流陣」の話を『夢想兵衛胡蝶物語《むそうびょうえこちょうものがたり》』（文化七年刊）二「色慾国」に利用する、(8)という具合に愛用しているのである。やがて、

長恨歌図鈔　西郊易亭主人跋　延宝五年（一六七七）刊　大本五冊

の如き、「長恨歌」を俗解し、その間に唐風の絵を多く入れた美本などが刊行されるのも、右に述べた如き『長恨歌伝』『開元天宝遺事』の盛行を踏まえてのものであったろう。

『長恨歌伝』に次いで早く出刊され、その影響が甚大であった故事集、というよりも小説は、

棠陰比事《とういんひじ》　三巻　宋、桂万栄撰　元和年間（一六一五―二四）古活字版　大本一冊

剪灯新話句解《せんとうしんわくかい》　四巻　明、瞿佑《くゆう》著、滄洲（朝鮮、尹春年）訂正、垂胡子（林芑）集釈　慶安元年（一六四八）一一月京、仁左衛門刊（慶長・元和中の古活字版あり）

遊仙窟《ゆうせんくつ》　一巻　唐、張文成《ちょうぶんせい》作　江戸初期刊　大本一冊

（有像）列仙全伝《れっせんぜんでん》　九巻　明、王世貞《おうせいてい》輯次、汪雲鵬校梓　慶安三年（一六五〇）九月　京、藤田庄右衛門刊　大本七冊

である。いずれも数種の異版や後印本を有して、長い期間にわたって愛読され、本邦の小説などに大きな影響を及ぼした書である。また、小説ではなく朝鮮出来の故事集であるが、その後の故事集や小説、教訓物、女訓物に大きな影響を与えたのは、

三綱行実図《さんこうこうじつず》　三巻　偰循編　世宗一四年（一四三二）六月成立　大本三冊

である。和刻本の刊年・書肆は明記されていないが、万治二年（一六五九）写の『万治書籍目録』に見えているから、その頃には既に刊行されていたのである。これらの書の刊行・影響などについては周知のことではあり、『日本古典文学大辞典』のそれぞれの項目にまとめられていることでもあるし、省筆する。ただ『三綱行実図』は、浅井了意《りょうい》によって翻訳され、『和訳三綱行実図』（寛文頃刊）として刊行されていることを付言しておこう。

　これらに次いで、早く和刻本が刊行されたのは、

（新刻）古列女伝《これつじょでん》　八巻　漢、劉向《りゅうきょう》撰、明、胡文煥校　承応二年（一六五三）八月　京、小嶋弥左衛門刊　大本八冊

新続列女伝　三巻　承応三年五月　京、小嶋弥左衛門刊　大本三冊

である。右の『新続列女伝』のところに撰者名を記さなかったのは、和刻本には序跋等いっさいなく、撰者名がどこにも記されていないからである。延宝三年（一六七五）刊『書籍目録』等で撰者を明の黄希周等としているのは誤りで、その原因は、巻之上第一話「衛共伯妻」の出典が「閨範図集」と記され、『閨範図集』の書誌の説明を「明　黄希周僣

商山州来氏諸子所輯凡六巻」と記していることにある。つまり、『閨範図集』の撰者を記した位置が『新続列女伝』という内題に近いところに在るので、『新続列女伝』の撰者と誤解しやすいのである。本書の撰者は、私は朝鮮人と考える。その理由は、『三綱行実図』を多く利用しているからである。『三綱行実図』は、本書では巻上第一九話「盛道之妻」の出典として初めて挙げられるが、前述した如く朝鮮本であり、中国と朝鮮の忠臣・孝子・烈女各三五人、計一〇五人の行実を記した本である。そして、本書の下巻には百済・高麗の話が総計一四話収められ、それらはすべて『三綱行実図』が出典になっている。強烈な中華思想を有し、東夷の編著や人物などにあまり関心を抱くことはないのが通例である漢人が、朝鮮本を利用したり、朝鮮の人物を漢籍に収めたりすることなどはまずあるまいと思われ、かくて本書は漢人以外の撰述であろうと考える。また、高麗の話総計一三話のうち、七話が明の洪武年間（一三六八—九八）の倭寇に関する話であることは、本書が邦人の手に成るものではないことを思わせる。この二点を考え併せると、本書は朝鮮人によって撰述されたもの、と考えられるのである。本書が利用している典籍は、『閨範図集』『古今列女伝』（明、永楽帝勅撰、三巻）、『音釈列女伝』（福唐、陳伯全収録、三巻）、『三綱行実図』、『増補列女伝』（明、鹿門茅坤編、八巻）である。

『列女伝』刊行の反応はすぐに現われて、明暦元年（一六五五）に北村季吟《きぎん》の比較的忠実な翻訳『仮名列女伝《かなれつじょでん》』が刊行されたことは、有名である。ほかに『女誡《じょかい》』『女論語《おんなろんご》』『内訓』『女範』を仮名に訳出した『女四書《おんなししょ》』（辻原元甫、明暦二年刊）の刊行も手伝って、以後、女性向けの通俗教訓書（女訓書）が続々と刊行され、仮名草子の一系列をなすようになる。すなわち、『女仁義物語《おんなじんぎものがたり》』（作者未詳、万治二年（一六五九）刊）、『女郎花物語《おみなえしものがたり》』（作者未詳、同四年刊）、『本朝女鑑《ほんちょうじょかん》』（作者未詳、同年刊）などであり、寛文八年（一六六八）にはその日本版たる『本朝列女伝《ほんちょうれつじょでん》』一〇巻一〇冊（黒沢弘忠著）が出て、本朝の賢婦・烈女二一七人の伝を漢文で記す。さらに、『賢女物語《けんじょものがたり》』（寛文九年刊、五冊、洛下芳菊軒長女満序）

もある。『比売鑑《ひめかがみ》』（中村惕斎作、正徳二年（一七一二）江戸、須原屋茂兵衛刊）は、その中でも大作であり、紀行編全一九巻は和漢の女性の行実を記す。その各巻の目録には利用した典籍が挙げられているが、漢籍では『列女伝』はもちろんのこと、『古今列女伝』（巻一、「魏緝母」など）、『増補列女伝』（巻二、「尹和靖母」など）、『音釈列女伝』（巻三、「王舜」など）、『閨範図集』（巻七、「唐貴梅」など）、『三綱《ママ》実録』（巻八、「衛敬瑜妻」等）があるので、『新続列女伝』を通して、それらの典籍の内容を利用したことが明らかである。

そのほかにも邦人の和文小説の趣向源となってよく利用された、伝奇的な故事集には、

捜神記《そうじんき》　二〇巻　晋、干宝撰、明、胡震亨・毛晋校　捜神後記《そうじんこうき》　一〇巻　晋、陶潜　元禄一二年（一六九九）井上忠兵衛・林正五郎刊　大本九冊

があった。底本は津逮秘書本。『後記』に一色時棟の跋（元禄十二年五月六日）があり、彼の校定したものという。とすれば、訓点も時棟が施したものであろう。後印本が寛政八年（一七九六）のもののほか二種存する。本書はやはり馬琴がよく利用していて、たとえば『四天王剿盗異録《してんのうしょうとういろく》』（文化二年（一八〇五）刊）七、第一四綴、袴垂保輔が鬼同丸から人の唾を恐れることを聞き出し、鬼同丸が馬に変じた時、唾を付けて元の形に戻れないようにし、これを売りとばすという話は、巻一六、宋定伯が鬼から人の唾を恐れることを聞き出し、鬼が羊に変じた時に唾を付けて、羊の形のものを売りとばす、という話を換骨奪胎したものである。『三七全伝南柯夢《さんしちぜんでんなんかのゆめ》』（文化五年刊）一「深山路の楠」、楠を伐ると血が出で、晩に彭侯なる木の精が出現して木を伐る秘訣を教える話は、巻一八、大樟樹を伐ると血が出で彭侯が現われた話と、怒特祠の梓樹を伐ると鬼が出現して木を伐る秘法を語る話とを撮合したものである。また、『八丈綺談《はちじょうきだん》』（文化一一年刊）二「不破の関の下」、青蚨の銭の話は、巻一三、青蚨銭の話に拠る。『八犬伝』第九回（文化一一年刊）、伏姫が犬の八房に伴われて富山の洞窟に棲む話が、巻一四の盤瓠説話に基づいていることは名高い、といった具合であ

る。馬琴以外では、山岡元恕の『百物語《ひゃくものがたり》評判《ひょうばん》』（貞享三年〔一六八六〕刊）「こだま幷彭侯と云ふ獣」が彭侯の話を記す。また、『席上奇観垣根草』（明和七年刊）五「千載の斑狐一条太閤を試むる事」が巻一八、張華と斑狐の問答の話に拠ったことも、つとに知られている。

中期になると、白話小説の流行を反映して、白話が用いられている故事集が和刻されるようになり、

（江湖歴覧）杜騙新書　一巻　明、張応兪著　明和七年（一七七〇）序　京、林権兵衛刊　一冊

が刊行された。原本は八二話の騙術譚を収めているが、その一七話に膳所藩儒石川金谷《きんこく》が訓点を施したものである。本書は既に林羅山が読んでいて、国立公文書館内閣文庫にはその手沢本が存するが、盛んに読まれるようになったのは白話が研究された中期からであり、後印本も二種存する。馬琴などの戯作者もこれを利用するようになったことは、既に詳述した(9)。

中期から後期にかけては白話小説に代って『聊斎志異《りょうさいしい》』等、文言の清朝筆記小説がよく読まれるようになったことは、第一章でも述べたが(10)、その代表的作品として和刻され、流行したものが、

虞初新志《ぐしょしんし》　二〇巻・補遺一巻　清、張潮輯、荒井公廉（鳴門《めいもん》）訓点　文政六年（一八二三）浪華、岡田儀助等刊
　大本一〇冊

である。底本は康熙二二年（一六八三）の張潮刻本で、それに乾隆二五年（一七六〇）の張繹校の巾箱本から四編を増補している。鳴門の序には、人気があったために唐本が乏しくなり、書価も高騰したので和刻した、という。後印本は四種存し、明治に入ってからも一種刊行されているから、その盛行が推して知られる。本書は、戯作者よりも、むしろ漢学者に影響を及ぼし、頼山陽《らいさんよう》が「節女阿政伝」「阿雪伝」「百合伝」（『山陽遺稿』三）等、市井の人物の伝を小説風に立てたりしたのは、本書の「大鉄椎伝」「小青伝」「李姫伝」等の行き方に学んだのであろう。石川雅望《まさもち》が『虞初新

志』の話を多く収めた『排悶録《はいもんろく》』（蘅塘退士孫洙編、乾隆三五年序、『異聞録』なる改題本あり）を訳して、『奇説排悶録』（文政一二年（一八二九）江戸、菊屋幸三郎等刊）と題して刊行した[11]のも、本書の流行の反映といってよい。こうした流行は明治にまで及んで、近藤元弘の『日本虞初新志』（明治一四年刊）、菊池三溪の『本朝虞初新誌』（明治一六年刊）が出たり[12]、森鷗外がそれを熱心に読んだりしたのであった（『ヰタ・セクスアリス』）。

五　世説新語補物の流行

故事集には、忠孝貞節を奨励した道徳的なものが多かったが、上方文化が全盛を迎えた元禄期になると、必ずしも道徳的なものばかりではなくて、説話の面白さ自体をねらって、さほど道徳的ではない故事集を刊行する動きが出てきた。

（李卓吾批点）世説新語補《せせつしんごほ》　二〇巻　劉宋、劉義慶撰、梁、劉孝標注、宋、劉辰翁批、明、何良俊増、王世貞刪定、王世懋批釈、李贄批点、張文柱校注　元禄七年（一六九四）京、林九兵衛刊　大本一〇冊

の刊行が、それである。本書は王世貞が『世説新語』中の話を二割削り、元末までの人物の逸事を集めた何良俊の『語《ご》林《りん》』中の三割の話を付加したもので、それによって後漢末から魏・晉・南北朝、ひいては唐・宋から元に到るまでの人物故事集の体裁をとったことになる。王世貞の序の年時は嘉靖三五年（一五五六）である。

『世説』は、初めこそ「徳行」「言語」「政事」「文学」と孔門の四科に配される立派な話が載せられているが、後には「任誕」「簡傲」「排調」「軽詆」のように道徳を意図しない話が集められ、説話の面白さそのものが求められた故事集、といっても許されるであろう。

右の元禄刊本には後印本も存しているが、何といっても『世説新語補』が盛んに読まれるようになるのは、享保から宝暦にかけて徂徠学《そらいがく》が流行するようになってからである。徂徠学は道徳的に寛容であり、文芸を重視して狂狷任誕の性行を許容した。また、唐音直読論を唱えて、唐音（中国語）を学習するために中国の俗語や白話を用いている書物を使用した。『世説』には前述した如く、人間のさまざまな面、特に任誕・簡傲・惑溺を表わす逸話が集められており、また、「阿堵」「寧馨」などの晉代の口語が多用されているので、徂徠学の徒がこれを愛読するようになったのである。

かくて徂徠学派の経学派の領袖太宰春台《だざいしゅんだい》が「朱ノ書込、又墨ノ書込、青墨ノ批点」を施しまでして熱心に『世説』を読めば（『文会雑記』二下）、文学派の領袖たる服部南郭《はっとりなんかく》は、魏・晉の世相・風流と我が平安朝の世相・風流とがよく似ることに感じて、平安朝の故事を『世説』の形式に倣い、『世説』ばりの文体を用いて『大東世語《だいとうせいご》』（寛延二年〔一七四九〕刊）に著わす、というほどであるから、上の好む所、下これに倣い、末流でさえも「蒙求、世説、唐詩選ナドニテ学問ヲスルト覚ヘ」（『文会雑記』二下）るといわれる如く、一応『世説』に眼を通すほどになり、中にはただに読書のみならず、「学者ヲ害スルモノハ、世説ノ風流過タルナリ」（同上）と、その任誕の言行を実行する輩も多く出てきた。

このように流行すれば、その研究が輩出してくるのは当然な現象であって、

世説新語《せせつしんご》補觽《ほけい》　二巻　岡白駒《はっく》著　寛延二年（一七四九）三月　京、林九兵衛・風月荘左衛門刊　大本二冊
世説逸　一巻　岡井孝先（慊州《けんしゅう》）・大塚孝綽《たかやす》（頤亭）校　寛延二年九月　江戸、前川六左衛門刊　大本一冊
世説新語補考　二巻　桃井源蔵（白鹿《はくろく》）撰　宝暦一二年（一七六二）　京、林九兵衛等刊　大本二冊
世説新語補国字解　五巻　穂積以貫《ほづみいかん》著　宝暦一三年　浪華、安井嘉兵衛等刊　三冊
世説鈔撮《しょうさつ》　四巻　釈顕常（大典《だいてん》）撰　宝暦一三年　京、武村嘉兵衛・林権兵衛等刊　四冊

世説鈔撮補　二巻　釈顕常・沢田永世司撰　明和九年（一七七二）四月　林権兵衛等刊　二冊
世説新語補索解《さくかい》　二巻　平賀晋民房父（中南）撰、島邦俊子昌校訂　安永三年（一七七四）四月　京、林九兵衛・風月庄左衛門等刊　二冊

等が陸続と刊行された。元禄の和刻本の版木もこの頃には磨滅して、安永八年、守山藩儒戸崎允明（淡園《たんえん》）が藩主松平頼亮《よりあきら》の命を奉じて新たに校訂した別版が林九兵衛から刊行されている。『世説』研究はこの後も衰えず、

世説鈔撮集成　一〇巻　大典著　天明元年（一七八一）七月序　寛政六年（一七九四）四月　京、風月荘左衛門・江戸、須原屋伊八等刊　半紙本五冊
世説啓微《けいび》　二巻　皆川淇園《みながわきえん》著、男允校　文化一二年（一八一五）道隠跋　円光寺木活版二冊
世説講義　一〇巻　田中頤大壮《たいそう》（履道）著　文化一三年刊　修道館蔵板　大本一〇冊
世説音釈《おんしゃく》　一〇巻　恩田仲任編、磯谷正卿・岡田守常校　文化一三年　尾張、片野東四郎等刊　大本五冊
世説箋本　二〇巻　秦鼎《はたかなえ》（滄浪《そうろう》）校読　文政九年（一八二六）刊　滄浪居蔵板

が刊行された。これらの書の性格については川勝義雄・大矢根文次郎がそれぞれに言及しているが、[13]要するに『世説』研究の歴史は、『觿』より『音釈』に到るまでは語句と典故の注解であって、本文の面白さ、すなわち作意や趣旨を闡明しようとしたものではなかった。ところが、『講義』になって初めて一話全体の作意や趣旨を説き明かすことに意を注ぐようになる。『講義』のそのようなユニークな位置を、杉林修は序で次の如くいう。

吾ガ友履堂田大壮、世説講義ヲ撰ス。蓋シ其ノ意ハ微文ノ旨義ヲ剖拆シテ了然タラシメント欲スルナラン。而シテ其ノ援《ひ》ク所ノ事蹟典故ハ注セザルナリ。是ヨリ前、岡氏千里ナル者有リテ觿ヲ著ハス。觿ハ紛ヲ解クコト能ハズ。桃氏原蔵、考ヲ作ル、考ハ明徴無シ。僧大典、二家ノ言ヲ採リテ以テ録ス、集注尤モ雑ナリ矣。夫レ三子以

為ラク妙ハ辞外ニ在リト。是ヲ以テ其ノ辞ヲ解クコトヲ務メズ、而シテ援ク所ノ事蹟典故ヲ注ス。此ヲ要スルニ本ヲ棄テテ末ニ鶩《つと》ムノ繆見、実ニ笑フベシ。大壮ノ撰ヤ、是ニ異ナレリ矣。毎章必ズ首メニ四字ヲ標シテ、以テ大意ヲ示ス。而シテ文字ノ呼喚、前後ノ照応、妙、肯綮ニ中《あた》レバ、則チ伏スル所ノ微義、辞中ニ躍如シテ、理モ亦タ掩ハレズ矣。（原漢文）

この言は、大壮の撰述の意と特色を指摘して肯綮にあたるものであり、『講義』の世説研究史における位置を明示したものである。いわんや本場の中国に在っても一話の微旨を解釈することに意を注いだ業績が未だに現われていない状況を考慮すると、大壮の着眼は確かに先進性を備えているのである。ただし、大壮の解釈には読みの鋭さをねらうあまりに、時に突飛に陥るものがあることも否定できない。秦鼎の『箋本』は、先人の業績を集大成した詳細なものではあるが、一話の解釈の明快さにおいては『講義』に一籌を輸する。

以上の如く研究は盛んに出たのであったが、『蒙求』の場合と異なって、邦人が『世説』の様式や言語に倣って世説物を撰述するという例は少なかった。『大東世語《だいとうせいご》』の名を借りた『大東閨語《だいとうけいご》』（天明五年（一七八五）刊）の如き艶笑の小冊子もあるにはあるが、これはいわば圏外文学である。その他には、

近世叢語《きんせいそうご》　八巻　角田九華《つのだきゅうか》著　文政一一年（一八二八）江戸、岡田屋嘉七・京、堺屋仁兵衛等刊　大本四冊

続近世叢語　八巻　同著　弘化二年（一八四五）刊　大本四冊

が、『大東世語』に対して、これは近い世の人々の逸事を部門を分って述べているのが挙げられるくらいである。大田南畝《なんぽ》の『仮名世説《かなせせつ》』（文政七年刊）は、和文に拠り、話数も少ないので、強いて取りあげる必要はあるまい。

六　邦人撰述の中国故事集

以上の如く多種多様な故事集が和刻され、邦人のそれらに関する研究も盛行したのであるから、邦人が和文ないしは漢文を用いて中国故事集を編纂したものも当然に輩出することになる。そのすべてに言及することは紙幅の都合で許されないが、主要なもの、問題をはらむものに絞って簡単に展望しよう。

近世最初の小説群たる仮名草子《かなぞうし》の出現とほぼ時を同じくして『語園《ごえん》』二巻（寛永四年（一六二七）刊、古活字版）が刊行されたのは、我が近世人が早くから中国故事集を求めていたことを語る好例であろう。撰者桃華老人は長らく一条兼良《かねよし》に擬されてきたが、近時では林羅山が大いに関わっていることが明らかになった。[14] また、全二一二話の出典の四割強が『事文類聚《じぶんるいじゅう》』で占められていると見られてきたが、実際には全ての話が『事文類聚』から採られていることも調査されている。[15] 前述した如き羅山と『事文類聚』との親昵な関係のもと、本書のような故事集が生まれたのであろう。本書が『ひそめ草』（正保二年（一六四五）刊）、『悔草《くやみぐさ》』（同四年刊）、『堪忍記《かんにんき》』（万治二年（一六五九）刊）、『智恵鑑《ちえかがみ》』（同三年刊）、『理屈物語《りくつものがたり》』（寛文七年（一六六七）刊）等の仮名草子の材源になっていることも既に指摘されている。次に挙げるべきは、

鑑草《かがみぐさ》　六巻　中江藤樹《とうじゅ》著　正保四年（一六四七）京、風月宗知刊　大本六冊

であろう。明末の顔茂猷編『迪吉録《てききつろく》』「女鑑門」や『三綱行実図』などから孝子譚・不孝子譚を引き、孝道を勧め女訓を説く。後印・後修本が多く、後期に到るまで広く長く読まれた。続いて、

勧孝記《かんこうき》　二巻　釈宋徳著　明暦元年（一六五五）七月　西村又左衛門刊　大本二冊　上巻三四話・下巻四〇話

が出た。文字通り孝を勧める話が多く盛られ、各話には出典を記す。(16) が、その出典に直接就いて訳出したというよりも、『事文類聚』に拠っているものが多いのではないか、と思われる。たとえば上巻第一四話「老莱子班衣を服て父母をたのしむる事」の出典には『高士伝』が挙げられているが、この話は『事文類聚』後集三「老莱戯采」にも『高士伝』所引として載せられている。上巻第二〇話「伯瑜母の杖を得てかなしめる事」の出典は『説苑《ぜいえん》』であるが、これも『事文類聚』後集三「伯兪泣杖」に『説苑』所引の話として載せられる。そのような例が多いので、多くの典籍に直接当ったというよりも、『事文類聚』一書に就いて話を拾ったろう、と考えられるのである。後に改題本『親子物語』(寛文二年(一六六二)刊)が出た。以下、この項に挙げるべきものを列挙する。

堪忍記　八巻　浅井了意作　万治二年(一六五九)三月　京、滝庄三郎刊　大本八冊

主として堪忍に関する説話を集めたもので、『迪吉録』『事文類聚』『明心宝鑑』等の話を訳出する。

智恵鑑　一〇巻　橘軒散人(辻原元甫《つじはらげんぽ》)著　万治三年　京、小嶋弥左衛門刊　大本一〇冊

智恵に関する話を一〇部に分けて集める。明の馮夢竜《ふうむりょう》の『増広智嚢補《ぞうこうちのうほ》』の話を訳出する。なお『智嚢』二八巻の和刻本が刊行されたのは遅く、文化・文政の交に官版が出で、猪飼《いかい》彦博(敬所《けいしょ》)が抜萃した一〇巻本も文政四年(一八二一)に京の大谷仁兵衛等から刊行された。

古今逸士伝　八巻　野間三竹著　万治四年序

明の陳継儒《ちんけいじゅ》の『逸民史《いつみんし》』に刺激され、唐虞三代の伊尹《いいん》から明の陳継儒に到るまでの隠逸の士二五九人の伝を集めたもの。

愈愚随筆《ゆぐずいひつ》　一二巻　有隣《ゆうりん》(勢陽桑名伊藤玄節《げんせつ》)纂　延宝元年(一六七三)一二月　ふや仁兵衛・丁子屋源兵衛刊　大本二冊

有隣が漢籍を読むに従って記録した故事一〇六二条を集めて訳出し、天文・地理・人倫（幼敏・孝子・身体・字義・察智・忠臣・隠逸・仙術・理学・雑録・貞女・賢女・奇女・寵妾・妬婦・頑婦・淫婦・襍録に分く）・食服・詩文書籍・器財・鳥・獣・虫・魚・草木・鬼神の部門に分類したもの。『蒙求』に収まる話とは重複しないようにした、と序にいう。中には、『膾余雑録《かいよざつろく》』『北渓含毫《ほっけいがんごう》』の如き国書もまじる。本書の特色は、一に、引用している典籍が幅広く、『咲海録』（巻四第四八「両脚猫」）、『絶纓三笑影語部』（巻四第四九話「壮男子一味」）の如き白話をまじえた笑話集までをも用いている、(17)二に、それと関連したことであるが明代の文献までも用いる、三に、『翻訳名義集《ほんやくめいぎしゅう》』（巻三第一〇話「耆婆」）、『仏説奈女耆婆経』（同第一一話「耆域方術」）等の如く仏書をも多用する、四に、概して原文に忠実な訳文である、五に、そのことから類書に拠っているのではなくておおむね原典に当って翻訳していることがわかる、等々の点にある。『青瑣高議《せいさこうぎ》』『夷堅志《いけんし》』『太平広記《たいへいこうき》』『棠陰比事《とういんひじ》』『剪灯新話《せんとうしんわ》』など、和刻本のあるものないもの取り併せて小説を多く用いていること、巻之二孝子類第一二話に「二十四孝」を収めること、等も特色になろうか。

孝感編《こうかんへん》　六巻　睡庵玄光《すいあんげんこう》輯　延宝五年（一六七七）京、林伝左衛門刊　大本六冊

玄光の序によれば、本邦にいまだ孝子伝の立てられないことを嘆き、中国の孝子の例を見て本邦に孝子が輩出し、その伝が著わされるのを願って、中国の孝子五一九人の孝の行状を集めたもの。原文を引き、それに訓点を施す。巻一は正史に拠ること多く、巻二以降は博く群籍から採るが、(18)『万姓統譜《ばんせいとうふ》』『尚友録《しょうゆうろく》』に拠るものが多いという。巻六には曹娥以下一八人の女性の話を集める。

新語園　一〇巻　浅井了意著　天和二年（一六八二）二月　小佐治宗貞等刊　大本五冊

厖大な量の漢籍を出典として引くが、それらに一々就いて訳出したというよりも、類書『事文類聚』『太平広記《たいへいこうき》』『天《てん》中記《ちゅうき》』『太平御覧』等に基づいたもの、と調査されている。(19)

合類大因縁集《ごうるいだいいんねんしゅう》　一二巻　編者未詳　貞享三年（一六八六）　京、小森善左衛門等刊　大本六冊

仏教故事を集成し、多くの漢籍、仏書を出典として引くが、それから一々話を拾ったのではなくて、浅井了意の『阿弥陀経鼓吹《くすい》』『無量寿経鼓吹』『観無量寿経鼓吹』『愚迷発心集直談《ぐめいほっしんしゅうじきだん》』を利用していることが調査されている。(20)

夷堅志　八巻　斉賢訳　貞享三年（一六八六）跋　元禄六年（一六九三）二月　江戸、西村理右衛門等刊　大本四冊

宋の洪邁《こうまい》の原作から七二話を抜き出して和訳し、尽忠類・孝子類・孝婦類・不孝類・不孝婦類・節婦類等に分類して収めたもの。各話の後に斉賢の評を加えるが、その中には日本の近代の例話を語ることが多い。なお、釈日達《にったつ》の『対《たい》類《るい》二十四孝』（享保三年〔一七一八〕木村市郎兵衛刊）には本書所収の話と同一のものが六話原文の形で収められているが、それは本書によって『夷堅志』の孝子譚を知り、あらためてその原文を引いてきたもの、と思われる。

訓蒙要言故事《くんもうようげんこじ》　一〇巻　宮川道達《みちさと》著　元禄七年三月　京、上村八郎右衛門等刊

天地・人君・人臣・父子・夫婦・朋友・禽獣・雑の門に分けて、和漢の要言を挙げて解釈し、次に漢籍の故事を俗解する。日本の典籍中の故事を引くこともある。一見多くの漢籍を駆使している如くであるが、『孝経列伝』(21)と『愈愚随筆』を利用していることが多い。たとえば、本書巻八「蔵六亀」「亀畳塔」「桑亀問答」の訳文は、『愈愚随筆』一一第一八話「桑亀問答」、第二〇話「亀蔵六」、第二一話「烏亀畳塔」の訳文と大同小異であり、出典も同一であって、影響関係が一目瞭然である。ただし、要言と故事の撮合は新しい形式であって、青木鷺水《ろすい》が『和漢故事要言』（宝永二年〔一七〇五〕京、上村四郎兵衛等刊）において本邦の俚言と和漢の故事を撮合しているのは、書名の類似からも窺える如く、本書にヒントを得たものであろう。

絵本故事談　八巻　山本序周著、橘有税画　正徳四年（一七一四）　大坂、柏原屋清右衛門等刊　半紙本八冊

和漢の故事を児童向きに説き、絵を豊富に入れたもの。種々の漢籍を出典として掲げるが、これまでに挙げた和刻

本故事集の範囲を出でず、それもその原文をダイジェストすることが多い。たとえば、巻三「玉子章　列仙伝」は『有像列仙全伝』二「玉子」のごく簡単な要約、という具合である。『続絵本故事談』（大岡晉斎著、橘守国画、享保一一年〔一七二六〕刊）もある。

孝道故事要略　七巻　春鶯廓元編輯　享保五年　大坂、渋川清右衛門刊　大本七冊

和漢の孝子譚を集めるが、『勧孝記』『孝経列伝』の影響が大きいことが既に説かれ、本邦の孝子伝としては『本朝孝子伝』（藤井懶斎著、貞享三年刊）を利用することが多い。[22]

七　結語

故事集の和刻は、正徳・享保の交まで、すなわち近世前期には盛んに行なわれたが、中期以降はそれほど盛んではなくなったようである。その理由は、一に、前期に主要なものが出そろい、後はそれがたびたび後印されるので、新たに経費と手間をかけて未刊のものを和刻する必要がなくなったこと、二に、中期からは白話物が流行し、『通俗三国《つうぞくさんごく》志《し》』（元禄二―五年〔一六八九―九二〕刊）、『通俗漢楚軍談《つうぞくかんそぐんだん》』（元禄四年刊）に始まる中国物通俗軍談、『忠義水滸伝《ちゅうぎすいこでん》』（享保一三年〔一七二八〕刊）、『小説精言《しょうせつせいげん》』（寛保三年〔一七四三〕刊）、『小説奇言《しょうせつきげん》』（宝暦三年〔一七五三〕刊）、『小説粋言《しょうせつすいげん》』（宝暦八年刊）、『照世盃《しょうせいはい》』（明和二年〔一七六五〕刊）等の如き中編・長編の小説の和刻本が多数刊行され、故事集以外にも中国の面白い話への需要を満たすものが多く存したこと、三に、寛政以降の後期には清朝の随筆、筆記小説が喜んで読まれるようになったこと、等であったろう。そのような情勢の中では、田能村竹田《たのむらちくでん》が文化年間に流行からはずれた唐代艶情小説一〇種を「綉匣十読」として和刻しようとした――結局『風竹簾前読《ふうちくれんぜんどく》』（霍小玉伝《かくしょうぎょくでん》）しか刊行されなかった

が[23]——ことは、まだしも故事集和刻の系譜に入れられる事業であった。
以上のように中国故事集の和刻および邦人の中国故事集撰述の様相を展望してくると、次のような特色に気づくのである。

一に、近世初頭に和刻された故事集の底本は、当然のことながら、明刊本が多かったことである。そのことは『和刻本類書集成』の解説に記されているし、『列仙伝』や『世説新語補』『四書故事』『孝経列伝』の編者が明人であることからも窺える。近世初頭は明末に当るが、当時明刊の漢籍が大量に舶載され、その多くが、すぐに和刻された状況が推し測られるのである。

二に、孝子譚およびそれを含む故事集が和漢ともに多いことである。『日記故事』に二十四孝の話が二種も収まっていること、『勧懲故事』が孝・不孝譚を対照させていること等が、そのことを象徴している。その理由は、故事集が童蒙の教材として編まれていることが多く、したがって忠と併せて孝道を説くことが主眼であるからであろう。

三に、中華の文明への対抗意識の表われとして本邦の故事集が撰述されていることである。そうした対抗意識は、いろいろな書に見えるが、一つだけ『桑華蒙求』の叙の例を引いておこう。

吾ガ邦小ナリト雖モ、文物制度、頗ル中華ト相類ス。決シテ被髪文身、鯷冠秫縫ノ族ノ如キニハ非ズ。況ンヤ太古天神降リ、地祇産ス。夫レ神人ノ聖人ニ超過シタマフコト、蓋シ亦タ一等ナリ矣。（原漢文）

かような国粋思想のもとに、中華に『蒙求』あれば本邦にも『扶桑蒙求』無かるべからずとして、本書が生まれる。邦人が本邦の故事集を撰述する主な動機は、ほとんど同様なものである。だから、本稿では取りあげる余裕がなかったが、日本の故事を題材とした故事集には『本朝孝子伝』（藤井懶斎著、貞享三年〔一六八六〕刊）、『国朝諫諍録《こくちょうかんそうろく》』（同、貞享五年刊）、『本朝名臣言行録』（梅沢西郊著、安永五年、驪虞堂蔵）の如く本朝や国朝の語を書名に冠した故事集が輩出することになるのである。

以上の三つの特色はまた、故事集が近世に盛行した主因ともなるのである。すなわち、明刊本が多く渡来して邦人を啓発し、忠孝が封建制維持のための道徳として鼓吹され、唐土の故事集に対抗するものを作ろう、という三要素が統合されて、本邦の近世における故事集盛行の基盤となったのである。

注

（1）以後言及する和刻本の刊・印・修などの刊行状況は、すべて本書を参照している。

（2）京伝が『事文類聚』を利用した一つの例は、『昔話稲妻表紙』（文化三年〔一八〇六〕刊）三「辻堂の危難」、孫堅の馬が落馬した彼を救った話が該書の後集三八、馬、「随レ馬尋レ主」に拠っていることに見られる。馬琴の場合は、第十三章「『雲妙間雨夜月』の雷雨譚典拠考」参照。

（3）新日本古典文学大系『繁野話　曲亭伝奇花釵児他』（岩波書店、一九九二年）の徳田武注一三〇頁、参照。

（4）徳田進『孝子説話集の研究』近世篇、井上書房、一九六三年。

（5）同右、一六六頁に紹介される。

（6）同右、一四五頁。

（7）このことは徳田武『日本近世小説と中国小説』（青裳堂書店、一九八七年）第三部第一四章「『八犬伝』と家斉時代」注3（七六二頁）に簡単に述べた。

（8）同右、七二二頁、参照。

（9）同右、第三部第四章「馬琴と『杜騙新書』」。

(10)同右、第二部第四章「庭鐘と『西湖佳話』『聊斎志異』」、同第一〇章「『凩草紙』と『聊斎志異』」。
(11)徳田武「読本と清朝筆記小説――『今古奇談』『通俗排悶録』について」『江戸漢学の世界』ぺりかん社、一九九〇年。
(12)『日本虞初新誌』『本朝虞初新誌』については李進益『明清小説対日本漢文小説影響之研究』(中華民国八二年、中国文化大学中国文学研究所)の第四章「張潮之「虞初新志」与菊池三溪之「本朝虞初新志」、依田学海之「譚海」等之比較」に詳しい。
(13)川勝義雄「江戸時代における世説研究の一面――建仁寺高峰和尚の研究をめぐって」『東方学』第二〇輯、一九六〇年六月。大矢根文次郎「江戸時代における世説新語について」『世説新語と六朝文学』早稲田大学出版部、一九八三年。
(14)渡辺守邦『古活字版伝説』(青裳堂書店、一九八七年)第四章「『語園』考」。
(15)花田富二夫『仮名草子研究――説話とその周辺』第一部第一章一「語園と事文類聚」。
(16)前掲注4書、一七六頁に出典一覧が掲げられる。
(17)「両脚猫」の末尾は「這箇《シャコ》《コレコノ》却《カヘツテ》是《コレ》両脚猫児《リヤウキヤクメウジ》《フタツアシノネコノコ》ト云」と、原文をそのまま引くことによって、白話を用いたものであることがわかる。なお、この話は、「信州　松忠敦訳」の笑話集『雞窓解頤』(宝暦二年、大坂・浅野弥兵衛刊)に「両脚猫児」と題して施訓されている。
(18)前掲注4書、一四三頁に引用書目が挙げられている。
(19)花田富二夫注15前掲書第一部第一章二「新語園と類書」。
(20)和田恭幸「『合類大因縁集』考」『都留文科大国文学論考』第二九号、一九九三年三月。
(21)前掲注4書、一五〇頁参照。
(22)同右、一五一頁、一七九頁。
(23)本書第二十章「田能村竹田『風竹簾前読』の成立とその水準」。

(『岩波講座日本文学史　第10巻一九世紀の文学』岩波書店　一九九六年四月)

第三章　本邦最初の『三国演義』の翻訳

――『為人鈔』に就いて――

一

日本人による『三国演義』への関わりの最も早い例は、慶長九年（一六〇四）までの林羅山の既読の書の目録（『羅山林先生集』付録巻一）に『通俗演義三国志』が見えることであろう。第二は、寛永二十年（一六四三）に没した天海僧正の蔵書中に『新鋟全像大字通俗演義三国志伝』（明、福建、劉龍田喬山堂刊本）と『李卓吾先生批評三国志』（明刊本）が存し、またその蔵書目録『日光山文庫書籍目録』に『三国志演記《ママ》』が見えることであろう。[1] 演義小説とはいえ、文言を基調として白話を用いることが比較的少い『三国演義』は、唐話学が興隆する以前の近世初頭から邦人に読まれ、関心を持たれていたのである。しかし、その最初の翻訳は、羅山の閲読から約八十年後の元禄二年（一六八九）から五年にかけて、ようやく刊行された『通俗三国志』（文山訳。京都、吉田三郎兵衛刊）まで待たなければならなかった、というのが通説であった。ところが、中江藤樹が著者であるといわれる[2]『為人鈔《いじんしょう》』（寛文二年、一六六二、河野道清刊）の内に『三国演義』の話を翻訳しているものがあることを、数年前に見出した。これが認められれば、部分訳ではあるが、邦人による『三国演義』の最も早い翻訳（只今のところ）、という意義を担うものになる。よって、このことを報告し、且つ、翻訳上の問題点の幾つかを述べてみよう。

二

『為人鈔』巻第五の第七「賊臣董卓之弁」は、その他の各章と同じく、「昔、智アル人ノ謂ルハ」という定まった書き出しで始まるが、以下、翻刻本で十八頁に亙る内容は、

漢の献帝の御宇、董卓が、絶大な権勢を持ち、二十五万人の人夫を堳塢にやって大家を造り、二十年の糧食を備え、十五歳から二十歳の美女八百人を召しかかえた。そして、諸国の降参の士数百人や司空張温を惨殺したので、司徒王允は自邸の後園の款冬花の側らでこれを憂えていると、歌舞の美人貂蟬（原文作貚）が心配して声をかける。王允は貂蟬に「連環ノ計」を実行するよう教唆するが、それは、董卓とその「義児」呂布が酒肉に溺れているのを利用し、貂蟬を先に呂布に嫁せしめ、後に董卓に献与して、呂布を怒らして董卓を殺させよう、というものである。翌日、王允は呂布を招いて貂蟬を引き合わし、すっかりその容色にとらかされた呂布にこれを献ずることを約束する。その後、王允は董卓を自邸に招待し、帝位に即くことをそそのかし、貂蟬をして歌舞せしめ、これを董卓に献上したので、董卓は貂蟬と同車して自邸に帰る。呂布がこれを知って怒ると、王允は、董卓は呂布の婚姻を援助すべく貂蟬を伴ったのだと弁解して、ひとまず呂布の怒りを解く。翌日、呂布は董卓が彼女を幸したことを董卓の侍女から聞き、貂蟬の様子を窺うと、彼女はいとも憂愁を含んだ風情を示す。呂布は家に戻るが、その妻は彼の顔色が悪いのを見て訳を問い、呂布はさらぬ体を装う。董卓が病むと、貂蟬は献身的に看護し、一方では呂布に対して辛苦に耐えられぬ面もちを見せる。董卓は呂布の貂蟬に挑む様子に気づいて、呂布を叱ると、呂布は恨みを抱く。李儒が董卓に対して呂布を取りなすので、董卓は呂布に黄金十斤と錦二十匹を与え、呂布も機嫌を直す。ある日、呂布

は、董卓が献帝と語る隙を見て、董卓の邸に来たり、鳳儀亭にて貂蟬と口舌を交わすが、そこに董卓が戻り来って一喝したので、呂布は逃げ出す。李儒は再度、董卓に対して楚の荘王の絶纓会の故事を持ち出して、その怒りを鎮める。貂蟬は貂蟬で、呂布が無礼だと董卓に嘆き、董卓は貂蟬を堳塢に避難させることにして、李儒の諫言をも聴き入れずに、彼女を堳塢に送り出す。貂蟬は偽って車上において悲泣し、呂布はこれを望んで悵然とする。王允は呂布に対して董卓の非道をたきつけ、董卓を伐つことを提案、この密謀に士孫瑞・黄琬も加って、李粛を堳塢の董卓のもとに派遣し、献帝が董卓に譲位すると欺いて、董卓を都に戻らせる。董卓が禅位の儀式のために登城すると、王允は伏兵と呂布をして董卓を伐たせる。

という話である。この話はあまりにも有名で、すぐに『三国演義』第八回「司徒王允説貂蟬　鳳儀亭布戯貂蟬」(3)から第九回「王允授計誅董卓　李傕郭汜寇長安」に亙る連環計の故事《ものがたり》であると分かる。

この連環計故事は、正史『三国志』には殆ど記述されていず、元曲「連環計」や元の至治年間刊『全相三国志平話』巻之上「王允献董卓貂蟬」「呂布刺董卓」の話から発展したものであることは、研究者にはよく知られたことである。(4)元曲「連環計」と『全相三国志平話』の話とは、右に紹介した話とは大きく異なるし、『為人鈔』の著者がこれらの稀覯書（当時において）を目睹していたとも思えない。そうとすると、『為人鈔』の著者は『三国演義』から右の話を取り来ったのである。

三

『為人鈔』の翻訳ぶりが如何ようなものであったかを窺うべく、連環計故事の内でもとりわけ面白い鳳儀亭の場面に就いて、『李卓吾先生批評三国志』の本文と対照させてみよう。一番下に参考として『通俗三国志』の訳文を添える。

李卓吾先生批評　三国志

是日布引卓来到内門階、略住少時、見卓与献帝共談、呂布慌提戟、出内門、上馬遙投相府来、繋馬于道傍、提戟入後堂、尋覓貂蟬。貂蟬見布尋覓、慌忙出曰、汝可去後園中、鳳儀亭辺等我、我便来。布提戟逕往、立于亭下曲欄之傍。良久見貂蟬、分花払柳而来、果然如月宮仙子、泣与布曰、我雖非王司徒親生之女、待之若神珠玉顆、一見将軍、大人肯許、妾已平生願足、誰想太師、起不仁之心、将妾淫汚、恨不得死耳。今幸将軍至此、妾表誠心、此身已汚、不得復事英雄、愿死于君前、以絶君念。言畢、手攀曲欄、望荷花池便跳。呂布慌忙抱住、泣曰、我知汝心久矣、恨不能勾共語。貂蟬手扯布曰、妾今不能勾与君為妻、願相期于後世。布曰、我今生不能勾以汝為妻、非世之英雄也。貂蟬曰、妾度日如年、愿君憐憫而救之。

為　人　鈔

或時、呂布ハ、董卓カ心ヲナグサメン其為ニ、ヤヤ倡《イサナ》ヒテ、禁門ノ階ニ行タリシニ、思ノ外ニ、献帝ニ見《マミ》エ奉テ、共ニ話ルヲ、遙ニ見テ、呂布ハ、ヨロコビ急キ出テ、馬ニ乗、①径《コミ》チニ相府ニ皈《カエッ》テ、馬ヲバ門外ニツナギ置、戟ヲ提《ヒッサゲ》テ、後堂ニ入リ、貂蟬ニマミエン、ト、足ハヤニ来ルヲ見テ、貂蟬、ヤカテ、サトリツツ、先、後園ノ鳳儀亭ニ行タマヘ、我モ参リテ見エン、ト、懇《ネンコロ》ニ告ケレバ、呂布ハ、先《サキダ》チ行去テ、欄干ノ旁ニ、今ヤ遅シ、ト、待タリケリ。暫ク有テ、貂蟬ハ、②玉ノ瓔珞首《カシラ》ニ飾リ、妙ナル衣装身ニ纏ヒ、花ニ傍ヒ、柳ニ随テ、サモ青陽ナル粧ハ、恰モ月宮ノ仙子ノ如シ。稍《ヤヽ》既ニ歩ミヨリ、流ルル涙ヲヲサヘツツ呂布ニ向ヒテ、云ケルハ、我ハ是、司徒王允ガ真ノ女《ムスメ》ニハアラザレドモ、幼年ヨリ愛スル事、真珠玉

通俗　三国志

アル日董卓朝ニ出テ、天子ト政ヲ論ジケレバ、呂布ハ常ノ如ク戟ヲ執テ内門ニ立チ、ヨキ隙ナリト思フテ、只一人馬ニ乗テ相府ニ回リ、戟ヲ持ナガラ後堂ヘ入テ、貂蟬ニ遇ント尋ネケレバ、貂蟬モ内ヨリ走リ出テ、将軍園ニ行イテ鳳儀亭ニテ待玉ヘ、我モ跡ヨリ参ラント云フ。呂布大イニ喜ビ、急ギ後園ニ出テ、鳳儀亭ノ曲欄ニ靠《ヨ》リ、戟ヲ杖《ツ》イテ待チケル所ニ、暫アリテ貂蟬、花ヲ分ケ、柳ヲ払テ出来レリ。其粧ヘル姿ハ、画ニ書トモ筆モ及ビ難ク、月宮ノ仙子、化シテ此土ニ来ルカト怪マル。貂蟬涙ヲ流シテ申シケルハ、我王司徒ノ為ニハ、実ノ女ニテハ候ハネドモ、幼ヨリ恩愛ノ深キコト、骨肉ニ過タリ、天下英雄ノ士ヲ択ンデ、嫁シメント云玉ヒシニ、一度将軍ニ見エテ平生ノ願ヒ足レリト思フ所ニ、案ノ外ニ董太師

李卓吾先生批評　三国志

布曰、我在内庭偸空而来、恐老賊見疑、必当速去。提戟転身。貂蟬牽其衣曰、君如此懼怕老賊、妾身無見天日之期也。布立住曰、容我思忖一計、共你団円。貂蟬曰、妾在深閨、聞将軍之名如轟雷灌耳、以為当世一人而已、誰想反受他人之制乎。言訖涙下如雨。両箇偎々倚々、不忍相離。

為人鈔

顆ノ如クナリ。サレバ、一タビ将軍ニ見エテ、今マテ相馴マイラセバ、カホトニ、物ハ思ハジヲ、誰カ想ハン、太師、忽、不仁ノ心ヲ起スノミナラズ、禽獣ニ近キフルマヒニ、妾身既ニ汚サレタリ。女心ノハカナサハ、今マデ、命ナガラヘテ、将軍ニマミエ奉ル事、羞《ハヂ》ヲ忍ニ所ナシ、将軍ハ、初ヨリ、③誠ヲ尽ス志、妾ハ汚レシ身ノ風情、何ノ面目アッテ、英雄ニ事ヘ奉ランヤ。偏ニ、将軍ノ前ニテ死シ、君ガ念ヒヲ断ベシ、トテ、欄干ニ攀上《ヨヂノボ》リ、蓮ノ池ニ臨ツヽ、既ニ、身ヲ投ン、トシタリシヲ、呂布ハ、慌テ④抱トメ、ヤウ〳〵ニイタハリテ、涙ヲ流シ云ケルハ、吾、素リ、汝ガ心ヲシル事久シ、タダ恨ラクハ、一日片時モ、共に語ルノ期ナキ事ヲ。貂蟬、聞テ、サレバ、初ヨリ今マデモ、将軍ニソヒマイラセバ、妾ガ身、尋常《ヨノツネ》ノ願、何事カ是ニマサラン。カナシキカナヤ、今生ニテハ、君ガ妻トナル事

通俗　三国志

不仁ノ心ヲ起シテ、妾ヲ奪ヒ玉ヘリ、妾明暮将軍ヲ思ヒ沈ト云ヘドモ、ソノ志ヲ知ラシムルコト能ハズ、今幸ニ逢フコトヲ得タリ、此ノ身既ニ汚レタレバ、再ビ英雄ニ事フルコトヲ得ズ、今コノ所ニ死シテ妾ガ心ヲモ知ラセ奉リ、将軍ノ念《オモヒ》ヲモ絶ベシトテ、前ナル蓮池ニ身ヲ投ントス。呂布急ニ抱キ止メ、涙ニ咽デ申シケルハ、我ヨク汝ガ誠ノ心ヲ知ル、恨ムラクハ、夫婦ノ縁浅ウシテ浩《カカ》ル禍ニ罹《アフ》コトヲ。貂蟬、又、呂布ガ手ヲ執テ曰、妾今生ニテハ、将軍ノ妻トナルコト能ハズ、願クハ後世ノ契ヲ結バントテ、又、池ニ飛バントス。呂布推止メ、我モシ今生ニテ汝ヲ妻トセズンバ、豈世ノ英雄ト云フニ足ランヤ、必ズ了《ツヒ》ニハ志ヲ遂グベシト云ヒケレバ、貂蟬ガ曰ク、妾コノ処ニ在ッテ、一日モ一年ヲ送ルガ如シ、将軍憫ンデ救ヒ玉ヘ。呂布ガ曰、ワレ老賊ニ従ッテ朝ニ出デ、ヒソカニ隙ヲ伺ヒテ此

叶フマジ。タダ願クハ、後生ヲ契ラント、⑤遠キ妹背ヲ告ケレハ、呂布ガ、曰、我今生ニテ、汝ヲ得テ、妻ノ契リヲナサズンバ、再ビ、世ノ英雄トナルベカラズ、ト、堅キ誓ヲナシケレバ、貂蟬、聞テ、妾ガ身、深窓ニ在ナガラ、心ノ愁絶ザレバ、日ヲ度ルコト、年ノ如シ、願ハ、君是ヲ憐デ救タマヘ、ト告ケレバ、呂布ガ、曰、我、此日、董卓ヲ伴ヒテ、禁庭ニ在ケレドモ、アマリニ、心ノアコガレテ、⑥閑ヲ偸テ、爰ニ来レリ、遅ク皈リテ、董卓ニ疑ハレテハ、⑦貂蟬ニ、逢瀬ノ末モ、アダ浪ノ、立名モ、サスガ、オソロシケレバ、先、スミヤカニ皈ルベシ。貂蟬、聞テ、実々《ゲニ〳〵》、将軍ノ太師ヲ恐レタマフハ、コトハリ也、深キ盟《チギリ》ヲ恋章《コヒグサ》ノ、ハヤ顕レテ、カクゾトモ、見付ラレテハ、詮モナシ。ハヤ〳〵カヘリ給ヘ、ト、云フ。呂布ガ、曰、外ノ人目ニ憚リテ、心ノ関ノ隙モナシ、何レノ時ゾ、計ヲ企テ、汝ト比翼ヲ契ルベシ。貂蟬ガ、曰、誠ニ、呂将軍ノ

ニ来レリ、若《モシ》尋ヌルコトモ有ラン、先回ラントテ出デケレバ、貂蟬袖ヲ拽止テ申シケルハ、将軍左程ニ老賊ヲ怕レ玉フナレバ、妾イツカ心ヲ安ンズベキ。呂布立住テ曰、ワレ計コトヲ運《メグラ》シテ、心安ク汝ト契ラン。貂蟬ガ曰、妾深キ閨ノ中ニ在リテモ、将軍ノ名ヲ聞イテ、世ニ双ナキ英雄ト思ヒシニ、今何トテ人ノ下ニ立玉フゾトテ、涙ヲ流スコト泉ノ如クナレバ、呂布心空ニ泛《ウカ》レテ、手ニ手ヲ取ッテ伏転《マロ》ビテゾ居タリケル。

李卓吾先生批評　三国志	為人鈔	通俗　三国志
	名聞ハ、雷鳴ヨリモ甚シ、然ハ、当世ノ英雄、一身ノ上ニ留メタリ、ト、云モ果ヌニ、流ルゝ涙雨ノ如シ。互ニ、口説恨アヒ、別ルゝ袖ニ、時ヲ移ス。	

右の比較によって、『為人鈔』「賊臣董卓之弁」が『三国演義』を翻訳したものであることは、大方に納得されたと思うが、それでは訳者が『三国演義』のどのような版本に拠って翻訳したのか、というと、早急には回答できない。巷間に流布している毛宗崗（毛声山の子）批評の第一才子書本が我が国に渡来した最初の記録は、元文元年（一七三六）の『舶載書目』であるというから(5)、訳者の拠った版本は、勿論、それより前に刊行された明版である。しかし、一概に明版といっても、孫楷第の『中国通俗小説書目』には二十余点も列挙されており、早急には目睹し得ぬものも多いので、直ちに所拠の版本を定めることはできない。ただし、所拠の版本を定めるための手掛りは存する。即ち、『為人鈔』の、貂蟬が初めて董卓に引きあわされる場面で、貂蟬が唱う歌を原文のまま掲げる所である。それは、

一点桜花啓㆓絳唇㆒、両行砕玉噴㆓陽春㆒、丁香舌吐擒㆓剛剣㆒、要斫奸邪乱国臣

というものであるが、試みに、呉観明刊本『李卓吾先生批評三国志』を見ると、これを、

一点桜桃啓絳唇、両行砕玉噴陽春、丁香舌吐衠鋼剣、要斬姦邪乱国臣

に作る。圏点部分の異同に着目すると、『為人鈔』の訳者は呉観明刊本『李卓吾先生批評三国志』を用いたのではないようである。手元にある京都大学蔵『精鐫合刻三国水滸全伝』（京都大学漢籍善本叢書18）の本文も「一点」を「一埋」、「擒剛剣」を「衛剛剣」に作っていて、異同が存し、所拠本とはいえないであろう（ただし、「要斫」（斫《き》ラント要ス）の二

字は同一である)。スペインのエスコリアル修道院蔵の『新刊按鑑漢譜三国志伝絵象足本大全』を影印した『三国志通俗演義史伝』(井上泰山編。関西大学出版部)も、問題部分の字を「桃」「衝剛」「斬」に作っていて、異同があり、所拠本とはいえないようだ。このような対校作業によって、右詩の本文が一致する版本を求めることが要請されるが、今、右以外の版本に就いての対校の機会を得ないので、今後の課題としておく(付記参照)。

ここで、翻訳の様相を述べる段階となったが、第一に、右の「要斫」に何の訓点をも施さなかったことに見られる如く、『為人鈔』の訳文には、まま誤りや誤訳が存する。傍線部①「径」を「コミチ」と訓じて用いているが、どうして「遙投相府来」という原文を訳するのに、この字を用いるのかが分らない。「逕《ただ》チニ」を誤ったものであろうか。傍線部③も「誠ヲ尽ス」主語を「将軍」としているが、原文では「妾」、貂蝉が主語なのである、という具合にである。

第二に、さればといって、『為人鈔』訳は、原文の俗語的表現(白話)が表わす意味や気分を解し得ていないのではない。傍線部④の「抱トメ」は、原文「抱住」の「住」の働き、即ち、動詞の後に付いて動作の固定を表わす、という働きを押えた訳になっている。また、傍線部⑥「閑《かん》ヲ偸《ぬすみ》テ」も、「偸空」の意味を的確に訳し得ている。

第三に、『為人鈔』訳は、女性の容姿の描写や情緒的な場面において、原文に無い文飾を加える傾向がある。傍線部②がそれである。傍線部⑤「遠キ妹背ヲ告ケレバ」や、傍線部⑦「貂獮ニ、逢瀬ノ末モ、アダ浪ノ、立《たつ》名モ」の掛詞を用いて上下の句を連繫する表現も、それに当る。いわば、訳文に文芸性を与えようとしているのである。

四

『為人鈔』にはもう一つ『三国演義』を翻訳した話が存する。巻第一の第廿五話「孔明之智謀至高之弁」である。それは先ず、蜀の先主劉備が死に臨んで孔明に後事を託する話を、『李卓吾先生批評三国志』では第八十五回「白帝城先主託孤」に拠って訳す。ただし、趙雲への遺言の部分などは省略する。ついで、飛んで第八十七回「孔明興兵征孟獲」の話を右の話に接続させて冒頭部分から訳して行き、同回のほぼ半ば、高定が朱褒の首級を孔明に献上する所まで訳す。翻刻本では八頁に亙る分量である。

それが正史『三国志』や『資治通鑑』等の史書に拠ったのではないことは、中に関羽の第三子といわれる関索の話を含んでいることによって、すぐに分る。関索説話は、小川環樹氏が、その存在の有無や説話形態の異同に着目することによって『三国演義』の版本の系統を分類して[6]以来、中国俗文学研究者の間では話題になっているが、この関索は史書には見えず、従って関索説話は『三国演義』にしか存在しないからである。（一九六七年、大陸で発見された『成化本説唱詞話』〈一九七三年、文物出版社刊〉の『花関索伝』は、まず訳者の目睹には入らないであろうから、今の場合、考慮に加える必要はない。）

その関索説話を『為人鈔』では如何に訳しているかを窺うことは、『為人鈔』が拠った版本の見当をつける一助となる。よって、前の例と同様、原文、同書訳、『通俗三国志』訳を対照させて引いてみよう。

李卓吾先生批評　三国志	為　人　鈔	通俗　三国志
忽有関公第三子関索、入軍来見孔明曰、自因荊州失陥、逃難在鮑家庄養病、毎要赴川、見先主報讐、瘡痕未合、不能起行、近日安痊、打探得東呉讐人已雪、逕来西川見帝、恰在途中、遇見征南之兵、特来	忽チ、一少年ノ将軍一騎打テ来ル。是ヲ誰トモ不レ知処ニ、孔明、喚入テ、相対ス。其時、名乗テ曰、某ハ雲長ガ第三番目ノ子、関索ト申者ナリ。既ニ、荊州ノ軍敗北ノ時、難ヲ鮑氏ガ家中ニ遁レテ、	関羽ガ二男関索ト云フ者、馬ヲ飛シテ来リ見ユ。孔明コレヲ見テ涙ヲ流シ、荊州ノ破レタル時、汝スデニ、討レヌルヨト思ヒシニ、今マデ何クニ在リタルト問ヘバ、関索申シケルハ、荊州ノ破レシ時、

投見。孔明聞之、嗟呀不已、一面遣人申報朝廷、就令関索、充為前部先鋒、一同征南。大隊人馬、各依隊伍而行、飢食渇飲、夜住暁行、所経之処、秋毫無犯。

病気ヲ保養シテ居タリシガ、或時、西川ニ赴ントシテ、来テ、先主劉備ニ見《マミエ》テ、父ノ為ニ讐ヲ報シテ、敵ノ為ニ疵ヲ被《カウフ》ル。其疵ノ痕未《イマダ》レ痊《イヘ》、因テ、諸所ノ軍ニ不レ出一合。近日漸平愈ス。因レ茲コヽニ来ル。願クハ、帝ニ見エ奉ラン、ト、思フハ如何ニ、ト、云ケレバ、孔明、是ヲ聞テ、感嘆シテ不レ止《ヤマ》。人ヲ朝廷ヘ差遣シテ、此旨ヲ奏達シ、関索ヲ、魁《コノカミ》ノ大将軍ニ定テ、三軍ノ推行所《スイカウシヨ》、秋毫モ犯ス事ナシ。

身深手ヲ被リシカバ、鮑氏ノ家ニ隠レテ病ヲ養ヒ、先帝ノ呉ヲ攻玉フ時モ、金瘡イマダ痊《イエ》ズシテ、打立ツコト能ハズ、今丞相ノ、南蛮ヲ征シ玉フト承リテ、早々ニ馳来レリ。孔明コレヲ聞イテ、嗟嘆シテ已ズ、朝廷ニ奏問シテ、聽テ先手ノ大将トシ、大軍ノ通ルトコロ、秋毫モ犯スコト無シ。（「二男」は『通俗廿一史』本の本文に拠る。）

『為人鈔』の右の文章を見て、それが『三国演義』の翻訳であることが確認されたと思う。同時に、その関索説話の内容が、呉観明刊本『李卓吾先生批評三国志』のそれと同一であることも見当がつくであろう。『為人鈔』の訳文は、西川に赴こうとして劉備に遇い、父のために仇を報じて負傷した、となっているものの、それは誤訳であって、『通俗三国志』の如く、先主に見《まみ》えようとしたが傷が癒えないので出立できなかった、というように訳さなければいけないのであるが、それはともかく、呉観明刊本と同一内容の関索説話を翻訳したものであることは認められる。この呉観明刊本と同一内容の関索説話を備えている『三国演義』は、約三十種の明版の内でも、周曰校本・夏振宇本・鄭以楨本・夷白堂本・呉観明本・緑蔭堂本・藜光楼本・鍾伯敬本の八種であることが、中川諭氏著『『三国志演義』版本の研究』によって分る[7]。この内、呉観明刊本は、貂蝉の唱う詩の文言が『為人鈔』のそれと完全には一致しなかったことは前述したが、さすれば、呉観明刊本を除く他の七種の版本で、貂蝉詩の文言が完全に一致しているものが『為人鈔』訳者の拠った版本である、という見通しが立てられるのであるが、事はさようにうまく行くか、今後の課題としておく。

右の問題と並んで重要な、もう一箇の問題は、『通俗三国志』の訳者は『為人鈔』の訳文を参照していたか、ということである。たとえば、右の関索説話の最後の傍線部分を、『為人鈔』も『通俗三国志』も同一の「秋毫モ犯スコトナシ」という文で結ぶ。（この場合、「コト」や「ナシ」を漢字で表記するか否か、という異同は無視してよいであろう。）その部分の原文は「一同征南」以下三十字であって、それを「秋毫モ犯スコト無シ」とだけ訳すのは、原文を大きく省略した訳、というべきであろう。直訳であれば似通うのは自然なことであるが、原文を大きく省略した訳が一致している、ということは、単なる偶然とは思えない。もう一つ、連環計故事に遡って、王允が牡丹亭で貂蝉を見出す場面の、貂蝉の描写を比較してみる。

李卓吾先生批評　三国志	為　人　鈔	通俗　三国志
其女自幼選入充楽女。允見其聡明、教以歌舞吹弾。一通百達、九流三教、無所不知、顔色傾城、年当十八。	此女子、幼《イトキナ》キ時ヨリ選デ、楽女ノ中ニ置、聡明ナルニ随テ、歌舞ヲ教ヘ、簫瑟ヲ授レバ、一度通ジテ、百ノ曲ニ至リ、且、九流三教知ズ、ト、云所ナシ。容皃ハ、春ノ花ノ粧ヒ、垂柳ノ露ヲ含メルニ、異ナラズ。毛嬙西施モ、是ニハ、イカデ、マサルベキ。	此ハ幼ヨリ選ンデ楽女トシケルガ、生レ付聡明ニシテ、心ザマヤサシカリケルユヱ、常ニ憐ンデ我子ノ如クシ、歌舞吹弾ヲ習ハシケルニ、一通百達、九流三教、極メズト云フコトナシ。天ノ生《ナ》セル姿ハ露ヲ含メル芙蓉ノ如ク、一タビ笑メバ実ニ国ヲモ傾クベシ。

この場合は、『為人鈔』も『通俗三国志』も、貂蝉の容姿を原文とは大きく隔った表現で描写するのであるが、両者の表現は傍線部分に見る如く似通っているものがある。以上のように、原文とは大きく隔った意訳部分に同一の文言、似通った表現が幾つか存するということは、『通俗三国志』の訳者が『為人鈔』に『三国演義』を翻訳した文章があることに気づいており、自身が訳出するに際して『為人鈔』の訳文を参照していた、ということを語るものであろう。『通俗三国志』の訳文は、『為人鈔』のそれよりも正確になっており、『為人鈔』訳文の誤りは踏襲していないが、原文が余りにも簡潔で、そのまま直訳したのでは日本文として何か治まりが悪いような場合においては、『為人鈔』の、原文とは大きく隔った意訳のしかたを取り入れている、といってもよかろう。

五

『為人鈔』の翻訳は、当時においてもさほど容易に入手できるとは思えぬ明刊本『三国演義』に就いて、連環計故事の如き代表的な面白い部分と、孔明の智略譚という、いかにも武士が喜びそうな部分とを選び出して、まま誤訳はあるものの、その内容を大過なく知ることができる程度には訳出し得たものであった。新渡の舶来小説の優秀性を認めて、厖大な原作の中の極く一部ではあっても、いち早く読過し訳出するような先駆性と学殖とは、相当な知識人でなければ持つことができないものであろう。さればこそ、『通俗三国志』のような本格的な訳業を引き出す刺戟の一つになっている、と思う。すなわち、『為人鈔』の翻訳は、現在知られる限りでは、『三国演義』の本邦における最初の翻訳（一部ではあるが）、という史的意義を備えるものであるが、史的意義のある仕事というものは、それだけの着眼力と学殖に支えられているのであって、それを有する知識人として中江藤樹並みの人物が擬定されるのである。この意味において、当時の書籍目録が『為人鈔』の作者を中江与右衛門こと藤樹としているのには、ある程度、蓋然性が存する。また、和漢の故事を俗解して教訓を垂れる『為人鈔』全編の内容も、藤樹の著述らしく見える点がある。だが藤樹の著述と断ずるには注2に述べた如き疑問点もあって、この問題はなお後日有力な傍証が出てくるまで課題としておかねばならない。

注

（1）林羅山の『三国演義』閲読については、中村幸彦氏「唐話の流行と白話文学書の輸入」（『中村幸彦著述集』第七巻三十一頁）に言及があり、天海蔵書については、長澤規矩也氏『日光山「天海蔵」主要古書解題』に表記二種の解題がある。

（2）朝倉治彦氏編『仮名草子集成』第五巻『為人鈔』解題。『為人鈔』の中には著者名を明記していないが、『新増書籍目録』（延宝三年刊）以下の書籍目録に著者名を「中江与右衛門」とする。ただし、苦甜斎守株による跋の年時の万治二年（一六五九）は藤樹の没年慶安元年（一六四八）よりも後のものであり、藤樹の著述と速断することには疑念が抱かれる。

（3）この題目は、暫く明の呉観明刊本『李卓吾先生批評三国志』（拙編『対訳中国歴史小説選集』4）目録のそれを用いる。ちなみに後世に流布した毛宗崗評第一才子書本では、第八回は「王司徒巧使連環計　董太師大閙鳳儀亭」に、第九回は「除凶暴呂布助司徒　犯長安李傕聴曹詡」に作る。

（4）元曲「連環計」と『三国演義』の関係は、狩野直喜氏『支那小説戯曲史』第七章「『演義三国志』と『西遊真詮』」に述べられる。また、『全相三国志平話』と『三国演義』との関係は、鄭振鐸氏「三国志演義的演化」（『中国文学研究』上冊、古文書局）に詳しい。

（5）注（1）前掲中村幸彦氏論文三十一頁。『舶載書目』は、関西大学東西学術研究所資料集刊七として影印されている。

（6）同氏著『中国小説史の研究』第二部第二章「関索の伝説そのほか」。

（7）中川氏は他に英雄譜本・毛宗崗本・李漁本をも挙げておられるが、英雄譜本（『精鐫合刻三国水滸全伝』）は、前述した如く、『為人鈔』の文章とは異同が見られるので、これを除く。また、毛宗崗本と李漁本も、『為人鈔』作者が目睹できなかったであろう清版なので、これを除いた。

二〇〇〇年八月二十六日。

付記

『桜陰腐談』（正徳二年、一七一二、刊。宝永七年、一七一〇、序）の著者梅国は、『三国英雄志伝』を目睹していた（巻二、「関羽為護伽藍神」）。『新刻按鑑演義全像三国英雄志伝』（楊美生本。大谷大学蔵。未見）であろう。かような版本も、当時渡来していたから、調査する必要がある。

（「明治大学教養論集」通巻三四〇号　二〇〇一年一月）

第四章　『御伽草子』「二十四孝」の漢詩

――その原拠版本に就いて――

一

江戸中期、具体的にいえば享保頃、大阪心斎橋順慶町の書肆、渋川清右衛門が二十三篇の古物語を選んで刊行した『御伽文庫』（一名、御伽草紙。以下、本稿では一般的な称呼の『御伽草子』を用いる）は、室町時代から江戸時代の初めにかけて作られた物語草子を集成したもの、といわれている。そして、この『御伽草子』は、江戸前期、寛文年間に京都で出版されたと覚しき丹緑絵入横本を覆刻した可能性が大きい、と見なされ、二十三篇の内、八篇までは、それと版式を同じくする丹緑絵入横本が確認されている。即ち、文正草子・小町草紙・御曹子島渡・七草草紙・物くさ太郎・さざれいし・和泉式部・酒呑童子がそれである。そこで今後は、他の十五篇に就いても、渋川版『御伽草子』の基となった物語草子を探索確認することが要請されている。

その内、「二十四孝」も、渋川版の基となった物が発見確認されていないのであるが、近世前期に数種類刊行された『二十四孝』版本に就いて、なかんずくその漢詩の訓点に着目して、『御伽草子』「二十四孝」（以下、御伽「二十四孝」と略称する）の漢詩の訓点と比較検討することによって、御伽「二十四孝」が拠った『二十四孝』版本を特定することができる、と考えている。『二十四孝』も近世小説の一と見なされるが、小説中の漢詩の訓点の検討によって、『御伽草子』編集の様相の一端に迫ることができる、という例を呈示することにしよう。

二

御伽「二十四孝」の各話は、周知のごとく、最初に元の郭居敬撰『全相二十四孝詩選』に収められた五言絶句を掲げ、次にその詩の内容を布衍した物語が置かれるのであるが、第二十話「呉猛」の詩と本文とを原文のまま引くと、次のごとくである。

夏夜《かやに》無《なし》㆓帷帳《いちやう》㆒　蚊《か》多《おほくして》不《ず》㆓敢《あへて》揮《ふるは》㆒
恣《し》㆓渠《こして》膏血《かうけつを》㆒飽《あく》(1)　免《まぬかる》㆑使《しむることを》㆑入《いら》㆓親闈《しんゐに》㆒

呉猛《ごもう》は、八歳《さい》にして孝《かう》ある人なり。家貧しくして、よろづ心に足らざりけり。されば夏になりけれども、帷帳《いちやう》もなし。呉猛《ごもう》自ら思へり。わが衣をぬぎて親に着せ、わが身《み》はあらはにして蚊《か》にくはせたらば、蚊もわが身をくらい、親を助けんと思ひ、すなはちいつも、夜もすがらはだかになり、わが身を蚊《か》にくはせて、親の方へ蚊《か》の行かぬやうにして、仕へたると也。いとけなき者のかやうの孝行は不思議なりしことゞもなり。

問題は、この詩の第三句である。それは訓点に従って訓み下せば、「膏血《かうけつ》を恣渠《しこ》して飽《あ》く」となり、その意味は、本文の「わが身はあらはにして蚊にくはせたらば、蚊もわが身をくらい」という部分にほぼ説明されている。ところが、この第三句は、解釈も、従ってそれを表わす訓点も、『二十四孝』の各版本において非常に異同が多い部分なのである。次にそうした異同を、『二十四孝』の版本の最も古い嵯峨本から享保以前に刊行された物まで、ほぼ刊行順に挙げて眺めてみよう。

	版本の種類	本文
1	嵯峨本（本文九行。無刊記）	恣渠膏血飽(2)
2	模嵯峨本(3)（本文九行。五言詩黒地打ち抜き本。(4)無刊記）	恣《ホシイママ》渠《カレガ》膏血《カウケツ》飽《アクマテ》
3	模嵯峨本（本文十行。無刊記）	恣《ホシイママ》渠《カレ》膏血《カウケツ》飽《アクマテ》
4	模嵯峨本（本文十行。寛永九年九月中野市右衛門刊）	恣《ほしいままに》渠《かれ》膏血《かうけつ》飽《あくまて》
5	模嵯峨本（本文九行。正保三年七月刊。書肆名は無し）	恣《し》二渠《こして》膏血《がうけつを》一飽《あく》
6	明暦二年十二月松会市郎兵衛刊本（版式・挿絵共に嵯峨本とは異なる）	恣《し》二渠《こして》膏血《かうけつを》一飽《あく》
7	分類二十四章孝行録註解(5)（呉興陳季常校閲。和刻刊年・書肆不明）	恣《ニシテ》二渠《レカ》膏血《ヲ》一飽《シム》（恣、縦恣也。渠、指二蚊虫一也。恣二蚊血一飽二其膏血一）
8	二十四章孝行録抄（寛文五年一月、京、婦屋仁兵衛尉刊。寛文四年十二月八日信陽沙門恵鈞叙）	恣《ニシテ》二渠《カ》膏血《ヲ》一飽《アカシム》（渠《カレ》トハ猛ヲサス。膏血トハ猛カ少年ニシテ膏《アブラ》多キ身ヲ恣《ホシイママ》ニクライアカセテ、親ノ閨《ネヤ》ニ入レザルナリ）
9	新鍥類解官様日記故事大全巻一廿四孝（寛文九年一月、中尾市郎兵衛和刻刊行）	恣《ニシテ》二渠《レカ》膏血《ヲ》一飽《シム》（恣、縦恣也。渠、指二蚊虫一也。恣二蚊血一飽二其膏血一）
10	頭《かしら》（首）書《がき》二十四孝（天和二年一月・万屋庄兵衛刊）	恣二渠膏血《かうけつをほしいままに》一飽《あくまでにし》（かうけつとは、あぶらづきたるみのししむら也。ちの事也。呉猛がわかき身のあぶら也。ちを蚊があくまでにすふたる也）
11	二十四孝諺解（貞享三年九月、江戸、平野屋清三郎刊）	恣二渠膏血《ホシイママニカレニカウケツヲ》一飽《アカシ》（渠に膏血を、恣ままに飽《あかし》とは、渠は蚊をさしていふ也。膏血とは、あぶらづきたる身の、ししむら也。ちの事也。呉猛が、わかき身の、あぶら也。ちを、蚊

12

二十四孝和解（洛下隠士貞阿子著。正徳五年一月、大坂、丹波屋半兵衛刊）

に、あくまで、あたへたる也。しかれば、屋内の蚊がとりつき、くらふといふ心也。）
恣レ渠膏血飽（親のかたはらに、はだかになりて、通夜《よもすから》ふせりて、蚊をはらはすして、彼がくらふに、まかせし人なり）

以上、列挙した『二十四孝』版本の内で、御伽「二十四孝」と同一の訓点、即ち訓み下し文を持つものは、第5番の正保三年刊本（図一、図二）と第6番の明暦二年刊本（図三）のみである。(6) この二刊本は、勿論、物語の本文も御伽「二十四孝」のそれと一致している。そうとすると、御伽「二十四孝」（図四）は、この二刊本の内のいずれかを原拠版本として採用したのだ、と考えられる。

そこで、次にこの二刊本と御伽「二十四孝」とのそれぞれの挿絵を見てみよう。

これらの三図を比較検討すると、正保三年刊本と御伽「二十四孝」の挿絵とが極めて密接に近似しており、明暦二年刊本のそれは右二者の物とは大分相違している。よって、訓点の一致と挿絵の酷似という二つの理由によって、御伽「二十四孝」は、『二十四孝』の数多い版本の内でも、正保三年刊『二十四孝』（ないしは、その版式・本文・訓点・挿絵を模刻かカブセ彫かした版本）を原拠版本として、書型を絵入横本のそれに改めたのであろう、ということができる。

なお付言すれば、正保三年刊本の挿絵は、『二十四孝』版本の最初に位置する嵯峨本のそれと極似するものである。

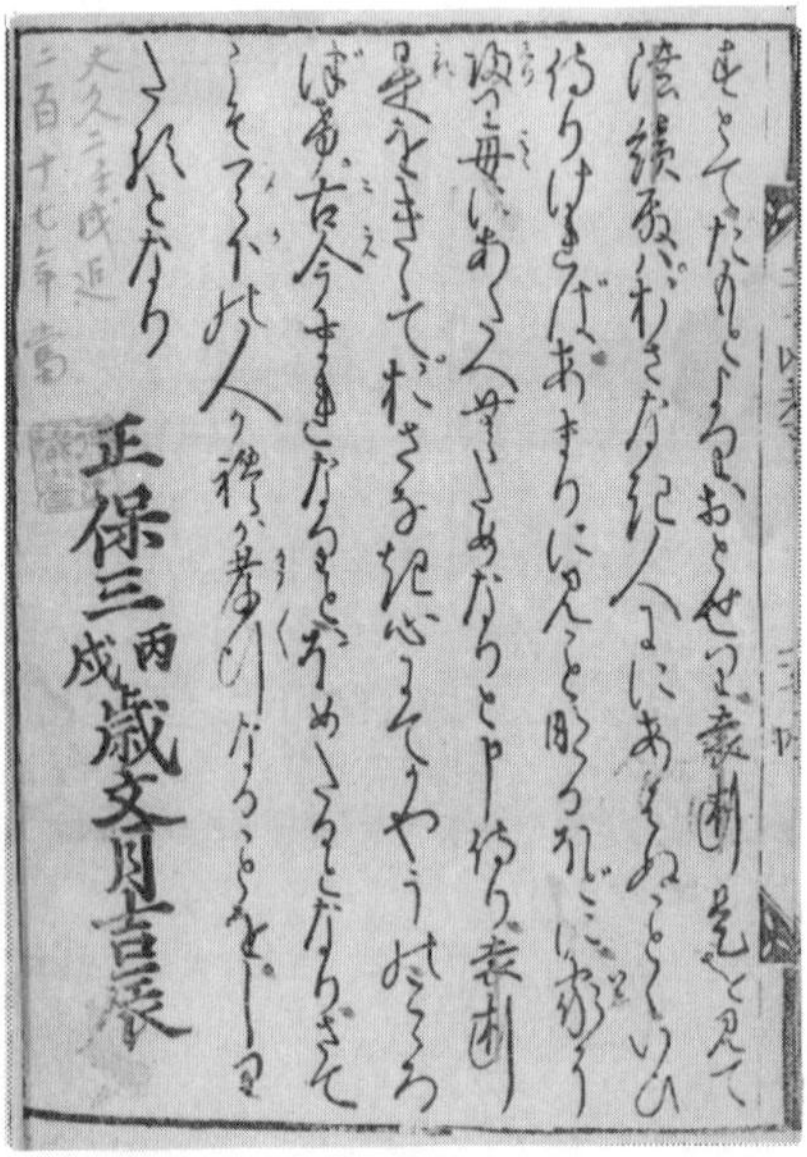

図一　「二十四孝」正保三年刊本刊記

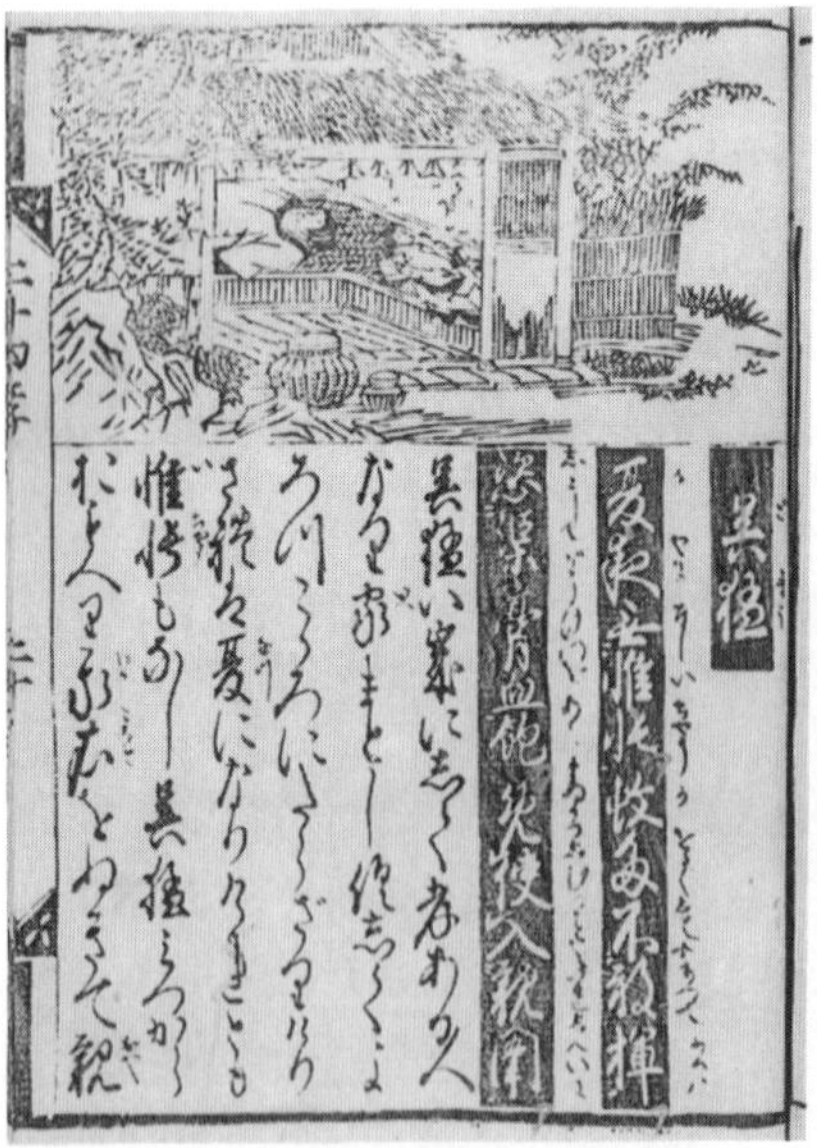

図二　「二十四孝」正保三年刊本

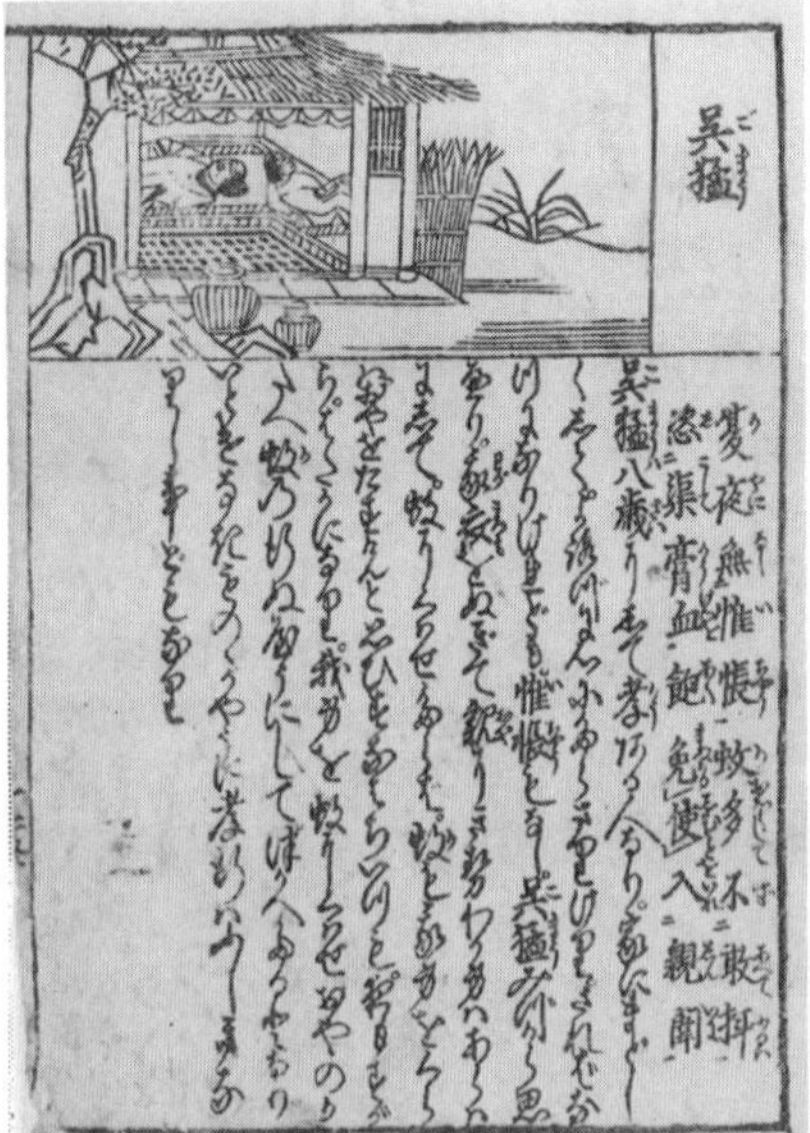

図三　「二十四孝」明暦二年刊本

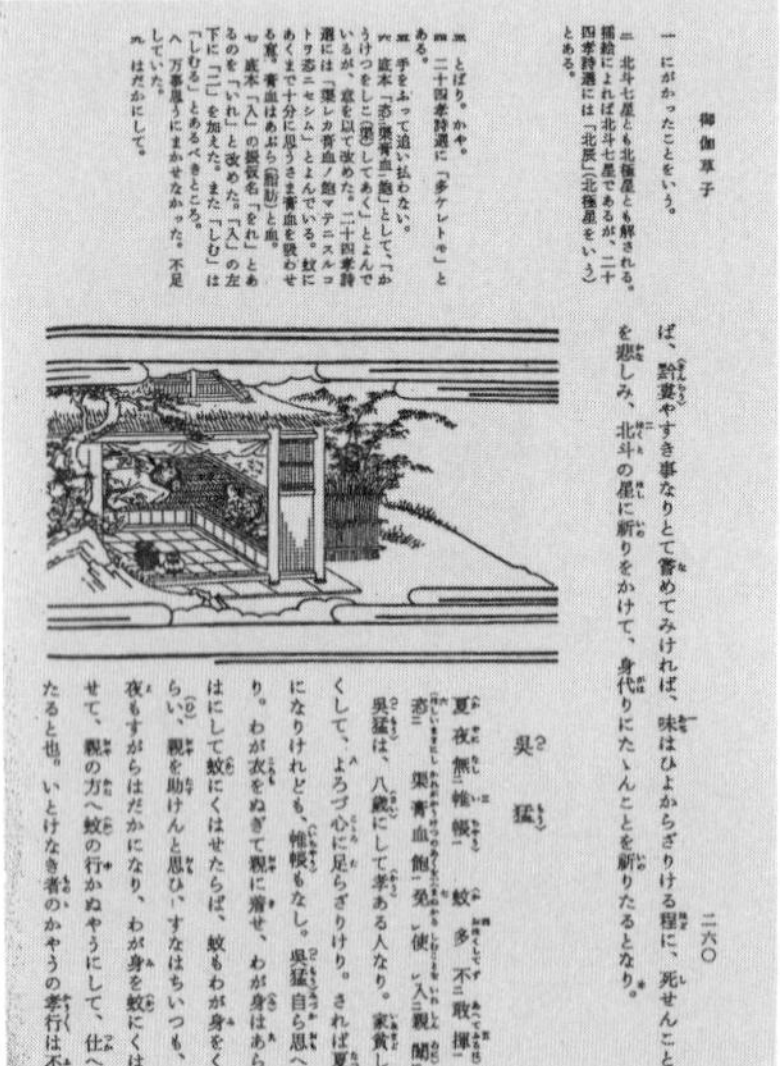

御伽草子　二六〇

一 にがかったことをいう。
二 北斗七星とも北極星とも解される。挿絵によれば北斗七星であるが、二十四孝詩選には「北辰」(北極星をいう)とある。

ば、豺妻やすき事なりとて嘗めてみければ、味はひよからざりける程に、死せんことを悲しみ、北斗の星に祈りをかけて、身代りにたゝんことを祈りたるとなり。

呉猛

夏夜無二帷帳一　蚊多不二敢揮一
恣二渠膏血飽一　免レ使レ入二親閨一

呉猛は、八歳にして孝ある人なり。家貧しくして、よろづ心に足らざりけり。されば夏になりけれども、帷帳もなし。呉猛自ら思へり。わが衣をぬぎて親に着せ、わが身はあらはにして蚊にくはせたらば、蚊もわが身をくらい、親を助けんと思ひ、すなはちいつも、夜もすがらはだかになり、わが身を蚊にくはせて、親の方へ蚊の行かぬやうにして、仕へたると也。いとけなき者のかやうの孝行は不

三 とばり。かや。
四 二十四孝詩選に「多ケレトモ」とある。
五 手をふって追い払わない。
六 底本「恣レ渠膏血ニ飽」として、「かうけつをしこ(恣)してあく」とよんでいるが、意を以て改めた。二十四孝詩選には「恣レ渠膏血ノ飽マテニスルコトヲ」とよんでいる。蚊にあくまで十分に思うさま膏血を吸わせる意。膏血はあぶら(脂肪)と血。
七 底本「入」の振仮名「をれ」とあるのを「いれ」と改めた。「入」の左下に「ニ」を加えた。また「しむ」は「しむる」とあるべきところ。
八 万事思うにまかせなかった。不足していた。
九 はだかにして。

図四　『御伽草子』「二十四孝」
（日本古典文学大系本に拠る）

三

前の表を眺めていると、「呉猛」詩の第三句の訓点、従ってその解釈は、実に多様であって、それだけ第三句の解釈は難解で問題が存するものだ、ということがわかる。そこで、どうしてそのように難解なのか、御伽「二十四孝」が採用した正保三年刊本の訓点のみはどうして突出して変わっているものなのか、ということを考える必要が生じてくる。

先ず第一に、難解である理由をいえば、「恣渠」という語句の使い方が見なれぬものであるからであろう。五言詩は、上の二字と下の三字がそれぞれまとまった意味を表わすのが普通であり、この場合は「恣渠」という二字を一まとまりの意味を表わすものとして解したいのであるが、そうすると下の「渠」という文字がどのような意味になるのかが分かりにくい。「渠」は、「みぞ」（「溝渠」の「渠」）や、第三人称を表わす「かれ（彼）」（中国現代語の「他」に当たる）という意で用いることが多いが、この場合、「みぞ」という意味では用いようがないことは自明である。とすると、「かれ」という意味しか考えられないのであるが、それが「恣」と連なって一まとまりの意味を表わす、という用例は、あまり見かけない。『佩文韻府』(7)や『漢語大詞典』にも見出せない。そのように「恣渠」は、特殊な語句であり、用例であるので、難解なのである。

この特殊で難解な句に対して、嵯峨本は訓点を施さなかった。否、この句のみならず、二十四孝の全部の詩について訓点を施していない。また、嵯峨本の本文は、漢字を比較的多く使用する。そのような点に、本阿弥光悦という知識人が製作した嵯峨本は、やや高踏的である、と私は感じる。これに対して、第2番以下第4番までの模嵯峨本は、広範な読者を獲得しようとする以上は、詩に訓点を施さざるを得ない、ということを考慮したのであろう、訓点を施すことに努めた。しかし、呉猛詩の第三句に限っては、難解なためであろう、一字一字に振仮名を施しただけであって、一二点やレ点を施していないので、どう訓むべきかが判然としない。もっとも「渠」には「カレカ」とあるので、下の「カ」は所有格の「ガ」であり、従って「渠《カレ》ガ膏血《カウケツ》」と訓んでいるのであろうと考えられるが、訓点が欠如しているために、それ以上は日本文として意味を成すように訓み下すことができない。というよりも、施訓者の方でもどう訓み下してよいのか自信が得られないために、訓点を施さないという中途半端な形で訓みをつけたのであろう。

それに対して、第7・8・9・10・11番は、「渠」を「彼れ」と解する態度を進めて、一応の訓点を施している。(8) ただ、第10番は、意識してか否か、「渠」についての訓みが明記されていないので、「渠」の役割をどう捉えていたのかが分からない。そこで、第10番は、一先ず検討対象から除外しておく。第7・8・9・11番は、それぞれ「渠」を「彼れ」(=他)と解するが、「彼れ」を蚊ととるか、呉猛ととるかで解釈に少しく差異が生じる。第7・9番は、本場中国の注であり、「渠」を蚊ととって、蚊の持ち分としての(呉猛の)膏血をほしいままに飽きたりるほど飲ませる、と解釈している。この場合、一二点を第7番や第9番のごとくに施して、双方とも可であり、意味に相異は出ないので、一二点の位置の正否にこだわる必要はない。だが、蚊の持ち分としての(呉猛の)膏血という解釈は、もって廻っていて、いささか無理な感がある。それに較べると、第8番は「渠」を呉猛ととっていて、呉猛の膏血をほしいままに飽きたりるほど飲ませる、と解釈しているが、この方が素直で無理がない。従って、第7・9番の解釈は、本場中国のものではあるが、従うことができない。第11番は、中国の注に従って「渠」を蚊ととるが、「渠《か(蚊)》が膏血」と解すると無理が生じることに気づいたのであろうか、蚊に(呉猛の)膏血をほしいままに飽きたりるほど飲ませる、と解した。しかし、「恣渠膏血飽」を「渠ニ膏血ヲ恣《ほしいまま》ニ飽カシ」と訓ませるのは、漢文の語法からはずれていて、(9) それこそ恣意的な訓み下しである。このように眺めてくると、第7番から第12番の内では、第8番の訓み下しと解釈とが最も妥当なもののように思える。

しかし、それでも、問題はなお生じるのである。第7・8・9・11番のいずれの訓みを採用するにしても、それではこの五文字を「恣・渠膏血・飽」ないしは、「恣・渠膏血飽」という意味構造で捉えることになるのであるが、それは、前述した五言詩の、上二字プラス下三字という基本構造とは異なるのである。古今に亙る厖大な数の五言詩には、そうした基本構造を取らない句例も少なくはないのであるが、しかし、なるたけは上二字プラス下三字という構造に沿って解釈してみるべきである。そうとすると、いま問題にしている第5番、正保三年刊本の訓み下しは、五言詩のこの基本原則に従って、「恣渠・膏血・飽」ないしは「恣渠・膏血飽」で、いずれにしても上二字プラス下三字という基本構造に沿ったものなのである。すなわち、第7・8・9・11番の訓み下しよりも、第5番の訓み下しの方が漢詩の基本語法に沿ったものなのである。換言すれば、第5番の訓み下しが最も正しいものである可能性が存するのである。

四

それでは、「恣渠」という一まとまりの語が存するのであろうか。換言すれば、普通には「溝渠」や「彼れ」（＝他）の意味で使用されることが多い「渠」字を「恣」の下に付属させる、という語法が存するのであろうか。と、問題はまた第三章の初めに戻る。

このような、詩の特殊な語彙や語法を考える場合に検索して見るべき著作は、いろいろ存するが、ここでは大典上人の『詩家推敲』(寛政十一年刊)下「従渠・饒渠」を見てみよう。大典は、「従渠」も「饒渠」も、「従令」「従遣」「放教」「任教」「儘教」「従它」「従教」「遮莫」と同じく「不管之辞《カマワヌ》」であり、訓読するならば「サモアラバアレ」と読むべき語である、と解して、それぞれの語の用例を三例挙げている。それらはいずれも、俗語的表現を多用することで知られた宋の楊万里の句であるが、たとえば「饒渠」の用例として引かれた「枯荷倒尽饒渠著《(ママ)》著ハ助辞」は、「秋雨歎十解」第八首の句である。

暁起窮忙作麼生　暁ニ起キテ　忙ヲ窮ムルハ　作麼生《いかんぞや》
雨中安否問秋英　雨中ノ　安否　秋英ニ問フ
枯荷倒尽饒渠着　枯荷ノ倒レ尽スハ　饒渠着《さもあらばあれ》(10)
滴損蘭花太薄情　滴ノ蘭花ヲ損《そこな》フハ　太ダ薄情ナリ

(早起きしてせかせかしているのはなぜだろうか、秋の花に雨に打たれても大丈夫かと問うためだ。枯れた荷《はす》がすっかり倒れてしまったのはしようがないとして、蘭の花まで大なしにしてしまったとは雨も薄情すぎる。)

右のごとく詩意を解釈すべきだとすると、この場合の「饒渠着」は「さもあらばあれ」と訓じるのが適切であり、大典の解釈と挙例は妥当なものである、といってよい。他の「従渠」の挙例も同様にして妥当である。

「不管之辞」(さもあらばあれ)とは、ある状態になっているのを許容しておく、というほどの意であり、「従渠」「饒渠」の原義は、「渠《か》」(彼)のような状態に「従う」、「渠《か》」のような状態に「饒《まか》す」、あるいは彼に「任《まか》」(饒)す、というものであったろう。すなわち、このような場合の「渠」は、原来は「其」と同じく、ある物や状態を指す場合にその物や状態を表わす語句の上に添えて、指定を明確にする役割をしていた。中国語の品詞分類でいえば、「代詞」である。それは唐の王維の「白眼看他世上人」(白眼もて他《か》の世上の人を看る)(与㆓廬員外象㆒過㆓崔処士興宗林亭㆒)の「他」と同様な役割をする辞である。だが、時としては「渠の《か》」という意味が稀薄になって、意味の重点はその上の語に置かれ、「渠」は単に形式的に接尾辞として添えられるような場合が出てくる。「看他」を「看他す」と訓み、「他」は単なる助字だと見る説が存する、(11)のと同様である。たとえば、同じく楊万里の「段季承左蔵の四絶句を恵むに和す」の例がそれに当ろう。

道是詩壇万丈高　道《イ》フ是レ　詩壇　万丈高シト
端能辦去一生労　端《まさ》ニ能ク　辦去ス　一生ノ労ヲ
阿誰不識珠将玉　阿誰《たれ》カ珠ト玉トヲ識ラザランヤ
若箇関渠風更騒　若箇《いかん》ゾ　風ト騒トニ関渠センヤ

(詩の世界は万丈にも高いものだといわれている。まことに一生の労力を費しきって精進するものだ。珠玉のように表面的な字句の美しさは誰が理解できなかろうか、誰でも理解できるのだが、どうして『詩経』国風と『楚辞』離騒のような政治批判を備えた作品に関わり得ようか(作れようか)、いや関わり得ない(作れない)。)

『楊万里選集』(一九七九年、上海古籍出版社)一四九頁の周汝昌氏の注を参照して解釈すると、右のように解釈できる。そして周汝昌氏は、「関渠ハ、関他ナリ。関ハ是レ関繋ナリ、関渉ナリ。他ハ是レ虚詞ノ塾字《うめじ》ニシテ、義無シ」と注しているが、これは、「関渠」の「渠」は、「看他」ないしは「関他」の「他」と同様に、「渠の《か》」という代詞としての意味が稀薄になっていて、上の「関」に軽く添えられた接尾辞として解すべきだ、という説である。私はこの説を参照して、「若箇ゾ渠《か》ノ風ト騒トニ関ランヤ」と訓まず、「若箇ゾ風ト騒トニ関渠センヤ」と訓んだのである。

このように見てくると、「従渠」「饒渠」「関渠」の「渠」は、「渠の《か》」という代詞としての原義が稀薄になって、むしろ上の「従」「饒」「関」を動詞化し、その動詞の接尾辞として付属している塾字《うめじ》、と考えることができよう。それは、現代語の「管他」（かまわない）の「他」字にはもはや意味がなくて、上の「管」という動詞の接尾辞として付属しているだけ、という例と同一のもの、ということができよう。注11に引いた冢田大峰指摘の柳陳父詩の「看它」も同一例である。沢熊山の『詩語群玉』（弘化四年刊）は、こうした特殊な詩語を沢山に蒐集した好書であるが、その巻之二には、「遮莫」「従他」「饒他」「由他」「任他」（共に「さもあらばあれ」と訓む）と並んで、「饒渠」「聴渠」「任渠」「従渠」「儘渠」「遮渠」[12]「管渠」「勤渠」を挙げる。もはや検証は省くが、これらの内、「勤渠」を除けば、いずれも「さもあらばあれ」と訓むことができる。すなわち、これらの語例の「渠」は、殆ど意味を持たない接尾辞である、といってよい。どうして、意味を持たない接尾辞を付属させるかといえば、漢語の性質として一音節（一字）だけでは安定せず、二音節（二字）化しやすいからである。このことは、中国語学習者にとっては常識に属することであるから、もはや贅言しない。

このように、「渠」に、代詞としての意味は稀薄であるが、動詞を二音節化するために付属させる接尾辞としての用法がある以上、「渠」が「恣」に付属して「恣渠」という語を形成し、「ほしいままにする」という動詞としての意味を表わすことは、十分にあり得るのである。前引の楊万里の「関渠」という語形成法に倣って「恣渠」という語が形成されても良いのである。[13]正保三年刊本『二十四孝』の施訓者は、こうした語法を承知していて、「恣渠嘗血飽」（嘗血ヲ恣渠シテ飽ク）と訓ませるようにし、従来の曖昧な訓を訂正したのである。そして、この訓法の方が、上二字が一まとまりになるという五言詩の通常の語法にも合致するのである。そして、その施訓を採用した刊本が、右のごとき事情を知ってか知らずしてかは不明であるが、渋川清右衛門によって御伽「二十四孝」の原拠版本として採用されたのである。

五

以上のごとくであるとすると、正保三年刊本の施訓者は、相当に詩語や漢語に就いて造詣が深かった者、といわなければならない。ほぼ百五十年後の詩語の研究者たる六如や、大典でさえ、「渠」の接尾辞としての用法をいま一つ明確には把握していなく、

又、渠一字ヲ用テ彼ノ字ノ如ク下セルアリ。（中略）宋ノ曾裘父桃詩、嫌下近《シテ》二清明《ニ》一時節《ノ》冷《ナルヲ》上、趁《テ》二渠新《ノ》火《ヲ》一一番紅《ナリ》。直ニ彼レト云ハンガ如シ。　（『葛原詩話』後篇二「渠翁……」）

遮渠ハ遮レ渠《ヲ》ノ義ニシテ、従レ渠ノ反ナレバ、休シテ止ルノ辞ナルベシ。　（『詩家推敲』下・遮渠）

と、それぞれ「渠」を代詞として訓むことにこだわっていた。否、『二十四章孝行録』や『日記故事』の注に見たごとく、明人《ひと》すら「渠」を代詞として捉えていた。そのような詩語解釈史において、まだ詩語や俗語学の研究がさほど進んでいない正保期において、「渠」を接尾辞として捉えようとする見識を持つ者が存在したことは、驚くべきことである。当時において、そのような学殖を持つ者は誰か。私の頭に浮かぶ者は林羅山である。羅山ならば、「俗所レ謂二十有四孝者、嘉レ語二怪異一、寔非二有道之者所レ述也。昔程夫子謂、十哲者、世俗之論也。余於二二十四孝一亦云」（随筆一。『林羅山文集』六十五）と、否定的にではあるが、二十四孝に関心を示している。また、俗語を多用する『楊誠斎詩集』を、いち早く寛永元年七月二十二日には全写している（題二楊誠斎詩抄後一。『文集』五十四）。『東見記』（貞享三年刊）には、「軒渠ハ　笑フ貌。後漢ノ薊子訓ガ伝」等と「関渠」「恣渠」等とは性質が異なるが、「渠」字を伴う語についての知識をも披露している。周知のごとく、出版活動も盛んである。このような羅山であるならば、書肆に乞われて二十四孝

詩の訓みの不正確を訂正することもあるのではないかと想像するが、確実な根拠が得られない今では、全くの想像に終わらせるほかはない。

注

(1) 日本古典文学大系『御伽草子』では、「恣《ほしいままにし》二渠《かれが》膏《かう》血《けつの》飽《あくを》」と訓まれているが、それは校注者市古貞次氏が頭注で断るごとく、氏が意を以て改め訓んだものであり、氏が注するごとく渋川版の本文では「恣《し》二渠《こして》膏《かう》血《けつを》一飽《あく》」と作られている。別の方の校注による日本古典文学全集『御伽草子集』の頭注には底本の訓として「かれかかうけつをしこしてあく」とあるというが、「かれか」の三字は衍文となる。

(2) 岩崎文庫蔵嵯峨本『二十四孝』に加えられている訓点は、後人が版本に書入れたものであり、嵯峨本『二十四孝』は、元来は無点である。

(3) 模嵯峨本とは、版式が嵯峨本と酷似しており、上欄の挿絵もほぼ同一である版本をいう。

(4) 五言詩黒地打ち抜き本とは、板木を五言詩本文の部分のみ削るので、それが摺刷されると、五言詩本文以外の部分は黒地になり、五言詩本文のみが白く打ち抜きされている版本のことである。七〇頁に掲げる図二がそれであり、また『生と死の図像学 アジアにおける生と死のコスモロジー』(平成十五年、至文堂刊) 拙稿「『二十四孝』の絵画二題」二五一頁図7に就いて見られたい。

(5) この本は刊年不明であるが、第8番の『二十四章孝行録抄』が本書に基づいての著作である、と思われるので、その前の第7番に配置しておく。

(6) 他の詩の訓点・振仮名で諸版に異同がある場合も、御伽「二十四孝」の訓点・振仮名は、正保三年刊本と明暦二年刊本のそれに殆ど一致している。明暦二年刊本は、正保三年刊本の本文と訓点とに基づき、それを版式を改めて板刻したものであろう。

(7) 同書巻六、六魚、渠の条には、「渠々」「門渠」を始めとして数多くの、「渠」を下に伴う語彙が挙げられているが、その大部分は溝渠の渠の意であって、私が後に説くような、動詞の接尾辞としての「渠」字の例は無いようである。なお、「勤渠」の例が挙げられているが、それは勤々の意であると同書にも引くし、伊藤東涯の『盍簪録』三や津阪東陽の『葛原詩話糾謬』一「勤渠」にも弁じられている。

(8) 第12番は、僅かに「恣」と「渠」との間にレ点を施しているが、あとは訓点を欠いているので、如何に訓んでいるのかが判然としない。一句の訓み方を主題とする本論においては、検討対象とする意味を持たないので、以下は言及しない。

(9) 「渠ニ膏血ヲ恣《ほしいまま》ニス」と、「恣」を動詞として扱うならば、漢文の語法として有り得るが、しかしそれでは下の「飽」と接続しなくなる。

(10) 大窪詩仏等が施訓した『楊誠斎詩鈔』(文化五年刊)五では「渠《かれ》ニ饒《まか》セ著《ちゃく》ス」と訓まれている。

(11) 戸崎允明の『箋註唐詩選』(天明四年刊)七「旧説佗字為二自佗之佗一、非也。俗語、笑佗、憐佗之類」、冢田大峰の『作詩質的』(文政四年刊)「王維詩、白眼看他世上人、我方読レ之者、他字属二世上人一。曩門人岩名伯庸云、看他二字成語也。予未二直以為一レ然矣。後読二甲乙剰言者一、明柳陳父詩云、看他何処不レ娯レ人。然則看它二字、以為二成語一也」、東条琴台の『幼学詩話』(安政五年刊)「看陀……笑陀ナドモ陀ハ助字ニテ意義ナシ」等がそれである。

(12) 後述する如く、六如の『葛原詩話』二「遮渠」は、これを「遮ル」の意とし、大典の『詩家推敲』下「遮渠」もこれに従って、「休シテ止ルノ辞」とするが、この語の場合は、『唐詩金粉』七、騰句「遮渠」や、現代の張相の『詩詞曲語辞匯釈』一「遮渠」がいうように、「従他」「任他」(さもあらばあれ)と解した方が良い。

(13) 後年(慶応四年四月)、大槻磐渓は「二十四孝詩」(『寧静閣四集』二)で、二十四孝詩を七絶として新たに作り直しているが、その「呉猛恣蚊」では、「赤貧本自欠二紗幮一、童子何知家有無、一片良能愛レ親意、縦二他蚊蚋一嗜二肌膚一」としている。「縦他」は、「従他」に通じ、「任他」と同じく「ほしいままにする」の意で、磐渓はこの場合の「他」を代詞としてよりも動詞の接尾辞として用いているようであるが、それも「恣渠」を動詞プラス接尾辞と見て、これに代わる同様な構造の語を宛てたからではなかろうか。

(『国文学　解釈と教材の研究』「ジャンルを横断する近世文学の新局面」学燈社　一九九九年二月)

第五章　都の錦と中国小説

――『新鑑草』の検討を通して出牢の時期に及ぶ――

作中の人名・地名をすべて中国のそれとし、説話の末尾に「古今小説」「珍談集」「西湖小説」「玉楼伝」「由来伝」「定人善」「風流小説」「佳談記」「古今佳話」等の出典名を記して、いかにも中国小説の翻訳ないしは翻案集のように見せかけている、特異な短編説話集『新鑑草』（九巻九冊。宝永八年、京　岡本半七・江戸　舛屋五郎右衛門刊）の作者「光風子」が実は浮世草子作者として名高い都の錦であることは、故野間光辰氏によって明らかにされた。(1)また、それが「中国小説に材を得たように見せかけた作品ではないか」という疑いは、故田中伸氏によって洩らされている。(2)本章では、遅れている『新鑑草』の研究を進展させるべく、確かに光風子が記している出典は信用することができないけれど、文言・白話をとりまぜた中国小説ないしは故事から題材を得ていることは確かであることを明らかにし、そうした検討の結果として、都の錦のいわゆる出獄の時期も再検討すべきである、ということを問題提起しようとするものである。

一

『新鑑草』巻一第一話「王秀人の命を救ひ禍変《へんじ》て福と成し事」の梗概を比較的詳しく記す。

大明の宣徳年間、南京応天府の劉員外の酒宴に招かれた趙覚は、人相見の名人であったが、小姓の王秀の面相を凶と見て、これに暇を出すよう劉員外に勧め、劉員外は王秀を解雇する。王秀は叔父のもとに身を寄せようとするが、途中、「毛坑《かはや》」にて皮袋に納められた五貫目程の銀を見つけ、その落し主が現われるのを待つ。やがて男が現われて、皮袋の無いのを見て自害しようとするが、王秀は彼が落し主であることを確認した上で皮袋と銀を返す。男（程究）は隣郷の官人陳老爺の家来であるが、王秀を陳老爺に引きあわせる。陳老爺は王秀を歓待し、李由という者を媒として女《むすめ》の玉蘭を王秀にめあわせ、家督をも譲る。玉蘭と「双飛の孔翠、同宿の鴛鴦」の如き半年を過した後、王秀は趙覚の相術が誤りであったことに不審を抱き、劉員外の家を訪れて、その小姓に扮し、趙覚を招いて、再び自分の面相を見させる。そういう事とは知らない趙覚は、王秀を公子の相ありと判じ、王秀が前日の小姓であることを知って後は、王秀が善根を施したろうと推察する。王秀が銀返却の一件を打明けると、趙覚は納得して、「善根をなす時は悪相変じて善相となる」機微を語る。

光風子はこの話の出典を「古今小説」とする。「古今小説」は『喩世明言』の初名であるが、白話小説を翻案する風潮が生じていないその当時に光風子が実際に『古今小説』を利用しているかは疑わしい。だから、この記載を真に受けることは危険なのであるが、しかし私にはこの記載から想起されることがあった。それは、『喩世明言』には「裴晉公義還原配」（第九巻。『今古奇観』第四巻）が収められているが、確かその話の主要人物である裴度にはこれと相似た話があったな、ということである。その相似た話は『唐摭言』四節操に載せられていて、譚正璧編『三言両拍資料』にはそれが翻字されているが、しかし光風子がそのような難しい本を目睹していたかは疑わしい。しかし、同じ話は、当時の日本でも広く流布していた故事集『日記故事大全』（明、張瑞図校。寛文九年、中尾市郎兵衛刊の和刻本あり）五清介類「帯還婦人」（小川陽一氏『三言二拍本事論考集成』には言及あり）にも載せられている。それを訓読の形で挙げてみよう。

裴度、字ハ中立。相者謂ヘラク、貴カラズ、必ズ餓死セント。嘗テ香山寺ニ遊ブ。先ニ一婦人　緹緗（包袱）ヲ僧棚楯ノ上ニ置キ、祈祝スルコト良《や》ヤ久シ、取ラズシテ去ル。度　後レテ至リテ之ヲ見テ、其ノ遺忘セルヲ知リ、追付スルモ及バズ、待ツモ亦タ至ラズ。挈ヘ帰ル。遅明ニ復タ寺ニ行キテ之ヲ候ス。婦人果シテ至ル。度　其ノ故ヲ問フ。対《こた》ヘテ曰ク、阿父罪無クシテ繋ガル、昨　人ニ告ゲテ玉帯一・犀帯二ヲ借リ得テ以テ津要（当路之官）ニ賂セントスルモ、不幸ニシテ此ニ失ス、老父ノ不測ノ禍、逃ルル所無シト。度　遂ニ其ノ帯ヲ還ス。婦人拝泣シテ請フ其ノ一ヲ留メント。度　受ケズ。後ニ相者之ヲ見テ大イニ驚キテ曰ク、公ノ陰徳　物ニ及ブ、前程万里ナリ矣ト。貞元ノ初、進士ニ挙ゲラレ、四朝ニ相《しょう》タリ、晉国公ニ封ゼラレ、子皆顕ハル。

右の話と「王秀」とは、①初め凶と観ぜられた人相が陰徳を施すことによって吉に転ずること、②その陰徳とは遺失物を着服せずに持主に返したというものであること、③返却する際、持主に遺失物の内容を確認させていること、という三つの構成要素が共通しており、「帯還婦人」を「王秀」の典拠と定めても良いと思われるのである。しかし結論を急がないで、さらに『日記故事大全』清介類の他の話をも読んでみよう。そこには同様なパターンの話が集められているからである。その内、「得レ金還レ主」「挙レ金還レ商」は、いずれも拾得した金銀を持主に返すという陰徳によって福を得る、という話である。そこで、王秀が拾得したものが帯ではなくて銀であるという設定には「得金還主」や「挙金還商」が参照されている可能性がある、と考えられる。しかし、この両話には第一の構成要素たる、人相の変化に関する話が無いから、「王秀」の直接の典拠は、やはり裴度の「帯還婦人」の話に求めるべきであり、「得金還主」「挙金還商」の両話は参照された話というほどの役割しか占めていない、と考えられる。

このようにして、「王秀」の主たる典拠が「帯還婦人」であると定めることができると、このことから次のようなことを引き出すことができる。第一に、「王秀」の明という時代設定、南京という土地設定、王秀・趙覚・劉員外・程究・陳老爺・玉蘭という人物ないしは人名設定は、光風子の作為に係るものであって、勿論事実ではなく、また典拠のそれを踏襲したものでもない。第二に、容易に目睹できる『日記故事大全』が典拠であるからには、目睹しにくく読解しにくい『古今小説』を典拠としている、ということは信ぜられない。即ち、出典として挙げられている書名を信じてはいけない、ということである。もっとも、「古今小説」という典拠名は、この場合は「裴晉公義還原配」の入話にも裴度の帯還婦人説話が取り入れられているから、一応は典拠名として該当しているといえなくもないが、しかし光風子が全四十話という大きな作品集である『古今小説』の内からよりによって「裴晉公」を選び出し、しかもその「裴晉公」にしても相当の長さを有しているが、その中からほんの僅かに入話の一部としてしか記されていない説話を典拠として選び出すだろうか、という疑問が生じ、素直に信ずることはできない。況んやまして、後に詳述するが、宝永年間は白話小説の受容が一部の僅少な人士を除いてはさほど広く深くはない時期であるから、光風子が実際に『古今小説』を閲読した可能性は甚だ少く、この点からも『古今小説』を典拠とすることはできにくい。このように、光風子が挙げている典拠名を信じてはならないということは、後にも述べてゆく。第三に、原拠の「帯還婦人」(字数百六十)に比すれば「王秀」は七丁分(一丁の字詰はほぼ二十三×十)の本文を有し、日本文にしてもかなり長くなっているのであるが、それは典拠には記されていない会話や心中思惟・場面描写、特に引用した如き艶っぽい叙述を新たに設けて、しかも大分詳しいものにしているために長編化しているのである、と考えられる。それは換言すれば、王秀が両度小姓に扮したり、玉蘭という富家の女性を娶ったりする、というように、典拠に無い話を大幅に加えることがある、ということでもある。

右の三条を要約すれば、光風子の明記する典拠は信用できないが、しかし各話には隠された典拠が存する場合があって、その場合には時代・地名・人名は変えられ、典拠に無い話や艶っぽい描写が加えられている、という小説作法が取られていることが明らかになるのである。そこで、以下の話を読む場合にも、右のような小説作法を念頭に置いておくことが要請されるのである。

二

右の如き小説作法への配慮に基き、全三十三話の内、典拠が確定し得たと思う話のみに絞って、その経緯を述べてゆこう。

巻二第四話「程沖陰徳を行て相変《さう》じたる事」の梗概は、次の如くである。

大明の宣徳年中、雲南城の程沖は、二十一歳で、南京に遊学するが、道士に近い内に死ぬ相があるから帰郷して死を全うせよと告げられる。帰郷の旅中で、年貢不足のため親子三人が身売りしようとしている百姓家に泊り、程沖は銀五十両を主人に与える。翌日、主人とともに出発した程沖は猛虎に襲われるが、主人は恩人程沖のために虎と闘ってくれ、もう一人猟師が現われて助けてくれたこともあって、無事に虎は退治される。四川《ママ》に到って程沖はひたすら善事を積んで越年したが、再び南京に上って道士に観相させたところ、道士は程沖が大人の相に変ったことを指摘し、程沖が大善根を施したことを察する。後、程沖は四川太守となる。

この話は、前の裴度の人相譚の変型とも見なされるが、また浅井了意の『新語園』（天和二年刊）二・三十六・「因㆓陰徳㆒人相転　捜神記」にも酷似した話がある。即ちそれは、

天水の趙明甫は日者に人相を観てもらっていたが、王徳麟の女《むすめ》が婢となって売られてきたことに同情し、その婢を村の者に嫁がせてやる。後に日者は明甫を観相して、先度には寿命が縮まって見えたが、今日はただに延命し

ただけでなく福禄の相も備わっている、と述べた。というもので、「程沖」と同型の話である。ただ「程沖」には虎の襲撃から救われる話があるが、それは、隠徳を施すことによって人相が転ずるという話の中では取って付けたものの如くで、存在する必然性がさほど感ぜられず、文字通り光風子によって付加された話であろう。このように見てくると、「程沖」では典拠が記載されてはいないが、既に日本の故事集に記されていて有名な話をそれとなく下敷にしている、といって良いような話造りをしていることが明らかになるのである。なお、『新語園』では右の話の典拠を『捜神記』と記すが、実際には明の類書『天中記』十九・僕婢「嫁婢」に拠ったものであることが、花田富二夫氏『仮名草子研究――説話とその周辺』五一頁に述べられている。

巻之三第二話「鄒士臣美人を娶る事」は、次のような話である。

明の永楽年中、揚州城の鄒之《ママ》臣という美男は正月十五日（上元）の夜、灯籠を見物に出たところ、十人余の供を従えた十一、二歳ばかりの美女を見かけて心を動かし、長いことその後をつけるが、美女は張廉如という大富人の居宅に入る。居宅から出てきた僕に美女の身元を問えば、月仙姐《ひめ》という秘蔵子であるという。貧富の差が大きいので結婚をあきらめた鄒之臣は、懊悩して日を過ごす。何青という友人が訪れて、鄒之臣の衰えた顔色を見て驚くが、之臣は「消遣《きはうじ》」のため何青と一緒にとある草庵に到る。庵の老僧（月光禅師）は之臣を見て驚き、「何の憂有て顔色悪くみへ給ふや、恐らくは久敷命を保ん事難かるべし」と指摘する。之臣が恋慕のために心神を悩ましていると述べると、老僧は、学問を勧め、陰徳を行い、婬乱の心をやめれば、やがて及第し、大官に陞って、その女と結婚できようと諭す。之臣はその通りに勤めて三年後に進士に及第、翰林学士となり、張廉如に縁談を申し入れれば張廉如も承引して、女を之臣と結婚させる。

この話は、『剪灯新話』二「牡丹灯記」と西鶴の「忍び扇の長歌」(貞享二年刊『西鶴諸国ばなし』四・二)を撮合したものであろう。之臣が上元の日に美女を見そめるのは、喬生が上元の夕に美女に眷恋する話に拠る。何青が之臣の憔悴せる顔を見て驚く設定は、隣翁が髑髏と並坐する喬生を見て大驚し、彼に警告を与える話を改めていよう。そして、月光禅師が之臣の凶相を指摘し、生き方に指針を与える段は、玄妙観の魏法師が喬生を望見して、「妖気甚ダ濃《こまやか》」なるに驚いて、呪符を授ける話に拠っている。その間の、之臣が美女の居宅まで尾行し、居宅の僕から美女の身元を聞き出し、富家の女と知る経緯は、武家の中小姓が大名の奥方の行列中の駕籠にいる美女を見そめ、中間から美女が大名のめいであることを聞き出し、その住所をも知るという、あの「忍び扇の長歌」の筋とほぼ一致している。都の錦が『剪灯新話』を利用し、西鶴作品をしばしば利用していることは、長谷川強氏『浮世草子の研究』第一章「八文字屋興隆期」四都の錦に詳しいが、さすれば彼が「牡丹灯記」と「忍び扇の長歌」を撮合することは、極く自然な成り行きなのである。典拠として話末に記されている「風流小説」という書名は孫楷第や大塚秀高氏のそれぞれの『中国通俗小説書目』、『小説字彙』の援引書目、周次吉氏編『太平広記人名書名索引』、程毅中氏著『古小説簡目』、袁行霈・侯忠義氏編『中国文言小説書目』等にも見えず、烏有の書であるが、それもその筈、光風子が著名な二話を撮合するという安易な小説作法を糊塗して、自作に威厳を持たせるべく、かような書名を捏造したのであろう。

三

巻七第三話『劉瑤月花を娶事』の梗概は、次の如くである。

南京応天府の劉瑤は、傾城の紅蘭と深く契っているため、人々が勧める縁談を受けつけなかったが、紅蘭が病死して後は、その頼みによって妹の月花を妻とする。老母の勧めもあって、劉瑤は老母と妻を残して徽州に商いをしに行く。そして父執の呉俏から資本を借り、三年後には銀三万両を儲けて、帰郷する。南京城外の桑樹山まで来たところ、二十歳ほどの婦人と十五歳頃の女子とが桑の葉を摘んでいるのを見て、富貴になった劉瑤は彼女らを妾や「女使《こしもと》」に召しかかえる気を起し、従者をしてその意を問わせる。ところが、二十歳ほどの婦人は月花なのであって、劉瑤は「三年が間妻に遇ざりしゅへ、其貌を見わすれて」いたのであった。夫の留守中に老母を奉養していた月花は、勿論この申し出を断乎として拒否する。家に帰って劉瑤は久しぶりで会った妻が先ほどの桑摘みの女であることに気づき、恥入る。月花は夫の不実を悲観して楼上で首を縊ろうとするが、劉瑤の夢の中に神が現われ、妻の危機を知らせるので、劉瑤は「慌忙《あわてふためき》」て妻を救う。老母も劉瑤をして詫びさせたので、月花も怨みをやめ、夫婦和睦する。

この話も本文六丁半で、長いもののように思えるが、実は典拠はそれほど長い分量を有しているわけではない。その典拠は有名なものであって、魯の秋胡子とその妻に関する話である。この話は、『古列女伝』（承応二年和刻）五「魯秋潔婦」、『事文類聚』後集二三、『語園』（寛永四年刊）上「女桑ヲ採ル事」等の諸書に収められているが、ここには「王秀」の場合でも用いた『日記故事大全』七妻道類「不レ顧二黄金一」を引いておこう。

秋胡子　妻ヲ納ムルコト五日、往キテ陳ニ仕フ。五年ニシテ始メテ帰ル。路ニ美婦ノ桑ヲ採ルニ逢フ。胡　車ヨリ下リテ曰ク、吾ニ黄金有リ、願クハ子ニ与ヘン、何如ト。答ヘテ曰ク、田蠶訪《ママ》績、公姑ニ奉事ス、何ゾ他人ノ金ヲ待タンヤト。怒リテ顧ミズ。胡　慚ジテ帰ル。母　其ノ妻ヲ呼ビ、家ニ還リテ相見エシムレバ、乃チ桑ヲ採ル婦ナリ。（蓋シ秋胡五日ニシテ出デ、五年ニシテ帰ル。夫婦各ノ相認メズ、故ニ此ノ事有リ）婦曰ク、色ヲ見テ金ヲ棄テ、而シテ其ノ親ヲ忘ル、大イニ不孝ナリ、君別ニ娶ルニ任ス、吾敢テ従ハズ矣ト。乃チ河ニ投ジテ死ス。

「劉瑤」の後半部がこの話に基いていることは明らかである。とりわけ、「劉瑤」の原文を引用した部分、即ち妻の顔を忘れていた理由を述べた部分は、『日記故事大全』の括弧で括った割注部分に基いていることを思わしめる。『古列女伝』『事文類聚』では、これに該当する部分が無い故にである。(3)

ともかく魯秋胡妻の話に基いていることは確かなのであるが、そうとすれば、「劉瑤」の前半部は、特に典拠に基かなくても容易に作れるような話であるので、光風子が作った話であろうと考えられる。すると、出典として話末に記されている「古今小説」は、やはり偽りのものであるということになり、この場合でも光風子の出典明記は信用してはならぬことが確認されるのである。また、時代・地名・人名の設定が捏造されたものであることも、いわずもがなであろう。

四

巻九第三話「謝源牡丹の精に逢たる事」は、次のような話である。

信州府の謝源は牡丹を愛して牡丹園作りを楽しみとし、「他より其花を乞求る時は、我が肝心なりといひて一朶も与へ」ない。魏猛・往烈という二武官は、謝源が牡丹を吝《おし》むことを憎み、ある夜、大勢を率いて牡丹園に乱入し、謝源が止めるのも構わず、牡丹を折り取ろうとする。その時、同じ姿の美女四五十人が現われ、一人の頭だちたる美女の下知のもと、魏猛らを追い散らす。美女の言葉によれば、彼女は官府の者で、ひそかに牡丹を鑑賞していたところ、謝源が危機に陥ったので、これを助けた、とのこと。謝源はこの美女と「情の下紐打解て、小夜の枕を河嶋の、水洩さじと盟《ちぎり》け」るが、早朝に美女は牡丹の精なることを打ち明けて去って行く。謝源は以後ますます牡丹を愛し、牡丹君と称せられ、八十余歳の長寿を得る。

この話は、驚くべきことには『醒世恒言』四（『今古奇観』八）「灌園叟晩逢仙女」の正文の大要とほぼ同じである。

「灌園叟」の大要は、次の如くである。

宋の仁宗の年間、江南平江府の長楽村の秋先は花を愛して、花痴と呼ばれ、大きな花園を造った。花を折り取るのを惜しむ余り、他人が花を折ることを許さない。城内の官人の子息張委という者が五六人を連れてこの花園に闖入し、牡丹を摘み取り踏みにじった。これを嘆く秋先の前に二八の美女が現われ、法術を用いて花を枝に戻し咲かせる。美女は瑤池の王母の座下の司花女で、秋先の至誠に感じたのであった。張委はさらに花園を手に入れようと図り、手下の張覇をして秋先を妖術使いだと誣告し、下獄せしめる。その間に、張委・張覇と若者たちは牡丹園で酒宴を開くが、花が大勢の女人に変じ、内に紅衣の頭だつ女子があって、女人たちに命じて張委らを打たせる。張委・張覇は無惨な死をとげる。秋先は無実が明らかになって釈放され、百花を食べて烟火の物は避けるようになったが、白髪は黒くなり、顔は童顔に転じて、仙化した。

両話を読み較べると、その相似に容易に気づくのである。ただ「灌園叟」の本話は、二十五×十一の字詰の『今古奇観』本で十七丁半にわたる分量を有するが、「謝源」の方は二丁余の分量であって、たとい「灌園叟」を典拠にしたとしても、極く大づかみな筋を伝えているのに過ぎない感がある。そこで、「灌園叟」の正文には文言をもって簡潔に記された本事が存し、光風子はその本事に拠ったのではないかと想像したのであるが、『三言両拍資料』『三言二拍本事論考集成』ともに正文の本事は未詳としており、博捜に努めた両書にも記されていないような本事を、さほど珍しい典拠は用いていないと思われる光風子が見ていたとも思えない。そこで私はさらに、新たなる想像をめぐらす。都の錦は例の牢訴状に「伊藤源助属門下、経書之講義を承」と伊藤仁斎に学んだことをいい、野間氏は『伊藤家門人帳』

に彼らしい人物を見出すことはできないとして、これを疑うが、しかし正式な入門は無かったとしても、京都の書林と深く関っていた彼には古義堂の門人たちと何らかの交渉を持ち、当時最先端のその学芸を伺う機会は十分に存した筈である。そして、中村幸彦氏「古義堂の小説家達」一（『中村幸彦著述集』第七巻）が説くように、伊藤東涯は宝永二年には早くもこれは正真正銘の『古今小説』や『水滸伝』から語を抜き出していて（『紀聞小牘』第十三）、白話小説の勉強を開始していたから、中国の学芸へのコンプレックスが強い都の錦は古義堂の門人ないしは彼らと交渉のある書林から逸早く学界最前衛の白話小説学の知識を聞き出し、『古今小説』や『水滸伝』等の書名と大まかな内容ぐらいは聞きかじることも、十分にあったことであろう。『新鑑草』に典拠として本当には使ってもいない「古今小説」の名を六回も出し、後述する如く『水滸伝』の名をも出すことは、そのような耳学問の反映であろう、と考えられる。もしさようであるとすれば、『醒世恒言』には拠らずとも、『古今小説』『醒世恒言』よりも遥かに多く流布していた『今古奇観』の中の一話の内容を、古義堂門人や書林から聞き知るような機会も十分に存した、と思われる。そのような大まかな耳学問に基いて「灌園叟」の話を伝えたので、僅か二丁余の簡単な記述になっているのではあるまいか。光風子が『水滸伝』の知識を持っていたこと以外に、唐話（中国語）に関する情報を得ていたことも後述するが、ひっくるめていえば、当時最新の唐話学・白話小説学の知識を浅薄ながらも所有していたので、『今古奇観』の一話の概要を伝え得ているのだ、と私は考えている。

そして、そのことは、書籍からの翻案ではないにしても、「謝源」が『今古奇観』の中の白話小説の翻案としては随分早いものであることになり、都の錦が漢学の知識は浅薄でありながらも、当時の最新の風潮にいち早く乗ずるセンスだけは備えていたことを語るものである。

五

巻九第五話「葛休親の仇を報ずる事」は、最終話であるが、その梗概は次の如くである。

青州府の葛倸という武官は、文雅を解したが、秦亮という文官と口論になり、刀を抜くに到る。秦亮はその場を逃れ、意趣晴らしにその夜十余人で葛倸を襲撃して殺す。三年後、息子の葛休（十五歳）は父の墓前で翁の姿の山神から敵が秦亮なることを聞き、秦亮の家に行くが塀が高く堀があって、入る術がない。その時、例の翁が現われ、「葛休を懐《いだい》て墻《へい》を飛越」え、秦亮の寝屋に導く。葛休が秦亮の頭を刎ねると、翁は「又葛休を扶て墻を越」え、姿を消す。そのお蔭で、官府も終に葛休の仕業なることに気がつかない。

この話の眼目は、引用部分に見られる如く、常人には到底飛びこえられそうもない塀を青年を抱いたまま飛びこえるという、老翁の体力に在る。この眼目から直ちに想起されるものは、唐の裴鉶撰「崑崙奴」（『太平広記』百九十四、『情史』四）である。この作品は、

唐の太歴中、崔生が想う歌姫に逢えずに悶々としているのを見て、崑崙奴の磨勒が先ず歌姫の家の門の猛犬を倒しておいてから、「生ト青衣ヲ衣《き》、遂ニ負ヒテ十重ノ垣ヲ踰エ」、崔生を歌姫と対面させる。そしてまた、「生ト姫トヲ負ヒテ飛ビ、峻垣ノ十余重ナルヲ出ヅ」、歌姫の家の者は何者の仕業なるかを知らない。（下略）

という話である。両話は、復讐譚と恋愛譚との異同はあるものの、主人公を援助する者が人を付帯したまま高い障害を飛び越えるという眼目で軌を一にしており、「葛休」の典拠は「崑崙奴」であると定めて良いであろう。これを復讐譚に転じたのは光風子の改変であり、典拠を「玉楼伝」と記しているのも、「玉楼伝」なる書名が前記の文言小説書目

類に見えないことが保証しているように、光風子の捏造である。

六

典拠論としては以上の他に、巻九第四話「簫氏夫の仇を報ずる事」の、簫氏が夫の金勝を闇打ちにした花央を再婚相手の趙曼経の助力を得て討つ、という話が、「蔡瑞虹忍辱報仇」（『醒世恒言』三六、『今古奇観』二六）の本事、名娼新王二が客の朱生の力を借りて、父を殺し自分を犯した王賊を討つ、という話（明、祝允明『九朝野記』四）と相似ていることを問題としたいのであるが、いま一つ確証を得難く、また『九朝野記』を光風子が読むことがあったか等という疑問もあるので、今は採りあげることを控えておく。

次に、光風子の白話小説および白話に関する知識を問題としたい。巻五第二話「黄得婿を欺て禍を蒙る事」は、唐《ママ》の崇寧年中、山東の黄得は蘇信と親しく、将来その女の玉錦（二歳）を信の子の蘇栄（三歳）に嫁がせる約束をしていた。が、蘇信は蘇栄が五歳の時に亡くなる。蘇栄は母薛氏の養育を得て、立派に成人するが、その十七歳の年、黄得は蘇栄の貧しさを嫌い、郭令という者に玉錦を嫁せようと謀る。これを知った玉錦は、乳母に頼んで、蘇栄を自室に招き、変らぬ心を説いて、「下紐解初て水もらさじと」契りを交わす。黄得は蘇栄と玉錦の内通を恐れて、青州に移住する。「梁山泊」の「豪傑の士李《り》逵《りく》項克《けうこく》」（「りく」という音読は誤り）は黄得を「不仁不義の者」と聞き知っていて、その財を奪おうと小賊十余人を連れて乱入し、一家の男女をすべて斬殺し、「李逵斧を提《ひつさげ》て走り入り」、玉錦を「砍《き》」ろうとしたが、項克はこれを止め、玉錦を梁山泊に連れ帰り、頭領の宋江に献じようとする。「昔日《そのかみ》山東に在し時」、黄得の事を聞き知っていた宋江は、玉錦から青州に移住したわけを聞き、彼女に同情して、戴宗・石秀をつけて元の住所に送り帰す。玉錦は蘇栄母子に再会して右の事情を語り、蘇栄の子を生んで二人の家は長く繁昌する。

という話である。前半の、いいなづけの蘇栄と玉錦が黄得の心変りにも関わらず結ばれる、という話は「陳御史巧勘金釵鈿」（『喩世明言』二、『今古奇観』二四）の前半部のほかには、『竜図公案』一「鎖匙」（梗概は、『馬琴中編読本集成』13『青砥藤綱摸稜案』六一七頁参照）の、朝棟と瓊玉が結ばれるまでの話と一致するが、しかし、光風子が『竜図公案』を知っていたかは早急には断言できないので、この件は一応の言及に止めておく。ただ、伊藤東涯が『名物六帖』第二帖・人品箋五・倡妓匪類「娘子」等々に『竜図公案』を利用していたことは、いい添えておこう。後半の、梁山泊の英雄宋江や李逵《き》が美人とからむ話は、『忠義水滸伝』第七十三回「黒旋風喬捉鬼　梁山泊双献頭」、宋江の名をかたって四柳村の劉太公の女《むすめ》をさらった牛頭山の二賊、王江と董海を、黒旋風李逵と浪子燕青が退治する、という話であるが、「黄得」の話はそれとはいささか異なり、『水滸伝』の話を直接の典拠とすることは、しにくい。そこで、この話の場合は、『水滸』との関係は、二様に考えられよう。一は、何か他の話に典拠があるか、或いは光風子が作ったかした話の人物像に『水滸』の人名、宋江・李逵・項克（充の誤りであろう）・戴宗・石秀を宛てた、という考え方。二は、武侠小説として名高い『水滸』中に、それも宋江や李逵という主要人物が関わる話として、美女の難儀を梁山泊の豪傑が救う話があるということを、光風子が仄聞していて、その仄聞に基き、話を適当にこしらえた、という考え方。

そのいずれにしても推測の域を出ないのであるが、とにかくこの「黄得」は、宝永八年の時点において光風子が逸早く『水滸伝』の知識をかいなでの物にしろ有していたことを語る資料として、注目すべきである。宝永八年（一七一一）といえば、施訓本の『忠義水滸伝』第十回までが和刻されて、施訓の形にしろ初めて『水滸』の訳が本邦で刊行された享保十三年（一七二八）より十七年も前のことであり、『水滸』を熟読している人としては『釈詁随筆』（宝永四年三月に終る）（4）に『水滸伝』の語彙を一ケ条記し留めている伊藤東涯ぐらいしか挙げることができない時期である。古義堂の中国小説家として有名な松室松峡・朝枝玖珂・陶山南濤が入門する正徳・享保の交よりも早い時期でもある。そのような我が国における『水滸』学習の草創期に、古義堂の門人か否か疑問視されている光風子こと都の錦が、まがりなりにも『水滸』に就いての知識をこの小説に盛り込んでいることは、驚くに十分なことである。都の錦は、『元禄太平記』（元禄十五年刊）に示されている如く、また京都の岡本半七が『新鑑草』の相版元であることから察せられる如く、京都の書林や漢学者の消息によく通じている人物である。先に述べた如く、古義堂の門人と知りあう機会もあり、長崎より来った新渡の唐本を扱う書肆ともいろいろの交渉があったことであろう。とすれば、それらの人々から、東涯先生が逸早く学んでいる白話小説、就中『水滸伝』のことを聞き及び、自身も実際に目睹する（流覧の程度であろうが）機会を逸早く持ち得たのではなかろうか。そうした学界の消息通である彼の特性がこの小説に反映している、と考えられるのである。

換言すれば、都の錦は、深い学力はないけれども、学界や文壇の流行の兆しを先取りすることに敏で、逸早く流行に乗ることだけは巧みであった。その立ち廻りの早さで、篤学東涯先生が後に『名物六帖』に結実させる中国俗語（白話）研究を開始しているということをも聞き及んだのであろうか、早速自分も『新鑑草』の中で中国俗語ないしは白話小説に常用される語彙を使用し、新知識を披露することで読者を驚かそうとしている。たとえば、

毛坑《かはや》《せっちん》　（一・一）『応氏六帖』宮室箋「茅坑《カハヤ》」（筆者注、「茅」と「毛」は音通）

救《すくふハ》二一人命一勝レ造二七級宝塔一《のいのちをすぐれたりとつくらんよりもしつきゆうのほうとうを》　（一・一）『古今小説』二九など

看官《みるひと》　（一・二）『水滸伝』第五回

蒙汗薬《しびれくすり》　（一・三）『水滸伝』第十六回

生意《あきなひ》　（一・三）「十五貫戯言成巧禍」（醒世恒言三十三）
管家《てだい》　（一・三）『名物六帖』二賈儈典当「管　家《テタイカシラ》」
忤作　（一・三）『応氏六帖』二「忤作《ケンシ》」
本銭《もとで》　（二・一）『名物六帖』四債肩称貸「本銭《モトキン》」
抵頼《あらがはん》《ちんぜん》や　（二・二）『応氏六帖』人事箋「頼《アラカフ》」
前程《ゆくすへ》　（二・三）『名物六帖』四生老禍福「前程《ユクサキ》」
破落戸《いたづらもの》　（三・一）『名物六帖』二無頼頑凶「破　落　戸《シンタイヤフリ》」
熱鬧《にぎやか》　（三・二）『応氏六帖』人事箋「熱鬧《ヤカマシ》」
逍遣《きはうじ》　（三・二）『古今類書纂要』十「逍遣　逍滅其愁、祛遣其悶也」
欵待《もてなし》　（三・三）『古今類書纂要』十「欵待　宴欵相待」
剪径《をひはぎ》　（四・二）『水滸伝』第六回
造化《しあはせ》　（四・二）『古今小説』二
包袱《ふろしき》　（四・二）『名物六帖』三嚢袱縄索「包袱《ふろしき》」
花街《くるわ》　（五・三）『水滸伝』第六回
攛掇《すすめ》　（六・一）『古今類書纂要』九「攛掇　猶賛襄也」
女使《こしもと》　（六・二）『名物六帖』二僕隷奴婢「女　使《ツカヒヲンナ》」
赶逐《かんだう》　（六・三）『応氏六帖』人事箋「赶逐《ツイホウ》」
音耗《をとづれ》　（六・三）『名物六帖』五行郵報旅「音耗《オトツレ》」

後堂《うらざしき》（六・三）『名物六帖』三庁堂斎室「後堂《ヲクサシキ》」

慌忙《あはてふためき》（七・三）『古今類書纂要』十二「慌忙 慌獐也」

商議《しやうぎ》《だんかう》（九・三）『水滸伝』第二回
諢名《あだな》（九・三）『名物六帖』四姓名郷社「諢名《イメウ》 水滸伝」

衝撞《りよぐわい》（九・五）『古今類書纂要』十二「衝撞 触犯也」

搪突《きつくわい》（九・五）『古今類書纂要』十二「唐㆓突西施㆒ 触犯好人曰唐突西施。唐突、不遜也」


という具合にである。これらの中国俗語は、極初の唐話辞書たる『唐話纂要』（享保三年刊）、『名物六帖』（享保十二年刊、器財箋）がまだ刊行されていない時に逸早く使用されているものであって、それまで一般に読まれてきた文言系の漢籍にはあまり用いられていないものであるから、一般の読書子に奇異の眼を向けさせ、光風子の学識にやや注目させるような効力があったろう。また、それが光風子の狙いでもあった。しかし、それらの出所は、右に示した如く、宝永二年から七年にかけて伊藤東涯が『紀聞小牘』中の「釈詁随筆」「釈詁録」に蒐集し、（5）『応氏六帖』（早い写本には宝永三年の識語がある）（6）として整理したもの、または『応氏六帖』が更に増補整理された『名物六帖』、あるいは東涯が『応氏六帖』の主要参考文献として使用している『古今類書纂要』（明、璩崑玉編、葉文懋校。寛文九年一六六九刊和刻本あり）、東涯が研究していた『水滸伝』等に殆ど求められるものである。このことは、光風子がやはり古義堂方面から中国俗語の知識を得ているのであるらしいことを、十分に思わしめるのである。換言すれば、光風子は、東涯先生が着手している中国俗語研究が当時の漢学界の最前衛の思潮であることを逸早く嗅ぎつけて、その知識を古義堂の門人たちから盗み取り――という言い方がひどいというのであれば、引き出し、と訂正するが――、それを自作に利用して、まだ中国俗語に眼慣れしていない一般読書子を虚仮威ししようとしたのではないか、と想像されるのである。

七

如上述べきたったように、本作における光風子の典拠と語彙の用い方には、伊藤東涯の研究の後を追うような点が存する。当時の古義堂の、広くいえば漢学界の新思潮たる白話小説学、唐話学の成果を、浅薄にではあるが早速導入した痕跡が見出される。右の如く、さほど深刻な程度ではないにしても、漢籍や唐土の小説を典拠として創作し、ようやく読み出され初めた白話小説の知識を導入し、漢学界の一部の者しか注目していないような中国俗語を曲りなりにも使いこなすことが可能になるためには、いくら呑込みの早い、新思潮に乗ることが巧みな者でも、最低一年以上の準備期間を要する、と考えられる。その数字に、本を刊行するまでの、即ち原稿浄書、版下製作、校正、製本などに要する日時を加えれば、少くとも二年程を要する、と思われる。『新鑑草』刊行の日時は「宝永八辛卯歳孟陽穀旦」、即ち宝永八年一月吉日であるから、それに間に合わせるには、遅くとも宝永六年一月頃には述作のための準備が開始されていなくてはならぬ、と考える。然るに野間光辰先生は、鹿児島の金山に在って労役を命ぜられていた都の錦が、六代将軍徳川家宣の継統に際する大赦を得て、「再び大阪の土を踏むことが出来たのは、早くとも宝永六年秋冬の頃であったかと想像する」、と考えられている。この説に従

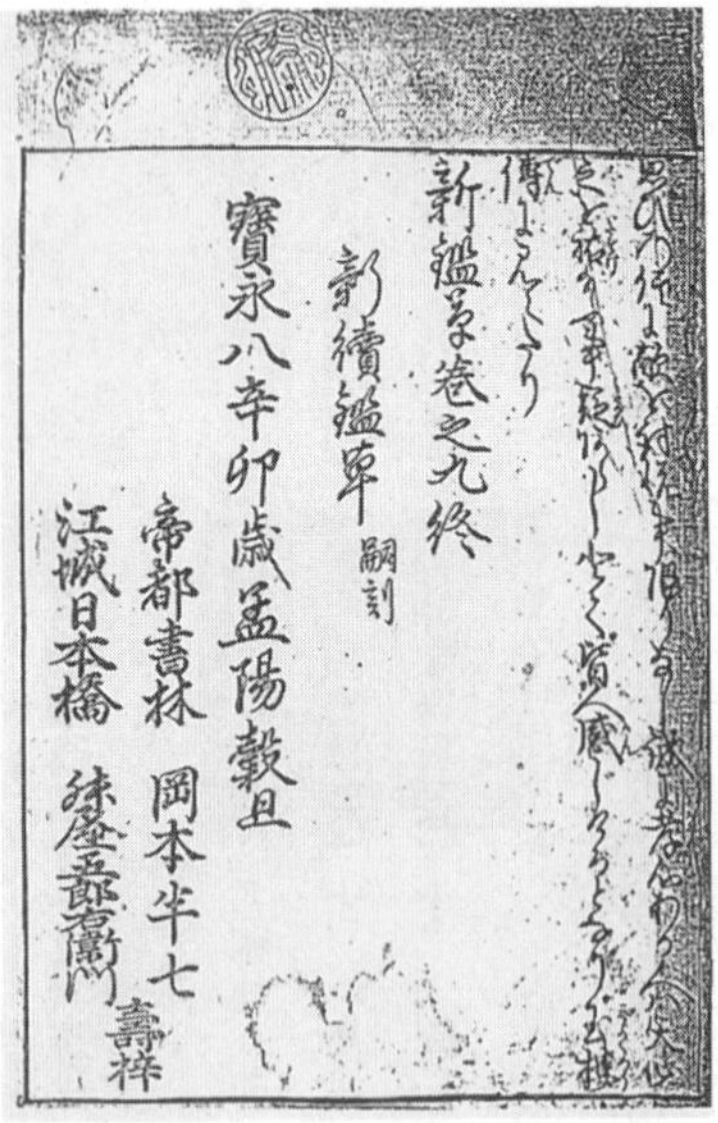
新鑑草巻之九終
新續鑑草　嗣刻
寶永八辛卯歳孟陽穀旦
帝都書林　岡本半七
江城日本橋　萬屋清兵衛
壽梓

『新鑑草』刊記（架蔵本）

えば、都の錦は僅か一年数ケ月の学習と準備および刊行作業によって『新鑑草』を述作刊行したことになるが、それはいかなる才人であろうとも到底不可能なことであろう。また、都の錦が京都から遠く離れた鹿児島の金山に宝永六年秋頃まで幽閉されていたとしたら、漢学界の新思潮として京都で展開され始めていた唐話学や白話小説学を、たとえ聞きかじりの形ではあっても吸収することができる、ということは、あり得ないことであろう。更に、都の錦は元禄十六年に補縛されたというのであるが、それ以前に唐話学を学ぶ可能性が万一存したとするも、この時期は唐話学が宝永よりもなおさら未発展の時期であるから、都の錦が右の程度にさえ唐話学を習得する可能性は無い、と考える。とすると、光風子が都の錦と同一人である以上は、野間先生説は成り立つことが難しい、と考えるのであるが、これに対して泉下の野間先生は如何ようにお答えになるであろうか。つまり、都の錦が鹿児島の金山の獄中に在ったことは認められても、その出牢・帰阪の時期に関しては、宝永六年よりも大分に早い時期を想定しないといけないのではなかろうか。ということを、新たな問題として学界に提起してみるものである。

注

（1）同氏「都の錦獄中獄外」（『近世作家伝攷』所収）。
（2）同氏『日本古典文学大辞典』第三巻「新鑑草」の項。
（3）ただし『語園』には、「向《ムカヘ》テ、イク程モナク、別レシ事ナレバ、見知ザリシ理也」と、妻の顔を忘れた理由を述べる文がある。
（4）中村幸彦氏「水滸伝と近世文学」（『中村幸彦著述集』第七巻第四章）。
（5）同氏「『名物六帖』の成立と刊行」（『中村幸彦著述集』第十一巻）。
（6）長澤規矩也氏『唐話辞書類集』第十二集「応氏六帖」解題。

（「明治大学教養論集」通巻二九七号　一九九七年三月）

追記

本稿は、その後、浮世草子研究者に刺戟を与えたようで、四点ほど『新鑑草』と中国小説をめぐる論考が現われたが、その中で藤原英城氏「都の錦と『新鑑草』」（『日野龍夫教授退官記念近世文学・近代文学論集』（平成十五年刊）は、『新鑑草』の作者を都の錦ではなくて、「義端圏の人物」と想定する説を提示したが、それは、都の錦を作者とする説が備えるほどの根拠の有力性を、まだ獲得していない、と判断する。なお、光風子（都の錦）が『水滸伝』に関する知識を生半可ではあるが早くも有していた、ということは、私が初めて言い出したことであることを、後の研究者に念を押しておく。

（平成十六年七月十日）

第六章　都賀庭鐘とその中国学

――『康熙字典琢屑』の検討――

一

安永七年（一七七八）、我が国で初めて『康熙字典』が翻刻刊行されたが、その校正を行った人が都賀庭鐘であった。「字典の誤を正すことは、中国は知らず、わが国では庭鐘をもって始とする」（中村幸彦氏）[1]という意義を備えた業績である。その「翻刻康熙字典序」に「大日本安永戊戌春三月／浪華都賀庭鐘識」と、他の多くの戯著とは違って、正式に姓名を署したのは、それが漢学者として世に公認される、まっとうな仕事であるからである。庭鐘の主要業績を、小説を中心とする戯著類に求めるか、『康熙字典』の翻刻校正に求めるか、見解の相違はあることであろうが、当時の意識からすれば、後者の方が主要業績と見なされたのである。しかるに、漢籍の翻刻や引用文の校正は、創造的な仕事とは考えられていないので、せっかくの庭鐘の業績もあまり顧みる人がいない。そこで、本稿では、庭鐘の校正が如何なる程度のものであるのか、どのような貢献をしているのであろうか、という問題を考え、彼の中国学、といってもこの場合は小学（漢字学）であるが、その水準を私なりに判定してみよう、と思う。

二

まず、庭鐘が校正を企図したこと自体、どのような意義を有するのか、述べよう。浅野梅堂の『寒檠璅綴』巻之一にいう。

述斎林先生ノ語ラレシハ、孫ビキハ必セヌモノナリ。此頃サル諸侯ノ名ヲツクルコトニ付テ、淵鑑類函ヲ見合テ書テヤリタルガ、彼方ニテ原書ヲ照シ合テ字タガヘリト申来、大ニハズカシキ目ヲ見タリ。類函ナドハ勅撰ニテ精覈ナルベキニ、夫サヘカクノ如シト申サレシ。（中略）康熙字典ハ、翻刻ノコロ浪華ノ都賀庭鐘父子悉ク原書ト照校シテ豕盾ヲ補考シタレバ、唐本ヨリハ謬ナキコト也。（下略）

中略の部分には、柴野栗山が孫引をして失敗した逸話を述べているのだが、この一文は、清朝の勅撰の典籍の引用文にも誤りが存する可能性があることを庭鐘が心得ていて、大量の引用文の一々に就いて原典と照合することを実践した、その見識と実行力とを評価しているのである。庭鐘序には、「坊人、鏑鍥ヲ謀ルヤ、久之《ひさ》シ。既往丙戌（明和三年、一七六六）、予ニ属シテ訂ヲ増サシム。茲年《ことし》（安永七年、一七七八）刻成ル」と、書肆が校正を促したように述べているが、中村幸彦氏が述べる如く(2)、書肆が照合の必要を考えついたり、手間と経費のかかる校正の実行を促したりするとは考えられないから、庭鐘自身が校正を思い立ったのに相違ない。そして、そのことは、荻生徂徠が足利学校の古籍を校合することを山井崑崙に勧めたのが契機で、唐土にも誇るに足る『七経孟子考文補遺』が刊行されたことにも匹敵する、見識の高さと着眼の良さとを語るものである。

しかも、庭鐘の着眼は、中国の王引之らの『康熙字典考証』よりも、ずっと早いのであった。王引之らが引用文を校正して内府刊本を刊行したのが道光七年（文政十年、一八二七）のこと、更に校正二千五百八十八条を集めた『字典考証』十二巻が成ったのは、四年後の道光十一年（天保二年）のことであって、庭鐘が校正を開始した時よりも六十年後のことであった。この一事をもってしても、庭鐘の着眼の早さと先見の明あることとを賞揚してよい。しかのみならず、「ところが康熙原刊本のみが重刊されて、せっかくの校定本は顧みられず、ようやく一九五八年の中華書局本が『字典考証』を付録とした」（倉田淳之助氏[3]）と、『字典考証』があまり流布した様子が無いことを考えあわせると、梅堂が『寒檠璅綴』を執筆した幕末・明治の交まで、巷間に容易に見られる校正は庭鐘の『字典琢屑』だけであったと思われるが、そうした事情が「唐本ヨリハ謬ナキコト也」と、むしろ和刻本の方がテキストとして信頼できる、という評価をもたらしたのである。そのように庭鐘の和刻本は、明治に入って、石川鴻斎らが訂正を施したという『鼇頭音釈康熙字典』（明治十六年刊）、渡辺温らが訂正したという『校正康熙字典』（明治二十年刊）が刊行されるまで、比較的良質のテキストを提供し続けていたのであって、その功績には甚大なるものがあった。

三

しかし、実際の校正に就いて、庭鐘のそれと王引之らのそれとを比べてみると、庭鐘の校正は王引之らのそれに及ばぬ、というのが定評になっているようである。すなわち、岡井慎吾の『日本漢字学史』第三篇近世篇八一「漢土小学書の箋注」にいう。

琢屑は字典に対する校正すべて九百条を出したもので清の王引之の考証には及ばぬが其の労は多とせねばならぬ。

岡井慎吾は「及ばぬ」理由を述べていないので、推測するほかは無いのだが、庭鐘の校正が九百条であるのに対して王引之らのそれが二千五百八十八条であるので、その量の相違をそのまま優劣の規準とした、と思われる。いかにも錯誤の指摘は、量が多ければ多いほど有益であるのだから、量の多いのを優れりとする判定法には一理存するのであるが、しかし、校正の質の方面を考慮することなく判定したのでは、庭鐘の苦心の存した所を理解することはできない。あらためて庭鐘の校正の一条〳〵を王引之らのそれと比較することによって、庭鐘の校正の質と水準を吟味する必要があるであろう。

とはいっても、全九百条に就いて検討する余裕は、今は時間・紙面の双方において無い。よって、任意に幾つかの条を選んで引用文に対する双方の校正ぶりを検討してみよう。子集一部「丈」字の引用文における双方の校正は、次の如くである。庭鐘のそれを庭、王引之らのそれを王と略称する。

庭―杜詩ノ註、百丈ハ船ヲ牽ク篾《タケツナ》ナリ。旧《シタヂ》、篾ヲ筏ニ誤作ス。今正ス。(原漢文)

王―左伝昭二十三年、以テ諸侯ニ令役シ、役ヲ属シ丈ヲ賦ス。謹シンデ原文ニ照ラシテ、二十三年ヲ三十二年ニ改ム。

杜甫詩、百丈牽キ来ル瀬ニ上ル船。謹シンデ原文ニ照ラシテ、牽来ヲ誰家ニ改ム。註　百丈ハ船ヲ牽ク船筏ナリ。謹シンデ原註ニ照合シテ、筏ヲ篾ニ改ム。

庭鐘も王引之らも、ともに「筏」という誤りを「篾」に改めている。ところが、庭鐘の方は、『左伝』の年次の誤りについて言及していなく、疏漏であるように見える。しかし、庭鐘翻刻の『康熙字典』に就いて見ると、該当部分はちゃんと「左伝昭三十二年」と改められている。つまり、庭鐘は王引之らのように一々校正の結果を記してはいないが、この点についても抜かりなく校正を行っていたのである。従って、ここまでは庭鐘の校正は、王引之らのそれと比肩する。ところが、王引之らが杜甫の「十二月一日三首」第一首の第四句の本文の一部を「誰家」と改めたのに対して、庭鐘の方は何も述べていないし、また和刻本の本文も改まっていない。「十二月一日」は七律であり、第四句は第三句「一声何処送書雁」の対をなす句であるから、「何処」に対応すべき語が「牽来」では対にならず、「誰家」と作るべきである。にも拘わらず、それを校正していないのは、この場合、庭鐘の方に手抜かりがあった、といわざるを得ない。

しかし、王引之らの考証にも手抜かりが存する場合があるのである。たとえば、子集亅部「了」に就いては、庭鐘は次の如く校正する。

晉書傅毅伝ニ云云スト。按ズルニ是レ傅玄ノ伝咸ガ中ニ見ユ。傅毅ハ後漢ノ人ナリ。此ニ玄ノ字ヲ辟ク。

『字典』では「晉書傅毅伝」からの引用として「天下、大器、非レ可二稍了而相観一、毎事欲レ了、生二子癡一、了二官事一、官事未レ易レ了也」を引くのであるが、実はこの文は、庭鐘のいう如く、『晉書』傅玄伝に付載される傅咸伝の中に引かれているのであり、また傅毅は後漢の人である。その次に、『字典』がかような誤りを犯した理由を推測してであろうか、庭鐘は、康熙帝の名が玄燁であるから『字典』は「玄」字を諱んで記さないのである、といいそえたのである。以上の如き「了」字における引用の誤りに、王引之らの考証はまったく言及していない。すなわち、王引之らの考証にも不備が存するのである。だから、庭鐘の校正と王引之らの考証を併用すると、より完璧に近づいた校正ができあがるのである。換言すれば、九牛の内の一毛を挙げただけであるが、この一例のみからも、庭鐘の校正には王引之らの考証の不備を補うものが少なからず存するのであり、挙例の多少をもって優劣を判定してみてもあまり有意義ではないことが窺い知られるのである。それよりは、王引之らの考証が指摘していない錯誤を庭鐘が校正している、という例を逐一拾い取って、それを『字典』翻読の際に利用することの方が遙かに有益なのである。

四

とはいっても、今はそうした例を列挙する場合ではない。本節では本稿の主眼たる庭鐘の漢字考証のユニークさについて述べよう。

王引之らの「字典考証」は、単に引用文の錯誤を訂正しているだけであるが、庭鐘の校正には、字の音義について『字典』の説明に異議を呈し、自説を開陳することが間まある。その自説は正鵠を射ている場合もあるし、残念ながら妥当でない場合もあるが、いずれにしても『字典』の音義の説明の欠陥や不足を補う有益なものが存する。そうした庭鐘の字説を逐次挙げてみよう。手部「㨗」字に就いて、庭鐘はいう。

㨗ハ切音闕クト。按ズルニ㨗ハ即チ捷ノ重文ニシテ、疾葉ノ切ナリ。楊《（ママ）》氏方言ニ、褸裂・須捷・挾斯ハ敗ナリト。爾雅ニ、接・翜ハ捷ナリ、註ニ、捷ハ相接続スルヲ謂フナリト。須捷ハ即チ接続スベシトナリ。須捷ノ意ヲ仮リテ以テ褸裂ノ義ト為スナリ。狎翣ハ慣狎ナリ。速カニ翜《と》ブナリ。是レ須捷ト同義ナリ。挾斯ノ挾ハ接ナリ。斯ハ離ナリ。離析ヲ接続スルヲ以テ敗ノ義ト為ス。倶ニ既ニ離析シテ既ニ接続ヲ用フル者ヲ謂フニ似タリ。翜・翣・挾・接ハ、倶ニ互通スベシ。此ニ云フ、語意 挾斯ト同ジト。註脚ヲ惜ムニ似タリ。

『字典』では、毎字に必ず示している反切を、「㨗」に限っては欠いているのであるが、庭鐘は先ず「㨗」は「捷」の異体字であって、従って音は疾葉切、ショウである、と結論を示す。そのように結論した理由は、『字典』に引かれる「揚子方言ニ、敗ナリ、南楚ニハ凡ソ人貧シク衣被醜弊ナル、之を須㨗ト謂フ」という文が、別本の『方言』には「捷」に作られていることに在るだろう。また『字典』では意義の説明が簡単であって、以下に述べる「捷」の三義の内の第一に右に引いた『方言』の文が引かれるのであるが、これに対して庭鐘は、『方言』には「褸裂・須捷・挟斯、敗也」という文がその上にあることを補い、同時に『爾雅』釈詁下「（際・）接・翜、捷也。注、捷、謂ニ相接続一也」を利用して「須捷」には接続の意があることを先ず導き出し、次に接続と敗・褸裂とは反義であるところから、「須捷」には褸裂の意が生じる、と説明している。次に、『字典』は第二の釈義として「狎翣也」（『字典』に「翜」は「翣」に通ずと）というだけで、そのように釈義する理由は説かないのであるが、既に「翜」「翣」は「接」「捷」と同義であり、接続の意があるとすれば（『爾雅』）、「狎翣」には狎《な》れ近づくという意味があることになり、よって庭鐘は「慣狎」なりと説明したのであろう。また、『字典』に「翜、捷也、飛之疾也」とあるので、「翣」「翜」には捷と同じく「速翜」の意味があることを付け加えたのである。右を要するに、「狎翣」は接続と同義であるから、「須捷」とも同義である、と説いたのである。さらに、『字典』は第三の釈義として「挟斯ト同ジ」であるとだけいって、「挟斯」の説明をしないが、『字典』「挟」に「接ニ義同ジ」といい、『字典』に「斯ハ離ナリ」ともいうから、「挟斯」は離れ析《ひら》いているものを接続する意であって、「敗」の反義と意味が通じてゆくのである、と説明する。右の如くであるとすると、「翣」「翜」「挟」「接」は、すべて捷、即ち接続するという意味が通じるのである。このように庭鐘は、『字典』が註を出し渋って説かなかったこと、即ち「㨗」は捷の異体字であり、音はショウである、須捷・狎翣・挟斯はともに接続の意を備えるから敗の反義に転意される、ということを補足したのであるが、それには一々右に述べた如く根拠があり、従ってその説いていることも妥当なのである。現行の『大漢和辞典』では『字典』の説明をそのまま採って、「㨗」を「音未詳」とし、「捷」字と同字であることをも述べていないのであるが、もし庭鐘の『琢屑』を参照していたならば、そうした不足が補正できたはずである。ちなみに中国の新しい『漢語大字典』では、清の戴震の『方言疏証』と銭繹の『方言箋疏』が『方言』の引用文を「須捷」(4)に作ることを根拠として、「㨗」を「捷」の誤字と説くが、それは庭鐘の考えとほぼ同一であり、庭鐘の校正の水準の高さを保証している。

水部「泥」字に就いて、庭鐘はいう。

日本寄語ニ、星ヲ付泥《フネ》ト曰フト。星ノ字、当ニ骨ニ作ルベシ。金ヲ空措泥《コカネ》ト曰フト。措ノ字、当ニ楷ニ作ルベシ。

『日本寄語』(『続説郛』十二)は定州の薛俊が編んだ、漢語と日本語の対照辞典であり、日本語の発音を我が万葉仮名の如く一つ一つ漢字を宛てて示したものである。『字典』は「泥」字を用いた例としてその文をそのまま引用したのであるが、「星《ホシ》」に「付泥《フネ》」と宛てるのでは確かに音の差異が大きすぎる。庭鐘がいうように、「付泥《フネ》」は「骨《ホネ》」の発音を示したものと考えれば、差異は僅少となって、納得できるのである。同様に、「金《コカネ》」を「空措泥」と表記するときは、「措」の音が「カ」と大きく異なる。「措」を「楷《カイ》」と訂正すれば、「コカネ」に近い音となるのである。庭鐘が「楷」字を用意した理由は、『字典』の続く箇所に「銀《シロカネ》ヲ失禄楷泥《シロカネ》ト曰フ」とあることに拠るのであろう。この二条の校正は、日本語を知らない王引之らには到底不可能なものであり、勿論『字典考証』には存在しない。庭鐘が日本人なるが故に初めて為し得た校正、というべきであろう。

米部「米」字に就いて、庭鐘はいう。

日本十二支ノ巳ヲ米ト曰フト。按ズルニ邦音、巳《ミ》ト米ト相近シ。字義ニ依ルニ非ズ。

『字典』では「日本土風《(ママ)》記、倭国、十二支之巳曰レ米」と記し、一見すると、「巳」と「米」との間に意義上の関連があるかのように読めるが、日本における「巳《ミ》」の発音が中国音における「米」(mi)と近いから、『日本風土記』にはそのように説明されただけであって、いわばこれも日本寄語である。この補注も王引之ら中国人が為し得ぬ、庭鐘が日本人であるが故に気づき得るもの、というべきである。なお庭鐘が『字典』の「倭国」を「日本」と改めた上で引いていることに、彼の国粋意識を示すものとして注意しておきたい。また、『日本土風記』は庭鐘も王引之らも訂正していないが、『日本風土記』の誤りである。

肉部「腦」字に就いて、庭鐘はいう。

音ハ盛ナリト。疑フラクハ是レ応ニ盈ノ字ナルベシ。音近ク形似テ、是非ヲ究ムベカラズ。字彙、始メテ反切ノ下ニ於テ、音スル字ヲ記ス。以来、字書、倣ヒテ音スル字ヲ加フ。其ノ音スル字、恐ラクハ未ダ誤リ有ルヲ免レズ。字彙補ノ書ニ至ッテハ、随所ニ音スベカラザルノ音字有リ。

「腦」の発音は、『字典』に「以成切」「怡成切」と反切を施してあるが、にも拘わらず「音盛」と音注されている。が、反切に従えば、「イエイ」、転じて「エイ」(yíng)と発音すべきであり、「盛」を「盈」(yíng)に改むべきだ、との庭鐘の考えは正しい。『考証』は訂正を引用文の錯誤に限っているので、こうした発音の誤りまで言及しない。それに対して、庭鐘は発音の誤りまで範囲を拡げて校正しているのである。ただし、彼が「盈」か「盛」かと疑いを残しているのは、『字彙』に「音盈」と説明してあっても、彼の述べる如く『字彙』は他の部分では音注が時々誤ることがあるからであろう。

艸部「蕝」字に就いて、庭鐘はいう。

説文ノ解ニ云フ、朝会ニ望表ヲ立テテ位ヲ表スヲ蕝ト曰フト。春秋・国語ニ云フ、茅蕝ヲ致シ坐ヲ表スト。按ズルニ、酒ヲ縮スル所以ト謂フ者ハ、恐ラクハ義同ジカラザラン。

『字典』では『国語』晉語八の「楚　荆蛮ノ為ニ茅蕝ヲ置ク」を挙げ、その韋昭註の「蕝ハ、茅ヲ束ネテ之ヲ立ッ。

酒ヲ縮スル所以ナリ」を引いて、茅を束ねて酒をしたむことを「蕝」の主要な釈義とする。それに対して庭鐘は、『説文』艸部の例を挙げ（但し、「朝会ニ茅ヲ束ネテ位ヲ表スヲ蕝ト曰フ」と訓むべきである）、朝廷の会合の際に位次を表わすために立てる茅の束が、「蕝」の意であることを示したのである。「蕝」の釈義は、『琢屑』よりも二十年後（嘉慶三年、一七九八）に成立した阮元の『経籍籑詁』（小学の専書及び漢唐の旧注中の旧訓を集めた名著）六十七下に「蕝。束レ茅以表レ位為レ蕝。史記、劉敬叔孫通伝注、茅蕝、索隠引二賈逵一」と賈逵注を引く。また、九十八には『字典』と同じ『国語』晉語の例を引く。さらに九十八にまた「蕝。説文、蕝、朝会束レ茅表レ位曰レ蕝。从レ艸絶声。春秋国語曰、致二茅蕝一表レ坐」と、庭鐘が挙げた『説文』の釈義を引く。清の汪遠孫の『国語発正』も、庭鐘より後の著述であるが、賈逵注・『説文』に拠って、韋昭註を誤りとする。最近の『漢語大字典』『漢語大詞典』も賈逵注・『説文』と同じ釈義を施しており、『字典』の釈義よりは庭鐘の出した釈義の方が優勢である。庭鐘は阮元・汪遠孫に先んじて、『説文』の信頼できる釈義を挙げているわけで、その見識は高く評価されてよい。『字典考証』では勿論釈義にまで立ち入った訂正は為されていなく、釈義の内容にまで踏み込み、且つ清朝考証学者の成果に先んじている訂正には、甚だ有益なものがある。

金部「鑽」字に就いて、庭鐘はいう。

正字通ヲ引クハ、惟ノ下ニ当ニ出ノ字有ルベシ。安南、或イハ扶南ニ作ル。又タ、漢書淮南王ノ曰ク、越ハ鑽髪文身ノ人ト。張揖ノ註ニ、子賤ノ切、古ノ翦ノ字ナリト。併録シテ考ニ備フ。

最初の部分は、『字典』に「正字通、金剛鑽生二水底一、如二鐘乳一、体似二紫石英一、惟安南高石山羚羊角砕レ之」とあるが、「惟」の下に「出」を入れて、「惟ダ安南ノミニ出ヅ」と改正すべきところである、といったのである。しかし、『本草綱目』十「金剛石」には「鉄椎モテ之ヲ撃ツト雖モ亦タ傷ツクコト能ハズ、惟ダ羚羊角モテ之ヲ扣ケバ、即チ漼然トシテ氷泮ス」というから、「惟」字は「羚羊角」に繋けて解すべきであり、庭鐘の考えは誤っている。また、『字典』には、髪を切るの意とセンの音は記していないのであるが、庭鐘は『漢書』淮南王の例と張楫註を挙げて、「鑽」に「翦」字の意と音があることを補足した。これに就いて現行の辞典を見れば、『大漢和辞典』では字音と字義の所には挙げられていないが、「鑽髪（サンパツ）髪をきる。翦髪。」という項目を掲げる、という形で処理されている。やや不徹底な処理である。『漢語大字典』では、⑧として別項を立て、「通〝劗〟。剪。《文選・左思〈魏都賦〉》…〝或魋髻而左言、或鏤膚而鑽髪。〟李善注…〝《漢書》淮南王曰…越、鑽髪文身之人。張楫以為二古翦字一也。〟」と処理している。こちらの処理の方が妥当であろうが、とすれば、庭鐘の備考は、『字典』に洩れた、「鑽」の知られざる音と意味を掲げているのであって、これまた甚だ有益である。「漢書淮南王」という出拠は、『漢書』厳助伝の淮南王上書に「越、方外之地、劗髪文身之民也」とあるのをいうが、そこでは「劗」に作るものを「魏都賦」では「鑽」に作っているから、庭鐘も『文選』李善注を孫引きしたのである。しかし、李善注の釈義は『経籍籑詁』に三箇所ある「鑽」のどの項にも引かれていなく、そうした目に着きにくい語釈を捃摭した上で、『字典考証』には欠けている、音と釈義に関する備考を説いている点に、庭鐘の広い学殖と周到な用意が見出されるのである。

馬部「驒」字に就いて、庭鐘はいう。

按ズルニ又タ喘・驒　音通ス。亦タ端ト同音ナラン。詩ノ四牡驒驒ハ、喘息ノ貌ナリ。馬労スレバ即チ喘息ス。漢書ノ註ニ、音、它丹ノ反ト。録シテ考ニ備フ。

『字典』にはタとタンの音しか挙げられていないのであるが、「喘」と「驒」が音通するという庭鐘の按語は、たぶん誤りであろう。庭鐘がそのように考えた理由は、下文にあるように「驒々」に喘息之貌の意があるからであろうが、喘《セン》は尺兗切（『集韻』）で銑部に属し現代音はchuǎn、驒《タン》は唐干切（『集韻』）で寒部に属し現代音はtán、また下文に記す如く「驒」は「嘽」に通じるが、「嘽《タン》」は喘息の意の場合は他干切で寒部に属し現代音はtānであって、「喘」の音通に属するとはいえない。「嘽」には歯善切で銑部に属する音センもあるが、その場合は声のゆるやかなさまの意であって、意味が違う場合には音通とはいえないであろう。『詩経』の「驒々」に喘息の貌の意があるとは、庭鐘もいうように『漢書』叙伝下の師古注に「小雅四牡之詩曰、四牡騑騑、驒驒駱馬。驒驒、喘息之貌。馬労則喘。（中略）驒、音、它丹反」とあるのに拠って、いったのである。『詩経』小雅「四牡」では「嘽嘽駱馬」に作り、毛伝に「驒驒、喘息之貌」というから、「驒々」は単に「嘽々」の異文であるだけに過ぎず、熟語として認定するには慎重であるべきものかも知れぬ。『漢語大字典』「驒」に喘息之貌という釈義が無いのも、そこに理由があるのかも知れない。しかし、『聯綿字典』「驒々」や『辞源』「驒々」には庭鐘と同一の釈義と用例を挙げて一語として立項している如く、既に一語としての市民権を得ている、とも見られる。庭鐘もこの辺の判定や音通説に自信が無く、備考として挙げたのかも知れない。が、とにかく『字典』に洩れていて、意義として近人にも認定されている釈義と用例とを、『漢書』から捃摭して呈示したのであった。

骨部「䯱」字に就いて、庭鐘はいう。

此ニ其ノ義ヲ遺漏ス。玉篇ノ出ノ部ニ、日骨ノ切、窟ニ同ジ、地室ナリト。本集ノ穴ノ部、窟字ノ註ニ六書音義ヲ引キテ云フ、亦タ掘・䯱・搰ニ作ルト。是レ即チ其ノ義ナリ。而ルニ䯱、誤リテ崌ニ作ル。

『字典』では、「服虔曰ク、月䯱ハ、月ノ生ズル所也」のみを挙げて、他に釈義らしきものは見えない。その欠を庭鐘は指摘して、「遺漏其義」といったのである。そして、『玉篇』出部から「窟」「地室」という釈義を補ったのである。

それは、『経籍纂詁』九十五が『字典』と同様に服虔の注しか挙げていないこと、『大漢和辞典』「⿰齒骨」がこの適切な釈義を載せた『玉篇』を利用していないことに比して、周到な用意と優れた見識とを開示したもの、といえよう。『漢語大字典』「⿰齒骨」が庭鐘と同じく『玉篇』を利用していることは、庭鐘の『玉篇』の呈示が妥当なものであることを語っている。続いて庭鐘は、『字典』の「窟」に「六書音義、亦タ掘・⿰山骨・⿰扌窟ニ作ル」とある「⿰山骨」を「⿰齒骨」に改変しているが、前述の如く「窟」と「⿰齒骨」は同意義なのであるから、妥当な改変といえる。(5)『字典考証』では「窟」の引用文に就いては改変を施していないが、それは同書が釈義にまで踏込んで検討してはいなく、従って「⿰齒骨」が「窟」と同意義であることに注意していないので、「窟」字における『六書音義』の引用にも注目しなかったからかも知れない。この点、庭鐘の「⿰齒骨」と「窟」に亙る校正と改変とは、両者の対応関係に気づき得た者のみが為し得る、高い水準のもの、ということができる。

「琢屑」補遺の「⿱殸木」字に就いて、庭鐘はいう。

字彙補ノ「馨ト同ジ」・金匱要略ノ「⿱殸木飪ノ邪」ヲ引ク。按ズルニ金匱ノ音釈ニ、⿱殸木ノ音ハ穀、即チ穀ナリト。俱ニ⿱殸木ヲ譌リテ⿱殸木ニ作ル。正字通、山海経ノ「百⿱殸木自生」並ビニ斉民要術ニ譌リテ⿱殸木ニ作ルヲ引キ、之ヲ辨ズルコト詳カナリ矣。但シ註文　⿱殸木・⿱殸木ヲ混写シ其ノ義判レズ。但シ⿱殸木ハ即チ穀ノ字ナリ。猶ホ⿱殼耳ノ聲ニ作ルガゴトシ。筆墨　置ヲ異ニスルノミ。同ジク是レ穀ノ字ナリ。字彙補、⿱殸木・⿱殸木ノ両字ヲ収メテ、⿱殸木ヲ認メテ穀ト為ス。考エノ至ラザル所ト為ス。宜ナルカナ本集　疑ヒヲ闕キテ、之ヲ補遺ニ入ルルコトヲ。

庭鐘に拠れば、『字彙補』も『金匱要略』も、ともに「⿱殸木」を訛って「⿱殸木」に作っており、『正字通』もその訛りを踏襲している、という。しかし、『正字通』は勇み足を犯しているようである。というのは、『漢語大字典』に見られるように「槃」と「槃」と双方の字を認めることが正しいようだからである。だから庭鐘も、「槃」は「穀」の別字であり、字形がやや異っているだけで同一の「穀」字であり、従って『字彙補』が「槃」「槃」の両字を収めて、「槃」の方だけを「穀」と認めたのは思慮不足である、という。そのようにこの両字には厄介な問題が付きまとうので、『字典』がこの両字を「補遺」に入れた処置は妥当である、と庭鐘は論ずる。そして、この場合、庭鐘が『金匱要略』の音釈の「槃音穀、即穀也」を引いてきたのは、貴重な用例と釈義の呈示であった。というのは、『字彙補』では前引の如く「槃」を「磬」と同じとするが、それに疑念を呈する際の根拠となる例を出しているからである。『漢語大詞典』では「槃」を「穀」に同じと釈義して、王充の『論衡』偶会の「無禄之人、商而無レ盈、農而無レ播、非ニ其性賊レ貨而命妨レ槃也」を引き、近人劉盼遂の集解の「穀ヲ槃ニ作ル、乃チ漢以来ノ別字ナリ」を証とするが、それに従うべきであるとすれば、庭鐘が引いた『金匱要略』音釈は、より古くてより明快な釈義と用例の呈示になるのである。このように「槃」と「磬」とが意味の異なる字である以上、『大漢和辞典』が『字典』所引『字彙補』の釈義と用例をそっくり踏襲して、「槃、磬に同じ。字彙補、槃、与レ磬同」と済ましているのに比べれば、庭鐘の論述は精密さを獲得しているのである、ちなみに『漢語大字典』「槃」は、「同レ磬」と「同レ穀」の両義を掲げて折衷的であるが、「同穀」の主要例は『斉民要術』五槃「山海経曰、広都之野、百槃自生」であって、庭鐘が呈示したような明快な釈義を含んでいるものではない。だから、「槃」に『字彙補』の物以外に別な意義が存することを示す『金匱要略』音釈の例を呈示しただけでも、庭鐘には功績があった、とするべきであろう。

五

以上検討してきた如く、庭鐘の校正は、単に引用文の誤りを訂正するのみならず、音と意義の説明の欠にまで踏み込むものであった。それは、王引之らの考証が引用文の誤りの訂正にのみ止まっているのに対して、小学の学殖を活かした、より積極的な校正であった。音と意義に就いて新しく説明を増補するとは、自己の字説を開陳することと換言できるが、庭鐘の校正には、数は少ないけれども、自己の字説の開陳というべきものが含まれていたのである。

その字説の開陳に当って、庭鐘は、『説文』『方言』『玉篇』『字彙』『字彙補』『正字通』といった漢土の先行字書を参照したのは勿論であるが、『漢書』師古注、『文選』李善注の如き、大量の語についての注の群中から自在に釈義を捃摭してきて利用している。そうした釈義の捃摭は俄かにできるものではなく、諸注を集めた語彙集のようなものが必要とされるから、彼の手元には分類整理された語彙集がたぶん存在したのであろう。そのように漢語の釈義と用例を編輯整理する態度は、彼が関係していた古義堂で行われていた『名物六帖』(6)の編纂の態度に学んだものかも知れない。

右のように多数の釈義と用例とを控えとしていたと思われる庭鐘の字説には、述べた如く、『字典』の欠と誤りを補正するのは勿論、現代の『大漢和辞典』の欠と誤りを補正するのに適用できるものも存している。換言すれば、最も新しい『漢語大詞典』『漢語大字典』の水準に比肩し得ているものも存する。そのような意味において、庭鐘の字説は現代の小学学者が参照すべき価値を含有している、と思う。かような字説を包含していることにおいて、『琢屑』は『字典考証』の持たない特性を備えている、といってよいであろう。

引用文の訂正に関しては、確かに『琢屑』は『考証』よりも数量において劣る。その一因は、『考証』が勅命のもとに大勢の人員を動員し、多量の善本を査閲できる体制に拠って編纂された、という事情にあろう。それに比べれば、市井の庭鐘塾では動員できる人数も査閲できる善本もはるかに少なく、どうしても校正が徹底しないものになるのである。しかし、また、都賀大陸の「字典初学索引」が「二ヲ三ト誤リ、臼ヲ白ト誤リ、大ヲ犬、土ヲ上、令ヲ命、ト誤ノ類ハ、皆剞劂《ホリテ》ノ誤ナレバ、挙テ記サズ」というように、庭鐘は明らかな誤刻は一々正さなかった、という事情をも考慮しなければならぬ。その上、述べた如く、『考証』に洩れているものを『琢屑』が校正している例が少なからず存する。『考証』だけでは『字典』の引用文の誤りを掩いきれず、『琢屑』の校正も参照される必要があるのである。この意味において、『琢屑』は、『考証』と並用されるべき価値を備えているのである。

『繁野話』（新日本古典文学大系）注釈の際にも感じたのであったが、『琢屑』を研究してきて更に痛感されることは、庭鐘が小学に蘊蓄深く、文字使いに周到細心な配慮を行う人であることである。そのような庭鐘の著書・作品を扱う際には、こちらも及ばずながら小学の知識を備えてゆかなければならない、と痛感される。

注

（1）同氏「都賀庭鐘伝攷」（『中村幸彦著述集』第十一巻）。
（2）同氏「都賀庭鐘の中国趣味」（同右）。
（3）『日本古典文学大辞典』「康熙字典」の項。
（4）清の戴震の『方言疏証』、銭繹の『方言箋疏』の李文授本は「捷」に作る。
（5）但し、「峭」にも「窟」の意が存する（『漢語大字典』「峭」）から、庭鐘のように『六書音義』の引用文を誤りと断ずるのも早計である。
（6）庭鐘が古義堂を訪問していたことは、『過目抄』第六冊『鴻苞集』に「伊藤東涯子毎々説之以為実説」と、東涯と面談している記事等から窺える。

（『共同研究　秋成とその時代　論集近世文学5』勉誠社　一九九四年十一月）

第七章　都賀庭鐘と中国色道論

――「青楼軌範」の活用――

一

都賀庭鐘は、中華風の文人趣味を典型的に体現した人である。文人とは、簡単にいって、和漢の学芸に遊ぶ人であり、その所為には必ず遊戯性がつきまとう。遊戯は、好きこのむものに耽溺することであるから、学芸に遊ぶ場合には、奇書珍籍をも博覧することとなり、特に庭鐘の場合には、新奇を追求する点においては余人が追随し得ぬ博さと深さに到達することに生き甲斐を抱く人物であるから、よけい変った、一捻り捻った書籍を発掘し、これを自己の文業に活用する、ということになる。

また、諸芸に遊ぶということは、感性を伸びやかに働かせることが要請されるから、文人は感性の束縛を嫌い、文芸を道徳によって拘束することを厭う。そこで、嗜好を広範囲に、とりわけ色情の方面に拡めることにも積極的であるから、軟文学をも愛好することとなる。こうして、博覧深尋が唐土の色道論に関する珍書に及んだ結果に刊行されたものが『開巻一笑』(宝暦五年、浪華、渋川清右衛門・大賀惣兵衛刊)であった。

この書は、明李卓吾輯・屠赤水参閲とされる『開巻一笑』(別名、山中一夕話)が全七巻の中、巻之二に色道に関する文章ばかりを集めているのを取りあげ、それに訓点と和訓を施し、釈義をも添えたものであるが、庭鐘の仕事として認められることは、既に中村幸彦氏「都賀庭鐘伝攷」（『中村幸彦著述集』第十一巻）宝暦五年九月の条に述べられている。ただし、その訓点・和訓・釈義が、どのような書を参照することによって為されているのか、またそれにどのような意義があったのか、という問題に就いては、研究者間にも未だかつて言及がない。ところが筆者は、最近、『開巻一笑』の内でも、とりわけ男女の諸分《しよわけ》の機微を穿って特色のある「風月機関」（柳浪館主人撰。巻下）の釈義が、明代の日用類書『新刻天下四民便覧三台萬用正宗』（東京大学東洋文化研究所仁井田陞文庫所蔵。万暦二十七年、一五九九刊。以下、三台萬用正宗と略称する）巻之二十一の上層に収められる「青楼軌範」の付注に基いて作られていることに気づいた。そこで、この「青楼軌範」付注と「風月機関」の和訓・釈義との関係を闡明することによって、文人作家庭鐘の一面を窺うよすがとしたい。

二

「風月機関」は、「男女異ナレ雖《ど》モ、愛慾ハ則チ同ジ。男ハ女ノ美ヲ貪リ、女ハ男ノ賢キヲ慕フ」（原漢文）という総論めいた対句で始まるのであるが、それに続いて、「鴇子《ぼうし》家ヲ創《た》テ、威《い》佳人ニ逼リ巧計《てくだ》ヲ生マセ、撅丁《けってい》鈔《せに》ヲ愛シ、勢《せい》女子ヲ催《もやう》シテ奸心《わるぎ》ヲ弄《つか》ハス」という対句が置かれる。すなわち、全文が対句をもって構成されるのであるが、この内の「鴇子」は、老いたる妓女の意であり、「釈義」ではいろいろの説明をするのであるが、この語はよく知られたものであるから、今これ以上は言及しない。次の「撅丁」（撅は橛に通ず）は、このような俗っぽい語を広く集めた『名物六帖』にも長澤本『俗語解』（唐話辞書類集第十・十一巻）にも見えない語であるが、「釈義」には、

妓ノヲヤカタヲ云。橛ハ木ノ断《をれ》也。イヤシメテ云ナルベシ。嫖経《へうきやう》ノ注ニ橛丁ハ五庸也、五庸ハ忘八ト同ジトアリ。

故事ノ書ニ慵ハ慵也、仁義礼智信ノ五常ヲ慵《ものう》ガリテ棄タルト云意《こころ》ニテ、忘八ノ八字ヲ忘レタルニ同シ。（下略）

とある。この「嫖経」なる書が何を指すのかが、私にとっては長い間の謎であったが、近年、汲古書院から『中国日用類書集成』が刊行されだして、その内の『三台萬用正宗』を繰っていたところ、その謎が氷解したのであった。すなわち、前にも記した如く、その巻二十一には「青楼軌範」が収まり、「青楼軌範」は『開巻一笑』中の「風月機関」と殆んど同文なのであるが、『開巻一笑』には備わらない注が付されている。その付注の右の句の条を見ると、

（前略）撇丁トハ、即チ五慵ナリ。五慵トハ、乃チ仁義礼智信ニ於テ、尚ホ慵懶ナル也。又タ忘八ト名ヅク。孝弟忠信礼義廉耻ヲ忘却ス。……或ヒハ烏帰ト為ス。其ノ白昼ニ人ニ見ユルヲ羞ヅレバ、則チ他出シテ黒夜ニハ則チ家ニ帰ルヲ以テナリ。一説ニ烏亀ハ交媾スルコト能ハザル者ナリ、嶋ナル者、交ハラント欲スレバ則チ其ノ雄ヲ咬ム、而シテ雄ハ蛇窟辺ニ叫ビテ止マザレバ、則チ雄蛇来リテ交ハル。[1]撇丁ハ何ニ本ヅクカヲ知ラズ、敢テ強解セズ。……大凡ソ敲嫖ハ皆少年ノ為ス所ナリ。凡ソ女人ハ男子ト交往スレバ、豈真情無カランヤ。鴇子ハ家ヲ創ラント要シ、撇丁ハ銭ヲ撰セント要スルニ因リ、所以《ゆゑ》ニ威モテ逼リ奸巧ヲ弄セシムルノミ。

とある。すなわち、庭鐘の「釈義」が「青楼軌範」の付注に基き、また施訓が付注を参照して為されているものであることが明らかなのであり、そうとすると、「嫖経」とは付注をも含めた「青楼軌範」をいうのであろう、と考えられるのである。

だが、速断は危険である。こうした類の文章は、相似た類書に重複して収められる場合が、まま存する。そこで、『中国日用類書集成』中の他の類書をも参照してみよう。すると、『新鍥全補天下四民利用便観五車抜錦』（万暦二十五年、一五九七刊。五車抜錦と略称）巻之三十下層「青楼軌範」にも「風月機関」の題で収まり、[2]『新刻全補士民備覧便用文林彙錦萬書淵海』（万暦三十八年、一六一〇刊。萬書淵海と略称）三十六巻下層にも「風月機関」の題で収められているこ

とが知られる。

右の二書ともに繁簡の相違は存するのであるが、注が付されている。そこで、前と同一の文章に就いて、特に撅丁の語に関する注を挙げて較べてみよう。


撅丁ハ即チ忘八ナリ。蓋シ撅丁ノ意義ハ、何ニ本ヅクカヲ知ラズ。敢テ強解セズ。凡ソ女子ハ男人ト交合スレバ、豈真情无カランヤ。鴇子ハ家ヲ創ラント要シ、撅丁ハ銭ヲ撰セント要スルニ因リ、所以ニ威モテ逼リテ奸巧ヲ弄セシムルノミ。（五車抜錦）

厥丁ハ即チ五庸ナリ。又之ヲ忘八ト謂フ。（萬書淵海）

右の如く、『五車抜錦』では、撅丁が五慵であることをいわず、『萬書淵海』では「庸」が「慵」に通ずることを説明していないから、庭鐘の釈義は、主として『三台萬用正宗』に拠ったものであることが分るのである。「主として」といったのは、庭鐘が『五車抜錦』や『萬書淵海』をも参照している可能性はなお存するし、そればかりか『中国日用類書集成』に収められた『五車萬宝全書』『萬用正宗不求人』にも「風月機関」が収められており、そちらの方の本文を参照していることも考え得るからである。が、「撅丁」は五慵であると記している唯一の書である『三台萬用正宗』を一応、庭鐘の拠った本としておきたいのである。

『三台萬用正宗』は、寛永十六年以降、享保七年までに紅葉山文庫に入った漢籍の目録『御文庫目録』や、林羅山が目睹した書籍の名が挙げられる『梅村載筆』、および、『江戸時代における唐船持渡書の研究』に収められた書目類には登載されていないようであり、その渡来の年次は、まだ確認できていない。が、名古屋市の蓬左文庫には同版が蔵されているから(3)、近世のかなり早い時期には渡来した可能性がある。『開巻一笑』は、『御文庫目録』の正保二年（一六四五）の条に挙げられており、『商船載来書目』の元禄十四年（一七〇一）の条にも見出せる。

三

庭鐘は、『開巻一笑』のどのような点に魅力を見出して、これの和刻を思い立ったのか。その理由を、ただ今は「風月機関」にのみ即して考えてみよう。それは、遊里における男女それぞれの人情の機微を穿って、それを俗語をまじえた漢文で叙述している点に在ったであろう。たとえば、

跳槽《たうそう》《はきて》ハ実好ヲ求メ難ク、梳籠《そろう》《みづあげ》ハ惟ダ虚名ヲ慕フナリ。

という文がある。これに就いての釈義は、

跳槽ハ此ニ在ルコト已ニ久クシテ此ヲ捨、彼ニ適《ゆく》。是離情《のきこゝろ》也。イツモ如此ナレバ、実好ハ求メガタシ。名ヲ好ム人、少姫ノ未笄《いまだかんさし》セザル者ヲ尚《もとめ》テ交媾ス。是ヲ梳《そ》籠ト云。虚名ニ過ザル也。

というものであるが、上の句のみに就いていえば、いろ〱な女にちょっかいを出す男は真の馴染みな女を得られない、という箴言である。ちなみに「青楼軌範」付注には、

雑情ノ客ハ、跳槽ニ慣ル。情好ヲ求メント欲スレドモ、何ゾ焉《これ》ヲ得ベケンヤ。好強ノ士ハ、梳籠ヲ尚ブ。相従フコト未ダ久シカラズ、虚名ニ過ギズ。

という。「跳槽」という語に関しては説明していないのであるが、後の方の、

情ヲ雑《まじ》ヘテ頻リニ色ヲ換ヘ、意ヲ堅メテ心ヲ生ゼザレ。

という文に就いては、釈義はないのであるが、「青楼軌範」付注には、

昨朝ハ李妓ヲ抱キ、今夜ハ張娼ニ宿ス。此《かく》ノ如ク頻リニ換ユ、俗ニ跳槽ト称ス。此レヲ之《これ》嘗湯嫖ト謂フ。其ノ性

既ニ投ズレバ、其ノ情ハ定メテ密ナリ。他ニ為スニ忍ビズ、百中ニ一ヲ有ス。此レヲ之定門嫖ト謂フ。

という説明があるから、釈義の説明は、この付注を取り込んでいるのであろう。そして、右の本文は、浮気な女郎買い（嘗湯嫖）と、実意のそれ（定門嫖）とを並列させて挙げるのであるが、前の本文との関係でいえば、重点は定門嫖の方に在るのであろう、と考えられる。このように嘗湯嫖よりも定門嫖を勧める文章は、そんなことは当り前のことだと思う向きもあるだろうが、しかし、簡潔な漢文でもって、はっきりとこう断言されれば、遊里における男女の機微を鋭く指摘した箴言、として受けとめる読者も多かったことであろう。現に、宝暦十二年に著わされた桂井酒人の洒落本『感跖酔裏《かんせきすいり》』の色説十六章の第十六「毎夜変《はき》の章」は、

浮気なる客は、誠の心なし。一夜流れの心をもつて、心とす。今宵ここに遊べば、あくる夜は、かしこにとまり、女郎も毎夜転変して、色と定《さだまり》たるはなし。是故にこれを、毎夜変《はき》とは言《いふ》なり。はきは必ずよき男に多し。よびかねず、又ふられず、誠あらず、たのしからず、よく女郎を西瓜の如く、切売《きりうり》にかふて、其赤きを賞翫す。

と、まったく同一な趣旨を説いており、「跳槽《はきて》」という語に対して「毎夜変《はき》」という語を用いる点でも似ていて、『開巻一笑』「風月機関」の影響がある、と考えられるのであるが、それは、「風月機関」に洒落本にも通ずる、諸分《しよわけ》の指摘が収載されているからであろう。

もう一例を挙げよう。『開巻一笑』「風月機関」に、

薄倖ハ日《ひび》ニ近ヅクト雖モ親シカラズ、有情《うじやう》ハ日ニ遠ザカルト雖モ、而モ疎カラズ。

という。これの「青楼軌範」付注には、

日ニ近ヅケバ日ニ親シミ、日ニ遠ザカレバ日ニ疎キハ、世態ノ情ニシテ、此レ其ノ通論ナリ。薄倖ノ人ハ、日ニ近ヅクト雖モ親シマレズ、有情ノ客ハ、縦《たと》ヒ日ニ遠ザカルトモ而モ疎カラザルナリ。

とあって、遊里にあっては、世態の常情とは品変り、誠がなければ会えば会うほど疎まれることを述べたものである。世態の常情の逆を突く、穿った色道論、といえよう。これに対して、『感跖酔裏』の色説「第十二　間夫《まぶ》の章」では、

　逢ざれ共、色の心を知り、文のやりくりせね共、誠はむねに有。其逢事《あふこと》しげければ、しげきに順ふて、誠は衰ふ。是《ここ》を以て、色道は、逢ざれ共誠あり。成さずして、能《よく》なる。何ぞ閨中のみを、事とせんや。

という。頻繁に会うことよりも、誠の有無を重んずる論であって、これまた趣旨は「風月機関」と同様である、といえよう。この場合においても、「風月機関」の『感跖酔裏』に対する影響を指摘することが許されようが、両者の間に世間の通論の逆を突く、穿った色道論が共通して見られる、ということは、「風月機関」には洒落本作者が利用するほどに分知りな色道論が満載されており、通の手引書とすることもできる性格が備っている、ということであって、その点をこそ、庭鐘は喜んだのであろう。というのは、彼の『英《はなぶさ》草紙《そうし》』（寛延二年刊）には「三人の妓女趣を異にして各名を成す話《こと》」があり、『繁《しげしげ》野話《やわ》』（明和三年刊）には「江口の遊女薄情を恨て珠玉を沈る話」が存し、『莠句冊《ひつじぐさ》』（天明六年刊）には「求冢《もとめづか》俗説の異同、冢神《つかのかみ》の霊問答の話」(4)が入れられて、いずれも男女間の人情の機微が描かれており、庭鐘が男女の風流、色情の世界をも好む作家であったことを語っているからである。さればこそ庭鐘は、『開巻一笑』を開いた時、巻之二には妻の恐さや丫鬟《あかん》の嘆き、娼妓の述懐、男色に関する論などの、色情に関わる文章十六条が集められていることを知って、これを喜び、『三台萬用正宗』「青楼軌範」には「風月機関」の注釈が存するという発見を踏まえて、早速に施訓釈義して和刻することを企図したのであろう。『開巻一笑』正続十四冊、合本六冊の出願が、庭鐘とは縁の深い板元柏原屋清右衛門・菊屋惣兵衛から為されたのは、実際には二冊本が刊行された宝暦五年よりも四年前の寛延四年五月のこと（『享保以後大阪出版書籍目録』）であって、その和刻の出版計画は、庭鐘の文業としては早い時期のものである。彼の乗り気が推察されるのである。

四

「風月機関」の文体は、訓読で十分に読むことができる文言体であるが、その語彙には普通の文言文には見出しがたい特殊な遊里語が多用されていることは、既に引用した部分だけからも十分に見当がつけられるであろう。そのような遊里語をさらに挙げてみると、「猱旦」というものがあって、これは、

寧ロ無情《むじやう》《ほれぬ》猱旦《ぢうたん》《けいせい》ニ結ブトモ、有意《うい》《ほれた》亀婆《きば》《くはしや》ヲ嫖セザレ。

と用いられる。釈義には、

婊子ノ飛号也。亀婆は鴇母《ははをや》ヲ号《いふ》。此ニ説《とく》ハ猱旦ニ結バ、縦《たとひ》ヲモシロカラヌ女ニモセヨ、其名《きこへ》还美《まだよし》。亀婆ヲ嫖《かふ》ハ任《たとひ》ヲモムキアリトモ、佳《よ》キ名《きこへ》ニアラズトノ示シナリ。

とあって、妓女の意である。この語に就いては「青楼軌範」付注にも語釈がなく、遊里語を集めた『古今類書纂要』（寛文九年刊和刻本あり）七、娼家や、『名物六帖』人品箋五・倡妓匪類にも登載されていない。庭鐘が何に基いて、「婊子（妓女）ノ飛号」という語釈を与えたのかは不明であるが、『開巻一笑』からも語彙を沢山に採取した長澤本『俗語解』（唐話辞書類集第十一巻）娼妓名色では、

元曲百種ニ云フ、凡ソ妓女ノ総称ヲ猱旦ト曰フ。（下略）

といっているから、博覧の庭鐘は、『元曲百種』に拠ったのかも知れぬ。(5)

また、「柳陌」「花街」という語があり、これは、

営運多方《かせぎにこころをつけるは》、已ニ経年《ふるとし》柳陌《いろさと》ニ遊ビシヲ拚《す》ツル也。

行装剛促《いでたちにすみやかなるは》、始《いま》知ル今夜花街《いろさと》ニ宿スルヲ。

というように用いられている。

さらに「剪」「刺」「焼」という語もあり、それらは、

走死哭嫁守、饒ヒ仮意《うそ》ナリトモ得易シト言ウコト莫カレ。抓打剪刺焼、総《すべ》テ虚情《いつはり》ナレドモ其ノ実ハ為シ難シ。

と使われている。これの「青楼軌範」付注は大変に詳細で長く、興味あるものだが、今は割愛して、釈義の該当する部分のみを、

妓ノ真心ヲ示ス条目十種アリ。……抓ハ怨ヲ発シテ敵ヲカキムシル也。打ハタヽク也。剪ハ髪キリ爪キル也。刺ハイレ墨スル也。焼ハ腕香《うでかう》ノコトニテ、腕或ハ股ナドニ香ヲ焼キ灸スルガ如シ。香灸トモ云。此十条ノワザヲ用ル中ニモ真偽アルベシト也。

と引いておこう。付注に拠れば、右の内、「打」には「訕打」と「耍打」とがあり、「訕打」は、「孤老（嫖客）門ニ入ラバ、耳ヲ揪《とら》マヘテ問ヒテ曰ク、連日如何ゾ来ラザル、又タ那ノ家ニ在リテ行走スルナラン、一々頭ヨリ我ニ招出セヨト。拳頭剛《まさ》ニ歇《や》メバ、巴掌《ひらて》又タ随ヒ、臉ヲ変ヘテ越《いよい》ヨ打チ、陪笑スレバ則チ休《や》ム」という、馴染みの間の痴戯である。

このように「風月機関」には遊里語が多用され、それらは右に一端を示した如く、中国近世（宋・元以降）の俗文学や、俗語を多用した文献に見出せるものであるが、唐話（中国俗語。白話とも）と中国俗文学とを愛好し、それに精通している庭鐘にとっては、右の如くに俗語・遊里語を多用した『開巻一笑』、とりわけ「風月機関」を読み解くことは、旧来の漢学者には追随できない、時代の先端を行く文業であって、腕の揮い甲斐がある愉快な仕事であったのに相違あるまい。そしてまた、舶載された唐土の日用類書の中から「青楼軌範」を見出し、それが『開巻一笑』巻二の内の

「風月機関」の注釈であることを人々に先がけて知って、これを施訓と釈義に活用することも、斯界の先駆をなす事業であって、痛快事であったのに相違あるまい。以上の如く、色道論という内容と、遊里語を多用する文章、それに時代の先端を行く前衛性とが庭鐘を駆ったことにより、『開巻一笑』の施訓・釈義・和刻という成果が齎らされたのであろう。

彼の施訓釈義した遊里語が、中国俗語の学習が盛行している宝暦期に早速利用されたことは、愛梅子の洒落本『原《げん》柳《りゅう》巷《こう》花《か》語《ご》』に見出すことができる。「猱旦」は、

よそ〳〵の猱旦公《タユフサン》のはなしてあつたを立ぎゝしました　（方正）

と用いられ、「亀婆」は、

亀婆《ヤリテ》うりふのにむかひ　（徳行）

と使われ、「柳陌」「花街」は、

柳陌《サト》かよひむさとしたり、……花街《クルハ》のひとをたますには　（言語）

と引かれ、「剪（髪キリ）」と「焼（腕香）」とは、

ゆびきり剪頭髪《カミキリ》・焼臂香《イレボクロ》はめのまへにかたわにさんすこと　（方正）

と応用されている。このことは、宝暦期の知識的な洒落本作者が早速に取り入れるほどに、庭鐘の遊里語研究が珍らしく新しいものであったことを語っていよう。

五

庭鐘が発掘した「青楼軌範」別名「風月機関」が、その後の読書界に広く知られ、活用されていったことは、長澤本『俗語解』娼妓名色に、『開巻一笑』とともに「風月機関」の付注が原文のままに引かれていることに明らかである。たとえば、「眼嫖」に就いては、

着㆓華麗之衣㆒、携㆓俊俏之友㆒、平康街市、逐㆑日経行。

とあり、「口嫖」に就いては、

対㆑人説㆑妓、个个有㆑情、至㆓相逢㆒曾無㆓一宿㆒。

とあるが、双方ともに『三台萬用正宗』の「青楼軌範」の付注と全く一致する。『五車抜錦』や『万用正宗不求人』二十三「風月機関」の付注は「経行」を「遊嬉」「遊戯」に作り、『五車万宝全書』十「風月機関」の付注は「携俊俏之女」に作り、『萬書淵海』の付注は至って簡単なものであって、いずれも『俗語解』作製者の拠る所とはならなかったようである。『俗語解』は『唐話辞書類集』第十一巻の長澤規矩也氏解題に拠れば、多くの写本が存するようであるから、それらによって「風月機関」付注の本文は、広く伝播されていったのである。庭鐘が最初に「嫖経」と謎めかして、全面的には種明かしを為さなかった「青楼軌範」付注の内容は、やがては近世中・後期の唐話研究家、のみならず、現代の漢語研究者に至るまでの広範囲な人々に恩恵を与えるようになったのである。

最後に、庭鐘自身が「青楼軌範」付注を学習した成果を、自作に取り入れていることを示す一例を挙げておこう。侠妓伝として現代中国でも有名な「杜十娘怒沈百宝箱」（『警世通言』第三十二巻）を翻案した「江口の遊女薄情を憤りて

珠玉を沈る話」の、

眼に見るのみを甲斐とするは眼嫖《がんびやう》《からぞめき》とそしり、みもせぬ君を見きとないへば口嫖《こうひやう》《せはいふ》と笑ふも口惜けれ。名ある君と青楼の酒を酌みて古郷の語り句にせん。

が、右に引いた付注の「眼嫖」「口嫖」(6)を導入したものであることは、もはや贅言するまでもあるまい。

注

(1) この「撇丁不知何本、不敢強解」という文は、既に撇丁の説明がなされているのであるから、不要の文章なのである。なぜ、この不要な文章があるのかといえば、次に引く如く、二年先んじて刊行された『五車抜錦』においては、撇丁の説明が簡単であって、「蓋撇丁意義、不知何本、不敢強解」と、不明のままにしておくことを断っているのであるが、その文章がそのまま『三台萬用正宗』にも踏襲されてしまったからであろう。

(2) このことは、中国日用類書集成『三台萬用正宗』㈢の小川陽一氏の解題に記されている。

(3) 中国日用類書集成『三台萬用正宗』㈢には蓬左文庫本の書影も掲載されている。

(4) この話に『聊斎志異』十「恆娘」から取り入れた色道論が述べられていることは、拙著『日本近世小説と中国小説』第二部第四章「庭鐘と『西湖佳話』『聊斎志異』」を参照されたい。

(5) 顧学頡・王学奇著『元曲釈詞』(一九八四年・中国社会科学出版社)二「猱児」では、『元曲選』音釈と『太和正音譜』の語釈を引く。『太和正音譜』の語釈は、『俗語解』に引用される文とほぼ同一である。

(6) これらの語に就いては、新日本古典文学大系第八十巻『繁野話　曲亭伝奇花釵児　催馬楽奇談　鳥辺山調綫』の頭注(九一・二頁)では、『開巻一笑』の釈義を引いておいたのであるが、『三台萬用正宗』本「青楼軌範」付注の文章をも増補して引くべきであることを、ここに述べておこう。

追記　その後、『中国日用類書集成』第八巻『新刻捜羅五車合併萬宝全書』（万暦四十二年、一六一四序）が刊行され、その巻之十に「風月機関」が収められていることを知ったが、これの本文には「撇丁」の語を含む句がなく、庭鐘が釈義作製に際して依拠した主要な本、とはいえないようである。第十一巻『鼎鋟崇文閣彙纂士民万用正宗不求人』巻二十三「風月機関」も、庭鐘が拠った本ではないようである。

（『国文学解釈と鑑賞』「特集近世文学（散文）にみる人間像」八四四号　二〇〇一年九月）

第八章　「吉備津の釜」と「霍小玉伝」

一

山東京伝の読本『復讐奇談安積沼《あさかのぬま》』（享和三年刊）が『雨月物語』第六話「吉備津の釜」の怪異描写を利用していることは、有名である。すなわち、巻之四第八条「小平次冤魂苦㆓姦夫淫婦㆒事」において、左九郎によって自分の妻のお塚を寝取られ、自分をも殺められた小平次が亡霊となって左九郎・お塚に取りつき、三十二日の間、毎夜その家のまわりを徘徊し、未明についにお塚を喰い殺し、左九郎もやがて悶死する、という話は、「吉備津の釜」の、磯良の亡霊が正太郎に取りつく話を大きく導入したものであった。

それのみならず、右の話の前にある、お塚の姦通を左九郎が猜疑する話を、唐の蔣防の文言小説「霍小玉伝」から取り入れていることは、『山東京伝全集』第十五巻の『安積沼』の解説に簡単に述べることがあった。そのことをより詳しく再説する。

左九郎とお塚が夫婦となって後、「一夜夫婦房間《ふしど》に眠れる時、誰とも知れぬ男、左九郎とお塚が寐たる間にはさまりて臥居たり。左九郎偶《ふと》これを見つけてあやしみ、よく見さだめんとしたるうちに、はや姿は見えずなりぬ」ということが数度かさなる。左九郎はお塚の姦通を疑いだすが、ある夜、左九郎が帰宅すると、垣を越えて忍び入り、お塚と臥す者があったので、左九郎は斬りつける。姦夫と見えた者の姿は消え、家の棟に笑う声のみ残り、お塚は負傷して発狂する。

この話を念頭に置いて、「霍小玉伝」の当該部分を読んでみる。

李益は親密な仲だった霍小玉を心ならずも棄て、母の勧める盧氏と結婚する。霍小玉はこれを恨んで、「我死スルノ後、必ズ厲《れい》鬼ト為リテ、君ガ妻妾ヲシテ、終日安カラザラシメン」と呪って死ぬ。その後、「生（李益）方《まさ》ニ盧氏ト寝ル。忽チ帳外ニ叱叱ノ声アリ。生驚キテ之ヲ視レバ、則チ一男子ヲ見ユ。年三十余バカリ、姿状温美、身ヲ隠シテ幔《とばり》ニ映ジ、連《しき》リニ盧氏ヲ招ク。生惶遽シテ走リ起チ、幔《とばり》ヲ遶ルコト数匝《めぐり》、倏然《たちまち》トシテ見エズ」ということがあり、李益は猜忌万端、夫婦仲がぎくしゃくとする。後日、李益が外出から帰ると、門外より盧氏に媚薬などを投げた者がいる。李益は憤怒し、ついに盧氏を離縁し、以後迎える妾も彼の猜疑のために終りを善くしない。

双方の話は細部まで一致することが多く、京伝が「霍小玉伝」を利用したことが明白である。とすると、京伝は小平次の復讐譚を構成するに当って「霍小玉伝」と「吉備津の釜」の死霊の復讐譚とを撮合したのであるが、どうしてそのようなことをしたのであろうか。それは、偶ま両者の復讐譚が鬼気迫る凄惨さをもって優れているので、京伝の脳裏に両者が連想的に浮かび上ったから、というだけのことなのであろうか。それとも、京伝は両者の間に或る関係を見出し、その発見をそれとなく伝えようとしているのであろうか。言い換えれば、京伝の撮合は偶然か必然か、という問題なのである。京伝の真意が那辺に在るかは推測するほかはないが、とにかく「霍小玉伝」と「吉備津の釜」との間には、両者を結びつけたくなるようなある共通性が感じ取られるから、そのような撮合を行った、と思うのである。そこで、両者の間にどのような共通性が存するかを考えてゆくと、「吉備津の釜」に類似した唐土の小説として「霍小玉伝」がクローズ・アップされてくるのである。

二

「吉備津の釜」のストーリーは、それほど複雑なものではない。

遊蕩児正太郎が磯良と結婚するが、やがて正太郎は妓女の袖と同棲するようになる。一旦は連れ帰された正太郎だが、磯良を欺いて、衣服調度を金に換えさせ、その母に金を乞わせることによって金を得、袖とともに出奔、磯良は重病になる。しかし、袖もいくばくもなくして病死し、正太郎はある日その墓前でこれも墓参に来た女と知りあう。この女の女主人は国を傾けるほどの美しい未亡人ということで、正太郎はその美人の家を訪れる。現われたのは磯良の亡霊で、正太郎に報復することを告げる。胆を潰した正太郎は友人の彦六に相談した上で陰陽師に護符をもらい、物忌に入る。が、四十二日の夜が明ける前、うかつにも外に出た正太郎は物怪に襲われ、あとに残るのは髻《もとどり》ばかり。

右の梗概の内、傍線Aの部分は、秋成自身の先行作品である『世間妾形気』四「息子の心は照降しれぬ狐の嫁入」の趣向の繰返しであるといわれるが、「息子の心」には、妻や母から金を出させた上で出奔する、という話は無い。傍線Dの部分は、『剪灯新話』の「牡丹灯記」から取っていることが確実な部分である。が、他の大部分の話は、特に粉本がなくともストーリーを作れるようなものかも知れぬが、いまだに粉本が指摘されていない。右の梗概をさらに整理してみるならば、①正太郎と磯良の結婚――②正太郎と他の女（袖）との同棲・出奔――③磯良と袖の病死――④正太郎の磯良（の亡霊）再訪――⑤磯良の亡霊の復讐、というほどのものになるが、このことを念頭に置いて、次に「霍小玉伝」の梗概を見てみよう。

大暦年間、隴西の李益は長安に試を待つ間、名妓を求め、鮑十一娘の媒介で霍小玉と結ばれ、固い誓いを交わす。明年、李益は鄭県に赴任することになり、四ケ月後に小玉を迎えることを約束して出発する。が、彼は母が定めた別の女との縁談を受け入れざるを得なくなり、百万の支度金を用意するために江淮の知人の間を歴渉して、秋から翌年の夏にわたる。一旦約束を破ってしまうと、李益は小玉に連絡をとらず、彼女の望みを断とうとする。小玉は八方手を尽して李益の消息を探り、ついに沈疾となり、A捜索費を捻出するために衣服や装身具を売り、重症となる。李益は支度金を集め終えて、十二月に長安に戻り潜居していたが、李益の友人崔允明は李益の消息を小玉に伝える。小玉はいろいろにして李益を招くが、李益は破約を恥じて廻避するので、小玉は深く恨む。長安の士人に次第に李益が小玉を棄てたことが知れて、李益が外に遊んだ際、中には韋夏卿のように李益を面詰する者も出てくる。そこに、ある豪士が現われて、甘言をもって李益を自分の邸宅に招待する。その言とは、「某《それがし》ノ敝居、此《ここ》ヲ去ルコト遠カラズ、亦タ声楽有リ、以テ情ヲ娯マシムルニ足ル。妖姫八九人、駿馬十数匹、惟ダ公ノ要《もと》ムル所ノママナリ」というもの。豪士が行く先は次第に小玉の住所に近づいてゆくので、李益は渋るが、豪士Bは彼を強引に小玉の家に連れ行く。ようやく再会できたC小玉は李益に恨みの情を吐き、死後に悪鬼となって彼の妻妾を安からしめざらんと述べて、息絶える。(以後の話は、第一節に前述した通り)

右の梗概を整理すると、①李益と霍小玉の親昵――②李益と他の女との結婚――③小玉の病気――④李益の小玉再訪――⑤小玉の死――⑥小玉の復讐、というものになる。そして、双方の梗概の傍線A・B・C部分は、それぞれ共通している、ということに気づく。

とすると、「吉備津の釜」と、「霍小玉伝」の構成は、細部に相違はあるものの、女が男に経済的に奉仕するが、それが報いられないために病む、後日、男は別れた女を再訪する、女は男に復讐を予告する、という要素を備える点において同様なものである、ということになる。

三

前節で述べた如く、「吉備津の釜」と「霍小玉伝」の傍線Aの部分は、愛する男のために女主人公が自分の品物を金に換えるが、そうした経済的献身が男によって裏切られるために、女が重態におちいる、という展開である。具体的に述べると、「吉備津の釜」では、正太郎が袖のために旅費や衣服代をねだるので、磯良は、「おのが衣服調度を金に貿《かへ》、猶香央の母が許へも偽りて金を乞」う。が、正太郎が袖とともに出奔してしまうので、磯良は「ひたすらにうらみ歎きて、遂に重き病に臥」すことになる。一方、「霍小玉伝」では、小玉は李益の消息を尋ねて、「尋求既ニ切ニ、資用屡バ空シ。往々私カニ侍婢ヲシテ潜カニ篋中ノ服玩ノ物ヲ売」らしめる。が、李益が盧氏と結婚したことが確認されて、「寃憤益ス深ク、牀枕ニ委頓ス」るのである。経済的献身が裏切られるために女が重態になる、という両話の展開と叙述とには、甚だ共通するものが存するのである。そして、この点にこそ、私は最も両話の影響関係の可能性を感ずるのである。

ついで、双方の傍線Bの部分に、男が元の妻のもとに再び訪れる、という構成要素が備わっていることを取りあげよう。その部分を仔細に読んでみると、「吉備津の釜」では、正太郎が袖の墓参りに行き、墓地で女主人の代参をしている使女に逢い、女主人の身元を尋ねることになっている。

女いふ。「憑みつる君は、此国にては由縁ある御方なりしが、人の讒《さかしら》にあひて領《しる》所をも失ひ、今は此野の隈に侘しくて住せ給ふ。女君は国のとなりまでも聞え給ふ美人《かほよびと》なるが、此君によりてぞ家所領をも亡《なく》し給ひぬれ」とかたる。此物がたりに心のうつるとはなくて、「さてしもその君のはかなくて住せ給ふはここちかきにや。訪《とふ》らひまいらせて、同じ悲しみをもかたり和《なぐ》さまん。倶し給へ」といふ。「家は殿の来らせ給ふ道のすこし引入《(ひきいり)》たる方なり。便りなくませば時々《をり〱》訪《とは》せ給へ。待侘給はんものを」と前に立てあゆむ。

すなわち、その女主人の美貌ゆえに、その夫が讒言され、家と領地を失ったという、文字通りの傾城傾国の美人である。男を破滅に追いやるほどの美人というのであるから、これほど男心をそそる女性はいない。元来が「奸《たはけ》たる性《さが》」の遊蕩児正太郎がかような蠱惑的な女性の存在を聞いて心が動かされないはずがなく、使女をして女主人の家に案内させる、という仕儀になる。「心のうつるとはなくて」は、以上のような遊蕩児の浮気の心理、それも本人が明瞭には自覚していない潜在心理の働きを表現しようとした句であろう。中村幸彦氏がこの部分に注して、「気がひかれるというのでもなく、自然に引かれて。袖を失った悲しみの中にありながら、美人の話に気がひかれるのが、正太郎の「奸たる性」である」（日本古典文学大系『上田秋成集』）といわれるのは、右のような意味においてであったろう。勿論、女の方も、そのように女主人の身元を紹介すれば正太郎が乗ってくる、ということを熟知していて、いわば好む所に投じて正太郎をおびき出したのである。正太郎の磯良再訪は、以上のような正太郎側の思惑と女の側の思惑とが重なりあった処に生じた行動であった。

普通には正太郎の磯良再訪の話は、「牡丹灯記」の話を下敷にしたもの、と考えられている。すなわち、「牡丹灯記」では、喬生が妻を亡くして鰥居無聊、門に佇立していると丫鬟と美人（符氏）が通りかかる、喬生が神魂飄蕩してつけて行くと、美人が「初メヨリ桑中ノ期無クシテ、乃チ月下ノ遇有リ、偶然タルニ非ルニ似タリ」と話しかけるので、喬生は美人を我が家に招き、歓昵を極める、という設定になっている。この設定が、正太郎が女に導かれて女主人のもとに到る話と似ているので、「吉備津の釜」の粉本とされているのである。しかし、「牡丹灯記」では、喬生と美人の出遇いは初めてのことであって、別離の後に再びまた訪問するという形にはなっていなく、その点が「吉備津の釜」の設定とは異なるのである。また、美人の言葉は喬生への誘いの言葉とは解せるが、丫鬟がいうのではなくて美人自身がいう点が、やはり「吉備津の釜」の設定とは異なる。

この点に関しては、「牡丹灯記」にも喬生の美人再訪という設定が存するではないか、という異論が提出されるであろう。というのは、美人が亡霊であるということが判明して一ヶ月余り後、酔った喬生が禁を破って湖心寺の前を通ると、金蓮（丫鬟の名）が「娘子久シク待ツ、何ゾ一向ニ薄情是《かく》ノ如キナル」と招き入れ、符氏が「妾　君ヲ恨ムルコト深シ矣」と喬生を責めて、喬生を柩の中に引っぱり込む、という話があるからである。丫鬟が男を女主人のもとに連れて行き、男が女主人と再び遇う、という設定においては、これは確かに「吉備津の釜」と一致している。ただ、この場合、金蓮が男の好む所に投じて喬生をおびき入れるという設定にはなっていないのである。

これに対して、「霍小玉伝」では、この構成要素の部分は、どのように描かれているであろうか。第二節の梗概に引用した如く、豪士は、家が近くに在ること、情を娯ます声楽が備わっていること、妖艶な婦人が八九人、駿馬が十数頭あって欲するままであること、の条件を挙げて、李益を誘うのである。「霍小玉伝」に批評を加えて『風竹簾前読』と題して刊行した田能村竹田は、李益の人柄については軽佻浮薄であることを繰り返し繰り返し指摘するのであるが、この豪士の誘いの言葉に就いては「斯ノ語、悉ク益ノ好ム所ニ投ズ」（原漢文）と批評する。つまり、意志が強固ではなくて、声色の誘惑に引かれやすい「中人」（平凡人）である李益がいかにも乗りそうな甘言を駆使して、李益の弱点を突き得ている、というのである。竹田のこの批評は、正鵠を射て鋭いもの、というべきであろう。このように「霍小玉伝」では「好ム所ニ投」じて男を導くのであるが、それはまったく「吉備津の釜」の、正太郎の好む所に投じて誘う方法と同様のものではないか。しかも、「某ノ弊居、此ヲ去ルコト遠カラズ」（霍小玉伝）、「家は殿の来らせ給ふ道のすこし引入たる方なり」（吉備津の釜）と、家の近さを言挙げして誘う点においても、双方は一致している。

さらに、「霍小玉伝」では、その後に李益が豪士と小玉の家に到る経過が述べられる。

因ツテ豪士ト馬ニ策《むちう》チテ同行シ、疾ク数坊ヲ転ジ、遂ニ勝業（街の名）ニ至ル。生、鄭（小玉の改姓）ノ止マル所ニ近キヲ以テ、意《こころ》ニ過《よぎ》ルヲ欲セズ。便チ事故ニ託シ、馬首ヲ廻サント欲ス。豪士曰ク、「弊居《わがいへ》咫尺ナリ、相弃《す》ツルニ忍ビンヤ」ト。乃チ其ノ馬ヲ挽挟シ牽引シテ行ク。遷延ノ間ニ已ニ鄭ガ曲《まち》ニ及ブ。生、神情恍惚トシテ馬ヲ勒シテ廻ラント欲ス。豪士遽《には》カニ奴僕数人ニ命ジ抱持シテ進マシメ、急ニ走リテ車門ニ推シ入レ、便チ鏁却セシメ、報ジテ云フ、「李十郎至レリ」ト。一家驚喜シテ、声　外ニ聞ユ。

次第に小玉の家に近づいてゆくので李益が廻避しようとするが、豪士がそれを強引に連行してゆく様、それは換言すれば男が女を再訪する道程を詳述している場面なのであるが、「吉備津の釜」にも同様な場面が存する。すなわち、前引部分に続く、正太郎が女に案内されて行く場面である。

二丁あまりを来てほそき道あり。ここよりも一丁ばかりをあゆみて、をぐらき林の裏《うち》にちいさき草屋《かやのや》あり。竹の扉《とぼそ》のわびしきに、七日あまりの月のあかくさし入て、ほどなき庭の荒たるさへ見ゆ。ほそき灯火の光り窓の紙をもりてうらさびし。「ここに待せ給へ」とて内に入ぬ。苔むしたる古井のもとに立て見入るに、唐紙すこし明たる間《ひま》より、火影《ほかげ》吹あふちて、黒棚のきらめきたるもゆかしく覚ゆ。女出来りて、「御訪《とぶ》らひのよし申つるに、『入らせ給へ。物隔てかたりまいらせん』と端の方へ膝行《いざり》出給ふ。彼方に入らせ給へ」とて、前栽をめぐりて奥の方へともなひ行。

「霍小玉伝」では男が廻避せんとする様の描写に重点を置き、「吉備津の釜」では女の家の描写に力を注ぐが、男が女を再訪する過程を詳述するという一節を加える点では双方とも行き方を同じくするのである。とりわけ、「李十郎至レリ」（霍小玉伝）、「御訪らひのよし申つる」（吉備津の釜）と、主人に訪問者の到着を知らせる一句を共有する点は、かかる場面に挿入されるのが常套であるような句とはいえ、やはり両者の類似を思わせるのである。これに対して、「牡丹灯記」の湖心寺再訪の場面では「遂ニ生ト倶ニ西廊ニ入リ、直チニ室中ニ抵《いた》ル」とだけ記されていて、再訪の過程の叙述が甚だ簡略であることを考慮すると、ますます両者の共通点がきわだってくる思いがするのである。

四

「牡丹灯記」の構成は、①喬生と符氏が親昵するようになるが、②隣翁によって符氏の正体が亡霊なることが暴露され、③喬生は魏法師の指示を受けて物忌し、符氏も来なくなる、④が、喬生が再び湖心寺を訪れたために符氏によって柩中に引き入れられる（後略）、というものである。この構成の内には、男が李益や正太郎の如く他の女と親しくなるとか、女が霍小玉や磯良のように病死するとか、さらには盧氏や袖のように後妻ないしは愛人が犠牲者になる、といった構成要素がない。ということは、「牡丹灯記」は部分的には「吉備津の釜」の粉本になっているが、その全体の構成を掩うような粉本にはなっていない、ということである。全体の構成という点では、むしろ「霍小玉伝」の方がはるかに近いのである。そして、男が甘言にのせられて別れた女を再び訪問して、「我死スルノ後、必ズ厲鬼ト為リ、君ガ妻妾ヲシテ終日安カラザラシメン」（霍小玉伝）、「めづらしくもあひ見奉るものかな。つらき報ひの程しらせまいらせん」（吉備津の釜）と、それぞれその怨言を聞くという一節においても、「霍小玉伝」は、「吉備津の釜」に類似しているのである。ただし、この点においては、「牡丹灯記」にも、湖心寺を訪れた喬生に対して、麗卿の霊が彼の薄情を「妾、君ヲ恨ムコト深シ」と怨ずる場面があり、「吉備津の釜」と共通するものがある。

以上のように検討してくると、「霍小玉伝」と「吉備津の釜」とは、①女の経済的献身を男が裏切るので、女が重態になる、②男の好む所に投ずることによって、男を再び女の居所に赴かせる、③再会した男に対して、女が怨言を吐く、という点において共通していることが分る。この三点の内、特に①の展開は、他の先行作品には余り見られぬ、「霍小玉伝」がその特色として有するユニークな展開であって、「吉備津の釜」に導入された可能性が強いもの、と考えるのである。ただし、「霍小玉伝」には、「牡丹灯記」の「篆籀」「朱符」のような「吉備津の釜」の語彙と一致している語彙が見当らないので、これをただちに「吉備津の釜」の粉本の一と認めることが、なか〳〵困難なのである。(3)

秋成が「霍小玉伝」を目睹する可能性があったか、という点に関しては、さほど危惧する必要はあるまい。唐代小説を用いた例としては、秋成の小説の師とされる都賀庭鐘が「任氏伝」を『繁野話』(明和三年刊)第三篇「紀の関守が霊弓一旦白鳥に化する話」に用いていた。秋成よりも後輩ではあるが、山東京伝のようなあまり中国小説には詳しくない人でも「霍小玉伝」を使用しているし、田能村竹田の如き風流人は細密な批評を施しまでしてこの艶情小説を熟読玩味している。曲亭馬琴も、『糸桜春蝶奇縁』(文化九年刊)巻一第二段において、一三二頁に引用した趣向を用いている(『馬琴中編読本集成』第十四巻解題)。彼らはたぶん『太平広記』四八七・『唐人説薈』等に収められる本文を、借覧・書写など様々の手段を用いて読んだことであろう。そのように唐代小説が読まれているとすれば、秋成の眼を経る可能性も十二分に存するのである。

もう一度最初に戻って、京伝が「霍小玉伝」と「吉備津の釜」の怪異描写を撮合した意図を推し測ってみよう。京伝は「霍小玉伝」のいずこに最も感嘆したのであろうか。李益と小玉が詩の縁をもって結ばれ、終生の盟約を交わすが、李益の赴任のために別離せざるを得ない甘美な前段であろうか。それとも李益の破約のために小玉が病み辛苦し恨み歎く哀切な中段であろうか。はたまた、李益が小玉のもとに連行され、小玉から非難され、ついにはその死霊の祟りによって数人の妻妾が苦しめ害せられる悽惨な終段であろうか。どの部分を取っても「霍小玉伝」は情緒豊かで、精采人を動かす筆力を備えている傑作なのであるが、とりわけ盧氏を始めとして複数の妻妾が苦しめられる死霊の祟りのすさまじさ、強い執念の描写に京伝は衝撃を受けたのではなかろうか。なぜならば、甘美な親昵や哀切な別離の話は他の小説にいくらでもあるが、このようなすさまじい女性の怨念の描写、鬼気迫る祟りの描写は、他の小説にあまり見られないものだからである。そこで京伝は、その卓越した祟りの描写を自作に導入しようとしたのであるが、その時彼の脳裏におのずと浮かび上ってきたものは「吉備津の釜」の怪異描写であった。それは、祟りの表現力において「霍小玉伝」のそれに勝るとも劣らないものが存していたから。しかも、それればかりでなく、全体の構成の上にも、私が指摘した諸展開や叙述においても、「吉備津の釜」と近いものがあったから。要するに、京伝は「霍小玉伝」と「吉備津の釜」に大層近いものを感じたからこそ、双方を撮合したのではなかったか。

私の推測は、ここでさらに進む。京伝の「霍小玉伝」を読んだ上での衝撃は、もし秋成がそれを読んでいたとすれば、やはり同様なものがあったのではなかろうか。否、一途な執念を好んで題材とし、怪異の描写に心血を注ぐ秋成ならば、京伝以上に「霍小玉伝」の女性の怨念のすさまじさ、復讐の悽惨さに打たれることがあったかも知れぬ。そして、京伝以上にそれを自作に導入しようと考えるかも知れぬ。勿論、具体的な趣向の内容は変えてであるが。その場合、怪異描写ばかりではなくて、全体の構成や、前述した①の如きユニークな展開をも摂取しようとすることは、当然あり得ることであろう。複数の典拠を融合させて翻案することが普通であった秋成としては、「牡丹灯記」の、柩中に男を引き込むという描写から啓発されることも勿論あったが、「霍小玉伝」の様々の優れた文芸性から学ぶ可能性も十分に存するのである。「霍小玉伝」は「浅茅が宿」にも摂取されている可能性が存し(4)、そうとすれば、秋成においては非常に重要な作品であったことになる。

注

（1）『風竹簾前読』成立の事情と、その批評水準の程度に就いては、第二十章「田能村竹田『風竹簾前読』の成立とその水準」に詳述した。

（2）竹田が「霍小玉伝」の李益と小玉の悲劇を、双方ともに中人であったが故の悲劇として論じていることは、注1拙稿に述べた。

（3）「吉備津の釜」の、「篡簫」「朱符」の語が「牡丹灯記」から取られていることは、日本古典文学大系『上田秋成集』九五頁の頭注三七・三八を参照のこと。

（4）第九章「「浅茅が宿」の寓意」参照。

（『国文学　解釈と教材の研究』「上田秋成ゴーストと命禄の物語」学燈社　一九九五年六月）

第九章　「浅茅が宿」の寓意

──「霍小玉伝」を媒介として──

『雨月物語』第三話「浅茅が宿」の主人公勝四郎は、享徳四年（一四五五）の八月、その年の秋には帰国するという宮木との約束を果すべく、京都を出発し、木曾に到る。が、ここで盗賊に荷を奪われ、故郷は戦火の巷となりはて、東国へは新関が置かれて通行が許されないので、宮木も生きてはおるまいと思い、京都に向けて引き返す。が、またもや運悪く近江で病みつき、回復が長びき、翌年の春に到る。こうなると、帰国への思いは消滅し、足かけ七年ほど西国ですごす。その間に宮木は死に（康正二年（一四五六）八月十日のことと設定）、かくて寛正二年（一四六一）に帰国した勝四郎の前に宮木が亡霊となって現れるという、後半の悲劇が生じるのである。

　勝四郎が妻との約束を果せなかった根本原因は、享徳四年の鎌倉公方と管領上杉との関東における戦争にある。「干戈みちみち」た荒土に向けて、「旅客の往来をだに宥さざる」道を誰が帰れよう。「浅茅が宿」の粉本である『剪灯新話』「愛卿伝」でも、趙子と愛卿の悲劇の根本原因を至正十六、七年の張士誠と元軍との戦争に置いており、そのことはいち早く『伽婢子』に「愛卿伝」を翻案した浅井了意も理解していて、わざわざ「久しく音づれの絶しもわが咎ならず、心にまかせぬうき世のわざ也」（巻六「遊女宮木野」）という原話にはない一文を、悲劇の根本原因を説明したものとして挿入しているほどである。『剪灯新話』の話の多くが元末の張士誠の反乱を重要な時代背景としていることは、「華亭逢故人記」（巻一）、「富貴発跡司志」（巻三）、「翠翠伝」（同上）等を一読すれば容易にわかることであるし、秋成は

「遊女宮木野」中の文章を「浅茅が宿」に取り入れているほど読み込んでいるから、了意を通じても、男女の別離の悲劇を戦乱という社会悪に結びつけて描く方法を学び取っていたであろう。

かくて、秋成が勝四郎と宮木の悲劇の基因として戦乱を置いていることは、大方の読者が納得することであろうが、それ以外にさらに勝四郎の性格にも悲劇の原因を見出そうという説がある。即ち、勝四郎は「物にかかはらぬ性」であり、「はやりたる」心の持主でもあって、そうした無頓着で性急な性格が「妻も世に生きてあらじ」と早合点して京に引き戻させ、かくて大きな悲劇が生じたのだ、と読み取る説である。

このように主人公の性格とストーリーの展開とを有機的に関連させて叙述する方法も、秋成は『雨月』の諸篇に用いていることであって、確かにそのように読めなくもない。しかし、翻って考えてみるに、そのような読み方は、あまりにも勝四郎に完全無欠で立派な人間像を要求してはいまいか。勝四郎は富農が没落した者であって、決して有徳の高僧でも博洽《はっこう》の博士でもなく、況んや豪勇の武士でもない。彼は無頓着で性急であるかは知れぬが、一方ではその「揉《ため》ざるに直き志」が人々から愛され、宮木との約束を守らなかったことを「信《まこと》なき己《おの》が心なりける物を」と反省する良心をも持ち合わせている、いわば善良な平凡人なのである。『論語』雍也にいわゆる「中人」なのである。そのような「中人」に、盗賊に害せられた上に、「干戈みちみち」た荒土に向けて「旅客の往来をだに宥さざる」道を旅させるというのは、あまりにも苛酷な要求ではなかろうか。「愛卿伝」の趙子は、張士誠が降服して海道が開けてからは、盗賊にも遭わず、まして病気にもならずに帰国できている。勝四郎に比べれば、よほど幸運なのである。秋成は、「中人」勝四郎に趙子よりもさらに苛酷な条件を負荷させているのであるが、そのような勝四郎に約束不履行を指摘することは、彼に聖人の如き高潔な行いを要求することになる。それが秋成の本意であろうか。

ここに到って私は、田能村竹田が唐の蔣防の『霍小玉伝』に批評を施した、かの『風竹簾前読』（文化七年成立）中の評語を想起する（第二十章参照）。『霍小玉伝』は、才子李益と佳人霍小玉が親密な仲となるが、李益は母が定めた別の女性との縁談を受け入れざるを得なくなり、百万の支度金を借り求めるために江淮を渉歴して、霍小玉を邀《むか》え取る期限を破ってしまう、一旦約束を破ってしまうと、李益は霍小玉の望みを断とうと一切連絡をとらなくなり、絶望した霍小玉は沈疾となり、ついには死後に厲鬼となって李益の妻妾に祟る、という話である。竹田はその各部分にすべて二十箇条の頭評を漢文をもって施すのであるが、李益が江淮を渉歴したために約束を破り、ついに小玉と連絡を断つ部分において、次のような評語を下す。

慚恥忍割、実ニ是レ憎ムベシ。然リト雖モ、益ノ本性、固ヨリ甚ダシクハ悪カラズ。但ダ止定スル所無キニ因リテ、一タビ其ノ期ヲ愆《あやま》リ、再ビ其ノ約ニ負キ、是ニ於テ遂ニ大隙ヲ生ジテ、此ノ極ニ至ル。古人、幾《きざし》ヲ微ニ慎シム。戒メヨ。（第十六条。原漢文）

破約を恥じて、むざむざと小玉を見殺しにした李益は憎むべき男ではあるが、しかし大悪人というわけでもない。江淮を渉歴している間に、初めは帰る期限を破り、ついでは小玉を邀える約に背き、連絡しそびれて、ついには小玉の望みを断つことを考え、決定的な破局を迎え、悲惨な結末に終る。つまり、最初に時期を誤ったという、特に悪意に基づいたのではない些細な事柄が、次々と悪因を生じて重大な結果を呼び起す。運命のいたずらが、人意の及びもつかぬ悪因縁の累積が、決定的な悲劇を醸成する。よって古人は事態が微小なる内に重大事の兆候が潜んでいると慎しんだ、と竹田は戒める。

竹田のこの評語は、男女相克の悲劇の根本原因を、主人公の性格にというよりは、悪因縁の累積という、人間全般に普遍妥当する人生哲理に求めたものであるが、それは「浅茅が宿」の悲劇の原因としても十二分に適用できる、と考える。即ち、勝四郎は木曾で盗賊に襲われたことがきっかけとなり、ついで郷里が戦火の巷となっていることに思いを馳せ、さらには新関による往来禁止をも考慮し、宮木の死にまで考えが展開する。そして、道を引き返すと近江で病みつき、丁度李益が江淮を渉歴して秋から翌年の夏にまで到った如くに、翌年の春にまで滞在を余儀なくされる。かくて約が破られたことが基因となって、宮木の消息を知らぬままに七年ほどをすごし、決定的な悲劇に到る。つまり、勝四郎と宮木の悲劇は、戦乱という根本原因があってのことであるが、それに加えて悪因縁が累積したことから決定的なものになる。それは勝四郎の性格にというよりは、「幾ヲ微ニ慎シム」ことができなかったからという、人生哲理に関わる問題なのである。以上の如く考えると、竹田の評語は「浅茅が宿」の悲劇の基因の一としても、何の無理もなくぴったりと適用できるのである。

そのように符節を合わせた如く適用できるのは、秋成が「愛卿伝」に無い、盗賊との出会い、新関による往来禁止、近江における病気、といった諸因縁を付加しているからであるが、それはまるで、『霍小玉伝』の、

(李益は) 遠ク親知ニ投ジ、江淮ヲ渉歴シ、秋ヨリ夏ニ及ブ。生(李益) 自カラ盟約ニ孤負シ、大イニ廻期ヲ愆マルヲ以テ、寂トシテ (小玉に) 知聞セズ、其ノ望ミヲ断タント欲ス。

という一節に示唆を得た設定であるかのようにさえ私には思われるが、如何であろうか。また、竹田が「慎幾於微」という人生哲理を批評に導入してくるのは、『易経』繫辞伝下の「幾ヲ知ルハ其レ神カ」や、『淮南子』人間の「聖人ハ小ヲ敬ヒ微ヲ慎ミ、動クニ時ヲ失ハズ」という思想を拠り所としているのであろうが、こうした思想は近世の知識人の間にはさほど珍しいものでもなく、秋成にとっても身近なものであった、と思われる。後の例ではあるが、渡辺崋山が『慎機論』と題した書を著わしたこともある。

以上のことを考えあわせると、人意の及ばぬ悪因縁の累積が悲劇を形成する、という哲理を、「浅茅が宿」の寓意の一つとすることができよう。

(『上田秋成全集』第十二巻月報」中央公論社　一九九五年九月)

第十章　山東京伝二題

1　山東京伝の白話知識について

山東京伝の『忠臣水滸伝』（寛政十一年・享和元年刊）は、『忠義水滸伝』の翻案たることを正面きって標榜しているだけに、白話語彙を多用していることは、『山東京伝全集』第十五巻の解題にも触れた。だが、解題ではその性質上、細かい問題について詳述することができぬ。そこで、ここでは、京伝の白話（『水滸伝』など明清に成立した中国小説に用いられている俗語、口頭語、近世語）に関する知識がどのようなものなのかを考え、併せて『忠臣水滸伝』を校訂する際の問題についても述べておきたい。

＊

前編第一回、高師直が貌好に罔惚れする場面に、

春心発動し、出乖《はぢ》露醜《ひとめ》つゝむにおよばず、（『山東京伝全集』第十五巻一〇二頁）

という文がある。この内の「出乖露醜」が白話であり、その意味は人前で醜態をさらすというものであり、京伝が目睹する可能性が高い作品の使用例を挙げれば、

後来使二玉姐身無一レ所レ依、出乖露醜、玷二辱門風一。（『醒世恒言』二十、張廷秀逃生救父）

というものがある。また、京伝が目睹するのにもっと便利であった唐話辞書から例を挙げれば、

出乖露醜　ハチヲカク。（長澤本『俗語解』）

とある。京伝がいずこからこの語句を取り来ったか、いま一つ不明であるが、その出所は概ねこのあたりであった、と考えてよいだろう。そして、京伝が与えた「はぢもひとめも」という訓は、この語句の意味に沿ったものであって、誤用ではない。この部分を、大正十五年に刊行された近代日本文学大系『山東京伝集』では、

出乖《はぢ》も露醜《ひとめ》もつつむにおよばず。

と翻字している。「も」は助詞であるから、これを漢語の訓の内には入れないという考え方に基づいて、このような処理を施したのであろう。しかし、このように「出乖」と「露醜」を分離してしまったのでは、白話文献の内において常に四字の成句として用いられているこの語句の慣用語法を誤ることになり、京伝が意図していた、〝白話語彙を使用することに拠る翻訳調の表出〟、換言すれば〝支那くささの表出〟をも損なうことになってしまう。この点において、同じ編者による昭和三年刊の帝国文庫『京伝傑作集』の本文が「出乖《はぢも》露醜《ひとめも》つつむにおよばず」と処理されているのは、修正が施されたものとして評価できる。もちろん私が『山東京伝全集』第十五巻においては底本の表記通りに本文を作成したことは、いうまでもない。

＊

第二回に、師直から貌好への艶書の代筆を頼まれた兼好法師の台詞に、

我《われ》此艶書《えんしよ》を写《かく》は正是姦通《まさにこれかんつう》の挈襯《とりもち》するに一般《おなじ》。（一〇四頁）

という文がある。この内の「挈襯」は、見なれぬ言葉ではあるが、しかし決して京伝の誤用ではない。この語は、普通には「幇襯」または「幫襯」と記し、京伝が目睹しそうな本の内では『警世通言』第十五巻に、

又去結㆓交這些門子㆒、要㆘他在㆓知県相公面前㆒幇襯㆖。

とある。唐話辞書の方では『唐話纂要』（享保三年刊）一に、

　幇襯我　我ニカセイスル

という。手助けする、幇助する、の意である。『増続大広益会玉篇大全』『字彙』『康熙字典』『大漢和辞典』の「挈」の項には、次のような説明はしていないけれど、「幇」「幫」（ともに博旁切）は「挈」（博旁切）と同一の音であるから、三者が通用することは許容されることである。現に、『漢語大詞典』や『漢語大字典』の「挈」の項では「幫（あるいは幇）ニ同ジ」と説明する。とすると、京伝は「挈」を「幇」「幫」に通じさせて用いているのであって、その使用法は、誤りではないのである。しかも、この場合の「挈襯《とりもち》する」は、手助けするという意味で用いられているから、意味の面からいっても京伝の使用法は誤っていないのである。「挈襯」の語と表現には、以上のような事情が内在しているのであるから、これをたやすく通行の「幇襯」や「幫襯」に改めるのは、適当なことではない。よって、この語も『山東京伝全集』第十五巻では底本の表記通りに本文を作成しておいた。近代日本文学大系本と帝国文庫本がともに「挈襯《とりもち》」に翻字していることは、校訂者のその当時の考え方はいざ知らず、正しい処置であった。

*

しかし、かように『忠臣水滸伝』の白話語彙の使用法が常に正しいとは限らないのであって、時に誤用または誤記・誤刻と見なされる例も一、二ならずある。次に、それらを挙げる。

第三回、盗賊が原郷右衛門にいう台詞に、

　這等説《かくいへる》は原《もと》是《これ》喫得的《くひもの》にあらず、我《わが》遇活《すぎはひ》の隠語なり。（一二二頁）

というものがある。この内の「遇活」は、「過活」の誤りであると思われる。「過活」は白話小説に頻用される語であって、『忠義水滸伝』第二回にも、

聳㆓発高俅㆒回㆓東京㆒、投㆓滸董将士家㆒過活。

とあり、『忠臣水滸伝』執筆に当たって京伝がもっとも愛用したと思われる唐話辞書『忠義水滸伝解』（宝暦七年刊）第二回にも、

過活　クラスコト也。スゴスト云テモ可也。

と説明される。京伝の場合もまさしく生活するの意で用いているのであるから、「過活」の字を用いるはずであった、と考えられる。それが「遇活」になってしまったのは、字体が似ているために、京伝が誤って記憶していたか、ないしは浄書の段階で京伝や浄書者が誤記したか、そうでなくとも版木の彫工が誤刻したかして、その誤りが校正の際にも訂正されなかった、という事情によろう。だから、このような語を校訂する場合には、以上の如き事情が伏在していることを踏まえて、「遇活《すぎはひ》」（ママ）とママを施しておくことが必要になる。近代日本文学大系本や帝国文庫本がママを施していないのは、五十年以上も前のこととて致し方ないが、戯作者の白話使用法にまで検討の眼を及ぼすべきことがようやく認識され始めた今日の研究段階の下では、そこまでの配慮が要請されるであろう。

同様な例を列挙する。第五回、売白酒人《しろざけうり》の台詞に、

烏晦《いまく》気《しき》死《し》賊《ぞく》ならずや。（一五〇頁）

とあるのは、「鳥晦気死賊」でなくてはならない。なぜならば、「鳥」は、「鳥嘴（中略）鳥ハ総体罵ル辞也。日本ニテクソト云ニ当ル。鳥の字、禽ノ時ハニャ○ウ（筆者注――niǎo）ノ音ナレドモ、罵語ハチャ○ウ（筆者注――diǎo）也」（『忠義水滸伝解』第二回）や「鳥晦気クソムネンナト云コト。大坂ノ下賤人ノケタイクソト云ガ如シ」（同第六回）と説明される如く、軽蔑の意を表わす罵辞であり、「烏」にはそのような意味はないからである。この場合も字体の類似に惑わされて「鳥」が「烏」と誤記か誤刻かされたのであり、そうした事情の伏在を示すべくママを施さなければならな

い。

同回の前引部分に続く箇所に、

酒の中に蒙汁薬《しびれくすり》を用ゐ（一五一頁）

とある。この「蒙汁薬」は、もちろん「蒙汗薬」の誤りである。この語は『忠義水滸伝解』第十一回に「蒙汗薬麻翻蒙汗薬ハ人ヲ酔ハス薬也」と説明されていて有名なものであり、これが誤って表記されている（それも一再ならず）ことは、京伝がこうした白話語彙の誤字誤刻に最初の二例とは裏腹に時として無頓着であったことを思わせる。この場合も「蒙汁薬《しびれくすり》（ママ）」と校訂すべきである。

第六回の末尾に、

勘平その縁由《いはれ》を説《かたり》出す、有分数《つぎにわけあり》。（一七七頁）

とある。この内の「分数」は、「分教」の誤りである。というのは、「有分教」というのは、『忠義水滸伝』の毎回の末尾に常用される句であること、「有二分教一　小説ノ一段段々ノ終リニ必アルコトナリ。ワケガアルト云コト也。是以下記者ノ辞也」（『忠義水滸伝解』第一回）という通りであるからである。この場合も「数」と「教」と字体が類似しているが故の誤った表記であり、ママが施されるべきものである。

第十回の冒頭に、

山背助宗村と做叫的《いふもの》ありしが、（二四二頁）

とある。この「做叫的」は、「叫做的」と記すべきである。なぜならば、『忠義水滸伝』では人の称呼を紹介する場合には、

京師人、口順不レ叫二高二一、却都叫レ他做二高毬一。（第二回）

満県人、口順都叫レ他做二九紋竜史進一（同右）

満荘人、都叫レ他做二王伯当一。（同右）

と、決まって「叫」を上部に、「做」を下部に配するのであり、それに基づいた言い方であるからには「叫做」としなければならぬからである。また現に「叫做」という語彙も存するからである（「做叫」という語彙は無い）。この「叫做」に「人」（この場合には省略されている）を修飾する「的」が付いて「叫做的」という言い方が生ずるのである。したがって、やはり「做叫」にはママが施されねばならぬ。

第十回、石堂縫殿助が官使の来賀を聞く場面に、

眉頭《まゆ》を一従《しわめ》ければ（二四九頁）

とある。眉を皺めることをいう成語としては「眉頭一縦」というものがあり、『忠義水滸伝解』第二回にも「眉頭一縦 眉ノ間ニ皺ヲヨセテ思案スルコト也。縦ハ竪ノ皺也」と載る。したがって、「従」は正しくは「縦」と作るべきであるので、やはりママを施した。

*

以上、気のついた例だけを挙げたが、この他にも見落としているもの、注意の及ばないものが存するかも知れぬ。

終りに、面白い白話語彙の使用例を挙げておく。第五回、加古川本蔵の従卒が蒙汗薬を飲んで、

何とやらん嘈雑《むねわるく》おぼゆるなり

という。この「嘈雑」という語は難解の語で、かまびすしいという意味で用いられることはよくあるが、胸部の気分がすぐれないという意味で用いられている例は稀である。もろもろの唐話辞書類にも出てこず、中国の『小説詞語匯釈』『水滸詞典』『金瓶梅詞典』『中国古典小説用語辞典』『宋元明清百部小説語詞大辞典』等にも見えない。わずかに『大漢和辞

典』に『医学正伝』の例が、『漢語大詞典』の「嘈雑」の項に『医学正伝』『金瓶梅詞話』第七五回の例が出てくるばかりである。ところが、我が山本北山編の『文藻行潦』（天明二年刊）二、無部身体の項には、

嘈囃　ムネワルヒ

と出てくるではないか。難語の用例は思いのほか卑近な辞書にあったのであり、京伝の拠り所も実はかような卑近な書物に存したのである。

（『山東京伝全集』第十五巻月報　ぺりかん社　一九九四年一月）

2　京伝と雲府観天歩

一

寛政九年正月に江戸橋四日市上総屋利兵衛・日本橋南二丁目駿河屋喜三郎・京橋白魚屋敷京屋理八から『邂逅物《わくらばもの》語《がたり》』を、翌十年正月に京橋白魚屋敷京屋利八・日本橋四日市上総屋利兵衛・京橋白魚屋敷遠州屋佐七から『桟道物《かけはしもの》語《がたり》』を刊行した雲府観天歩の正体は、全く不明である。その天歩と、京伝が面識があったことは、『邂逅物語』の改題後摺本『雲岌奇遇』の序に、

此篇也、天歩子、蛍窓雪簷之余業、所二著述一、而一（日カ）[1]懐レ之訪二余之果子舗一、雅俗説話之際、出レ之請二校訂一、且問二簽題一。乃閲二其書一、有下養二一妻一妾一之人上、其人愛レ之、如三春天之覆二万物一、雨露無レ有二一点之私一矣。然其妻

則邪、其妾則正、邪正之質、不レ斉如二寒暖陰晴一。花前之風、月表之雲、殆奪二其美一。常言所レ謂、邪正殊レ途、雪炭別レ区。然則題曰二雪炭奇遇一乎。天歩子曰唯。遂陳二其言一以為レ序。

旹享和三年癸亥仲秋望書于浅草龍木街果（子）[2]舗　　山東庵京伝（醒世老人）

といっていることに拠って明らかである。天歩は京伝に改題のことを相談した、という。

『邂逅物語』が『聊斎志異』の「大男」を翻案した作品であることは、向井信夫氏「聊斎志異と江戸読本」（『江戸文藝叢語』）に指摘され、『桟道物語』が「張淑児巧智脱楊生」（『醒世恒言』二十一・『小説精言』三）の翻案であることは、早く水谷不倒氏が言及し（『選択古書解題』）、石崎又造氏が『近世日本に於ける支那俗語文学史』で詳細に検討した。とすると、天歩は、なかなかの中国小説通であり、読本創作にたずさわり、京伝と相識の人であった、ということになる。

こうした三条件を具備している人物には、他に伊藤蘭洲がいる。蘭洲については、拙著『日本近世小説と中国小説』第三部第二章「金太郎主人伊藤蘭洲と『鳳凰池』」に比較的詳しく述べたが、要するに京伝の漢文方面の相談相手であり、京伝の黄表紙・読本などに序や讃を寄せ、自らも読本・洒落本・滑稽本などを創作している人である。しかも、『邂逅物語』刊行と年を同じくする寛政九年閏七月には、京伝の黄表紙『心学早染草』の後摺版（慶應義塾図書館蔵）に「児訓九如編序」なる漢文序を寄せ、

余嘗相二識山東子一、為二莫逆之友一、時々晤二言一室内一。

と、親しく京伝宅を訪れていることが明らかな人である。水野稔氏『山東京伝年譜稿』を検してみても、この時期に京伝の周辺にいた中国小説通には、天歩と蘭洲の名しか見えない。そこで、私としては天歩と蘭洲とは同一人ではないか、といいたくなるのであるが、しかし、やはりこの蘭洲をよく知っていた馬琴は、『近世物之本江戸作者部類』巻

二上・雲府観天歩において、

この作者何人なるや、姓名いまだ詳ならず。俚語に事の天運に憑るを運風《ウンフ》天賦《テンプ》とかいへば、かゝる戯号を告《の》れるなるべし。

と、正体を知らないことを述べている。そこで、天歩・蘭洲同一人説には暗雲が立ちこめることになるので、この問題にはこれ以上立ち入ることは避けたい。しかし、次の一点だけは、かなりの確率をもって推測できることであろう。すなわち、享和三年頃、天歩は京伝に自作『邂逅物語』を閲覧に供しているのであるから、同時期に『桟道物語』をも見せていることは、十二分にあり得るのである、と。かくて、文化九年・十年の交、京伝が『双蝶記』を執筆する際に、『桟道物語』を利用する可能性もまた、十二分に存するのである。

二

『山東京伝全集』第十七巻の『双蝶記』の解題において、私は、その巻之六・十五、動之助が深山の人家で娘篝火《かがりび》に宿を借り、その老母の承認を得て篝火の婿となる、老母は動之助を撃とうとするが、篝火は動之助を逃がす、という筋が『桟道物語』の話に基づいたものであろう、と述べた（七〇七頁）。京伝と天歩の相識は、この『桟道物語』典拠論を補強する材料となるのである。

ただし、『桟道物語』の話と『双蝶記』の右の話との間には一点、重要な相違がある。それは、『桟道物語』では、娘小淑《こよし》はまだ十三歳の少女でもあり、雅楽之介は、

それがし世に出るほどならば、誓ひて御身をめとりて妻とすべし。

と口約束をしただけで、脱出するのであるが、『双蝶記』においては、篝火は動之助の美麗なるに「忽眷恋の心を起して」、

　娘はうれしさかぎりなく、動之助が手を取て、一間の裏にともなひ去ぬ。かくて時刻もややうつり……

と、積極的に情交を持つことである。この他にも『双蝶記』では、昼狐髭四郎が篝火に無体に迫る場面とか、篝火が「人の腕を杵《つち》にして」砧を打つ趣向とかの脚色が存しているから、二人のこの情交もそうした脚色の一つ、文芸作品としての色どりや艶っぽさを添加する趣向の一つ、とだけ見ておけば良いのかもしれない。そうした趣向は、小説には常套的に用いられるものであるから。

　しかし、前述した如く、動之助・篝火譚に『栈道物語』の雅楽之介・小淑譚の影響があるとすると、動之助と篝火の情交という設定は、『栈道物語』からの刺激があって齎された可能性が存する。前には両作品の間の重要な相違といっておきながら、今度は両者における刺激などというのは、矛盾している、といわれるかも知れない。しかし、『栈道物語』の末尾に付されている評論の一説に着目すると、右の刺激説を呈示することが許されよう。その評論は、「文のおもてに意のかくれたるところあり」であるから、そうした文外の深意を剔抉するのが評論であるとした上で、雅楽之介・小淑譚について次のようにいう。

　小よしが秀敏なる、年たらず共、春情、はや動くべし。（雅楽介の）姿を悦び難を憐み、また宝樹寺にてのふるまひをかたはらに聞居て、その才の勝《すぐ》れしをしるゆへに心をよする事一かたならず。母を援《すく》ふたねとて銀子をとりあたゆるなど深き、凡庸の女子にあらず。雅楽介もかれが才智を感ずるうへ、縛《とらはれ》《しばられ》につく謀を聞て、春情《しゆんじやう》《いろごゝろ》既に開けたるをしり、身をしたふ心のふかきを悟る。さればこそ、かゝる急難の中、十三才の小女に夫婦の約をもなせしなり。もし恩に報ひ才を憐むのみならば、後日に彼をめぐむわざ、いかほども有べし。雅楽介が慎のふかきを以

て、賊婆《ぞくば》《ぬすびとばゞ》の賤き娘にたやすく約をなすべき。されば両人愛情の通ずるは、其時互の眼中に有りて、ことばのうへに見えざる事を知りぬ。

これは、要するに、文面には明記されていないが、小淑の雅楽之介に対する愛情が眼中に表れていたからこそ、雅楽之介もそれに応えたのだと、両人の間に愛情が潜在していたことを指摘する批評である。抑制された記述の裏に潜む愛情。

右の評論を京伝が知っていた蓋然性は強いが、そうとすれば、京伝はこの評論に刺激されて、『桟道物語』の雅楽之介・小淑譚を利用する際に、女性の男性に対する愛情を抑制することなく記述し、そうすることに拠って、より広範な読者に歓迎される作品を目指したのではなかったろうか。そのような意味で、『桟道物語』の雅楽之介・小淑譚が『双蝶記』の篝火の積極的な求愛の姿態を齎したのではないか、というのである。いわば京伝は、『桟道物語』の評論に啓発されたものを自作に導入したのではなかろうか。

三

天歩が両人の眼中の愛情ということをいい出したのも、所以なきことではない。「張淑児巧智脱楊生」では、張淑児（篝火）が楊元礼（雅楽之介）を「仔細ニ端詳《ナガメ》」した折の印象を、

我レ你ヂノ堂々タル容貌、表々タル姿材ニシテ、此ノ大難ヲ受クルヲ看ル。故ニ此ニ你ヂヲ把リテ仔細ニ観看ス。

と描く。『桟道物語』にはこの文に直接に相当する文はないのであるが、張淑児の楊元礼の容姿に対するかような見方に、既に楊元礼への好意が含まれている、といえばいえる。かような描写の裏に潜むものを天歩は引き出して、眼中

の愛情などという穿った評論を著わしたのであろう。
金聖歎や毛声山など明清才子の小説批評、あるいは伝統的な漢文批評などから学んだと思われる天歩の評論の面白さは、以上の記述からも窺えるであろうが、読解しにくい「大男」を能く読みこなして翻案した『邂逅物語』の評論にも、面白いものがある。妻妾の確執を厭って家出した父西成京次郎を慕って、これまた家出した九歳の大太郎と道連れになった男が、大太郎を寺僧に売る場面がある。その文章は、

住僧たち出て大太郎を見るに、いろきよらかに賤しからぬ童なり。いくつになり給ふと問へば、十六歳になり候といふ。住僧いと不便に思ひ、……銀子とり出し、かの男にあたへ、

と、比較的平淡なものである。この話について評論は、

爰にふしぎなるは、大太郎を買とりし住持の僧にこそあれ。かの親といひしものも、いづくの人ともわきまへず。しかも病にふしたる児なるを、たやすく銀子に換てとどめしなど、世事に疎き田舎坊なりとも、かゝる麁忽は有べからず。つら〳〵これを思ふに、かの大太郎を売し男、もとよりこの住寺の事を聞及びたるより、此謀は生ぜしものなり。……この僧男色をこのみ美童をもとめんとて、あまねく人をたのみ置しに、はからずも大太郎が姿の美なるを見て、ひたすら是を得ん事を思ひはかりて、其他の事をかへりみざるなり。

と、穿った見方をする。これは「大男」の、

偶々病ミテ貲ヲ絶チ、諸《これ》ヲ僧ニ売ル。僧其（大男）ノ丰姿秀異ナルヲ見テ、争ヒテ之ヲ購ズ。

という、至極簡潔な行文の裏に潜む男色愛好の事情を鋭くも嗅ぎ取って俎上に上せた評論であり、そこに天歩の烱眼を看取できるのである。

注

（1）国会図書館本『雪炭奇遇』は、この箇所一字分が墨で汚されている。私はコピーに拠ってこの本を読んだため、光に透かして判読することもできなかった。文意から推して「一日」となる所であろう。

（2）注（1）と同じ汚損箇所。

（『山東京伝全集』第十七巻月報　ぺりかん社　二〇〇三年四月）

第十一章　曲亭馬琴と鈴木桃野における『諧鐸』

序

私は以前、寛政の頃より我が国では清朝筆記小説が盛んに読まれるようになり、そうした風潮に応じて清朝筆記小説を翻案した読本が現われてくるのであり、今後の学界の課題の一は読本と清朝筆記小説の関係を闡明してゆくことにある、と提言した。(1) この提言を行った者の責務として、細かな事柄ではあろうとも、新たに発見せられた事実は、逐一報告してゆかねばなるまい。そこでここには、読本ではなく噺本に分類されるべきものだが、曲亭馬琴の『戯聞《おとしばなし》塩槑余史《あんばいよし》』（寛政十一年、一七九九正月序。書名は目録題に拠る。内題は「新作塩梅余史《しんさくあんばいよし》」。以下、「塩梅余史」として表記する）と、徳川幕府儒官（学問所教授方出役）鈴木桃野の雅文随筆集『反古のうらがき』とを取りあげて、それらにおいて清朝筆記小説の一である『諧鐸』（沈起鳳作、乾隆五十六年、一七九一、寛政三年刊。『商船載来書目』によれば、この年に日本に船載されている）がどのように利用されているかを観察し、そのことが馬琴の小説作家としての歩みにおいて、また日本小説史にあって如何なる意義を持つものであるか、を述べたく思う。

一　『塩梅余史』と『諧鐸』

1

『塩梅余史』は五話の笑話を集めたものであり、武藤禎夫氏編『噺本大系』第十三巻に翻字されているが、長短五話の内の二話は『諧鐸』の話を翻案したものである。すなわち目録に拠ると、五話が「矮話《みじかいはなし》」と「長話《ながいはなし》」に二分されているのであり、三話の「矮話」は当時の一般の笑話と趣きを同じくする、まずは馬琴が創った話かと認められるものであるが、二話の「長話」は一読直ちに中国小説の翻案であろうと見当がつけられる、比較的に長い、ストーリー性を備えたものである。その内の「鮫人」（第二話）の梗概は次の如くである。

俵屋《たわらや》藤太郎は美婦を娶るのが願いであるが、まだ相手がいない。瀬田の橋の脇の砂上に「碧の眼、蟒《うはばみ》の鬚、満身、墨のごとく黒くして、鬼に似たり」の海中の鮫人がおり、八大竜王に仕えていた役人であったが、いささかの罪を得て竜宮を追放されたという。藤太郎は鮫人を家につれ帰り、泉水の内で養う。七月、藤太郎は三井寺の「女人詣《おんなもふで》」を見物に行き、妙齢の美女を見そめる。美女の名は珠名《たまな》、母と同居するが、万顆の明玉を結納にする人でなければ結婚しないという。藤太郎は恋の病に陥って、医者からも「雑症ハ医《なをる》べし。相思病ハ活《いき》がたし。むかし瑯琊王伯輿情のために死す」と見放される。看病する鮫人に藤太郎が別れの言葉を告げると、鮫人は涙を落すが、それが珠となる。藤太郎は喜悦して、珠の数をふやすために更に泣いてくれと頼むと、鮫人というものは「実情より出たる悲しミにあらざれば、一滴の涙もこぼしがたし」なのであるが、鮫人は一計を案じて、自分を瀬田の橋につれて行かせる。そこで鮫人は、海上を眺めて望郷の思いを催し、涙を流したので、珠の数は満ちた。その時、竜王の赦免があって、鮫人は海中に戻る。藤太郎は万顆の珠を持って珠名のもとに向うが、「さるにても万粒の珠を聘《ぢさん》にのぞむといふも不解《がてんゆかず》。かの女児母子が世業《せうばい》ハ何であらふと、珠を入た盆を引かかへ、鄽《みせ》のほうを私《そっと》のぞけば、商売ハかんろふ糖。」

これに対して『諧鐸』巻七「鮫奴」は次のような文である。

茜涇景生、客閩三載、後航海而帰。見沙岸上一人僵臥。碧眼蜷鬚、黒身似鬼。呼而問之、対曰、僕鮫人也、為水晶宮瓊華三姑子、織紫綃嫁衣、誤断其九竜双背梭、是以見放。今飄泊無依。倘蒙収録、思銜没歯。生正苦無僕、挈之帰里。其人無所好、亦無所能、飯後赴池塘一浴、即蹲伏暗陬、不言不笑。生以其窮海孤身、亦不忍時加駆遣。浴仏日、生随喜曇花講寺、見老婦引韶齢女子、拝禱慈雲座下。白蓮合掌、細柳低腰、弄影流光、皎若軽雲吐月。拝罷、随老婦竟去。蹟之、入於隘巷。訪諸隣右、知女呉人、姓陶氏、小字万珠、幼失父、為里党所欺、三年前、随母僦居於此。生以孀貧可啗、登門求聘、許以多金。卒不允。生曰、阿母居奇不售、将使令千金、以丫角老耶。老婦笑曰、藍田双璧、索聘何嫌。且女名万珠、必得万顆明珠、方能応命。否則千糸結網、亦越客徒労耳。生失望而回。私念明珠万顆、縦傾家破産、亦勢難猝辦。日則書空、夜則感夢、怱怱経旬、伏床不起。延医診視。皆曰、雑症可医、相思疾未可薬也。痩骨支床、懨懨待斃。鮫人入而問疾。生曰、瑯琊王伯輿、終当為情死。但汝海角相依、迄今半載。設一旦予先朝露、汝安適帰。鮫人聞其言、撫床大哭、涙流満地。俯視之、晶光跳擲、粒粒盤中、如意珠也。生蹶然而起曰、愈矣。鮫人訝其故。生曰、予所以病且殆者、為少汝一副急涙耳。遂備陳顛末。鮫人喜。拾而数之、未満其額。転嘆曰、主人亦寒乞相、得宝驟作喜色、何不少緩、須臾為君尽情一哭也。生曰、再試可乎。鮫人曰、我輩笑啼、由中而発。不似世途上機械者流、動以仮面向人。無已、明日攜樽酒、登望海楼、為主人籌之。生如其言、侵晨挈鮫人、登楼望海、見煙波汨没、浮天無岸。鮫人引杯取酔、作旋波宮魚竜曼衍之舞、南眺朱崖、北顧天墟、之罘碣石、尽在滄波明滅中。喟然曰、満目蒼涼、故家何在。奮袖激昂、慨然作思帰之想、撫膺一慟、涙珠迸落。生取玉盤盛之、曰、可矣。鮫人憂従中来、不可断絶、放声一号、涙尽乃止。生大喜、邀之同帰。鮫人忽東指笑曰、赤城霞起矣。屑楼十二座、近跨鼉梁、瓊華三姑子、今夕下嫁珊瑚島釣鰲仙史、僕災限已満。請従此逝。聳身一躍、赴海而没。生悵然独反。越日出明珠、登堂納聘。老婦笑曰、君真癡於情者。我不過以此相試。豈真売閨中女、靦顔求活計哉。郤其珠、以女帰生。後誕一子、名夢鮫。志不忘作合之縁也。

(茜逕ノ景生ハ、閩ニ客タルコト三載、後ニ海ニ航シテ帰ル。沙岸ノ上ニ一人ノ僵レ臥スヲ見ル。碧眼蜷鬚、黒身ニシテ鬼ニ似タリ。呼ビテ之ヲ問ヘバ、対ヘテ曰ク、僕ハ鮫人ナリ、水晶宮ノ瓊華三姑子ノ為ニ紫綃ノ嫁衣ヲ織リ、誤マリテ其ノ九竜双背梭ヲ断チ、是ヲ以テ放タル。今飄泊シテ依ル無シ。倘《も》シ収録ヲ蒙ムラバ、思イ歯《よはひ》ヲ没スルマデ銜マン。生正ニ僕無キヲ苦シミ、之ヲ挈ヘテ里ニ帰ル。其ノ人好ム所無ク、亦タ能クスル所無シ。飯後ニ池塘ニ赴キテ一浴スレバ、即チ暗陬ニ蹲伏シテ、言ハズ笑ハズ。生其ノ窮海ノ孤身ナルヲ以テ、亦タ時ニ駆遣ヲ加フルニ忍ビズ。浴仏ノ日、生曇花講寺ニ随喜《おまいり》シ、老婦ノ韶齢ノ女子ヲ引キテ、慈雲ノ座下ニ拝禱スルヲ見ル。白蓮ノ合掌シ、細柳ノ腰ヲ低《た》ルルゴトク、影ヲ弄シ光ヲ流シ、皎トシテ軽雲ノ月ヲ吐クガ若シ。拝シ罷ンデ、老婦ニ随ツテ竟ニ去ル。之ニ躡《したが》ヘバ、隘巷ニ入ル。諸《これ》ヲ隣右ニ訪ヒテ、女ハ呉人ニシテ、姓ハ陶氏、小字ハ万珠、幼クシテ父ヲ失ヒ、里党ノ欺ク所ト為リ、三年前、母ニ随ツテ居ヲ此ニ僦《か》ルコトヲ知ル。生孀貧啗《くら》ハスベキヲ以テ、門ニ登リ聘ヲ求メ、許スニ多金ヲ以テス。卒ニ允サズ。生曰ク、阿母奇ヲ居ラシメテ售ラズ、将ニ千金ナラシメ、丫角ヲ以テ老イシメントスルカト。老婦笑ツテ曰ク、藍田ノ双璧、聘ヲ索ムルコト何ゾ嫌ハン。且ツ女名ハ万珠ナレバ、必ズ万顆ノ明珠ヲ得テ、方ニ能ク命ニ応ゼン。否《しからざ》レバ則チ千糸モテ網ヲ結ブトモ、亦タ越客ノ徒労ナルノミト。生失望シテ回ル。私カニ念フニ明珠万顆、縦ヒ家ヲ傾ケ産ヲ破ルトモ、亦タ勢猝《には》カニ辧ジ難シト。日ニハ則チ空ニ書シ、夜ニハ則チ夢ニ感ジ、怱怱トシテ旬ヲ経テ、床ニ伏シテ起タズ。医ヲ延キテ診視セシム。皆曰ク、雑症ハ医《いや》スベキモ、相思疾ハ未ダ薬スベカラズト。痩骨床ヲ支ヘ、懨々トシテ斃ルルヲ待ツ。鮫人入リテ疾ヲ問フ。生曰ク、瑯琊王伯輿、終ニ当ニ情ノ為ニ死スベシ。但ダ汝海角ニ相依リ、今ニ迄ルマデ半載ナリ。設《も》シ一旦予朝露ニ先ダタバ、汝安クニカ適《ゆ》キ帰セント。鮫人其ノ言ヲ聞キテ、床ヲ撫シテ大イニ哭シ、涙流レテ地ニ満ツ。之ヲ俯視スレバ、晶光跳擲シ、盤中ニ粒粒トシテ、如意珠ナリ。生蹶然トシテ起チテ曰ク、愈エタリ矣ト。鮫人其ノ故ヲ訝ル。生曰ク、予ノ病ミ且ツ殆キ所以ノ者ハ、汝ノ一副ノ急涙ヲ少《か》クガ為ナルノミト。遂ニ備サニ顚末ヲ陳ズ。鮫人喜ブ。拾ヒテ之ヲ数フルニ、未ダ其ノ額ニ満タズ。転ジテ嘆キテ曰ク、主人モ亦タ寒乞ノ相ニシテ、宝ヲ得テ驟カニ喜色ヲ作《な》セシニ、何ゾ少シク緩クセザル、須臾ニシテ君ガ為ニ情ヲ尽シテ一哭セントト。生曰ク、再ビ試ミバ可ナランカト。鮫人曰ク、我ガ輩ノ笑啼ハ、中ヨリシテ発ス。世途上ノ機械者《いつはりたくらむもの》流ノ、動モスレバ仮面ヲ以テ人ニ向フニ似ズ。已ム無クンバ、明日樽酒ヲ攜ヘ、海楼ニ登リ望ミ、主人ノ為ニ之ヲ籌《はか》ラント。生其ノ言ノ如クシ、晨ヲ侵シテ鮫人ヲ挈ヘ、楼ニ登リ海ヲ望ミ、煙波汨没、浮天岸《はて》無キヲ見ル。鮫人杯ヲ引キ酔ヲ取リ、旋波宮魚竜曼衍ノ舞ヲ作シ、南ノカタ朱崖ヲ眺メ、北ノカタ天墟ヲ顧ミルニ、之罘《しふ》碣石、尽ク滄波明滅ノ中ニ在リ。喟然トシテ曰ク、満目蒼涼、故家何クニカ在ルト。袖ヲ奮ツテ激昂シ、慨然トシテ思帰ノ想ヲ作シ、膺ヲ撫シテ一慟スレバ、涙珠迸リ落ツ。生玉盤ヲ取リテ之ニ盛リテ曰ク、可ナリ矣ト。鮫人憂中ヨリ来リ、断絶スベカラズ、声ヲ放ツテ一タビ号シ、涙尽キテ乃チ止マル。生大イニ喜ビ、之ヲ邀ヘテ同ニ帰ル。鮫人忽チ東ヲ指シ笑ツテ曰ク、赤城霞起レリ矣。蜃楼十二座、近ク鼉梁ニ跨リ、瓊華ノ三姑子、今夕珊瑚島ノ釣鰲仙史ニ下嫁シ、僕ガ災限已ニ満ツ。請フ此ヨリ逝カント。身ヲ聳シテ一躍シ、海ニ赴キテ没ス。生悵然トシテ独リ反ル。日ヲ越シテ明珠ヲ出シ、堂ニ登リテ納聘ス。老婦笑ツテ曰ク、君真ニ情ニ癡ナル者ナリ。我此ヲ以テ相試ムルニ過ギズ。豈真ニ閨中ノ女ヲ売リテ、靦顔ニ活計ヲ求メンヤト。其ノ珠ヲ卻ケ、女ヲ以テ生ニ帰サシム。後一子ヲ誕ミ、夢鮫ト名ケ、作合ノ縁ヲ忘レザルヲ志《しる》ス。）

馬琴が俵藤太伝説に付会して「鮫奴」を翻案したことは、もはや述べる必要もないことである。滑稽を宗とする噺本の一話として翻案したのであるから、馬琴の作意は、「稗史小説の旨《すじ》をのべ、終に一句の狂言をまじへ、読ものをして解頤《おとがいをおとさ》しむ」（凡例）という如く、原作の筋をほぼそのまま襲い、最終部に笑話となるような落ちを施す、というものになる。原作では、「癡於情」（一途な愛情）を認められてめでたく結婚するという真面目な結末であるが、翻案では、「かんろふ糖」売りの母娘であるので万粒の珠を望むのも当然だ、という落ちになる。「かんろふ糖」とは、甘露梅ともいい、梅の実を紫蘇の葉で包み砂糖漬にした、江戸新吉原の名物菓子のことで、珠によく似た形状をしている。そのことを利用して、甘露梅売りであるから珠をほしがるのだとこじつけ、それによって滑稽化をねらったのである。

以上のような翻案ぶりであったので、笑話としては些か理屈がかったものになっている感もあるが、原作の鮫人の涙が珠となって美人を媒介するというストーリーの奇はそのまま伝えている。換言すれば、笑話の面白さよりも、むしろストーリーの面白さが目立つ作品になっている。そのようにストーリー性を意図している点に、滑稽を主眼とする噺本や黄表紙の作者としてよりも、ストーリーの奇を主要素の一とする読本の作者として後に大成してゆく馬琴の素質が、三十三歳の時点ですでに現われている、といえる。勿論、中国小説の翻案という方法を用いていることも、将来読本作家に転じてゆく素質の顕現である。

さらに馬琴が使用している語彙についていえば、「却説《かくて》」「看一看《ひとめみる》」「作弊《てくだ》」「小的們《わがともがら》」などと「鮫奴」には見えない白話語彙を故意に点綴している点も、後に白話語彙を多用する読本の文体を馬琴が形成してゆくことの萠芽をなすものである、と見ることができるのである。

2

次に、『塩梅余史』第四話「両婦換魂《にようぼかへだま》」の梗概を述べよう。

泉州の安部安麿は、美人の妻真葛《まくず》との間に蘭菊という女を設けていた。蘭菊が二歳の折、真葛は病死し、やがて、安麿は榊《さかき》という後妻をもらう。榊は美人であるが、心根はねじけ、安麿の留守には蘭菊を打擲する。これを知った安麿は憂鬱をはらすために野山を逍遙していたが、深い穴に落ちる。人家の屋根に落ちた安麿は、盗人と疑われて捕えられるが、捕えた者を見ると三年前に亡くなったはずの下僕世可平《よかへい》である。いましめを解かれた安麿は、十七年前に亡くなった父と母にも再会し、先妻真葛もいたので声をかけようとすると、真葛は姿を消す。母は、「凡男子後妻を娶れば、前妻結髪《ふうふ》の情なきがゆへに、死してふたたび相見る事叶ひがたし」と説明し、真葛に夫に会うようにとりなす。安麿が後妻の邪慳なことを真葛に語ると、父母は蘭菊を養育させるべく真葛を再びこの世に戻す。安麿が真葛をつれて我が家に戻ると、真葛の魂は榊に入り込み、榊の言葉態度は真葛とまったく同一になり、蘭菊を可愛がって、夫婦も和合する。十二年後、蘭菊は豪家信田《しのだ》の嫁となる。ある夜、真葛は亡舅《しうと》の命によって帰ることを告げ、また榊の言語態度が元に戻るが、榊は十二年間、亡舅姑の傍らにあって教訓を受け、すっかり旧悪を改めている。で、安麿は蘭菊を榊に再会させると、蘭菊は「此年月の養育、前母氏《まへのははうへ》の劬労は、やっぱり後母公《のちのははうへ》の肢体《からだ》なれば、東西《どちらをどちら》无方とわけ隔んやうもなし」と喜ぶ。安麿は榊が改心したのは亡父母と前妻のお蔭と、いま一度三人に会いたく、以前に落ちた穴を捜すと、「大きなる穴のあるは、たしかにそれぞと走りよれバ、穴の四方に注連《しゆめ》を引て新き檄《ふだ》を立たるは、不解《がてんゆかず》と立よって読で見れば、神主の筆と見へて、霊狐の穴に、小べん無用」。

『諧鐸』巻七「鬼婦持家」は、次のような話である。

蘭溪盧某、中年失怙恃。妻冷氏、伉儷綦篤、生子女各一。甫離襁褓、妻病瘠死。続娶欧陽氏。美而悍、遇子女尤虐、動輒詬詈、小有不懌、鞭撻随之。某稍怒以色、反舌啁啾、数昼夜不倦。某不能堪、憤気出遊。遇雨、竄入林谷、忽踏地陥穴。似墜人屋脊上。聞噪呼有賊、一人絪縛而下。視之、亡僕繆義也。曰、吾謂何人、乃是小主。釈其縛、急入内啓白。亡何、父母倶出、抱持痛哭。父曰、児来此、亦是奇事、且作半日聚。遂導引入室。見亡婦在窓下引鍼刺繡履。某直前握其纖腕、将訴契濶。婦解脱而走曰、何来悪客、莽撞乃爾。某瞠目不解。母曰、汝再娶耶。某曰、然。母曰、凡男子続娶後婦、与前妻即無結髪情、故相見不復省識。母入内、与婦耳語。婦始恍然涙下、絮問家事。某曰、田園幸尚無恙、但膝下児女、日罹荼毒、奈何。婦向壁而哭、某亦失声大慟。父曰、汝亦既抱子、迺不念鸞雛、妄招鴟鴞、宜毀巣而取子矣。孽由自作、夫何悔乎。母曰、渠固不足惜、尚当為宗祧計之。父曰、欲保嗣続、在我賢婦。母曰、新婦久登鬼籙、安得為児援乎。父曰、不賢婦吾捉之来、汝早晩稍加訓誨。即令新婦随児去、借渠手足、料理家務、俟児女婚嫁畢、再当来此。婦曰、日在親庭、何忍遽言離遏、母亦大悲。父曰、汝来為孝婦、去為慈母、於義両全、何必為此恋恋。令某偕婦出。建梯屋角、両人拾級而登、俯穴而窺、猶見父母在簷角引領望也。不得已、携婦循道而帰。甫及門、婦飄忽先入。見児女奔集、争来訴告曰、父出門後、継母以鉄杖撃我。忽顔色慘変、倒地而僵。言未畢、欧陽氏徐歩而出。児女觳觫、争牽父衣、作畏避状。欧陽氏就其身畔撫摩再四、嗚嗚飲泣曰、我抛汝等未及三載、不意憔悴至此。審其音、酷類前妻。某大喜、謂児女曰、此汝前母、勿畏懼。児女目灼灼相視。婦問女曰、昔我出奩中金為汝作纏臂、今安在耶。女曰、娘頭上圧髻釵、即脱女纏臂金所改作者。婦曰、吾安用是。即抜髻辺釵為女挿戴。又問児曰、我前挑百花廻鸞錦三尺、為児作繡帯、今何不繫。児曰、阿爺為娘裁作藕覆矣。婦謂某曰、癡男愛後婦。無怪児女輩受摧折也。某俯首謝過、相携入室、見薬爐茶竈、以及掃眉安鏡処、都非旧日位置。婦慨然曰、人一朝謝事、百凡都聴諸後人、真可痛也。脱鎖啓箱、見杏黄衫、紫縠襠、燦然堆積。而旧日故衣、無一存者。詰諸某。某曰、新衣称体、勿念故衣。婦曰、男児心迹、見乎詞矣。某自悔失言、再三排解。婦又倚窓凝望曰、旧種碧桃一株、今復移植何処。某曰、自卿見背、渠日加翦伐、樹即枯槁而死。婦嘆曰、樹猶如此、人何以堪。廻視児女、不禁潸然泣下。已而提甕出汲、執炊就爨。某勧令勿労。婦曰、此後来人身体髪膚也。宜為君所愛惜。不然、吾自入汝家、何嘗一日薫香作間坐哉。某神色慚沮、屏気不敢作声。婦曰、吾奉翁命而来、豈必翹汝過処。但匿怨為歓、転傷婦徳、不得不一吐其憤耳。某唯唯。自此遂同燕好、朝夕経理家政。閲十二年、撫子女俱各成立、女適里中鄭秀才為室、児娶銭貢士女、家庭雍睦、従無閒言。一夕置酒内寝、酣飲尽酔、謂某曰、昨夢阿翁見召、今当永訣。夫婦之縁、尽於此矣。某泣曰、家室仳離、頼卿再造。正当白頭相守、奈仍捨我而去。婦曰、撫汝児女而来、事汝父母而去。若必有意攀留、於君即為不孝。某向隅大哭。転瞬間、婦已登床、挺臥気絶而殞。正驚嘆間、婦忽生起曰、阿姉既帰、妹当瓜代矣。察其声、仍一欧陽氏也。某皇遽失色。婦曰、君勿疑懼、妾在翁姑処、受教訓者十二年。始知日前所為、俱失婦道。自今伊始、当恪遵阿姉成法、依賛数載、以贖前愆。某喜、召児告之。児悲喜交集。婦曰、我去此十数年、児已成人授室。幸勿念旧悪。尚当為爾父持厥家也。児曰、前母之劬労、実後母之肢体、有何旧悪而敢不忘。婦亦大喜。由此相夫教子、恩義備至。郷党宗族、悉称良婦焉。

（蘭渓ノ盧某、中年ニシテ怙恃ヲ失フ。妻冷氏、伉儷ニシテ綦《きは》メテ篤ク、子女各ノ一ヲ生ム。甫メテ襁褓ヲ離レ、妻病ミテ瘠セ死ス。続キテ欧陽氏ヲ娶ル。美ナレドモ悍ニシテ、子女ヲ遇スルコト尤モ虐ニ、動モスレバ輒チ詬詈シ、小シク懌バザルコト有ラバ、鞭撻之ニ随フ。某稍ヤ怒ルニ色ヲ以テスレバ、舌ヲ反シテ啁啾ト、数昼夜モ倦マズ。某堪フル能ハズ、憤気シテ出遊ス。雨ニ遇ヒ、林谷ニ竄レ入リ、忽チ地ヲ踏ミ穴ニ陥ル。人屋ノ背上ニ墜ツルガ似《ごと》シ。賊有リト譟呼スルヲ聞キ、一人綑縛シテ下ル。之ヲ視ルニ、亡僕ノ繆義ナリ。曰ク、吾ヲ何人トカ謂《おも》フ、乃チ是レ小主ナリト。其ノ縛ヲ釈キ、急ギテ内ニ入リテ啓白ス。何クモ亡クシテ、父母俱ニ出デ、抱持シテ痛哭ス。父曰ク、児此ニ来ル、亦タ是レ奇事ナリ、且ク半日ノ聚ヲ作サント。遂ニ導引シテ室ニ入ル。亡婦ノ窓下ニ在リテ鍼ヲ引キテ繡履ニ刺スヲ見ル。某直チニ前ンデ其ノ纖腕ヲ握リ、将ニ契濶ヲ訴ヘントス。婦解キ脱レテ走リテ曰ク、何クヨリ来レル悪客カ、莽撞スルコト乃チ爾ルト。某瞠目シテ解サズ。母曰ク、汝再ビ娶リシカト。某曰ク、然リト。母曰ク、凡ソ男子ハ後婦ヲ続娶スレバ、前妻ト即チ結髪ノ情無シ、故ニ相見テ復タ省識セズト。母内ニ入リ、婦ニ耳語ス。婦始メテ恍然トシテ涙下リ、家ノ事ヲ絮問ス。某曰ク、田園幸イニ尚ホ恙無シ、但ダ膝下ノ児女、日ニ荼毒ニ罹ルコト、奈何セントト。婦壁ニ向ツテ哭シ、某モ亦タ声ヲ失シテ大イニ慟ス。父曰ク、汝モ亦タ既ニ子ヲ抱キシニ、迺チ鸞雛ヲ念《おも》ハズ、妄リニ鴟鴞ヲ招ク、宜シク巣ヲ毀チテ子ヲ取ルベシ矣。孽ハ自ラ作スニ由ル、夫レ何ゾ悔インヤト。母曰ク、渠固リ惜ムニ足ラズ、尚ホ当ニ宗祧ノ為ニ之ヲ計ルベシト。父曰ク、嗣続ヲ保タント欲セバ、我ガ賢婦ニ在リ。母曰ク、新婦《よめ》久シク鬼籙ニ登ル、安ンゾ児ノ援ケヲ為スヲ得ンヤト。父曰ク、不賢婦ハ吾之ヲ捉ヘ来ラン、汝早晩稍ク訓誨ヲ加ヘヨ。即チ新婦ヲシテ児ニ随ツテ去ラシメ、渠ノ手足ヲ借リ、家務ヲ料理シ、児女ノ婚嫁シ畢ルヲ俟チテ、再ビ当ニ此ニ来ルベシト。婦曰ク、日ニ親庭ニ在リ、何ゾ遽カニ言《ここ》ニ離逷スルニ忍ビンヤト。母モ亦タ大イニ悲ム。父曰ク、汝来リテハ孝婦ト為リ、去リテハ慈母ト為ラバ、義ニ於テ両ラ全シ、何ゾ必ズシモ此ノ恋々タルヲ為スヤト。某ヲシテ婦ト偕ニ出デシム。梯ヲ屋角ニ建テ、両人級ヲ拾《のぼ》リテ登リ、穴ニ俯シテ窺ヘバ、猶ホ見ル父母ノ簷角ニ在リテ領ヲ引キテ望ムヲ。已ムヲ得ズシテ、婦ヲ携ヘテ道ニ循ヒテ帰ル。甫メテ門ニ及ブヤ、婦飄忽トシテ先ニ入ル。見ルニ児女ノ奔集シテ、争ヒ来リテ訴ヘ告ゲテ曰ク、父門ヲ出デシ後、継母鉄杖ヲ以テ我ヲ撃ツト。忽チ顔色惨変シテ、地ニ倒レテ僵ル。言未ダ畢ラザルニ、欧陽氏徐ロニ歩ミテ出ヅ。児女觳觫シテ、争ツテ父ノ衣ヲ牽キ、畏レ避クル状ヲ作ス。欧陽氏其ノ身畔ニ就キテ撫摩スルコト再四、嗚嗚トシテ泣《なみだ》ヲ飲ンデ曰ク、我汝等ヲ拋ツルコト未ダ三載ニ及バザルニ、意ハザリキ憔悴シテ此《ここ》ニ至ラントハト。其ノ音ヲ審カニスルニ、酷ダ前妻ニ類ス。某大イニ喜ビ、児女ニ謂ヒテ曰ク、此レ汝ノ前母ナリ、畏懼スルコト勿レト。児女目灼灼トシテ相見ル。婦女《むすめ》ニ問ヒテ曰ク、昔我奩中ノ金ヲ出シテ汝ノ為ニ纏臂《うでわ》ヲ作ル、今安クニカ在ルヤト。女曰ク、娘《はは》ノ頭上ノ圧髩釵ハ、即チ女ノ纏臂金ヲ脱シテ改メ作ル所ノ者ナリト。婦曰ク、吾安ンゾ是ヲ用イント。即チ髩辺ノ釵ヲ抜キテ女ノ為ニ挿戴セシム。又タ児ニ問ヒテ曰ク、我前ニ百花廻鸞錦三尺ヲ挑《と》リテ、児ノ為ニ繍帯ト作ス、今何ゾ繫《か》ケザルヤト。児曰ク、阿爺娘《はは》ノ為ニ裁チテ藕覆《はかま》ト作セリ矣ト。婦某ニ謂ヒテ曰ク、癡男後婦ヲ愛ス。無怪《どうりで》ナリ児女輩ノ摧折ヲ受クルコトト。某俯首シテ過チヲ謝シ、相携ヘテ室ニ入ルニ、薬爐茶竈ヨリ、以テ掃眉安鏡ノ処ニ及ブマデ、都テ旧日ノ位置ニ非ズ。婦慨然トシテ曰ク、人一朝事ヲ謝サバ、百凡都テ諸《これ》ヲ後人ニ聴《まか》ス、真ニ痛ムベシト。鎖ヲ脱キ箱ヲ啓ケバ、杏黄ノ衫、紫穀ノ襠、燦然トシテ堆積スルヲ見ル。而ルニ旧日ノ故衣、一モ存スル者無シ。諸ヲ某ニ詰ル。某曰ク、新衣体ニ称《かな》ヘバ、故衣ヲ念フ勿レト。婦曰ク、男児ノ心迹、詞ニ見《あら》ハルト。某自ラ失言ヲ悔イ、再三排解ス。婦又タ窓ニ倚リ凝望シテ曰ク、旧《も》ト碧桃一株ヲ種エシニ、今復タ何レノ処ニ移植スルゾト。某曰ク、卿《そなた》ニ背カレシヨリ、渠日ニ翦伐ヲ加ヘ、樹即チ枯槁シテ死スト。婦嘆ジテ曰ク、樹スラ猶ホ此ノ如シ、人何ヲ以テ堪エンヤト。児女ヲ廻視シテ、潸然トシテ泣《なみだ》下ルニ禁エズ。已ニシテ甕ヲ提ゲ出デテ汲ミ、炊ヲ執リ爨《かまど》ニ就ク。某勧メテ労スルコト勿カラシム。婦曰ク、此レ後来ノ人ノ身体髪膚ナリ。宜シク君ノ愛惜スル所ト為ルベシ。然ラズンバ、吾汝ノ家ニ入リショリ、何ゾ嘗テ一日モ香ヲ薫ジテ間坐ヲ作シシヤト。某神色慙ヂ沮《はば》ミ、気ヲ屏《ひそ》メテ敢テ声ヲ作サズ。婦曰ク、吾翁ノ命ヲ奉ジテ来タル、豈必ズ汝ノ過《あやま》ツ処ヲ翹《あ》ゲンヤ。但ダ怨ヲ匿シテ歓ヲ為スハ、転タ婦徳ヲ傷フ、一タビ其ノ憤ヲ吐カザルヲ得ザルノミト。某唯唯タリ。此ヨリ遂ニ同ニ燕好シ、朝夕家政ヲ経理ス。十二年ヲ閲シテ、子女ヲ撫シテ倶ニ各ノ成立シ、女ハ里中ノ鄭秀才ニ適ギテ室ト為リ、児ハ銭貢士ノ女ヲ娶リ、家庭雍睦シ、従《まった》ク閒言無シ。一夕内寝ニ置酒シ、酣飲シテ酔ヲ尽シ、某ニ謂ツテ曰ク、昨阿翁ノ召サルルヲ夢ム、今当ニ永訣スベシ。夫婦ノ縁、此ニ尽キン矣ト。某泣キテ曰ク、家室ノ仳離、卿ニ頼リテ再造ス。正ニ当ニ白頭マデ相守ルベキナルニ、奈ンゾ仍《しき》リニ我ヲ捨テテ去ルト。婦曰ク、汝ガ児女ヲ撫セントシテ来タリ、汝ガ父母ニ事ヘントシテ去ル。若シ必ズ攀留スルニ意有ラバ、君ニ於テ即チ不孝ト為スト。某隅ニ向ツテ大イニ哭ス。転瞬ノ間ニ、婦已ニ床ニ登リ、挺臥シ気絶エテ殞《し》ス。正ニ驚嘆スル間ニ、婦忽チ生起シテ曰ク、阿姉既ニ帰ラバ、妹当ニ瓜代スベシ矣ト。其ノ声ヲ察スルニ、仍ホ一欧陽氏ナリ。某皇遽トシテ色ヲ失ス。婦曰ク、君疑懼スル勿レ、妾ハ翁姑ノ処ニ在リテ、教訓ヲ受クル者《こと》十二年ナリ。始メテ知ル日前ノ為ス所、倶ニ婦道ヲ失ヒシコトヲ。今ヨリ伊《こ》レ始メテ、当ニ阿姉ノ成法ヲ恪遵シ、依賛スルコト数載、以テ前愆ヲ贖フベシト。某喜ビ、児ヲ召シテ之ニ告グ。児悲喜交モ集ル。婦曰ク、我此ヲ去ルコト十数年、児已ニ成人シテ授室《つまをめとる》ス。幸イニ旧悪ヲ念フ勿カレ。尚ホ当ニ爾ノ父ノ為ニ厥《そ》ノ家ヲ持スベシト。児曰ク、前母ノ劬労ハ、実ニ後母ノ肢体ナリ、何ノ旧悪有リテカ敢テ忘レザランヤト。婦モ亦タ大イニ喜ブ。此ヨリ夫ヲ相《たす》ケ子ヲ教エ、義ヲ思フコト備サニ至ル。郷党ノ宗族、悉ク良婦ト称ス。）

この「鬼婦持家」が「両婦換魂」の典拠であること、これまた縷述する必要もないことである。馬琴がこれを翻案するに際して、登場人物の名を我が国の葛葉伝説のそれに近づけていることも、一々述べるまでもあるまい。また、原話では、盧某の子供には男子と女子がおり、後継者たるべき男子がおるからこそ、母が「尚当為宗祧計之」（家系を断やさないために子供の養育を考えるべきだ）というのであるが、馬琴はこの中国の伝統的な男尊女卑に基づく家系重視論に注意が行きとどかず、子供を女子一人にしてしまっている。だから、「両婦換魂」において母が「只憐むべきハ孫女、もし万一の事あらバ、吾儕が血脈忽絶へて、長く宗祧《まつり》を受がたからん」というのは、他家に嫁ぐはずの女子が宗祧を受けることになって、江戸時代の相続論から見ても的をはずれたものになるのである。あるいは、原話では前妻が後妻を入れた夫の心変りを執拗に責めるのであるが、馬琴はその点は簡略化して、

妻ハわが家の形状も掃眉安鏡篋笥《くしげきやうだいこそでびつ》、屏風にかけし袙《あこめ》まで、ありしにかわる事のミを、ミるにつけても味気なく、実や妻子ハ衣服のごとしと、世の諺もことハりなり。奴家《わがミ》此世を辞《さり》しより多くの年はつもらねども、旧衣ハ一つもなく、その香嗅気《うつりが》に意もとめぬ、癡男《あだしおとこ》の難面《つらにく》やとかきくどき哭ければ、

という程度に止めている。

しかし、そうした改変は馬琴にいわせれば二次的なものであって、この場合もまじめな原話を笑話にするための改変、即ち「稗史小説の旨《すじ》をのべ、終に一句の狂言をまじへ、読ものをして解頤しむ」方法を問題とすることが、馬琴の主意に沿うことになろう。すなわち馬琴は、安麿が再び穴を捜しに行ったところ、「霊狐の穴に、小べん無用」との札がかかっていた、と落ちを付加することによって、安麿が狐にたぶらかされた、という笑話に転じたわけである。

この話の場合、末尾のかような改変によって真面目な原話を笑話化する手ぎわは、気が利いている、と評してもよかろう。しかし、第一節で論じたことと同様に、この場合においてもまた、私の関心は、馬琴が読本の方法と同質の

方法を噺本の創作において用いている、という点にある。すなわち、第一に、中国小説の翻案であること、第二に、従って原話の前妻と後妻とが現世と冥土を往来するというストーリーの奇がそのまま導入されていること、第三に、原話にはよくできた前妻とふできな後妻とに対する夫の心情や、夫の移り気を非難する前妻の心情などの人情が描かれているが、そうした人情描写もある程度は移入されていること、第四に、「家小《つま》」「標致《きりやう》」「這個《この》」「少選《しばらく》」「般般説話《いちいちものがたりつつ》」「孩児《そなた》」「那廂這廂《そこよここよ》」などと原話には見えぬ白話語彙を故意に多用していること、等々は、すべてこれ読本がそれ固有の特性として備える方法なのである。もし、末尾における笑話化のための落ちの付加が無かったならば、馬琴のこれら二つの翻案は、そのまま森島中良の『凩草紙』（寛政四年刊）とほぼ同質な短編読本になってしまう。『凩草紙』もこの頃に流行し始めた清朝筆記小説『聊斎志異』を翻案した短編を集めた読本であった。(2) すなわち、この話の場合においても、三十五歳の時点で、馬琴が読本作家に変貌してゆく素質を示していること、換言すれば、読本作家となるための勉強をしていることが看取できるのである。

この寛政十一年頃において、馬琴が『諧鐸』のような文言体の清朝筆記小説を粉本として選んでいることには、次の二つの理由があろう。一は、既に述べているように、寛政頃より我が国には清朝筆記小説が盛行するようになり、馬琴もまたその新風潮に乗ったからである。彼による翻案作の出現は、原作が刊行されてより僅か八年後のことである。もう一つは、馬琴自身が

連城璧（中略）野生は、寛政中、俗語のよくよめぬ節、ある人に借覧いたし候故、……（天保四年十一月六日付殿村篠斎宛書簡）

と述べている如く、寛政期には馬琴は白話小説を読解する力がまださほど無く、それ故、中国小説に粉本を求める場合には自ら文言体の作品に手が伸びがちになる、という事情があったからであろう。

それはともあれ、いまだに馬琴の勉強ぶりがよく把握されていない寛政期における、彼の読書傾向の一端が窺えること、小説作家としての道を歩み出した馬琴の関心や素質が那辺にあるかがいち早く知れること、我が国における清朝筆記小説受容の風潮の一端が明らかになること、という三つの意義を引き出すことができることにおいて、『塩梅余史』は、片々たる小本ではありながら、注目されるべき作品である。

二　『反古のうらがき』と『諧鐸』

1

鈴木桃野の随筆集『反古のうらがき』は、『鼠璞十種』中巻（昭和五十三年十月、中央公論社版）に収められて、世人のよく知る所の書であるが、その巻之四に収められる「やもめを立てし人の事」は、桃野と彼の随筆のめでたさを発掘し、顕賞した森潤三郎と森銑三の両翁も(3)、いまだ問題とはされていない。その意義を説くのは、本論が始めてであろう。

「やもめを立し人の事」は、容易に見られるものであるが、後に述べるように典拠と対照しつつ読むことを必要とするもの故、ここにあらためて掲載する。但し、通読の便をはかって、『鼠璞十種』の本文より漢字を多く宛てる。

〇やもめを立し人の事

もろこし荊溪といへる所に、何がしとなんいへる人ありける。其むすめ某氏年十七にして、同じ家がらよき人にゆきけるが、程もなくて夫身まかりてけり。かかるなげきの中にも、幸い忘れがたみをやどしければ、これを力として、月の盈つるを待けるが、当る月に男の子をぞもふけける。氏はこれをもり育てて、よくやもめを守りしによりて、此事上に聞へて、節婦の名を賜り、物多くたびけり。年八十余に及ぶ迄、家富さかへ、子孫繁昌してける。後終りにのぞみて、媳、孫、婦等を枕のもとに呼び迎へていふよふ、人々我家によめりて、偕老のちぎり百歳も変わらで終へなん事は、幸いの中にも殊に目出度ことになん、もし不幸にして年若くてやもめならん人あらば、よくよく事のよふを考へ、やもめを立べきか、別に人にゆくべきかとを定めて、後《のち》いづれともなすべきぞ、一概にやもめを立ると定るはあしかるべし、なまじいに仕出して、事仕果てぬは人の笑ひものぞ、此計らひも亦大なる方便ぞといいければ、娘等は目を見合せて、年老て病もおもらせ玉ひたれば、かかるすぢなき言いひ出で玉ひけりとて、よくも聞かで居にけり。氏重ねていいけるは、やもめを立るといふこと、実にいひがたき事なり、おのれは其中を経て来にたれば、其味をよく知りたり、いざ語りきこへんといひけるにぞ、皆静まりて聞きけり。扨いふ、おのれやもめを立し時は、年十八なりけり、家がらの娘は、下々の如く二夫にまみゆるといふことは無きことなれば、中々に改めて他にゆくべき心なし、ましてや忘れがたみを抱きたれば、絶て心の動くこともなくて過ぎけり、されども若き女のひとりねは、いとどさへ寂しきに、秋風の荻の葉ずへをわたる夜半に、入る月のさやかに窓の内にさし入など、心うきことといわん方なし、又はともし火の暗く深て行く夜に、虫音、雨の声、木の葉の飛ぶ声など聞くときは、閨の衾冷へわたり、独り其中に打ふして永き夜を待明すぞ、又なく心苦し、かくすること度々なる中に、去りにし夫がいとこなりとて、年頃夫に似合たる人、舅がり訪ひ来て、吾家を宿として日久しく居にけり、其人年の頃の似たるのみならず、おもざし物いふさま迄吾夫によく似て、殊にうるわしく生れ付たる人なりければ、これを一目見しより、心われならず動き出て、止めんとすれども其かひなし、日毎日毎に思ひ積りて、果は吾を忘れて立よふにぞ有ける、一ト日宵の間より雨降りていとど心うき夜、人の寐しづまりし時、ひそかに閨を忍び出て、幾重かの隔てを越けるが、よくよく思ひめぐらすに、父母のおしへもなく、いやしく生ひ立ぬる女こそ、かかる時にたへかねて恥なきこともなしつらめ、我もこれと同じわざし侍らば、後に悔たりとも甲斐あらじとて立帰りけるが、さりとて又もかかる折もあるべからず、一夜ぎりのことならば、など苦しからんと思ふにぞ、引き止むべきよふなく、又々二足三足忍ぶ程に、俄に人ありて、あれは如何にといふにぞ、大に驚き逃げ帰りて、きぬ引かづきて息もせず、よくよく聞に、先に寐たるはしたの女が、寐それてたはごといふにてぞありける、よしなきことに妨げられけりと思ひけれど、再び忍び出ることも、何となく妨げがちにて、其夜は思ひ止りしが、とかくに思ひ止まで、幾重の隔を打越て、其人の伏しける処に行て、思ひのたけを語るにぞ、同じ心に打とけて伏戸に入らんとせし時に、こはいかに、床の上に面も手足も血にまみれたる人ありけり、よくよく見るに、さりにし夫にてありければ、浅ましと思ひて声を上げて泣けると見て、独り寐の夢は醒にける、しばしありて思ひみるに、吾ながら恥しき仇心かな、先の夫が霊魂は、まさに夢中のありさまのごとくなるべしと思ふにぞ、恐ろしく悲しくて、此より後かかる仇しき心を起さず、我にもあらで六十余年を経にたれば、節婦の名をばよばるるよふになりしも、初めよりかくやもめを守るべき心にてはあらざりけり、彼閨を忍び出でたる時、はしためがたわ言なかりせば、仇なる心とげはつべし、さらずとも恐ろしき夢なかりせば、再び三たび此心おこりてやまざるべし、かくてやも婦を守るとも、などよく守り果べしとも覚へず、さあらんよりは舅姑に告て、改て他に行が、こと大なる方便なりとはいふなりとぞ語りける。此事諧鐸といへる小説に載たり。面白く思ひ侍れば、ここに訳して、からぶみ読まぬ人に知らせつ。

桃野は、この話は『諧鐸』に収められている、という。馬琴の場合にはそうした種明しの言葉は、どこにも見出されなかったのであるが、桃野の場合にはそれがあるので、粉本探索の興味が些か減ずるのである。が、それはさておき、『諧鐸』全十二巻百二十二話の内から典拠を求めると、巻九「節母死時箴」が「やもめを立し人の事」の原作である。桃野の翻訳ぶりを窺うために、その原文を掲げよう。

荆溪某氏、年十七、適仕族某。半載而寡。遺腹産一子。氏撫孤守節、年八十余、孫曾林立。臨終召孫曾輩媳婦、環侍床下曰、吾有一言、爾等敬聴。衆曰、諾。氏曰、爾等作我家婦、尽得偕老百年、固属家門之福。倘不幸青年居寡、自重可守則守之。否則上告尊長、竟行改醮、亦是大方便事。衆愕然、以為昏耄之乱命。氏笑曰、爾等以我言為非耶。守寡両字、難言之矣。我是此中過来人、請為爾等述往事。衆粛然共聴。曰、我居寡時、年甫十八。因生在名門、嫁於宦族。而又一塊肉累腹中、不敢復萌他想。然晨風夜雨、冷壁孤灯、頗難禁受。翁有表甥某、自姑蘇来訪、下榻外館。於屏後覷其貌美、不覚心動。夜伺翁姑熟睡、欲往奔之、移鐙出戸、俯首自慙、廻身復入。而心猿難制、又移鐙而出。終以此事可恥、長嘆而回。如是者数次、後決然竟去。聞竈下婢喃喃私語、屏気回房、置鐙卓上、倦而仮寐。夢入外館。某正読書鐙下。相見各道衷曲。已而携手入幃。一人趺坐帳中、首蓬面血、拍枕大哭。視之、亡夫也。大喊而醒。時卓上鐙熒熒作青碧色。譙楼正交三更。児索乳啼絮被中。始而駭、中而悲、継而大悔。一種児女子情、不知銷帰何処。自此洗心滌慮、始為良家節婦。向使竈下不遇人声、帳中絶無噩夢、能保一生潔白、不貽地下人羞哉。因此知守寡之難。勿勉強而行之也。命其子書此、垂為家法。含笑而逝。後宗支繁衍、代有節婦。間亦有改適者。而百余年来、閨門清白、従無中冓之事。

この話の訓読は、桃野の流麗な雅文が翻訳になっているのであるから、省くことにしよう。桃野の翻訳ぶりについていえば、原話の孤閨のわびしさを表わした句が「晨風夜雨、冷壁孤灯、頗ル禁《た》ヘ受ケ難シ」と簡潔であるのに対して、月光・虫声・落葉などの景物を添加して綿々たる情緒を醸し出そうとしていることは、容易に気がつかれることである。

次に、桃野は、寡婦が懸想するいとこを形容して、「おもざし物いふさま迄吾夫によく似て」と述べるが、これは原文の持たない形容句である。この形容句は、寡婦が亡夫以外の男に心を動かす心理を必然化するものであり、寡婦が道徳的な非難を受けることを少しでも防ごうとする設定である。しかし、原話は、道徳律に則っては動いていない人間心理を描こうとしているのであるから、桃野のように寡婦を少しでも道徳的にかばうための形容句を添加する必要はないのである。ないのではあるが、このように女性を道徳的にかばう句を補って翻訳したり翻案したりするのが日本人の習いなのであって、そうした傾向は、『英草紙』第四話「黒川源太主山に入ッて道を得たる話」において「荘子休鼓盆成大道」(『警世通言』第二巻、『今古奇観』第二十巻)を翻案した都賀庭鐘にも顕著に見られるのである。

更にいっておかねばならぬことは、寡婦が表甥(母方のいとこの子)の幃《とばり》に入る設定を、原話では「倦ミテ仮ニ寐、夢ニ外館ニ入ル」と、夢中の出来事であることを前もって断っているのに対して、桃野の方は、「とかくに思ひ止まで、幾重の隔を打越て、其人のふしける処に行て」と夢の中の事であるのを伏せておいて、後になって「独り寐の夢は醒にける」と明かしていることである。原話のように前もって夢の中の事と断っているのであれば、寡婦が夫以外の男の寝所に行くことは、それほど衝撃的なことではない。しかし、桃野のように夢を伏せておくと、寡婦が本当にいとこの寝所に行ったのかと読者は驚くのであり、後になって何だ夢の中の事かと安堵(或いは失望)する。つまり、スリルを味うことができるのである。この改変は、桃野が原話の語り口の欠陥を補正したものである、と評価できよう。

2

しかし、そうした翻訳または翻案の技法をあげつらうことが、私の主目的ではない。それは、桃野がかような題材の話を採りあげたことを考える所にある。

原話の題材は、貞女の心猿意馬である。僅か十七歳で夫を失ったが、忘れ形見を育てつつ、八十歳過ぎまで貞節を守ってきた、表賞されるべき貞女。そうした貞女にも魅力的な異性に心を動かされ、性の衝動にかきたてられる時がある。そのように道徳では律しきれない人間の欲情、という封建時代にあっては極めて特異な題材を具象化したものが「節母死時箴」であった。『聊斎志異』に代表される清朝筆記小説の特色の一は、このように近代小説の題材としても通じる底の人間の複雑微妙な性心理を、憚ることなく緻密執拗に描く処にある。それは、夢の中の出来事として描いている点にまだ封建時代の残滓を留めてはいるが、一人の人間の内に衝動的に起る欲情とそれを制禦する理性との葛藤に眼を向け、それを大胆に題材として採りあげている点で、近代の人間観と文学観とに等質である。都賀庭鐘が『莠句冊』第三編「求冢俗説の異同、冢の神霊問答の話」に翻案した『聊斎志異』の「恆娘」もまた、性心理を細密に描いていた。(4) こうした近代性は、六朝志怪小説や唐代伝奇小説は勿論のこと、明の『剪灯新話』『剪灯余話』等の文言小説にも見出しにくい。清朝筆記小説は、やはり近代に一歩手前の時代に産まれた、近代小説に近づいた小説なのである。

桃野が、貞女の内面における欲情と理性の葛藤を題材にした作品を「面白く思ひ」、「からぶみ読まぬ人に知らせ」ようとしたことは、原作の以上の如き近代性を理解し、評価することができていた、ということである。桃野は幕府御書物奉行鈴木白藤の長子であり、代々儒の家柄である。しかし彼は、封建時代によく見うけられる、道徳倫理を規準として厳格に自他の人間性を規制し抑圧する底の儒者ではなくて、貞節堅固な女性の内面にも善悪さまざまの情動が混在することを柔軟に理解できる人物であった。そしてまた、儒学の価値観に基いて経史子集の埒外に置かれて軽視されてきた小説をも、よく理解し評価できる人物であった。一言でいえば、近代的な人間観と小説観の持主であったのである。彼は嘉永五年（一八五二）十一月五日に五十三歳で没した、近代の始まる直前の人であった。また、「やもめを立し人の事」は、嘉永三年六月晦日に記された「雲湖居士」より後に配置されているので、ほぼ同じ頃に記された文と思われる。つまり近代の始まる直前に記された文章である。桃野の人物と文章は、それに適わしく近代の人間と文学に近づいていたのである。以上のような意味において、桃野の訳業は、近世の小説の中に甚だ新しい近代的な人間観と文学観をもたらしたことになる。

ここで思い合わされるのが、それから三十五年後の明治十八年に発表された、坪内逍遙の『小説神髄』である。逍遙は馬琴の『八犬伝』――それには浜路が犬塚信乃の寝所を訪れるという、今問題としている話に似通う場面があるのであるが――を取りあげて、

一時瞬間といへども、心猿狂ひ、意馬跳りて、彼の道理力と肚の裏《うち》にて闘ひたりける例もなし。(「小説の主眼」)

と批判した。この馬琴批判の当否はいま別に置いて、『八犬伝』には貞女の意馬心猿という題材が扱われていないことは確かである。ところが、「節母死時箴」には、

老若男女、善悪正邪の心の中の内幕をば洩す所なく描きいだして周密精倒、人情を灼然として見えしむるを我が小説家の務めとはするなり(同右)

が実現されており、鈴木桃野もまたこのことをよく理解して、我が国の小説界に翻訳の形で提示した。逍遙が唱導しているものが三十五年以前に夙に現われていたのである。鈴木桃野は、新しい時代の新思潮の到来を先取りしていた、といってよい。「やもめを立し人の事」は、以上の如く、近代小説の発生に先がけて近代的な人間観と小説観とを導入した作品、という日本小説史上における位置を占め、従って同然の意義を含有した作品である。

3

桃野がこのような近代的な人間観と小説観とを理解することができたのは、時代がそうしたものを受容する段階に

来ていたのであり、桃野の資質も理解力に富んでいたからだ、といってしまえばそれまでであるが、やはり中国小説の耽読によることも大きかったであろう。桃野が幼時より稗史小説を好んだこと、それは楽しみながら漢籍を読解する習性と学力を養成するために『剪灯新話』の和刻本を小児に読ませる、という父白藤の教授法に影響されたこと、この教授法は児玉（宿谷）空空翁や篠本新斎伝来のものであったこと、『捜神記』『酉陽雑俎』等の中国小説を渉猟したこと等は、『無可有郷』下や『桃野随筆』に述べられていて、人の知る所である。『反故のうらがき』巻之三「幽霊のはなし」の末尾には『夜読《ママ》（譚の誤り）随録』『聊斎志異』『虞書新志』という清朝筆記小説の名も見える。幼時からの稗史小説耽読が、やがて清朝筆記小説にも及んでいることがわかるのであるが、こうした小説愛好の体験、なかんづく性心理をも綿密に描く清朝筆記小説の嗜読が、如上の人間観と小説観とを養っていったのではあるまいか。

注

（1）拙著『江戸漢学の世界』所収「読本と清朝筆記小説」。

（2）拙著『日本近世小説と中国小説』第二部第十章「『風草紙』と『聊斎志異』」。

（3）森潤三郎著『考証学論攷——江戸の古書と蔵書家の調査』（日本書誌学大系9）第一部「蔵書家白藤として知られたる書物奉行鈴木岩次郎成恭の事蹟」四二九頁～四三二頁。
森銑三著『森銑三著作集』第十一巻所収「発見せられた桃野随筆」「酔桃庵雑筆と無可有郷」。

（4）注2前掲書第二部第四章「庭鐘と『西湖佳話』『聊斎志異』」。

（『読本研究』第五輯上套　溪水社　一九九一年九月）

第十二章　『月氷奇縁』の隠微

一

馬琴の半紙本読本の処女作『月氷奇縁』（文化二年刊）は、畢竟するに、主人公熊谷倭文が悪党石見太郎に復讐する話である。この石見太郎の作品内における位置がどれほどのものであるかを較量するために、本作の梗概を『馬琴中編読本集成』第一巻の改題から一部手直ししつつ抜萃する。

称光帝の応永三十四年（一四二七）、南蛮国より足利義持に駿馬と山鶏を献上し、義持は山鶏を江州観音寺の佐々木高員に預けて飼育させる。高員の庶流永原左近がこの任務を引き受け、翌年に山鶏は卵を産む。ところが左近が仮眠する間に卵が無くなったので、左近は侍女の漣漪《さざなみ》の仕業と思い込み、彼女を折檻して、死に至らしめる。が、その夜、卵は、実は群鼠が引いていったものであることを知る。この年の夏、左近の家には怪異が生じ、妻の唐衣《からぎぬ》は漣漪の霊に襲われて病む。祈禱に招かれた拈華老師は霊を払う明鏡と羽隹《うすい》の剣を左近に与え、さらに将来の吉凶を示す偈を与える。ために怪異は除かれたが、唐衣の死はもはや止め得なかった。左近は唐衣の妹の祖《あこ》女《め》を後妻に迎える。正長元年（一四二八）八月頃、播州赤松の浪人石見《いわみ》太郎は盗賊海道次・夜叉五郎らを仲間に入れて永原左近の家に忍び入り、漣漪の亡霊の手引きによって左近が守る主家佐々木家の軍用金数万両を盗み出し、山鶏を殺し、左近をも斬殺する。

祖女は咎めを恐れて左近の遺児源五郎を抱き、若党喜内の案内で、彼の生国の大和を指して逃げる。が、白川山で喜内は賊のために討たれ、危ういところを、かねてから祖女を慕っていた三上和平に助けられる。

佐々木高員は山鶏が殺されたのは狐の仕業と思い込み、三上和平に滋賀山中の狐退治を命ずるが、和平は千年の白狐の願いを入れて、狐を救ったので、高員は和平を追放する。

十余年後の永享十二年（一四四〇）、関東管領足利成氏の執権植杉憲忠の室膳手《かしわで》は、人買いにかどわかされた五六歳の女の子を引き取り、玉琴と名づけて養育したが、これを憲忠の老臣海部《うなべ》大膳の養女とする。玉琴は憲忠の近習熊谷倭文《くまがやしづえ》と見そめあっていたが、憲忠の領土をねらう海部は玉琴を警戒し、これを殺させようとするのを熊谷倭文が救出する。海部は植杉憲忠を讒言して足利成氏に暗殺させ（享徳元年〈一四五二〉十二月一日）たが、熊谷倭文が海部を討ち、膳手夫人と玉琴を伴って逃れる。膳手夫人・倭文・玉琴は、倭文の故郷の吉野の六田《むつだ》まで落ち、倭文の両親に会うが、この両親こそは三上和平と祖女である。が、和平は、倭文は左近の息源五郎なりしこと、祖女を得るために石見太郎を使嗾したこと、玉琴は和平と祖女の間の子であることを自白して、祖女とともに入水する。

膳手夫人は、憲忠の弟房顕が執権となったので鎌倉に帰り、翌享徳二年、倭文・玉琴夫婦は仇石見太郎捜索に出発しようとするが、倭文が眼病となり、特効薬白猿の心臓を得る金を拈出するために、玉琴は木曾の豪家に奉公に出る。その主人が石見太郎であって、玉琴は操を守って惨殺される。一方、倭文は両眼も治癒し、木曾に到って玉琴の亡霊から仇敵石見の居所を聞き出す。武州新島村に来た倭文は、亡父永原左近の若党上市兄弟に邂逅し、その助けを得て熊谷堤で石見を討つ。さらに熊谷寺で玉琴に再会するが、惨殺された筈の玉琴は実は昔三上和平に助けられた千年の白狐が化したもので、真の玉琴は狐の手引きで無事だったのである。かくて、倭文夫婦は植杉家に帰参する。

これに拠れば、石見太郎は倭文の実父たる永原左近を殺害し、倭文の妻である玉琴をも惨殺した（後に白狐が身代わりとなったことが判明するのであるが）者であるから、主人公倭文がこれを討つことを前半生の最大目標とするほどの重要な位置を作品内において占めている人物、ということができる。いわば石見太郎は、倭文と対立する一方の雄、悪玉側の主人公ともいうべき位置を有しているのである。

このように重要な登場人物である石見太郎は、他の読本や合巻によく見うけられるような悪玉像とは異って、甚だユニークな属性を賦与されている。そのことを確かめるべく、本作品の内から石見太郎の人物像を紹介している部分を列挙してみよう。

①頃年《そのころ》大津の駅《しゆく》に一個《ひとり》の退糧人《らうにん》あり。元は播州赤松の家士にして石見太郎《いはみたらう》といふ。何と定めたる生業《なりはひ》はなけれど、親族に富家おほく、扶持するものありとて駅舎《しゆくのうち》に金をかし、その息銭《りそく》を得《とり》て家事の助とし、奴僕《つぶね》五六人養《つかひ》てその家おのづから貧からず。（第二回）

②吾も二雋《ごへんら》と業をおなじくする石見太郎といふ盗賊なり。われ一たび赤松家に仕しが、ゆゑありて播州を退去《たちのき》、近曾《ちかごろ》この大津に来りて賊をなすといへども、官もこれをしることなし。故いかにとなれば、他方《たしよ》に支党《どうるい》なく、盗ところの衣類は切綻《きりほころば》し、絮《わた》あるものは夾服《あはせ》とし袷《あはせ》には絮《わた》を入れ、或は繍《ぬひ》、あるひは染、刀剣《こしのもの》は切解て装《かざり》をはなす(。)家内に染家《こんや》あり衣工《しんみやう》ありて繍刺《ぬひはり》にいとまなし。斯《かく》のごとく贓仗《ぬすみもの》を直《ただち》に售《うら》ず、猥《みだり》に質に当《おか》ず。ここをもて今日首と胴と離別せず。（第二回）

③そのころ大津に石見太郎といふ退糧人《らうにん》あり。渠《かれ》よく間諜《しのび》の術を得たりと聞。すなわち石見をかたらひて左近が領与《あづかる》ところの山鶏を殺させ、これを罪として左近に自殺させんとす。時は正長《しやうちやう》元年八月晦日《みそか》、石見太郎に内応《てびき》

して志賀の属城《でじろ》に諜《しのば》するに、誰かしらん、渠は賊魁《ぬすびとのてうぼん》にして、その夜軍須財《ぐんようきん》数万金《すまんりやう》を偸み、且玄丘の宝鏡を奪ひて山鶏を傷《ころ》し、終に左近を殺害《せつがい》して直に江州を立去れり。（第六回）

④日を経て馬籠に至り、そ（筆者注、石見太郎）の家を見れば、大廈甍《いらか》を連《ならべ》、閨閫《けいこん》棟《むなぎ》を合わせたり。奴僕《つぶね》十人ばかりいで冴《むかへ》て主人《あるじ》の展帰《たびかへり》を賀す。玉琴はかかる田舎に似げなき主人《あるじ》の活業《なりはひ》何をかするぞと疑《うたがひ》まどひて心いよ〳〵安からず。（第八回）

これらの引用で注目しておきたいことは、第一に、石見太郎が元は播州赤松の家士であったということであり、第二に富裕であるということである。第一の属性については第二節で述べるとして、第二の属性についていえば、彼は①②に見られる如く何人も使用人ないしは徒党をかかえ、マニュファクチュアともいうべき分業を行っている。(1)また、③に見られる如く、数万両もの軍用金を獲得している。こうした条件を総合してみると、石見太郎は、多額な軍用金と少なからざる徒党とを備えていて、何か大きな軍事行動を行うことができる力を備えている、と印象づけられるのである。そしてまた、彼は元は播磨の赤松家の家臣であって、単なる野盗やごろつきではないのであり、かような処に、ありきたりの盗賊とは異る、馬琴がある明確な意図をもって造型したことを感じさせる、ユニークなキャラクターを見出すことができるのである。

二

石見太郎の属性についてもう一つ、考慮に加えておかなければならないことがある。それは、石見太郎が生きて活動している年代である。梗概に示した如く、彼は応永三十四年（一四二七）から享徳二年（一四五三）に至る間に活動している。しかも播州赤松家の浪人であるというのであるから、この間に史実においては播州赤松家にどのような事件が起きているかを『嘉吉記』(2)(群書類従三七四)に拠って眺め、それと石見ら『月氷奇縁』の登場人物の行動とを対照させてみよう。

次頁の表を一覧すると、史実における赤松家の嘉吉の乱をめぐる一連の事件と『月氷奇縁』の内容とは、年次がほぼ重なり合っていることが直ちにわかる。とりわけ、応永三十四年、赤松満祐が播磨へ遁れ下った翌年の正長元年に赤松の浪人石見太郎が登場し、大金の軍用金を盗む、という設定は、応永三十四年の事件があったために石見太郎が赤松家を致仕したのではないか、ということを想像させるほどに、史実と小説上の事件とが連動しやすいものになっている。それはまるで、馬琴が史実と小説との関連を明確に作意に入れているのではないか、と思わせるほどのものである。さらに、『月氷奇縁』の石見太郎の死が長禄元年の石見太郎左衛門の後南朝帝弑殺事件の僅か四年前に設定されていることも、史実と小説との関連を思わしめるのである。双方の石見は、死亡に四年間の差異はあるものの、ほとんど同一の時代を生きているのである。

このように見てくると、『月氷奇縁』の石見太郎は、長禄の変の石見太郎左衛門と、①姓名、②播州赤松の家臣という身分、③活動年時、④徒党を組んで大きな軍事活動を起せるほどの力を備えている、(3)という四点が一致または近似しているのである。従って、『嘉吉記』の内容や長禄の変に関して知識を備えている者が『月氷奇縁』を読むと、石見太郎という姓名から長禄の変の石見太郎左衛門を直ちに連想するのである。換言すれば、知る人ぞ知るで、馬琴は、長禄の変の石見太郎左衛門を読者が連想するように、悪玉の主人公の姓名を設定しているのである。

年時	嘉吉記	月氷奇縁
応永三四年（一四二七）	赤松満祐、播磨の領主赤松持貞の横暴を訴え、持貞は切腹、満祐は足利義持の不興を恐れ剃髪入道し、宿所に火をかけ、播磨へ遁れ下る。	
正長元年（一四二八）		播州赤松の浪人石見太郎、永原左近を殺害し、軍用金数万両を盗み出す。
永享元年（一四二九）	満祐上洛し、播磨等を賜わる。	
永享十二年（一四四〇）		植杉憲忠の夫人膳手、玉琴を引き取り、養育す。
嘉吉元年（一四四一）	満祐・教祐父子、足利義教を自邸に誘殺し、播磨に下向する（嘉吉の乱）。満祐、自害す。	
享徳元年(4)（一四五二）		植杉憲忠、足利成氏に誘殺され、熊谷倭文は膳手・玉琴を伴って吉野に落ちる。
享徳二年（一四五三）		倭文、石見太郎を討つ。
長禄元年（一四五七）	赤松の旧臣石見太郎左衛門、一党十余人を芳野の南朝（後南朝）に入れ、後南朝帝を弑殺、三種の神器を奪わしめ、これを宮中に持ち帰る。その功により、赤松政則は嘉吉の過ちを赦免され、加賀半国を賜る。	

三

長禄の変については後南朝史編纂会編『後南朝史論集』（昭和三十一年、新樹社。同五十六年、原書房の新装版あり）に詳しいのであるが、ここでは馬琴が知っていたと思われる貌で認識しておくことが要請される。馬琴が知っていたと思われる貌とは、注2に述べた如く馬琴が読んでいた可能性が高い『嘉吉記』に記されている貌である。

赤松ガ旧臣ニ石見太郎左衛門尉ト云者アリ。三條内府ヘ奉公ニ出テ、宮仕ノ労ヲ尽シケレバ、内府ノ意ニ相叶ヒ、時々赤松家ノ事申達シ、当家ノ起リ、綸旨明鏡ノ趣、（中略）マデコマ〴〵ト申ケレバ、内府條々聞及シ事共也。サテモ何事カ嘉吉ノ悪逆ヲ埋ルホドノ事有ベキト被レ仰ケレバ、石見太郎左衛門尉夜ル昼思案シテ申ス様、誠ヤ日本ノ御宝、神璽・宝剣・内侍所南方ニ御座アリトカヤ。コレヲ取マイラセテ、都ヘ還シ入レナバ如何ニト申ケル。内府心ニ近比可レ然事也ト思ヒ給テ、内々室町殿ヘ被レ申ケレバ、可レ請二勅命一トテ伝奏ヲ以テ伺ヒ玉ヘバ、我朝ノ御宝入洛ニヲイテハ、赦免子細アルマジトノ綸命ヲ下サル。石見承リ大ニ悦デ、赤松一族ニ間嶋ト被官中村太郎四郎加ハレト申含メケレバ、同志ノ者イデキ、十余人申シ語ラヒ、南朝奉公ヲ望ミケル。ヤガテ御同心アッテ召仕ハレケリ。ゲニモ義教ヲ弑セシソノ家臣ドモナレバ、カヤウノ謀ヲスベキトハ思召ヨラズ、御心安思食、夜ノヲトヾ近ク伺候サセラレケル。御殿ノ案内ハヨク見ヲ、セツ。或夜忍入テ南帝ヲ輙ク弑シ奉リ、三種ノ神器ヲ取持テ忍ビ出ケル。吉野十八郷ノ者ドモ起テ急ニ追懸ル。御頸ヲバ中村太郎四郎給テ出ケルガ、郷人ニ討レ、トリカヘサレニケリ。三種ノ神器ヲバ、間嶋其外ノ者共持奉テ罷上リ、内府ヘ此由申ス。内府急ギ室町殿ヘ参リ、角ト被レ申ケレバ、即被レ経二奏聞一ケル。叡慮斜ナラズヨロコバセ、即紫宸殿ヘ移シマイラセケル。先年嘉吉ニ難レ被

レ行治罰、今度勅許有テ寛宥セラル。政則五歳、長禄三年赦免ノ綸旨ニ御教書ヲ添ラル。先闕国ナレバトテ加賀国

半国、綸旨ニ御教書ヲ添テ被二成下一ケリ。

かような長禄の変は、早く都賀庭鐘が『莠句冊』（天明六年刊）第七篇「大高何某義を励し影の石に賊を射る話」で題材とし、余人の用いぬ僻典を利用することに喜びを見出す庭鐘が『吉野旧事記』という珍書の記事を利用していたことは、かつて述べたことがある。(5) 馬琴の後では、振鷺亭が『阥阦妹背山』（文化七年刊）でやはりこの一件を題材として使用する。否、この二人よりも遙か以前に、あるいは同時代に、『嘉吉記』は勿論のこと、『上月記』『赤松記』『桜雲記』『南方記伝』(6)『十津川之記』『南山巡狩録』『読史余論』『池の藻屑』（荒木田麗女著）等の記録・史書に言及されることがあって、近世の知識人や歴史好きはこの事件を知らない筈はなかった、と思われる。とすれば、『月氷奇縁』の前述の四属性を備えた石見太郎から、長禄の変の石見太郎左衛門を連想することは、近世人にとっては至極、容易なことであった筈である。いわんやまして、庭鐘が『英草紙』（寛延二年刊）第八篇「白水翁が売卜直言奇を示す話」で、茅《ち》淳《ぬ》官平という姓に菟原処女伝説の茅淳男のイメージを込めた例(7)に見られる如く、読本界には登場人物の姓や名に歴史や伝説上の人物を隠微に投影させるという技法が開発されていたのであるから、後世の馬琴が同様な技法を用いる可能性は十分に存するのである。近代の研究者が、馬琴はかような小むずかしい技法を用いるだろうかなどと疑問を持つのは、近世の知識人が常識として持っていた知識が、近代の研究者には、常識ではなくなってしまっているからに過ぎない。

四

かようにして馬琴は、読者が石見太郎から長禄の変の石見太郎左衛門を想起することを意図していた、と考えるのであるが、そうとすれば、馬琴はそのことによって何をいいたかったのであろうか。

『月氷奇縁』においては、石見太郎は極悪非道の悪人であり、忠孝の人たる熊谷倭文によって復讐されるのであるから、石見は筆誅を受けているのである。そして、そのように描くことによって、おのずから長禄の変の石見にも間接的に筆誅が加えられることになる。南朝を正統とするか、北朝を正統とするかは意見の分れる所であるが、雅文壇では、徳川光圀の『大日本史』、戯作では庭鐘の一連の南朝物に見られるように、近世人の多くは南朝贔屓であった。馬琴も、後年の『開巻驚奇侠客伝』であれほどに、正面から南朝贔屓の姿勢を打出していることを見れば、早く『月氷奇縁』の頃からその傾向を抱いていたのであろう。とすれば、南朝の皇胤とされている後南朝帝を弑殺した者は、当然に批判されるべきである。かような意識のもとに馬琴は、前述した技法を用いて石見太郎左衛門に筆誅を加えようとしたのであろう。それは、『嘉吉記』の前引部分に続く記事、

此事山名金吾本意ナキ事ニ思ハレ、石見太郎左衛門ガ所為也トニクミ、或時三條殿ニ幸若舞ノアリシニ、貴賤群集シ、ソノ帰ルサニ、山名朗徒ヲ遣シ辻切ノ様ニキラセケル。ソノ時切手ヲ捕ヘネバ、山名ヲトガムベキヤウモナクテサテヤミヌ。石見太郎左衛門尉旧君ニ忠ヲ尽シケレドモ、帝王ヲ侵ス天罰ニヨリ、カク討レケルコソヲソロシケレ。

が、石見を「天罰」を加えられた者と認識している態度と近いのである。

かように史上の人物に筆誅を加えることを、馬琴は自作における主要な勧善懲悪とした。大分後の天保七年五月の発言ではあるが、馬琴は『畳翠君八犬伝第九輯中帙総評幷ニ作者答評』において、

拙作の真面目は、趣向の新奇なると文の工緻なるにはあらず。或ハ悪を癉み善を彰し、忠臣貞女孝子順孫の事、

或は古昔良善の君子の薄命なりし欠陥を補ひ、或は暴虐奸雄の高運なりしを孔聖春秋心誅の筆意に効《ママ》ふて、人心の不平を快くして、もて勧懲の一端としぬるのみ。この余新奇の事、文の巧にして看官を楽するは、則その回の関目得意にて、真面目にはあらず。

と述べる。この「暴虐奸雄の高運なりし」者に筆誅を加えて、「人心（筆者注、読者の感情）の不平を快く」するためにこそ、馬琴は『月氷奇縁』の悪玉の姓名を石見太郎としたのである。かような歴史の欠陥を批判し、それを虚構によって補正するという方法意識を、馬琴が明言するようになったのは、今見た如く、大分後年になってからであるが、しかしそうした方法意識は、『月氷奇縁』執筆の時期から既にかような作例がある以上は、早くも芽生えていた、と見るべきである。

読本を執筆し始めた馬琴が早くもそのような方法意識を抱いていたことは、別に珍しいことではない。読本作者が手本とした『忠義水滸伝』（享保十三年刊）には李卓吾（仮託ではあるが）の「読忠義水滸伝序」があって、遼や方臘征討の話が本書に存するのは宋が異民族によって圧迫されていたことへの漢民族の憤懣が託されているのだ、と説いていた。これは、歴史の欠陥を小説によって補正するのだ、という小説観である。南朝贔屓であった三宅嘯山が『女仙外史』を訳した『通俗大明女仙伝』（寛政元年刊）にも、本書は「明初ノ建文ノ事ヲ標シテ、以テ人心之公憤ヲ洩ラス」という序が冠されている。これまた、永楽帝の不当な政権奪取という歴史の欠陥を小説によって補正し、人心を快くさせる、という小説観を説いたものである。庭鐘の『繁野話』（明和三年刊）第二篇「守屋の臣残生を草莽に引話」にも、右に先だって『女仙外史』の影響を受けたと覚しき、同様な小説観が伏在していることは、やはりかつて述べたこと(9)がある。既に馬琴以前にこれほどに歴史に対する人心の不平を快くするという小説観が近世人に浸透していた以上、馬琴がこれを知らなかったということは先ずあるまい。早く『月氷奇縁』の頃からかような小説観を自作に反映させる可能性は十二分に存するのである。

ただし、馬琴は、長禄の変の首謀者石見太郎左衛門に対する筆誅を、正面からは描かなかった。その理由は、京伝を筆禍に陥れた寛政の改革からまだ幾らも隔たらない頃なので、本邦の王朝の正統論に関わる題材を表面化することに危険を感じた、などと推測することはできるが、推測の域を出ない以上、これ以上に述べることは控える。ともかく、正面からは描かなかったのであるが、如上述べきたった緻密な技法を用いて、表面の復讐譚の裏に歴史への筆誅をしのばせた。そのように、何か重要なことの大部分を伏在させておき、氷山の一角、表面にはちらと解読する手掛りになるほんの一部を顕現させる、という筆法が〝隠微〟なのである。衆知の如く、後年、馬琴は「稗史七法則」で「隠微」を提唱するのであるが、その方法は夙に半紙本読本の処女作『月氷奇縁』に胚胎していたのである。

同時にまた、後年、馬琴は『開巻驚奇俠客伝』において南北朝正閏論ないしは公家（朝廷）武門関係論といった歴史上の大問題を隠微な筆法を活用して展開することになるが、(10)その萌芽も『月氷奇縁』に見出すことができるのである。この点、馬琴は、秋成に似た所があって、一つの表現方法や問題意識を長期間にわたって把持し熟成させるタイプの作家であった、ということができよう。

隠微の技法の一環として、『月氷奇縁』の石見太郎と長禄の変の石見太郎左衛門の死亡時期のズレ、という問題を取りあげる。既に述べた如く、『月氷奇縁』の石見太郎の方が長禄の石見よりも四年早く死んでいるのであり、それは一見、長禄の変の石見とは別人物であることの徴証とも思えるのである。が、実はそれこそが馬琴の逃げ道なのである。もし万一、長禄の変を取りあげたと官憲から追及されるようなことがあれば、それに対して馬琴は、いや、死亡時期が違っているのだから長禄の石見とは別人物なのだ、と逃げることができる。隠微とは、そのように逃げ道を用意しておきながら、しかも自己の言いたいことを匂わせる、という方法なのである。

念のためにいい添える。述べた如く、『月氷奇縁』の隠微は、姓名・身分・年代などの比較的瑣細な手掛りによって表現されているものであるから、それは表面の熊谷倭文の復讐譚によって掩われており、作品全体の中では僅少の比重しか持たないような内容として見られやすい。しかし、梗概に見た如く、復讐譚が全面にわたって展開されているということは、長禄の変の石見に対する筆誅も全面を費して行なわれている、ということに通じる。最後に石見太郎に対する復讐が完了しなければ、長禄の石見に対する筆誅も完了しないのであるから、『月氷奇縁』の隠微は、最初の石見の永原左近殺害から倭文の石見討伐に至るまで、全篇を費すことによって初めて表現が完了するのである。その点で、作品全体を掩う隠微と称することができるのである。

逆にいえば、『月氷奇縁』に右の如き隠微が込められていなかったとすれば、それは最初から最後に到るまで単なる孝子の一身上の復讐譚にしか過ぎないのであり、馬琴のいわゆる「真面目」、単なる個人の私行上の勧懲を超越した歴史上の勧懲を導入した作品、ではなくなってしまうのである。

注

(1) かような盗賊の徒党内における分業というありようは、『水滸伝』の、多数の盗賊がそれぞれ自己の得意とする技術をもって集団に奉仕する、というありように学んだものかも知れぬ。

(2) 『曲亭蔵書目録』群書類従の部に「三百七十四　応永記嘉吉記」と見える。このことをもって直ちに『月氷奇縁』執筆時の馬琴が『嘉吉記』を閲読していたことの証とすることはできないが、閲読した可能性が非常に高い、というための材料とすることはできる。

（3）後に見る如く、後南朝帝弑殺は十余人のグループをもって行なわれているが、それだけの人数で芳野に潜入し、後南朝帝を弑め、その一党と戦って京都に戻ってくるためには、かなりの資力が必要であることが容易に考えられる。石見太郎の集人力、集金力には、後南朝帝弑殺計画の集人、集金力に匹敵するほどのものが与えられている。

（4）史実では、上杉憲忠殺害は享徳三年のこととされている。これを元年のこととするのは、馬琴の不注意か、または筆工・彫工などの誤りがあったからであろう。

（5）拙稿「後南朝悲話―庭鐘・馬琴・逍遙―」（拙著『日本近世小説と中国小説』第四部第一章　昭和六十二年、青裳堂刊）。

（6）『南方紀伝』では石見太郎左衛門は「石見太郎」と表記されており、『月氷奇縁』の命名と全く同一である。そうでなくても、近世では太郎左衛門を略称して太郎とするようなことは普通に行なわれていたのであって、その点からも長禄の石見と『月氷奇縁』の石見とは同姓同名と見なすことが許されるのである。

（7）拙稿「『英草紙』と三言」（注5前掲書第二部第一章）。中村幸彦氏校注『英草紙』（新編日本古典文学全集）の解説及び頭注。

（8）『英草紙』第一篇「後醍醐の帝三たび藤房の諫を折く話」、第三篇「豊原兼秋音を聴て国の盛衰を知話」、『繁野話』第九篇「宇佐美宇都宮遊船を飾て敵を平る話」、『莠句冊』第六篇「吉野猩々人間に遊て歌舞を伝る話」のいずれも、南朝に同情をそそいで描かれていることは、拙稿「庭鐘と『四声猿』」（注5前掲書第二部第五章）で述べたことがある。

（9）拙稿「読本論」（鑑賞日本古典文学『秋成・馬琴』）、拙注『繁野話』（新日本古典文学大系）解説。

（10）このことに関しては、拙稿「馬琴の稗史七法則と毛声山の「読三国志法」―『俠客伝』に即して「隠微」を論ず―」（注5前掲書第三部第十三章）で詳述した。

（『読本研究』第十輯上套　溪水社　一九九六年十一月）

第十三章　『雲妙間雨夜月』の雷雨譚典拠考

一

長谷川元寛の『かくやいかにの記』の草稿本（『随筆百花苑』第六巻）第一条にいう。

曲亭が雲妙間雨夜月鳴神法師一部趣向唐土の小説阿香《あこう》が事を翻案して四ノ巻雷獣に代りて雨を行《や》る一段あり。此事は自らも巻末にいへり。

確かにこの記事のとおりに『雲妙間雨夜月』（文化五年刊）巻之四には、門人琴驢の言葉に託して、

凶僧雷神《なるかみ》が雷神の家に歇《とま》り、雷獣に代りて雨を行《や》る物語は、「捜神記」以下の小説に見えたる、阿香の事を作り換《かへ》たりとは見ゆれど、（下略）

と、鳴神の雷神譚の出典が、『捜神記』であることを、馬琴自身が明している文章がある。だから、元寛のこの典拠考は妥当であって、非の打ち所がないように思われる。にも拘らず、未刊随筆百種本の『かくやいかにの記』ではこの条は削除された。なぜ削除されたのであろうか。たぶん、この典拠考が失考である、と元寛が考えたからであろう。作者である馬琴自身が明言しているものを元寛は採りあげたのであったが、それがどうして失考になるのであろうか。この問題を考えることから本稿は出発する。

二

馬琴がいうところの阿香の説話を、馬琴が趣向源としてよく用いる二十巻本『捜神記』（元禄十二年刊和刻本あり。以後、数次後印）[1]にくまなく求めてみても、実は『捜神記』にはこの話は未収なのである。元寛は、馬琴の言明の真偽を確めるべく、『捜神記』をめくったはずである。ところが、『捜神記』には見当らない。いぶかしく思った元寛は、出拠が曖昧である馬琴の発言に従うわけにはいかなくなってしまった。そこで、この一条を削除した。かくて、未刊随筆百種本にはこの一条が収められていない。以上のように、元寛が削除した理由を、私は推測する。

では、なぜ馬琴は『捜神記』に収められていない話を、収められているかの如くに語ったのであろうか。これまた馬琴が頻繁に趣向源として利用する『古今事文類聚』（寛文六年刊和刻本あり。以後、数次後印）前集巻之四、天道部、雷に、「阿香」と題して、

義興人、姓周、永和中、出都日暮。道辺新草小屋、有一女子、出門望。見周曰、日已暮。周求寄宿。向一更中、聞外有小児喚阿香。官人喚汝推車。女子辞去。忽驟雷雨。明朝視宿処、乃一新塚。捜神記

（義興ノ人、姓ハ周、永和中、都ニ出デテ日暮レタリ。道辺ノ新草ノ小屋ニ一女子有リ、門ニ出デテ望ム。周ヲ見テ曰ク、日已ニ暮レタリト。周求メテ寄宿ス。一更ニ向《なんな》ントスル中、聞クニ外ニ小児有リテ阿香ト喚ブ。官人汝ヲ喚ビテ車ヲ推サシムト。女子辞シ去ル。忽チ驟カニ雷雨ス。明朝宿処ヲ視レバ、乃《いま》シ一新塚ナリ。）（訓点は和刻本のそれに従う）

とある。この出典を『捜神記』と記載していることに注目して考えると、馬琴は「阿香」説話を『事文類聚』によっ

て知り、その出典記載をそのまま利用して『捜神記』の話としたのである。しかし、『事文類聚』の如き類書の出典記載は、必ずしも正確ではない。「阿香」は、正確にいえば、『捜神後記』巻五に収められているのである。元寛が捜し当てられないのも無理はない。

ただし、馬琴がこのように『事文類聚』の「阿香」の文章を踏まえていたとしても、「捜神記」以下の小説に見えたる、阿香の事」という言いまわしには何か引っかかるものがある。それは、典拠が『事文類聚』の「阿香」以外にも更にあることを臭わせている、と思える口ぶりである。また、『雲妙間雨夜月』の鳴神雷雨譚は、確かに「阿香」説話を主要な構成要素としているが、それ以外にも構成要素があるのであって、「阿香」説話のみでは鳴神雷雨譚の全体を掩う典拠とはなり得ないのである。そのことを明示すべく、鳴神雷雨譚の全体の梗概を、『雲妙間雨夜月』巻之四、第十套「鏡山の朝雲布《あさぐもり》」に就いて窺ってみよう。

①凶僧雷神《なるかみ》は、五月四日に近江の鏡山の麓を通りかかるが、雷雨が来たる。それがおさまると、「楠の間に挟《はさま》れて、苦しげに呻《うめ》くものありけり」で、雷獣が木のさけめに挟まれている。これを救出してやると、雷獣は逃げ去った。

②夜になって道に迷った雷神《なるかみ》は、とある「草舎《くさのや》」に泊めてもらうことになるが、その家の女は先ほど救出した雷獣の妻であった。丑三つの時、海神の使いの者が戸を叩き、明日には武佐《むさ》・越川《えちかわ》・小幡《おばた》に朝雨を降らせよ、と雷獣に伝言する。

③雷獣の妻は雷神《なるかみ》に、夫は負傷しているので、それに代って雨を降らしてくれるように頼む。そして雷神に雲中を飛行し、雨を呼び風を発《おこ》し、水脈をとどめる術を教える。雷神はその呪文を記憶し、一つの壺《つぼ》と一枝の篠を与えられ、雲に乗って雷雨を降らす。

以上に整理したように、鳴神雷雨譚は三つの構成要素から成るのであるが、「阿香」説話はこの内の②の構成要素の原拠となるものであって、①③の構成要素にもたぶん典拠があるはずであって、そのことを示唆するために、馬琴は「「捜神記」以下の小説」という言い方をしたのであろう、と考える。

そこで、①③の構成要素の典拠を探ろうと思うのであるが、①の典拠探索の手掛りとなるものは、『雨夜月』巻之一の巻頭に馬琴が種々雷に関する文献を挙げているが、その内に見える『五雑組』（寛文元年刊和刻本あり。以後、数次後印）である。『五雑組』もまた馬琴が趣向源として常用する本であるが、その巻一に次の記載がある。

唐代州西有大槐樹。震雷撃之。中裂数丈、雷公為樹所夾、狂吼弥日。衆披靡不敢近。狄仁傑為都督、逼而問之。乃云、樹有乖竜、所由令我逐之、落勢不堪、為樹所夾、若相赦者、当厚報徳。仁傑乃命鋸匠破樹。方得出。夫雷公被樹夾已異矣。能与人言、尤可怪也。又葉遷招、曾避雨。亦救雷公於夾樹間。翌日、雷公授以墨篆。与仁傑事政同。

（唐ノ代州ノ西ニ大槐樹有リ。震雷之ヲ撃ツ。中裂クルコト数丈、雷公樹ノ夾ム所ト為リテ、狂吼シテ日ヲ弥《わた》ル。衆披靡シテ敢テ近《ちかづ》カズ。狄仁傑　都督為《た》リ、逼リテ之ヲ問フ。乃チ云フ。樹ニ乖竜有リ、所由《ゆゑ》ニ我ヲシテ之ヲ逐ハシムルニ、落勢堪ヘズ、樹ノ夾ム所ト為ル。若シ相救ハバ、当ニ厚ク徳ニ報フベシト。仁傑　乃チ鋸匠ニ命ジテ樹ヲ破ラシム。方ニ出ヅルコトヲ得タリ。夫レ雷公樹ニ夾マルルコト已ニ異《あや》シ矣。能ク人ト言フハ、尤モ怪シムベシ。又タ葉遷招、曾テ雨ヲ避ク。亦タ雷公ヲ樹間ニ夾マルルニ救フ。翌日、雷公　授クルニ墨篆ヲ以テス。仁傑ガ事ト政ニ同ジ。（訓読は和刻本の訓点を基調とし、一部に変更を加えた）

この説話では、鳴神の役割をはたしている者は狄仁傑であって、狄仁傑が樹にはさまれている雷公を救出してやるという話は、『雲妙間』の①の構成要素とぴたりと一致する。もっとも我が国にも、雷が樹の間にはさまれる、という話型が古くから存するのであって、『日本書紀』巻二十二、推古天皇二十六年には、雷が「少き魚に化《な》りて、樹の枝に挟れり」であるのを河辺臣《かわべのおみ》が焚く、という話がある。また、『日本霊異記』上巻「雷《いかづち》を捉《とら》ふる縁　第一」にも、雷が小子部栖軽《ちいさこべのすがる》を怨んで落雷し、その墓の碑文の「柱の折《さ》けし間に雷挟《はさま》りて捕へらる」という話がある。しかし、これらの話よりも狄仁傑の話の方が①の構成要素と一致する、と断じて誤らないであろう。ちなみに狄仁傑のこの説話は、浅井了意の『新語園』巻之五、第五十一『雷公夾樹』にも翻訳されており、出典は『太平広記』（巻三百九十三）と記されている。

次に、③の構成要素に就いてであるが、『五雑組』の葉遷招が雷公から墨篆を授かるという話には、雷から降雨術を教示されるという話に発展する契機が含まれている。しかし、馬琴がその契機を発展させたのだ、と考えることは無理に陥るであろう。ここで、もう一度『古今事文類聚』前集、巻之五「禱雨」の「馬上行雨」を見てみよう。

李靖微時、嘗射猟山中。会暮抵宿一朱門家。夜半聞扣門甚急。見一婦人。謂靖曰、此非人世、乃竜宮也。今天符命行雨。二子皆不在。欲奉煩頃刻間、如何。遂命黄頭被青驄馬。又命取雨器。乃一小缾。戒曰、馬躩地嘶鳴、即取缾中水一滴、滴馬鬃上。此一滴水、乃地上三尺、慎勿多也。既而電掣雲間。特連下三十余滴。此夜半、平地水三丈。　玄怪録

（李靖微ナリシ時、嘗テ山中ニ射猟ス。暮ルルニ会ツテ抵リテ一朱門ノ家ニ宿ス。夜半ニ門ヲ叩クコト甚ダ急ナルヲ聞ク。一婦人ヲ見ル。靖ニ謂ヒテ曰ク、此レ人世ニ非ズ、乃《いま》シ竜宮ナリ。今天符命モテ雨ヲ行《や》ラシム。二子皆在ラズ。煩シ奉ルコト頃刻ノ間ナラント欲ス、如何ト。遂ニ黄頭被青驄馬ヲ命ズ。又命ジテ雨器ヲ取ラシム。乃シ一小缾ナリ。戒メテ曰ク、馬地ニ躩《あしか》キ嘶鳴セバ、即チ缾中ノ水一滴ヲ取リテ。馬鬃ノ上ニ滴ラセヨ。此ノ一滴ノ水、乃チ地上三尺、慎ンデ多クスルコト勿レト。既ニシテ電雲間ニ掣ス。特ニ連《しき》リニ三十余滴ヲ下ス。此ノ夜半、平地水三丈。玄怪録（和刻本の訓点により、一部を改めた）

旅人が女から雨を降らせる方法を教わり、雨の容器を授けられて雨を降らせる、という話型が③の構成要素と一致することは、もはや説明するまでもあるまい。そして、唐の有名な武将に主人公を仮託したこの説話は、女が雷の一族であるという設定が「阿香」と共通している点で「阿香」と撮合させるのに好都合である、ということも容易に気付かれるであろう。さよう、馬琴は「阿香」と撮合させるのに好都合なこの降雨説話を『事文類聚』の内に見出し、たぶんそうした発見の巧妙さを自画自讃しながら、③の構成要素の典拠としたのである。ここでもちなみにいえば、この李靖説話は、我が国では早く貞享四年（一六八七）刊の咄本『籠耳』巻之三「十分覆」に翻訳されている。また、狄仁傑説話と阿香説話は、明の類書『天中記』巻二「雷」に収められているが、馬琴が『天中記』を使用した痕跡は今のところ見出されていず、やはり『事文類聚』や、『五雑組』に拠ったと考えるべきであろう。

三

このように見てくると、『雲妙間』の鳴神雷雨譚は、『事文類聚』と『五雑組』の内の三つの説話を撮合させて形成したものであることが判明した。かように三話を撮合させているからこそ、馬琴は、「「捜神記」以下の小説に見えたる、阿香の事を作り換たり」と、典拠が複数存在していることを暗示したのであった。それは換言すれば、鳴神雷雨譚というただ一箇のストーリーを形成する場合においても、複数の典拠を撮合するという、複雑で、一筋縄ではゆかない小説作りを自分が行なっていることの、ひそかな自負の提示でもあった。もう一つ換言すれば、『捜神記』の「阿香」という一つの典拠を明示しても、それですっかり種明かしをしたわけではない、他にも典拠が用いられてあるのだから、読者よ、他の典拠をも見つけて下さい、という読者への挑戦の言葉でそれはあった。三つの典拠をすべて知ることは容易ではないはずだという自信の上に立って、さればこそ馬琴はあえて一つの典拠を珍しくも明かしているのであった。

こうして三つの短編説話を撮合させることでストーリーの骨格を作り、さらに状況描写や登場人物の会話などを付加し、それによって第十套が埋めつくせるほどに話の分量をふやし、話の具体性や臨場感を醸し出す。これが『雲妙間』巻之四第十套における馬琴の方法であった。

注

（1） 長澤規矩也氏『和刻本漢籍分類目録』による。後出の和刻本の刊年もこの書による。

（『読本研究』第五輯上套　渓水社　一九九一年九月）

第十四章 『八犬伝』と『梧窓漫筆』

一

天保六年の六月、六十九歳の馬琴は、その年の五月八日に三十八歳で没した長男宗伯をしのんで、『後の為の記』を著した。その中に、

世に高名なる人は多く嗣子に幸なし。高明の故に鬼神の憎む歟、或は天機を漏す故歟、然らずば父子の命凶なるべし。記憶のまま其概略を挙ること左の如し。

と前置きして、当代の著名な漢学者・国学者・戯作者・画者の、嗣子に幸いを得なかった例を二十六例も列挙している部分がある。試みに二例を引いてみると、

太田錦城は次子早世して長男は恙なし。次子は読書を好みて才あり。長男は劣れり。
大田南畝は独子あり。父の勤功によりて御勘定見習に召出されしが、幾程もなく乱心して遂に廃人になりたり。
但嫡孫あるのみ。

という如くである。

このようにして他家の不幸な例が延々と記されているのであるが、私は大分以前に初めてこれを読んだ時、その執拗さに驚き、かくも他人の不幸を執拗に記すのは、そのことに拠って馬琴自身の不幸を慰め、さらにはまだ自分の方

がましであると優越感を持とうとしたからであろう、と考えた。そして、このように後嗣の短命や不幸を列挙するという発想は、馬琴の独自なものなのであろう、とも思っていた。

ところが、その後、大田錦城の『梧窓漫筆』（前編文政六年序、後編（続編とも）は七年序。天保十一年刊の第三編は、本論では考慮の対象としない）を読んでいると、次のような文に行き当たった（前編巻上）。

左伝ニ大徳百世祀レ之《ダイトクヒヤクセイマツルコレヲ》トアリ。孟子ニ始作レ俑者《ハジメテツクルヨウヲモノハ》、其無レ後乎《ナカランノチカ》。又云、不孝有レ三《フカウニアリ》、無レ後《ナキヲノチ》為レ大《スヲホヒナリト》。文言ニ積《セキ》善之家《ゼンノイヘ》、必有《カナラズアリ》二余慶《ヨケイ》一。積不善之家《セキフゼンノイヘ》、必有二余殃《ワウ》一。近時物茂卿ノ学、其浅薄疎謬ハ論ズルニ足ラズ。茂卿ハ子ナシ。姪《ヲイ》ノ道済ヲ嗣トス。又無《ナシ》レ子《コ》。他姓ノ子ヲ養嗣トシテ血脉断絶セリ。其高足弟子太宰純モ子ナシ。他人ノ子ヲ養テ嗣トス。定保是也。嗜レ酒《タシンサケヲ》デ至愚至陋ノ者ナリ。吾友井上貫流ノ家ニ奇寓シテ此ニ終ル。終身世ニ所謂宿ナシ也。服元喬ガ子ハ夭死シテ別ニ子ナク、此亦仲英ヲ養ヒ子トス。一時名高ノ三先生皆子孫断滅ノ人ナリ。其学ノ天ニ背ケル験明白ナリ。畏二天命《ヲソルルテンメイヲ》一モノハ、彼三人ノ書ハ几案ノ前ニ近クルモ天ニ畏レアリ。然ルニ、子孫断滅セル天ノ罪人ヲ奉崇シテ、其学ヲ悦ブハ何等ノ愚昧ゾヤ。

荻生徂徠・太宰春台・服部南郭という古文辞学の三名家の学問を、子孫断滅の故をもって貶めた文章である。その目的は、自分と異なる学派を排斥する点に在るが、子孫の断滅を大不幸として列挙する発想は、まったく馬琴のそれと一致している。さらに前編巻下には、次の文もある。

西方ノ大真人ノ言ニ、天地闕欠《ケツケン》ノ世界ト説ケリト承《ウケタマハ》ル。是ハ人欲ノ無量ナルヲ悟リテ此言ヲナセリ。誠ニ大智者ノ言ナリ。秦皇漢武ナドノ帝位ヲ践《フン》デ別ニ願望ノ無レバ、長生不死ヲ願フニ至ル。都テ天地間ノ人、己ガ心ニ充満ト云コトハ無キ事ナリ。是即闕欠ナリ。サテ又此言、人欲無量ノ上ニ就テ説出ルノミニ非ズ。実《ジツニ》古今ノ人、闕欠ナラザルハ無シ。堯舜ノ大福大徳ニモ、丹朱商均ノ悪子ヲ生ジ、禹子賢ナレドモ、其父ハ殛死ヲ免ガレズ。

湯ハ嫡子大丁早世ナリ。孔夫子無《ナシ》レ憂《ウレイ》ト嘆賞ナシ玉ヘル、文王モ管叔蔡叔霍叔ノ三不肖子ヲ生ジ玉フ。後世ニテハ、漢祖ハ其寵愛セル戚夫人、趙王如意ノ死ヲ救フコトスラ得ズ。唐ノ高祖ハ、次男ノ為ニ嫡子（大子建成）・三男（斉王元吉）ヲ害セラレ、太宗ハ、其太子ヲ殺シ、宋ノ太祖ハ、弟ノ為ニ我子ヲ害セラレ、明祖ハ、太子ハ早世シ、其子ノ為ニ嫡孫ヲ害セラル。我邦ニテ頼朝ハ、親兄ハ平家ノ為ニ害セラレ、己、弟ノ範頼・義経ヲ殺シ、二人ノ子、頼家・実朝、公暁マデ、父子兄弟相害シテ家亡ビ、尊氏ハ、嫡子ヲ北条ニ殺サレ、己ハ弟ノ直義ヲ毒殺シ、我子ノ直冬ニハ叛カレ、次男ノ基氏ハ兄ノ義詮ニ忌マレテ自害セリ。匹夫ヨリ天下ヲ有《タモ》ツ太福ノ人々スラ皆闕欠ナリ。マシテ凡下ノ人、誰カ闕欠ナラザラン。然ルヲ愚ナル人ハ、己ガ福ノ十分ナラザルヲ恚ル。笑フベキノ甚シキ也。闕欠ノ世界ニ生レテ、誰カ如意円満ナルベキヤ。唯々仁義忠孝ノ正道ヲ蹈違ヘズシテ、人倫ノ正ヲ亡失セザル処ニ心ヲ居《ス》ヘテ、福分ノ充足ヲ願ヒ、西方ノ大真人ニ哂ハレザル様ニスベキコト也。サテ世界闕欠ノ一語ニテモ、大真人ノ大智ヲ悟ルベキコトナリ。

これも継嗣や肉親の断滅不幸を闕欠世界の例として認識し、中国史と日本史とにおけるその例を沢山列挙したもので、発想が先の文と同一であり、従って馬琴のそれとも同一である。とすると、馬琴の『後の為の記』における、継嗣の断滅不幸の列挙という発想は『梧窓漫筆』のそれに倣ったものではないか、と考えられる。『梧窓漫筆』は、

客歳門友堯民刻而公行、一時大售。殆至二数千百部一。（戸谷惟孝「梧窓漫筆続編序」）

というように盛行したものであって、馬琴が目睹する可能性が大きいからである。『曲亭蔵書目録』には『梧窓漫筆』の名が見えぬが、この書は文化中から文政初年にかけて所蔵していた本の目録と見なされ、それ以降に刊行された『梧窓漫筆』（以下、『漫筆』と略称）が登載されている筈はないのである。

二

馬琴がこのように『梧窓漫筆』を目睹し利用していたとすると、その読書体験が『八犬伝』に反映されることも、十分にあり得る。そのことを確めるべく、双方の相似た箇所を対照させてみよう。

①『八犬伝』第八輯下帙巻之八上套八十九回（天保三年四月執筆）にいう。

世に万巻の書を読むものの、尊大にして世事に疎く、徒《ただ》広博に誇れども、異朝の事のみ細《くはし》くして、皇国《みくに》の故実は夢にも知らず、口に経伝の語句を解けども、心術は一文不通の、俗《よひと》を去ること遠くもあらずや。その行状を伝聞《つたへきけ》ば、慕しからぬも世にはあらんを、那鰤三《あのふなぞう》に比れば、実に雲壌の差別あり。是を思へば性《さが》の美は、自然の美にして、造らず飾らず、学びて後に才《わづか》に知る、文字の間《あはひ》になきものにて、至善の人といひつべし。和も漢も、昔も今も、忠臣孝子、義士節婦の、文字なきも多かるは、学ぶに優る世の人の、人の上なる人なりけり。

博学な儒者の心術と行状が却って悪く、それに比して侠客の子分で無学な百堀鰤三《ひゃくぼりふなぞう》が主人思いの誠実な美質を備えていることを嘆じた言葉である。これに対して『漫筆』前編下に次の文がある。

近世ノ学者ハ初ニ史記ヲ読テ戦国ノ山師共ヲ見覚ル故、先ヅ是ニテ豪傑気象ヲ生ジテ、本分ノ良心ヲ失ヒ、次ニ世説ヲ読テ、魏晉ノ放蕩者共ヲ見覚ル故、是ニテ曠達ノ気象ヲ生ジテ、天分ノ良心掃レ地《ハラツテチヲ》滅尽ス。サテ此ヨリ学問益博ニシテ字面ヲ知リ、故事ヲ記シ、吾ハ博識ナリト、高慢ノ気日々ニ長ジ、世人ヲ見テ俗物トナシ、義理ニモ通ゼザル詩文ヲ書キ散ラシテ、予ハ才子ナリ予ハ博物ナリナドト、倨傲不遜ノ悪行ノミ増長ス。顔之推ノ家訓ニ戒メタルコト、今ノ世顔前ニ多ク湧キ出ヅ。予故《カルガユヱ》ニ、今ノ学問ニテハ、百巻読バ、百巻ダケ道ニ遠ク千巻読メバ、千巻ダケ道ニ遠クナルト云コトハ是ナリ。無学ノ人ノ貴キニハ非レドモ、学者ノ如ク、天分ノ良心ヲ断滅セザル故ニ、却テ事ニ触レテ、良心発見ノ妙アリ。学者ハ良心掃地セル故、天地ノ理ニモ暗ク人道ノ理ニモ暗ク、昧然タル昏愚ノ人ナリ。聖人ノ経言モ其蒙ヲ発スルコト不レ能《ハ》、其迷復ヲ復スルコト不《ル》レ能《ハ》ガ故ニ、近来大博識ト云ヘル人ノ行状非人ト同類ナルニテ、予言《ワガコト》ノ偽ラザルヲ知ルベシ。

これまた徂徠学派の儒者の心術と行状が悪く、却って無学の者に天然の良心を備えている者が存在することを指摘した言葉である。『八犬伝』と『漫筆』と、双方の趣旨は等しい。

②『八犬伝』第九輯中帙巻之九第百八回（天保六年執筆）にいう。

世に貴介の公子たるものは、襁褓の内より長《ひと》となるまで、婦人の手にのみ守鞠《もりはぐくま》れて、世の人情を知るによしなく、民の艱苦を思ふもの稀なり。ここをもて、万事みづから賢として、身の愆《あやまち》を听《き》くことを憎み、人の悪を聞くことを、楽と做《な》す故に、讒言《さかしら》是より行れて、佞人親愛せらるることあり。且身には美服を襲ね、口には美食を毎《つね》として、起挊《たちはたらく》くこともなく、安坐のみして人を使へば、人に使るる苦辛を悟らず。この故に、多くは脚気《かつけ》の、病痾《やまひ》を生じて、救ひがたきに至るものあり。況《まいて》声色に耽り、大酒を好むが如きは、みづから寿命を損へども、死に至るまで悔なきが、是貴人の痛病なり。しかるに阿子は、叛賊に、俘《とりこ》にせられ、責恧《せめさいなま》れて、虎穴に在ること四五十日、辛くも死なでかへり来にける、事をし生涯忘れずは、是に優《まし》たる幸ひはあらじ。然れば唐山の鄙語《ことわざ》にも、苦中の苦を喫《くらは》ざれば、人の中なる人となること、いとかたかり、といひしにあらずや。

これは、叛賊蟇田素藤の捕虜となっていた里見義通（十一歳）を父義成が諭す言葉であって、大名の子などの貴公子が苦労知らずで不摂生であり、病弱夭折を招きがちである弊を指摘した言葉である。これを読んで思いあわされるものが『漫筆』後編上の次の文である。

凡世間ノ人、幼《イトケナ》キ時喫《キツシ》二闕欠《ケツケンヲ》一、少キ時忍《シノブ》二寒苦《カンクヲ》一モノ、或ハ少壮努力、攻《ヲサメ》レ苦《ク》茹《クラフ》レ淡《タンヲ》トキハ、老大ニハ必ズ安富尊栄ナリ。幼少ノ時、栄耀栄華ニ誇ルモノハ、必困究難阨スル。是ハ世間ノ常人モ読書ノ人モ皆知ル所ノ屈伸ナリ。（中略）サテ王侯貴人ハ万事意ノママニナル者故、美衣腴食麗妾姝姫金殿玉楼ヨリシテ、出入動作豫怠宴安、屈スル理ニ出ルコト無クシテ、皆是伸《ノブル》ノ事ナリ。故ニ或ハ短命、或ハ病身、或ハ子孫血胤ヲ断絶スル類ノ屈ヲ感招ス。其最甚シクシテ情欲ヲ縦肆ニシテ、意ノ儘ナルモノハ、秦皇・漢武・唐玄・宋徽ノ如クナル時ハ、天下ノ乱亡ヲモ感招スルナリ。サマデニハ至ラズトモ、災害ノ屈ヲ受ザルコトヲ得ザルナリ。故ニ王公貴人ハ別シテ喫《キツスル》二欠闕《ケンケツヲ》一コトヲ心得タマフベキ事ナリ。

この文も、何でも意のままになる貴人がその故に却って病弱短命であることを論断し、幼少時に苦を喫すべきことを勧めている。『八犬伝』の趣旨と一致し、措辞にも近いものがある。

③『八犬伝』第九輯下帙之下乙号上套巻之三十一第百五十回（天保十年執筆）にいう。

抑気候正順なるは、則是天地の経《つね》にて、不順なるを、天地の変とす。其不順になりては、五穀登《みの》らず、疫癘流行す。是其変化の大きなる者、この余は人の招く処、或は禎祥《よきさが》となり、或は妖孽《もののけ》となることあり。ここをもて外典《はかせぶみ》の教にも、国家将に興らんとすれば禎祥あり、国家将に亡《ほろび》んとすれば妖孽あり。蓍亀《きき》に見《あらは》れ、四体に動く。禍福将に至んとすれば、善必先之を知る、不善必先これを知る。故に至誠は神の如しといひけん。

これは、屛風に描かれた虎がそこを抜け出して京都を騒乱させたことを踏まえて、一休が足利義政の奢侈を戒める言葉の一部である。国家の衰退の前兆として妖孽が現れるという、『中庸』第二十四章の思想を布衍したものである。同様に『漫筆』後編上にいう。

天変無用ニシテ不《ザル》レ足レ畏《タラヲソルルニ》モノナランニハ、春秋ヲ作リ玉フテ三十六ノ日食、星隕如レ雨《ホシヲチテゴトシアメノ》、隕二石于宋一《ヲツルイシアリソウニ》、隕霜不《ヲツルシモハズ》レ殺レ菽《カラサマメヲ》、李梅実《リバイミノル》ノ類ヲ丁寧反覆シテ記シ玉ヘルハ何ノ故ゾヤ。是皆周書ノ降格ニテ、皇天上帝ヨリ人君ノ邪悪ヲ匡正ニ降シ玉ヘル妖孽ナリ。董仲舒ノ対策ニハ、天ハ甚人君ヲ愛シ玉フ故、妖孽ヲ下シテ戒メ玉フト云ヘリ。尤至極ノ理ナリ。是乃謹二天戒一《ツツシムテンカイヲ》ノ所ナリ。敬《ケイスル》二天之怒一《イカリヲ》ノ所ナリ。畏《ヲソルル》二天命一《メイヲ》ノ所ナリ。人主ニテモ、又ハ在下ノモノニテモ、妖孽アル時ハ、懔々然トシテ戒懼敬慎シテ、身行ノ邪悪政治ノ非僻ヲ改正スレバ、妖不《ヤウハズ》レ勝《カタ》レ徳《トクニ》ノ道理ニテ妖孽ヨリ却テ興隆ヲ生ズ。

ここにもまた、邪悪な政治を匡正するために天が妖孽を下す、という思想が語られている。「妖孽」なる語は、『礼記』礼運、『国語』呉語、『史記』亀策伝、錦城が引く如く『漢書』董仲舒伝、『説苑』敬慎などに見え、現に馬琴も『中庸』(『礼記』中庸)から引いていて、なにも『漫筆』だけにある語ではないのだが、やはり両者の所説の近似は、偶然で片付けることができないものがある、と思う。そうとすれば、嘗て私が論じた如く(『日本近世小説と中国小説』七四一頁)、「妖孽」は、『八犬伝』の「隠微」を表現するための鍵語なのであるが、馬琴は、この鍵語を『漫筆』から摂取したことになるのである。

④前引の文に続いて、『八犬伝』第百五十回には次の文がある。

在昔宋の徽宗帝は、書をよくし画を能し、詩文琴棋、雑伎遊芸に、巧ならずといふことなし、只国を治るに拙し。ここをもて、賢臣を遠離《とほざけ》て、佞人を親愛し、剰《あまつさへ》風流を業として、名花奇石を、多く集合《つどふ》るが為に、是を千里の外に求る運送に、財竭き民傷めり、其費、只億兆のみならず。この故に、外寇《とつあだ》（金兵）屢境《しば〳〵》を犯して、賊民（山東の宋江及方臘の類）も亦《また》多くあり。遂に宮中に妖孼《もののけ》起り、黒眚夜夜見《あらは》るるに及びて、是に触るる宮嬪の、即死しける者尠《すくな》からず。竟に国亡るに及びて、那身《かのみ》は父子共侶《もろとも》に、金国に拘《とらは》れて、旅魂夷狄の鬼と做れり。

宋の徽宗の奢侈が亡国を招いたことをいう。これに対応する文が『漫筆』前編上にある。

宋ノ徽宗ノ時ニ、祭京童貫王黼ナド用ラレテ、今ハ豊亨予大ノ時ナリ。然ルヲ倹素ナトヲ云ハ、寒酸儒生ノ陋見也トテ一向ニ不《ズ》レ用《モチヒ》。事々侈大ヲ事トシテ丁謂王欽若ガ真宗ヲ欺キシ故智ヲ用ヒタリ。真宗ハ太祖太宗ノ後ヲ承テ朝ニ君子多ク国運モ隆昌ナル故ニ、何ノ害モ無レドモ、徽宗ノ時ハ王安石執政ノ後、天下ノ士風尽ク壊レ、哲宗ノ紹聖以後ハ朝廷尽ク小人ノ棲家ナリ。然ルヲ如《ゴトキ》レ此《カクノ》ノ横議ヲ立テ天下ノ国是トナセシ故、遂ニハ二帝夷狄ノ虜トナリ、中国夷狄ノ棲家トナレリ。奢侈ノ畏ルベキコト如レ此。

やはり、徽宗の奢侈が亡国を招いたとの論である。『八犬伝』の方の論は、引用文が示唆する如く、『水滸伝』の背景としてある国情であるから、お得意の水滸研究に得られた知識を書いたのであろう、とも考えられる。しかし、『漫筆』と同一の史論を述べていることもまた確かなことなのである。

⑤前文に引き続いて『八犬伝』第百五十回は、当代の将軍足利義政の弊政を一休に批判させる。

君（筆者注、足利義政）も亦只風流をのみ、年来旨とし給ひて、得がたき貨を弄び給ふ故に、民の父母たる国政に、疎《おろか》なるは甚麼《いかに》ぞや。この故に、応仁の内乱起りて、官庫の史伝、諸家の旧記は、兵火に隻字も残る者なく、故典伝らず做《な》るものから、君は名物の茶碗一箇を、損ひし思ひをしも做し給はず、猶奢侈は弥増《いやまし》て、茶に耽り奇を好み、をさ〳〵珍器を玩び給ふ。一器の価を問ふときは、万銭万万銭も足れりとせず。遂に先君鹿苑院殿（義満）の韈に倣《ならは》（ママ）せ給ひて、這銀閣を造営ありしより、民の膏腴を絞り尽して、京師は野辺に似たれども、尚御心つき給はずや。

義政の奢侈が応仁の大乱を惹起し、妖孽を降した、というのが『八犬伝』の経世論の内でも最も重要なものであるが、これと同様な論が『漫筆』後編上にある。

堯舜モ四海困窮《シカイコンキウセバ》、天禄永終《テンロクナカクヲハラン》ト抑セラレタル妙ナリ。応仁記ニ、応仁ノ大乱ハ起ルベキ事八箇条アレドモ、其八箇条ヨリハ、其大本ハ義政ノ華靡ナル事ヲ好マレテ七度ノ晴ト云コトヲ致サレタルニテ、天下ノ諸侯士民マデ困窮シ果テ人々乱ヲ希フ心ヨリ、此大乱ヲ生ジタリト記セリ。奢侈華靡ヨリ困窮ヲ生ジ、困窮ヨリ変乱ヲ生ズルハ千古一轍ノ事ナリ。サレバ国天下ヲ有ツモノハ、華靡ハ国天下ヲ乱ス大寇讐ナリト云コトヲ念々ニ忘レズシテ、上下ノ華靡ニ流ルル事ヲ厳制シテ、困窮ノ源ヲ防グベキ事ナリ。

古人ノ義政ヲ咏ジテ、東山風ニ靡クヤ茶ノ烟。晩季衰颯ノ趣ヲ説キ尽セリ。予亦銀閣寺ヲ詠ジテ、誰使《タレカシム》三皇都《クハウトヲ》作《シテナサ》二棘叢《キヨクソウト》一。奢雲艶雨夢還空《シヤウンエンウユメカヘツテムナシ》、可レ憐《ベシアハレム》銀閣《ギンカク》東山《トウザンノ》寺、一縷茶烟残照中《イチロウノチヤエンザンセウノウチ》。

『漫筆』もまた、義政の奢侈、茶、銀閣寺が応仁の大乱を齎した、と同様の口吻で述べる。そして錦城の詩の起句は、馬琴の「京師は野辺に似たれども」と同一の状況をいう。『八犬伝』は文明十五年前後に時代を設定している歴史小説であるから、足利義政が登場することに何の奇はなく、義政が登場する以上は、その奢侈と応仁の乱に筆が及ぼされるのも自然の勢いであろうが、しかし義政批判を『八犬伝』の経世論の内でも最重要のものとして叙述する点に、『漫筆』が義政を奢侈の君主の代表例として提示していることと通い合うものがあることを感ずる。

三

以上、儒者批判、貴人の病弱短命論、妖孽降下論、徽宗亡国論、足利義政批判と、五つの論において、『八犬伝』と『漫筆』の趣旨が共通し、中には措辞まで一致するものもあることを指摘した。第一章で指摘した継嗣の断滅不幸の列挙をも併せて考えてみると、これだけ共通点が多いことの理由を、偶然の結果や政治論の常識的普遍的なることにのみ帰因させることは、不適当だ、と思う。やはり、馬琴が『漫筆』を読み、その論を摂取していたことが、かかる形で『八犬伝』に反映した、と見るのが、自然であり、妥当であろう。

前述した如く、『漫筆』は広く流布して馬琴の眼に触れやすかった。加えて、第一節の『後の為の記』の引用に窺われる如く、馬琴は大田錦城の消息を知っている、という事情もある。そして、『漫筆』の内容は、儒学的教養に基づく経世論と史論が多いのであるが、それは決して深遠で難解なものではなく、「書中之言、卑近而切実、朴素而雋永」（戸谷惟孝の続編序）というものだった。それは稗史小説の内に導入しても場違いではない、当代の世相によく該当し、読書階級が有する歴史知識に嚙み合う史論であった。当代や歴史を批判的に観察する知識人によく通じる妥当の論であるが、引用文からも察せられる如く儒学と漢籍の知識に裏付けられているので、根底と奥行きを感じさせるものであった。如上の外的内的な条件が『漫筆』の論を『八犬伝』に導入する理由であった、と考える。

そして、『漫筆』の経世論と史論を導入したことは、『八犬伝』にとって如何ような意味があったろうか。『漫筆』は、経学者たる錦城にとっては、「如㆓此書前後編㆒、蓋先生消㆑閑之所㆑筆、殊其粃糠緒余耳」（遊佐高幹の後編序）で、消閑の、瑣細な啓蒙書にしか過ぎなかったろうが、世人には、先生平日随筆劄記ノ書也。古今治乱ノ本原ヲ推シ、風俗汚隆ノ係ル所ヲ論ジ、博ク経伝子史ヲ引テコレヲ証シ、又学術ノ邪正ヲ弁ジ、天人ノ秘蘊ヲ漏ス。実ニ天下有用ノ珍編ト云ベシ。(『漫筆』に付された、版元和泉屋金右衛門の「玉巌堂発兌目録」に見える『漫筆』の内容紹介)

という一文が示唆する如く、一流の儒者の堂々たる有益な書籍、いわゆる儒書として受けとめられたであろう。そうした一流の儒者の有益な経世論と史論とを稗史小説に導入することは、慰み物と位置づけられていた戯作の内容の一部を儒書と伍するまでに高めることを意味する。俗文芸たる戯作を儒書の高みに引き上げること。いささか誇張していえば、そのようにいえる。馬琴は実に、おのが読本に天下国家を論じた儒書に匹敵する思想性と知識性を賦与しようとしたのである。

その結果、『八犬伝』は、江戸末期の読者代表勝海舟が、

『八犬伝』は(中略)非常な評判で、いわゆる堂々たる大儒者も、これに及ばなかった。(『氷川清話』)

という如く、戯作小説としては異例の、儒書なみに畏敬をもって迎えられる作品となった。述べた如き馬琴の意図と努力とは、明治の読者代表内田魯庵が、

当時馬琴が戯作を呪ふ間にさえ愛読といふよりは熟読されて、『八犬伝』が論孟学庸や史記や左伝と同格に扱はれてゐたのを知るべきである。(「八犬伝談余」。日本名著全集『南総里見八犬伝』下)

という如く、報われたのである。

右の如く、私の考えは、『八犬伝』の経世論・史論の一部は『漫筆』の経世論や史論の反映である、というものであるが、よしそれが暗合であると否定されたとしても、一向に痛痒を感じないのである。なぜならば、『八犬伝』の一部の経世論・史論の趣旨が『漫筆』の経世論や史論の趣旨と同様であることは揺るぎないことであり、『漫筆』と同様の

論を含んでいればこそ、『八犬伝』の読書界における地位が向上したことは、これまた確かなことだからである。儒書に位置づけられる『漫筆』の経世論・史論と同質の論を、稗史小説『八犬伝』が包含していること。この一事さえ実証をもって提示できたならば、勝海舟や内田魯庵がいっていることを具体的に例証し補足することもできたことになる。そして、この二事さえできたならば、本論を書いた意義は備わるのである。

四

そうはいうものの、私はなおも、『八犬伝』が『漫筆』から得たものの痕跡を見つけることに執着する。以上述べたものは、具体的な経世論や史論についてであったが、抽象的な世界観をも馬琴は『漫筆』に学ぶことがあったのではなかろうか。その世界観とは、これまでの引用文にも窺われるが、宇宙の万有の現象は屈と伸の交代によって成り立つ、というものである。このことを詳論するものが後編上の巻頭に置かれる文である。

聖学ノ上頭第一義ハ、屈伸感応ノ理ナリ。下繋辞伝ニ、日往《ヒユケバ》則月来《ツキキタリ》、月往《ケバ》則日来《ル》。日月相推《アイヲシテ》而明生焉《メイセウズ》。寒往《カンユケバ》則暑来《シヨキタリ》、暑往《ケバ》則寒来《ル》。寒暑《カンシヨ》相推《テ》而歳成焉《トシナル》。往者《ワウ》屈《クツ》也。来者《ライ》信《シン》《ノブル》也。屈信相感《カンジテ》而生焉《セウズ》。尺蠖《セキクハク》之屈《クツハ》屈、以求《モトムルシンヲ》レ信也伸。竜蛇《レウジヤ》之蟄《チツハ》屈、以存《ソンスルミヲ》レ身也伸。精義《セイギ》入レ神《シン》屈、以致《イタスヨウヲ》レ用也伸。利《リシヨウヲヤスンズミヲ》レ用安レ身屈、以崇《タカクスルトクヲ》レ徳也伸。是屈伸ノ妙理ヲ天下万世ニ掲ゲ示シ玉フナリ。

以下、錦城は、この『易経』繫辞伝下の思想を中国史上の事例にあざやかに適用してみせる。たとえば、舜が歴山に耕していたのは屈であるが、南面して天下を治めたのは伸である、韓信が市人の胯をくぐったのは屈であるが、斉楚の真王になったのは伸である、といった具合にである。この理は、史上の人物のみならず、世人にも通ずるのであるとして、第二節に引いた貴人の病弱短命論が述べられる。貴人は、あまりにも伸の状態を享受しているから屈を招くことになり、我が身と家国を滅亡させることになる。だから、人たる者、なるたけ闕欠を喫し苦を忍んで、謙虚に基づいて一身と国家天下を治めるべきである。孔子の教えもすべて、この屈伸の交代で解釈できる。以上の如く、屈と伸の交代が繰り返されることで宇宙と世界の一切の現象が成立すると認識し、この宇宙観と世界観に基づいて世相と歴史を批評したものが『漫筆』である、といっても過言ではない。

屈と伸とは、虧《かける》と盈《みちる》とに言い換えることができる。屈は物事が虧欠した状態、伸は物事が盈満した状態であるからである。とすると、屈と伸の交代とは、盈つれば虧け、虧くれば盈つ、ということの繰り返しである、とも換言できる。

かつて私は、『八犬伝』の全編には「盈つれば虧く」という句が十七例ほど使用されており、この思想に基づいて『八犬伝』の筋が展開されている、すなわち「盈つれば虧く」は『八犬伝』の小説原理となっている、と論じた（「『八犬伝』の小説原理」。『日本近世小説と中国小説』所収）。たとえば『八犬伝』第百四十三回に、

余市は、（中略）漸々《やうく》に家優《ゆたか》にて、奴婢すらこころ高上《たかぶる》までに、和漢新故の珍器珍物、多く積《つま》れて庫に在り。盈《みつ》れば虧《かく》る天理を知らねば、（中略）那身《かのみ》は召捕られて首《かうべ》を喪ひ、家庫財宝は没官せられて、家眷《やから》は追放せられける。

とある。足利義政が茶器骨董を好むので骨董商が儲けを得、中でも不正な手段を講じた禄斎屋余市が巨利を得たのだが、京都を騒擾させた虎の絵を売ろうとして罪を得たのである。馬琴は、その滅亡の基因を「盈れば虧る天理」を知らなかったことに求めている。言い換えれば、「盈つれば虧く」という原理に基づいて、必然的に余市が滅亡するとストーリーを展開させている。そのように、ストーリーを偶然によって動かすことをしないで、原理に基づいて必然的に展開させるという意図の下に、「盈つれば虧く」という宇宙観世界観を設置しているのである。それは、

道長ニテ藤原氏ノ盛此《ママ》ニ極リ其衰モ亦此ニ始レリ。浄海入道ノ奢侈栄華ヲ極ラレテ、子孫ハ西海ノ波濤ニ沈溺セリ。豊臣関白モ栄華汰侈ヲ極メラレテ子孫滅亡セリ。（『漫筆』後編上）

と、盛衰（屈伸）の交代という原理に基づいて歴史を批判する錦城の態度と等しい。

さよう、馬琴と錦城とは、宇宙及び世界の一切の現象は、屈伸または盈虧あるいは盛衰という、相反する陰陽二元の交代によって成立する、と観る点で一致しているのである。そうした宇宙観ないしは世界観の出所は、錦城が引くように『易経』繫辞伝である。だから馬琴も、前掲拙稿で既に述べた如く『易経』からそれを学んだ、ということができる。ところが、『漫筆』にも同じ宇宙観及び世界観が述べられており、しかもそれに基づいて世相と歴史とが評論されている。馬琴が『漫筆』を読んだとすれば、今さらのように『易経』の宇宙観が脳裡に反芻され、それに基づいて人間の営為を観察し批評できることをも思い知るはずである。だから私は、『漫筆』閲覧によって初めて馬琴は『八犬伝』の小説原理を得た、とまでは言えないが、その閲覧によって自己の宇宙観世界観を再認識し、それを小説原理として設定することに新たな自信を得た、というように言うことはできる、と考える。そうだとすると、このこともまた『八犬伝』を儒書なみの地位に引き上げることに与っているわけである。

（水野稔編『近世文学論叢』　明治書院　一九九二年三月）

第十五章　『八犬伝』の戦闘叙述
――『三国演義』『水滸伝』の利用法――

一

『八犬伝』の第百五十一回から百七十八回にわたって為される対管領合戦の戦闘描写は、高く評価されてはいない。そのような低い評価を最初に下したのは、内田魯庵の「八犬伝談余」（日本名著全集『南総里見八犬伝』下に収録。昭和三年四月執筆）であろう。魯庵が低く評価する理由は、

この両管領との合戦記は馬琴が失明後の口授作[1]にもせよ、水滸伝や三国志や戦国策を踏襲した痕が余りに歴々として「八犬伝」中最も拙陋を極めてゐる。

水軍の策戦は三国志の赤壁をソックリ其儘に踏襲したので、里見の天海たるゝ大や防禦使の大角まで引張出して幕下でも勤まる端役を振当てた下ごしらへは大掛かりだが、肝腎の合戦は音音が仁田山晉六の船を燔いたのが一番壮烈で、数千の兵戦を焼いたといふが児供の水鉄砲位の感じしか与へない。

軍記物語の作者としての馬琴は到底三国志の著者の沓の紐を解くの力も無い。

などという記述から窺えるように、戦闘描写が中国小説や漢籍のそれを模倣しているだけで何の新味もない、という点に主としてあったようである。そして、こうした不評がいつの間にか定着して、『八犬伝』の戦闘描写について正面から論じたり、馬琴の作意に沿って考え直してみたりする[2]論考が殆んど現われないままに今に到ってしまった。そこで、本章では対管領合戦の戦闘描写において馬琴が意図したものを考えることによって、その文芸性を測定してみよう。

二

魯庵は、「水軍の策戦は三国志の赤壁をソックリ其儘に踏襲した」というが、果してその通りであろうか。その問題を検討することから始めよう。対管領合戦において最も主要な合戦たる水軍の策戦の経緯は、次の如くである。

里見義成から軍師に任ぜられた犬阪毛野は、八百八人（凪火）というものを提案する。それは、丶大に妙椿の甕襲《みかそ》の玉を用いて風火を呼び起させる策である。文明十五年十一月下旬、扇谷定正の五十子《いさらご》の城内には、山内顕定・足利成氏・千葉自胤・長尾景春・稲戸由充らの軍勢が五、六万騎集まった。扇谷定正と山内顕定は、十二月四日に柴浜高畷の浦で赤嵒百中《あかいわひゃくちゅう》なる売卜者に会い、風を北西の方角から東南の里見方に加える戦術を教示され、さらにその師の風外道人を紹介された。風外は十二月八日に北西の風を起すことを約束し、この日に里見を攻めるよう教示し、また赤嵒百中を扇谷定正と山内顕定に付けた。同月七日、扇谷定正の家臣大石憲儀《のりかた》は風外道人に順風を送ることを頼み、道人の指示に従って、五万の軍兵は三浦沖に向かって船を進めた。一方、犬村大角は、同日に新井城に行き、扇谷定正の使者と偽って、城主三浦陸奥守義同《よしあつ》から戦船十艘と焰硝や柴草を借りた。また浦安牛助友勝も、千代丸図書助の家臣という触れこみで大石憲儀のもとに入りこみ、仁田山晋六の代りとして柴草船を預ることに成功した。十二月八日の朝には、風外道人の約束どおりに西北風が吹き出したので、寄せ手の軍勢はいっせいに二、三千艘の船を洲崎に向けて漕ぎ出した。ところが、そのうちに丶大が甕襲の玉に祈ったので、風は東南から吹き始める。この時とばかり、里見の陣からは千代丸豊俊の船が抜け出て、用意の柴草に火をつけ、敵の船に投げ放った。浦安友勝も扇谷方にあって、これに内応して火を放つ。敵の船にはすべて火がついた。かくて扇谷定正は大敗した。

以上は、第百五十三回から第百七十四回までの筋を、水軍の策戦の経緯のみに絞ってまとめたものである。これを念頭に置いて、今度は『三国演義』の赤壁の戦の筋を見てみよう。

呉の周瑜は、東南に位置する自軍から西北に陣を置く曹操軍を火攻したく思うが、十一月の末の風は西北風なので、これを実行することができず、思い悩んで病床に臥す。時に呉と同盟すべくその陣内に在った諸葛亮は彼を見舞い、周瑜の胸中を察して、「曹公ヲ破ラント欲セバ、宜シク火攻ヲ用ユベシ、万事倶ニ備ハッテ、只ダ東風ヲ欠ク」と記した紙片を示す。驚いた周瑜が諸葛亮に東南風を得る法を問うと、諸葛亮は南屏山に七星壇を築いて風を変える祭祀を行うことを提案する。周瑜はそれを許し、一方では偽って曹操に投降することになっている黄蓋に二十艘の舟を用意させ、その内に葦や柴、硫黄焔硝を積載させる。やがて諸葛亮の祭祀によって東南風が吹き出したので、周瑜は諸葛亮の力を恐れ、彼を始末しようとするが、諸葛亮はいち早く夏口の自軍に戻る。黄蓋は前もって曹操に投降することを告げ、曹操の油断を窺って、東南風に乗じて二十艘に火を放つ。火はたちまち曹操の大軍に燃え移って、魏軍は大敗する。(『三国演義』第四十九—五十回。『通俗三国志』二十「曹操三江調水軍」「七星壇孔明祈風」「周瑜赤壁鏖魏兵」)

以上は『三国演義』の筋を、火攻に関わる部分のみに絞って整理したのであるが、両者の共通部分にばかり目を注がないで、異る処にも着目してみよう。すると、つぎのような相違を挙げることができる。第一に、『三国演義』では曹操が火攻を自軍の戦法としては考えないのに対して、『八犬伝』では曹操に該当する扇谷・山内が最初から積極的に火攻を考える。第二に、『三国演義』では諸葛亮が西北風を転じて東南風に変えることのみが述べられるが、『八犬伝』では犬村大角が赤凸百中、ゝ大が風外道人に扮して、西北風を吹かせることを扇谷・山内に保証し、最初はその通りに西北風を吹かせるが、後に東南風に変える。第三に、『三国演義』では火攻する側の黄蓋が自軍において葦・柴・硫黄焔硝を用意するのであるが、『八犬伝』では犬村大角と浦安友勝が敵を欺いて船・柴草・焔硝を調達することになっている。こうした相違をもっと簡明に概括するならば、『三国演義』では曹操は何ら為す所なく火攻されるだけであるが、『八犬伝』では扇谷・山内が積極的に火攻を計画し、そのためにかえって里見方の術中に陥って反攻される、ということになろう。これを第百五十四回を批評した殿村篠斎の言葉（『八犬伝九輯下帙之下乙号中套略評』）を借りていえば、

大石憲重が三国の時も云々と火攻の事をいひ出たる、こなたの火攻をすなはち又かなたにもはかるところとして、まづかれよりしかけさせてのだったいは奇妙ともきめうかんしん也。

ということになろう。すなわち、大石憲重が、

いと憚りに候へども、順風烈き折を待て、風上より火を放ちて、敵を焼くにしくことなし。昔唐山三国の時、呉の周瑜が、曹操の、大軍に克《かち》けるも、只風と火の帮助《たすけ》に据《よ》れり。（第百五十四回）

と火攻を提案し、それを入れて扇谷・山内が先に火攻を仕かけたところ、里見がこれを利用して反攻したことを採りあげているのだが、注目すべきことは、それを『三国演義』の「だったい」（奪胎）と捉えて、高く評価していることである。確かに里見の火攻は、『三国演義』の火攻の経緯を逆転させたものとも、一捻り加えたものともいうことがで

き、そこに換骨奪胎の妙が存するのである。

　そして、そうした作意は、『八犬伝』を仔細に読みなおしてみれば、篠斎の指摘を待つまでもなく、馬琴が夙に第百五十三回に示唆していたのである。すなわち、犬阪毛野の火攻の計略を知って、里見の家老東六郎辰相《とうのろくろうときすけ》は、「但今番《こたび》の水戦《ふないくさ》を、唐国《からくに》三国の時、呉・魏赤壁の故轍に拠りて、風と火をもて謀るとも、敵も亦然ばかりの、利害は前より知れるなるべし」と懸念する。それは、三国時代の戦略の二番煎じはもはや通用しない、といっているのであり、更にいえば、それでは『三国演義』の趣向と変らないではないか、といっているのである。つまり辰相は、読者を代表して趣向の二番煎じを指摘しているのである。これに対して里見義成は、

> 否とよ。那《かの》赤壁の闘戦に、周瑜が敵の船を焼けるは、曹操が愸《なまじい》に、冬月《ふゆのつき》は東南の風稀なりと思ひし故なり。然るを孔明が風を禱りき、と羅貫中が演義には載《のせ》たれども、陳寿が三国志には、風を禱るの事なし。恐らく那風は偶然ならん。亍《そ》は左《と》まれ右《かく》もあれ、毛野は、必胎を奪ひ、骨を換《かゆ》る奇計あらん。落成《しあげ》を見るに如《しく》ことあらじ。

と応じるのであるが、これは一には、火攻の戦略は羅貫中の『三国演義』の趣向の襲用であることを表明したことである。が、それのみならず、二には、後回に描かれる、犬阪毛野が敵を欺いて風向を変える計略は、『三国演義』の趣向の「胎を奪ひ、骨を換る」ものである、と説明してもいるのである。このように、右の文章は、『三国演義』の火攻の換骨奪胎であるという作意をほのめかしたものであり、その換骨奪胎の処をこそ味わってほしい、と読者に読み方を教唆しているのである。

　もう一つ、『三国演義』の火攻の趣向を換骨奪胎した処がある。それは、前に相違の第三として挙げた、犬村大角と浦安友勝の敵船の詐取の話（第百七十三回）である。あまつさえ犬村大角の場合は、三浦義同が借し与えた船に三浦の「水幟《ふなじるし》」を建てるよう要求したのに対し、

小可《やつがれ》は、扇谷殿の先鋒にて、当家の加兵《かせい》にあらざるに、縦艦《たとひふね》を借るとても、当家の水幟を建られんは、こも亦事の宜きにあらず、

と、すっかり扇谷の家臣となりおおせた台詞を吐いて、三浦を信服させてさえいる。さればこそ篠斎も、

火船を敵がたてにこしらへさするだったいくわんこつの妙のみならず、そのべんそのり、しうらう（周郎）より又一とう高しといふべし。船じるしなどいよ〳〵妙也。（同前）

と、奪胎換骨の妙および犬村大角の弁利口才を高く評価したのである。犬村大角が詐降する点は、麻生磯次氏が述べた如く[3]『三国演義』の黄蓋のそれを摂取したものであるが、この敵船の詐取は馬琴の新たなる創造なのである。

以上のように、馬琴が『三国演義』の趣向をどのように換骨奪胎しているかを検討することによってこそ、対管領合戦の叙述において馬琴が意図した面白さが初めて理解されるのである。これはあまりにも自明な読み方であるのだが、従来はこのあまりにも自明な読み方さえ為されていなかったのであり、従ってその面白さも理解されず、評価が低くなったのである。だから、以下私は、対管領合戦の幾つかの部分を対象として同様な検討を繰返し、その面白さを発掘しようとするのである。

三

『八犬伝』第百六十一回に、麻呂《まろ》復五郎《またごろう》重時《しげとき》とその養子信重《のぶしげ》、および安西成之介《なりのすけ》が西の河原（今井）と妙見島にある敵の二柵を破ろうと思う段がある。そこには大砲が備えられていて侵入し難いので、犬川荘介は、藁人形を船に立てて敵の矢と弾丸をそれに吸収させ、再度同じことをして、敵が先度のから攻撃に懲りて攻撃してこない間に三人を渡

河させる、という計略を考えついた。この計略は水戦の四・五日前の十二月三・四日に実行され、三人は水中の鎖を断ち切り、敵の柵にしのび入って火を放つことに成功する。この計略を聞いて誰もが想起するのは、馬琴自身が、

元人東都の羅貫中が、三国志演義に載たりと云、那《かの》魏公曹操が、呉の孫権を、攻伐《せめうた》まく欲しける、赤壁の闘戦《たたかひ》以前に、呉の都督周瑜が胸狭くて、劉玄徳の軍師なりける、諸葛孔明の才を忌む故に、猛可《にはか》に数万の箭を求めて、其箭、約束の日を違へず、速《すみやか》に作り出さずは、罪をもて斬らんといひしを、孔明輒《たやす》く諾《うべ》なひて、敢て困じし面色《おももち》せず、藁偶人《わらにんぎやう》を多く作りて、亓《そ》を数十箇の艦に建て、野干玉《むばたま》の夜の深《ふけ》し時候に、敵の守る城ある所の、江辺に漕よせて、鼓を鳴らし鬨の声を揚げ、俄然として攻蒐《せめかか》るべき、勢ひを示せしかば、城の士卒等驚き譟《さは》ぎて、箭《や》を射出すこと、風に横吹く、驟雨《むらさめ》よりも繁かりければ、其藁人《わらにんぎやう》に立ッ処、幾万幾千條なるを知らず。既にして孔明は、思ひの随《まま》に敵の箭を得て、軈《やが》て艦を漕返させしに、其箭数万ありけるを、則周瑜に与えしかば、周瑜は其智に我を折て、いよよ娼《ねた》く思ひきといへり。

と記す如く、『三国演義』第四十六回（『通俗三国志』十九「孔明計伏周瑜」）の草船借箭の話である。だから、犬川荘介の計略は『三国演義』のこの趣向の脱化に他ならない、と簡単に済ましてしまうことになりがちである。ところが馬琴自身は、犬川荘介にこの計略は「唐の張巡」のものだといわせており、これに対して登桐山八良于《のぼきりさんぱちよしゆき》が前引の長文を引合いに出していぶかしむと、犬川荘介が、

張巡は、孤城を守りて、死に至るまで敢《あへて》屈せず、竟に矢種殫きしかば、張巡則藁を縛《つか》ねて、人のごとく作成《つくりな》す者一千余、是に黒衣を被せて、以《もて》夜縋《つりか》け下すに、潮兵（禄山がたの賊兵なり）争ふてこれを射る。久うして、乃其藁人《わらにんぎやう》を引揚還せば、潮兵の箭十万を得たり。その後復《また》人を縋け下すに、賊徒笑て、備を設けず。乃死士《しをきはめたるさぶらひ》五百《いほたり》を以、進て賊の陣営を斫《き》るに、潮軍大《いた》く乱れたり。遂に壘幕を焼て、奔るを追ふこと十余里と、唐書

第百九十二、忠義列伝、張巡の伝に見えたり。

と、『三国演義』の話の本事は『新唐書』百九十二張巡伝に在ることを明かすのである。従って、『八犬伝』の犬川荘介の計略も、本事は張巡伝に存することになる。とすると、『八犬伝』の話は、単に『三国演義』の脱化として済ますことはできない。それは、一には、『三国演義』の話に更に後日談が付加されている。つまり、後日、同様に藁人形を用いて敵の油断を見すましてから攻撃するという、新たなる奇抜な趣向が累加されているのである。二には、『三国演義』の趣向の本事を発見し紹介しているという意味を、それは備えている。馬琴は、『三国演義』の趣向を襲用しただけでは篠斎のような和漢にわたっての小説通である読者を満足させ驚かすことはできないことを、知悉している。そうした読者に対しては自己の小説学の蘊蓄を傾けて新奇意外なる知識を呈示しなければならぬ。その結果が張巡の話の開陳となったのであるが、それは銭静方の『小説叢考』、蔣瑞藻の『小説考証』『小説枝談』、魯迅の『小説旧聞鈔』、孔另境の『中国小説史料』、ひいては近時刊行された沈伯俊・譚良嘯編『三国演義辞典』（一九八九年、巴蜀書社刊）「草船借箭」も言及していないものであった。すなわち、馬琴の「草船借箭」の本事の発見には前人・近人の未だ指摘し得なかったものの呈示という功績が存するのである。馬琴がそうした功績を獲得できたのは、辻原元甫編訳の『知恵鑑』（万治三年刊）、八第十五話に「唐の張巡わら人形を作る事」があり、その「唐」という語から調査の手掛りを得たからかも知れぬ。

　それはともかく、張巡伝の話は、有名な「草船借箭」の話に更に、新たなものを加えているという創造的な趣向である。さればこそ、殿村篠斎は、

　三国志は、ただ矢をとるのみ。これはてき《（敵）》をこり《（懲）》さして矢玉をとどむる一きよ両とく、かのしょかつ《（諸葛）》の矢をとるはぐわんらいわけがちがふてあれど、まづさしあたり此ところしょかつの上にいづともいふべし。まへにもいへ

> り。くわんこつだったい、みなことごとく何事もその上にいでずといふ事なき。さりとてはかんぷく也。矢とりをここへまはされたる、そのまくばりはいふまであらず。さてこれをちゃうじゅんにならひてといひ出させ、よしゅきに三国志ゐんぎをいぶかりとは《(問)》せ、そのじつはちゃうじゅんにて、とうしよそれの巻その伝にあるのもとをさとし、猶ことのついでによじ《(余事)》をもかれこれ弁ぜられたる、れいのもっともひえき《(裨益)》のところ。三国志のかの事どもは、さつがふ《(撮合)》の事なるよしは、おのれらもかねてはききてもあれど、とうしょ《(唐書)》いまだ見だにしらねば、かのこれも又ききおぼえにその忠はかねてしりてあるちゃうじゅんがもとにてあるを、はじめて知り得、三国志のうへあきらかになれるのみならず、ちゃうじゅんがちけい《(智計)》さへしられて、いと〱よろこばし。（『八犬士伝九輯下帙之下乙号中套愚評』）

と、換骨奪胎の妙と、本事発見の有益なることとを賞賛しているのである。馬琴の作意を指摘して肯綮に当ったもの、というべきである。

四

『八犬伝』第百六十三・四回は、今井と妙見島の柵を撃破した犬川荘介と犬田小文吾が、上杉朝良・千葉介自胤の軍と対戦する段である。自胤の陣には「本朝の呂布」（第百六十三回）といわれる上水《うえみず》和《わ》四郎《しろう》束三《つかみつ》がいて、四、五十斤の鉄《かな》撮棒《さいぼう》をあやつるが、これに小文吾は樫の枝を持って相手する。束三が疲れて危うくなると、敵陣からはまた大まさかりを手にした巨漢赤熊如牛太猛勢《しやくまのによぎゆうたたけなり》が加勢に入ってきたが、小文吾はたやすく二人をうち倒す。

馬琴がわざわざ「本朝の呂布」と記しているくらいであるから、この小文吾の大活躍の場面を読むと、ただちに『三国演義』第五回の三戦呂布の話が想起される。董卓が虎牢関に兵を駐屯すると、公孫瓚ら諸侯がそこに赴いて敵を迎える。劉備・関羽・張飛もこれに従う。董卓の勇将呂布が河南の名将方悦を斬って落したのを始めとして大暴れをし、公孫瓚に迫ると、張飛が迎え出ずる。が、張飛の槍も次第に乱れるので、関羽が八十二斤の青竜刀を振って加勢に出る。呂布は二人を相手に三十余号戦うと、今度は劉備も剣を持って加勢に入り、呂布は更に三人を相手に戦うが、やがて分が悪くなって退く。この場面における呂布は、張飛・関羽という二大豪傑を相手にして対等に戦うのであるから、張飛や関羽よりも力量は上であると推察されるが、それはともかく、この呂布と張飛・関羽の戦いが粉本となって小文吾と束三・猛勢の戦いとなったことは明らかである。この場合の小文吾は、原拠の呂布に相当し、「本朝の呂布」といわれる束三は、むしろ旗色の悪い張飛に相当し、加勢する猛勢は関羽に当るのである。

ところが馬琴は、この三人の戦いの場面に次のような文章を挿入する。

譬ば唐山三国の初に、冀州の刺史袁紹が、万夫不当と負みたる、二勇士顔良・文醜が、関雲長と戦ひしも、恁《かく》やとぞ思ふ奪激突戦、細に名状すべからず。

関羽が「万夫不当」の顔良と一騎打ちして、これを斬って捨てたのは、『三国演義』第二十五回（『通俗三国志』十「関羽白馬刺顔良」）のことであり、日を隔ててまた文醜と一騎打ちして、これも斬って落したのは、第二十六回（同右「関羽延津斬文醜」）のことであった。だから関羽は、顔良・文醜を同時に相手としたのではない。にも拘らず、小文吾が同時に二人の敵と戦ったことの比喩として用いているのであるが、それは比喩としてぴったりと符号することなく、何か焦点がずれた感がある。この場面に比喩を用いるのならば、張飛・関羽を同時に相手とした呂布を出すのが最も適切ではなかろうか。「本朝の呂布」とわざわざ記しているくらいの馬琴であるから、さようにすべきであることは勿論知っているはずである。それなのに、そうしなかったということは、いぶかしい。これには何か理由があるはずである。

その理由を、私は次のように考える。前述した如く、小文吾は原拠の呂布に相当するのであるが、しかし『八犬伝』では束三が「本朝の呂布」に当てられており、小文吾は呂布にも匹敵する束三をたやすく倒す超人的大豪傑として描かれている。その小文吾を、顔良・文醜を斬った関羽に比擬したということは、関羽をも呂布をたやすく倒すほどの超人的な大豪傑に仕立てることになる。原拠の三戦呂布における関羽は、前述した如く、呂布よりも力量が劣って見えるのであり、そのことは『三国演義』の中心人物たる劉備・関羽・張飛を贔屓している大多数の読者を残念に思わしめるのであるが、右のような翻案方法と比喩に拠って関羽を呂布以上の豪傑と擬定すれば、読者の不満は解消されることになる。ということは、馬琴が『三国演義』第五回の関羽の描き方に不満を抱き、それを中心人物を矮小化する描法として批判し、そうした欠陥を改良すべく、右の如き方法を用いて関羽を非凡化した、ということでもある。

小文吾の活躍を描いたこの段を篠斎が批評したものは、現存していないのであるが、『三国演義』に精通していた篠斎が、否、のみならず、近世の少からぬ『三国演義』通の読者が、三戦呂布の翻案であることに気づいていたことは、高い確実性をもって推測できる。そうした読者は、馬琴が小文吾を顔良・文醜を倒した関羽をもって比喩しているとに、何かしら異和感を抱くのではあるまいか。そして、馬琴がずれた比喩を行なっていることの理由を考えたくなるのではなかろうか。そこまでゆけば、馬琴の目論見は半ば成功したのであるが、馬琴のずれた比喩は、『三国演義』の描法を改良していることを、読者に気づいてもらうための暗号なのではなかろうか。とすると、これは一種の「隠微」の筆法でもあるのだが、また『三国演義』の換骨奪胎でもある。だから、これまた創意工夫を凝らした翻案であって、単なる趣向取りではないのである。

五

国府台《こうのだい》の城では里見義通をいただいて、犬塚信乃・犬飼現八が防禦使となっていた。従う軍勢は一万二千人。これを鎌倉管領山内顕定・前関東管領足利成氏・副将上杉憲房の率いる四万が襲うのである。顕定は、そのために駢馬三連車という新兵器を考案していた。それは、

車は高三四尺にて、俗に云大八車に似たるを、三輛相連ねてもて一車とす。亓《そ》が上に勾欄《やたい》あり。是に相乗れる武者一十二名、其六人は前に在り、六名は則後に立り。是中央は弓手にて、左右は則銃《てつぼうぐみ》手なり。馬六疋をもてこれを行《やら》しむ。車の左右に両個の御者あり。槍を挟み、鞭を執れる、人はさらなり、馬も皆、薄鉄《うすがね》の面罩馬鎧《つらぬきばぐそく》を、透間もあらず、身に擐《つらぬ》ける、（第百六十五回）

というものである。里見軍はこの戦車に苦戦したが、信乃は、牛の角に松明を結びつけて敵の戦車を焼く火牛の計を考えついた。折から牛は見当らなかったが、里見義成が山狩りをした際に殺さないでおいた猪が六十五頭いたので、その牙に松明をつけて、一度にこれを解き放った。駢馬三連車は忽ち焼きほろぼされた。

この駢馬三連車を馬琴が考案するに当って、彼の念頭に先ず存したものは、『忠義水滸伝』第五十五回の「連環馬軍」であろう。それは次の如く、二度にわたって、説明されている。

馬ハ馬甲ヲ帯ビ、人ハ鉄鎧ヲ披《き》ル。馬ノ甲ヲ帯ブルヤ、只ダ四蹄ノ地ニ懸クルモノノミヲ露《あらは》シ得、人ノ鎧ヲ披ルヤ、只ダ一対ノ眼睛ノミヲ露着ス。

三千匹ノ馬軍ヲシテ、一排《タイ》ト做《な》シテ擺着《てくばり》セシメ、三十匹毎ニ一連シ、却ツテ鉄環ヲ把《も》テ連鎖シ、但ダ敵軍ニ遇ヘ

バ、遠キハ箭ヲ用ヒテ射、近ケレバ則チ鎗ヲ使ヒ、直チニ衝キ入リ去リ、三千ノ連環馬軍、分チテ一百隊ト作《な》シテ鎖定ス。

これを読むと、馬に鎧を着せる点では馬琴の駢馬三連車と共通するが、車両を連ねて馬に引かせる点と三十匹の馬を鉄環で連ねる点とは大きく異なるのである。また、『忠義水滸伝』第五十七回では、連環馬軍は、

今歩軍ヲ将《ひき》イテ山ヲ下リ、分ツテ十隊ト作《な》シテ敵ヲ誘ヒ、但ダ軍馬（連環馬軍）ノ衝掩将シ来ルヲ見レバ、都テ蘆葦荊棘林中ヲ望ンデ乱走シ、却ツテ先ヅ鉤鎌《かま》鎗《やり》ノ軍士ヲ把《も》テ埋伏シテ彼《かしこ》ニ在《お》キ、十個毎ニ鉤鎌鎗ヲ使フヲ会スル的《もの》ニ、十個ノ撓鉤《くまで》手《つかい》ヲ間着《あいだにいれ》シ、但ダ馬ノ到ルヲ見ナバ、一攪《かきみだす》シテ鉤翻《ひっかけてたおす》シ、便チ撓鉤ヲ把テ搭《ひっかける》将入シ去リ捉了《とらえる》セン。

という方法で撃退されるのであるが、この点も『八犬伝』の火猪の計とはまったく異なるのである。

また同時に馬琴の脳裏に存した戦術は、『三国演義』第四十七回の「連環計」であったろう。周瑜は曹操の水軍の船を焼き払うべく、龐統を曹操に詐降させ、さて龐統は曹操に連環計を説く。それは、

若シ大少ノ船ヲ一処ニアツメ、或ハ三十ヲ一手ニ合《あは》セ、或ハ五十ヲ一列トシ、首尾ニ鉄ノ鎖ヲ付ケ、環《たまき》ヲ以テ、連ネ集メ、上ニ走《はしり》ノ板ヲ舗イテ、ソノ上ヲ往来セバ人モ馬モ平地ヲ行クヨリ安カラン。若コレニ乗ルトキハ、風ニ随ヒ潮ニ任セテ、上リツ下リツ、ソノ意ノ如ク、大浪ニモ動カズシテ、舟ノ中自ラ安穏ナラン。

（『通俗三国志』[4]十九「龐統詐献連環計」）

と、多数の船を一まとめに結合するものであった。このように多数の船が結合されたために、東南風に乗じて火が放たれると、曹操の船団は、各自に逃れることもならず、潰滅するのである。『八犬伝』の駢馬三連車は、馬車を連ねる点が船を連ねる点と趣きを同じくする。また、駢馬三連車も連環船も火を放たれることによって敗退する。かように

して器具を連ねる方法と火攻をもって撃退する戦法とは、双方に共通するから、馬琴は勿論『三国演義』の連環計に重大なヒントを得たであろう。しかし、仔細にいえば、馬車を三輛連ねることと船を何十艘も連ねることとは、やはり相違している。猪を利用して火を放つことと風に乗じて火を放つことも、相違している。そして、そうした相違は、馬琴が意図的に創出したものなのである。

馬琴が車輛を連ねることを思いたった、そのヒントは、「我嘗唐山古昔の軍旅を思ふに、周末戦国の時までも、皆是車戦を宗とせり」(『八犬伝』第百六十五回)に窺えるように、中国の車戦に存したのであろう。この場合、中国の戦車の様式を具体的に知る必要が生じるが、それは明の王圻の『三才図会』器用五巻や、それを種本として作成された『唐土訓蒙図彙』巻八(平住専庵編、享保四年序、享和二年刊)の図を参照すればよかった。その内の「周元戎図」を後者に就いて示せば、次頁の如くである。

これを下の『八犬伝』の駢馬三連車の挿絵と見くらべてみよう。すると、駢馬三連車は、元戎をちょうど縦横二倍に拡大し、従って兵士の数が四倍の十二人に増加したものに相当することがわかる。馬に鎧を着せている点も等しい。ただし、駢馬三連車では二人の御者が左右の両端にいる(『八犬伝』の溪斎英泉の挿絵では車の両横の地面に描かれている。また、中央にいる筈の弓手が、後方に六人も描かれている)ことになっており、元戎では御者が真中にいるのであるが、それは横幅を二倍に拡げれば、おのずとそのように改変されよう、と考えておけばよい。また、武器が鉄砲に変っているが、それは天文八年(一五三九)に日本に舶来された鉄砲を、馬琴が史実に先んじて文明十五年(一四八三)の戦いに用いているからである。そのように考えると、駢馬三連車は元戎を拡大した、または接合したところから生まれたもの、ということができよう。

次に、火猪の計であるが、これは元来は火牛の計から発したものであり、火牛の計は斉の田単が用いたものである

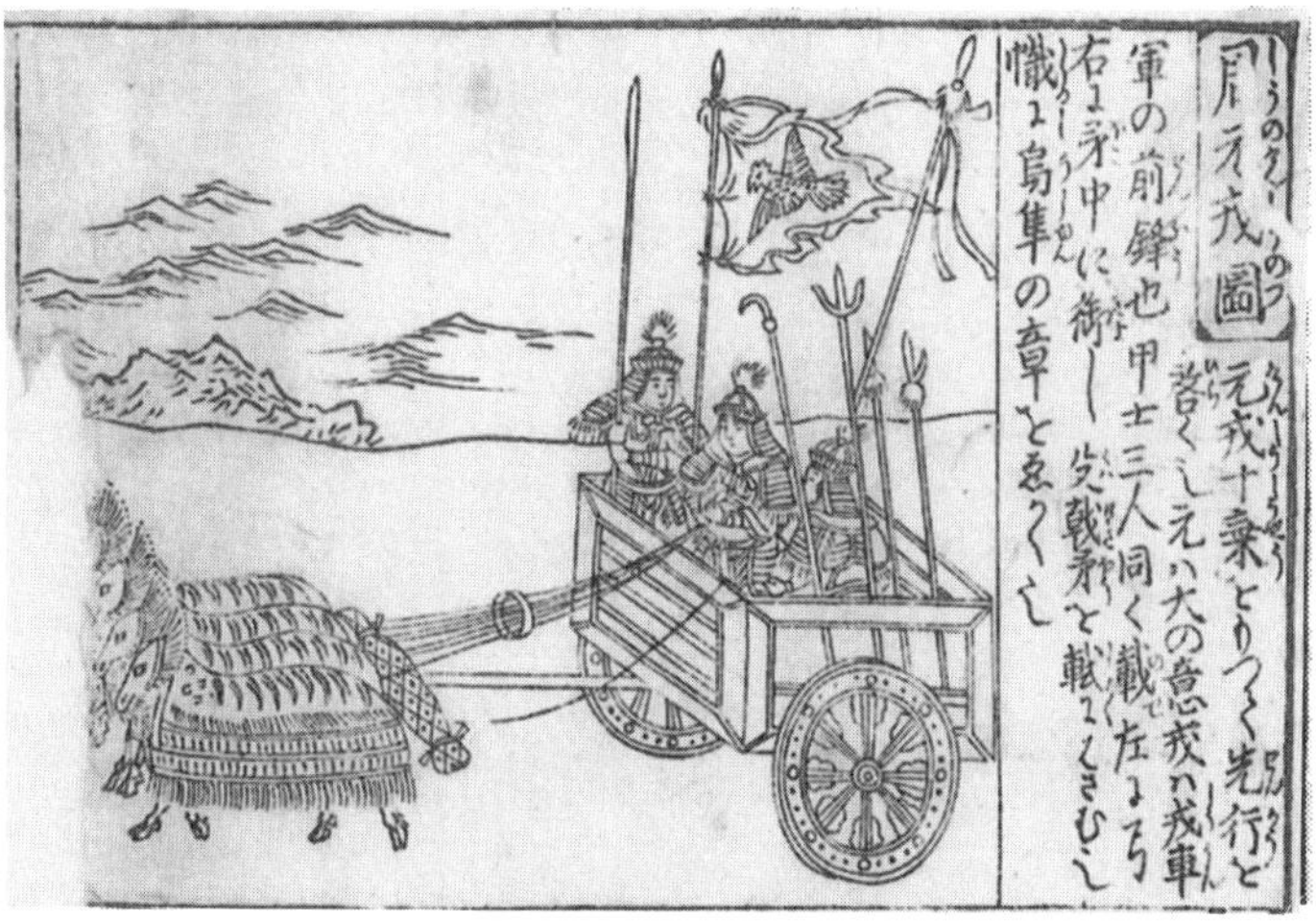

『唐土訓蒙図彙』「周元戎図」

『八犬伝』第165回挿絵「顕定駢馬三連車を作る」

こと（これも『智恵鑑』八第二十四話にある）、またそれが『平家物語』『源平盛衰記』等に斎明《さいめい》の計として描かれていることも、馬琴は第百六十五回に述べている。それなのに、なぜ火牛を火猪に変えねばならなかったのか。その理由は、やはり、第百六十五回に、

約莫這四下《およそこのあたり》なる荘客《ひやくせう》は、田圃を鋤せ候にも、東西《もの》を駝《おは》せ候にも、皆馬をのみ用ひて、牛を使ふ者とては、哀れ一人も候はず。上総には牛多くあれども、路近からねば争何《いかに》せん。

と記されている。「這四下」とは、下総の国府台近辺を指すことが前後の部分で確認できるのであるが、馬琴がこう記す背景には中村国香の『房総志料』三「上総付録」の、

山辺《やまのへ》・武射《むさ》の二郡牛無し。如何となれば、砂土にして、牛耕無ければなり。彼地の女児輩、偶牛を見るものは駭き懼る。

という記述があった。山辺・武射は現在の山武《やまむ》郡に属し、現市川市に属する国府台とは大きく距離が隔っているが、そこは事実にとらわれぬ小説のこと、馬琴はこの記述を山武郡から国府台に到るまで範囲を拡大して適用させ、鴻台あたりでは牛がいないから猪で代用させる、としたのであろう。とすると、火牛を火猪に変えたことは、地誌に基づく調査を踏まえてのことであって、その点に馬琴はひそやかな自負を込めていたことであろう。そうとすると、馬琴が火猪の計を構えたのは、最初は『三国演義』の火攻をヒントとしたのかも知れぬが、次にそれを田単や斎明の火牛の計に転じ、更にまた房総の地誌的事実に基づいてこれを火猪に転じたという、二重三重もの工夫を経た結果であった。そこにこそ馬琴は創意を働かせたのであり、明敏精読の読者にこの創意工夫を看破してもらいたく思っていたであろう。

以上のように考えてくれれば、駢馬三連車と火猪の趣向を、単に『水滸伝』の連環馬軍と『三国演義』の連環計の撮

合と称するだけで片付けることは、許されない。両者の兵器と戦法とに対して、馬琴は新たに考案した兵器と工夫を凝らした戦法とを別に用意したのであり、それは翻案ではあるといっても、既に一箇の創造のレベルに達しているものである。この第百六十五回について篠斎が批評した部分は、残念ながら現存していないのであるが、彼ならばさぞかしこの馬琴の筆法を「水滸・三国の換骨奪胎」と褒めちぎったのではなかろうか。

六

以上は、原拠を換骨奪胎する程度が大きいものを採り上げたのであったが、原拠をそのまま利用したと見えるものも、やはり換骨奪胎の一種であり、創意の一種であることを考えてみたい。

『八犬伝』第百六十八・九回に、京都から駈けつけて来て対管領合戦に参加した犬江親兵衛が長尾景春の二人の部下、梶原後平二景澄と荻野五九郎泰儀を追う場面がある。親兵衛は思わず葛西の底不知野《そこしらずの》の穴の内に愛馬青海波に乗ったまま落ちてしまい、上から、梶原景澄に刺し殺されようとするが、そこに既に横堀在村と新織帆太夫を斬って親兵衛の父山林房八の仇をかえした犬塚信乃がさしかかり、梶原および荻野を討って親兵衛を引き上げようとする。と、親兵衛は青海波にまたがったまま穴の内から立ち昇る白気にせり出されて、穴の外に出ることができた。信乃は、六年前、山林房八が破傷風の自分を救うために自害してくれた恩義に、今日、親兵衛を救うことによって答えることができたことを喜ぶのであった。

右の穴に落ちる話が『三国演義』第四十一回の趙雲の話を取り入れたものであることは、既によく知られている。劉備が十余万の軍と人民を帯同して江陵に奔った際、趙雲は追い来る曹操の大軍を防ぎ、糜夫人から託された赤児（後の蜀の後主）を懐中に抱き、張部と戦いながら走るが、忽然として土坑の内に落ち入る。張部が上から突き刺そうとすると、穴の内より紅光がたなびき、紫の霧が起って、趙雲が馬に乗ったまま飛び出で、張部が驚いている隙に脱れ去る。これは「懐ニ抱ケル小児、後ニハ天子トナルベキ、洪福アル」（『通俗三国志』十七「長坂坡趙雲救幼主」）を示す奇瑞であった。

この双方の話の内、親兵衛と趙雲が穴を出入する趣向は、ほとんど同一であるが故に、馬琴がまったく作意を加えることなく猿真似しただけに過ぎないように見える。そこには何の創造性も無いように思われる。しかし、その趣向の前後の話を読み比べてみられよ。両者はまったく状況が異なるのであり、しかも『八犬伝』の話には、物語内の時間でいえば六年前（文明十年）、章回数でいえば百三十回前（第三十六回〜八回）、製作年数でいえば十九年前（文政三年）に存在し、書かれた山林房八の義死、に対する信乃の報恩が描かれているのである。すなわち、芳隆閣上で犬飼現八と戦い、利根川の舟に落ちた信乃は、行徳に到ると破傷風のために重体になるが、山林房八とその妻沼藺の血を受けて傷が癒える。そこで、信乃は、

その子大八の親兵衛は、わが骨肉の弟に等し。後年里見殿に仕まつりて、倶に戦場に臨まば、某かならずこの子を資《たすけ》て、敵を鏖《みなごろし》にして功を譲ん。倘《もし》その戦ひ難義に及ばば、近づく敵を殺払《きりはら》ひ、或は箭面《やおもて》に立塞りて、その死に代りて今宵わが、受し再生の恩に答ん。（第三十八回）

と誓うのであるが、六年後（文明十五年）、百三十回後、十九年後（天保十一年）に信乃が親兵衛を救うことによって、この誓いが果される話が書かれたのであった。実に、「昔我行徳にて、和殿の親の終焉に、誓ひし言の虚《げ》しからで、今日果しぬる娯《うれ》しさよ」（第百六十八回）である。この信乃の報恩譚は、二人の犬士の貸借関係に決済が施されたものとして『八犬伝』全編の中でも相当に重要な意味を持つ話と認められようが、そうした報恩譚を形成するための一趣向と

して、馬琴はこの穴に出没する話を用いたのである。それは、『三国演義』における趙雲の超人的な武勇を示すものとしての趣向、ないしは蜀の後主の幼時の奇瑞を表わすものとしての趣向と、荷わされている意味がまったく異なるのである――もっとも、親兵衛が穴からせり出される趣向は、「霊玉の大奇験と、伏姫神の冥助」（第百六十九回）をも語っているので、その点は蜀の後主の奇瑞を示す意味と似かよっている――。すなわち、『八犬伝』の穴に落ちる話は、『三国演義』のそれとまったく異なる状況に嵌入されているが、そのことは、同一の趣向であっても、まったく異なる意味を賦与されてそれが再生されている、ということを語るものである。そして、そうだとすれば、それはもはや単なる猿真似ではなくて、なかなか創意が働かされた創造行為なのである。読み巧者の読者は、そうした趣向の再生の妙をよろこぶのであった、さればこそ篠斎は、

此土坑《つちあな》、趙雲を奇妙に書かへられたるおもしろさは、いふ上にもおよばずかし。

（『八犬伝九輯下帙下套之中拙評』第百六十八回）

趙雲奪胎換骨の此大意外の大奇妙、まことに感服かんぷく也。信乃においては誓言まったく、親兵衛にしては危はもちろん危なれども、かのいらこ崎の危とは事大に異にして、いささかも二危かさなるのさまたげ無し。

（同右第百六十九回）

と面白がっているのである。

七

二十八回の長きにわたる対管領合戦は、実際に要した戦闘時間は十二月八日の一日だけであった。たった二十四時

間以内の事柄を二十八回もかけて記述する点に、馬琴の精緻詳悉な筆力が発揮されているのであるが、その延々たる対管領合戦の叙述も大別すれば、たった三通りの合戦となる。そのことは馬琴自身が明言しているのであって、第百五十三回に軍師犬阪毛野の言に託して、

敵は陸地を宗とせず、必近きを貪りて、水路を径《ただ》に安房・上総へ、渡して早く当城を、捕《とら》まく謀る者多かるべし。陸は行徳・国府台、這両煞所《このふたせつしょ》に敵を引きよせて、奇兵をもてせば、破り易かり。水路は伏兵を用る隈なし。然ばとて、居ながら大敵を俟べからず。必勝べき策計は、只八百八人を、よく用るにあらざれば、皆殺《みなごろし》に做《な》しがたし。

と要約している如く、行徳、国府台の陸戦と洲崎の水戦なのである。洲崎の水戦は、最も主要な戦いである故に、対管領合戦の大部分にわたる第百五十一回から第百七十四回にかけて叙述されているといえるのであるが、その大筋は第二節に述べた。行徳の合戦は、第百六十一回から第百六十四回に及び、その内の部分部分に就いては第三・四節に述べたが、なお大筋を述べれば、五本松に拠った犬川荘介と犬田小文吾が今井と妙見島の柵をうち破り、上杉朝良・千葉介自胤の軍と対戦して二人を捕虜とする話である。国府台の合戦は、第百六十五回より第百七十一回に及び、その部分的な話は第五・六節に記したが、大略は、国府台の城に拠った犬塚信乃と犬飼現八が鎌倉管領山内顕定・前関東管領足利成氏・副将上杉憲房と戦い、途中で犬江親兵衛らも加って長尾景春と対戦するが、ついに足利成氏らは捕えられる、という話である。洲崎の水戦以後、第百七十五回から第百七十八回まで、なお細かい話が綴られているが、それらは犬村大角・犬山道節の存在を忘れさせないようにするための余譚と称してもよかろう。

このようにして三通りの合戦と多様な軍略が語られるのであるが、それらはすべて八犬士のそれぞれの活躍と結びつけて語られる。洲崎の火戦における、スケールの大きな八百八人の作戦は、軍師犬阪毛野によって立案されたのであり、犬村大角がこれを助けた。行徳の合戦では、犬川荘介が借箭の計略を考え、犬田小文吾が呂布または関羽ばり

の武勇を奮った。国府台の合戦においては、本章では述べなかったが、犬飼現八が長阪坡の張飛にも匹敵する威勢を示し、犬塚信乃は火猪の奇計を思い立ち、さらに犬江親兵衛には趙雲ばりの奇瑞が現じた。余譚では、犬村大角の新井城攻略と犬山道節の扇谷定正追走が語られた。これらの八犬士の活躍の大むねが、『三国演義』と『水滸伝』の戦略を換骨奪胎することによって叙述されていることは、述べた如くである。このようにして対管領合戦は、大別すれば三様の合戦と、細別すれば八犬士の各様の活躍とが、それぞれ描き分けられている。かような筆法を評価したくてのことであろう。篠斎は『八犬伝九輯下帙下套中評』に次のように述べた。

本輯はじめ一わたり見たりし時、ひそかにおもへらく、結局大戦第一主たるの洲崎の火戦、かねておもへるほどにもあらず、国府台の意外の妙にはおとれり、其余の妙所とり〴〵なれども、猶くらべては何とやらん前輯のかた妙まされるやうにおもはれしが、熟覧のうへにてよく考へておもへば、しか見たりしは浅かりき。国府台幷ニ行徳は前より仕組のはしを少しも見せらるるには無くて、その時その場に出くる妙なるゆゑ、意外のはえも一しほ也。かつ其勝敗もいはゆる臨機応変の計策にての勝なるゆゑ、一段と花も見ゆめり。洲崎は前々々輯の末より仕組を見せられて、だん〳〵と妙を書きよせて有なれば、ここにいたりて又別に意外の事あるべくあらず、かつ十分にはかりすましての上なれば、一時に焼破るの外、てまひまのいるはず無し。かの赤壁もすなはちその如し。かの火戦の所には別に何の意外かある。孔明江を渡りて孫権を激し、周瑜会して掌中の合字より種々さま〴〵、すべて皆赤壁一時火戦の仕組の妙ども也。これも前前々輯定正諸候を連ぬるの大兵をおこし、毛野八百八人の計を呈するよりして、前々輯五冊は大かたにその仕組みな洲崎一時の火戦にかかるの妙と也（ママ。どもカ）。猶いはば、東良の義死、増松の奇勇、黄蓋を転じられての朝寧の意外(5)など、赤壁のかの所にあらざるよけいの妙ならずや。かかれば洲崎の戦は本輯にてこそ見るところ良からね、その妙どもは編をかさね、いかにも結局第一の主たる大戦、戦の貫目、国府台にくらべいふべきならず。ただ一輯〳〵の見る所をもてくらべおもひしは、かへす〴〵もいと〳〵浅かりき。

一見すると、行徳及び国府台の合戦の叙述の方が妙計が次々に出でて見栄えし、洲崎の火戦の描写は期待が大きすぎたために失望するが、実は洲崎の合戦の叙述は、二十回前の第百五十回から、即ち第九輯下帙之下乙号上套から仕込みが始まり、同中套・下帙下編上を経て、下帙下編之中に至って結局する一大叙述であるから、その叙述全体を展望して評価しなければならぬ、というのである。すなわちこれは、行徳・国府台・洲崎と合戦が三大別され、行徳・国府台の合戦はともに五回分ほどの回転が早い叙述であるが、洲崎の水戦は四輯にわたる遠大な叙述であるというように、三者三様に叙述法が異なることを指摘し得た批評なのであった。さればこそ馬琴は、篠斎の詳細長大な批評の内でも最も右の一文を喜び、その上欄に次のような異例に長い書込みを行なっている。

作者云、事評の内中、此水陸三戦の差別をいはれしは、是第一の妙評にて、作者の意裏に泝り、其肺肝を見るが如しとやいはん。是等は見巧者中の見巧者たる所以にして、世の看官のおよぶべきにあらず。此余、毎会《ママ》の精評至当至妙なる多かれども、その百千万言よりも此幾くだりの評にて水陸三戦の妙要を尽くされしとやいふべからん。かへす〳〵も感心也。

作者の作意を指摘して正鵠を射た適評、と賞揚しているのである。作者がこれほどまでに明快に自己の作意を説き明かしてくれている例は、日本の古典文学、否、世界の古典文学においてもめったに無いものであろう。馬琴の研究者たるもの大いにこれを活用すべきであって、一九八八年以来、篠斎の『八犬伝』評を収めた『早稲田大学蔵資料影印叢書　馬琴評答集』が刊行されているのに、これが利用された研究が未だ出ていないのが不思議なほどである。それはともかく、馬琴の作意と当時の読み巧者の読み方は、如上述べ来った通りであって、それを参考にして読み直すと、『八犬伝』の対管領合戦の部分は、創意が加えられていて、大層面白く読めるものではないか。だから、研究者や読者が従来の軽々な評価を鳥呑みし踏襲している段階は、もうここらで乗り越えて、我々は新たに馬琴が目指した作意を把握し、それがどの程度に達成されているか否かを測定する、という読み直しの作業を、今後は開始し継続してゆくべきであろう。

注

（1）馬琴がお路を相手に口述筆記を行ない始めたのは第百七十七回からのこと（『八犬伝』回外剰筆）である。しかも対管領合戦の構想は『八犬伝』執筆開始の頃にあったという（『八犬伝』第百六十四回末尾）から、失明後の口授作で準備不足、ということを理由とする考え方は成り立たない。

（2）麻生磯次氏『江戸文学と中国文学』第三章第二節六「里見八犬伝と三国志演義其他」が、対管領合戦の戦略の諸原拠を示した唯一の論考である。

（3）注2参照。

（4）『通俗三国志』は信頼できる翻訳である（拙編『対訳中国歴史小説選集』第四巻『李卓吾先生批評三国志』解説）ので、その訳文を引く。

（5）『三国演義』第四十九・五十回では、曹操に詐降した黄蓋が、火攻されて逃亡する曹操を追ううちに却って張遼から矢を射られ、水中に落ちたところを呉の韓当に救われる話がある。『八犬伝』第百七十・七十四回には、扇谷定正の庶子の上杉式部《しきぶの》小輔《しょうゆう》朝寧《ともやす》が犬山道節から矢を射られ、海中に落ち、やがて古利根川に流れ入って犬飼現八に救われる話がある。この両者の関係を、篠斎は、翻案、または換骨奪胎と見たのである。

（『読本研究』第七輯上套　溪水社　一九九三年九月）

第十六章　『続西遊記国字評』の史的位置と意義

馬琴の『続西遊記国字評』が『続西遊記』の研究史上において如何ような位置を占め、存在意義を有するか、という問題について私見を述べたい。

『続西遊記』全百回は、稀覯書である。大塚目に登載されている版本と所蔵先を、古いものから順次挙げれば、次の如くになる。

1　嘉慶十年（一八〇五、文化二年）刊　金鑑堂蔵板　天理図書館
2　同治七年（一八六八、明治元年）刊　漁古山房刊本　北京図書館、張穎・陳速
3　同治十年（一八七一、明治四年）刊　漁古山房刊本　天津市人民図書館、周紹良
4　十行二十四字小型本　山口大学人文学部
5　四十九回本　北京市首都図書館

このほかに、後述する如く明末清初の人董説（一六二〇―一六八六）が該書を読んでいる記録があることに拠って、清初の刊本、あるいは更に溯って明刊本が存在していたことも考えられるが、それは未発見である。今のところ、該書は欠本をも含めて僅か七部の存在しか知られていないのである。

中国白話小説の古版本は、中国よりもむしろ日本に伝存する場合が多い。そこで、その手掛りを求めて『小説字彙』

（寛政三年刊）、『江戸時代における唐船持渡書の研究』『宮内庁書陵部蔵舶載書目』に該書の名を求めてみたが、いずれにも見出すことができない。馬琴が『国字評』の後跋にいうように、伊勢の殿村篠斎は該書を所蔵していた、即ち化政天保の交には日本に渡来していたのであるが、その痕迹はこれら三書、特に後の二書に求めても見当らない。

馬琴が閲読した該書のテクストは、『国字評』第一条に拠れば、巻一の表紙裏に「嘉慶十年新鐫」と記されていたというから、正しく金鑑堂蔵板のものであったろう。伝存部数が稀少な状況から推すと、天理図書館に蔵される金鑑堂本が篠斎の所蔵し、馬琴の閲読したテクストであったろうと思われるが、私はまだ天理本に就いてそれを確認することを行っていない。しかし、馬琴が該書の現存の版本の内では最も古いものを閲読することのできた、稀少な読者の一人であったことは、確言できるのである。

『続西遊記』は、近年になってやっと中国で翻印された。その一は、一九八六年三月に江蘇文芸出版社から刊行された、路工氏と田牧氏の校点のもの。路工氏の「前言」に拠れば、この書は嘉慶十年の金鑑堂本を底本にしたというが、しかし日本の天理図書館にしか無いテクストをどうやって路工氏らが底本にすることができたのか、その経緯が述べられていなく、底本については疑念を抱かされる本である。また、本文中の「玄理」を宣揚する文字を删去したというから、完全な翻刻とはいい難い。その二は、一九八六年七月に春風文芸出版社から刊行された、張穎氏と陳速氏の校点のもの。同治七年版を底本とし、同十年版と無刊記版とを参照しており、本文は全部翻字しているが、毎回に付されている「総批」は删去されている（江蘇文芸出版社本には「総批」が翻字されている）。また、末尾に張穎・陳速両氏による「古本《西游《ママ》》的一部罕見続書——《続西游記》初探」なる一文が付されている。

この両書の刊行によって、『続西遊記』をようやく多くの読者が読めるようになったわけだが、しかしそれ以前は中国においても殆ど読むことができなかった。そこで、魯迅の『中国小説史略』第十七篇「明之神魔小説（中）」、劉大傑の『中国文学発展史』らはこれを「未見」と記した。また、稀代の文献収集家鄭振鐸は、「続西遊ハ則チ極メテ罕覯為リ」といった（「記一九三三年間的古籍発見」『中国文学研究』下冊所収）。このように閲読が難しい理由は、ひとえに伝本が稀少であることによる。

従って、中国にあっても、該書の内容について発言した記録は、極めて少ない。馬琴以前の人では清初の董説が、

続西游ハ摹擬シテ真ニ逼ルモ、拘滞ニ失ス。比丘霊虚ヲ添出スルハ、尤モ蛇足為リ。（「続西游補雑記」。『西游補』巻頭。魯迅や郭箴一の後掲書がこれを引く。一九八三年四月、上海古籍出版社本あり）

と極く簡単に評しているだけである。馬琴以後の人では、

高閬仙謂フ、「此ノ書ハ乃チ反案文字ナリ。記スル所ノ孫悟空・朱八戒等、均ク其ノ法器ヲ失フガ如キハ、無用ニ帰ス。」顧実以為ク、三蔵師徒ノ西土ニ在リテ経ヲ得テ還リ、又タ許多ノ艱険ニ遇フヲ叙ス。前書ニ既ニ諸人ノ已ニ道ヲ得タルヲ云フニ、而モ仍ホ往時同様ノ苦辛ニ遇フ、殊ニ蛇足為リ。且ツ文辞モ亦タ暢達ヲ欠ク。佳作ト称スル能ハズ。（郭箴一の『中国小説史』第六章「明代」第一節「明代的四大奇書」㈢「西遊記全伝」）

と、二人の近人が寸評を下していただけであった。その次にやっと前述した路工氏の「前言」、及び張穎・陳速両氏の論考の如き、現代の研究者の比較的詳しい言及が生まれてきているのである。

かように展望してくると、馬琴の『国字評』は、一九八六年以前においては、日中にわたって極めて数少ない『続西遊記』批評の一であり、詳細で本格的な批評という点においては唯一のものである、ということができる。しかもそれは、実際に小説の創作に長年携ってきた作家が積年の中国小説学の蘊蓄に基づいて為したものである。さらにまた、既述した部分から窺える如く、それは現存の版本中では最古の、それだけに善本といえるテクストに拠って行わ

れたものである。既にかような書誌的・研究史的方面のみから考察しても、『国字評』は、『続西遊記』の非常に稀有で貴重な批評なのである。これが『早稲田大学蔵資料影印叢書　馬琴評答集㈤』（平成三年九月発行）によって広く世に紹介されることになったが、特に中国の小説研究者が以上の如き位置と意義とを理解して、これを活用されることを切望するものである。

（『早稲田大学蔵資料影印叢書　馬琴評答集㈣』早稲田大学出版部　一九九〇年十二月）

第十七章　『続西遊記国字評』評

――『八犬伝』の機変論に及ぶ――

曲亭馬琴の『続西遊記国字評』が日本と中国にまたがって、現在に到るまで、『続西遊記』の唯一の本格的な批評であることは、前章に述べた。本章では、馬琴のこの批評がどの程度に『続西遊記』の主題に迫り得ているかを批評し、さらに馬琴が『続西遊記』を読んだことが『八犬伝』にどのように投影しているかを検討する。

『続西遊記国字評』は、近時『早稲田大学蔵資料影印叢書　馬琴評答集㈤』に影印され、柴田光彦氏の解題にその成立事情が記されているが、天保四年（一八三三）五月十三日に完成された。その外に、その原型は既に、天保三年七月一日付殿村篠斎宛書簡に述べられていることを加えておこう。

一

該評には全三十四条にわたって批評があるが、その全てに言及することは今は許されない。本章では主題論に限って論述する。

馬琴は、

この編の作者、前記（筆者注、『西遊記』をいう）に孫悟空等がなす所機変多く、且殺生の事あるを嫌へり。（第二条）

悟空は、機変を好むゆゑに、魔を惹くこと多く、霊虚子は、機変を好ざるゆゑに、その心術まされりといはばいふべし。（第三条）

と、該評の始めにたて続けに〝機変〟という語を出し、『続西遊記』においては機変が鍵語なることを予告するかの如くであるが、はたして第四条に到ると長々と機変について説く。それは、

機変は、独《ひとり》仏法に嫌ふのみにあらず、いにしへの聖人大賢、みな機変を嫌ざるはなし。

という書き出しで始まり、以下、漢と和の権力者が機変を用いたために子孫の滅亡を招いたとする例を延々と挙げる。(1)

そして、その後に、

只この機心の動く処、魔障をみづから惹出して、敗れに及ばざるもの稀なり。（中略）凡機変の害あるよしを、世俗に教諭したりしかば、是よりして世に悟るもあらん。便是続西遊記の作者の功なり。さればとて、この作者の剏て発明せしにあらず。前記に載したる、孫悟空・猪八戒等が機変より、魔を惹出せし事はさらなり、三蔵も亦機心により、魔境に入りし事多かり。この義は前記の隠微なるを、続記に発揮したるなり。かかればこの続記は、前記の注文と見るべし。

という。すなわち馬琴は、『続西遊記』の主題を、「機心の動く処、魔障をみずから惹出」す、あるいは、「機変の害あるよし」というものに求め、溯って『西遊記』の主題をも同一のものに見出しているのである。

馬琴のこの主題解釈が妥当であるか否かは、『続西遊記』を実際に読んで、自身が抽出し得た主題と引き合わせることによって検証し得るであろう。しかし、その前に、作者の序はその作品の主題に言及することがよくあるものであるから、先ず真復居士の『続西游記序《ママ》』を見てみよう。すると、その内に次の文がある。

夫レ機ハ何レニ昉《はじま》ルカ。南華ニ云ヘル有リ、万物ハ皆機ニ出デ機ニ入ルト。機ナル者ハ、造化ノ蔵ヲ抉《えぐ》リ、五行

ノ秀ヲ奪ヒ、之ヲ持スレバ極メテ微ニ、之ヲ発スレバ極メテ険ナリ。故ニ曰ク、天　殺機ヲ発スレバ、星ヲ移シ宿ヲ易フ。地　殺機ヲ発スレバ、竜蛇　陸ニ起ル。人　殺機ヲ発スレバ、天地翻復ス。（中略）夫レ機ナル者ハ、魔ト仏トノ関捩《からくり》ナリ。之ヲ封ズレバ則チ冥《フカ》ク、之ヲ撥《ヒラ》ケバ則チ動キ、倏《たちまち》トシテ変幻、倏トシテ智巧、倏トシテ意中ニ意ヲ造リ、心内ニ心ヲ生ズ。

これは、『荘子』至楽篇の語を踏まえて、万物が機心に根ざして発動し、一旦機心を発すると大害が生じ、魔仏一如、仏も魔に転ずることを述べた文である。すなわち、『続西遊記』は序文からして機心の害を説いているので、以下の本文も同内容の思想を説いてゆくのではないか、と見当がつけられるのである。

本文の第一回「霊虚子投師学法　到彼僧接引帰真」の冒頭の七言古詩の第十三句に、

機心滅処諸魔伏　機心滅スル処《とき》　諸魔伏ス

とあるのは、馬琴の主題解釈と同一のことを逆の形でいったものであるが、それは劈頭に本書の中心思想を喝破したものではないかと、予測される。同じく第一回に、釈迦如来が衆仏菩薩に、

諸孽根心、心浄則種種魔滅、心生則種種魔生。（諸孽ハ心ニ根ザス、心浄ケレバ則チ種種ノ魔滅シ、心生ズレバ則チ種種ノ魔生ズ）

と説く場面があるが、「心生」じた場合が機心になり、機変として現われるわけであるから、そうとすれば、先の詩句と同じ思想を説いていることになる。なお、この句は『西遊記』第十三回にも見えるものであるが、『雨月物語』「青頭巾」の鍵語であり、まだ典拠が明らめられていない、

心放《ゆる》せば妖魔となり、収むる則《とき》は仏果を得る

と同一思想であり、措辞も甚だ近いことに注意しておきたい。

第三回「唐三蔵礼仏求経　孫行者機心生怪」に、釈迦が三蔵・孫悟空らに取経の目的と本心を問う場面があり、孫悟空は、

弟子一路来随着師父、降了無数妖魔、滅了許多精怪、皆虧了弟子這心中機変、便是機変心来取。（私が道中ずっとお師匠様にお伴して、数えきれないほどの魔物を退治し、沢山の妖怪を滅したのは、すべて私の心中の機変のおかげであり、だから機変の心でお経を取りに来たのです）

と答える。これに対して釈迦は、

只是本一機変之心、這機心万種傾危、這変幻無窮詭詐、如何取得。（しかしひたすら機変の心に基づいて行なうと、この機心というものは無数の危険をひき起すし、これが変幻して限りなくいつわりを繰り返すので、どうしてお経を求めることができようか）

と、機変を働かせることを全否定する。即ち、『西遊記』における孫悟空の降魔のための獅子奮迅の活躍を、機変の象徴と解釈し、機変が危険を惹き出すと説いているのである。

第四回「授比丘菩提正念　賜優婆梆子駆邪」に、五千四十八巻の経文を受け取って唐に帰国しようとする唐僧（三蔵）・孫悟空らを前にして、釈迦が、

機変是他来時保護唐僧的作用、這種根因未能消化、必要生出一種魔孼。（中略）他既有此不浄之根、吾恐道路必有邪魔之擾。（機変は孫悟空が往路で三蔵を守る手段としたものだが、この基本的な悪因が消滅できていないから、きっと魔障を惹き出すことになろう。（中略）孫悟空がこの不浄の悪因を持っている以上、復路で必ずや妖魔に妨げられることになろう）

と、孫悟空の機心の残存を心配して、その八十八種の機心が惹き起す魔障を消滅させるべく、三蔵一行に影ながら随行する到彼僧には菩提数珠、霊虚子には木魚梆子を与える設定がある。これはすなわち、以後に出現してくる八十八

種の妖魔は、実は孫悟空[2]らの機心の発動の象徴であることを明示したものであって、『続西遊記』の筋の型は、

孫悟空らの機心の発動――妖魔の出現――機心の消滅に由る妖魔の撃退ないし退散

と整理されるものであり、以後、第百回に到るまで、多種多様の妖魔が出現してくるものの、実はこの型の繰り返しにしか過ぎぬことを予告したものである。たとえば、第七回「行者一盗金箍棒　竜馬双銜経出池」に、孫悟空が蠹妖と蛙精の部下を前面に迎える場面がある。悟空は金箍《こ》棒の使用を釈迦から禁ぜられており（第三回）、ためにうまく戦えないので「機心」を起し、毛を用いて仮の自分をこしらえ、三蔵の傍らに立てておき、自分は鼠に変じて霊山に金箍棒を捜しに行く。更に蜜蜂に変じた悟空は金箍棒を見つけたが、「機変心」を動かして棒を盗む意を起したので、「邪道ニ入リ」、門神王に見あらわされてしまう。門神王は三蔵・悟空らが「念頭ヲ正《ただ》了サバ、自ラ解キ救フノ人有リテ来リテ路ヲ通ゼン」と諭す。悟空はこれを三蔵に伝え、三蔵は「至誠モテ経ヲ取ル」ことを天に誓うと、到彼僧と霊虚子の援助によって、奪われた経文が戻る。妖魔の部下が退散してゆくのを見て、三蔵は悟空に、「這ノ強人《ごうとう》ハ都テ是レ我們《われら》ガ念頭正シカラザルノ惹キシ妖邪ナリ」と語る。以上のように筋を整理し、登場人物の言葉に反映されている作者の思想を読み取ると、『続西遊記』の筋の型が前述した如きものであり、作者の思想が〝機変は妖魔を惹起する〟というものであることが確認されよう。

この筋の型と思想とが以後ずっと繰り返されてゆくことを確認すべく、第八回「行者焚芸《うん》駆衆蠹　悟能騙麝惹妖麋」から第九回「論至誠霊通感応　由旁道失散真経」へかけての大づかみな筋をも見てみよう。三蔵の一行がある土地に到ると魚の臭いがするので、八戒はそれ以前に客商から掠め取っていた麝香を出す。三蔵は八戒がそれを「暗騙《だましとる》」したことを知ったが、「這个ノ騙字児《へんというじ》、便チ一種ノ経ヲ騙《だましとる》スル的《の》妖孽ヲ生ジ出」し、老麋妖が経文を奪う。悟空らが三蔵を妖怪に「至誠」を尽くしたために経文を奪われたと非難すると、三蔵は「至誠物ヲ動カスコト神交ノ若シ」とい

う趣旨の詞を吟詠する。到彼僧と霊虚子は経文が奪われたことを知って、「只ダ是レ八戒ノ爵ヲ騙スル邪心、便チ這ノ経ヲ拐《だましとる》スル櫱怪ヲ惹キ動カシ了レリ」と理解し、櫱妖から経文を取り戻す。以上の筋においても、機心の発動――妖魔の出現――「至誠」の対置――妖魔の敗退、という型に整理することができ、そうした筋の型の内に、機変は妖魔を惹き動かすという思想、また機変に対立する至誠こそが妖魔を消滅させるという思想が込められていることが理解されよう。

このようにして、『続西遊記』は同じような筋の型と思想が第百回まで繰り返し展開され、あとはただ妖魔の中身と部分的な趣向とが変えられているだけ、という構造の小説であることがわかるのである。従って、第十回くらいまで読むと、全百回の筋と主題が大方は見当をつけられる、という作品なのである。だから馬琴も、上函八冊の内、三冊を読み、あとは終りの第九十九・百回を飛び読みしただけの段階で、

これにて右の書の大意は大かた心得られ候。縦不レ残よみ候とも、あまり大意のちがひはあるまじく猜せられ候。続西遊記の作者、機変を嫌ひ、至誠を旨とせし事、前集と趣をかえんと欲するに至候事は、しかあるべき事ながら、(後略)（天保三年七月一日付殿村篠斎宛書簡）

と、前もってこの小説全体の構造と主題を把握し得る、という見当をつけているのである。

以上のように読み、且つ考えてくると、『続西遊記』の主題は、馬琴が説く「機心の動く処、魔障をみづから惹出」すというものと同一であると認めることができ、馬琴の主題解釈は正鵠を射たものである、ということができる。というのも、該書が、序文における言表、同一の型の筋の繰り返し、細部における作者の主意のあらわな言明(3)、という特徴を備えていることによって、主題が比較的に把握し易い作品であるからであろう。

二

前章に述べた如く、馬琴以前に『続西遊記』の主題解釈を真向から説いた人物は、日本にも中国にも居なかった。馬琴以降では約百五十年後に中国で発表された路工氏の「前言」（一九八八年刊、江蘇文芸出版社版『続西遊記』。一九八五年六月執筆）が唯一のものであろう。春風文芸出版社版『続西游《ママ》記』（一九八六年刊）には張穎・陳速両氏による「古本《西游》的一部罕見続書――《続西游記》初探」が付載されているが、それは該書の中の『西遊記』の筋を要約した部分に着目して古本『西遊記』の存在を推測した論であって、主題解釈には言及していなく、今の場合には採りあげなくてよいものである。路工氏の論には、主要な論点が二つある。私なりに要約すれば、一は、孫悟空は封建社会の無数の労働人民が封建地主階級に対して戦う精神の化身であり、無数の労働人民が彼にあらゆる敵に勝つことを要求し、彼は超人的な絶対的な力量を備えた芸術的な典型の形象である、というもの。一は、本作では武器が重要な問題になっている、悟空と八戒は殺生傷命を戒める思想により、釈迦から如意棒と釘耙を取り上げられ、その代りに到彼僧と霊虚子が保護役として添えられるが、武器が無いために戦闘力が弱まったことを常に嘆いている、三蔵は頭初は、慈悲・自己犠牲の思想に拠って敵を剿滅することを許可しなかったが、妖魔との闘争を経てゆく内に考えが変り、武器は剿滅のためにではなく、鎮めるために必要だ、妖魔が武器を恐れれば我々は安全を保てるのだと考えるようになる、この結論が『続西遊記』の表わしたい思想だ、というものである。そして更に路工氏は、本書の欠点として仏教の玄理を宣揚して甚だ生硬なところを挙げ、江蘇文芸出版社本では校訂の際に、生硬な仏教玄理を説いた処は削った、という。

路工氏の孫悟空論は、『中国大百科全書　中国文学Ⅱ』（一九八六年刊）における「《西游記》的思想内容」（周先慎氏執筆）の孫悟空解釈とほぼ同様のもので、現代の中国の定説らしいが、それはあまりにも現代中国の政治思想に付会した解釈であり、『西遊記』ないしは『続西遊記』の全編の本文に即して作者の思想を歪曲することなく抽出したものとは思えない。特に『続西遊記』においては、孫悟空は路工氏もいう如く、金箍棒を奪われていて戦闘力が弱まっているのであるから、なおさらそのような孫悟空超人論は妥当ではない、と考える。また、第二の武器必要論であるが、前引した機心論に見られる如く、また該書第十回の「総批」に、

心有レバ機変ヲ為シ、善モ亦タ魔ト成ル、況ンヤ悪為《た》ルヲヤ。故ニ至人ハ機ヲ忘レテ寂然トシテ動カズ、感ジテ遂ニ通ズレバ、鳥ニ入ルモ群ヲ乱サズ、獣ニ入ルモ行ヲ妄《みだ》サズ、何ノ妖怪カ之レ有ラン。

と述べる如く、『続西遊記』の中心思想は、機心を消滅させることによって魔障をも消滅させるというものであるから、元来、機変の象徴ともいうべき武器を必要としないことを趣旨とする。それを逆に解釈して、三蔵が、

他《かれ》　你ノ兵器有ルヲ見レバ、必然ニ怯惧セン。若シ是レ妖魔ニ怯惧ノ心有ラバ、我們《ら》便チ保全ノ処有リ。（第八十四回）

といった部分のみを過重に採り上げて全編の中心思想とするのは、細部に眼を奪われて中核を見失なったものといわざるを得ない。さらに路工氏が該書の欠点とする生硬な仏教玄理の宣揚であるが、それこそが該書の主題を説き明している部分であるから、これを欠点として無視してしまうことは、作品の主題を読み取るに必要な部分を無視してしまうことになる。路工氏はその著『訪書見聞録』（一九八五年、上海古籍出版社）に見られる如く、篤実な文献学者で、私もこの著書には恩恵を蒙っているが、しかし如上のような賛成しがたい作品論を展開されることには、中国の政治事情が存しているからではないかと推測する。

路工氏以後、該書の主題に言及したものが近年出現している。管見に入ったものに『中国通俗小説総目提要』（一九九〇年、江蘇省社会科学院明清小説研究中心・文学研究所編。中国文聯出版公司刊）の「続西游記」の項（羅徳栄氏執筆）があり、それには、

書ノ大旨ハ機心ヲ鏟削シ、仏法ヲ弘揚シ、力メテ明心見性ヲ倡フルニ在リ。

という。短いものだが、妥当な主題把握といえよう。また、『中国古代小説人物辞典』（一九九一年、斉魯書社刊。苗荘氏主編）の「続西游記」の「孫悟空」（張穎・陳速・李慶皋氏執筆）があり、それには、

作者　這个ノ人物ニ借助シテ、釈氏ノ「奸巧ノ計ヲ行ハズ、一切ノ性ヲ傷フ無カレ、善求須ク正直ナルベシ、大道自然ニ成ル」ノ思想ト仏家ノ玄理禅悟ヲ宣揚シ、小説ニ濃重ナル宗教色彩ヲ塗上シ了シ、亦タ孫悟空ナル這个ノ芸術形象ノ塑造ニ影響セリ。

という。別に機変・機心などの語は用いていないが、やはり該書の中心思想を簡潔に述べて妥当である、といえよう。だが、両者ともに馬琴ほど端的に主題を喝破しているわけではなく、馬琴ほど本格的に詳細に主題を論じているのでもない。馬琴が日中にまたがって最も早く、しかも現代に到るまで、正確に本格的に主題を論述したただ一人の人であることは、揺るがない事実なのである。

三

馬琴が該評で説いている、もう一つの重要事は、『続西遊記』の前記、即ち『西遊記』の主題は、やはり〝機変が魔を惹き出す〟というものであり、従って『続西遊記』は『西遊記』の注文（解説）だ、という見方である。これを布衍

すると、『西遊記』では『続西遊記』のように本文に一々機変が魔を生ずと明記されているわけではなく、それだけに主題を把握しにくい。しかし、『続西遊記』の如き続書が出現して、あらわに作意を本文中に明記すると、その作意が『西遊記』にも適用できて、縹渺たる幽霧に閉ざされていた『西遊記』の主題が鮮明に現われてくる。このような意味で、『続西遊記』は『西遊記』の解説書である、という。

馬琴のこうした『西遊記』解釈は、しかし全くの馬琴の独創であるとはいえない。馬琴は早く文化三年（一八〇六）刊の『絵本西遊全伝』初編（口木山人訳、吉田武然校。大原東野画。江戸松本平助等刊）に「秣陵陳元之刊西遊記序」を寄せている。陳元之の序は稀覯本たる明刊本『西遊記』にしか収められていないもの(4)なので、清刊本に拠らずに明刊本を利用した馬琴の卓識が窺われるのであるが、それはさておき、その序にいう。

（前略）其叙ニ以為ラク孫ハ猻ナリ、以テ心ノ神ト為ス。馬ハ馬ナリ、以テ意ノ馳スルモノト為ス。八戒ハ其ノ八戒スル所ナリ、以テ肝気ノ木ト為ス。沙ハ流沙ナリ、以テ腎気ノ水ト為ス。三蔵ハ蔵神蔵声蔵気ノ蔵ナリ、以テ郛郭ノ主ト為ス。魔ハ魔ナリ、以テ口耳鼻舌身意恐怖顛倒幻想ノ障ト為ス。故ニ魔ハ心ヲ以テ生ジ、亦タ心以テ摂《おさ》ム。是ノ故ニ心ヲ摂メテ以テ魔ヲ摂メ、魔ヲ摂メテ以テ理ニ還ル。理ニ還リテ以テ之ヲ太初ニ帰サバ、即チ心ノ摂ムベキモノ無シ。（後略）

この序には、明の謝肇淛の『五雑組』（寛文元年和刻、数次後印）十五の「西游記、曼衍虚誕、而其縦横変化、以レ猿為二心之神一、以レ猪為二意之馳一、其始之放縦、上天下地、莫二能禁制一、而帰二於緊箍一呪一、能使下心猿馴伏、至レ死靡上レ他。蓋亦求二放心一之喩、非二浪作一也」と同様に、身体と精神の混乱、なかんづく意馬心猿、精神の放縦が魔を惹起することが述べられてある。『西遊記』の主題を、心を摂めることによって魔を摂む、というものに求める論である(5)。また、同じく明刊本ではあるが陳元之序を持たぬ『李卓吾先生批評西遊記』には、幔亭過客（袁于令の号）の題詞があって、それにいう。

文ハ幻ナラザレバ文ナラズ、幻ハ極マラザレバ幻ナラズ。是レ天下極幻ノ事ハ、乃チ極真ノ事ニシテ、極幻ノ理ハ、乃チ極真ノ理ナルヲ知ル。故ニ真ヲ言フハ幻ヲ言フニ如カズ、仏ヲ言フハ魔ヲ言フニ如カズ。魔ハ他ニ非ズ、即チ我ナリ、我化シテ仏ト為リ、未ダ仏ナラザレバ皆魔ナリ。魔ト仏ト力斉シクシテ位逼リ、糸髪ノ微、関頭細キニ匪《あら》ズ。摧挫ノ極、心性驚カズ。此レ西游ノ作ル所以ナリ。（後略）

『西遊記』は仏の功徳を説くために却って魔に着眼し、魔は我の心より生じ、従って魔仏一如、心の収め方次第で仏にも転ずることを主題にした作品だと、これはまた明瞭に主題を喝破する。降って清刊本の内では『新説西遊記』（乾隆十四年其有堂刊）に王韜の「新説西遊記図象序」があり、それにいう。

西游記ノ一書ハ、悟一子ニ出ヅルカ、専ラ性ヲ養ヒ真ヲ修メ、内丹ヲ煉成シテ以テ大道ヲ証シテ仙籍ニ登ルニ在リ。歴ル所ノ三災八難ハ、外魔ニ非ザル無シ。其ノ以テ外魔ヲ召スニ足ル者ハ、六賊ニ由リ、其ノ以テ六賊ヲ制スルニ足ル者ハ、一心ノミ。一切ノ魔劫ハ心由リ生ジ、即チ心由リ滅ス。此レ其ノ全書ノ大旨ナリ。

これもまた明瞭に『西遊記』の主題を〝心より魔が生じ、また滅す〟という思想だと断言している。

右、三序の内、後の二序を馬琴が目睹していた確証はないが、しかし陳元之序のみからも、「魔以心生」という主題把握が存することを、馬琴は十分に知ることができたはずである。同時に、『五雑組』をよく利用した馬琴は、『五雑組』の『西游記』論をも、当然熟知していたはずである。『続西遊記』の作者である真復居士も明末清初の人であったようだから、明代のこのような『西游記』主題論は知っていたであろうが、明代のこうした主題把握を継承し、「心」を更に「機心」に特定することによって、よりあらわに明確に主張するかたちで続作を作った。陳元之序及び『五雑組』を読んでいた馬琴は、既に主題を理解できる素地があった上に、『続西遊記』がそれをはっきりと主張している作品であるから、すぐに『続西遊記』が陳元之や『五雑組』の主題把握を継承した作品であることを理解でき、「前記の注文」である、と位置づけることができたのである。

宗教を迷信であると規定する傾向があった現代中国では、以上のような宗教的な主題解釈は評判が悪い。たとえば、李祜氏は「論〝西游記〟」(6)で、

清代のある封建文人たちは『西游記』について多くの謎当てのような解釈をしてきた。陳士斌・張書紳・汪象旭らは、あるいはそれを証道の書と見、あるいは儒仏道の三教一致の理を貫いているとり、延いてはいろいろの支離滅裂な牽強付会の解釈を引き出してきた。

という。陳士斌は悟一子と号し、『西遊真詮』の撰者。張書紳は前記した『新説西遊記』の撰者。汪象旭は『西遊証道書』の評者。これらの人の『西遊記』解釈は、『新説西遊記』に王韜の序があったことが語っている如く、陳元之や幔亭過客、ひいては『五雑組』の宗教的解釈を継承している。李祜氏は、そうした宗教的な解釈を批判したのである。そして、現代ではそれと対置するかたちで、前述したように孫悟空を被圧迫人民の反抗精神の象徴と見るような解釈が一般化した。しかし、古典文学はその成立した時代の思潮を考慮して主題を把握すべきであることを思う時、陳元之や幔亭過客は批評家の中では作者の呉承恩とほぼ同じ時代思潮の内に生きていた人たちであり、呉承恩の作意を理解し代弁できる可能性が最も高い人たちであるから、もう一度彼らの発言を重視して、『西遊記』の主題を考え直すことが必要であろう。現在のような唯物史観に基く解釈は、よし部分的にはそれに妥当するものがあろうとも、やはり現代思潮に付会した解釈に陥っている恐れがあるのである。そのように考えると、真復居士の作意をよく理解していた馬琴の『西遊記』の「隠微」(主題)解釈の提示は、呉承恩らの時代の思潮に沿った、正鵠を射ているものではなかろうか。以上の如き意味により、馬琴の主題提示は、今後の日中にわたる『西遊記』研究者が耳を傾けるに値するも

のがある、と私は考える。そのような価値を備えたものが『続西遊記国字評』には含まれていると思う。

四

かくて『続西遊記』を読み、その評を作る間に、馬琴は〝機変が魔を生ず〟という思想をいやというほど学び、その思想に賛意を表明していることは該評第四条に窺えるのであるが、そうとすれば、その思想を自作に導入することは十分にあり得よう。そこで、その有無を検討すべく、『八犬伝』の、該評が成立した天保四年五月十三日以降に執筆された部分を読んでみよう。すると、第九十四回は天保五年三月十二日より執筆されたものであるが、それに犬阪毛野が河鯉孝嗣に籠山逸東太を機変で討とうとすることの非を諌める場面がある。それにいう。

嗚乎痛《いたま》しいかな守如叟《もりゆきおぢ》、忠勇智計、儔稀《たぐい》にて、主君の与《ため》に奸党を、芟除《かりのぞか》んと欲したる、その籌策可《はかりごとよし》といへども、原是《もとこれ》機変に出たれば、仇に知らるる魔障あり。夫《それ》君を愛して乱を怕《おそ》れ、その孽《わざはひ》を未然に査《さっ》して、よく奸佞を除くものは、則是忠臣なり。しかれども、謨《はか》る所正理にあらず、機変を旨とせし故に、その籌策成るに及びて、反《かへっ》て君を危くして、その身を殺す菑害《わざはひ》あり。……蓋し天道は善に福《さいはひ》して、必《かならず》淫に禍《わざはひ》す。淫は密策隠慝なり、君の惑《まよ》ひを醒し難《かね》て、已《やむ》ことを得ず做《な》す事すら、行ふ所機変なれば、衆魔の祟《たたり》を争何《いかが》はせん。然るを況《いはんや》 狡児《さるさかしきもの》、世才を負《たの》み、智術を旨とし、密策隠慝せざることなく、一旦その利ありといへども、機変の所以《ゆゑ》に、事の破れに、至らざるもの孰《たれ》かあらん。

孝嗣の父の河鯉守如《もりゆき》は、主君扇谷定正の奸臣竜山免太夫《たつやまめんだゆう》（籠山逸東太）が相模に使いするのを途中で討ってくれと毛野に頼み、毛野は親の仇の逸東太のありかを知ってこれを討つ。これを知った扇谷定正は毛野を討とうと出馬して、かえって瀕死の憂目にあう。主君を危機に追込んだ責任をとって守如は自害した。毛野はこの守如の計略を指して、主君のために奸臣を除こうとする志は良いが、待伏せの計略は機変であるから魔を惹き出して、主君を危くし自己を殺す羽目になったのだ、と諌めたのである。「機変に出たれば、仇に知らるる魔障あり」とか、「行ふ所機変なれば、衆魔の祟を争何はせん」とかいう句は、『続西遊記国字評』に見えた句と殆ど等しく、ただこの場合には魔が『続西遊記』のように妖魔の容姿をしていないばかりである。守如の機変――定正の危機と守如の自害という魔の示現、という筋の型とその筋の内に込められている思想とが『続西遊記』から学び取られたものであることは、もはや疑いのないところであろう。

　但し、馬琴は『続西遊記』の機変論に全面的に賛成したのではなかった。該評の第六条がそれに反論している箇所であって、それによれば、「人間今古事事物物、機変にあらざるは稀なり。只甚しきと、甚しからざるの二つのみ」であるから、必要な場合は機変を行わざるを得ない。たとえば、「既にその国乱れては、機変にあらざれば救ふに由なし」である。また、「軍陣に臨みても、機変を嫌ひて、無謀の軍をしてよからんや」でもある。要するに、「世の為に害を除んには、機変なりとて嫌ふべきにあらず、仏説にいふ善巧方便即是なり」である。機変方便論ともいえるこの思想は、やはり『八犬伝』第百十六回（天保七年二月～三月執筆）に述べられている。すなわち、政木狐が河鯉孝嗣を救うために簸大刀自に変身して根角谷中二を愚弄したが、そのことについて政木狐は弁明する。

　機変も私慾の与《ため》にせず、或は世の与《ため》、君父の与《ため》には、行はざることを得ず、況《まいて》罪なき恩人の、枉死を救ひし一機変は、仏説に云《いふ》善巧方便、……奴家《わらは》が詭計《いつはりのはかりごと》は、恩義の与《ため》で侍《はべ》る間《から》、神仏も与《くみ》し給ふべし。

　これは該評の機変方便論とまったく同一の考えであり、表現も一致する。『続西遊記』の機心論に反対して生み出された思想が政木狐の行為を正当化するための理論となっているのである。『続西遊記』の機変論の反論は、『続西遊記』

を読んでその批評を行ったからこそ生じたものであるから、やはりこの部分を『続西遊記』閲読の体験が『八犬伝』に投影したもの、と見てよい。逆説的な形で、『続西遊記』が『八犬伝』に影響している例である。

もっとも、馬琴が機変という観念を問題とするようになるのは、『続西遊記』閲読の以前のことであった。水野稔氏は、文政七年刊の合巻『甲斐背峰越後三国梅桜対姉妹』に、

機変はまことにはかるべからず。はじめおくてがその子の為に残せしことばも今はかひなく、小東次が婚縁の始めの望みを失ひしも、後つひにとぐることあり。これ又天のなすところか、多くは人のわざによるべし。(前編終末)

されば又人ごころ善悪邪正定めがたく、機変ははかりやすからず、誰か知るべき。(後編初め)

とあるのを引いて、「人間における機変なるものの結末の意外不測を重視している」と述べられる。(7) この頃には早くも馬琴の胸中には機変の害という思想が胚胎していたもののようである。『続西遊記』を読むことによって、機変へのそうした問題意識が更に深化し、機変の害悪というものを小説の筋の内に込める方法を、馬琴が知ったであろうことは疑いない。『八犬伝』の機変論は、大むね右のような経緯のもとに導入されたもの、と考える。

注

(1) この部分については拙著『日本近世小説と中国小説』第三部第十三章「馬琴の稗史七法則と毛声山の「読三国志法」」六九三頁に引用した。

(2) 機心を発動する人物が常に孫悟空であるとは限らない。第五回では、三蔵が「吟咏之心」を動かしたので、蠹魚の怪が出現してくる。第八・九回では、八戒の麝香を騙取する機心が経を騙取する妖孽を惹き起す。

（3）特に終末の第九十九・百回では主意のあらわな言明が多い。たとえば、「叫他更改了機変心腸、自然妖魔滅息不生」（他《かれ》ヲシテ機変ノ心腸ヲ更改セシメ了スレバ、自然ニ妖魔、滅息シテ生ゼザラン。第九十九回）、「一路越起機心、越逢妖怪。如今中華将近、一則妖魔不生、一則徒弟篤信真経、改了機心、作為平等、自是妖魔蕩滅、也不労心力」（一路ニ越《いよい》ヨ機心ヲ起サバ、越《いよい》ヨ妖怪ニ逢フ。如今中華将ニ近カラントシ、一ハ則チ妖魔生ゼズ、一ハ則チ徒弟真経ヲ篤信シ、機心ヲ改了シ、平等ヲ作為ス、自ラ是レ妖魔蕩滅シ、也《ま》タ心力ヲ労セザラン。第百回）などとある。

（4）孫楷第氏『日本東京所見小説書目』巻四明清部によれば、『鼎鍥京本全像西遊記』『新刻出像官板大字西遊記』『唐僧西遊記』の三本がいずれも「秣陵陳元之序」を載せるという。

（5）注（4）前掲書による。

（6）『明清小説研究論文集』（一九五九年、人民出版社刊）。

（7）同氏著「馬琴の短篇合巻」（『江戸小説論叢』所収）。

（一九九二・五・二二）

付記一

一九九二年六月六日の日本近世文学会の懇親会の席上で、閻少妹女史から『通俗西遊記』の序文に「心放せば妖魔となり、収むる則は仏果を得る」の典拠がある、との説を聞いた。そこで、私もこの論文の原稿を閻女史に送って、双方がほぼ似た見解をほぼ同じ頃に考えていたことを確認してもらった。閻女史の論文は近く「江戸文学」第九号に「西遊記と秋成の文業」と題して発表されるはずである。拙論と相補うものとして参照されたい。

（一九九二・九・二〇）

（神保五弥編『江戸文学研究』新典社　一九九三年一月）

付記二

閻小妹女史が前記論文で引かれた虞集の「西遊記原序」(『通俗西遊記』初編所引)も、『西遊記』の中心思想を「放心を収ムル」ことに求め、「盖シ吾人魔ト作《な》リ仏ト作ルハ皆此心(筆者注、放心)ニ由ル。此心放ツトキハ則チ妄心ト為ル。妄心一タビ起ルトキハ、則チ能ク魔ヲ作《な》ス。心猿ノ王ト称シ聖ト称シテ天宮ヲ鬧《さはが》スガ如キ是ナリ。此心収マルトキハ則チ真心ト為ル。真心一タビ見《あらは》ルルトキハ則チ能ク魔ヲ滅ス。心猿ノ妖ヲ降シ怪ヲ縛シテ仏果ヲ証スルガ如キ是ナリ。然ラバ則チ同ジク一心ナリ。之ヲ放ツトキハ則チ其ノ害彼ガ如シ。之ヲ収ムルトキハ則チ其ノ功此ノ如シ」と明快に布衍する。『通俗西遊記』は馬琴が容易に目睹し得る本であるから、馬琴が右の言葉からも『西遊記』の中心思想を学び取ったことは、十分にあり得るのである。(二〇〇〇・八・二〇)

第十八章　馬琴と渡辺崋山

天保《てんぽう》十年（一八三九）五月十四日、渡辺崋山《かざん》が北町奉行大草安房守《おおくさあわのかみ》に召喚され、御吟味揚屋《あげやい》入りとなり、それより蛮《ばん》社《しゃ》の獄《ごく》が起ったことは、よく知られている。崋山は結局、同年十二月十八日、在所蟄居《ちっきょ》の処分を申し渡され、翌年の一月に国許の三河国《みかわのくに》田原に移送されるのであるが、この一件に関して師の松崎慊堂《こうどう》や、弟子の椿椿山《つばきちんざん》らが救済するために奔走したことも、美談として人口に膾炙《かいしゃ》している。ところが、やはり崋山の知友であった馬琴は、この間に崋山に関してはよそよそしい態度をとっていた、というのが真山青果《まやませいか》の『随筆滝沢馬琴』（昭和十年刊）以来の定評である。だが、果して本当にそうなのであろうか。このことを考えるために、まず馬琴と崋山との交渉の事蹟を整理してみよう。

馬琴の息子の興継《おきつぐ》、字《あざな》は宗伯《そうはく》が絵画を学ぶために金子金陵《きんりょう》に就いたのは、十歳ごろのことで（『吾仏の記《あがほとけのき》』）、文化四年（一八〇七）のこととすれば、馬琴は四十一歳であった。興継の画号は琴嶺《きんれい》という。崋山が金陵に入門したのは文化六年、十七歳のことであり、興継には五歳の年長ではあるが、弟弟子ということになる。この縁で崋山はやがて興継の父馬琴とも相識ることになる。

このことは、文化十二年（馬琴四十九歳、崋山二十三歳）の崋山の『高画堂日記』に徴することができる。崋山は、その正月九日には馬琴のもとへ、その読本『皿皿郷談《べいべいきょうだん》』（文化十一年冬刊）を返却しており、馬琴の作品が刊行されるのを待ちかねて、貪《むさぼ》るように読んでいることが窺われるのであり、同十七日には馬琴と金陵を訪問している。八月二十五日からは三日間、興継を介して馬琴が頼んだ額画を描いてもいる。翌文化十三年の日記『崋山先生謾録《まんろく》』にも正月十八日に馬琴の家へ年賀に行ったことが記され、興継の父親たる馬琴は今やすっかり崋山にとってはだいぶ年上の友人になっているのである。

馬琴が崋山の画才を認めていたことが知られるものが、その随筆『玄同放言《げんどうほうげん》』であり、文政元年（一八一八。馬琴五十二歳、崋山二十六歳）・三年にわたって刊行されている。崋山は、この書の第九「富士ノ歌等類」に「龍華寺庭前望嶽図」を「崋山人」の号で掲げ、第十三「追加龍華寺全図」に「龍華寺《りゅうげじ》」図を「華山」の号で載せているが、龍華寺は「駿河国有渡郡《うど》」に在り、馬琴所蔵の望嶽図とある人の写生図とを比較し、さらによく実景を知っている人に問い究めて崋山が苦心して描いたものだ、と馬琴はいう。だが、崋山の文政元年の日記『東海道駕籠日記』十二月九日によると、崋山が自身で龍華寺に至って景を写しているから、実際には崋山が実写した絵を収めているもの、と考えられる。

また、第三十三「尼妙円」には「妙円石地蔵図」と「金子村妙円常成仏遺址真景」の二図が「崋山」の号をもって収められている。馬琴によれば、文政二年の夏、崋山自らが武蔵国多摩郡金子村（甲府道で、高井土《（ママ）》と石原との間に在るという）に出かけて、その真景を写した、という。

さらに第四十二下追加「源ノ範頼」には「西木山東光寺図」「東光寺ノ浦桜並ニ古碑図」「樹下在ル所ノ全碑」図が四面にわたって「崋山」号で掲載されており、同じく文政二年の夏、「友人崋山子」が自身、武蔵国足立郡石戸《いしとの》荘《しょう》堀之内村（中山道の桶川駅付近）の東光寺に行って、その大桜や古碑などを写し、かつ里老にそれにまつわる伝説を尋ねてきた、と馬琴は記している。

『玄同放言』には興継も、琴嶺の号をもって「水滸伝像賛」（第四十一「金聖歎ヲ詰《なじ》ル」）などを載せており、馬琴が息子と画友であることによって、崋山の画を登載したのであり、崋山もまたその委嘱にこたえて遠方まで足を運んで写生している事情がうかがい知られるのである。

文政六年（馬琴五十七歳、崋山三十一歳）、崋山は交わるべき人を十三人、『全楽堂記伝《ぜんらくどうきでん》』に挙げているが、そのうち、馬琴を博識の学者屋代弘賢《やしろこうけん》・北静盧《きたせいろ》と並べて「聞見を広め、書籍等借用致し益友なり」として挙げている。これと同様なことは馬琴の方から崋山に対していうこともできるのであって、『馬琴日記』に就けば、両者が書籍を相互に貸借していることがつぶさに知られる。すなわち、

文政九年四月十九日、馬琴が崋山に『兎園別集《とえんべっしゅう》』下冊、『正徳金銀御定書』一冊を貸す。

文政十年九月十三日、馬琴が崋山に『耳食録』を返す。この『耳食録』巻一の「張将軍」の話を、馬琴は『松浦佐用媛石魂録《まつらさよひめせきこんろく》』（文政十一年刊）第十一回に翻案した。

文政十二年四月二十八日、『近世説美少年録』第二輯の挿絵を葵岡北溪《きこうほっけい》に委嘱する取次を崋山に頼む。北溪は仕事が遅いので、七月九日、来訪した崋山に催促することを依頼する。

天保二年（馬琴六十五歳、崋山三十九歳）三月二十一日、去年秋に崋山から借りた『四庫全書』一帙を、来訪した同人へ返す。

同年四月十日、『美少年録』第二輯を崋山に貸してあるのを返却してもらうよう家主久右衛門に頼み、崋山への手紙を託す。これは四月十六日に『相州うら賀へイギリス大ふね着の略記』と一緒に戻ってくる。

同年九月十九日、崋山の仲介で、かねて頼んでおいた新渡本『水滸伝全書』四帙を二両一分で購入し、同時に『慶長日記』『三宅氏の記録書抜』を崋山に返す。

天保三年正月二日、馬琴が崋山宅へ訪れ、去年九月に購入した『水滸伝全書』四帙の代金二朱を崋山に渡す。

同年六月八日、崋山が年始答礼のために馬琴宅を訪問、興継は病臥につき対面しなかったが、馬琴とは長談して帰った。

興継の体調がすぐれないことは右にうかがえるが、天保六年（馬琴六十九歳、崋山四十三歳）五月八日に三十八歳で亡くなった。馬琴はその生前に肖像画を崋山に描かせようと思ったが、間に合わず、九日に来訪した崋山が興継の遺体を一時間ほど写生して、デッサンを作ったことは、有名な話柄であり（『後の為乃記』）、馬琴は、人の忌む遺体に手を触れて、骨格を写すことを憚らない崋山の「剛毅」なことに感動している。この彩色の肖像画が一応の完成を見たのは天保七年五月七日、興継の一周忌を文京区茗荷谷《みょうがだに》の深光寺で行う前日のことであった（『吾仏の記』）。天保七年八月十四日、両国柳橋の万八楼で行われた馬琴七十歳の賀筵には四十四歳の崋山も出席した。

このように断続的にではあるが、長年の間、崋山と交際してきた馬琴が、天保十年に至って崋山逮捕の知らせを聞いたのは、翌々日五月十六日のことで、三宅侯出入りの豪商からであった（馬琴書簡）。この時点で馬琴が得た情報は、まだあまり正確なものではなかったが、崋山とは四年前（天保七年）の十月に興継肖像画の謝礼に訪れたのが最後の対面であったこと、その際、孫の太郎に画を学ばせるため崋山に入門させることを話しておいたが、崋山が昔年貧窮の折に偽画を作って利を得ていたという、亡き興継の話を想起して思い止《とど》まったこと、崋山は「きりもの」であり「才子」であるが、偽画の一件は「心術なつかしからず」であること、崋山宅は番人を付けて出入を禁ぜられているので、ひそかに「きのどくに思ふのみ、訪ふべくもあらら」ざること等々を述べている。また、すべて没収された崋山の蔵書の中には、自分が肖像画の謝礼として贈った『後の為乃記』もあったはずだ、とも記して、自分に累が及ぶ不安をほの見せている。

馬琴は八月十一日に至って唐絵師佐藤理三郎から、より詳しい情報を得ている（馬琴書簡）。ただし、その情報もあまり正確ではなくて、『夢物語』の著者を高野長英ではなく「佐藤某」と記したりしているが、とにかく崋山はそれを「借謄せしのみにて、その作者にあらず」という、正しくて、しかも肝要な情報は入手している。馬琴の崋山評は、陪臣の職分を超えて国事に精力を尽すのが災禍の原因だ、というものであった。

崋山は、天保十二年十月十一日、自分を救済するための売画会が幕閣で問題とされているという噂を聞き、藩主に累が及ぶことを憂えて四十九歳をもって自刃したのであるが、馬琴はこれを翌十三年（七十六歳）正月二十三日に伝え聞いて、その死によって三宅侯が御奏者番になったのだから「崋山の忠死其甲斐ありといふべし」（『著作堂雑記抄』）と評価し、後に残された崋山の老母や妻子について「何れも薄命の至り也。痛むべし」（馬琴日記）と同情を寄せている。逮捕の折にはいささか冷淡な気味もあった馬琴だが、自尽したことで崋山に対する見方を改めているようである。

蛮社の獄が江戸町奉行鳥居耀蔵《とりいようぞう》の謀略と、崋山宅に出入していた花井虎一の暗躍に発した、崋山の私的な稿本『鴃《げき》舌小記《ぜつしょうき》』『慎機論《しんきろん》』に対して朝政誹謗の罪を捏造した「狂《おう》（枉）冤《えん》」であることは、松崎慊堂の上書や三宅友信の『崋山先生略伝』が指摘していて、おいおい公論として定着していくのであるが、そのような認識は、時がたつにつれて、崋山に関心を寄せていた馬琴の耳にも入ってくる可能性は十二分に存する。

新編日本古典文学全集（小学館）に収めた『近世説美少年録』第三輯（天保三年刊）には、朱之介《あけのすけ》の姦通《かんつう》に対する筒井順政の聴訟（裁判）が描かれている。だが、この話は蛮社の獄のだいぶ以前に書かれているものであるから、この事件と関連させて解釈することはできない。しかし、この作品の第四輯、すなわち改題して『新局《しんきょく》玉石童子訓《ぎょくせきどうじくん》』（弘化二年刊）は、馬琴が「付言」でいうごとく、天保十三年の一月から五月にわたって書いた作品であって、蛮社の獄や崋山の自刃が世人の記憶に生々しい時の、同時代の作品といってもよい。そして、末朱之介の遊女殺しの嫌疑に対する三好《もと》職善《よし》の聴訟が詳しく描かれるのであるが、これを読んで当時の読者が蛮社の獄の聴訟を連想することは、十分にありうる、自然な心の働き方であろう。

朱之介にとっては明らかに冤罪であるこの事件の展開を、馬琴は「冤枉」「冤屈」の語を用いて表現していて、疑獄が晴れるに至るまでにこの語が五、六回使用されるのであり、新編古典文学全集本第二巻の五分の一を占めるストーリーのキーワード（鍵語）といってよい。そして、この語は、三宅侯の弟である三宅友信が、崋山の災禍を「枉冤」と規定していることを、ゆくりなくも連想させる。

『玉石童子訓』の前半は、朱之介と十三屋九四郎の妻乙芸《おつげ》らの疑獄と冤罪とがじっくりと描かれるのであるが、それは同時期の崋山の疑獄と冤罪とを当時の読者におのずから連想させる筆法で描かれている。そして、当時の読者が脳裡に右のような連想を抱くことは、読者の自由であって、官憲が読者にそれを止めるよう強制することはできない。つまり、もしも馬琴に崋山の冤罪を明敏な読者ならば連想するだろう、という明確な予測があり、はたして明敏な読者がそのように連想したとすれば、馬琴の隠微な筆法は成功したことになる。しかも、馬琴は、どこにも崋山の疑獄を直接に表現する文字は用いていないのであるから、官憲から当時の実事件を書いたと糾弾される危険は無いのであり、現に馬琴は全くそうした筆禍を被らなかった。

読者をして朱之介の冤罪を崋山の冤罪に重ね合わさせることは、馬琴が遠回しに崋山の災禍を冤罪だといっていることになり、市井の一介の戯作者たる馬琴としては精一杯のやり方でもって崋山を弁護したことになる。馬琴は、崋山の旧師であった儒学者佐藤一斎と同様に、崋山の疑獄には冷たく、松崎慊堂のような義侠心がなかった、といわれがちであるが、実は崋山の冤罪を晴らすことにひそかに助力し、それは崋山の自尽に同情したことに由来するのではなかろうか。

（『近世説美少年録2』新編日本古典文学全集84　小学館　二〇〇〇年七月）

第十九章　『新局玉石童子訓』の稿本

『近世説美少年録』の刊行された部分は第六十回までであって、その後の部分はついに陽の目を見なかった。第六版の奥付には第七版、第六十一回より第六十五回までの刊行予告が載っているから、馬琴としては続く分を執筆し、やがては完結に漕ぎつける予定でいたのである。しかし、第六版が刊行されたのは、弘化五年（嘉永元年）、馬琴が八十二歳の正月のことであって、この年の十一月六日には馬琴は亡くなっており、余命いくばくもなかった。そのうえ、このころの馬琴は失明していて、嫁のお路という代筆者がいたとはいえ、文章を綴る量は、さすがに減じていた。そのためもあってか、晩年の書簡や日記は、残っているものが却って少なく、第四十一回から第六十回までの『玉石童子訓』の執筆・出版の経緯を窺うことのできる資料は、ほとんど見られない。そのため、本作の第六十一回以降は、実際には執筆されなかったのだ、と思いこまれていた。ところが、近年、神田の古書店から第七版巻之壱の稿本が出現して、早稲田大学図書館の購入するところとなった。勿論、馬琴の筆跡ではないが、『八犬伝』のお路代書の稿本と比較してみて、お路の代書によると見てよい。文体、用字法の諸特徴、前部の話との接続が密であること、から見て、馬琴の稿本といって差しつかえない。その本文の翻字は、いずれ世に公にされることがあろうから、ここでは概要の紹介をしておくことにする。

半紙本型の表紙には「曲亭主人口授編／一陽齋豊国画／新局玉石童子訓第七版巻之壱／文溪堂寿梓」とある。本文は全十八丁あって、その内に挿絵の下絵が二図収まる。内題には「新局玉石童子訓巻之三十一　東都　曲亭主人口授編次」とあり、章題は「第六十一回　猴《こう》子《し》《サルガシコキヲノコ》言《ことば》を食《はみ》て巧《たくみ》に宿六《やどろく》に説《と》く　駄馬《だば》《イナカムマ》暗《あん》に狂《くるふ》て一婦人《いつふじん》を救《すく》ふ」という。

その冒頭は、新編古典文学全集『近世説美少年録』第三巻の六六四・五ページに書いてあることとほぼ同様であって、第四十四回、吾足斎延明《ごそくさいえんめい》の家に潜入した朱之介《あけのすけ》が、涸れ井戸から出て、峯張通能《みねはりみちよし》の手裏剣を避けつつ家を脱出し、円通河原に来て自分の菅笠《すげがさ》と荷物を取り出し、第六十回末、三池村の宿六《やどろく》の家に赴くまでの話を要約する。馬琴の読本に常套的に見られる、以後のストーリーを展開するために押えておくべき梗概を要約整理する、という筆法である。

次に本話に入って、朱之介は三池村の宿六・お可加《かか》夫婦の家にたどり着き、珍客をもてなすため、お可加は酒を買いに行く、その間に朱之介は宿六に対して、佐々木高頼の御前での試合の敗北（第四十二回）については自らの非を飾った上で、多賀典膳《たがてんぜん》に召し抱えられる可能性がある、と語る。また、延明から枸神《くじん》の価一百金を得るためには、多賀典膳や役人たちに賄賂をやって訴えを聞いてもらうこと、そうすれば十分に勝訴しよう、と説いて、金十両を無心する。宿六は、朱之介が御前試合で面目を失い、多賀典膳にも憎まれていること、堺での黄金との密通の風聞などをすべて知っていたので、朱之介を信用しない。しかし彼は枸神の売り渡しの保証人となっていることで朱之介に難癖をつけられ、閉口して金一両を朱之介に与える。その後に村長の使いが来て、宿六は観音寺の城内に呼び出される。昨夜の一件（吾足斎の殺害）の事と察知した朱之介は、宿六の所から馬を奪い、南へと向かう、と話が展開される。そして、その終りは、

却説《かくて》また朱之介は、宿六が背門《せど》なる馬を、竊得《ぬすみえ》つ、うち乗て、行《ゆく》こと約莫《およそ》二三里なるべし、忽地《たちまち》立鳥《たつとり》の羽音《はをと》に駭《おどろ》き、乗たる馬の狂ひめぐりて、山又山に分入《わけいり》つつ、暗《あん》に一婦人を救ふの一段あり、开《そ》をしも茲《ここ》に説まく思へど楮《ちやう》数涯《すうかぎり》あるをもて、尽しがたき処あり。尚《なほ》巻を更《あらた》めて、且下回《かつしものめぐり》に解分《ときわく》るを聴ねかし。

と結ばれていて、章題と併せて考えると、馬が暴走したために深山に分け入った朱之介がはからずも婦人を救う、と構想されていることが知られるのである。その構想は、第二十回、朱之介が山猍《やまおとこ》にさらわれた斧柄《おのえ》を救出する話を想起させて、それと「照対」をなす話なのではないか、と思わしめるのである。

とはいっても、これ以降の草稿の存在は知られていないのであるから、大長編作家の馬琴がその後どのように本作を終らせるつもりであったのかは、漠として知られない。しかし、馬琴が、大内義隆《よしたか》が陶晴賢《すえはるかた》に弑殺《しいさつ》される史実に取材して、史実の空隙を虚構をもって埋める、という方法を用いていることは、該全集本第一冊の解説に述べた通りであるし、史実を取り込む際には『応仁後記』や『続応仁後記』に大きく依拠していることも、注のそちこちで指摘した通りであるから、大内義隆弑殺の一件を扱うとすれば、『続応仁後記』巻六「防州山口乱事」の記載にもとづくつもりであったろうことは、かなり高い確率をもって予測できることであろう。そこで、本作の結末を予想したい読者に参考資料を提供すべく、その一節を次に引いておこう。

天文五年（一五三六）丙申二月廿六日、今上（筆者注、御奈良天皇）御即位の料を調進して皇門の忠を勤ける故、執奏に因て、同六月、中納言兼秀卿を勅使に下され、（大内）義隆、在国の身乍《なが》ら、従二位兵部卿大宰大弐に任ぜらる。先祖未聞の出身、寔《まことにもって》以希代の朝恩なる者也。義隆が実家は、日野西中納言兼顕卿の息女也しが、死去有て、後に又、万里小路中納言賢房卿の息女を嫁娶す。是は忝《かたじけなく》も今の女御中宮の御妹也。義隆日々富貴栄耀に相誇て、常に公家高官の交りを好める故歟、多年の兵乱に京都の住居ならざりける公家の面々数輩、山口の城下に落来て身を寄せ、居住の人多し。其此、山口の繁昌、昔の京都鎌倉に不レ劣富饒也。然処、大内家重代の家老陶入道全薑と云者、謀叛を企、今年九月二日、多勢を率して俄に山口の城を攻落し、城中城外を悉く焼払ひ、死亡する者、幾等と云数を不レ知。義隆は城を去て、長州深川の大寧寺迄落来しに、遁れ難ふして、終に此寺にて自害す。

生年四十五歳、最愛の一子、八歳に成けるも、同じく斯にて生害す。此兵乱の災に遭て、其此山口に寓居有ける二条関白尹房公・転法輪左大臣公頼公・藤三位親世卿・藤中将良豊朝臣、各々生害有られける。持明院中納言基規入道一忍軒は、妻子僮僕を連れて、難なく山口をば落行給けれ共、船に乗て帰京の時、片田の海と云浦にて、海賊の為に殺され給ふ。此外、公家・堂上の人々、此乱に遭て命を落す者惟多し。寔に近年兵乱は不レ珍事なれ共、皆人、此山口の乱を大乱とす。陶入道全薑と云者は、去る永正の乱に、洛西船岡山合戦の時、大内故左京太夫義興が執事たりし陶三河守興房が子也。父興房病死して、今の全薑家督を継ぎ、尾張守隆房とて、若年より大内家の執事と成り、父に不レ劣武功の者也。此比《このころ》は剃髪して全薑禅門と云ふ。忽主君を弑する程の悪逆の男なる故、大内家の領国を悉く押領しけるに、其此又安芸国住人に毛利備中守元就と云者有り。先祖は前代鎌倉の執事因幡前司広元の後胤也と云ふ。此元就、元来智勇抜群の者也しが、芸州多智見の庄に於て纔三百貫の領主なりしに、近年切り誇て多勢の将と成り、代々大内家へ随身して、義隆の恩顧を蒙る。元就、此好みを不レ変ぜして、義兵を起して全薑が罪を唱へ、陶一党を伐んと議す。数年を経て後、全薑も元就を退治の為に軍を起して、芸州へ発向す。終に当国厳島に於て合戦を遂げ、元就打勝て敵徒数多討捕り、悪逆の張本人陶入道全薑、同其子阿波守晴豊父子二人の首を刎て、逆徒退治の本意を遂たり。是より元就義戦の名を天下に揚げ、武威を山陽山陰の二道に振ふ。皆人靡き従て国郡数多領しけり。

これを読んで、賢明な読者は、日野西中納言兼顕卿や万里小路中納言賢房卿、それに陶興房らの人名が本作にも登場してくることにお気づきであろうが、このように右の資料に依拠している以上は、末《すえ》朱之介がいずれは陶入道全薑になり、大江杜四郎《おおえもりしろう》が毛利元就となって、厳島において対決することとなる、というのが馬琴の最終的な構想であったろう、と推察されるのである。そして、第一巻八六・八七ページの陽鳥と陰蛇の戦いの話が予告しているように、蛇の申し子である悪少年朱之介・黄金夫妻と鷲津爪作《わしづつまさく》・日高景市《ひだかかげいち》は、美鳥に象徴される善少年の大江杜四郎・峯張通《みねはりみち》能《よし》・長橋倭太郎《ながはしわたろう》・象船算弥《きさふねさんや》・韓錦縦二郎《からにしきもみじろう》・奈良桜八重作《ならざくらやえさく》・和田正義《わだまさよし》たちと戦って、敗れるのであろう、とも予測されるのである。ただし、朱之介たちや杜四郎たちが周防山口に集まるまで、否、集まった後にも様々の話が積みかさねられて、小説はあと十冊二十回分ほどは続けられる予定であったのだろうが、天は馬琴がいくら強健であったにしても、八十三年以上の寿命は与えなかったのである。

(『近世説美少年録3』新編日本古典文学全集85　小学館　二〇〇一年十月)

付記　本作第七版巻之壱の稿本は、「新収『新局玉石童子訓』巻之三十一稿本影印・翻刻」として『早稲田大学図書館紀要』第五十号(二〇〇三年三月)に雲英末雄・伊藤善隆・二又淳氏によって影印・翻刻された。

第二十章　田能村竹田『風竹簾前読』の成立とその水準

序

詩画両絶をもって鳴った田能村竹田が唐の蔣防撰、「霍小玉伝」に漢文による批評を加え、文化八年頃、『風竹簾前読』と題して出版したことは、識者に知られている。(1) その批評がどのようなものであったのかは、後に取りあげることになるが、簡単にいえば、才子佳人の恋愛悲劇に就いて、才子と佳人との人となりを説き明かし、情景描写や会話の妙を指摘し、悲劇に終った原因を分析する、といったものである。また、その様式と分量に就いていえば、一は本文の右横に傍評として小字短句をもって書き入れ、一は本文の上欄に逐次二十条の短文を書き込み、一は本文の末尾に比較的長い漢文をもって総評として添える、といったものである。このような内容と様式とを備えた中国小説批評を、竹田はどうして製作するようになったのか。またそもそも、なぜ中国の艶情小説を版に起して刊行する、ということを考えるようになったのか。それはつまり、中国小説の訓訳・翻案・批評が盛行した我が近世においてさえ珍しい内容と様式を備えた書籍の成立の事情なのであるが、それを探ろう、というのが本章の第一の意図なのである。そしてその上に、竹田の小説批評がどの程度の水準に達しているかを測定し、それは和漢の唐代小説批評史上にどのような位置を占めているのか、という問題にまで考察を拡げることにしよう。

一

才子佳人の風流に対する竹田の憧憬は、享和三年（一八〇三）、二十七歳の頃には顕著なものになっていた。前年五月に江戸から豊後の竹田に戻った竹田は、江戸の鷹巣呉門を介して大窪詩仏に尺牘を呈した。その原文は、近時刊行された『大分県先哲叢書　田能村竹田資料集　詩文篇』（一六五頁）に翻字され、またその訓読は木崎好尚『大風流田能村竹田』第七冊二八五頁に収められているので、ここにはその大要を述べる。(2)

（前略）古人は詩を書く筆のことを弱管とか柔翰とか称したが、弱の内でも至って弱く、柔の内でも甚だ柔らかなものは、纖々たる素手と削れるが如き細腰とを備えた美女である。前秦の竇滔の妻の蘇蕙と蘇伯玉の妻とは、錦を織ったり洗濯をしたりしながら廻文詩を作り、かがやかしい文彩と聡明な精神とを千載に伝えたが、それは別離の哀怨と風雲月露とを述べることにおいて、男性にも劣らないものがあった。

また、夜間酒醒めて目ざめた際に、西廂記や牡丹亭還魂記を読めば、才子佳人の運命の難しさに巻を置いて歎息せざるを得ない。人は、西廂記の鶯々や牡丹亭還魂記の麗娘は架空の者であって実在しない、という。そうかも知れぬ。だが、その事蹟は実際のもののように見え、その存在を証明する詩も存していて、心の内には確かに両人は存在しており、一点の疑いをも容れない。もし実際に肉体を備えている者だけを生きているとするのであれば、美しい眉を備えた卓文君はいないということになってしまう。（が、そのイメージは確かに存在しているのであるから）、これを無しといってしまうことはできない。ただ目の前に大勢いる愚かな女たちだけを相手としているならば、それらは十年もたたない内に草木同様に消え失せてしまうのだ。即ち、肉体は備えていても、いないと同様の者である。いま江戸と大阪（または京都）には、白居易・蘇軾・銭謙益・毛奇齢・冒襄の如き、文章の巨公にして風流にも強い方が数十百人はいることだろう。が、彼らは樊素・朝雲・柳姫・曼珠・董小白（前記の文人のそれぞれの寵妾）のような才女を我が者としているのだろうか。大都会の名家のことだから絶対にいないということもあるまい。もしいるならば、あなたは必ずや知っていることだろうから、その才女のために伝を立てて、詩や文を不朽に残せば、才女の面影を後世に伝えることができよう。そして、その詩文を一通私に下さるならば、私はそれを浄書し、大切に保存し、時々ながめることにすれば、佳人の一代の風韻にそむかないですむであろう。

また、呉・越・秦淮の各所では竹枝が流行しておるが、詩心を備えた佳人が詩詞を理解して、正しいメロディーを美しい声に載せればこそ喜ぶべきものになるのである。我が国では妓女・遊女が一丁字も知らないので、そのために詩や文を作ってやっても、猫に小判、益がないばかりか、かえって唐人の寝言と嘲笑されてしまう。文字を辱しめること、これ以上のものはないが、世間の文士は往々こうした失敗をして嘆かわしい。詩仏どのは妓女・遊女の内から「枇杷花下ニ門ヲ閉ジテ居ル」（胡曾「贈二薛濤一」の承句。作者には諸説ある）薛濤のような才女に出会うことができましたか。(3)

私がこのような書牘を作ると、人々（「傍人」）はあるいは思うことだろう、詩仏殿は天下の名士だから礼をもって接すべきであるのに、ところが紹介をも待たないで自分から売りこみ、最初から脂粉の事ばかりいうのは、不遜の甚だしいもの（「不恭之甚」）だ、と。それに対して私はいおう、貴殿は詩聖堂とか詩仏とか称しているのだから寛大慈悲であり、私もまた斯文の徒であるのだから、単なる通りすがりの者として扱うことはないであろう。貴家の門に日々至る者は礼儀をわきまえた言行忠信の者ばかりであり、その間に私のような「狂愚」の者が一人ぐらいまじっていたとしても、大家の体面をそこなうことはあるまい。その上、『詩経』の開巻第一章は「窈窕淑女、君子好逑」と説いていることだし、最初から脂粉の事をいったからとて、どうして慣れ慣れしいと斥けられようか。士大夫は好んで仁義を説き、脂粉のことをいうのを憎むが、仁義は立派なものだが脂粉は惑溺しやすいと思っているのであろう。が、仁義を説く者が尭・舜のような君主、夔・竜のような名臣、孔・孟のような儒家となれるとは限らない。むしろ、官禄に溺れ、名利にのめりこみ、時流にぴったりとあわせ、一言一行がくい違わないよう恐れ、仁義を借りて外面を飾っている者が多いのだ。私は、脂粉を説く者は冤罪をこうむっているのだと思う。

竹田は、美貌にして詩文の才を備える佳人に憧憬し、虚構である『西廂記』『牡丹亭還魂記』のヒロインの方が、実際に巨万といる無知な女たちよりも遙かに実在性（脳裡に印象づけられる存在）を備えている、とさえいう。また、もし詩仏のような通儒で、そうした佳人たちの存在を知っている者がおれば、佳人のために伝を綴ってもらいたい、と頼む。さらに、『板橋雑記』に描かれたような、折花攀柳の巷に在っても風流韻事を解することができるような女性の存在を待望しもする。要するに、中国の戯曲や小説（卓文君は『情史』四、情俠類に載る）に登場する、美貌と文才とを兼ね備えた佳人に、まだ独身であった竹田は理想の女性像を見出し、我が日本においても、そうした理想的な女性像が実在するか、またはそれを描いた文章が出現することを切望しているのである。この場合、竹田が『西廂記』に強い関心を抱いていることに特に注意しておこう。(4)

さらに注目したいことは、初めて書信を通ずる詩仏に対して、右のような才子佳人の恋愛（「脂粉」）への憧憬を、竹田が何ら憚かることなく揚言していることである。それは、「旁人」が竹田に「不恭之甚」きをもって咎めることに見られるように、儒学者の世界においては容認されない態度である。にも拘らず、竹田がそれを敢行したのは、ちょうど梁田蛻巌が「紅袖解」を『蛻巌集』六に載せたのと同様に、儒学界の因襲を打破し、えせ道学者の偽善を嘲笑し、(5)

『詩経』「関雎」にもその表出が認められている恋愛感情を公言することの正当性を主張しようとしてであった。そのように因襲にとらわれず、自己の嗜好を一途に打ちだす情熱——竹田はこれを「狂愚」と呼ぶ——を、竹田が才子佳人の恋愛に対して抱いていたことを、我々は先ずここに確認しておこう。

竹田のこうした情熱は、しかしロウマンチックな青年にしばしば見られるような、一時的で飽きっぽいものではなくて、長期にわたって持続するものであった。たとえば、文政六年（一八二三、四十七歳）七月に伊藤樵渓に宛てた書簡(6)にいう。

（前略）朝雲撰之事被二仰下一、弟経二山陽一道一而入京、其間閲二女子一者数百人、豊レ才者歎《あきたらず》二于色一、飽レ色者飢二于才一、果有二才色双絶者一、不下啻視二万黄金一如中一沙路上、捨二性命一而相従、亦所レ不レ辞也、只恐宇内無レ有耳。蓋有レ之、吾未レ見レ之、所謂不レ如二已之為一レ愈也。（後略）

京都に息子の太一とともに滞在している竹田に樵渓が妾を蓄えることを勧めたのであろうか、竹田は結局はこれを断わるのであるが、その理由は、天下に才色兼備の女性がいないから、ということにある。そして、勿論冗談めかしてであろうが、もし才色双絶の女性がおれば命を棄ててもかまわない、とまでいうところに、竹田の理想ないし好みが二十年を経ても変っていないことが窺われるのである。そうとすれば、こうした理想ないし好みは、それを遡ること十二年前の文化八年（一八一一、三十五歳）、『風竹簾前読』を刊行する頃にも存していたのに相違なかろう。換言すれば、二十七歳より三十五歳に至る間も、それは一貫して持続されていたものであろう。

二

前節では竹田が『西廂記』にいち早く関心を寄せていたことを述べたのであったが、しかし、二十七歳までの時点では彼がどこまでこの元代に成立した、白話を多用する戯曲を読み得ていたかは、疑わしい。女主人公の鶯々という名を記しているのだから、崔鶯々と張珙の恋愛を描いた作品だという程度の知識は持っていたろうが、実際に本文に即して細部まで丁寧に読んでいたかは、疑問である。というのは、文化二年（一八〇五、二十九歳）六月九日、藩命を帯びて京都に滞在していた彼が伊藤鏡河に宛てて出した、次の書簡（第一書簡）(7)があるからである。

大阪ハ、書物、扨々沢山ニ御座候。且江戸とちがひ、書林至極丁寧ニ而、よく世話仕呉申候故、色々の物見申候。兎角持病指起り、書物ほしく相成申候而、これにはこまり申候。西廂記ハ、余程面白き様子ニ御座候、六才子注釈と御座候而、注の本ヲ借申候処、注は評而已ニ而、奇妙ナル物に御座候。（後略）

この「余程面白き様子ニ御座候」という言い方に拠れば、竹田はそれまで『西廂記』を実際に手に取って見たことはなく、この時初めて流覧して、面白そうだという感触を得た按配なのである。従って、前引の書牘で鶯々の名を出し、彼女への憧憬を語っているのは、鶯々を描いた『会真記』に基いてのことらしい、と考えられるのである。しかし、この時その面白そうなことを予感した竹田は、暫く手元に借り置いて実際に読んでみ、果してその購入に価する面白さを実感したのであろう、二ケ月後の八月頃、同じく伊藤鏡河に宛てた書簡（第二書簡）(8)で、

一　西廂記　六冊袖珍本十六匁コレハ俗語、無益ニハ似タレ共、余リ面白ク、調ヘ申候。追々呈二貴覧一可レ申候。美酒一壺・名香一種御貯へ置可レ被レ成候。

と購入したことを告げているのである。「俗語」（白話）を用いた俗文学であるが、また経・史・子書の如き経世済民にとって有用の書ではないが、「余り面白」いので購入した、という点に、竹田が『西廂記』を己れの嗜好にかない、己れの趣味と理想とを満足させてくれる文芸の一つとして高く評価していることが窺えるのである。

竹田が購入した『西廂記』がどのような版本であったかは、これだけの記述からは確定できないのであるが、「六才子注釈」の語を冠し、「評」が施され、しかも六冊の「袖珍本」という普及版であることからも見当がつけられ[9]、また後引の記録が示しているが、それは金聖歎批評の『第六才子書西廂記』という清刊本であった。架蔵する三部の第六才子書[10]も、内閣文庫所蔵の二種の第六才子書も、いずれも六冊の体裁であること、また、第六才子書本が『西廂記』の多くの諸版本の内でも最も流布しているものであることも、この推測を保証するものである。

この『第六才子書西廂記』には、金聖歎の長文の序一・序二と、八十一条より成る「読第六才子書西廂記法」（以下、読法と略称する）と、本文の随所に施される批評とが付せられている。竹田は、「余が家聖歎評ノ西廂記一部ヲ蔵ス。間マ謂ハユル不法ノ語有リ。然リト雖モ情語麗辞、膚ヲ解キ髄ニ入リ、字字劇ダ妙ナリ」（『竹田荘詩話』。『資料集』著述篇二五五頁）に見られる如く、そうした金聖歎の序・読法・批評をも熱心に読んだ。曲亭馬琴が『三国志演義』『琵琶記』の毛声山評や『第五才子書水滸伝』『第六才子書西廂記』の金聖歎評に学んだことに見られるように、当代人は本文以外のそうした部分をも熱心に読む習慣があったからである。その痕跡は、前引の第二書簡の「美酒一壺・名香一種御貯へ置可被成候」という文言に求められる。これは、『西廂記』は素晴らしい本であるから、美酒を飲み名香を焚きつつ味読してほしい、という意味であろうが、竹田のこの発想のもとは、「読法」の、

西廂記ハ、必ズ須ラク香ヲ焚キテ之ヲ読ムベシ。香ヲ焚キテ之ヲ読ム者ハ、其ノ恭敬ヲ致シテ、以テ鬼神ノ之ニ通ズルヲ期ス。（第六十二条）

とか、

西廂記ヲ読ミ畢リテ、大白ヲ取リテ地ニ酬イテ賞作セザル者ハ、此レ大ナル過チナリ。（第八十条）

とか、

西廂記ヲ読ミ畢リテ、大白ヲ取リテ自ラ賞セザル者ハ、此レ大ナル過チナリ。（第八十一条）

とかに基いている、と考えられる。かようにして読法や批評を熱心に読んだことは、おのずから竹田をして自分もそれに倣って中国の戯曲ないしは小説を批評してみたいと思わしめるようになるのではあるまいか。

第六才子書本『西廂記』には、どの版本でも必ずその本事（典拠作）たる、唐の元稹の「会真記」（「鶯々伝」）が収められている。その「会真記」は、『風竹簾前読』（「霍小玉伝」）とともに竹田が順次刊行する予定であった「綉匣十読」中の「楊貴妃伝」「謝小娥伝」「娼李娃伝」「劉無双伝」「歩非烟伝」と同じく、文言体の唐代艶情小説であった。その内容は後述する如く、ともに能文の才子と佳人との恋愛悲劇であって、前述した如き竹田の趣味と理想とにすこぶるかなうものである。その本文は、『太平広記』四八八、『情史』十四、『艶異編』十七、『唐代叢書』第一百二十帙等に収まっていて、早くから竹田が容易に目睹できるものではあるけれど、それが愛読の第六才子書『西廂記』に収められていることは、彼が「綉匣十読」のような叢書を刊行することを計画するのに、なんらかの刺激を与えたであろう。というのは、第五節（二九一頁）に後述する如く、竹田の「霍小玉伝」批評には「会真記」の本文の影響があり、それは竹田が『第六才子書西廂記』中の「会真記」を熟読したことを示すが、そのことは彼をして「会真記」に代表される唐代艶情小説に強い注意を向けさせ、それらを集中的に翻読させるようになった、と考えられるからである。そしてそこまで到れば、それらを刊行しようと目論むのに、それほど時間はかからないであろう。

三

しかも、竹田のいわゆる「六才子注釈」の諸版本の内には、この「会真記」に批評を施したものがある。それは、架蔵の『箋註第六才子書釈解』(封面題)と題する本である。封面にはその他に、「聖歎先生批評点／呉呉山三婦合評西廂記／鄧汝寧音義　致和堂梓行」等の字が見える。

序は、「題聖歎批第六才子西廂原序」と題し、「康熙巳酉年(八年、一六六九、寛文九年)天都汪溥勲広囦氏題於燕台之旅次」と署名する。目録題は、「呉山三婦評箋註釈聖歎第六才子書目録」。版心題は、「第六才子書釈解西廂文」。内題は、「箋註絵像第六才子西廂釈解巻之一(〜八)」。その「会真記」評(呉山三婦が評者であろう。ただし、この人物の正体は不明である)には二種あって、一は本文の右脇に小字短句をもって為される傍評、一は本文上欄に傍評よりは長く記される頭評である。この本を竹田が見ていたか、または、この「会真記」批評が他の第六才子書本のどれかに備わっているのか(架蔵『貫華堂第六才子書の「会真記」には批評は無い。)、未詳であるが、これを竹田が目睹した可能性が全く無いとも断言できない。

むしろ、明清の白話小説とは異って、唐代艶情小説に細かく傍評や頭評を加えたものは、管見には入らず、この「会真記」批評が唯一のものであるから、竹田が「霍小玉伝」に批評を施すようになった契機には、この「会真記」批評を熟読したことがあるのではないか、とさえ思うのである。それは速断できないにしても、唐代艶情小説の批評は、今のところこれと竹田のものの二つしか無いのであるから、竹田の「霍小玉伝」批評の水準を知るためには、これと比較する必要がある。以上のような意味で、以下にその主要なものを紹介してみる。

1　張生が初めて崔鶯々を見、その「顔色艶異光輝人ヲ動カス」様に、「張驚キテ之ガ礼ヲ為ス」という部分に、「俗ナラズ」と傍評が施されている。張生の態度が卑しくなく、礼をもって接している、といった人物批評であろう。

2　その折の鶯々の「睇ヲ凝ラシテ怨絶、其ノ体ニ勝ヘザル者ノ若シ」という姿態描写に対しては、「更ニ妍媚」と傍評する。

3　張生が鶯々の婢の紅娘に対して鶯々への思いを打ちあけると、「婢果シテ驚キ沮《はば》ミ、潰然トシテ犇《はし》ル」という部分には、「亦タ真ナリ」と、行動描写の迫真性を賞讃する傍評がある。

4　張生の申し出に対して紅娘が「何ゾ其ノ徳ニ因リテ娶リヲ求メザル」と喩す部分には、「正当ナリ」と傍評する。鶯々・紅娘がわの礼節道徳にかなう態度を賞讃する、という批評である。

5　これに対して張生が、「予始メ孩提《をさなき》ヨリ、性苟クモ合ハズ、或ヒハ時ニ紈綺間居スルモ、曽テ眄ヲ留ムル莫シ。当年終ニ蔽ハルル所有リト謂《おも》ハザリキ。昨日一席ノ間、幾《ほと》ンド自ラ持セズ。数日来、行クニ止マルヲ忘レ、食フニ飽クヲ忘ル。恐ラクハ旦暮ヲ逾《こ》ユル能ハザラン」云々と初めての恋なることを切々と述べる。その部分に頭評があって、「固ヨリ是レ寔《まこと》ノ話ナルモ、亦タ是レ懇情哀乞ノ套語《きまりもんく》ナリ」という。男性の真情は認めるが、かような口説き文句は誰もがいうものだと、張生の心理と会話を客観的に突き放して観察した評である。

6　紅娘は貞順な鶯々の心を動かすためには、「良ク文ヲ属シテ、往々章句ニ沈吟シ、怒（ママ。一本怨に作る）慕スル者之《こと》ヲ久シウス」という彼女の性質を利用して、「君試ミニ情ヲ喩《さと》ス詩ヲ為リテ以テ之ヲ乱セ」という方法を用いることを勧める。この部分の頭評に「良女ヲ引誘スルニ、此ノ女一口ニ道《い》ヒ出ダス」というのは、そのかしづく主人の性癖を熟知して誘引法を考案した紅娘の発明を指摘したものである。

7　張生が二首の「春詞」をもって誘ったのに対し、鶯々は張生の来訪を待つことをにおわす五絶をもって答える。

で、張生がしのんでゆくと、鶯々は礼をもって持し乱に及ぶなと毅然と喩して去る。かかる鶯々の対応ぶりについて、頭評は、「只ダ答ヘズ、詞ヲ前《すす》ムレバ足ルノミ。仮情ハ是レ斥ケ、真情ハ是レ允《ゆる》ス。何ノ術高・善幻乃チ爾ルヤ」という。それは、口頭によってではなく、婉曲な詩を用いて応酬し、許すようでいて許さないという変幻自在で高等な対応法は、一に男の真情を見きわめるためにである、と解説しているのであり、女性の心理と技法とを洞察した批評、といってよいであろう。

8　張生と鶯々が結ばれる時の描写「俄カニシテ紅娘、崔氏ヲ捧ゲテ至ル。至レバ則チ嬌羞融冶、力　肢体ヲ運ブ能ハズ、曩《さき》時ノ端荘ト、復タ同ジカラズ矣」に就いて、頭評は「嬌態百媚、人ヲシテ魂消エシム。此ノ夕ノ風景、真ニ一刻千金ナリ。前ノ一番ノ拒ミヲ得テ、此ニ至リテ越《いよい》ヨ興致ヲ添フ」という。一旦峻拒にあったからこそ、ますます喜びが増すのだという指摘は、うがった人情洞察といってよい。

9　一月余り後、張生は長安に行くことになり、遠まわしにこれを鶯々に告げると、「崔氏宛トシテ難辞無シ。然リ而シテ愁怨ノ容　人ヲ動カセリ矣」という様である。頭評はこの描写を「口ニ阻マズシテ、容ハ別レ難シ。真ニ人ヲ媚殺ス」と、次第に鶯々の人間離れした魅力に言及しだすのである。

10　鶯々は属文を善くするも、あまり人に示さない。のみならず、「大略崔ノ人ニ出ヅル者ハ、芸必ズ窮極シテ、貌知ラザルガ若シ。言ハ則チ敏辯ニシテ、酬対ニ寡シ。張ヲ待ツノ意ハ甚ダ厚ク、然レドモ未ダ嘗テ詞ヲ以テ之ヲ継ガズ。時ニ愁艶幽邃ナレドモ、恒ニ識ラザルガ若シ。喜慍ノ容、亦タ形ニ見《あら》ハルルコト罕ナリ」と、万事控えめである。そこが男を魅きつけるのであろうが、頭評はこれを「大イニ是レ妖物ナリ」といって、その尋常ならぬ蠱惑力に不吉なものが潜むことを暗示するのである。

11　張生が受験のために再び去ろうとすると、鶯々は永訣を予感して、恭順にまた声をやわらげて、「始メ之ヲ乱シ、終ニ之ヲ棄ツルハ、固ヨリ其レ宜ナリ矣。愚《われ》敢テ恨マズ。必ズヤ君之ヲ乱シ、君之ヲ終フレバ、君ノ恵ナリ。則チ身ヲ没スルノ誓、其レ終リ有ラン。又何ゾ必ズシモ深ク此ノ行ヲ憾《うら》ミン」云々という。これは解しにくい言葉であるが、あなたが勝手に私を乱し、勝手に別れるのだから、あなたにとっては結構なことでしょうという、表面は物柔らかであるが内に皮肉を込めた怨言であろう。これを頭評は「緊要ノ語ナリ」という。それは、男を思いやりながらも、その身勝手さに対しては一言いわざるを得ないという、女のせめてもの精一杯の主張であるから、「緊要語」と指摘したのであろう。この意味で、この寸評は鶯々の複雑な心理に注意を払ったものであろう。

12　都から寄せた張生の書簡に鶯々が答えた長文の書簡がある。それは美文をもって眷恋の情を切々と訴えたものであるが、これに就いては「只ダ這《この》封ノ書、遂ニ千載風流伝奇《しばゐ》ノ鼻祖ト作《な》ル」、「宛転曲切、不尽ノ悽楚、李陵ノ書ト同ニ伝フルニ堪エタリ」という二頭評がある。風流伝奇とは『西廂記』を指し、李陵の書とは、『文選』等に見える「答蘇武書」のこと。

13　その鶯々の書簡の内に、張生に「玉環」「綵糸」「文竹茶碾子《ちゃうす》」を贈ることをいい、その後に「意フニ君子玉ノ如キノ貞ヲ欲シ、志ヲシテ環ノ解ケザルガ如クナラシム。涙痕　竹ニ在リ、愁緒　糸ヲ縈《まと》フ。物ニ因リテ誠ヲ達シ、永ク以テ好《ひきでもの》ト為スノミ」と続ける。これに就いて、頭評は「物ニ因リテ情ヲ導キ、贈物ノ佳致ヲ曲尽ス。何ゾ女博士ノ是ノ如キ巧思妙精有ルヤ」という。贈物に託して意思と感情とを男に伝える点に、鶯々の聡明を見出しているのである。

14　張生が鶯々と訣別した後、元稹が張生に辞を求めると、張生は「大凡《おほよそ》天ノ尤物ニ命ズル所、其ノ身ヲ妖セザレバ、必ズ人ヲ妖ス。崔氏ノ子ヲシテ富貴ニ遇合シ嬌寵ニ乗ゼシメバ、雲ト為リ雨ト為ラズンバ、則チ蛟ト為リ螭ト為リ、吾レ其ノ変化スルヲ知ラザラン。昔殷ノ辛（紂王の名）、周ノ幽（王）、万乗之国ニ拠リテ、其ノ勢ヒ甚ダ厚シ。然リ而シテ一女子之ヲ敗リ、其ノ衆ヲ潰《つひ》ヤシ、其ノ身ヲ屠《ほふ》リ、今ニ至ルモ天下ノ僇笑《ものわらひ》ト為ル。予ノ徳以テ妖孽ニ勝ツニ足ラズ。是《ここ》ヲ用《もっ》テ情ヲ忍ブ」と答え、一座の者が「深歎」する。この最後の「予之徳不足以勝妖孽、是用忍情」に、「麗詞麗情、終ニ是レ愛スベシ」という傍評が施される。鶯々は富貴の家に嫁げば妲己や褒姒ばりの国をもほろぼす蠱惑力（「妖」）を備えており、自分の力量ではそれに対抗できないから、鶯々と別れたのだ、という。いささか虫のよい[11]遁辞にも思えるが、一座の者が深歎したのは、それにも一理があり、鶯々の妖物にも等しい蠱惑力を誰もが認めているからであろう。だからこそ、傍評も、鶯々のことを思いやりながらも自分にも別れなければならない正当性が存することを示した言葉として、「可愛」と張生を許容したのである。すなわち問題は、「会真記」の教訓に関わってくる。それの末尾に「時人多ク張ヲ許シテ善ク過チヲ補フ者ト為ス」とか、「意フニ之ヲ知ル者ヲシテ為サズ、之ヲ為ス者ヲシテ惑ハザラシメントナリ」とかいうのは、張生と鶯々の恋愛を美しく描きながらも、結局は女性の蠱惑を絶って身を守る男性の生き方を善しとする教訓を説いており、そこに「会真記」の勧善懲悪が存している。この傍評は、そうした勧善懲悪に沿って、張生を許容していることを遠まわしに表明したものである。そのような全編を貫く勧善懲悪を示唆するものとして、この傍評は重要な意義を備えているもの[12]、と考える。

四

以上、竹田の才子佳人の恋愛への憧憬、特に能文の佳人のために伝を立てたいという希求、『第六才子書西廂記』と金聖歎批評の熟読、「会真記」との出会い、「会真記」批評をも見た可能性、という四点に就いて述べてきた。この四点が帰一するところ、「霍小玉伝」の批評、即ち『風竹簾前読』の成立、ということになる。つまり、竹田は早くから中国の、相互に能文な才子佳人の恋愛にあこがれ、大窪詩仏のような日本の文人がその向うを張って漢文による日本の佳人伝を綴ってくれることを期待した。が、沢田一斎や清田儋叟の如き中国小説好きの漢学者が漢文小説に腕を振うことが流行した[13]のは、もはや一昔前の風潮となり、竹田の頃には大田錦城の「赤城梅花記」（寛政元年自序）や是亦道人の『桜精伝奇』（文政十三年刊）があるにしても、漢文小説を試作する人は、そう多くはいない。折しも、京阪に出た竹田は多くの唐本を眼にする機会を得た[14]が、あこがれていた金聖歎批評の『第六才子書西廂記』を購入して、その面白さを堪能し、金聖歎の批評方法をも学んだ。そればかりではない、同書に収められている「会真記」によって唐代艶情小説の魅力をも更めて思い知らされる。『第六才子書西廂記』の内には、珍しくも「会真記」に傍評と頭評とを施した版本も存するが、それをも目睹したかも知れぬ。ここで竹田は考えた。我が国の佳人の伝を無理して立てるよりは、唐代艶情小説を主とした中国の才子佳人小説を叢書として出版し、それに金聖歎ばりに漢文による自分の批評を施した方が、本の製作の上からも好便であり、また若い時からの自分の嗜好と理想をも、代用品によってではあるが、ある程度満足させることができる、と。かくて、文化三年には『塡詞図譜』を刊行し、同八年には『竹田荘詩話』の刊行を準備する、といった具合に出版活動が旺盛であった竹田は、「綉匣十読」の刊行を企て、まず「霍小玉伝」に自からの批評を加えた『風竹簾前読』（文化七年、版下成る。森銑三氏）を刊行する。というのが、『風竹簾前読』が成立刊行される際の内面的外面的事情であったろう。以上の考察には、「会真記」批評の目睹の可能性、という推測も含まれているけれど、大方の事情はこのようなものであったろう。

五

『風竹簾前読』の批評は、森銑三氏がほんの一部を紹介したが、その性質や水準について詳しく説いたものは、未だ現われていない。ここにその性質を考え、「会真記」批評と比較しつつ、その水準を測定してみよう。

1 「霍小玉伝」の冒頭に頭評として、竹田は、「益ノ矜張浮薄、玉ノ慧性多情、及ビ鮑娘ノ便僻、浄持ノ老媚、筆下ニ悉ク生面ヲ開ク」という。全編の主要人物、即ち主人公の李益、女主人公の霍小玉、媒婆の鮑娘、霍小玉の母親の浄持の人となりを、まず一言に道破したものである。竹田が李益に冷評を与える理由は、後まで読み進むとおのずから明らかになるが、傍評においても最初から、李益が「少《わか》クシテ才思有リ」と紹介されれば、「才思モ亦タ憎ムベシ、許多ノ冤業ヲ結ビ做フ」とその才気を非難し、「毎ニ自カラ風調（風貌気品）ヲ矜《ほこ》ル」と紹介されると、「浮薄」とさげすむのである。それに対して女主人公の霍小玉には、竹田は甚だ好意的であって、一貫してその聡明と情の厚さを賞讃する。鮑娘を「便僻」と観るのは、本文に鮑娘の「性便僻ニシテ、言語ニ巧ミナリ」とあるものを取り入れたものである。このように登場人物のそれぞれの性格が生き生きと描き分けられているとする批評は、金聖歎の「読法」四十七条の「西廂記ハ止《た》ダ三個ノ人ヲ写シ得タリ。一個ハ是レ双文（鶯々のこと）ナリ、一個ハ是レ張生ナリ、一個ハ是レ紅娘ナリ」を学んだものと考える。ただし読法は、それに続けて、その他の夫人・法本・白馬将軍・歓郎・法聡・孫飛虎・琴童・店小二らは全く描写されていなく、すべて三人の主要人物を描くための道具だ[15]、というのは、いい過ぎであるように思われるが、竹田はそうした過激な論は採らない。

2 鮑娘が李益に縁談を持ち出し、小玉の側の条件としては「財貨ヲ邀《もと》メズ、但ダ風流ヲ慕フノミ」であることをいう。これに竹田は頭評して、「財貨ヲ邀メズ、但ダ風流ヲ慕フノミトハ、鬚眉スラ猶ホ得難シト為ス、況ンヤ裙釵ヲヤ。李蘭ノ句ニ云フ、求メ易キハ無価ノ宝、得難キハ有心ノ郎ト、同一ノ感慨ナリ」という。男性に風雅教養のみを求める小玉に計算高さがないことを、男まさりの志操の持主と賞揚しているのである。

3　右のような好条件を聞いた李益は、大いに喜んで、「一生奴ト作《な》リ、死ストモ亦タ憚ラズ」という。これに頭評があって、「李生死ヲ言フコト此クノ如ク容易ナリ」という。心にもなく、容易ならぬことをすぐ口に出す李益に、竹田は軽佻浮薄を見出しているのである。

4　鮑娘はさらに小玉のことを、「資質穠艶ナルコト、一生ニ未ダ見ズ、高情逸態、事事人ニ過グ。音楽詩書、通解セザルハ無シ」とほめちぎる。これに頭評があり、「鮑固ヨリ肉眼凡身、安ンゾ小玉ヲ知見スルニ足ランヤ。而ルニ猶ホ品藻侈口スルコト此ノ如シ」という。小玉の真価をよくも知らないのに大袈裟に持ち上げると、鮑娘の便僻多口を批判しているのである。

5　いよいよ李益は小玉を訪問することになり、容儀を飾ることに大わらわ、「鏡ヲ引キテ自ラ照ラシ、諧《かな》ハザルヲ懼ル」という有様。頭評が「鏡ヲ引キテ自ラ照ラスニ至ル。益ノ浮薄既ニ極マル」というのは、李益の上べのみをつくろう浮薄さを非難するのである。

6　小玉の家に到った李益は、その母の浄持と語るのであるが、この浄持を竹田が自分の知る老妓重松と重ね合わせて見ていることは、既に森氏が引用しているので、割愛する。

7　浄持の、娘を差し上げたいとの言葉に、李益は、「儻《も》シ採録ヲ垂ルレバ、生死栄ト為ス」と答える。ここの頭評は、第3に述べたと同じく、「死ヲ言フコト亦タ復タ此クノ如ク容易ナル」と、言葉が上すべりする李益の軽薄を突く。

8　浄持に拠れば、小玉が愛誦する「簾ヲ開ケバ風竹ヲ動カス、疑フラクハ是レ故人来ルカト」という詩句は、李益が作ったものである。ここに頭評があって、「玉ハ益ノ為ニ誤マラレズ、惟ダ此ノ句ノ為ニ誤マラル。蓋シ誤リヲ致ス所以ハ、実ニ詩ヲ知ルニ因レリ矣。近ゴロ一女子有リ、詩ヲ作リテ云フ、少陵スラ猶ホ謂フ文ハ命ニ憎マルト、何ゾ況ンヤ詩詞詩人ニ属スルヲヤト。噫」という。すなわち、小玉が李益と結ばれたために不幸な結末に陥る理由は、李益の人となりそのものに魅かれたというのではなく、なまじっか才媛であるが故に李益の作った詩句の魅力を李益の魅力と混同したからである、というのである。一女子の詩中の、杜甫のいわゆる「文憎命」という詩句は、「有文人ヲシテ傷マシム、何レノ処ニカ爾ガ骨ヲ埋ムル」(「鹿頭山」)を指しているのであろうが、それは文才ある人が往々不幸に陥るを指摘した句である。小玉の不幸は、まさにそれに属する、と竹田は悲劇の一因を分析したのである。

9　浄持から李益に会った感想を聞かれた小玉は、「面ヲ見ルハ名ヲ聞クニ如カズ。才子豈ニ能ク貌無カランヤ」と答える。これは難解の句であるが、才子というものは往々貌を備えていないので実際に会うと失望することが多く、評判をのみ聞いている方が良い、しかし李益殿の場合は才子が貌を備えている例としてよろしい、という程の意味であろう。「見面不如聞名」は、有名な「聞レ名不レ如レ見レ面」(『北史』列女、房愛親妻崔氏伝)を反転させた句で、そこに小玉の当意即妙の機智が発揮されているのであり、竹田はそれ故にこれを頭評して、「才有ルモ貌無シ、之ヲ璞玉ト謂フ。才無クシテ貌有リ、之ヲ泥塑ト謂フ。才貌並ビ兼ヌルハ、千古ノ難事ナリ。小玉ニ非ザレバ則チ斯ノ語ヲ吐出シ得ズ。吐出スルモ亦タ唯ダ虚大ナリ」という。良くも悪しくも小玉は才媛なることを、一貫して指摘するのである。

10　二人が結ばれた後、小玉は自分がもと霍王の庶流なるも今は倡妓なることを打ちあけて、「但ダ慮《おもんぱか》ルニ一旦色衰ヘ思移リ情替ラバ、女羅ヲシテ託スル無ク、秋扇ヲシテ捐テラレシメン。極歓ノ際、覚エズ悲ミ至ル」と、棄てられる恐れを述べる。これは二人の関係が不幸なものに終ることを示唆している伏線に当るものだが、竹田の頭評は、「漢武ハ一代ノ英主ナルモ、迺チ云フ歓楽極マリテ哀情多シト。玉ノ斯ノ語ニ符ス。余嘗テ謂ヘラク豪傑ノ男子ト聡明ノ女児トニ非ザレバ、則チ歓モ亦タ歓ナラズ、悲モ亦タ悲ナラズ」と、馬琴のように構成に言及することはなくて、相変わらず人物評を続ける。すなわち、李益は豪傑男子にあらず、といいたいのであろう。

11 小玉の懸念に対して、李益は誓約を紙に書き、これを宝篋に収めるのだが、二年後、李益が試験に及第し、鄭県主簿に任ぜられると、小玉は離別が予感され、李益に対して、彼が他の女と結婚することになり、「盟約ノ言、徒ラニ虚語ナランノミ」という。これに就いて、頭評は、「古人云フ、文人浮華ニシテ実無シト。又云フ、文人ノ筆端畏ルベシト。嗚呼、此ノ語ヲ作スハ、是レ誰ノ過チナルカ」という。小玉の懸念に同調して、いずれ李益が盟約を破ることになることを、鋭くも示唆し得ている、というのである。

12 そこで小玉は李益に、彼が「壮室」(『礼記』にいう、妻を娶る三十歳のこと)になるまではまだ八年間もあるから、その間は二人の歓愛を続け、期が至ってからは李益は高門の女と結婚し、自分は尼になろう、と提案する。ここの頭評は、「玉既ニ益ノ人トナリニ熟ス。故ニ後日ヲ謀ル。極メテ是レ明晰ニシテ、情事両ラ尽クス者ト謂フベシ。然リト雖モ閨閤ノ内、兼ヌルニ情愛ヲ以テシ、因循スルコト一日、其ノ謀ヲ遂ゲズ、卒《つゐ》ニ終天不滅ノ遺恨ヲ飲ム。悲シイ哉」というもの。一は、例によって、離別を予感している小玉の聡明を指摘する人物評である。が、一は、しかしやはり女性のことで、李益を想う情にほだされて、その決意をすぐに実行することができず、将来に引き伸ばしたために終天不滅の遺恨を結ぶ結果になったのだ、という。第8条と並んで、悲劇の一因を分析したものであるが、女性心理にそれを求めたところに、「会真記」批評の第7条を思わしめる洞察力が存する。

13 小玉のこの申し出に対して、李益は「皎日ノ誓、死生之ヲ以テシ、卿ト偕老スルモ、猶ホ恐ル未ダ素志ニ愜ハザルコトヲ。豈敢テ輒《たやす》ク二三有ランヤ」と誓約を再確認する。が、頭評は、「益　復タ死生ノ二字ヲ説キ出ス」と、一貫して「死生」の二字に着眼し、李益の誓言が一向にあてにならないこと繰り返す。確かに「死生」は李益の不実を表わす鍵語となっているので、竹田の着眼は、正鵠を射ている。

14　四ケ月後に小玉を邀え取ることを約束して、李益は出発するが、彼は洛陽で母が定めた縁談を受け入れざるを得なくなり、百万の支度金を借り求めるために江淮を歴渉して、秋から翌夏にわたる。かくて、約束を破ってしまったので、李益は小玉に連絡をとらず、「其（小玉）ノ望ミヲ断タント欲シ」、親族に自分の消息を小玉に漏らさないように頼む。ここに到って露呈した李益の不誠実さを、頭評は、「益　数《しばし》バ死字ヲ言フモ、皆此レ虚話ナリ。其ノ望ミヲ断タント欲スノ一句ニ至ツテ、即チ悉ク白露ス」と、厳しく弾劾する。

15　小玉は八方手を尽して李益の消息を探り、ついに沈疾となり、捜索費を捻出するために衣服や装身具を売る。その内の紫玉釵が嘗てそれを造った宮中の老玉工の眼にとまり、彼は小玉が霍王の娘であることを知って、その零落ぶりを先公主に話し、先公主は銭十二万を小玉に給する。この一段に竹田は頭評を施して、「此ノ一節ヲ挿入シテ、小玉　別後ニ思望益ス深ク、且ツ零落ヲ致ス状ヲ摹写シテ甚ダ尽ミス」という。適切な構成批評である。

16　李益は支度金を集め終えて、十二月に長安に戻り、潜居していた。崔允明という者は李益と親しかったが、重厚な性質で、李益の消息を小玉に伝える。小玉は驚き、いろいろにして李益を招くが、彼は「自ラ期ヲ愆チ約ニ負クヲ以《おも》ヒ、又タ玉ノ疾候沈綿セルヲ知リテ、慙恥シテ忍割シ、終ニ往クヲ肯ンゼズ」、小玉を廻避する。小玉は寝食を忘れて会うことを願うが、かなわず、深く恨んで、寝こむ。この一節に対する頭評は、「慙恥忍割、実ニ是レ憎ムベシ。然リト雖モ、益ノ本性、固ヨリ甚ダシクハ悪カラズ。但ダ止定スル所無キニ因リテ、一タビ其ノ期ヲ愆リ、再ビ其ノ約ニ負キ、是ニ於テ遂ニ大隙ヲ生ジテ、此ノ極ニ至ル。古人　幾《きざし》ヲ微ニ慎シム。戒メヨ」というものである。即ち、小玉を見殺しにしている李益は勿論許せないが、しかしそれは意図的な大罪というものではない、支度金を求めて「江淮ヲ渉歴」している間に、初めには時期を誤り、ついでは約に背いて、それが累積して、決定的な事態に至ってしまったのであるから、最初に時期を誤ったという些細な事柄が重大な結果を呼び起したのである、だから古人は事態が微小なる内に重大事の兆候が潜んでいると慎しんだのである、という。この批評は、これまで悲劇の原因を李益の軽佻な性格にもっぱら求めてきたのとは異って、幾《きざし》を微に慎まなかったという、普遍的な人生哲理にまで拡げて求めている。そして、その指摘は鋭くて、且つ正鵠を射ている。また、この指摘は普遍的な人生哲理であるだけに、「霍小玉伝」全編を貫ぬく教訓的な思想、勧善懲悪の思想として適用することができる。竹田は、『風竹簾前読』の奥付に「綉匣十読目次」を出し、刊行予定の十の中国小説の名を掲げているが、その後に、「以上十種、逐次上梓シ、海内有心ノ人ニ貽リテ、以テ賢賢易色、勧善懲悪ノ種子ト為スト云フ」(原漢文)と、女色に耽溺するのを戒める勧善懲悪の目的もあることを明言している。たといそれが一応の表面的な言辞であったにせよ、当時の人として勧懲に資するという有用性を考慮に入れていたであろうことは否めないから、「慎幾於微」というものが「霍小玉伝」の勧懲思想であると竹田は読み取っていたのであり、そうした思想把握をここに述べたのである、と考えてよいであろう。そもそも、『会真記』においてそうであったように、唐代の作者自体が勧懲的小説観を持っていたのであるから。以上のような意味において、この条の批評は全批評の中で重要な意義を含み、またその思想把握は、『会真記』批評の第14条に述べた如き、傍評の非直接的で婉曲な把握よりも、はるかに的確で直截なものである、と評することができよう。

17　長安の士人には次第に李益が小玉を棄てたことが知れて、中には韋夏卿のように李益を面詰する者も出てくる。そこにある豪士が現われて、李益を自分の邸宅に招待する。その時の誘う言葉は、「亦タ声楽有リ、以テ情ヲ娯マシムルニ足ル。妖姫八九人、駿馬十数匹、惟ダ公ノ要スル所ノママナリ」というもの。ここに頭評があり、「斯ノ語、悉ク益ノ好ム所ニ投ズ。惜シイ哉、豪士其ノ姓名ヲ脱ス」という。美女や声楽をもって誘うのは、よく李益の弱点を突いているという、例の人物評である。

18　豪士は李益を強引に小玉の居所に連行する。それより先、小玉は、丈夫が李益をつれて来、小玉をして鞋《わらじ》を脱がしめる、という夢を見ていた。彼女はこの夢を解いて、「鞋《かい》ハ諧ナリ、夫婦再ビ合フナリ。脱ハ解ナリ、既ニ合ヒテ解ク、亦タ当ニ永訣スベシ」という。頭評は、「其ノ夢固ヨリ真ナリ、其ノ解モ亦タ真ナリ。蓋シ小玉ノ情真ナリ、故ニ之ヲ致スノミ」と、小玉の真情を説くが、これまた人物批評の一種である。

19　小玉がついに李益と再会し、恨みの情をぶつけ、しかもなお李益に想いを残しつつ、死後に厲鬼となって君の妻妾をして終日安からざらしめんと呪う場面は、全編中の圧巻であり、竹田の頭評も満腔の同情を込めたものであるが、これは共に森氏が既に引用しているので、割愛しよう。

頭評とは別に、本文の末尾に、竹田は後記を加えている。これも森氏が引用しているが、しかしこれは全編の総評に該当する重要なもの故に、更めてここに引かざるを得ない。

阿戎曰ク、聖人ハ情ヲ忘レ、最下ハ情無シ、情ノ鍾《あつ》マル所、正ニ我ガ輩ニ在リト。謂ハユル我ガ輩ナル者ハ中人ナリ。夫レ中人ノ世ニ処ルヤ、最モ難シト為スベシ。風花雪月、前ニ誘引シ、咲啼離合、後ニ跟随ス。実ニ是レ愁ノ沢、恨ノ叢ニシテ、是非得失ノ湊合スル所ナリ。(李)益ハ固ヨリ中人ナリ。故ニ才思ヲ以テ、此ノ罪過ヲ受ク。(小)玉モ亦タ中人ナリ。故ニ多情ヲ以テ、此ノ遺恨ヲ飲ム。当時儻《も》シ益ト玉トヲシテ個ノ愚夫愚婦タラシメバ、便チ当ニ咲々嘻々、歯《よはひ》ヲ没スルマデ怨無カルベシ。噫、今ヤ吾曹モ亦復タ中人ナリ。手ヲ啓キ足ヲ啓キ、快ク我ガ目ヲ瞑セント欲スルモ、知ラズ何ノ方ヲモテセバ則チ可ナランカヲ。孔子曰ク、中人以上ハ、以テ上ヲ語ルベシト。上トハ聖人情ヲ忘ルルノ道ナリ。四子六経、幾多ノ文字ヲ設成シテ、丁寧ニ開説シ、教誨至ッテ備ハレリ矣。庶幾クハ慧眼ヲ豁了シテ、明ラカニ此ノ道ヲ認メナバ、旁径ニ陥ル無カラン。或ヒハ一タビ足ヲ失フトモ速ク前轍ニ復シ、以テ一生ヲ走過センコトヲ。世ノ斯ノ伝ヲ読ム者、其レ謹ンデ諸《これ》ヲ思ヘ。南豊竹田生批評幷題（阿戎は、晉の王戎。そ

の語は『世説新語』傷逝に見ゆ）

竹田によれば、中人は血肉を備えた普通人である以上、感情に動かされざるを得ない。李益も小玉も才子佳人ではあるが、やはり普通人であるから恋情に動かされざるを得なく、ために この悲劇を招いた。すなわち李益が罪過を得たのは、決して彼が悪人だからということではなくて、感情に動かされる普通人である上に才子であったからである。同様にして小玉が恨みを飲んだのも、彼女が愚かだからということではなくて、情の深い普通人である上に佳人であったからである。従って二人に才なく貌なかったならば、それこそ平々凡々、ありきたりの夫婦として一生を普通に終えることができたであろう。これを反対にいえば、普通人が二人のような悲劇を避けるためには普通人でなくなれば良い。すなわち、感情を忘れることである。そのためには四書六経に就いて聖人の道を学ぶことである。また、一旦失敗したとしても、早く無事平穏の生活に戻れば良いのである。と、竹田の言葉は終りに勧善懲悪の教えに帰す。やや強引に小説の内容を儒教ないしは道教の教説に結びつけてはいるが、それは中国小説の内部にも当時の漢学的知識人の思想にも一般に含まれている文芸観であって、致し方ない。現に、前述した如く、『会真記』にも「時人多許張為善補過者矣」とか、「欲使知之者不為、為之者不惑」とかいう勧懲の言説があったのである。この言説は、竹田の「明認此道、無陥旁径。或一失足、速復前轍、以走過一生也」と、まったく同一の考え方であって、竹田が『会真記』から読み取った寓意を、自己の批評の内に取り込んでいることが明らかなのである。ただし、勧懲に付会するとはいっても、竹田の勧懲説は、単なる倫理道徳上の善悪評ばかりではなくて、第16条で述べた如く、悲劇の基因として普遍妥当的な人生哲理を析出したり、いま説いた中人論の如く、善悪のみでは割りきれない一般的な人間性を析出したりしている。そのような、広く人間全般に適用される人生哲理を作品の内部から抽出し、しかもそれを無理なく説得力を備えて、漢文によって記述している点は、「会真記」批評に勝るものがある。「会真記」批評は、女性の心理の洞察に面白いものはあるが、普遍的な人生哲理の析出や、勧懲思想の指摘には、婉曲で短い傍評はあっても、正面から論じたものは無いからである。それは、双方の作品の相違に基くもので、致し方のないことと言えもしようが、しかし竹田の批評の方が鋭く深く作品の内部に入り込んでいることは、否めないであろう。そのように観察してくると、竹田の批評の水準は、「会真記」批評に比肩するどころか、その上をゆく深さと鋭さを獲得している、と考えるのである。

六

前にも少し触れたが、前近代に在って唐代小説を本文に即して詳細に批評した業績は、和漢ともに殆んど無い。本場の中国においてそれが無かったのは、『全唐文』（嘉慶十九年成立）の「凡例」に、

唐人ノ説部最モ夥《おびただ》シ。原書ニ載スル所、会真記ノ事ノ風化ニ関ハル如キハ、謹ンデ旨ニ遵ツテ削リ去ル。此ノ外、柳毅伝・霍小玉伝ノ猥瑣、周秦行記・韋安道伝ノ誕妄ノ如キモ、亦タ概ネ删ニ従フ。

という如く、風教に害ありと見なされて、士大夫がまともに相手にする文章とは位置づけられていなかったからである。明清には李卓吾・金聖歎・毛声山・張竹坡の如き小説批評家が出現したが、彼らの関心はもっぱら長編白話小説・戯曲に向かい、唐代文言小説には向けられなかったからである。日本の漢学者の世界においても、事情は似たようなものであったが、林羅山が「捕江総白猿伝」を翻訳したり（『怪談全書』一「欧陽紇」）(16)、都賀庭鐘が「任氏伝」を使用したり（『繁野話』第三篇「紀の関守が霊弓一旦白鳥に化する話」）、清田儋叟が「柳毅伝」を翻案したり（『中世二伝奇』「琵琶君話」）して、漢学者が唐代文言小説に関心を向ける風潮が既にあった。唐代文言小説に対する態度が中国よりも自

由なものであった。あるいは、それへの憧憬が強かった、といい換えてもよい。竹田がそうした先輩たちの業績を知っていたかはわからぬが、中国の艶情文学ないしは唐代文言小説への憧憬には、自ら「狂愚」と称した如く、これらの先輩たち以上に熱烈なものがあったことは、第一・二節で詳述した。

竹田の時代は、読書界の一般の関心は、唐代文言小説よりも清代筆記小説に向けられていた。(17) そうした風潮の内で竹田が唐代文言小説、なかんづく艶情小説に関心を向けたことは、やや特異な態度であった。それには明の『剪灯新話』は既に和刻本もあって手垢にまみれている、清代筆記小説は流行していて珍しくもない、という出版上の事情が存したかも知れぬ。が最大の理由は、唐代艶情小説の含有する、風雅で卑俗に堕さない、程のよい恋愛叙述と描写が、温雅な趣味人・風流人である竹田の感情に最も適合していたからであろう。そのことも、第二節で述べることがあった。

以上のような、唐代文言小説に対する日本人の自由と憧憬、唐代艶情小説に対する竹田の特別な嗜好、という両者が帰一するところ、「綉匣十読」刊行の計画が立てられ、「霍小玉伝」の批評が成立したのである。前近代においては、中国でも稀少な唐代文言小説の批評が、我が国で竹田によって公開された理由は、以上の点にあった。こういうわけで、批評の水準の立派さは前節で述べた通りであるが、稀有な唐代小説批評である、という点でも、竹田の『風竹簾前読』は、貴重な業績であった。その点については馬琴の『続西遊記国字評』が和漢を通じて唯一の本格的な『続西遊記』の批評であったこと(18)と通じるものがある。このように考えてくると、「綉匣十読」の刊行が完了を見なかったことは惜まれてならない。

注

（1）森銑三氏「竹田の版にしたる支那小説」（『森銑三著作集』第十一巻）に、その紹介が為されている。

（2）ただし、その内容は論を進める上においては重要なものなので、以下の要約の信憑性を確かめる便として、原文を左に引く。

夫惟古人以詩筆為弱管為柔翰。蓋弱之至弱、而柔之太柔者、非彼纎々素手、細腰如削者何也。織錦盤中、而下彤管、煒熠流彩、千古霊心、慧性伝神、於情於恨於別於涙、於風雲、於月露、往々雄鳴、不肯雌伏者有焉。半夜酒醒夢回際、挑灯読西廂牡丹亭、未嘗（不）釈巻浩歎才難情難也。或謂鶯々麗娘、並係夢中花幻中月、実無有也。夫爾。雖然、有事之可見、詩之可証、心目相接、的見其人。何容一点疑擬為乎。若径指肉与骨、而謂之有、則卓家遠山眉、今日果安在哉。抑謂之無而可乎。唯特目下所羅立、痴粉頑紅、不出十年、悉与草木倶銷亡。雖有也、実若無耳。嗚呼、東西両都、文章巨公、風流教主、若白傅若髯蘇、若銭宗伯毛大可冐辟疆者、不知幾数十百家、而若樊素朝雲柳姫曼珠董小白者、能得一人否。迺是大都下名門裏、不可謂決無有也。有則君必知之、知則為之立伝、而貽詩若文於不朽、零香余芳、頼而有存焉。幸録一通以投下、則須用冷全《（ママ）》箋烏糸欄書之、装以古錦、盛之宝匣、薫以竜脳麝臍、花紅之旦、月白之夕、雲母屏間看之、庶幾可無辜負佳人一代之韻致也。且夫呉越秦淮等各所竹枝、彼唱此和、錦腸繍口、領会歌旨、含嚼宮商於鶯舌上、嚦々串珠、而後為可喜。在吾邦、里巷風塵内婦女、目不知一丁、為之作詩若文、則世俗所謂猫児見金、不啻無益、或嘲為唐山人夢中語、却資之咲具。折辱文字、靡甚於此、不可深痛哉。於世間文士上、往々所親目、故言及之。君果於風塵内、訪得一个枇杷花下閉門居者否。僕作此書、旁人或以為君天下名士、進取以礼、而今不待紹介、自薦自鬻、首説脂粉、不恭之甚、必斥以狎褻哉。余曰、否々、君既聖于詩、又仏于詩、想必汎愛于衆、慈悲無量。僕雖不敏、亦私染指斯文、烏麾于門牆之外、而作路頭人看乎。高門車轍、日踵月臻、進退揖譲、言行忠信、而偶点綴狂愚如僕者一人於其間、大家体面、亦似不可欠矣哉。且試看詩経開巻第一章、曰窈窕淑女、君子好逑。由是観之、首説脂粉、何遽斥得為狎褻乎、士大夫好説仁義、而悪言脂粉、蓋得非仁義美名、而脂粉為易惑溺乎、而未知夫説仁義者、為君則必尭舜乎、臣則夔竜乎、儒則孔孟乎。惑溺官禄、沈酣名利、与時俯仰、如柔韋繞指、一行一言、但恐或致牴牾、而仮仁義、修飾外面者、亦為未鮮。余深為説脂粉者為冤焉。君万一以為不然、則付之丙丁、作始未見斯書之時而休矣。僕亦作未進斯言之前而観焉。

(3) 竹田のこの問いに対して、詩仏は、「自ラ笑フ懶慵ノ蘇学士、総ベテ家政ヲ将ツテ朝雲ニ付ス」云々との七絶を寄せ、近時妾をかこったことを告げた。で、竹田は、「詩聖堂中ニ、奇才美貌、一時ニ配合シ、千載ノ美事ナリ」(『竹田先生文藁』『大分県先哲叢書　田能村竹田資料集　詩文篇』一六八頁)と感歎している。

(4) 竹田が結婚したのは、文化五年(一八〇八)一月、三十二歳の時のことである。

(5) この事に関しては、拙著『江戸詩人伝』三二一頁を参照されたい。

(6) 『大分県先哲叢書　田能村竹田資料集　書簡篇』八〇頁。

(7) 同右一五頁。

(8) 同右二五頁。

(9) この場合、第一書簡で言及する『西廂記』と、第二書簡で言及する『西廂記』とは、六月と八月の二ケ月しか経ていないことから、同一の本と考えてよいと思う。

(10) 家蔵本の一は『貫華堂第六才子書』西廂記、一は『箋註第六才子書釈解』西廂記、一は光緒十五年上海鴻宝斎刊の石印本『増像第六才子書』西廂記である。内閣文庫本は共に『絵像第六才子書西廂記』と題する清刊本である。なお、「注釈」の語に注目していうと、『貫華堂注釈第六才子書』という書名の版本もある(呉暁鈴校註『西廂記』一九八四年、中華書局香港分局刊の前言)とのことである。

(11) 張生の言葉をいささか虫のよい遁辞と感じるのは、私ばかりではない。魯迅の『中国小説史略』第九篇「唐之伝奇文下」では、この張生の言葉を、「過チヲ文《かざ》リ非ヲ飾リ、遂ニ悪趣ニ堕ス」と述べる。

(12) ちなみに、現代中国の解釈では、鶯々の出身を低い階級として（しかし、それは本文のどこにも明記されてはいない。むしろ、「崔氏之家、財産甚厚、多奴僕」と、反対であることを思わせる）、当時の士人が張生の訣別に賛成したのは、この故だ、とする（『中国古代小説百科全書』、一九九三年、中国大百科全書出版社刊。「鶯々伝」の項。張国風氏執筆）。しかし、それでは張生の言葉に表わされている鶯々の蠱惑性というものが全く無視されてしまい、ひいては全編の主題の解釈をも大きく誤まる、と考える。

(13) 沢田一斎には白話で綴った『演義侠妓伝』（刊年不明）があり、清田儋叟は「阿国伝」という文を綴ったという（『蛻巌集』六「答滕元琰」）。

(14) その様子は、注7・8の第一・二書簡に詳しく語られている。

(15) 原文は、「其余如夫人、如法本、如白馬将軍、如歓郎、如法聰如孫飛虎如琴童如店小二、他倶不曾着一筆半筆写、倶是写三個人時、所忽然応用之家伙耳」というもの。

(16) ただし羅山は、作品題から見ると宋代の『太平広記』四四四「欧陽紇」から訳出したであろう。

(17) たとえば、土井鼇牙の『鼇牙翁必須書目』に、「はなし本　杜騙新書、剪灯新話、遺愁集、聊斎志異」とあって、唐代小説は挙げられてなく、清代筆記小説が二点挙げられているのは、そうした風潮の反映である。また、このことについては、拙著『江戸漢学の世界』「読本と清朝筆記小説」、本書第十一章「曲亭馬琴と鈴木桃野における『諧鐸』」を参照されたい。

(18) 本書第十六章「『続西遊記国字評』の史的位置と意義」。第十七章「『続西遊記国字評』評」。

（一九九四年三月三十日）

追記

稿後、『如是山房増訂金批西廂』（光緒丙子、如是山房重刊）を目睹した。この書の内の「会真記」にも珍しくも頭評が備わる。

しかし、この書は竹田の時よりも大分後に刊行されたようで、たぶん竹田が目睹する可能性はなかったであろう。よって、今は取りあげることをしない。

（一九九四年九月二十七日）

（『明治大学人文科学研究所紀要』第三六冊　一九九四年）

再追記

竹田が指摘した「霍小玉伝」の中心思想（第16条）は、上田秋成の『雨月物語』「浅茅が宿」の寓意としても適用できるものである、という考えを本書第九章「「浅茅が宿」の寓意」で述べた。

第二十一章　「奇男児」と「烈士喜剣碑」

『露伴全集』第五巻の冒頭に収まる「奇男児」は、読売新聞の明治二十二年十一月十三日号から十八日号までに連載された。この作品についての論考は管見に入らないし、また、この作品の原拠について発言したものも無いようである。本章は、「奇男児」の原拠が林鶴梁の『鶴梁文集』（慶応三年仲秋刊。明治十三年、山中市兵衛発兌の版もあり。）巻六に収められる「烈士喜剣碑」であることを指摘し、その原拠との較量によって「奇男児」を論じようとするものである。

一

まず、「奇男児」の梗概を述べる。

元禄十四年頃の士風の堕弱に憤慨し、薩摩藩を致仕した村上某甲《なにがし》は、「何時にても死申候の看板」をかかげ、男を売っていたが、京都の東山で遊興にのめりこんでいる大石内蔵助の姿を見かける。村上は強引に大石とともに一力茶屋に行き、大石に発奮を迫る。が、大石が侮辱されるがままであるのを見て、「畜生ならば是を食へ」と、「真黒に毛の生ひたる臑を衣《きぬ》引きまくりてさしいだし、足の甲に魚膾《なます》載せて大石の鼻の先に突付」、「内蔵の助這ひながら有難しと喰ふ」を見て、その下顎を蹴りつけて、帰る。

その後、奥州に遊んでいた村上は、十二月十四日の義挙を聞いて、江戸に来り、二月四日に義士一統が切腹仰せつけられたのを知って、ある夜、泉岳寺の大石の墓前で割腹する。その死後には「碑《いし》に喜剣の名のみおぼろに」残った。

次に、「烈士喜剣碑」の原文と訓み下し文を記す。

喜剣者。不詳何許人。或云。薩藩士。蓋奇節士也。元禄中。赤穂国除。大石良雄去在京師。時物論囂々。言其有復讐之志。良雄患之。故仮歌舞遊衍以滅人口。一日遊嶋原妓舘。会喜剣亦来遊焉。喜剣素与良雄不相識。然竊希物論不虚。及聞其遊蕩不已。心甚不懌。乃招良雄。同飲于一楼。以微言諷之。良雄不応。因更反復直言。良雄猶不応。笑言自若。無承服色。喜剣乃怒目大罵曰。汝真人面而獣心也。汝主死。汝国亡。汝為大臣。而不知報仇。非獣而何。余将獣待汝。於是展左脚。盛魚膾数臠于脚指頭。使良雄食之。良雄夷然俯首喫之。畢。舐指頭余瀝。時良雄唖々之笑声。与喜剣叱々之罵声。喧然聞乎楼外矣。既而喜剣于役江戸。適聞赤穂人報讐事。問之則同謀四十六人。良雄其首也。喜剣愕然。曰吁余死矣。余目獣視良雄。乃我目之罪也。余舌獣罵良雄。乃吾舌之罪也。余足獣食良雄。乃我足之罪也。余心獣待良雄。乃我心之罪也。一身皆罪。吁余死矣。於是托病帰国。公私了事。復来江戸。則良雄既与同謀之士皆賜死。葬之江戸泉岳寺中。乃詣其墓。拝曰。我当面謝万罪于地下耳。乃抜刀屠腹而逝。有人又葬之其墓側。夫喜剣氏。初之与良雄不相識。而希其有義挙。中之直言忠告。至罵而辱之。終之殺身明志。以謝其罪。雖非中行之士。其奇節可謂不恥古之俠者矣。中西伯基亦奇士也。恒喜談忠臣烈士事。嘖嘖不離口。嘗憾喜剣有此奇節。而世多不知也。欲別建一石于泉岳寺。略紀事蹟。以示後人。乃齎費金若干。来徴文于余。余時年方二十七八。未嘗作金石文字。固辞。不可。乃約自今学文十年。而後草之。時余貧甚。伯基乃留其金。使余自救。爾来荏苒過二十余年。今則伯基年踰六秩。余亦五十余。皆頽然老矣。余乃為文出金。致諸伯基。遂償両債。嗟乎喜剣之死固奇矣。伯基此挙奇矣。独恨余文不奇耳。

（喜剣は、何許《いずこ》の人なるかを詳かにせず。或いは云ふ、薩藩の士なりと。蓋し奇節の士なり。元禄中、赤穂国除かれ、大石良雄去りて京師に在り。時に物論囂々として、其の復讐の志有るを言ふ。良雄之を患へ、故《ことさ》らに歌舞遊衍に仮りて以て人口を滅す。一日、嶋原の妓舘に遊ぶ。会《たまた》ま喜剣も亦た来りて遊ぶ。喜剣素より良雄と相識らず。然れども竊かに物論の虚しからざるを希《ねご》ふ。其の遊蕩して已まざるを聞くに及び、心に甚だ懌ばず、乃ち良雄を招き、同に一楼に飲み、微言を以て之を諷す。良雄応ぜず。因りて更に反復して直言するも、良雄猶ほ応ぜず、笑言自若として、承服の色無し。喜剣乃ち目を怒らし大いに罵りて曰く、汝は真に人面にして獣心なり、汝が主死し、汝が国亡ぶ、汝は大臣たるも、而も仇に報ゆるを知らず、獣に非ずして何ぞや、余獣を将《も》って汝を待たん、と。是に於て左脚を展《の》ばし魚膾数臠を脚の指頭に盛り、良雄をして之を食はしむ。良雄夷然として首を俯して之を喫し、畢れば、指頭の余瀝を舐る。時に良雄が啞々の笑声と、喜剣が叱々の罵声と、喧然として楼外に聞ゆ。既にして喜剣江戸に于役す。適《まさ》に赤穂の人の報讐の事を聞く。之を問へば則ち同謀四十六人にして、良雄は其の首なり。喜剣愕然として、曰く、吁《ああ》、余死せん、余が目良雄を獣視す、乃ち我が目の罪なり、余が舌良雄を獣罵す、乃ち吾が舌の罪なり、余が足良雄に獣食せしむ、乃ち我が足の罪なり、余が心良雄を獣待す、乃ち我が心の罪なり、一身皆罪あり、吁、余死せん、と。是に於て病に托して国に帰り、公私事を了《お》ふ。復た江戸に来れば、則ち良雄は既に同謀の士と皆死を賜はり、江戸の泉岳寺の中に葬らる。乃ち其の墓に詣で、拝して曰く、我当に面《まのあた》り万罪を地下に謝すべきのみ、と。乃ち刀を抜き腹を屠りて逝く。人有り又た之を其の墓の側に葬る。夫れ喜剣氏は、初めにしては良雄と相識らずして、其の義挙有るを希ふ。中にしては直言忠告、罵りて之を辱しむるに至る。終りにしては身を殺し志を明かにして、以て其の罪を謝す。中行の士に非ずと雖も、其の奇節は古の俠者に恥じずと謂ふべし。中西伯基も亦た奇士なり。恒に喜びて忠臣烈士の事を談じ、喟々として口より離れず。嘗て喜剣に此の奇節有りて、而も世多く知らざることを憾み、別に一石を泉岳寺に建て、略ぼ事蹟を紀して、以て後人に示さんと欲す。乃ち費金若干を齎し、来りて文を余に徴す。余時に年方に二十七八、未だ嘗て金石の文字を作らず。固く辞す。可《ゆる》されず。乃ち今より文を学ぶこと十年、而る後に之を草すことを約す。時に余貧しきこと甚だし。伯基乃ち其の金を留め、余をして自ら救はしむ。爾来荏苒として二十余年を過ぐ。今は則ち伯基年六秩を踰え、余も亦た五十余にして、皆頽然として老ゆ。余乃ち文を為り金を出し、諸《これ》を伯基に致し、遂に両債を償ふ。嗟乎《ああ》、喜剣の死固より奇なり、伯基の此の挙も亦た奇なり、独り余が文の奇ならざるを恨むのみ。）

「奇男児」の梗概と「烈士喜剣碑」（以下、喜剣碑と略称す）を読みあわせれば、後者が前者の典拠であることは、ただちに判明しよう。ちなみに、喜剣の碑は伯基と鶴梁の在世時には建立されなかった。二人の企画が実現したのは、はるか後の昭和十五年のことであり、その際にも鶴梁の碑文は刻されず、ただ「刃道喜剣信士」という六字ばかりが彫られただけであるという。従って、露伴が喜剣の話を知ったのは『鶴梁文集』に拠ってである。

二

「喜剣碑」と「奇男児」を較量して、更に細かく後者が前者から摂取したものを挙げてみよう。以下、行論の便のために、「喜剣碑」における喜剣のことを喜剣、「奇男児」における喜剣のことを村上と呼び分けることにする。

第一、喜剣は「薩藩士」であるが、村上も薩摩藩士である。

第二、喜剣は大石のことを「人面而獣心」と罵るが、村上も「人間の皮かぶりて両刀さしたる畜生武士」（第五）と、同様な表現で罵る。

第三、「喜剣碑」の原文と「奇男児」の梗概を読みあわせれば、おのずから理解されようが、「展左脚。盛魚膾数臠于脚指頭。使良雄食之。良雄夷然俯首喫之。」という場面は、「足の甲に魚膾載せて大石の鼻の先に突付るを、内蔵助這ひながら有難しと喰ふ」と、ほとんど逐語訳ともいえそうなかたちで採られた。それは、原文の当該場面の上欄に「森田節斎曰、写生、写生、写生。」という評語が特に付せられていることからわかるように、原文の中でもとりわけそこが情景を写実的に生き生きと描いているからであろう。

第四、「喜剣碑」では、題名がすでに語っているように、中西伯基(1)と鶴梁が協力して喜剣の碑の建立を計画したことが述べられているが、「奇男児」の末尾に「腹割剖《かっさば》きて音もなく死したる後は、碑《いし》に喜剣の名のみおぼろに、松杉暗く月光弱し二百年の春の夜毎。」とあるのは、それを踏まえたことになる。前述したように、露伴が「奇男児」を執筆した時点では碑は建立されていなかったのであるから、露伴は実際のそうした状況に基いたのではなくて、『鶴梁文集』の記載に拠って現に碑が立っているように書いたものと考えられる。

三

典拠を踏まえた様相は以上の如くであるが、典拠から離れている点も考慮に入れることが露伴の作意を知るためには必要になる。そこで、次に典拠ばなれの点を検討しよう。

第一、「喜剣碑」では喜剣に姓が与えられていない。これに対して、露伴は村上という姓を与えた。姓が無いままでは落ちつかないからであろう。

第二、喜剣は、「一日遊嶋原妓館」と、みずから進んで遊興の巷に入ったことになっている。が、村上は、「恥かしながら我等無骨者、鴨河の水に磨かれし美人を知らず赤前垂の女に詞を交せし事なく、三十になって未だ色酒の味何《どれ》程《ほど》の甘《うま》みあるといふ訳をしらず」と、まったくの木強漢として造形されている。露伴の意図は、元禄の世相を柔弱と憤る人間像を浮き彫りすることにあったから、そういう男が嶋原の妓館で遊ぶのはまずいわけである。そこで、色遊びをしたことがないという設定に改めたのであろう。

第三、喜剣は最初、「以微言諷之」と、おだやかに遠まわしに大石を諫めている。そこには自己の感情を抑制して言辞に工夫を施すという、一応の理智を備えている人間像が描かれている。ところが村上は、初めから大石に「天地を憚からぬ大声高く投出した様に述べ立」てていて、抑制や配慮を持たぬ、理智のほとんど感じられない男になっている。これも、村上を徹底した朴念仁として造形するという意図に基くものであろう。

第四、典拠は簡潔を旨とする漢文ゆえに、描写を極力抑制している。が、露伴はこれを委曲精緻な描写を事とする近代小説に仕立てあげようとしているのだから、村上の人となりについても、赤穂の街のさびれた様子にしても、村上と大石との出会いとからみにおいても、詳細で生き生きとした描写を大きく加えている。そして、その描写が当時の読者を感動させるほどのものであったことは、稜骨子の「奇男児」評に如実に窺うことができる。(2)

第五、「奇男児」第四章には階層にふさわしい酒の飲みかたについての論が説かれている。その論は、萩の門忍月が「此一段は奇絶快絶飛瀑直下雷鳴り山動き、玉砕け雪飛ぶの奇観あり」(3)と讃えたほど痛快なものであったが、これもまた露伴の加筆であった。

四

「奇男児」が当時に好評をもって迎えられたことは、稜骨子・忍月の批評、及び撫象子の「葉末集」(「女学雑誌」二二〇号　明治二十三年七月五日。『露伴全集』付録一五七頁)等がおのずからに語っている。その好評を招いた理由も、稜骨子の次の文章が端的に喝破していよう。

人漸く佳人才子的の恋情小説に倦んで勇膽壮偉的の奇抜小説を希ふ、此時に当って俄然健児社会の耳目を聳動せしめたるものあり、何ぞや、曰く、先つ頃読売新聞紙上に於て——否な寧ろ吾が文学界に於て一種出俗異風の光彩を放ちたる露伴子の奇男児是なり、

即ち、勇膽壮偉な小説を待望する世の好尚に「奇男児」が合致したからである。

当代の読者が「奇男児」の勇膽壮偉を喜んだことは、かくの如くであるが、その反応は、露伴が「喜剣碑」を典拠として選んだ理由とほぼ通底する、と思われる。

彼はなぜ「喜剣碑」を粉本としたのか。この問題を考える手掛りになるものは、「喜剣碑」の後に諸家が付した評語である。

斎藤拙堂曰く、奇人奇事、文亦た之に稱《かな》ふ。(原漢文。以下同じ。)
又た曰く、此の事僕創聞たり。今此の篇を得て始めて之を識る。一読の余、爽然として自失す。
山田方谷曰く、文の奇、固より以て二士の奇に副ふに足る。而して文を為りて金を出し、以て両債を償ふ。亦た一大奇なり。併せて四奇と称して可なり。

藤森弘菴曰く、奇文必ず伝はる。
長野淮海曰く、人奇にして文以て之を称するに足る。
森田節斎曰く、気節の士を以て、気節の士を写す。其の文安んぞ奇ならざるを得んや。

諸家いずれも喜剣の奇を指摘する。奇とは、この場合、森田節斎もいうように、凡俗の持ちえない気節と同義語である。すなわち、一世の大家はこぞって、大石を痛罵した罪を死をもって償うという彼の気節にうたれている。

この気節を露伴が嘉《よみ》しないはずがない。なぜならば、前作の「風流仏」で剛毅な意志の力によって煩悶を克服するという主題を描いたことに窺える如く、彼はすぐれて精神・意志の力を恃む、唯心的な作家だからである。精神家は精神家に共鳴する。強い意志をもって自裁した喜剣は、露伴が必ずや共感を寄せた人物であるのに相違あるまい。この共感こそ露伴を駆って「喜剣碑」を典拠とさせた理由になろう。

このことを別の方面から証するものが、「奇男児」という題名である。その「奇」という語は、思うに、諸家が強調する奇から取ったものであろう。また、「喜剣碑」の本文中の「奇節士」「奇士」という言葉からも取ったであろう。いわば、「奇」は「喜剣碑」の鍵語ともいうべき語だが、その鍵語を題名に使用したということは、喜剣の気節をそれだけ浮かびあがらせようとしたことであり、気節にそれだけ魅かれていたことを語るものでもあろう。

五

前述したように、露伴は喜剣の気節に共鳴し、それを我が作品の主題とした。それは、露伴の精神の内部に気節の士としての要素が含有されていることを意味しよう。気節の士としての要素を備えているからこそ、「烈士喜剣碑」のような文章を読むとその要素が刺戟され、頭をむくむくと起してきて、それを自己の作品に仕立てあげようとする力が湧いてくるのである。その主題を選ぶということは、作家の精神の内にその主題に合致するものがあるからだ、ともいい変えられようか。このような意味において、露伴もまた気節の士だ、換言すれば、奇男児だ、ということができよう。(4)森田節斎が林鶴梁の文章を「気節の士を以て、気節の士を写す」と評したのも、また以上のような意味においてであると思われる。とすれば、幸田露伴の「奇男児」とは、「気節の士を以て、気節の士を写した」「奇文」(藤森弘菴の語)だ、ということができる。

露伴の「奇男児」は、このように江戸時代の漢学諸家の言葉を借りて概括することができるのだが、それは明治の読者の「勇膽壮偉的の奇抜小説」という評語と、ほとんど同義語であろう。つまり、江戸期の漢学諸家が「烈士喜剣碑」から感じ取ったものと、明治の読者が「奇男児」に感得したものとは、大むね同様な興趣だったのである。この意味において、「奇男児」は近代版の「烈士喜剣碑」だといえよう。

注

（1）林鶴梁と中西伯基の交友に関しては、多治比郁夫氏に「活版先生中西忠蔵」(『中村幸彦著述集』第14巻月報。中央公論社、昭和五十八年三月)がある。

（2）「織巧精緻無量の隠微を発見し無限の風味を帯ぶる」(『国民の友』六十九号、明治二十三年一月三日。『露伴全集』付録所収)。

（3）「葉末集」(『国民の友』八十九号、明治二十三年七月二十三日。同前)。

（4）谷崎潤一郎が「奇男児」を著わした露伴のことを評して、「熱情漢でなければ書けない」(「饒舌録」)といったのも、同様なことをいっているのである。

（『明治大学教養論集』通巻一七九号　一九八五年三月）

第二十二章　『有福詩人』と元曲「来生債」

一

露伴の戯曲の第二作『有福詩人』（「国会」明治二十七年一月五日〜二十七日。全集第十二巻）が、元曲の「来生債」に基づくことは、柳田泉が露伴の「直話」として『幸田露伴』二七「『有福詩人』と『新浦島』」の章に述べている。「来生債」は臧晋叔の『元曲選』では無名氏の作ということになっているが、『録鬼簿続編』には燕山の劉君錫の作とされていること、吉川幸次郎『元雑劇研究』上篇第三章(下)に言及がある。ついで「有福詩人」に言及したものは、塩谷賛の『幸田露伴』の「新浦島」の章であって、「来生債」との関係については、

> 横井廉平や李郎次の粉挽小屋・住居や馬小屋牛小屋は原作にもある。龐居士は唐の仙人中の大立物で、この人の語録にもとづいてこしらえた戯曲なのである。根本的に違うところは「来世《ママ》債」では龐居士をめぐる人々が仏の化身であるのに反して、露伴のほうでは金という扱いにくい困ったものの上に問題をしぼっているのである。「有福詩人」の序に来生債の名が明らかにしてある。

と記されている。いささか「来生債」との比較論が述べられているのだが、その後「有福詩人」を「来生債」との関係において考えた仕事のあることを聞かない。それもそのはず、元曲は中国文学の専家でもそれを読みこなすことは難しく、また今のところ「来生債」の翻訳も公にされていないから、深く踏み込んだ研究がなかなか現われないので

ある。

そこで、粉本を発見するという興味は既に失われてしまったが、粉本を読みこなした上で、「有福詩人」がそれから得たものや新たに創り加えたものを究明することは、露伴と元曲の関係、ひいては露伴の創作方法を考えてゆくために意義のあることと考える。これ、本論を物する所以である。

二

まず、「来生債」の内容を、翻訳が無い故に詳しく紹介しよう。

〔楔子〕襄陽の李孝先は商人となろうとしたが、元手を欠いているので、龐居士に二個の銀を借りて商売をする。が、元手も利息もすってしまい、借金を返せない。彼は県の役所で負債人を拷問して追徴しているところを見、自分もそうされるかと苦にして、病んで寝込んでしまう。

龐蘊は、字は道玄、その妻は粛氏、名は卞児。娘は霊兆。息子に鳳毛がいる。皆、仏法を敬うが、中でも霊兆は善知識たちからその聡明と仏性の明らかなることを保証されている。龐居士は大金持で、友人の李孝先が彼に返すべき元手と利息は銀四個になっている。龐は行銭（雑役の用人）をつれて、李孝先の様子を見に訪れる。

龐は李孝先から、借金を返せないので官から追徴されるかと苦にして病気になったことを聞き、「我当初本做善事来。誰想倒做了冤業。」（私は元来善い事をしようとしたのであって、どうして人を苦しめる事をしようなどと思ったろうか。）と考え、李孝先の借金契約書を焼き、その上に二個の銀を与える。李孝先は、来生では驢にも馬にもなってこの恩を返そうと、厚く感謝する。

〔第一折〕

龐居士・卞児・霊兆・鳳毛・行銭（執事）登場。

龐は、「大地衆生、皆有仏性。則為這貪財好賄、所以不能成仏作祖」（この世の衆生はいずれも仏性あるも、財を貪り賄を好むために仏祖となれない。）と説く。

龐は行銭に文書を焼かせる。妻卞児は、そのわけを問う。ところへ、上界の増福神が秀士曾信実に扮して、文書を焼くわけを問いに来たる。龐、「業上に業を作《な》さざる」ようにすると答える。曾、「這銭是人之胆、財是富之苗」（金は人の心の支え、財産は富の基礎）、銭無ければ満腹の文章も貧を済わず、という。龐、世人は有限の時と身を思わずに富を追求し、貧人や朋友の依頼には相手にならない、我は財布を傾け尽して人に恵みたい、そして世に隠れて悪業が身にまとうのを免れよう、という。曾、「富与貴人之所欲」（富と貴とは人の欲する所）、魯褒の「銭神論」にも「危可使安、死可使活、貴可使賤、生可使殺。」（危きも安からしむべく、死も活かしむべく、貴も賤ならしむべく、生も殺さしむべし。）とある、という。龐、銭の持つに値せぬことを様々にいう。

曾が帰るに当って、龐は金と馬を与える。曾は決してこれを受けず、二十年後に再会せんと述べて、別れる。

龐は、夕暮になったので、行銭と一緒に香を焚きに廻り、粉ひき小屋に行く。粉ひきの歌を聞き、「心中必然快活」なる者と思い、呼び出して、定めし楽しかろうと聞く。粉ひきは、労働の大変で苦しいことを説く。龐は粉ひきの負担を取り除くこととし、また「自今日為始、将這粉房油房磨房都与我関閉了者、再休要開。」（今日より粉小屋・油小屋・磨《ひ》き小屋をすべて閉じて、二度と開くまい。）と定める。粉ひき、それでは仕事が無くなって、凍死か餓死かしてしまうという。龐、粉ひきに銀を与える。龐は、粉ひきへの報恩として銀を与えたのであり、龐が願うのは「善縁を結ぶ」ことである。

粉ひきは、銀を懐中にしっかと押しこみ、「誰知道我懐裏有銀子。」（俺が懐に銀を持っていることを知る者はいない。）といって、寝る。が、夢に、大道でスリに銀を取られる様を見、眼を覚す。今度は「竈窩」中に銀を匿し、「誰知道竈窩裏有銀子」（カマドに銀があることはわかるまい。）といい、眠る。また、火事の夢を見て、眼を覚す。今度は「水缸《がめ》」の中に銀を匿し、「誰知道水缸裏有銀子」といって、眠る。しかし、またもや洪水の夢を見て醒め、今度は「門限児」の下に銀を匿して眠る。「他怎麼知道我門限児底下、埋着這銀子。」（敷居の下に銀が埋めてあることは知れまい。）と思うが、夢に賊来って自分を砍《き》るを見、眼をさます。

粉ひきは、大金を持つ福分が自分には与えられてないことを悟り、銀を龐居士に返しに行く。「我那命裏則有分簸麦揀麦淘麦、打羅磨麪。我可也消受不的這個銀子罷。」（俺は麦を簸《ひ》いたり選んだりより分けたりし、麦粉をふるったり挽いたりするのが分なんだ。俺にはこの銀は使いこなせないのさ。）というのが粉ひきの感慨である。

〔第二折〕

龐、卞児・霊兆・鳳毛・行銭登場。龐居士、仏道は自《みずか》ら修めて自ら得るものであると説く。また、貧人に施与するのは自分だけだ、と唱う。

そこへ、粉ひきが銀を返しに来る。龐居士は「這銀子呵、原来分定也是前生注」（銀というものは前生に分が定められているのか。）と嘆ずる。そして、一両の銀子を粉ひきに与えようとするが、粉ひきは受け取らず、商売しに行く。

龐居士は、後槽（廏）に行く。中では驢・馬・牛が話している。馬は、前生で十五両を龐に返さなかったため、馬となって労働し返債している。驢と牛も同じ事情である。これを聞いた龐居士は驚いて、「我当初本做善事来。誰想弄巧成拙。兀的不都放做来生債也。」（私は元来恵みを施そうとしたのに、意外にも善かれと思ってしたことが悪しくなって、すべて来生までの負債を与えてしまった。）という。そして、文書を焼いて、もう人に銭を借し与えない決心をする。龐居士の願いは、「一世児清閒」（この世の静謐）を得ることだけである。妻は強く焼かないように注告する。龐居士は、奴僕にすべて従良（解放）の文書と二十両の銀を与えて自分の家に帰させ、家蓄を鹿門山に放たせ、家財を海に沈めさせようとする。妻は子供の将来を思って、強く反対する。が、龐居士は、家を放棄する決意を変えない。

〔第三折〕

東海竜王、水卒をつれて出で、龐居士の船の来たるを待つ。龐居士、卞児・霊兆・鳳毛・行銭と共に財宝を積んだ船を東海に沈めに来る。その行為は「世人重金宝、我愛刹那静、金多乱人心、静見真如性」（世人は金宝を重んずるも、我は刹那《このよ》の静なるを愛す、金多ければ人心を乱すも、静は真如の性を見《あらは》す。）という考え方に基づく。が、船は沈まない。龐居士は行銭に船底に穴をあけさせるも、なお船は沈まぬ。天使は東海竜王に命じて、龐居士の家財をすべて竜宮海蔵に収め入れさせる。一天にわかにかき曇り、雷鳴とどろき、船は沈む。

龐居士は妻に、自分には笊籬《ざる》を編む腕がある、一日に十把の笊籬を編んで、それを霊兆に売らせて、生計を立てようという。

〔第四折〕

丹霞禅師（襄陽の雲岩寺の長老）は、毎日、寺に笊籬を売りに来る霊兆を気に入っていて、それを沢山買っている。この日、禅師は霊兆にちょっかいを出して、霊兆に逃げられる。ために禅師は、笊籬を買わなかったので、霊兆のために一百文を落としておく。霊兆はこれを見つけ、思案のあげく、銭を拾い、そのかわりに十把の笊籬を代償として置いておく。

龐、卞児・鳳毛登場。霊兆は父親に一百文と笊籬をとり換えたことを報告する。青衣童子が彼らを迎えに来、彼らは兜率宮霊虚殿に到り、石洞門に入る。そこに註禄神が現れる。それは生前の李孝先が変じた神である。註禄神は増福神を引き合わせる。これは、曾信実が変じた神。増福神は、龐居士が今日「功成行満、証果朝元」（功成り修行も終えて、神仙に昇る。）ことを告げる。曾信実が二十年後に再会しようと述べた言葉は、ここに果たされた。龐居士は上界の賓陀羅尊者、卞児は上界の執幡羅刹女、鳳毛は善才童子にそれぞれなり、霊兆は特にまさって南海普陀落伽山七珍八宝寺の自在観音菩薩となる。龐居士は「人世官員《このよのやくにん》」に「莫恋浮銭、只将那好事常行、管教你一個々得道成仙。」（はかない金を求めずに、ひたすら善事を行うならば、必ずすべての者が道を得て仙とならん。）と勧める。

三

全五幕の「来生債」に対して、「有福詩人」は十に分たれる。今これを十幕に分たれると解して、それぞれを第一幕、第二幕……というように呼ぶことにする。その上で、両者の対応関係を逐一吟味し、また異同をも検討してゆこう。

第一幕「伊豆国伊東在」は、「来生債」には該当する場面が無く、露伴が新たに設けたものである。この幕では、龐居士にあたる有福詩人仁斎を尋ねる人として露伴自身を登場させ、「大衆の好悪が詩人を腐蝕させ」ること、「詩人と世間の衝突」（柳田泉）、といった作家としての悩みを吐いていることに着目させられるが、それに関しては柳田泉が言及しているので、贅言すまい。

第二幕「松竹村仁斎住居」は、大勢の村人が仁斎宅に来たり、借金の申し込みや返礼をする様が滑稽な調子で描かれるが、これまた「来生債」には無い場面を新たに加えたものである。その内でもとりわけ、ならず者の勘吉と猪九郎が偽りをもって借金を頼み込み、それと承知しながら仁斎が金を融通する設定は、第六幕「白雲寺賭博場」と照応させ、「有福詩人」の主題をより明瞭に表わすために加えた設定であるが、それに就いては後述する。またこの幕では、仁斎の「家僕甲右衛門」、「妻のお鶴」、「小僮亀丸」が登場するが、それは「来生債」の行銭、卞児、鳳毛にそれぞれ対応する。

この幕では末尾に、横井廉平に仁斎が二百円を借していること、その廉平は「乃公《おれ》（仁斎）がいろは習ふた頃の朋友《ともだち》、年長《たけ》てから交際《つきあひ》は自然と絶えて居たりしが、此春来ての金の無心、住居《すまひ》は僅《わずか》此処《ここ》より二里……病気で居る」という者であること、そこで仁斎が見舞に行くこと、甲右衛門が気をきかして廉平の証文を持参すること、が語られる。それらの設定は、楔子の、

「我有一故友、乃是李孝先。往年問我借了両個銀子。……我聴得道家中染病哩。行銭。将着李孝先那一紙文書、再将着両綻銀子。喒探望孝先走一遭去。」（身共には友人李孝先がいる。あれはかつて身共に頼んで二個の銀を借りた。……いまは家で病気しているとやら。執事、李孝先の文書と二個の銀を持って参れ。身共は孝先の様子を見に参ろう。）

を取り入れたものである。

第三幕「横井廉平住居」では、廉平と妻の互いにいたわりあう会話があった後、廉平の、

学問修業の半途《なかば》にして父母共に亡くなられしより書物を棄てて算盤《そろばん》を取り、本銭《もとで》を仁斎先生に借りて商売初めたるに、不幸福《ふしあはせ》にして為《す》ること做《な》すこと鶍《いすか》の嘴《はし》と齟齬《くひちが》ひ、本利《もとこ》悉皆《すっかり》失ひ尽して、今では女房の針仕事に糸より細い生命《いのち》を維《つな》ぐ云ひやうの無い可哀《あはれ》な態《さま》、落魄《おちぶ》れ果てた落膽《きおち》の故《せゐ》と、仁斎先生に借りた金子《かね》を返さう術《すべ》無き気がかりとに、明けても暮れても思ひ悩んだ果《はて》は病《やまひ》を惹き出し、……

という述懐がある。これは、やはり楔子の冒頭の李孝先の白《せりふ》、

自幼父母双亡、習儒不遂、去而為賈。只因本銭欠少、問本処龐居士借了両箇銀子做買売。不幸本利双折、無銭還

他。……似我無銭還龐居士、若告将下来、我那裏受的這苦楚。小生得了這一口驚気、遂憂而成疾。……（幼くして父母を亡くしてより、儒を学んでも成らず、商人となった。が、元手が不足しているので、ここの龐殿に頼んで二箇の銀を借りて商売した。運悪く元手も利息も失って、返す金も無い。……私のように龐殿に返す金をも持たない者は、告訴されるかも知れないが、かような辛苦には耐えられそうもない。で、驚きの余り、心配し続けてとうとう病気になっちまったんだ。）を、踏まえたものである。ただし、廉平が病気になる理由は、県役所の拷問と追徴を恐れてという粉本のそれとは異なる。また、廉平が妻の稼ぎに頼って生きる、という設定も粉本には無い。前者は話を当代日本の実状に合わせるため、後者は商売に失敗した廉平の生活面を配慮しての改変であろう。

仁斎が廉平の家に到ってからの二人の問答は、ほとんど「来生債」の続く部分と変わらない。そのことを示すために、両者の会話のみを引き出して対照してみよう。

「来生債」	「有福詩人」
李　呀《や》。是レ龐居士来ル了也。請フ家裏ニ坐セヨ。……居士。小生病体在リレ身ニ、不レ能ハレ施スレ礼ヲ。	廉　ヤ、ヤ、仁斎様か。……これは〳〵仁斎様、むさくるしくはござりますが御上りなされて下さりませ、立居もまかせぬ病の身故御無礼の段は御免《おゆる》し下され。
龐　孝先、病体若何《はいかん》。	仁　御構ひ無《なく》と其まま〳〵、して御病気は如何《どう》いふ御容子《ごようす》。
李　眼見ニ得タリ無キノ二那活クルコト一的人ヲ。（見らるる通り、もう生きる見込みはありませぬ。）	廉　御覧の通り病み疲れて到底助かる望みも無く、死を待つばかりでござりまする。
龐　孝先。曾テ請フテ二良医ヲ一調治スルヤ也不《いなや》曾。	仁　云甲斐《いひがひ》のないことを云はるる、左様《さう》断念《あきらめ》て仕舞はれずとも御養生をばなされたがよい。那方《どちら》の医師を御頼みになっておいでござりまするか。

李　没《なし》レ銭。請《こヒ》二良医《ヲ》一不《ゐ》レ起《ぬ》。
龐　孝先。你所レ得《ノ》的這病《このハ》、可《キ》二是《レ》甚麼《いかなる》証候《ナル》一。
李　居士。你試《ミニ》猜《セヨ》二我《ガ》這《ノ》病《ヲ》一咱。
龐　你看波《よ》。他的《ノ》病《ヲバ》可《シ》レ着《しム》二我《ヲシテ》猜《セ》一。我依《したがハバ》二着他《ニ》一便《よか》了《ラン》。你
不《ヤ》二是《レ》風寒暑湿《ナラ》一麼。
李　不レ是《ナラ》。
龐　莫《カランヤ》レ不《ル》二是《レ》饑飽労役《ナラ》一麼。
李　也《また》不レ是《ナラ》。
龐　莫《カランヤ》レ不《ル》二是《レ》憂愁思慮《ナラ》一麼。
李孝先　做《なシテ》二哭《スルこなしヲ》科一云《フ》…知《ル》レ我者《ヲハ》是《レ》我《ガ》心友也。我《ガ》這《ノ》病《ハ》正《ニ》是《レ》憂愁
思慮上《ヨリ》得来《タルものナリ》的。

廉　御恥かしけれど医師を頼む事も出来ねば那方《どちら》の医師に懸って居るといふことも無く、妻が僅の手内職の其賃銭の端《はし》を殺《そ》いで、求めて呉るる買薬を用ひまするも絶間《たえま》がち。……
仁　何とも其は御気の毒な、して御病気は何の証《しよう》候で。（中略）
廉　甚《なに》麼と御眼には見えまする。
仁　風疾などではござりませぬか。
廉　いや〳〵、それではござりませぬ。
仁　飲食よりして起りました胃病でもござりまするかの。
廉　いや〳〵、左様でもござりませぬ。（中略）
仁　嗚呼、ア々、それでは憂愁苦悶、労神《こころづかへ》の過ぎたより精神病になられましたか。
廉平　涙に沈みて、如何《いか》にも御察しなされし通り、愁に胸臆《むね》を閉ぢられて不治の病に罹りました。

見られる如く、仁斎と廉平の会話は、粉本のそれをほとんど訳したにも等しいものになっている。ただし、それに続く、仁斎が廉平に説く『太玄経』の言葉は、「来生債」には記載されていない。それは漢の揚雄の『太玄経』巻七「玄攡」の、

死生相樛、万物乃纏。故玄聘取天下之合、而連之者也。綴之以其類、占之以其觚、曉天下之瞶々、瑩天下之晦々者、其唯玄乎。夫玄、晦其位、而冥其畛、深其阜、眇其根、攘其功、而幽其所以然也。（中略）故玄者、用之至也。

見而知之者智也。視而愛之者仁也。断而決之者勇也。兼制而博用者公也。能以偶物者通也。無所繫輆者聖也。（下略。この段の後に宋の司馬光が次の如く注する。自幽攡万類、至於暁瑩天下者、玄之術也。自晦冥深眇、到於知陰知陽者、玄之道也。其於玄也、見而知之、視而愛之、断而決之、兼制而博用、能以偶物、無所繫輆、則当時命、而行乎天下。……）

を踏まえたものである。すなわち、「有福詩人」に引かれる句は、揚雄の本文における「玄」の定義と、司馬光の「玄」の作用についての注とを合わせたものである。その意味するものは難解であるが、「玄」とは、『老子』の「道」に同じく、天地万物を自らそうあるがままに統轄し、しかもその功を表に現わさない自然の道をいうもののようである。そして、その道に則って、正しく認識し、情愛を備え、決断実行し、公共を旨として動き、しかもそれらの事に拘束されずにおれば、憂いの生じよう筈がない、という意のようである。また、「眼《まなこ》を大《おほい》にして窮通の両端を縮《わが》ね視、心を寛くして詘信《くっしん》の二道を聯《つら》ね容《い》れむには、命も楽むべく世も愛すべき」という句は、『太玄経』に拠ったものではないようだが、同書の近接した部分に「陽不《レバ》レ極《マラ》則《チ》陰不レ萌《サ》、陰不《レバ》レ極《マラ》則《チ》陽不レ牙《めバエ》、極《メバ》レ寒《ヲ》生《ジ》レ熱《ヲ》、極《メバ》レ熱《ヲ》生《ジ》レ寒《ヲ》、信《のベレバ》レ道《ヲ》致《シ》レ詘《ヲ》、詘《スレバ》レ道《ヲ》致《ス》レ信《ヲ》、」とあるから、それを参考にしたもののようである。その意は、『易経』の説くところと同じく、陰陽循環の原理に則って困窮が極まれば道が通じるようになり、道の屈すること極まれば伸びるようになるものだから、心を広く持って時節の到来するを待て、というのに在るようである。これに対して廉平は、「揚雄も、情に離るるものは偽に着き、偽に離るるは情に着く」と応酬するが、この言葉も『太玄経』の近接部分にある「濁《レル》者《ハ》使《メ》レ清《カラ》、険《ナル》者《ハ》使《メ》レ平《ラカナラ》、離二乎情一者必著二乎偽一、離二乎偽一者必著二乎情一、情偽相盪《おしうつリテ》、而君子小人之道、較然《トシテ》見《ル》矣」を踏まえたものである。真情に離れる者は偽りに付き、偽りから離れる者は真情に従う、というほどの意であろう。露伴がわざわざこのような一節を加えたのは、「対髑髏」で「文帝遏慾文」を引いたことに見られる如く、この頃の露伴は憂愁苦悶や欲望を除去する心法を記した文章に関心を寄せること深く、その研鑽の一部をここに示したものであろう。そして、仁斎は「大詩人」であり、廉平は「学問修業」に志した者でもあって——この設定は、李孝先が「読書的《ノ》人」であるという設定を襲ったものである——、二人が『太玄経』の難しい文句を引き合いに出すことは、決して不自然なことではない。

続いて、廉平が仁斎に病気となった理由を説明するが、これも拷問追徴を恐れてという一事を除いては、ほぼ李孝先の説明と一致する。が、大切なことは、それを聞いて驚く仁斎の述懐、

我本《もと》善をなすと思ひて、頼むものには快く無利息を以て金子をば、云はるるままに貸し与へしが、貸せしがために此様《このやう》に罪を造って居らんとは思ひもかけぬ事なりし。此廉平のやうに苦にして病となるまで借銭の返せぬことを気遣《きづか》ふものは少きにせよ、いづれも皆金子を借りし輩《ともがら》は負債《おひめ》のために夜昼と無く、日に幾度か心を痛め思を寒《ひや》すことであらう。然《さ》すれば我は人々に一時の用を足《た》し遣《や》りて長き憂目《うきめ》を見する道理。

が、龐居士の述懐、

我当初本做《トなシ》二善事《ヲ》一来《ルニ》、誰《カ》想《ハン》倒《かえっ》做《テなシ》二了《ルトハ》冤業《ヲ》一。我家中多有《クリ》下人《ノ》欠二少《スル》我《ガ》銀両銭物《ヲ》一的《の》文契上。倘《もし》若都《すべテ》似《バ》二這《ノ》李孝先《ニ》一呵、可《あに》不《ランヤ》二業上《ニ》加《ヘ》レ業《ヲ》。

を踏まえていることである。龐居士の言葉は、元来、好意に基づいて人に施した善事が却ってその人にとって負担となるという、人間世界の逆説的な機微を発見した驚きなのであるが、露伴はその発見をほぼそのまま取り入れた。この発見を取り入れたことは、「有福詩人」がその主題を「来生債」から取り入れたこととつながるのであるが、このことに就いても後述する。

仁斎が廉平の借金の証書を破棄し、その上に三十円を与える設定も、粉本に基づいたもの。第二節の内容紹介とあわせ読めばわかること故、もはや説かない。ただ、恩を受けた廉平の台詞「今生現世《このよ》で此御恩は仮令《たとへ》ば返せぬものに

もせよ、来生来世は馬となり牛となっても御返し申さう」が、李孝先の「小生今生今世報二答不的《できぬ》居士一。到《リテ》二那生那《ノ》世一、做《なり》レ驢《ト》做《リ》レ馬《ト》、塡《うメ》二還《かヘサン》你《ノ》這《ノ》恩債《ヲ》一。」という白に拠ることのみを、いい添えておこう。

四

第四幕「仁斎住居奥庭」には、仁斎・お鶴・亀丸・女《むすめ》のお珠及び甲右衛門が登場し、仁斎は数百の証書を焼かせる、そこへ露伴が訪れる、という場面が簡単に記される。「来生債」では、この露伴に相当する者が増福神の化身曾信実である。

第五幕「仁斎住居客座敷」では、仁斎が証書をすべて焼いたことを聞いて、露伴が反論する。

金銭は現世《このよ》にありては尊ときもの、銭は是《これ》人の膽《たん》、金は是《これ》人の力と能く申すではござらぬか、富と貴きとは人の欲するところなりと申してあるでもござらぬか。危きも安からしむべく、死も活かしむべく、貴きも賤《いやし》からしむべく、生《いけ》るも殺さしむべしと魯褒も既に申し居れば、地獄の沙汰も金次第と下世話にもまた申しまする。……

この反論が、曾信実の数次にわたる反論の言葉を一つにまとめたものであることは、第二節の紹介に引いた粉本の原文と対照すれば、ただちにわかることである。これに対して仁斎は、「世間に貧富の差あり貴賤の差あるを慨《なげ》く」自分の立場を語り、さらに「世人の名をだに憎むなる社会党なれ共産党なれ、我を名づけば名《なづ》くるに任《まか》せて何の疾《やま》しきことのあらん」と、その立場が社会主義や共産主義と呼ばれてもかまわないという志の堅さを示す。

この仁斎の拠って立つ社会主義思想は、「来生債」の龐居士のそれとは異なるものである。すなわち、龐居士が証書を焼くのは、第二節に引いた〔第一折〕の言葉の如く、財を貪り賄を好むことは仏性の成就を防げる、という宗教思

想に基づいている。そして、そのような宗教思想は唱《うた》の中に繰り返し繰り返し語られる。たとえば、第一折の、

〔那吒令〕有《リテ》二一個《ノ》為《ス》レ富《ヲ》的《もの》一似《タリ》三欧明《ノ》渉《リ》レ津《ヲ》、遇《フニ》二竜君海神《ニ》一。有二一個為レ富的一似三元載《ノ》待《シ》レ賓《ヲ》、傲《フニ》二玄宗聖人《ニ》一。有二一個
為レ富的一似三梁冀《ノ》害《シ》レ民《ヲ》、滅《スニ》二全家満門《ヲ》一。我如今待《ほっス》レ覓《もとメント》二一個《ノ》隠淪《ヲ》一。待《ス》レ尋《ネント》二一個《ノ》逃遁《ヲ》一。也《また》只《ダ》要《ス》レ免《まぬがレント》二的他《かノ》悪業
随《フヲ》レ身《ニ》。（金持ちの中には、渡し場で竜君海神に会った欧明のような方もおれば、玄宗皇帝ばりの贅沢さで賓客をもてなした元載のような人もおり、また、民を害したために一家眷族を滅ぼしてしまった梁冀のような者もおる。よって私は、この俗世を隠れ避け、悪業が身につきまとうのを免れようと思う。）

がその例である。欧明が彭沢湖で湖神から婢をもらい、その婢が何でも願いをかなえた、という話は『録異記』（蜀の杜光庭撰）にある。唐の元載の奢侈僭上の話は『太平広記』巻第二百三十七「芸《ウン》輝堂」に描かれ、「其ノ余ノ服玩ノ奢僭ハ、率ネ皆帝王家ニ擬《なぞら》ヘラル。」と写される。彼は後、代宗の怒りを買って自尽した。梁冀は、漢の順帝の太后の兄だが、ほしいままに忠良を害したので張綱に「豺狼当道」と弾劾されたことは『東観漢紀』二十張綱の条に見え、全家満門が滅びたことは『後漢書』列伝第二十四に記されている。龐居士の唱は、財産家が大むね非命に終った例を挙げ、自分は金銭を捨て隠遁することによって、悪業から逃れようという。こうして彼が金銭を忌むのは、静閑な悟達の境地を希求する宗教思想に由来するのである。

仁斎と龐居士の行為は同一であっても、その基底に存する思想がこのように異なることは、やがて「有福詩人」と「来生債」の主題が明瞭に異なるものであることを表わそう。が、この問題を詳論することも後にまわそう。また、曽信実が帰るに当って二十年後の再会を誓う設定も、「有福詩人」には取り入れられていない。この相違も両作の主題の違いに連なるものである。

第六幕「白雲寺賭博場」は、「来生債」には該当する場面が無い。では何のために露伴はこの場面を新たに設けたの

か。この場面では、第二幕にあった如く仁斎から金を借りた勘吉が賭博に負け、同じ借金仲間である猪九郎に金の融通を頼む。が、猪九郎が融通しないので、怒った勘吉は警察に博奕仲間を訴え、勘吉自身も捕えられる。そこで二人は、

勘吉。　アア三十両貰はなかったら斯様《かう》縛られは為《す》めへものを、

猪九郎。　分けて貰った十五両の御蔭で我《おれ》も縛られた、チョッ忌々《いめく》しい金の恩だ。

との嘆息を吐く。この台詞は、二人が賭博し闘諍し逮捕されることになったその基因は、仁斎が三十両貸し与えたことに在る、と述べたものである。換言すれば、小人にみだりに金銭を貸与することは、よい結果を生まない、との意味を表わす。すなわち第六幕は、このことを言いたいがために設けたものであり、第二幕で描かれたような仁斎の善行が必ずしも善果を生まないことを表わしたものである。

五

第七幕「磨麪《こひき》小屋」では、先ず仁斎と露伴が磨麪の歌を聞いて、「定めし気軽な好《い》い男にて、世を面白く渡るものであらう」と感じ、磨麪の李郎次を呼び出して話を聞く。右の引用部分が「来生債」の「心中必然快活」（三二〇頁）と対応するものであること、言うまでもあるまい。李郎次の話は案に相違して、

朝は天さへ暗い中《うち》から、出るには惜い煎餅蒲団の温《ぬく》とい心地好さを振りすて、（中略）麦をはたきますれば、それ李郎次麦を推せ。合点と麦を「くるり棒」で推して仕舞へば、それ李郎次、早速《さつさ》と風に立てぬかい。合点《がってん》と「すたつか」して仕舞へば、それ李郎次搗《つ》かぬかい。合点と二度搗き三度搗き、汗を拭き取る間《ひま》も無く、それ李郎次

風で篩《ひ》れ、篩って仕舞へば、それ晒《さら》せ。晒して仕舞へば、それ磨《ひ》かぬか、合点と臼の手を斯様《かうと》把って、四粒五粒づつ落し込み、ずる〳〵ごろ〳〵挽《ひ》き廻して、粉《こ》にして仕舞へば、それ杢郎次、篩《ふるひ》にかけぬか、麩《ふすま》を取らぬか、トまあ一日齷齪々、……楽しい事は夢にも無く、口から出まかせ気まかせに歌った私の磨麪歌は、身の苦しみを紛らすばかり。

と磨麪の繁瑣な作業の苦しみを訴えるものだが、これは「来生債」の磨博士《こひき》の言葉、

（前略）我清早晨起来。我又要揀麦。揀了麦又要篩麦。篩了麦又要淘麦。淘了麦又要晒麦。晒了麦又要磨麪。磨了麪又要打羅。打了羅又要洗麩。洗了麩又要撤和頭口。只怕睡着了誤了工程。因此上我唱歌咀曲（わしは朝早く起きて麦を選ばにゃなりませぬ。選んだら篩《ひ》らにゃなりませぬ。篩ったら淘《と》がにゃなりませぬ。淘いだら晒《さら》さにゃなりませぬ。晒したら粉ひきせにゃなりませぬ。粉ひきしたらふるいにかけにゃなりませぬ。ふるいにかけたら麩《ふすま》を取らにゃなりませぬ。麩を取ったら馬に運動させにゃなりませぬ。このようにして居眠りして手順をおろそかにすることをひたすら恐れているので、歌を唱っているのでございます。）

を踏まえ、粉ひきの過程を更に詳しくしたものである。「来生債」ではこの後に、磨博士が夜なべ作業を怠らぬために眼につっかい棒をして眠らないようにする滑稽が描かれるが、さすがに「有福詩人」ではこれを非現実的な話と見たか、取り入れていない。

粉ひきの辛苦を聞いた仁斎が、

ムム、好し、我は今日より此磨麪小屋を始として油搾小屋《あぶらしめ》、機織り場、水車場、木挽小屋までを皆閉《とざ》して他《ひと》に与へ、竪鼻横目《じゅびわうもく》の同じ人間《ひと》を牛馬と斉《ひと》しく使役することをば、もはや一切廃《よ》して仕舞はん。

と決意する言葉は、第二節（三一〇頁）に引いた「来生債」のそれをほぼ踏襲したものになっている。のみならず、そ

れに続く李郎次・仁斎・亀丸の問答も「来生債」のそれを踏まえる。以下にその様を対照してみよう。

磨博士　爹《だんなさま》。你《なんじ》若《もシ》是不レ開《レバ》二這《この》磨房一呵《カ》、羅和《こなひき》別不レ会レ做《セ》二買売一《なスヲ》。離二了《レレバ》你家的《ガノ》門一《ヲ》、我不二是凍死一《ンバレセ》、便是餓死《チレ》的人《スルナラン》。爹。可《シ》レ憐二見孩児毎《わたしどもヲ》一咱。

龐　孩児《しもべヨ》。我自有二個主意一《ラリノ》。行銭《ようにんヨ》。将《もチ》二一個銀子一《ノヲ》来《タレ》。孩児《しもべヨ》也你見二這個一麼《タルこのものヲや》。

磨　這個《これハ》喚《よび》二做《なスや》甚麼一《なにト》。

龐　孩児《しもべヨ》也。喚《よビテ》做《なス》二銀子一《ト》。

磨　則《これゾ》説《いフ》二銀子一《ト》。我可《すこしも》不二曾《かっテ》見一。爹《だんなさま》。要《シテ》レ他《それヲ》做《なス》二甚麼一《なにヲカ》。

龐　他《それハ》也中《またたへ》レ吃《スルニ》也中《たフ》レ穿《きルニ》。

〔磨博士做《なシテ》下咬《ム》二銀子一《ヲ》科《こなしヲ》上云〕中《たへ》レ穿《きルニ》中《たフ》レ吃《くフニ》。阿喲《あいや》艮《ぶつけ》二了《た》牙一《はヲ》也。

龐　孩児《しもべヨ》。那《かのたへ》中レ吃《くフニ》中《たフもの》レ穿《ヲきルニ》。是教《レしム》二你《ヲシテ》将《テ》レ他《ヲ》鑿《たたき》砕《くだカ》一了。買《ヒ》レ吃《くふものヲ》買《へ》レ穿《きルものヲ》。

李　ア、其《そり》や大変でござりまする。此磨麪小屋が無くなっては、私等《わしら》は飢ゑて死にまするか、凍《こご》えて死ぬるでござりませう。

仁　好し〳〵、心配するに及ばぬ。亀丸、甲右衛門に云ふて、彼《あれ》が持ち居る財嚢の中《うち》より一番大きなる貨幣を二つ三つ取り出《いだ》して此李郎次に与ふるがよい。

李　奇麗なものでござりまするが、是は甚麼《なに》でござりまする。

亀　汝《おまへ》はそれを知らないかへ、それは金貨といふものだ。

李　奇麗な扣鈕《ぼたん》だと思たが、爾《そう》してこれは何になる。

亀　汝《おまへ》はこれを見たことが一度も無いと見える。食べることも汝の一生はそれで沢山なら、衣《き》ることも沢山な位のもの、あり難く頂いて大切《だいじ》に持って居たがよい。

と云ふと李郎次突然《いきなり》金貨を咬《かじ》って、

李　ア、痛《いた》〳〵〳〵、食べられるどころか反対《あべこべ》に歯が食べられて仕舞った。

露　ハ、、、、食物《たべもの》では無い。それを汝《こなた》は両替をするところに持って行けば汝の知って居る紙幣《さつ》に直して呉れやうほどに、爾《そ》して食べもの衣《き》るものを好みのままに買ふがよい。

かく「来生債」の原文を殆ど翻訳同然の形で踏まえるが、しかし「来生債」には、龐が磨博士に幾ら与えたか、その金額が明示されてはいない。「有福詩人」では、この金額を甲右衛門に五百三十円七十銭と明言させている。このように法外の大金であることを明示してこそ、次幕における李郎次の持ちつけない大金を持ったが故の不安の描写がより効果的になる。その意味で「有福詩人」が金額を明示したことは、有意義な改変になっている。

六

第八幕「李郎次住居」では、「来生債」の粉ひきのうろたえ振りと同然の李郎次のうろたえ振りが描かれる。まず家族を風呂にやった後、金貨を出して李郎次が、

見れば見るほどありがたい〳〵。隣村の法印様が過日《このあひだ》乃公《おれ》の相を見て、今に大した福を得ると道理《もっとも》らしく云はしった

というのは、磨博士が龐居士に銀をもらって、

爹。我羅和請罪咱。我昨日瞞着爹做一個賊。偸了二升麦子。去那長街市上算了一個卦。那先生説我今年今月今日今時。可当発跡。得些児横財。（旦那様。私粉ひきめをお許し下さい。私は昨日旦那様をごまかして悪事を働き、二升の麦を盗んで、長街に行き占ってもらいました。占い師は、私が今年今月今日の今の時に成功して、思いがけない金を得られると予言しました。）

といった言葉を踏まえたものである。

次に、李郎次が金貨を手拭へ包み、それを腹へ着けておいて、「誰が粉挽きの李郎次めが此様《こん》な美しい金貨様を肌につけて居ると気のつくものか」というのは、すでに第二節に紹介した如く「誰知道我懐裏有銀子」（三二一頁）との白に

基づいたものであるが、この部分の李郎次の大金を手にしての恐れや、妻と子とのやりとりの描写は粉本に無いものであって、はるかに委曲な心理の叙述となっている。また、妻の歌う糸車の歌の挿入も、粉ひきの家の生活感を如実に伝える効果を備えている（この歌謡に関しては塩谷賛に言及がある。）。引き続き、李郎次がスリに出会う夢を見る台詞、

是はまあ何たる事だ、此大街道《おおどほり》を汝等《きさまたち》の行《ある》くところがあって乃公《おれ》の行くところが無いといふ事があるものか、天下様の街道だぞ。汝等《きさまたち》も行《ある》いて可《よい》なら乃公も行いて可い道路《みち》だは。圧《お》すな圧すな、突き飛ばすなよ、押し退《の》けようとするなよ、待てといふに、……コレ乃公の懐中《ふところ》へ手を突込んで何とする。ワァッ、盗賊《どろぼう》々々、掏賊《すり》だ〳〵、

乃公の金貨を取って行った。

は、磨博士の同じ場面の白、

怎麼《いかんゾ》大街上有《リテ》二你走《ノあゆム》処一、没《なき》二我走《ノム》処一。官街官道你走《あゆメルナラバ》的、我也《モまタ》走的《メルナリ》。你怎麼偏要《ゾニス》下挨《おシ》レ肩擦《ヲこすリテうでヲ》レ膀的舒《のバシッツ》二着手《ヲ》一、往《むかヒテ》二我懐裏《がふところニ》一摸《サント》中甚麼《なにヲカ》上。你待《ほッスうばヒテ》下摸《ノ》二我的銀子《ヲ》一、那裏《いずくへにゲント》走上。

を訳したに等しいものとなっている。同様に、李郎次が破れ竃《へっつひ》に金貨を隠して、

此様《こん》な大風の日には火の用心を能くせいと呉々《くれぐ》も云って置いたに、何だって蠟燭の燃《もえ》さしを抛り出して捨てたのだ。エ、早く水を持って来い、それ屋根裏に燃えぬけた。……

と火事を夢に見る台詞は、

這等《このようナ》大風《ニ》、不《レ》レ要《セ》二点《ともシ》レ灯弄《ヲスルヲ》レ火的《ヲ》。我説着《イテイルニ》不レ聴《カレ》。你点《ともシテかノこよりニ》二那紙撚一往《キ》二那裏《いずくニ》一去《ル》。還不《なホ》二吹滅《ルヤキ》了一哩《セ》。呵喲《これ》。他往二那裏一去。可怎《いかん》生丟《ゾすツルヤ》二在草《わらにおノ》揉上《ニ》一。哎罷《いかん》了。焼《キ》二着了《ツイタ》草揉《ニ》一。也刮《またふ》二在房《カレ》上《ニ》一、連《ネテ》レ房《ヲ》也都《タすベテ》焼着《ケテシマツタ》了。

の訳に近い。また、水甕に隠して、

ア、大変な雨風だ、屋根が漏る、戸が倒れる、ナニ水が出た、堤が切れた、コリヤ大変だ。水が推して来た、ソ

レ床板《ねだ》が浸《ひた》る、物置が流れる、ヤア長楽寺様が浮いたさうな、大木が根こぎになって流れて来る、仁王様が泳いでござる、簞司長持が流れて来る。……

と洪水の夢を見る台詞は、

呀。大雨《ダ》了。罷了《いかん》罷了。水発《セリ》了。山水下《リ》来了《レリ》。好《はなはダ》 大雨《ナリ》。水淹《おおヒテ》将上《リ》来《レリ》 了。呀。大水衝二了《ケリ》 房子《へやヲ》一也。水《ニ》浮《キ》水《ニ》浮《ク》。水分《レ》水《ニ》浮《ク》。狗跑児《いぬころ》浮《キ》。観音浮《キ》。躧《くつ》水浮《キ》。仰蛙《しにがえる》児浮《ク》。

を換骨奪胎したもの。さらに、畳と床板《ねだ》の間に隠して、

ムム恐ろしい人の足音だ、兵隊の調練か知らん。それにしては不揃《ふぞろい》な。ヤ、吾廬《うち》の戸締りをごち〳〵とし居《を》る、何とする何とする。ヒヤア大変だ、ど、ど、どろ。ヘイ〳〵静かにいたします。生命《いのち》はお助け下されませ。金なぞはござりませぬ簞司でも仏壇でも御捜しなさいまし、何処《どこ》にも何にもござりませぬ。何様《どう》いたしまして金貨なぞは夢に見た事もござりませぬ、イエ隠し立てはいたしませぬ。ハツ斫《き》られたか、ア痛〳〵、人殺しーッ、どろぼう〳〵。

と泥坊の夢を見るのは、

阿。来了《レリ》。来了。偌《かくモ》 多《キ》的人。你拿《とりテ》二那《ノ》鍬鋤撅頭《ほりどうぐヲ》一。往《キ》二那裏《いずくへ》一去《ル》。俺《ガ》家裏又不レ蓋《ルニたテ》レ房《いえヲこはス》 脱レ坯《かきねヲ》。你都《テ》来《リテ》 做《ス》二甚麼《なにヲカ》一。怎《いかんゾ》麼鈀《ほル》二我的《ノ》門限《しきいヲ》一。説着也《といてもまた》不レ聴《カレ》。你還《なホ》鈀哩《ルカ》。鈀《リ》二出我的《シノ》銀子《ヲ》一来了《レリ》。里長総甲。有《リ》レ賊也。偸二了《シ》我的《ノ》銀子《ヲ》一去了《レリ》。有《リ》レ賊有《リ》レ賊。呀。拏《とりテ》レ刀《ヲ》砍《きり》二殺《サントス》 我一也。呀。又拏《リテ》レ槍《ヲ》来《リテ》 扎《さシ》二殺《サントス》 我《ヲ》一也。拏《とりテ》二我的《ノ》銀子《ヲ》一那裏《いずくへカ》 去《ル》。

を抄訳したのである。この部分は難字が散見するため、現代ほど元の俗語研究が進んでいなかった時期の元曲の読み手露伴は、逐語訳的にこの部分を踏まえることを避けて、大意のみを採り用いたようである。

かくの如く、露伴は李郎次の行動と発言とを粉本から採り入れたが、この幕の最後の李郎次の述懐——それは、金

を人に布施することが必ずしも善事とはならないという本作の主題と結びついている——をも、「来生債」から採った。すなわち、

呀《あ》、もうそろ〳〵と夜が明けるか、今夜は何と恐い目ばかり見通しに見たことであらうぞ。何も彼《か》も皆夢であったればこそ可《よ》けれ、寿命は余程《よっぽど》縮んだらしい。貰った事は嬉しけれど、彼《あ》の金貨様を懐中して寐れば忽ち攫《す》らるる夢を見、竈《へっつひ》の中に隠して置けば火に片小鬢《かたこびん》を焼かれるし、水缸の中に隠して置けば水に生命《いのち》を取られうとする、畳の下に入れて置けば強盗に肩をずんと切《きら》れる、夜がな夜どほし苦みを仕た、嗚呼《ああ》もうつく〴〵厭《いや》だ〳〵。金貨の野郎には懲々《こりごり》した。乃公《おれ》は矢張《やっぱり》磨博士《こなひき》で、麦をはたいたり推《お》したり乾《ほし》たり、粉に磨《ひい》たり篩《ふる》ったりして、一日働いて居やうとも、夜を楽々と大の字になって寝るのが、何よりも身にしみ〴〵と気楽で好い。思へば乃公《おれ》は乃公だけの身に相応した事よりほかに、福は別段有るものでない。雀が落穂に舌鼓打ち、鳥が魚《さかな》の腸《はらわた》に喉《のど》を鳴して満足するのも、皆其者が天から享《う》けた福分だけの事と見える。

は、

呀《やあ》。天明了《ケレリ》也。好阿《よかつた》。我恰好《ちょうど》一夜不《モ》二曾睡《テラ》一。我試《ミニ》看《ン》二我那《ガカノ》銀子《ヲ》一咱。兀的《いかんゾ》不レ是《ランヤなら》二銀子一。羅和《こなひきヨ》也。你索《すべかラク》尋思《スベシ》咱。這《ノ》一《ノ》個銀子放二在《スレバ》水缸裏《ノうちニ》一。夢見《ニル》二水来《リテ》淹《フヲ》レ我《ヲ》。揣《おしこメバ》二在懐裏《ノニ》一。夢見《ニル》三人搶《ノうばフヲ》二我的《がものヲ》一。埋二在《セバ》竈窩裏《ノニ》一。夢見《ニル》二火来《リテ》焼《クヲ》レ我《ヲ》。埋二在《セバ》門限児底下《しきいノしたニ》一。夢見《ニル》下人来《テほり》鈀二我的《がものヲ》一。拿《とり》レ刀《ヲ》来《リテきり》砍レ我《ヲ》。槍来《モテさスヲ》扎上我《ヲ》。一個《ノ》銀子整々《まるまるト》害二了《シテ》我《ヲ》一一夜不《モ》二曾《テ》得レ睡《ルヲ》。想《フニ》龐居士老的家《どのニハ》。有《ラン》二千千万万大箱小櫃《はこノ》無数的《ノ》銀子一。我想《ヒ》レ他《かれヲ》来《ルニ》是《レ》有福的《ナルものナリ》。可《シ》二便消受得起《チもちヒうけられル》一。羅和《こなひきノ》我那《ガかノ》命裏《ニハ》則有《チリ》二分簸《ノリ》レ麦《ヲ》揀《ビ》レ麦《ヲ》淘《シ》レ麦《ヲ》、打羅磨麪《ふるいこなひキスル》一。我可也消《けっしテもちいうけられず》二受不レ得這個《ノ》銀子《ヲ》一罷。……

を翻訳したのにも等しい行文である。とりわけ露伴が「呀《あ》」とか「磨博士《こなひき》」とかの表記を用いている点には、原文の語彙を活かそうという意図さえ汲み取ることができる。が、忘れてはならないことは、原文に少々言及されている福

分思想を、露伴の方は更に布衍していることである。「其者が天から享けた福分」というものがある、と補足している点である。この福分思想は、従って福分以外の金銭をもらってもしようがない、という考えに連なってゆく。更には、だから人にやたらに布施することが善い結果になるとは限らない、という本作の主題に結びついてゆく。このことに就いては後述するが、露伴はここに作品の主題と密接に連なる考え方を書き加えたのである。

七

第九幕「厩、牛室」では、先ず仁斎が登場して、「杲々として冬日出で、我が屋の南隅を照す……曠然として所在を忘れ、心は虚空と与に倶なり。」と独りごつ。『白香山詩集』巻十一（清、汪立名編）の「負冬日」の首部と末部である。また牛の声を聞いては、「賈誼三年の謫、班超万里の侯、如何ぞ白犢を牽《ひい》て、水を飲《か》ふて清流に対するに。」と吟ずる。『李太白詩集』巻二十三（王琦輯註本）「田園言懐」である。更に馬の声を聞いては、「昨日杏園春宴罷《や》むで、満身の紅雨花を帯びて帰る」と詠う。元の宋无の「唐人四馬巻詩」（『元詩選』戊集。顧俠君撰）第一首の転結句である。同じく馬にちなむ詩、「百馬一泉に飲む、一馬上を争って游《およ》ぐ、一馬噴して泥を成す、百馬濁流に飲む、（下略）」も誦する。唐の李益の「飲馬歌」（『全唐詩』巻二八二）の全部である。詩の引きぶりは、初めには知名の作、検索しやすいものを挙げ、後になるほど人口に膾炙しない、検索し難い作品を掲げる。勿論すべて「来生債」には無く、露伴が加えたものである。

ついで仁斎は、牛室《うしべや》に立ち寄り、牛と馬の会話を聞く。この設定は粉本とほぼ等しい。また、牛の、乃公《おれ》は元怠惰者《なまけもの》の小農夫《こびやくしやう》であったがの、此家《ここ》の旦那に三十両の金を借りた限《ぎ》り返済《かへし》はせず、催促されぬを好い事にして村をも後《あと》に随徳寺《ずゐとくじ》を遣り（筆者注…跡をくらます）、好《い》い気で居たが天命が尽き、死ぬと忽ち牛に生れて此長々しい苦患《げん》を受け、畢竟《つまり》は旦那に借りただけのものを此身の労働《はたらき》で返す道理になって居るのだ。

という因縁話は、粉本では馬も驢も牛も同じような事をいうが、それに基づいたものである。たとえば牛は、

我《レ》在生之時。借二了《レリ》龐居士《ニ》銀十両《ヲ》一。本利《もとでりそくトモ》該《ベシ》二二十両《ナル》一。不二曾《かつテ》還《サ》レ他《かれニ》。我如今《いま》変《ジ》二一隻《ノ》牛《ニ》一来《リテ》塡《うメ》二還《ス》他《ニ》一。

というが、「有福詩人」の台詞はそれと殆ど変らないものである。ただし、それに続く、

牛。今さら愚痴には定《きま》って居やうが、此家《ここ》の旦那がいっそうのこと、仁慈《なさけ》が無くって苛酷《いらひど》かったら、前世で借りた金だけは前世で返して居やうものを、慭《なま》じ生中《なまなか》優しい故に、つい返さずに死んで仕舞ふて、今畜生に生れて来たは。

という言葉は粉本には無い。この言葉もやはり、人に布施することが必ずしも善い結果を生まない、という考え方と結びつくものであり、本作の主題と関連するものである。このように随所に主題と関連する言葉を新たに置くことによって、作者は結幕における主題の表白をより効果的なものにしようとするのである。

第十幕「仁斎住居」は終幕である。仁斎の家には彼から借金している者が七八十人集り、その代表として李郎次が訴える。

昨日旦那様に頂きました彼《か》の金貨といふもののために私《わし》は酷《ひど》い目に逢ひました。最初懐中《ふところ》にして居りますれば攫《す》徒《り》に取《と》られまする、竈《へつつひ》の下に仕舞ひますれば火事を出して片小鬢《かたこびん》焼きまする、今度は水缸《みずがめ》に隠して置きますれば洪水《おほみづ》に遇って苦しみまする、畳の下へ入れますれば強盗に推込《おしこ》まれて肩先を一ト刀斫《き》られまする、イヤもう飛んでも無い目にばかり遇ひ通しに遇ひましたによってつく〴〵金貨が厭《いや》になり、それで御返し申しに来ました。（中略）それで夜一夜寝られません故、とんだ苦しい思ひをしました。もう〳〵此様《こん》な金貨なんどは見たくでも無い、

御返し申します。矢張《やっぱり》私は磨博士《こなひき》で一日働き通しに働き、暮方になり八銭づつ頂いて家へ帰った方が食ふものも身になって宜しい、

前半は勿論夢の中の出来事として述べているのだが、「来生債」においてこれに該当する部分は、内容紹介に見た如く、廐での驢・馬・牛の問答の直前の部分である。そこでは磨博士が、

蒙《リ》レ与二了《ヘラルルヲ》我《ニ》這個《ノ》銀子《ヲ》一。到《いたルト》二　的家《いえ》裏《ニ》一、没《なシ》二処《ノ》放着《おく》一。我揣《おしこメバ》二　在懐裏《ニ》一、夢見《ニル》三人来《リテ》　搶《とルヲ》二我的《がものヲ》一。放《おけバ》二在竈窩裏《ノうちニ》一、夢見《ル》二火来《リテ》焼《クヲ》レ我《ヲ》。放《おけバ》二在水缸裏《ノうちニ》一、夢見《ニル》二水来《リテ》　淹《フヲ》レ我《ヲ》。放《おケバ》二在門限児底下《しきいノしたニ》一、夢見《ニル》下人拿《とり》二着《テ》鍬鋤《ヲ》一撅《ほり》二我的《ワがものヲ》一、拏《とり》レ刀《ヲ》来砍《テきり》レ我《ヲ》、槍《モテ》来扎《さスヲ》上我《ヲ》。為《メニ》二這一個銀子《ノ》一。整定害《まるまるそこなヒ》二了我《ヲ》一一夜不《モ》二曾得《テ》レ睡《ルヲ》。我想来《ヒルニ》、爹《だんなノ》　家裏《ニハたくさんノ》論千論万満箱満櫃無数《ノ》的《ノ》銀子《ハ》。可没《なシ》二些児事《たいしたこと》一。爹《だんなさま》。你《あなたハ》　便是有《チレリ》三福的《ノ》消《つかいこなスモノかねヲ》二受得　他一。我羅和《こなひきノ》　那命《ぶんざいニハ》　裏則有《チリ》二分籔《ノり》レ麦《ヲ》揀《ビ》レ麦《ヲ》、淘《ギ》レ麦《ヲ》晒《シ》レ麦《ヲ》、打　羅《ふるいにかけ》磨麺《こなひきスルモノ》一。我那裏消《なんぞつかいこなせんや》二受的這銀子《ノヲ》一。……我那骨頭裏《ノもちぶんニハ》　没《なシ》レ他的《かね》。我送《リ》二這銀子《ノヲ》一来　還《リテかへ》二了你《さンニ》一。我不《テ》二敢要《セ》一。

と述懐するが、その内容はほぼ李郎次の述懐と等しい。ということは、「来生債」では、人間は分に過ぎた金銭を得ると却って精神の安定を得ないという思想が語られているが、その思想をほぼそのまま「有福詩人」が取り入れていることを意味するのである。

だが、李郎次について、仁斎から借金している多くの村人たちの代表が借用証書を返す際の言葉、

仮令《たとひ》御慈悲は何様《どう》あらうと、借りたを返さずには済まぬ天道様の掟《おきて》は掟、旦那様が其の掟を何様《どう》成され様もあるまいなれば、是非に証書を上げて置き、銘々返弁出来た節、真実《ほんと》に灰に仕て頂かうと相談を極め、持《もつ》て参じた借用証書、

は、「来生債」に無いものである。借金を返すことは、何人もこれを曲げることのできない天理であって、その天理の前には布施という善行も所詮は非理になる。という考え方を盛りこむべく、露伴はこの部分を補ったのである。そし

てそのことは、やはり後述するように本作の主題をより効果的に表白するための補足なのである。

このようにして作者はたびたび、善事を為そうと思ってした事が却って人を苦しめる結果になる、むやみに金銭を施与することが人にとって幸いとなるとは限らない、という考え方を盛り込んできた。その総括ともいうべき仁斎の述懐が最終部に置かれる。

廉平は返せで病気となり、猪九郎は仮りて罪を犯し、李郎次はまた金貨のために心の安きを失ふて恨み、牛馬は前世の債のため現世《このよ》に苦しき思ひをする、証書を焚《や》けば人々が天理を説いて我に逼る、ア、金銭といふものは、貸すにも与《や》るにもむづかしい。波斯《ペルシヤ》の文字、科斗《くわと》の文も猶読むべけれど、銭といふ此の魔物《まぶつ》めを何様《どう》したら好い事やらは乃公《おれ》には知れぬ。

この「金銭といふものは、貸すにも与るにもむづかしい」が、この作品の一応の主題（中心思想）――一応のということは、後述の如く、別の深い主題が存在することを予測した上でのものいいである――である。この主題を示す文は、露伴が新たに加えたものではあるが、元来は「来生債」で三度くり返される言葉、

我当初本做善事来。誰想倒做了冤業。（楔子）

我当初本做善事来。誰想弄巧成拙。兀的不都放做来生債也。（第二折）

我当初本做善事。誰承望弄巧成拙。都做了来生債也。（第二折）

に触発されて得たものである。前述したように、「有福詩人」では第三幕にこの言葉が、

我本《もと》善をなすと思ひて、頼むものには快く無利息を以て金子をば、云はるるままに貸し与へしが、貸せしがために此様《このやう》に罪を造って居らんとは思ひもかけぬ事なりし。

と取り入れられていたが、この言葉は金銭を貸与することの難しさを言っているのだから、「金銭といふものは、貸す

にも与えるにもむづかしい」とほぼ同一の事を言っている。従ってこのことは、「有福詩人」の一応の主題が「来生債」の前引の言葉から得られた、ということの証となるであろう。

八

善事と思って金銭を施与することが却って人を苦しめる。この主題を表わすべく、「有福詩人」では先ず、横井廉平に金を借した仁斎をしてすぐ前に引いた言葉を吐かしめた。また「来生債」には無い猪九郎の賭博譚を創出して、小人が金を持つと悪事に奔りやすいことを描いた。更に李郎次の話においては、大金を持つ福分のない貧民が大金を得て心の安きを失う様を叙し、牛馬の会話の部分では、負債のある者には理の当然として返債を要求すべきことを新たに言い添えた。のみならず終幕には、村人に借金を返債するのが天理であると言わせる場面をも補綴した。このようにして露伴は、原話を取り入れることは勿論、原話には無い話と言葉をも補足して、様々の局面において主題が人の世の真理であることを主張しようとしたのである。

その主題は、いま述べた如く、「来生債」から得たのであるが、同様な考え方を作者の露伴自身が生活している間に獲得していたからこそ、「来生債」の内からこの主題を選び取ったのである。「来生債」では、第三・四折は、龐居士が一切の財産を東海に沈め、やがて昇天して神仙となるという話になっている。そうした話は、前述した如く、俗世から隠遁して悪業が身にまとうのを免れる、という仏教と道教を混じた宗教思想に基づいている。だから「来生債」には、もう一つの主題としてこの宗教思想が顕著なかたちで込められているのだが、露伴はその話と思想を全く採らなかった。すなわち、第三・第四折の内容と主題は全く採り入れられていない。ということは「来生債」の二つの主題の内、露伴は前者の金銭に関するものだけを選び取ったことを表わしている。その理由は、後者の宗教思想がこの頃の露伴にとっては我が身に関わる問題とはならず、金銭に関する主題こそが彼の抱えている問題と合致したからであろう。「有福詩人」の発表に一年余先立つ明治二十五年十二月発表（「国会」）の「無尽」には、野間三竹の随筆『沈静録』（寛永十八年成立）中の、

非分の福、無故の獲《えもの》は、造物の釣餌に非れば即ち人世の機阱なり。切に須らく猛省すべし。

の言葉に出会って、客が驚く場面がある。この言葉は「来生債」の、従って「有福詩人」の福分思想と殆ど同様の意味を持つが、「無尽」にこれが引かれていることは、露伴が「有福詩人」を執筆する以前からかかる思想に感銘していたことを語っている。また、明治二十七年の冬には、露伴は友人の負債の保証人となっていたため返債の義務を負わせられて、窮困の余り上総に流寓している（柳田泉『幸田露伴』二八「この期の露伴」2「廿七年――露伴病む」）事件が生じているが、この借金の件は、恐らく二十七年より以前に生じていたろう――塩谷賛『幸田露伴』の「内容一覧」は二十五年の条に保証人となる項を繋ける――。とすれば、「有福詩人」を執筆する前の露伴は、金銭や借金について考えることが多く、「此魔物めを何様したら好い事やらは乃公には知れぬ」というような思いをも持った事と思われる。露伴ばかりではなく、我々でも弄巧成拙、善事と思って与えた好意が却って人をも我をも傷う、という経験をしばしば持つのだから。露伴はかような生活体験・読書体験の中において、むやみに金銭を施すことは却って人を害するという真理をつかんでいったが、そのような折しも「来生債」の金銭思想に出会って、我が意を得たとばかり、これを自己の作品の主題として選び取ったのであろう。すなわち、「来生債」の二つの主題の内、金銭思想に関するそれを己が物としたのは、単なる頭の中だけの観念的な読書の結果ではなくて、生活の場において醸成されていたものが「来生債」と出会って、その中から主題を引き出させたのだ、と見たいのである。

九

私は先ほど一応の主題という言い方をした。それは、「有福詩人」にはそれだけに止まらない問題が示唆されているからである。すでに第四節に触れた如く、第五幕において仁斎は、「世間に貧富の差あり貴賤の差あるを慨《なげ》」いて人に施与し、負債者の借金証書を焼却する自分の態度を、社会主義とも共産主義とも呼ばれてもかまわない、と言明している。このことは、露伴が当時揺籃期にあった社会党や共産党にいち早く言及した（塩谷賛）ことには違いないが、しかしそれ以上の問題をも含んでいるのである。それはすなわち、「来生債」においては、仁斎の行動が失敗に終っているが、そのことの意味をどう考えるか、という問題である。万人が平等に福利を享けるという仁斎の思想は高邁な理想と見えるが、実際にその理想が施行されてみると、人間の勤労意欲をそぎ、精神的不安をつのらせ、負債者の返還の義務という天理を破壊する、といった諸問題が生じた。ということは、平等享福の理想の裏には、それを活かし得ぬ人間に起因する様々な陥穽が潜んでいることを指摘したものである。いうなれば、社会主義、共産主義の平等享福という高邁な理想の裏に潜む陥穽を、露伴は見出し、それを遠まわしに指摘したのであった。そしてこれこそが、「有福詩人」の潜めている深い主題であった。

先ほど私は、露伴は、実生活において醞醸された対金銭思想が「来生債」に扱われていることを読み取って、その主題と話を我が物とし、それを「有福詩人」として再構成した、という意味のことを述べた。それは、当面の問題に引き寄せて換言すれば、露伴は「来生債」から把み取った思想——我当初本做善事来。誰想倒做了冤業。——をもって、彼の当代に胚胎してきた新思潮、他ならぬ社会主義・共産主義に潜む問題点を指摘する視点とした、ということでもある。ということは、中国の古文学の主題を、当代の最先端の思潮を批評するために再生させたことでもある。この意味において「有福詩人」は、異国の古い戯曲を単に翻案したというよりは、自国の当代の最新の世相と思潮を反映する作品に昇華させられている、ということが許されよう。

当代の最先端の思潮の問題点を指摘したと言ったが、誤解を避けるために付言すれば、露伴の真意は、社会主義・共産主義その物を批判するというよりも、その理想を軽々に早呑込して、性急に実行に移そうとする軽薄な風潮に疑問を投げ掛けることに在ったろう。「有福詩人」が発表された明治二十七年前後には、ようやく貧民に富資を分配する問題が社会に提出されだした。たとえば、露伴と面識のあった社会運動家横山源之助の『日本の下層社会』(明治三十二年刊)の「序」において、島田三郎は次のようにいう(明治三十一年十一月)。

自由競争の結果は強者、弱者を凌轢するに至らん。機械盛行の結果は資本家、労働者を抑圧するに至らん。昔時制度によりて武士が平民を凌ぎたる者、今後は資本によりて富者、貧者を圧するの世とならん。その原因異にその外形殊なりといえども平等享福の理想に遠ざかるは則ち一なり。けだし貧富懸隔の結果は憎疾の原因となり、憎疾の結果は平和撹擾の原因とならん。欧州共産諸党の年に繁殖して国安を害する者、皆この変遷に由来せずんばあらず。富資増殖の一事、国民の幸福を全くするに足らざることかくの如し。富資分配の問題、識者の間に考究せらるること洵に故あるなり。慈仁の観念より考察するも、東隣に凍餓あり西家に柱を薪にする者あらば、普通の情ある者あにこれを快とせんや。貧富懸隔の慈人を悩ましむる所以の者は、道義問題としてまた重大の要件に属す。

横山源之助が「余は日清戦役を以て労働問題の新紀元となす者なり。」(「付録日本の社会運動」第三章第一節「日清戦争と労働社会」)と喝破した如く、日清戦争の勃発した明治二十七年の頃より、ただ富資の増殖に汲々とするばかりでなく、富資の分配をも顧慮せねばならぬという主張が識者の間に興起してきた。右の島田三郎の言は、それを代表するものであろう。島田の主張自体は正論であり、文句のつけようも無かろう。が、一旦このような高邁な論が提示されると、その理想的な面にのみ眼を向けて、それが孕む問題にまで考えがまわらない性急で軽はずみな連中は、富資分配こそが唯一絶対の方策であると思い込み、その実行を我にも人にも迫る。その実行への強要が自分自身や志を同じくする者の間にだけ為されているのであれば、別に問題は無いけれど、関心や考え方を異にする他人にまで為されると困ったことになる。このような事情は、焦点となる問題が異なりこそすれ、今でも我々の周辺によく見うけられる現象である。露伴はそのような風潮が今後起って来、盛んになりそうであるという事態を予知して、その風潮に対するアンチ・テーゼをやんわりと提示したのである。

やんわりという言葉を用いた。それは諸処に引用した「有福詩人」の文章、とりわけ終幕における仁斎の、主題の提示としての述懐の調子を見ればわかるように、露伴は滑稽諧謔の文調を用いて、自分の見解を遠まわしに明かしている。直叙法に拠って急激に訴える如き筆法は採っていない。それは多分、そのようなやんわりとした問題の投げかけの方が、急迫した直訴よりもむしろ、読者におのずからに考えさせることになるし、明るくて楽しめる戯曲となって上演効果もあがる、と考えたからであろう。しかし、だからといって、露伴に現実世界の実態に対する認識とそれに就いての思索が無かった、とは言えないのである。述べた如く、露伴には当代に生まれて来ている社会問題へのいち早い見通しと、それへのアンチ・テーゼの提示という貌《かたち》での対応が、ちゃんとあったのである。従って、かつて片岡良一が「有福詩人」を採りあげて、「客観に即して妥当な結論を得ようとする作家的フレキシビリティには縁遠い人であった」(「幸田露伴の位相」『近代日本の小説』。後、『片岡良一著作集』第四巻所収)と批判したのは、露伴の意図と、文調の微味な味わいとに理解が及ばない謬見、と思うのである。

注記一　引用した元曲の原文には現代語訳を付したものと、訓点のみを施したものがあって、体裁が統一されていないが、元曲訓読のありようを一般読者に示すために、あえて統一しなかった。また、露伴が明治の日本における元曲研究の先駆者であることは、『吉川幸次郎全集』第十四巻自跋に述べられている故に、ここでは贅言しない。

二　第七章に引いた宋无の「唐人四馬巻詩」と李益の「飲馬歌」は、『佩文斎詠物詩選』（鈔録・館柳湾編。文化九、文政十三年刊）にも収まる。露伴は、大部な原典よりも、簡便なこの書から引用したという可能性が大きい。

（『明治大学教養論集』通巻二〇三号　一九八七年三月）

第二十三章　「成吉思汗伝奇」典拠探原
――『成吉思汗実録』『元朝秘史註』他――

「成吉思汗伝奇」とは、露伴が大正十三・十四年の『改造』に断続的に連載した四つの戯曲を、仮にこう総称したのである。大正十三年十一月号に「不児罕山」が載り、翌十四年一月号・三月号に「清系縁起」「憤恨種子」が載ったが、これには「成吉思汗伝奇」の総題がつけられている。「憤恨種子」は同年四月号にも続いて載せられたが、それらの一部が、単行本『龍姿蛇姿』（昭和二年一月十日、改造社発行）に収められた際には「怪傑誕生」と新たに題せられた。塩谷賛氏は『幸田露伴』において、十四年一月号・三月号の総題を取って、この四つの戯曲の総題としたが、私もその顰に倣うこととする。

一

この四つの戯曲に関して、露伴は『龍姿蛇姿』の序に次のように述べている。

不児罕山以下、怪傑誕生に至るまでの数篇は、元史、元朝秘史、元史訳文証補、聖武記、忙豁侖紐察脱卜察安訳書、土耳古人蒙古史訳書、米国人蒙古史訳書(1)、蒙古游牧記、朔方備乗、日本陸軍省撰蒙古図、及び其他の史籍雑書等に拠って大豪傑成吉思汗の誕生に至るまでの事情を幻灯映画的に映出せんと企てたもので、其間に虚妄と作為とを挿むことを十分に避けたから、極めて少しの趣向を付加へたことは有っても、何折の何地の情景は何の書に本づくかと問はるれば、一々其の出処を答へ得るのである。ただ金庭に於て滅丁の策の対論さるる一折だけは、意を以て料って之を描いたのであるが、其代りに其折に右の趣を明記して置いた。しかも滅丁の事は実際に金庭の取った残酷な政策であって、全く自分の揑空に按出した事では無いのである。（近時の、古人の事跡を甚だしい空疎の想像と低卑の批判を加えて描く傾向、を批判する文を省略）それ故に自分は拠るところ無しには古人の上を描写せぬことにしている（中略）大体に於ては何処までも拠るところ有る事実に本づいて、尠少の傅彩補筆を加へて、そして事を叙し情を伝へんことを欲するのが自分の希望である。（後略）

この序で露伴が再三強調していることは、「成吉思汗伝奇」を典拠を踏まえて書いていることである。それならば、この作品の作品論を行う方法はもはや与えられているわけで、あとは露伴の示した典籍を調査して、どの典籍のいかなる部分をいかように露伴が利用しているかを考えてゆけばよいのである。ところが、どういうわけか、近代文学の研究者ないしは露伴の専門家は、この与えられた路をたどっていくことを嘗て行っていないようである。それは、道筋がすでに与えられているので発見や探索の喜びが失われていると考えているからであろうか、あるいはまた、あまりにも扱いなれていない資料が羅列されているので、それに取り組む力量を欠いていると思いこんでいるからであろうか。もし前者のように考えているのだとしたら、それは、序の言葉は一応の手掛りのみを示しているのであって、研究者が発見探索すべきことはそれから先に多く存していることを知らない態度である。また、もし後者のように思いこんでいるのだとしたら、それは怠慢であるし、実際に取り組んでみることが意外と容易に道を切り開くことを知らない態度である。というわけで、我々はともあれ序に引かれた典籍を問題にすることから出発しなければならない。

序に引かれた典籍の中で気になるものは、「忙豁侖紐察脱卜察安訳書」という書である。こんな書名は聞いたこともないし、その意味もわからない。第一、正しい読みかたさえも不明である。ところが、那珂通世氏による『元朝秘史』の翻訳『成吉思汗実録』（明治四十年一月十八日、大日本図書株式会社発行）の序論の「元朝秘史の来歴」には、次のようにいう。

その（筆者注、成吉思汗実録）の蒙古字の原本の名は、忙《モン》豁《ゴ》侖《ルン》紐《ニウ》察《チヤ》脱《ト》卜《ブ》察《チヤ》安《アン》と云ひ訳すれば蒙古の秘史なり。忙豁侖は即ち忙豁勒温《ウン》、忙豁勒は蒙古、温は「の」にて、「蒙古の」なり。紐察即ち你兀察《ニウチヤ》は、你兀は秘《かく》す、察は動詞を形容詞にする語尾にて、「秘《かく》したる」「秘さるる」又は「秘密なる」なり。……脱卜察安は、……綱要を総録したるものにして、即ち実録なり。三語にて「蒙古の秘密なる実録」即ち蒙古秘史なり。

すなわち、「忙豁侖紐察脱卜察安」とは蒙古秘史こと『元朝秘史』のことであり、その「訳書」とは、ほかならぬ『成吉思汗実録』のことであったのである。

この『成吉思汗実録』（以下、実録と略称する）のことは、塩谷賛氏が『幸田露伴』中巻「成吉思汗伝奇」の章で、

露伴は成吉思汗をめぐる問題に興味と知識とを持ち、こういう題材を劇として書こうとしたのである。それには当時発行された那珂通世の「成吉思汗実録」を読んでいることを忘れてはならない。（中略）この本は私も露伴の蔵書中に見た。(2)

と言及しているが、しかし氏はそれ以上に進んで、『実録』の内容を検討するところまでは行かれなかった。大著の完成に忙しく、かつ眼のお不自由だった氏には、そこにまで及ぶ遑はなかったのかも知れない。また、東洋史家にして露伴愛好者の植村清二氏が「成吉思汗伝奇について」（『露伴全集』月報、昭和二十四年十二月）において、『実録』と「伝奇」の関係について触れられているが、月報という性質上、簡単なものであるのに過ぎない。が、『実録』と「成吉思汗伝奇」（以下、伝奇と略称する）とを読み較べることは、如上の意味において必須のことである。そこで、その作業を

行った結果、「伝奇」は、その大半を『実録』に負うており、細部をその他の典籍で補っていることが判明した。このように『実録』は重要な資料であり、行論の上からも必要なことなので、ここに露伴が利用した部分（全十二巻六七六頁の内、巻の一の三十八頁分）のみを、読みやすい形にして紹介する。これと「伝記」を読みあわせれば、露伴がその骨組みを『実録』に基いてこしらえたことが、ただちに納得されるはずである。

二

成吉思合罕《チンギスカガン》の根原《おはもと》

①上天より命《ミコト》ありて生れたる蒼き狼ありき。（蒙語孛児帖赤那《ボルテチノ》、蒙古源流、布爾特斉諾《ブルテチノ》）その妻なる惨白《ナマジロ》き牝鹿ありき。（蒙語豁埃馬喇勒《ゴアイマラル》、蒙古源流、郭斡瑪喇勒《ゴワマラル》。郭斡は、美しきなり。）騰吉思《テンギス》（海又は大なる湖）を渡りて来ぬ。斡難木嗹《オナンムレン》（斡難河。今の鄂嫩河《オノンガハ》）の源に②不児罕合勒敦《ブルカンカルドン》（不児罕嶽即ち神が嶽。元史闊闊の伝、不里罕哈里敦《ブリハンハリドン》、蒙古源流、布爾干噶拉敦《ブルガンガラドン》、今の大肯特山《ダイケンテザン》）に営盤《イヘキ》して、生れたる巴塔赤罕《バタチカン》ありき。

巴塔赤罕の子塔馬察《タマチャ》。塔馬察の子豁哩察児篾児干《ゴリチャルメルゲン》③（篾児干は、善射者なり。）。豁哩察児篾児干の子阿兀站孛囉兀勒《アウヂヤンボロウル》。阿兀站孛囉兀勒の子撒里合察兀《サリカチャウ》。撒里合察兀の子也客你敦《エケニドン》。也客你敦の子撏鎖赤《セムソチ》。撏鎖赤の子合児出《カルチュ》。

合児出の子④孛児只吉歹篾児干《ボルチキダイメルゲン》（蒙古源流、博爾済吉台墨爾根）は、忙豁勒真豁阿《モンゴルヂンゴア》と云ふ妻ありき。孛児只吉歹篾児干の子⑤脱囉豁勒真伯顔《トロゴルヂンバヤン》は、⑥孛囉黒臣豁阿《ボロクチンゴア》と云ふ妻、孛囉勒歹速牙勒必《ボロルダイスヤルビ》と云ふ若党、⑦荅亦児《ダイル》、孛囉《ボロ》と云ふ二匹の駿《スグ》れたる騸《キンキリ》馬《ウマ》ありき。脱囉豁勒真の子、都蛙鎖豁児《ドワソゴル》（蒙古源流、都斡索和爾《ドワソホル》）、朶奔篾児干《ドブンメルゲン》二人ありき。

⑧都蛙鎖豁児は、額の中に独眼あり、三日程《ミツカヂ》の地《トコロ》を望むなりき。

⑨一日都蛙鎖豁児は、朶奔篾児干なる弟と不児罕嶽の上に上れり。都蛙鎖豁児は、⑩不児罕嶽の上より望みて、統格黎《トンゲリ》克豁囉罕《クゴロカン》（統格黎克小河。）に沿《シタガ》ひ一羣の民起ちて入りて来ゆるを望みて見て、⑪言はく「彼の起ちて来ぬる民の内に、一つの黒き輿《コシ》ある車の完勒只格《ヲルヂグ》（車の前室）に一人の女子妍《ヲトメカホヨ》きあり。与へられず（嫁がず）あらば、朶奔篾児干弟《オトト》、汝が為に求めん」と云ひて、朶奔篾児干弟を見に遣りぬ。

朶奔篾児干、彼の民の処に到れば、実にも美しく妍《かほよ》く声（聞え誉れ）名の大きなる⑫阿闌豁阿《アランゴア》（阿闌媛。媛即ち豁阿は、美より転じて、美女なり。）の名ありて、人にも与へられざる女子なりき。

彼の羣居《ムレヰ》る民は、⑬又闊勒巴児忽真脱古木《コルバルクヂントグム》（闊勒巴児忽真の隘処。）の主人巴児忽歹篾児干《バルクダイメルゲン》の⑭女《ムスメ》巴児忽真豁阿《バルクヂンゴア》と云ふ女子を⑮豁哩禿馬惕《ゴリトマト》の（喇失惕額丁の蒙古集史に依れば、禿馬惕は、巴児古惕の⑯一部落にして、巴児古臣禿古嚕姆の地に住めりといふ。されども下の阿哩黒兀孫は、今の伊爾庫河ならば、⑰禿馬惕の地は拝喀爾湖の西に在るべし。）⑱官人豁哩刺児台篾児干《ゴリラルタイメルゲン》に与へられたりき。豁哩禿馬惕の地にて⑲阿哩黒兀孫《アリクウスン》にて、⑳（阿里黒の水。高宝銓の説に、㉑今の伊爾庫租克州の伊爾庫河なりと云ふ。）豁哩刺児台篾児干の妻巴児忽真媛《ヒメ》より生れたる阿闌媛と云ふ女子然り。

㉒豁哩刺児台篾児干は、豁哩禿馬惕の地の内、貂鼠青鼠野獣ある地を差止め合ひて（仲間内にて互に禁約して）、憂ひ合ひて、豁哩刺児姓となりて、「不児罕嶽の、野獣を捕るに好くある地好し」とて、不児罕嶽の主人不児罕孛思合黒三晒《ボスカクサンシン》赤伯顔兀喨孩《チバヤンウリヤンカイ》（訳すれば、不児罕を起したる、名は哂赤長者姓は兀喨孩）の処に起《た》ちて来たりき。豁哩禿馬惕の豁哩刺児台篾児干の女にて阿哩黒兀孫に生れたる阿闌媛をそこに求めて朶奔篾児干の取れる縁故は、かくあり。

㉓阿闌媛は、朶奔篾児干の処に来て、二人の子を生めり。不古訥台《ブグヌタイ》、別勒古訥台《ベルグヌタイ》と云へるなりき。（下文に依れば、不古訥台は弟、別勒古訥台は兄なり。）

都蛙鎖豁児なる其の兄は、四人の子ありき。然ある程に、都蛙鎖豁児なるその兄は、無くなれり。㉔都蛙鎖豁児無くなれる後、その四人の子は、朶奔篾児干叔父を親族と為さず、侮りて分れて棄てて起てり。朶児辺姓《ドルベンウヂ》となりて、朶児辺の民と彼等の子孫は為れり。

㉕その後に一日朶奔篾児干は、脱豁察黒温都児《トゴチャクウンドル》（脱豁察黒高地）の上に獣狩に上れり。林の中にて兀啢罕《ウリヤンカン》（種族の名）の人、三歳鹿を殺して、その肋《アバラ》その臓腑を焼きて居るに遇ひて、朶奔篾児干言はく「友よ焼肉を」と云ひき。「与へん」と云ひて、その肺臓ある腹の皮を取りて、三歳鹿の肉皆を朶奔篾児干に与へたり。

㉖朶奔篾児干は、その三歳鹿を馬に駄《ツ》けて来ぬるに、路にて一人の貧しき人その子を引きて行くに遇ひて、朶奔篾児干「何人ぞ、汝」と問へば、その人言はく「我は、馬阿里黒《マアリク》（名）伯牙兀歹《バヤウダイ》（姓）、困窮して行くなり。その獣の肉より《ママ》。我に与へよ我この子を汝に与へん」と云ひき。朶奔篾児干は、その言につき、三歳鹿の片方の腿を折りて与へて、彼のその子を伴れ来て、家の内に使ひて住みたりき。

かく住める程に、㉗朶奔篾児干無くなれり。朶奔篾児干を無くなしたる後、阿闌媛は、男無きに三人の子を生めり。不忽合塔吉《ブクカタギ》、不合禿撒勒只《ブカトサルヂ》、孛端察児蒙合黒《ボドンチャルモンカク》（蒙古源流、勃端察児）と云へるなりき。前に朶奔篾児干より生れたる別勒古訥台、不古訥台、二人の子は、その母阿闌媛の背処《カゲ》にて言ひ合へらく「この我等の母は、兄弟なる房親の人（夫の兄弟）無く男（外夫）無くありつつ、この三人の子を生めり。家の内に㉘独《ヒトリ》馬阿里黒《マアリク》伯牙兀歹《バヤウダイ》の子あり。（子は、原文に古温とありて、語訳には人と訳し、文訳には家人と訳したれども、古温は、子の蒙語なる可温の誤りなるべし。）この三人の子は、彼のなるぞ」と母の背処《カゲ》にて囁し合へるを、その母阿闌媛覚りて、

㉙春の一日、臘羊《ラフヤウ》を煮て、別勒古訥台、不古訥台、不忽合塔吉、不合禿撒勒只、孛端察児蒙合黒、この五人の子ども

を列《ナラ》べ坐《ス》ゑて、一条づつの箭《ヤ》を「折れ」と云ひて与へたり。一条づつをいかで留めん、折りて去《ノ》けたり。又五条の箭を一つに束《ツカ》ねて、「折れ」と云ひて与へたり。五人にて、五条束ねたる箭を人ごとに取りて、廻して折りかねたり。

㉚そこに阿闌媛なる彼等の母は言へり。「汝等。別勒古訥台、不古訥台なる我が二人の子よ。我を「この三人の子を生めり。誰の何の子なるか」と疑ひ合ひて噂し合へり。汝等の疑ふも是《モットモ》なり。夜ごとに光る黄色の人、房《ヘヤ》の天窓《ソラマド》の戸口の明処《アカルミ》より入りて、我が腹を摩《サス》りて、その光は我が腹の内に透るなりき。出づるには、日月の光にて、黄狗《キイヌ》の如く爬ひて出づるなりき。軽率に何ぞ言ふ、汝等。これにて察れば、明かに彼の（光る人の子）は、皇天の御子なるぞ。黒き頭の人（謂はゆる黎民又は黔首）に比べて何ぞ言ふ、汝等。合木渾合愓《カムクンカト》（普き君、すめらぎ）とならば、民草はそこに覚らんぞ」と云へり。

㉛又阿闌媛は、五人の子を教ふる言に言はく「汝等、我が五人の子は、独の腹より生れたり。汝等は、恰も五条の箭の如し。独々にならば、彼の一条づつの箭の如く、誰にも容易く折られん、汝等。彼の束ねたる箭の如く、諸共に一つの商量《ハカラヒ》あるとならば、誰にも容易くは何ぞならん（何ぞ敗られん）、汝等」と云へり。かく住める程に、阿闌媛なる彼等の母は無くなれり。

㉜その母阿闌媛を無くなしたる後、兄弟五人にて、馬群糧食を分け合ふに、別勒古訥台、不古訥台、不忽合塔吉、不合禿撒勒只、四人にて共に取れり。孛端察児蒙合黒《モンカク》は弱《ヲサナ》くありとて、親族《ミウチ》に算へず、分前を与へざりき。孛端察児は、親族に算へられずして、「ここに住みて何」と云ひて、㉝背瘡《セガサ》ある尾短《ヲミジカ》の背黒の青馬に乗りて、㉞死なば彼等の弟死なん。活きば彼等の弟活きん」と云ひて、㉟斡難河《オナンガハ》に沿ひ去りて放ちたり（その身を自ら放ちたり）。去りて㊱巴勒《バル》諄阿喇《ヂュンアラ》（阿喇は、阿喇勒にて、河中島なり。巴勒諄島は、斡難河の島なるべし。）に到りて、そこに草の菴の房を作りて、そこに住み居たり。

かく住める時に、㊲雛なる黄鷹《ワカタカ》の野鶏《ノカケ》を捕へて喫《ク》ひ居るを見て、背瘡ある尾短の背黒の青馬の尾の毛にて套《ワナ》作りて捕へて育てたり。

㊳喫ふ食物なく住めるには、狼の崖《キリギシ》にて取巻ける獣を窺ひて射て殺して喫ひ合ひ、狼の喫へる（喫ひ残せる）を拾ひて喫ひ、己の喉を又黄鷹を養ひ合ひ、その年過ぎたり。

春になれり。鴨ども来ぬる時に、黄鷹を飢ゑさせて放てり。鴨雁どもを、枯木ごとに臭気《クサキカ》を、乾《カワ》ける木ごとに腥《ナマグサ》き気《カ》を聞くまでに置きたり。

㊴都亦嗹《ドイレン》（明訳、山名）の背《ウシロ》より統格黎克《トンゲリク》小河に沿ひ、羣民《ムレビト》起ちて来ぬ。孛端察児、彼の民の処に黄鷹を放ち住きて、昼は馬乳を求めて飲みて、夜は草の菴の房に来て寝ぬるなりき。

㊵彼の民、孛端察児の黄鷹を求むれども、与へざりき。彼の民、孛端察児に誰のとも何のとも問ふこと無く、孛端察児も、彼の民に何民と問ひ合ふこと無く行ひ合へり。

㊶不忽合塔吉なるその兄は、孛端察児蒙合黒弟を「この斡難河に沿ひ去れり」とて尋ね来て、統格黎克小河に沿ひ起ちて来にける民に「かくかくの人、かかる馬あるなりき」とて問へば、

㊷彼の民言はく「人も馬も、汝の問へるに似たるあり。黄鷹あるにぞある。日ごとに我等の処に来て、馬乳を飲みて去れり。夜は蓋いづくにか宿りけん。㊸西北より風起れば、黄鷹に捕らせたる鴨雁どもの翎毛《ハネケ》は、飄《ヒルガヘ》る雪の如く散りて刮《ハ》かれて来るなり。ここに近くあるぞ。今来る時となれり。暫く待て」と云へり。

暫くありて統格黎克小河に泝《サカノボ》り一人の人来るあり。到りて来ぬれば、孛端察児なりき。不忽合塔吉なるその兄見ると認めて、引き伴れて、斡難河に泝り馬を駆りて去りて放ちたり。（自由の身にしたり。）

㊹孛端察児は、不忽合塔吉兄の後より随ひて、馬を駆りて行く行く言はく「兄、兄。身に頭あり衣に領《エリ》ある善し」と

云へり。その兄不忽合塔吉は、その言を何とも為さ（思は）ざりき。

又その言を言へども、その兄は何とも為さず、その答は声せざりき。孛端察児行きて、又その言を言へり。その言につき、その兄言はく「先程よりそれそれ何の言をか言へる、汝」と云へり。

㊺それより孛端察児言はく「只今の統格黎克小河に居る民は、大き小き悪き好き頭蹄《カシラヒヅメ》（上下）なく斉等《ヒトシナミ》なり。容易き民なり。我等は彼等を襲はん」と云へり。

㊻それよりその兄言はく「諾《ウベ》。然あらば、家に到りて、兄弟ども譲り合ひて彼の民を襲はん」と云ひ合ひて、家に到ると、兄弟ども談り合ひて馬に乗れり。その孛端察児を先駆に奔らせたり。孛端察児は、先駆に奔りて、孕める婦人を拏《トラ》へて、「何姓の人ぞ、汝」と問へり、その婦人言はく「札児赤兀惕阿当《ヂャルチウトアダン》罕兀《カンウ》哴合《リャンカウヂ》 姓、我」と云へり。

彼の民を兄弟五人にて虜《トラ》へて、馬羣、糧食、家人の召使、住む居処に有付きたり。

その孕める婦人は、孛端察児の処に来て子産めり。他人《アダシビト》の子なりとて、札只喇歹《ヂャヂラダイ》と名づけたり。札荅闌《ヂャダラン》の遠祖とその人は為れり。その札荅喇歹《ヂャダラダイ》の子土古兀歹《トグウダイ》と云へるありき。土古兀歹の子不哩不勒赤嚕《ブリブルチル》ありき。不哩不勒赤嚕の子合喇合荅安《カラカダアン》ありき。合喇合荅安の子札木合《ヂャムカ》ありき。札荅闌《ヂャダラン》姓と彼等は為れり。

その婦人、又孛端察児より、一人の子を生めり。拏へて取れる婦人なりとて、その子を巴阿哩歹《バアリダイ》と名づけたり。巴阿嚟《バアリン》の遠祖とその人は為れり。巴阿哩歹の子赤都忽勒孛闊《チドクルボコ》。赤都忽勒孛闊は、婦人多くありき。その子衆多《アマタ》生れたり。篾年巴阿嚟《メネンバアリン》姓と彼等は為れり。

別勒古訥台は、別勒古訥惕姓と為れり。不古訥台は、不古訥惕姓と為れり。不古合塔吉は、合塔斤《カタギン》姓と為れり。不合禿撒勒只は、撒勒只兀惕姓と為れり。孛端察児は、孛児只斤《ボルヂギン》姓となれり。

孛端察児の通《ヨバ》へる婦人より生れたる巴咻失亦喇禿合必赤《バリンシイラトカビチ》と云へるありき。その合必赤巴阿禿児《カビチバアトル》の母の従婦を孛端察児扯《ヒ》きて居りき。一人の子生れたり。沼唎歹《チャウレダイ》と云へるなりき。沼唎歹は、前に主格黎《ヂュゲリ》に入りたりき。

孛端察児無くなれる後、その沼唎歹を「家には常に阿当合兀哴合歹《アダンカウリヤンカダイ》の人住めり。彼のなるぞ」と云ひて、祭天処より出して、沼唎亦惕《チャウレイト》姓と為して、沼唎亦惕の遠祖とその人は為れり。

合必赤巴阿禿児の子篾年土敦《メネントドン》ありき。篾年土敦の子合赤曲魯克《カチクルク》、合臣《カチン》、合赤兀《カチウ》、合出剌《カチュラ》、合赤温《カチウン》、合嘲歹《カラルダイ》、納臣巴阿禿児《ナチンバアトル》七人ありき。

合赤曲魯克の子海都《カイド》は、那莫侖額客《ノモルンエケ》より生れたるなりき。合臣の子那牙吉歹《ナヤギダイ》と云へるありき。大きなる身にて食物に健くありき。巴嚕剌思《バルラス》姓となれり。合出剌の子も、食物に健き故に、也客巴嚕剌兀出干巴嚕剌《エケバルラウチュゲンバルラ》と名づけて、巴嚕剌思姓と為して、額児点図巴嚕剌《エルデントバルラ》、脱朶延巴嚕剌《トドエンバルラ》が頭たる巴嚕剌思と彼等は為れり。合嘲歹《カラルダイ》の子どもは、粥飯を争ひ脳《ナウ》頭《カシラ》無き（兄弟の間に長上なき）故に、不荅阿惕《ブダアト》姓と彼等は為れり。合赤温《カチウン》の子阿荅児乞歹《アダルキダイ》と云へるありき。兄弟の間に間諜する故に、阿荅児斤《アダルギン》姓となれり。納臣巴阿禿児の子兀嚕兀歹《ウルウダイ》、忙忽台《モンクタイ》と云へるありき。兀嚕兀惕忙忽惕《ウルウトモンクト》の姓と彼等は為れり。納臣巴阿禿児の通《ヨバ》へる婦人より生れたる失主兀歹《シヂュウダイ》、朶豁剌歹《ドゴラダイ》と云へるありき。

海都の子、伯升豁児多黒申《ベセンゴルドクシン》、察剌孩領忽《チャラカイリンク》、抄真斡児帖該《チャウヂンオルテガイ》三人ありき。㊼伯升豁児多黒申《ベセンゴルドクシン》の子屯必乃薛禅《トンビナイセチェン》㊽（屯必乃、賢者。元史。敦必乃。）ありき。察喇孩領忽《チャラカイリンク》の子想昆必勒格《シャングンビルグ》ありき。（この間脱文あり。明訳には、下の如き訳文あり。想昆必勒格、生レ子レ名《ウメリコヲイフ》ニ俺巴孩《アンバカイト》ニ。）俺巴孩等は、泰赤兀惕《タイチウト》姓となれり。察喇孩領忽嫂《アニヨメツマ》　妻より生れたる別速台《ベスタイ》と云へるありき。別速惕《ベスト》姓と彼等は為れり。抄真斡児帖該《チャウヂンオルテガイ》の子どもは、斡囉納児《オロナル》、晃豁壇《コンゴタン》、阿嚕剌惕《アルラト》、雪你惕《シェニト》、合卜禿児合思《カブトルカス》、格泥格思《ゲニゲス》の姓と彼等は為れり。

屯必乃薛禅の子、合不勒合罕《カブルカガン》（合不勒大君）、撏薛出列《セムセチュレ》二人ありき。撏薛出列の子、不勒帖出巴阿禿児《ブルテチュバアトル》ありき。合不勒合罕の子七人ありき。その長は㊾斡勤巴児合黒《オキンバルカク》、次は㊿巴児壇巴阿禿児《バルタンバアトル》、忽禿黒禿蒙古児《クトクトモングル》、51忽図刺合罕《クトラカガン》、忽闌《クラン》、52合荅安《カダアン》、53脱朶延斡惕赤斤《トドエンオツチギン》、この七人ありき。

斡勤巴児合黒《オキンバルカク》の子忽禿黒禿禹児乞《クトクトユルキ》ありき。忽禿黒禿禹児乞の子、薛扯別乞《セチェベキ》、台出《タイチュ》二人ありき。禹児乞《ユルキ》姓と彼等は為れり。

巴児壇巴阿禿児《バルタンバアトル》の子、54忙格禿乞顔《モンゲトキヤン》（乞顔は、合不勒合罕の子孫、蒙古の嫡流の姓なり。）捏坤太石《ネクンタイシ》（聶昆太司《ネグンタイシ》）、也速該巴阿禿児《エスガイバアトル》、荅哩台斡惕赤斤《ダリタイオツチギン》、この四人ありき。忽禿黒禿蒙古児の子不哩孛闊《ブリボコ》ありき。斡難《オナン》の林に筵会《ウタゲ》せる時、別勒古台《ベルグダイ》の肩を劈き斫《サキ》りたるは、この人の業なりき。

忽図刺合罕の子、拙赤《ヂュチ》、吉児馬兀《ギルマウ》、阿勒壇《アルタン》三人ありき。忽闌巴阿禿児《クランバアトル》の子也客扯嗹《エケチェレン》ありき。巴歹《バダイ》、乞失黎黒《キシリク》二人の荅児罕《ダルカン》の官人は、この人の家人なりき。合荅安、脱朶延二人は、子孫なかりき。

55普き忙豁勒《モンゴル》を合不勒合罕《カブルカガン》管《ウシハ》きたり。（蒙古の酋長は、合不勒に到り始めて合罕と称したり。大金国志の熙宗皇統七年の処に「朦骨酋長熬羅孛極烈、自称㆓祖元皇帝㆒」とある熬羅は、即ち合不勒なり。）56合不勒合罕の後、合不勒合罕の言にて、その七人の子あれども、相昆必勒格の子俺巴孩合罕は、普き忙豁勒を管《ウシハ》きたり。

57不余児納兀児《ブユルナウル》、闊連納兀児《コレンナウル》（納兀児は湖水。）二湖の間《アヒダ》なる兀児失温木嗹《ウルシウンムレン》（今の烏爾順河《ウルシュン》）に居る58阿亦里兀惕《アイリウト》、備嚕兀惕《ビルウト》なる塔塔児《タタル》の民に、俺巴孩合罕《アンバカイカガン》は、女《ムスメ》を与へて、自らその女を送りて往きたるに、塔々児の主因《ヂュイン》（種姓）の民は、俺巴《アンバ》孩合罕《カイカガン》を拏《トラ》へて、乞塔惕《キタト》の（契丹の複称。）59阿勒壇合罕《アルタンカガン》に（阿勒壇は、黄金なり。）率《ヰ》て往く時、60俺巴孩合罕は、別速惕《ベスト》の人巴刺合赤《バラカチ》なる使もて言ひて遣るに、「合不勒合罕の七子の中なる忽図刺《クトラ》に言へ。又我が十子の内合荅安太石に言へ」と言ひて遣るに、「合木渾合罕《カムクンカガン》（普き大君、すめらおほぎみ）、61国の主人となりて、女を自ら送れることを我により戒めよ。塔々児の民に拏へられたり、我。62五つの指を爪刷《ハガ》すまで、十の指を磨滅《スリヘラ》すまで、我が仇を報い試みよ」と云ひて遣りき。

(63)その頃也速該巴阿禿児《エスガイバアトル》は、斡難河に鷹を使ひゆく時、篾児乞惕《メルキト》の也客赤列都《エケチルド》斡勒忽訥兀惕《オルクヌウト》の民より女子を取りて送りて来ぬるに遇ひて、偵《ウカガ》ひて見れば、顔色《カホバセ》の殊なる童女貴女《ヲトメキサキ》なるを見て、(64)家に回り奔りて、捏坤太石《ネクンタイシ》なる兄、荅哩台《ダリタイ》斡惕赤斤《オツチギン》なる弟を率ゐて来ぬ。

到れば、赤列都《チルド》懼れて、(65)速き淡黄色《ウスキイロ》の馬ありき。――(66)その淡黄色の馬の腿を打ちて、岡を越え躲れたれば、その後より三人にて続き合ひたり。赤列都は、(67)山の鼻を繞り回りて、車の処に来ぬれば、そこに訶額侖兀真《ホエルンウヂン》（兀真は、漢語夫人の転。宣懿皇后月倫《ウェルン》）言はく「彼の三人の人を覚れるか、爾。顔々悪くあり。爾の命を取らん気色あり。爾の命だにあらば、(68)車前（車の前室）ごとに童女《ヲトメ》、黒車ごとに貴女《キサキ》あらん。爾の命だにあらば、童女貴女は得らるるぞ、爾。異なる名のを訶額侖《ホエルン》と又名づくべきぞ、爾。命を遁れ、我が香を嗅ぎて行け」とて、短衣を脱ぎて与へたるを、赤列都馬の上より探りて取りたれば、三人にて山の鼻を繞りて到りて来ぬれば、赤列都は、速き淡黄色の馬の腿を打ちて、急ぎ走りて斡難《オナン》河に泝り走れり。

三人にて後より追ひて、七つの岡を越ゆるまで走りて、(69)回りて来て訶額侖兀真《ホエルンウヂン》を裏将去《ツツミモチサリ》、也速該巴阿禿児《エスガイバアトル》韁《タヅナ》を索きて、捏坤太石《ネクンタイシ》なるその兄嚮導して、荅哩台斡惕赤斤《ダリタイオツチギン》なるその弟轅《ナガエ》に傍ひて来る時、訶額侖兀真《ホエルンウヂン》言はく「我が兄《セ》（蒙語阿《ア》合《カ》、兄をも夫をも云ふ。）赤列都は、風に逆ひ髪を払はれたること無く、荒野の地に腹を飢ゑさせたること無かりき。今はいか様に。二つの弁髪を一たびは背の上に遣りて、一たびは懐の上に遣りて、一たびは前に向け、一たびは後に向け、いか様に為して去れる」と云ひて、斡難河を波立たするまで、林河原を震動《トヨモ》すまで、大声に哭きて来つる時、(70)荅《ダ》哩台斡惕赤斤《リタイオツチギン》傍ひて行きて言はく「汝の抱ける人は、峠を多く越えたり。汝の哭かかる人は、水を多く渡れり。叫ぶとも顧みて見ざらん、汝を。跡追ふとも、彼の路を得ざらん、汝。黙してよ」と云ひて諫めたり。訶額侖兀真《ホエルンウヂン》を、也《エ》速該《スガイ》は、かくてその家に伴れ来ぬ。訶額侖兀真を也速該の伴れ来ぬる縁由、かくあり。

[71]俺巴孩合罕《アンバカイカガン》の、合荅安《カダアン》、忽図刺《クトラ》二人を名ざして遣りたるに依り、普き忙豁勒《モンゴル》、泰赤兀惕《タイチウト》は、[72]斡難の豁児豁納黒主不児《ゴルゴナクヂユブル》（豁児豁納黒河原、即ち小河の河原）に聚ひて、忽図刺を合罕（罕の罕、君の君、大罕おほぎみ）となせり。[73]忙豁勒の楽しき踊り筵会楽しくありき。忽図刺を君に戴くと、豁児豁納黒の繁れる木の周囲に肋《アバラ》だけの溝、膝だけの窪《クボミ》となるまで踊れり。

[74]忽図刺、合罕となると、合荅安太石《カダアンタイシ》と二人、塔々児《タタル》の民の処に出馬せり。塔々児の[75]闊端巴喇合《コドンバラカ》、札里不花《ヂャリブハ》二人の処に十三たび戦ひて、俺巴孩合罕の讎復し怨み報いかねたり。

[76]そこに也速該巴阿禿児は、塔々児の帖木真兀格《テムチンウゲ》、豁哩不花《ゴリブハ》が頭たる塔々児を虜へて来つれは、そこに訶額侖兀真《ホエルンウヂン》孕みてありて、[77]斡難《オナン》の迭里温孛勒荅黒《デリウンボルダク》（揑児臣思克に居りし露西亜の商人裕啉思奇、その地を尋ね得て、鄂嫩河の右岸にて也客阿喇勒州の上流七ヱルストにありと云う。）に居る時、[78]正にそこに成吉思合罕《チンギスカガン》生れき。生るゝ時、右の手に髀石《ヒセキ》（蒙古の群児擲ちて戯れとする玩具、戦骨を以て作り、光沢あり玉の如し。蒙語　失阿《シア》）の如き血塊《チココリ》を握りて生れき。塔々児の帖木真兀格《テムヂンウゲ》を率て来つる時生れたりとて、帖木真（親征録同じ。元史　鉄木真）の名を与へたること、かくあり。（この年は、我が二条天皇応保二年壬午、宋の高宗紹興三十二年、金の世宗大定二年、西紀一一六二年なり。）

三

次に、露伴が『実録』の記載をどのように踏まえているのかを見るために、「伝記」の設定と文章との出拠を、煩を厭わずに『実録』の文章中に求めてみよう。ただし、露伴は、『実録』のみならず、大正六年二月二十一日、京城黄金町三丁目の朝鮮研究会から発行された『元朝秘史註』（以下、『秘史註』と略称する）をも参照している。この書は、順徳の李文田が連筠簃《レンインイ》本に拠り、陽城の張敦仁本を参考にして、注を加えたものである（那珂氏解説及び李文田の前書）(3)。また、明治四十二年五月に上巻のみが刊行された『蒙古史』（ドーソン著。田中萃一郎訳補。後、昭和八年に上・下巻が三田史学会から刊行され、昭和十一・十三年には岩波文庫として刊行される。筆者は明治四十二年版は未見。）をも利用している。さらに、清の洪鈞の『元史訳文証補』をも用いている。そこで、『秘史註』『蒙古史』『訳文証補』に基いた部分は、それらをもあげることとする。なお、「伝記」の本文は、『龍姿蛇姿』の本文を採り、適宜、『改造』の初出の文章と『露伴全集』の本文とを参照した。

第一。「不児罕山」の第一折「不児罕山」は、「不児罕噶拉図納《ブルカンカラズーン》」の一峰で、「一眼は失はれて黒き一線を留めたる」「都窪鎖豁児《ドアソゴル》」が弟の「朶奔篾児干《ダウブンメルゲン》」と物見をする場面から始まる。「不児罕噶拉図納」の「図納」という表記は、『実録』の傍線②（以下、番号のみでもって『実録』の部分を示す。）の部分を見ても出てこない。しかるに、『秘史註』では、『実録』⑨に該当する文の注に「不児罕山は源流には布爾干噶拉図納と作《な》す」とある。したがって、露伴は、「図納」を『秘史註』から取ってきたことになる。「一眼は失はれて」というドアソゴルの容貌は、⑧の記述に基く。同じく彼の「肩幅濶く、身長五尺二三寸、顴骨秀で、加之広く、鼻平たく、眼は細けれども其頭下り尾上りて鼻に斜に対し」という容貌は、『蒙古史』第一編第一章の「眼は褐色にしてその位地斜に鼻に対し顴骨秀でて之を圧するが為に充分に開く能はず頰は広くして鼻は平たく、……身長は中位にして肩幅濶く腰部挟し。」という記述を取り入れた。また、彼の「頭には平なる毛氈帽の、遠くより望めば低き三角形をなすやうなるを、紐もて頤の下に結び、紐の終りの垂れて動くに任せ、後部に細からぬ棕櫚様植物繊維の尾の如き飾を下ぐ。袖の窄からず濶からず筒形に仕立てたる裘を被て、前を重ね合はせたる上に緊しく帯して、きっしりと身に着く。」という服装も、『蒙古史』の同章の「頭には扁平なる帽子を戴けり、その着色は種々あり、縁は稍脹起せるも後部には長くして太き椶櫚の尾の垂下するあり。その頭飾の縁に結び付けたる二本の紐は之を頤下にて結束し、紐より垂るる二個の付属物は風のまにまに動揺せり。衣服は腹部にて斜に之を重ね且帯もて身体に緊縛す。」に基く。さらに、「大きくはあらねど強き良き馬に乗りて」という馬の描写も、同書同章の「乗馬は、体軀小にして外観美ならずと雖も極めて駿足にして能く疾駆し疲労に堪へ厳寒を恐れず」に拠ったであろう。

ダウブンメルゲンと物見する設定は、⑨に拠る。ただし、ドアソゴルの表記を『実録』『秘史註』ともに「都蛙鎖豁児」と作るのに対して、『改造』初出でも『龍姿蛇姿』『全集』でも「都窪鎖豁児」に作っているのは、次の条に述べるように、『秘史註』がドワを註している処で「図窪」と作っているのを取り入れたのであろうか。

第二。ドアソゴルの家では「吾家の答駅児《タイル》（原注。馬の名）は、つい先日まで未だ使へる健やかな馬であったのに」と、「答駅児《タイル》」という馬を飼っている。これは傍線⑦に基く設定だが、ただし『実録』では「荅亦児」に作っている。『秘史註』では「答駅児馬」に作るから、露伴はこちらの表記を採用したのである。

第三。ドアソゴルは、自分の名のいわれを説明して、それぞれ異なる箇所で、

俺は元来ドア（原注。哨望又は探路を主とする武者の義）なんぢゃ無いか。

俺はソゴル（原注。独眼の義）ぢゃが、三日路の前途まで見えると云はれてゐるドアぢゃ。

と述べる。この「ドア」と「ソゴル」の意味の説明は、『実録』には無い。が、『秘史註』では傍線⑧に当る部分の註に、

黒龍江外記に曰く、図窪は探路の長なり、官遠く行きて辺を察するや、常に図窪有りて前導す、……図窪は哨望《ママ》

の謂ひにして……、文田案ずるに、鎖豁児は蒙古語一隻眼なり、

と説くから、露伴はこの註を利用してドアソゴルのいわれを説いたのである。「三日路の前途まで見える」という設定は、⑧に基く。

第四。ドアソゴルとダウブンメルゲンが先祖について問答する場面がある。

ドアソゴル。それでも美しい牝鹿が此様《かう》いふところに出ぬとは限るまい。（原注。美しい牝鹿は郭阿瑪刺勒《ゴアマラル》といふ。蒙古民族神話の同民族祖先たる女子の名にして、郭阿瑪刺勒と、蒼き狼の義なる布児特斉諾《ブルテチノ》（4）といへる男子との間より蒙古人は世に出でたりと云伝へられ居るなり。）

ダウブンメルゲン。　我等の御先祖様は天よりお下りなされたようなもので。

二人のこの対話、また括弧内の注は、①に基いている。『秘史註』にはゴアマラルとブルテチノの名は出てこない。

第五。前条の二人の会話が終った後に、ダウブンメルゲンが、

馬に付けたる雑嚢よりアルタック（原注。羊の類）の蹄もて造れる酒盃を取出し、クーミス（原注。馬乳もて醸せる酒）の入りたる革嚢を取卸して、

という動作が述べられる。この「アルタック」は、『蒙古史』第一編第一章の「羯羊の一種なるArtacの蹄は直に酒を盛るの器となる」に基き、「クーミス」も同書同章の「又好んで馬乳の醱酵せるものを飲みこれをCoumizと称す。」に拠ったものである。

第六。二人の問答に次のようなものがある。

ドアソゴル。　何様《どう》も何も出をらぬ。

ダウブンメルゲン。　まあ、何もテングリ（天、自然）から出る、地からは出ますまい。

このテングリという語の使用は、⑩に該当する『秘史註』の本文の註の中に

恭しく高宗の諭旨を按ずるに云ふ、蒙古天を称して騰格里と為す、

とあるに基いたものである。

第七。ドアソゴルが、「末は鄂爾坤河《オルコン》に入る統格黎克谿羅罕《テングリクゴロカン》（原注。天の小川）(5)」の「側を一族の人民が通って居る」のを洞見する場面がある。それは⑩に基いているが、「統格黎克谿羅罕」の「羅」という表記は、『秘史註』に「影元槧本は統格黎克谿羅罕と作す」というのに基いたろう。『実録』ではこれを「囉」に作っているからである。また、「末は鄂爾坤河に入る」という形容語も、『秘史註』の

会典図説に曰く、哈拉河の上源は通克拉河と云ふ、……鄂爾坤河に注ぐ。

という註に拠ったものである。

第八。ドアソゴルは、その一簇の人民の中に、

一ツの黒い輿の付いてゐる車があるぞ。其の車のオルヂク（車の前方の居処）に若い女が乗ってゐる。好い女だ、立派なものだ。ああ美しい。こりゃ汝の女房にせいで何としようぞ。

という様を見出す。これは⑪に基くが、特に「オルヂク」なる語は、『秘史註』の方には見えない。また、ダウブンメルゲンを見に行かせる設定も⑪に拠る。

第九。ダウブンメルゲンを見に行かせる前に、ドアソゴルは、弟の能力を次のようにいう。

然し弓を彎《ひ》かせれば汝はメルゲン（原注。精射の人）の名を負うて居て、百歩離れたところでも次の箭《や》で前の箭の箭筈を射ることもできる。

これは、ダウブンメルゲンの「メルゲン」の意が、③に注せられているように「善射者」であるところから、このよ

うな能力を賦与したものである。

第十。また、ダウブンメルゲンの言葉に、「わたしは又兄上が何ぢゃやらカーメ（原注。神託を伝ふる哲人）の言葉のやうな調子で申されたから」というものがある。この「カーメ」は、『蒙古史』第一編第一章に、

この幼稚なる宗教の僧侶はCamesと称し、一身にして魔術師と医師とを兼ね夢の吉凶を判じ、一切のト筮を行へり。

とあるのに基いたものである。

以上の如く見きたると、「不児罕山」は、筋・設定・描写・用語・表記のすべてにわたって、『実録』と『秘史註』『蒙古史』に拠っていることが明らかになった。あとは、この三典拠の上に露伴の「傅彩補筆」が加えられただけである。その傅彩補筆は、情景描写と、登場人物の心情の闡明および露伴の思想の開陳とに尽きている。情景描写の加筆は、読めばすぐにわかることであるから、贅言しない。登場人物の心情の闡明は、三日先のことを洞見して弟によい結婚をさせようとする兄のそれと、兄の言葉をいぶかり、やがてはそれを信じてゆく弟のものとが描きこまれている。それも『実録』の簡単な記述と読み合わせれば容易にわかることゆえに、詳述はしない。

兄弟の台詞に託された露伴の思想——思想というよりも人生観の述懐とでもいうべきもの——も、同内容の言葉がくり返されているので、比較的容易に把握できる。それは、

待つことの来るのは遅いものぢゃが、意《こころ》に期《ご》せぬことの現はれるのは疾《はや》いものぢゃな。

という考えかたや、

何事も天ぢゃ。

といった天命論である。

かくて、「伝記」の方法とは、『実録』と『秘史註』『蒙古史』に基いて事を叙し、それから触発された想像によって情景を加え、登場人物の心情を補い、その間に露伴の人生なり運命なりに関する考えを盛りこんでゆく、といったものなのである。そして、こうした方法は、以後の折でもまったく同様に運用されていく。

四

前章と同じ作業を各折について続けてゆく。

第一。「不児罕山」第二折「天の小川」では、最初に、ダウブンメルゲンが「豁里剌児台篾児干《ゴリラルダイメルゲン》」とその妻「巴児忽《バルク》真豁阿《ジンゴア》」の間の娘「阿蘭豁阿《アランゴア》」に会う場面が設けられる。そこは『実録』の⑱⑭⑫を踏まえる。

第二。ダウブンメルゲンは、ゴリラルダイから身元を問われて、

天より不児罕大山《ブルカンカルドン》に生れた布爾特斉諾《ブルテチノ》と豁阿瑪喇勒《ゴアマラル》との末の脱羅豁真伯顔《トロゴルジンバヤン》と孛羅黒臣豁阿《ボルクジンゴア》との第二の子、ダウブンメルゲン。

と答える。これは⑤⑥を踏まえる。これに対して、ゴリラルダイは、

自分は豁里禿馬惕《ゴリトマト》部落の官人（原注。官人の二字心得難かれど脱卜察安《トブチアアン》に依る）豁里剌勒台《ゴリラルダイ》。

と答えるが、ここは⑮⑯⑱に基いている。

第三。ゴリラルダイは、ゴリトマトから来た理由を、

禿馬敦《トマト》（原注。バイカル湖付近の地名）の地方は他に好いものもござらぬ。貂鼠《てん》や青鼠《せいそ》を捕獲することを主《むね》と致して居りましたが、余り少うなったので、仲間内で互に当分禁約することになりました。で、此の不児罕山つづきの

山々谷々に野獣の多いことを聞き、幸に不児罕山の晒赤《シンチ》長者、あの兀良孩《ウリヤンカイ》姓の晒赤長者を頼んでまゐりました。

と説明する。トマトに関する原注は⑰を利用し、その他は㉒に始まる一段を踏まえたのである。

第四。ダウブンメルゲンが家族について質問すると、ゴリラルダイは、

濶勒巴児忽真《コルバルクジン》（バイカル湖東の地）の主人巴児忽歹《バルコダイ》メルゲンの女巴児忽真豁阿《バルコジンゴア》それが即ち自分の妻でござって、禿《ト》馬敦《マト》の阿哩黒烏遜《アリクウスン》（原注。アリクの河、今のイルク河）付近に住んで居りました時、設けましたが、彼の娘の阿闌豁《アランゴ》阿《ア》でございまする。

と答える。これは⑬⑭⑲⑳㉑に基いたのである。

第二折において、『実録』に基いた様相は、以上の如くである。それ以外はすべて露伴が補筆したものである。即ち、求婚されたアランゴアのはにかみと喜びの様子、ダウブンメルゲンが語る求婚にやって来た事情、ダウブンメルゲンの人物を鑑定するための弓術試験等の描写と設定が、それである。これらは即ち、露伴がその場の具体的な状況をこうもあろうかと想像して「傅彩補筆」したものといえる。

また、「何事も天でござりまする」という天命思想は、ここでも再三くり返される。その他別に、湧き起る心情というものは言葉では表現できぬという言語観、即ち、

然様《さう》いふ心持が胸の中に起った時は、何とか言ひ出したいのは山々でも、言葉は何とでも言へるものではござらぬ。

という思想ももりこまれている。

五

「清系縁起」の第一折「樺の蔭」は、甲と乙の二人の男が、阿蘭豁阿《アランゴア》の噂をし、それを阿蘭豁阿の長子不古訥台《ブクヌダイ》と次子別勒古訥台《ベルクヌダイ》が竊み聞きする場面から始まる。

第一。甲がまずいう。

彼《あ》の人（筆者注。アランゴア）はナ、朶奔篾児干《ダウブンメルゲン》殿を夫に持って、不古訥台《ブクヌダイ》、別勒古訥台《ベルグヌダイ》(6)の二人を生み居ったらう。それから朶奔篾児干殿は病死されて終って後別に誰を夫にしたといふことも聞かぬに、不忽合塔吉《ブクカタキ》、不合禿撒勒只《ブカトサルチ》、勃端察児《ボドンチャール》の三人を生んだぢゃ無いか。しかも品行の良い、行届いた、賢い人なことは誰しも知って居る哩《わい》。斯様《かう》した不思議なことも世には存《あ》るぢゃないか。

この前半は㉓に依る。後半は㉗に基いたのである。

第二。また甲の言葉にいう。

でも男が有るぢゃ無し、朶奔篾児干《ダウブンメルゲン》殿の兄さんの一家は疾《とう》に他処へ移って終《しま》はれて、近しい往来する人が有るぢゃ無しだもの。

これは㉔を踏まえている。

第三。次にアランゴアに三人の子供を生ませたと噂される馬阿里黒《マアリク》・伯牙兀歹《バヤウダイ》・古温《コウン》の身元が乙によって語られる。

朶奔篾児干《ダウブンメルゲン》殿の存生中の事だが、篾児干《メルゲン》殿が或時兀哴罕《ウリヤンカン》の人から貰うた三歳の鹿を馬に付けて帰って来られた路

で、

この部分は、㉕から始まる一段に依拠している。乙の話は更に続く。

踉蹌《よたよた》と疲れながら歩いて居た旅の老夫《ぢぢい》と小児《こども》とに遇はれたのだ。そこで、何様したのだ汝等は、と声を掛けられると、私共は甚く困窮してゐる者で、物も食べかねて此有様です。御慈悲に其鹿の肉を頂戴いたしたい、此児を御召使に差上げませう、と云ったのだ。まるで昔々大昔の談《はなし》さ。愍然《かはいさう》なので篾児干《メルゲン》殿が鹿の半分を呉れられると、老夫は小児に因果を含めて篾児干殿の御供にした。其鹿の片身と代へられたのが、今の彼《あ》の奴僕《をとこ》なので、彼奴《あいつ》其後ずっと通して働いてゐるのだ。あれさ、あれのだらうぢゃ無いか。牡《をん》が無くって子が生れるなんて、そんな事の有りやう筈はないことだ。

ここの部分は、㉖に始まる一段を踏まえたのである。さらにこの言葉には、

たしかダウブンメルゲン殿の祖父様《おぢいさん》に博爾済吉台《ボルチギダイ》メルゲン殿といふのが有ったという談《はなし》だから（原注。博爾《ボル》は博囉《ボラ》に近く、博囉は蒼色、済吉《チギ》は睛《め》の義）眼の色が異《ちが》ったからって不思議は無い。

と、ボルチギダイメルゲンの名がちらっと出るが、これは④に基く。そして、その注は、『元史訳文証補』に基いたものである。即ち、同書一上（那珂通世校訂本、明治三十五年十月、文求堂発行、六頁）に、

案、博囉、青也。博囉、孛兒、音近。只斤、為睛。（句読は私に加えた。）

とあるのによる。『訳文証補』に拠ったというのは、この書は露伴の序に言及され、また、この書中に「孛児只斤之釈義、華書皆無。」というように、他の書にはボルチギダイの意義を説明していないからである。

第四。なお、乙の言葉に「ハハハ、オンゴンだって唇を濡らしてあげなけりゃあならないのだもの。」というものがあって、「オンゴン」は、「木製或は毛氈製の懸け仏やうの偶像。土俗食事の際先づ馬乳等を其口部に塗りて後に食を

摂る。像を奉じ饌を供するの儀なり。」と注される。これは『蒙古史』第一編第一章の、

Ongon と称する木製若くは毛氈製の小偶像を家屋の内壁に掛けて神体となし、この偶像の前に跪拝し食事の際必ず先づ食物と馬乳とを取りてその口を磨し神に供ふること了て自から食せり。

に拠ったのである。

以上、第一折においては、㉓から始まり㉗に至るまでの話を、甲と乙との問答によって示し、それをブクヌダイとベルクヌダイが竊み聞きする、という戯曲としての形式に仕立てなおすところに露伴の傅彩があった。

六

「清系縁起」の第二折「幕舎の外」は、ブクヌダイとベルクヌダイが、母の密通の相手と信じこんで、馬阿里黒古温《マアリクコウン》をいじめる場面である。ここは第一折の話を承けて、いかにもそうあろうという状況を露伴が設けたもので、「傅彩補筆」のみで成り立った場面ということになろう。いわば、原文では記されていない人物の心情を想像して見せたものである。そのようなわけで、直接『実録』を踏まえた文章は無いのだが、最後の補注は、『実録』に基いている。それは次のようなものである。

〇馬阿里黒古温といふ名は宜しからず。但し馬阿里黒の子、即ち鹿の肉に身を購はれたる者の名明らかならねば、馬阿里黒の子と其儘にしたり、古温は子の義なり。(7)

即ち、㉖の部分によれば、マアリクは父親の名であり、また㉘によればコウンは子の意味であって、馬阿里黒古温はマアリクの子という意味である。だから、それを人名として使うことはできない。が、マアリクの子には名が無いか

ら、やむなく人名として使う。と、露伴は説明しているのである。この説明自体が『実録』の記載に忠実であろうとする露伴の態度を語っているのである。

第三折「心柱の本」では、アランゴアが五人の子供を集めて、臘羊を食べながら、まずそれぞれに一本の矢を折らせ、次に五本の束ねた矢を折らせる、誰もそれを折ることができない、という場面が設定される。この場面が㉙に始まる一段に基いたものであること、言うをまたない。

第二。次に、この矢だめしを承けて、アランゴアが五人の結束を説く言葉がくる。

これ五人の子供、よく此事を身に引締めて記《おぼ》えて置くがよい。汝等は五枝《すぢ》の箭のやうなものぢゃ、離ればなれ独《ひと》自《り》びとり、一枝づつに分れたならば、誰にも彼にも容易《たやす》く折って捨てられよう、緊しく相頼《よ》って一ッになって居たらば、中々人には折られまいぞ。親しい者は互に親しみ、力になる者は力になり合ふが大切なこと。五人は皆わたしから出たものぢゃに、わたしが亡くなっても能く結び合って、離れ離れになってはならぬ。

これは㉛に始まる一段によったのである。

第三。次に、上の二人の子の疑惑を解くために、アランゴアは、夫無くして三人の子を生んだいわれを語る。

三人は決して賤しいものの系《すぢ》では無い。天より光が来て光が去って、そして三人は遺《のこ》ったのぢゃ。強ひて言へば三人は天の子といふもの、土民と一ッになるものでは無い。やがて三人の中から合木渾合惕《カムクンカト》(原注。世を総べ統ぶる総王)が出たらば、賤しいものの系で無いことは人々も悟らう。天の意《こころ》はわたしには測れぬ、(下略)

これが㉚に始まる言葉を踏まえたものであること、やはり言うを用いぬ。ただし露伴は、アランゴアが光に感応して受胎するくだりをきわめて簡略化した。行文が猥雑に流れることを恐れたからであると考えられる。

第四。第二折・第三折においては、第四折からの主人公となるべきボドンチャールが、他の四人の息子たちよりもクローズ・アップされて描写されている。たとえば、「動作顔貌、粗野ならずして自《おの》づから上品なるところあり」(第二折)とか、「アランゴアは児等を見廻し、最後にボドンチャールが膝に載せ居たる矢束の一端に手を掛けてやさしく引く」(第三折)といった具合にである。そのように彼が重視されるのは、勿論第四折からの主要人物になるからであるが、もう一つは、『秘史註』の㉚に当る段の註に、

元史既に三子の説を取らず、故に本紀に云ふ孛端叉児沈黙寡言人之を癡と謂ふ、独り阿蘭人に語りて曰く、癡に非るなり、後世子孫必ず大貴者有らんと。

と、アランゴアがボドンチャールを特別視している一文が挿入されているからである、と思う。

第五。第三折の末尾の注に、露伴は、折箭訓児の譚は、我が国には毛利元就のこと、中国には『魏書』巻一百一・『北史』巻九十六の吐谷渾の阿豺のこととして伝えられていることを語る。毛利元就の譚は有名なものであるから一々調査するまでもないのであるが、吐谷渾の阿豺のことは博識をもって鳴る露伴でもすぐに思い当ったとは思われない。これは、『秘史註』の註に、

魏書吐谷渾伝曰く、阿豺立ちて羌氏の地方数千里を兼幷す、死に臨み諸子弟を召し、之に告げて曰く、汝等各五一隻の箭を奉じて之を折れよと、俄にして母弟慕利延之を折る、又曰く汝十九隻の箭を取りて之を折れよと、延折ること能はず、阿豺曰く汝曹知れりや否、単なれば折れ易く、衆なれば摧け難し、戮力一心然る後社稷固かるべし云々と、

とあるので、それに基いて調査したのであろう。

第六。また、末尾の注にいう。

○阿蘭訓児の事、古伝に於ては春日なり、今秋夜とす。筆墨の便宜に因るのみ。

㉙にあるように、『実録』では春のこととなっているのを、露伴は秋夜に変えた。アランゴアの死の直前の話であるから、生命の燃え出る春よりも淪落の秋夜のほうが適わしい、と考えたからであろう。

この折において、露伴が加えたものは、冒頭のアランゴアの台詞にいわれる、

人の心の火は、燃え出す心を有ってる人に吸はれる。

という愛情論である。こちらが発する愛情は、それをまともに受け容れて、それに答える人があってこそ活かされる、という愛情論である。また、第三節の末尾の引用文に見られるように、天命論はここでもくりかえされている。

七

第四折「曠野」では、まず、「全体鼠色の薄青き水青の馬の見苦しく汚くて、背通りのみ黒き毛の生ひたる、しかも其背に瘡《かさ》あるため悩める上、かてて加へて尾筒禿《は》げ短く、何とも云へず貧乏臭く、痩せさらぼひたる」馬に乗ったボドンチャールが、「敖難河《オノン》流域」の曠野に登場する。その馬の形容は㉝に拠ったものであり、その舞台は㉟に従ったものである。

第二。ボドンチャールは、なぜただ一人でそんな寂しい所にいるのかといえば、その理由はこうだからである。

それに付けても情無いのは四人の兄だ。母様が亡くなると直に俺を邪魔物にして――成程俺は齢《とし》も足らぬ、力も足らぬ、愚で弱からう、彼等《あれら》が立派な駱駝なら、俺は其の背の荷物でも有らう。それだと云って俺一人を馬鹿にして、母様の遺された吾家《うち》の所有物《もの》は、馬群《うま》も羊群《ひつじ》も家宝《たから》も貯蓄《たくはへ》の糧食も、あらゆる物も、みんな四人で相談して分けて終《しま》って、小児《こども》だからとて俺には当歳駒《とうね》一匹呉れぬのは甚《ひど》い。

この遺産分配の事情は、㉜で始まる一段を踏まえた。

第三。露伴は、ボドンチャールを逆境を自力で克服していこうとする意志の強い人物として、造形しようとする。それはたとえば、

俺は天地の間のたった一人になったのだ。死なば死ね。生命《いのち》が有らば有れと、俺は自分を曠野荒山の中へ抛り出したのだ。

という言葉に象徴されている。この言葉は㉞から生み出されたのである。

したがって、この折において露伴が書き加えているものは、ボドンチャールの剛毅な心情を表わす言葉である。それを露伴はかなり長い台詞をもっていわせるが、特に、

芳草《くさ》は践まれて其の佳い香を発《だ》す、俺は兄さん達に践付けられて天の子であった(8)その本来が圧出《おしだ》されたのだ。

という言葉には、それが端的に表わされている。剛毅な意志で逆境を克服する人物像は、露伴好みの人物像だが、ここではボドンチャールを自分の好む人物像として造形したのである。

八

第五折「バルチュンアラ」は、ボドンチャールの孤独な生活を写す。場処は、

敖難《オノン》河辺の巴勒諄河剌《バルチュンアラ》。河に対ひて奥深き沢の開け居る其入口。

に設定されているが、それは㊱に基いた。

第二。彼は、「馬の尾毛を絢《よ》りて細き線《いと》をつくり」、それで「圏套《わな》」を設けて、「野禽《のとり》の雛を取った彼の若鷹」を捕え、

それで諸鳥を取って生活を立てるのだが、それは㊲に始まる部分に拠ったのである。

第三。ボドンチャールはまた自分のみじめな生活を自嘲して、次のようにいう。

アッ！　喜んでは見たが、マア何といふ俺だろう！　俺は狼の残り物で生きて居るのぢゃ無いか。狼の啖《くら》ひ余しの野の肉を食ったり、狼が崖下で取巻いた大きな野獣《やつ》を、崖上から一ト箭呉れて仕留めて、狼に食はせて、其後から行って一ト股斫《きり》取って来て食ふなど、まるで俺は狼の仲間か、狼の友達だ！　仕方が無い、食ふ物が無けりゃあ誰でも何様なことでもするのだ。俺達の先祖は布爾特斉諾《ブルテチノ》（原注。神話的人物、蒼き狼の義）だといふ。其の布爾特斉諾が此処よりは西の方の遠い遠い騰吉斯海《テンギス》（原注。図理琛の言に従へば即ち今の裏海）を渡って此方へ来たといふが、先祖が蒼い狼だったといふなら、俺が狼の仲間になって日を送るのも、先祖と一緒に日を送るやうなものだ。

前半の狼云々に関しては、㊳に始まる一文を踏まえ、後半のプルテチノ云々については、①に溯って踏まえたのである。また、テンギス海を「今の裏海」と注しているのは、『秘史註』の註に「今騰吉思湖の名は裏海と云ふ者なり」とあるのを利用したものであろう。「図理琛の言」とは同じ所に「図閣読麗琛異域」という書名が出てくるが、それをもじった、ややふざけたいいかたであろう。

この折において露伴が「傅彩補筆」したものは、主なものに限っていえば、

物事は骨を折って巧く仕ようとする中には慣れて来る。慣れて来ると巧くなる。巧くなると速くなって来る。

とか、

寛《ゆっくり》とした考と緻密《こまか》い骨折とを積めば俺のものになることを目前《まのあたり》の事実でおぼえた。

とか、

生きてさへ居れば、昨日で無い今日が出て来たのだ。今日で無い明日が又来て出よう！

という言葉に見られるような、努力が向上と成功をもたらす、という思想である。

九

第六折「ウォゴルチャク」では、不忽合塔吉《ブクカタギ》が「敖難河《オノン》に沿うて去った」ボドンチャールをつれ戻しに来る場面となる。ブクカタギは、「鄂郭爾察克《ウォゴルチャク》」の老人に弟の消息を尋ねるが、それは㊶に始まる一文に基いた。なお、ウォゴルチャクは『実録』には見えないが、『秘史註』の㊷に該当する部分の註には、

源流に曰く、鄂郭爾察克一族人、常に馬乳を尋ね飲む、後其兄伯勒格特来りて弟を尋ね、彼衆を訪問す。告げて曰く、爾が弟毎日此に来り乳を飲む、彼れ将に来んとする時毎に雨降る、爾姑く之を待てと、語未だ畢らざるに天片雲なく陣忽として至り四顧人無し、惟孛端察児荒郊より来る。

とあり、露伴はそれに基いたのである。なお、この記述の後半は、露伴は採らなかった。

第二。ブクカタギの問に老人は答える。

アッ。それなら知って居まする。若い鷹を持って……（中略）其鷹を此処の者が誰しも欲しがって、何物《なに》かと換へ無いかと頼んだけれども、換へて呉れ無かったのです。住んでゐるところも知らぬ、何処から来た人だかも知らぬ。一体恐ろしい沈黙《むくち》で、何でも自分の思ひ通りに唯一ト条《すち》に自分を扱って行く人で。わたし達の処へ毎日のやうには来るが、ただ黙って鷹で獲った禽を一羽二羽くれまする、そして自分の欲しい馬乳をわたし達から飲んで行きます。つまり取換へて行くのですが、言葉さへ碌《ろく》に交《かは》しませぬ、……それで名もまだ知りませぬ、何処の人

だかも知りませぬ。

この返事は、㊷と㊴で始まる一段と、㊵で始まる一段とを総合したものである。ただし、ボドンチャールの性格を「何でも自分の思ひ通りに唯一ト条に自分を扱って行く」と形容したのは、露伴の補筆である。

第三。ブクカタギが弟の寝泊りの場所を問うと、老人はいう。

（前略）ただ此処より余り遠く無い西北の高処《たかみ》に、わたし達より早く——去年から居る人と思はれます。西北の風が強く吹きますると、鴨や雁をむしった羽や毳《むくげ》が雪のやうに散って来ます。屹度彼《あ》の人が鷹で獲った禽の羽や毳に相違無いと皆が噂します。

これは㊸に基いたのである。

この折の冒頭のブクカタギの独白中には、弟の不在を悲しんで、

物は皆亡《な》くなってから其価値《ねうち》が現はれる。

という言葉が吐かれるが、これが露伴のもりこんだ思想である。

十

第七折「河ぞひ道」では、ブクカタギがボドンチャールをつれ帰る場面が描かれる。

第一。ボドンチャールは再三、兄に向って、「身体《からだ》には頭の有るが善い、衣服《きもの》には領《えり》のあるが善い。」と呼びかける。兄はようやくこれを聞きとがめる。この場面は、㊹に始まる部分に基く。

第二。兄の問に対して、ボドンチャールは告げる。

今見られたらう彼の鄂《あ》郭爾察克《ウヲゴルチヤク》の一ト簇《むれ》の民！　彼の都亦連《トイレン》の山の方から来た彼の一ト簇の民、彼等は大きい者も小さい者も、男も女も働きの有る者も無い者も、皆同じことで頭も蹄《ひづめ》も無い。衣服に領無く、身に頭無く、ただ訳も無く一ト塊《かたまり》になって居る。造作も無く取って抑へることの出来る者に違ひ無い。

これは㊺で始まる一段に拠る。また、トイレンを出したのは㊴に基いたのである。

第三。兄は弟の提案を承諾し、「鄂郭爾察克の民に対って征伏の手を下」すべく、「兄弟五人揃って、壮士《わかもの》どもを引連れて来ることに」する。これは㊻に始まる部分に基く。

最後に、結束の無い民は征服されて結束が与えられるべく、そうすれば彼らは力を得、幸福となる、という考えがボドンチャールに託して述べられる。これは露伴の補筆であるが、征服主義を説いたものと見るよりは、むしろ民族が繁栄するためには結束が必須であることをいおうとしたもの、と解したほうが露伴の意に沿うであろう。

十一

ボドンチャールの子孫が繁栄し、分岐してゆき、七代のちの合不勒合罕《カブルカガン》の代に至って、ついに蒙古が統一されたことは、『実録』のその後に記されているとおりである。人名のみが列挙されて、文学性が乏しいその部分は、露伴は作品化していない。その代り、第三部の「憤恨種子」の第一折「貞元殿」では、カブルカガンのやや後の時代の金の朝廷における減丁の謀議の場面を案出した。金の減丁の場面は、序文にいうごとく、また第一折末尾の注に、

此一折史上に是の如き光景有る無し。但し減丁の方針の金庭にありし事は実にこれ有り。完顔元宜の立計とするは是又仮設なり。此伝奇、事実の輪廓は一々皆拠るところあれども、此一点のみ然らざるを以て、ここに付記す。

というごとく、露伴が想像によって創りだしたもので、『実録』に拠ったものではない。ただし、一部分には『実録』と『秘史註』の記述を踏まえており、特に滅丁の計そのものは『秘史註』から得ているのである。そこで、以下にその様相を示そう。

第一。世宗の御前において、残忍なる武将完顔元宜は、まず、民間にけしからぬ「謡言」のあることを世宗に伝える。

すなはち当華京《みやこ》ならびに契丹地方にかけて、「韃靼《だったん》去る……」（中略）謡言の其意は、「韃靼の者ども我朝に禍ひせん」と申すことにござる。

これは『実録』の㊽に該当する部分の『秘史註』の註に、

蒙韃備録に曰く、韃人本国に在る時、金虜大定間燕京及契丹の地謡言あり云ふ、韃靼官家を追ふと雖も、適帰する処なしと、

とあるを踏まえたものである。また、第一折は時代を「大定年間」に設定しているが、それも右の註に「大定間」というのに拠る。

第二。完顔元宜は、謡言の応験あることを説くために、先例として、金国勃興の時の謡言をあげる。

既に我が大金国勃興の初は、遼国の徳衰へたるに当りて、我が太祖皇帝女真より起って、天縦の英武、大業を創めたまふ。当時遼人の間に誰言ひしとなき言葉あり。「女真の兵若《も》し万に満つれば敵す可からず」と。

これも第一条と同じ部分の『秘史註』の註に、

遼人嘗て言ふ女直の兵万に満つ、則はち敵す可からずと、是に至って始めて万に満つと云ふ、

というを踏まえたものである。

第三。ついで完顔元宜は、韃靼の事情を説明申し上げる。

陰山の北に居る者を総じて韃靼と申す。北方に近きを熟韃靼と申し、北方に遠きを生韃靼と申す。生韃靼に白韃靼あり黒韃靼あり。凡て此等の韃靼、部落種族甚だ多く、いづれも我邦に羈属致し居りますれども、生韃靼に至っては未だ深く服しなつかず。克魯連河《クルレン》以東はまだしも我に馴れ申せ、それより西の方色楞格河《セレンガ》あたりは、我が徳化未だ至り届かず。然るに克魯連河《クルレン》、敖難河《オノン》等の川上に当りて、ボドンチャールといふもの出でてより、漸くにして、勢を得て自から清系《ニウロン》と誇り、天より出でたる系統と称し、他の者を多児勒斤《タルルキン》即ち常人と做し、次第に一族繁栄し、……

これは、『実録』の55に相当する部分の『秘史註』の註に、

宗黄震古今紀要逸編に曰く、(中略)其陰山の北に居る者を韃靼と曰ふ、韃靼の漢に近き者を熟韃靼と曰ふ、其漢に遠き者を生韃靼と曰ふ、生韃靼に二あり、曰く黒曰く白皆女真に事ふ、(中略)文田秘史を案ずるに塔塔児と称する者あり、達々は即ち韃靼なり大率克魯連河以東金人の地為《ママ》たり、則ち塔々と称す克魯連河以西色楞格河以東元人の地たり、則ち達々と称する也、

を踏まえ、さらにそれをわかりやすくしたのである。また、ニウロンとタルルキンに関しては、『蒙古史』第一編付録註第二の中に記される。

阿蘭部幹《ママ》 Alan-goua の光明に感じて生める諸子の子孫は尼倫 Niroun と称してその血統の純潔なるを示し、以て他の諸族と分てり。これらの諸族は総称して Durlukin 即ち平民と呼べり。

という文に基いたのである。更に『訳文証補』一上(六、七頁)の、

称レ之曰二尼倫一、釈義為二清潔別派一、則謂為二多児勒斤一、猶レ言二常人一。

をも参照したと思われる。
第四。前条に引き続き、完顔元宜はカブルカガンの逸話を紹介する。
此合不勒《カブル》は嘗て前朝の御召によりて来朝したることもござれば陛下も御聞及びあるべきが、筵を賜はりても毒あらんことを恐れて用心せしほどの曲者。終には其後に於て強ひて入朝させんとしたる我が朝使をば、如何にしたりしや、察するところ欺き殺したるに疑無き不届至極の者でござる。

前朝は世宗の前の皇帝熙宗の代を指そうが、時代をそのように定めたのは、(55)の注の『大金国志』巻之十二の記事に従ったからである、と思われる。また、カブルの逸話は、『実録』にも『大金国志』にも『金史』本紀四熙宗の皇統七年の条にも見えないが、『蒙古志』第一編第二章に次のようにある。

托万乃の第六子哈不勒汗 Caboulkhan は父に嗣ぎて蒙古部一派の首領となれり。伝へ云ふ汗の女真皇帝の朝廷に入観せる際食慾の非凡なるをもて帝を驚かし又一日酒宴に侍せるとき身を忘れて手を挙げて皇帝の髭を撫せしことあり。醒めての後その非礼の行為たりしを知り処罰を請ひしに皇帝は笑て応ぜず且赦免の意を示さんが為に帰国を許可すると共に厚く贈与する所あり。然るに哈不勒の発程するや間もなく北方支那の帝王は侍臣の邪なる進言に誤られて帰朝の命令を之に発せしにその拒絶に遭ひしかば支那の使節は強て之を拉して帰らんとせり。哈不勒は巧みに之を遁れて住地に帰りて奴隷をして追躡し来れる皇帝の官吏を殺さしめたり。

ただし、こちらはカブルが毒を恐れていないように書いていて、露伴の記述とは異なる。そこで、『訳文証補』（一上十三頁）を見ると、こうある。

哈不勒汗、威望甚盛、統二轄蒙兀全部一、是時始有二汗号一。金主聞二其名一、召至、礼遇甚優。金人多二詭計一、哈不勒汗常恐二飲食中レ毒、筵宴時、毎托二詞沐浴一、而離レ席嘔二吐食物一、乃復入レ席。衆皆驚二其飲啖過一レ人。一日酒酔、鼓掌歓躍、将㆓金主鬚㆒、廷臣怒㆓其失礼㆒、金主不㆑怒而笑、哈不勒汗惶恐謝㆑罪、金主謂、小過、釈不㆑問、仍厚贈遺㆑帰。金之大臣謂、縦㆓此人㆒、将㆑為㆓辺患㆒。遣㆓使要以㆒㆑返。哈不勒汗不㆑従、辞意強横、金主再遣㆓使往㆒、哈不勒汗他往以避㆑之、使者帰、遇㆓諸塗㆒、挟以入㆑朝、中道遇㆓其諳達（好友也）賽亦柱歹㆒、告㆓之故㆒。賽亦柱歹謂、彼無㆓好意㆒。因贈㆓良馬㆒、俾㆓乗㆑間逸脱㆒。比㆑至㆑夜、金使以㆑索繋㆓其足㆒、不㆑得㆑逸。次日昼時、始得㆑間、疾馳而返。金使追至。哈不勒汗婦蔑台、火魯刺思氏、居㆑金使㆓於自居之新帳㆒。哈不勒汗、告㆓其婦及其部衆㆒、不㆑殺㆓此輩㆒、我不㆑免㆓於難㆒、汝等不㆑助㆑我、則我先殺㆓汝等㆒。衆諾、殺㆓金使㆒。

こちらにはカブルが飲食して毒に中《あた》るを恐れていたことが記してある。また後述するように、カブルの妾蔑台のことは、第二折「ウルシウン河磧」でも利用している。そこで、カブルの逸話は、『元史訳文証補』に拠って書いたというべきである。

第五。かくて完顔元宜は、将来脅威となる韃靼の勢いをそぐべく銷資減丁の計を提案する。銷資とは、敵に美酒女楽器玩錦綺を贈って、敵をおごらせ、資を費させる計をいう。減丁とは、敵の壮丁を減らす計で、そのためには堕胎を奨励するという方法もあるが、より効果的な方法としては、

彼の壮丁を我が幾許《いくばく》かの兵で三年或は二年毎に突然襲って殺し、又彼等の部族と部族とを相悪み相闘ふやうに致し、其俊秀雄傑を殺したものに好い地位を与へて取って代らしむるやうにすれば、彼等は互に含み互に除いて、俊秀先づ尽き、鈍駑も次いで亡びるやうになります。

というものがある。このうち前半の計は、第一の条で引いた『秘史註』の註文に続く、

葛酋雍之を伝へ聞き驚いて曰く、必ず是れ韃人我国に患を為すべしと、乃ち令を下して出兵し之を剿す、三歳毎に兵を遣して北に向って剿殺す、之を減丁と謂ふ、今に至る迄中原尽く能く之を記す、

という文に拠ったものである。なお、第一折では金国皇帝世宗を名を「雍」と記しているが、右の文にも雍の名が見える。

以上、十人の重臣が世宗の前で減丁の計を論ずる場面こそ史上には無かったが、しかし、この一折の重要な内容である完顔元宜の発言は、大きく『秘史註』の註に依拠している。このことを露伴は、「事実の輪廓は一々皆拠るところあ」り、と述べたのである。そして、このことが押さえられさえすれば、この折における露伴の傅彩補筆も分明になる。即ちそれらは第一に、十人の重臣の個性の描き分けである。

この十人は、太師の張浩、太保都元帥の奔睹、平章政事の移剌《いらつ》元宜、元帥左監軍の高建忠《ママ》、右監軍の完顔福寿、右副元帥の完顔謀衍、左丞相の晏、参知政事の独吉義、右丞相の翟《てき》永固、左福元帥の完顔元宜であるが、世宗が即位した頃の重臣を適宜『金史』から抜き出したようである。そのことは、世宗を「体貌奇偉にして、鬚髯甚だ美《うる》はしく」と描いていることが、『金史』巻六世宗本紀上の「体貌奇偉、美二鬚髯一」に基いていることによって明らかであろう。

そこで、『金史』巻六の世宗の即位前後の記述で、これらの重臣の名が見える文をあげてみよう。

（正隆六年十月丙午）於レ是親告二于太祖廟一、還二御宣政殿一、即二皇帝位一。以二完顔謀衍一為二右副元帥一、高忠建《ママ》元帥左監軍、完顔福寿右監軍。

（大定元年）十一月己巳朔、以二左丞相晏一兼二都元帥一。

（同年十一月乙未）完顔元宜等弑二海陵於揚州一。

（大定二年正月）康午、（中略）以二前翰林学士承旨致仕翟永固一為二尚書左丞一。

（大定二年二月）甲辰、以二張浩一為二太師一、尚書令如レ故、御史大夫移剌元宜為二平章政事一。……壬子、以二太保、左領軍大都督奔睹一為二都元帥一、太保如レ故。

（同年）三月癸卯、参知政事独吉義罷。

以上の如く、十人全部が世宗の即位前後の記述中に登場するのであり、官職も「伝奇」のそれと一致する。また、完顔元宜を「先帝を弑したるほどの事は有り」というのも、ここの記述に合う。ただ、翟永固だけが官職が異なるのは、(9)どうしたことか。

個性の描き分けといっても、十人の中で最も多く発言をし、その人となりが活写されているのは、完顔元宜であり、完顔謀衍がこれに次ぐ。あとは張浩が五回、独吉義が四回、晏と翟永固が一回づつ発言をするに過ぎず、その他の者に至っては一回も言葉を発しない。そこで、煩瑣を避けるために、完顔元宜と完顔謀衍についてのみ、その人となりの描写の由来を見よう。

完顔元宜は、減丁の計を強硬に主張する「残忍」な人物として描かれる。そのように扱われるのは、彼が『金史』の中では逆臣伝（巻一百三十二）に入れられ、その「論」に「君ノ親兵ヲ握リ、利ヲ窺ヒテ以テ之ヲ弑ス、其ノ罪豈《それ》誅スベキカ」と筆誅されるような人物だからであろう。

これに対して、減丁の計に真向から反対する完顔謀衍は、「単純にして勇有りて術無き」点をかえって愛される男として描かれる。それは露伴が、『金史』巻七十二の「謀衍、勇力人ニ過グ」とか、「謀衍、性忠厚、（中略）時論以為ラク智略其ノ父ニ及バズト雖モ、而モ勇敢ハ之ニ肖ルト云フ」という記述を踏まえて、造形したからであろう。

この一折は、前述したように、「史上に是の如き光景有る無き」ものであった。にも拘らず、露伴は、登場人物の名と官職を正史に由来させ、また、その人となりも正史に基いて造形している。純然たる虚構ではあるが、その反面、一々に正史の出拠あり、という書きかたをとっているのであった。

第二の補筆は、減丁の計のほかに、銷資の計をも加えたことである。第三は、翟永固の、

政を為すは小鮮を烹るが如し。（筆者注、『老子』第六十章に基く）なまじひに、いぢり立《だて》を致すのは却って徳を損ひ
事を生ずるに当りまする。

という言葉や、減丁の計に反対する独吉義の、

天子の道は天に則りて、其公明正大なるを失はるべからず。減丁の計は覇者の術でござる。

という言葉に見出される、王道の主張である。減丁の計に反対する独吉義を公明正大なる人物として造形している露伴は、「方策無きこそ真の方策。誠実一味にして巧を弄せぬが、即ち坦々たる王道」にくみしこそすれ、減丁の計は批判していると、読めるのである。

十二

第二折「ウルシウン河磧」は、第一に、場処の説明が長々となされる。

敖難《オノン》河と同じく不児罕《ブルカン》山の重嶺の間より発源すれども、敖難河より南に当りて一流を成せる克魯倫《クルロン》河の東へ向って遠く遠く流れたる末、敖勒《オールン》山脈、石威公特《シウキグンテ》山脈、巴彦察干《バウンチャガン》山、錫伯《シベ》山、阿爾坦額謨爾《アルタンエモル》山等の然《さ》まで高くはあらねど蜿蜒たる山嶺に包まれて、集滙して一大海を成せる濶連《コレン》海（今の呼倫《クルン》海、唐書の倶輪泊《ぐりんはく》）と、其の南方我が三四十里に当って哈爾哈河を呑んで一大滙をなせる捕魚児《ボユル》海（今の貝爾《ベイル》海）とを繋ぐ兀児失温《ウルシウン》河（今の鄂爾順《ウルスン》河）を横に渡りて、一路あり、西方克魯倫《クルロン》方面より、東方海拉爾《ハイラル》站《ヂャン》方面に通ずる、其路と河との十字を成せる辺。

この説明は要するに、コレン海とボユル海とを繋ぐウルシウン河のあたりを指定しているのであるが、それは(57)に基く。そして、コレン海についての詳細な説明は、『秘史註』の註の、

明金幼孜北征録に曰く、……此水周囲千余里斡難臚朐《ママ》七河其中に注ぐ、故に大也、水道提綱に曰く、枯倫湖は即はち古俱倫泊亦闊灤海子と曰ふ者也、今呼倫池と名づく、黒龍江外紀に曰く、呼倫池は古へ俱輪伯と名づく、唐書室韋西に烏素固部あり、俱輪伯の西に当る是也、明に海灤海子と謂ふは源懇特山陽に出つ東流して克倫河となる、古へ臚朐河と名づく、黒龍江烏拉総管駐処の西二百五十里に至り、烏爾孫河の水と会す、注いで池と為る、

……

を参考にしたと思われる。またボユル海についても『秘史註』の註、

今蒙古喀爾喀郭克魯倫河注く所の沢、水道提綱之を布伊再《ママ》湖と謂ふ、亦之を布育里鄂模と謂ふ者也、今貝爾池と名づく、明人称して捕魚児《ママ》河と為す、……烏拉総総《ママ》管処西南三百五十里蒙古境内の喀爾喀河是れ其の源にして北流して烏爾孫河と為る則はち呼倫池水の会ふ所也、

を参考にしたと思われる。勿論、そのほかにも序文にいう「日本陸軍省撰蒙古図」を参照して記述していよう。ウルシウン河についてもまた、『秘史註』の註文、

今喀爾喀河源蒙古の特爾根山に出づ、流れて貝爾池に入る、又貝爾池に従ふて東出し鄂爾順と為る、水道提綱之を烏順河と謂ふ、

を参考にしたろう。特に「鄂爾順」という表記は、ここにしか出てこない。

第二。この折の主要人物アンバカイカカン王を、

前の可汗《カカン》（王）の合不勒《カブル》の子にはあらねど其の三従兄弟《またいとこ》にして、可汗の指名によりて同族中の勇者たるを以て可汗の位を襲《つ》ぎたる俺巴孩《アンバカイ》。

と説明するが、これは『実録』には拠らずして、(56)に該当する部分の『秘史註』の註、

想昆必勒格は乃はち合不勒の従叔にして俺巴孩、合不勒と再従兄弟為り、
に基いた。

第三。アンバカイカガンの従者パラカチ（⑹に依る）は、休憩中に従卒たちに対して塔々児《タタル》との争いのいきさつを語る。それは次のようなものだ。

カブルの妻を呼阿忽郭阿《コアクゴア》という。ほかに火魯剌思《ホロラス》氏の篾台《メダイ》がいて、金の使者がカブルを殺そうとした時、人々とともに金の使者を殺した。コアクゴアは斡勤巴児合黒《オツキンバルカク》を始めとする六人の子を持ち、威勢盛んだった。彼女の弟の賽因特斤《サインテギン》が病気になったので、タタールの巫者《カーメ》の乞児奇児布図《キルギルブト》に治療を頼んだが、そのかいもなくサインテギンは死んだ。で、こちらが巫者を殺すと、タタルの方も戦いを始める。コアクゴアの六人の子はコアクゴアの実家の翁吉拉特《オンギラート》を助けて活躍し、貝蘭色夷潤端《ベランシヰウオダン》の戦いでは合答安把阿禿児《カダアンバアトル》がタタルの大将の木禿児把阿禿児《モトルバアトル》を馬から下へ突き落した。が、モトルも一年間傷を治して、再び戦い来り、修剌伊拉克《シウライラク》や開爾伊拉克《ハイルイラク》で戦闘をし、ハイルイラクでついにモトルはカダアンバートルに首をあげられた。

この戦闘に関しては、まず『蒙古史』第一編第二章に、次のように記している。

この頃蒙古部と塔々児部との間に謀殺事件起りてその結果交戦を来せり。始め合不勒汗の義弟賽因特斤 Saïn-Tê-kin（哈不勒の妻その諸子の実母にして翁吉拉特氏の出なる呼阿忽郭斡 Coua-Coulcoua の弟なり。）病を得しかば之を救はんとして塔塔児巫者 Came を聘せしにその妖術効なくして賽因病に仆れたり。両親は巫者を追ふて走りその静かに帰り来るを待ちて之を殺せり。玆に於て塔々児部は直に兵を執て同胞の為に復讐の師を起せり。この交戦に於ては哈不勒汗の諸子は何れも小舅の両親に一臂の力を添えしがその戦局の結果に就きては何等の伝ふる処あるなし。

が、この記述では「伝奇」の細部の設定を欠いている。そこで、第十一節（三七二頁）に引用した『訳文証補』の文章の続きを見てみよう。

　未レ幾、哈不勒汗病卒。哈不勒汗六子、出二一母一。母曰二呼阿忽郭斡一、翁吉拉特氏（上文蔑台或是側室）其弟賽因特斤遘レ疾、聘二塔塔児巫者乞児奇児布図一、依治レ之、不レ効而卒。殺二巫者一。塔々児人、怒以レ是搆レ兵。哈不勒汗六子、助二母族一、与二塔々児一戦二於貝闌色夷闊端之地一。合丹把阿禿児刺二塔々児酋木禿児把阿禿児一、中二其鞍及其馬一。木禿児墜レ騎致レ傷。医治一載、方愈。継戦二於攸《ママ》刺伊拉克一、復戦二於開爾伊拉克一。木禿児、究為二合丹所一レ殺。

こちらのほうは、「伝奇」と細部の一つ一つまでが合致する。この場合も露伴は『元史訳文証補』に拠ったのである。

第四。前条に続く部分に、アンバカイカガンがこのたびの旅を行うようになった経緯が語られる。

今では塔々児《タタル》も閉口しをって、今度なんぞは斯様《かう》して塔々児の内の阿亦里兀愓《アイリウト》（原注。兀愓は猶族と云はんが如し）備魯兀愓《ビルウト》から此方の可汗へ美女を献ずるやうになって、それで御招待を申して来たので、可汗も御出掛なさったやうな訳だ。

この設定は、『実録』㊿では、アンバカイカガンが娘を与えることになっていて、逆である。では、なぜ逆になったのかといえば、やはりこの場合も『訳文証補』一上（十四頁）の前引部分（三七八頁）を承ける部分に拠ったからである。

　其後、俺巴該娶二婦於塔々児一（秘史云嫁女）。部人乗レ機報レ怨、併二烏勤巴児哈合一擒レ之、以献二於金一。（実是両次、省文併為二一次一。）

このように、こちらではアンバカイが婦をタタルより娶ることになっているのである。ただし、アイリウトとビルウトの名は『実録』から取っている。こうして露伴は、複数の典拠を比較対照して自己の本文を作っているのであり、それは一種の本文批判《テキストクリティーク》を行っていることと等しいのである。『伝奇』はいわば、『実録』『秘史註』『訳文証補』の三者の欠けている所を補った、より整正された成吉思汗前史にもなり得ているのである。

第五。アンバカイカガンが「塔々児《タタル》部の主因《ジュイン》族」に捕えられることは、(58)の設定に基くが、その際、塔々児の一人が次のようにいう。

恨重なる乞要特《キャット》(原注。蒙古族ボドンチャールの系を称す)め、阿勒壇《アルタン》可汗(原注。金国皇帝)へ引渡す。

この「キャット」なる語は、引用した『実録』の原文中には見えないが、その後の方の部分に、

汝等乞牙惕《キャト》(乞顔の複称。蒙古源流、卻特《キャト》)の民の吉兆を来て告げたるなりき。

と出てくる。また、(54)を見ると、「乞顔」は「合不勒合罕の子孫、蒙古の嫡流の姓なり」とあるから、キャットは即ちボドンチャールの系になるわけである。さらに「乞要特」という表記は、『蒙古史』第一編第二章に、

哈不勒汗は六子を遺せり諸子の威力と豪勇とは実に能く乞要特 Kiyoutes 即ち激流の異名に適しこの称呼は遠く子孫にまで伝はれり。……

とあるのに基いたものであろう。

このように露伴は、作品中に一回しか使わないような瑣細な原語であっても、典拠を踏まえ、それを考証した上で使用している。また、アルタンカガンなる語は、(59)を利用しているのである。

この折においては、前述した塔々児との戦闘の経緯が露伴の補筆である。

十三

第三折「刑場」では、金に捕えられたアンバカイが木馬責めの刑にあう。木馬責めは、具体的には次のようなもの

である。

その（木馬）上へアンバカイを扶け乗せる。……アンバカイの一方の脚に二人づつ立かかりて、先づ脚の尖《さき》を木馬に釘づけにする。

この設定と描写とは、『訳文証補』一上（十四・十五頁）にしか見られない。

金人正以レ殺レ使為レ忿、乃製二木驢一、釘二之於驢背一。金設二此刑一、以治二遠人之不レ服者一。

露伴が末尾の注で「俺巴孩馬上に磔殺せらるるの事は実にこれあり。」というのは、この『訳文証補』の記載を指していっているのである。

第二。その際にアンバカイは完顔元宜に向って叫ぶ。

（前略）可汗おのれは正々堂々と、武力を以て戦ったでも無く、卑怯千万不意に乗じて、他人の手を借り、我を生捕り、かかる酷き目を見せること、自から恥とも思はざるか、見下げ果てたる性根の奴、可汗として世に立つ器量で無い。……我こそは死ね、我死なば、合不勒《カブル》の子の忽図剌《クトラ》、合答安《カダアン》、まった其孫捏坤太司《ネクンタイシ》、也速該把阿禿児《エスガイバアトル》等ただ居ようや、必ず汝に仇を復さん。その時思ひ知らせて呉れうぞ。

これに対して、完顔元宜も答える。

（前略）陛下は予《かね》て仰せであるぞ。汝最後に何を云はうと、それを汝の部族に告げしめよ。其為汝の従者、パラカチの生命を助け放ち返して、汝の言葉を伝へ得させよ、汝の部族等何と踠《もが》くとも、それを畏るる我ならずと、陛下は予て仰せであるぞ。……

この二人の言葉も、『実録』よりも『訳文証補』（十五頁）に基いたものである。即ち、前引部分を承けていう。

将臨レ刑、俺巴該、遣三従人布勒格赤（秘史巻一作二巴剌合赤別速氏一、即此人也。）告二金主一曰、汝非下能以二武力一獲上我、乃藉二他人之手一、又置二我於非刑一。我死則合丹・太石布荅・忽都刺哈汗・也速該把阿禿児父子、必復二汝仇一。金主曰、汝為二此言一、可三以告二汝族衆一、我不レ畏也。縦二布勒格赤一、予以レ馬使レ帰。

露伴が『実録』を取らずして、『訳文証補』の方を採ったのは、前者に拠ると、(61)のように、タタルから娶るという設定とくい違うことになってしまう記述が存するからであろう。

第三。続けて、アンバカイはパラカチに言づてする。

ム、満足ぢゃパラカチ！　忽図剌《クトラ》、合荅安《カダアン》、捏坤《ネグン》、也速該《ヤスガイ》、彼等に屹度申伝へよ。我アンバカイ、過って軽々しくして、人に暗算《はか》られた。此後は必らず我をもって戒となせ。塔々児《タタル》の民、阿勒壇《アルダン》の可汗は我が仇ぞ。汝等、五ツの指の爪を磨り耗《へら》すまで、十の指の皆壊れて無くなるまで、必らず我が為に讐を報いよと。

これは、(62)を踏まえる。『実録』には見えない捏坤太司《ネクンタイシ》と也速該把阿禿児《エスガイバアトル》の名を加えたのは、『訳文証補』には二人の名が入っていることを踏まえたからである。

第四。末尾において、アンバカイが死したのちに、減丁の計を提案した完顔元宜が、

塔々児と乞要特との互に恨みて両滅に陥るべきを思ひて、減丁の計の漸くに成れるを喜び、ニヤリと笑ふ。

様子は、(58)に当る『秘史註』の註に、

則ち俺巴孫《ママ》捕へられて金人に送らるる者、乃ち是れ減丁の故也。

という文から発想したものであろう。

この折における露伴の傅彩補筆は、注の「元宜刑場に臨むのことは筆墨の便宜に点綴せる也。」という文が示唆している。すなわち、『訳文証補』一上によれば、刑場に臨んだのは金主であるが、露伴はこれを改めて完顔元宜にしたのであった。それは、減丁の計の提案者がその成果を実際に見る、と設定したほうが首尾一貫するからであり、また元

宜の悪役としてのイメージが徹底するからであろう。かくて、この元宜を存分に憎々しくふるまわせ、アンバカイとパラカチの悲壮な様をいかにもそうあるかのように描き出したのであった。

十四

第四折「大集会」は、(71)に始まる一段に基き、露伴が大いに文彩を加えた折である。が、基本的な場処と人物の設定は、『実録』からそれない。

第一。場処は、

敖難河《オノン》の豁児豁納克《ゴルゴナク》・主不児《デュブル》、即ち敖難河に注ぎ入る小河の河原。

と設定されるが、これは(72)をそのまま利用した。

第二。人物は、合不勒《カブル》の子の忽図刺、忽図刺の弟の合答安《カダアン》、忽図刺・合答安等の兄の把児壇把阿禿児《バルダンバアトル》の子の捏坤太司《ネクンタイシ》、其弟の也速該把阿禿児《エスガイバアトル》、又其弟の苔里台斡惕赤斤《タリダイオッチギン》(10)が新たに登場するが、それらはいずれも(51)(52)(54)に出ていたものである。また、その他の人物の所に「薛禅《セチエン》(原注。智者)の面々。」が出てくるが、このセチエンも㊽の注を踏まえたものであろう。

第三。その場の描写の中に、

忽図刺《クトラ》、也速該《ヤスガイ》なんどは、統治者の標《しるし》なる禿黒《トク》といふ旄牛《ばうぎう》の尾を竿に付けたる牙旗を従者に持たせて従ふ。

という文がある。この「トク」は、『蒙古史』第一編第二章や、『訳文証補』一上(二十頁)にも説明されているが、『実録』巻之二(四十四頁)の注、

纛《とう》（蒙語禿黒《とく》、北狄の君長の牙旗にして、雄牛又は白馬の尾を竿に繋けたる者）

が、最も「伝奇」の記述と近く、露伴は主として『実録』に拠ったと考えるべきである。

第四。エスガイバアトルが大衆に金との戦闘を呼びかける言葉の中に、

合不勒合罕《カブルカカン》は何様《どう》いふ目に会ったらう！　合不勒合罕は阿勒壇合罕《アルタンカカン》（原注。金国皇帝）の為に殺されうとしたでは無いか。幸にして合不勒合罕の暗達《アンダ》（原注。刎頸の友）の賽亦柱歹《サイシュダイ》が贈った駿馬の為に其危きを逃れ、また合罕の婦の篾台火魯剌思《メダイホルラス》と其の部衆との力で、追って来た金の使者一行を殺したので、纔に金国の酷い毒手を免れたのでは無いか。

という一節がある。これは、すでに第十一節第四条の所で引用した『訳文証補』の一節（三七二頁）をそのまま踏まえたのである。

第五。エスガイバアトルの二度めの長い檄の内に、

俺巴孩合罕《アンバカイカカン》は元来合不勒合罕《カブルカカン》の子では無かった。合不勒合罕の父の敦必乃薛禅《トンビナイセチエン》の父の伯升豁児多黒申《ベシヤンゴルドクシン》の、其弟の察剌孩領忽《チヤラカイリンク》の子の想昆必勒格の子であったのは、人々の知って居る通りである。

という言葉がある。これは『実録』㊼を踏まえたのである。

第六。人々はアンバカイカガンの遺言に従って、クトラをカカンに選ぶ。そのクトラの剛勇をたたえて、エスガイバアトルはいう。

合罕《カカン》の剛勇は人々の知って居るところである。其声は七つの嶺を隔てて猶能く人を指揮するに足ると云はれて居る。其力は大なる男を折って両截《ふたつ》とすると云はれて居る。一度の食事に一匹の羊を尽し、一臂の力は能く馬を泥《ぬか》濘《るみ》より抜くに足ると云はれて居る。

これは、『訳文証補』一上（十五・十六頁）の、

忽都刺哈汗、最勇。蒙兀有二歌曲一称、其声音洪大、隔二七嶺一猶聞レ之、力能折レ人為二両截一、毎食能尽二一羊一。日者、独出、臂レ鷹而猟。遇二朶児奔人一、欺三其無二従者一、追捕レ之。忽都刺逃、馬陥二於淖一、自二馬背一躍、登二彼岸一。追二追者去一。乃抜二馬於淖一、乗以帰。家人始聞、信以為二必死一。其婦独不レ謂レ然。既而果帰。……

という記述に拠った。『蒙古史』第一編第二章にもほぼ同様の事が記されるが、たとえば人を折る記述を引くと「腕力は……容易に人をその掌裡に握殺し了れり。」とあって、露伴がこれに拠ったのではないことがわかるのである。なお、クトラが「洪鐘の如き声にて」演説するのも、『訳文証補』の声の記述を踏まえたものである。

第七。クトラの演説に鼓舞されて、

人々激動して先づ壮者より踊り出す。手の舞ひ足の踏むところを知らずなりて、一同狂的に踴躍環舞する。

となるのは、『実録』(73)に基いた。

この折における露伴の傅彩補筆は、エスガイバアトルとクトラカンとに、われらを栄えさせるためにはそれを妨げる敵と戦わねばならぬ、という考えかたをいわせることによって、十二世紀の蒙古の遊牧民族にふさわしい態度を描き出すことであった。

十五

第四部「怪傑誕生」の第一折「オノン河畔」は、「敖難《オノン》河畔」において「也速該把阿禿児《エスガイバアトル》」が「鷹を臂《ひぢ》にして狩に出たる態」から始まる。この設定が(63)に基き、また、以下の話が(63)に始まる部分を踏まえていることは、一読直ちにわ

かることである。

第二。この鷹狩りの途中、エスガイは従卒にいう。

それでは忽図剌《クトラ》殿が合罕《カカン》になられてから、塔々児《タタル》の方へ働き掛ける度毎に、大勝利というほどの事は無くても、何時も勝戦《かちいくさ》だから、大分に汝等《きさまたち》も勢が出て強くなったらう。

この言葉は(74)に始まる一段に依っている。ただし、『実録』では「怨み報いかねたり」とあって、タタラに対して必ずしも勝利を収めていないことになっているのであるが、「伝奇」では「何時も勝戦」にしている。これは、このことに関しては『訳文証補』一上（十五頁）の、

族衆会㆓議復仇㆒、以㆓忽都剌㆒為㆑汗、入㆓金界㆒、敗㆓其兵㆒、大掠而帰。

という文を活かしているからであろう。

第三。これに答える従卒たちの言葉の中に次のようなものがある。

察喇合《チヤラカ》の老人《をぢ》や脱朶延吉児帖《トドエンギルテ》殿のやうに御用立つほど走り廻りは出来ませんでも、塔々児《タタル》の奴《やつ》を遣り付けるのは嬉しくてなりません。

チャラカは『実録』巻一の末尾（後述）や巻の二（四三頁）に出てき、特に巻の二ではテムヂン（成吉思汗）に忠節を尽す人物として描かれている。トドエンギルテも巻之二に登場し、テムヂンを見捨てて行くためにチャラカを刺す人物として描かれる。『秘史註』巻二の註ではトドエンギルテを「合不勒合罕の小子、太祖叔祖輩也」と註するが、それに従えば、この人物は(53)のトドエンオッチギンと同一人物になる。つまり、カブルカガンを助けてタタールと戦う人物としてよいわけになる。そこで露伴は、トドエンオッチギンと同一人物のつもりで、トドエンギルテの方の名を採用した、と考えられる。

第四。これを受けてエスガイはいう。

塔々児《タタル》にも濶端巴喇合《コドンバラカ》、札里不花《ヂャリブハ》の二人が居る、早く彼奴等《あいつら》を打取《うっと》って終《しま》ふやうな大勝をして、汝等《きさまたち》にも大威張に威張らせてやりたいものだ。

この二人の名は⑮に拠る。この部分のみならず、全体を通じていえることは、露伴は、典拠に記される人名と記載を、できるだけ文脈に無理のない形で、洩れることなく塡め込むことによって、典拠の記載をなるたけ遺漏なく活かそうとしている、ということである。

第五。そうこうしているうちに、エスガイは、「淡黄色《うすきいろ》の駿馬」に乗っている若者が「黒き車の前室に女を載せ」て来たるを見る。この馬の様子と女の居所は、⑥⑤を踏まえ、⑥⑧を利用したのである。

この折における傅彩補筆は、エスガイの鷹狩りの情景、美女とエスガイが出会った時の描写にあることはいうまでもない。また、「人も事をして手柄をすれば、手柄をするだけに勇んで良くなる。」という考えかたが、言葉を換えて何度もくり返されている。

十六

第二折「モングトキャンの幕舎」では、エスガイが長兄「忙格禿乞顔《モングトキヤン》」の幕舎に馳せ帰り、次兄の「捏坤太司《ネクンタイシ》」と弟の「荅里台斡惕赤斤《タリダイオッチギン》」をつれて、また出かける場面が描かれる。モングトキャンの名は⑤④に出で、兄弟をつれてゆく設定は⑥④に拠る。

第二。エスガイは従卒に、さきほど見た若者と美女の身元を問う。若者は「篾児乞特《メルキット》の、也客赤列都《エケチレド》」、美女は「斡《オ》勒忽納特《ルクヌート》のもの」である。これは(63)に続く部分に拠る。ただし(63)ではオルクヌートのヌートを「訥兀惕」に作っているが、伝奇では「納特」に作っている。これは『実録』の後の部分（三四頁）に「訶額侖額客《ホエルンエケ》の外家《さとかた》なる斡勒忽納兀惕《オルクヌウト》の民」とあるのと併せ取ったものと考えられる。

第三。エスガイは従卒に問い返す。

ナニ、斡勒忽納特《オルクヌート》？　捕魚児《ボユル》海、喀爾喀《カルカ》河近くに居る塔々児《タタル》の一種の？

これは『秘史註』の註、

斡勒忽訥は源流に鄂勒郭訥特と作す、塔々児の一種也、捕魚児海子に近き喀爾喀河に居る。

を取ったのである。

この折の傅彩補筆は、モングトキヤンの幕舎の様を描き出した点、従卒の口からエケチルドらの身元をいわせる趣向を立てた点などにあろう。また、モングトキヤンの言葉に託して、

若者が日々に心よく思は無くて、腐ったやうな気を有《も》って、爽やかで無く生活《くらす》やうでは其奴は碌なことをせぬ、其一族は発達《なりだ》さぬ、其国は亡びるだろう。

という、青年と国家の盛衰の相関関係の論が提示されるが、これも露伴の抱懐の一端を表わしたものであろう。

十七

第三折「優しき悲」では、まず、エスガイとネクンタイシ、タリダイオッチギンがエケチルドたちに襲いかかる。エケチルドは馬に乗って走り出す。というのは(66)に基いたのであるが、露伴はその時のエケチルドの思わくを想像し

て、

吾が馬の駿足を利用し、あらぬ方へ三人を誘《おび》き入れんとする心算《つもり》。

と書いた。

第二。㊼にあるように、エケチルドは月倫《ウエルン》のもとに戻ってくる。『実録』には、この時の二人の心情は一切叙述されないが、露伴はそれぞれの心情を描き出すことに努める。それは要約していえば、

予じめ敵に及ばぬもののやう自己《おのれ》を我から定むる弱き男の怯《おく》れたる心根を、月倫は卑しみ愍《あは》れむ心にもなる 傍《かたはら》に、又其の我を愛すること浅からぬの明らかなるに可憐《あはれ》と思ふ心も募りて、

というものである。この折では、以上のように、二人の心情をこうもあろうかと想像して叙述する所が露伴の傅彩補筆である。

第四。前引部分にも窺われるように、露伴は月倫をけなげな女性として造形しようとしているのであり、そのけなげさが盛り込まれた台詞として次のようなものをいわせる。

妾《わたし》は何様《どう》なるのも厭ひませぬが、打合ひ咬合《くひあ》って死なう心の無い御身《あなた》を他《ひと》の餌食《ゑじき》にさせる、それが悲しい！ 彼《あ》の三人の恐ろしい眼、白ひ火の燃えた彼の眼つきは、御身を殺さう甚《ひど》い気色。……さ、是非も無い、お逃げなさい、御命さへあらば軿《くるま》毎に女子《をなご》は有りませう。男は御命さへあれば妻は又出来ませう、妾《わたし》のやうなものは又有りませう、異《ちが》った名の者を又月倫となさいませ。……

そして、かたみのしるしとして「美しき短衫衣《みじかぎぬ》」をエケチルドに与える。この台詞と離別のありさまが㊽以下を忠実に踏まえていることはいうまでもあるまい。

露伴の傅彩補筆は、前述したこと以外に、ウエルンに逃走を図らせる点にある。それもウエルンをけなげで気丈な

女性に造形する意図に基くものであろう。『実録』におけるウエルンのエケチルドをしのぶ繰り言は、珍しくも露伴に採られていないが、それは『実録』の言葉がめめしい響きを持ったもので、露伴がウエルンに抱くイメージとそぐわないものだからであろう。

第四折「強き力」では、エスガイ兄弟がウエルンをつれて来る場面を描く。その様は、

月倫《ウエルン》車上に在り、エスガイは轡《たづな》を牽きて車を従へ、荅里台《タリダイ》は轅《ながえ》に傍ひて馬を打たせ、月倫の万一に備へ、注意する。捏坤太司《ネクンタイシ》は前頭《さき》に立ちて路を望み先導する。

と述べられるが、それはもっぱら㊴を踏まえる。

第二。タリダイは、泣き悲しむウエルンを、「吾兄《わが》の妻と思へば」やさしくなぐさめる。

其様《そんな》に烈しく御泣きなさるな。貴卿の御哭きなさる方は、七の丘を越えて往って終《しま》はれ、幾条《いくすぢ》の水を渡って往って終はれてゐます。よし大声たてて御呼びになっても振顧《ふりかへ》りは能う為《なせ》ますまいし、跡を追はうとお思ひになっても、跡を隠して往って終ってゐます。

これも⑩をほぼそのまま踏まえている。ただし、タリダイがなぐさめる時の心情を「吾兄の妻と思へば」と書き添えているのが、例の補筆である。

また、この折ではエスガイに「世の中の真個《ほんと》の事は力なのだ」と力説させているが、それも十二世紀の蒙古遊牧民族の勇壮さを浮かびあがらせるための傅彩である。

十八

第五折「怪児誕生」は、タタールの敵将「帖木真兀格《テムヂンウゲ》、豁哩不花《ゴリブハ》」が捕えられ、連行されてくる場面から始まる。その設定は(76)に拠る。露伴はこの二人を、敗将ながらも、いさぎよい豪傑として描き出している。

第二。そこに「晃豁壇《コンゴタン》の察喇合《チャラカ》」がウエルンの男児出産を知らせにくる。コンゴタンのチャラカは、原文紹介で引いた部分の中には見えないが、『実録』巻之一の末尾（四四頁）でエスガイが死ぬ場面に、

晃豁壇《コンゴタン》の察喇合額不堅《チャラカエブゲン》（察喇合翁。親征録、元史）の子蒙力克《モンリク》

と見える。チャラカの年令を「五十余りの人好げなる」としたのは、この注の「翁」に基いたものである。チャラカは「敖難《オノン》の迭里温勃勒荅黒《テリウンボルタク》」のウエルンのもとから来たのであるが、それは(77)に基いている。

第三。チャラカは吉事を伝えに来たのである。

かねて御懐妊の月倫兀真《ウエルンウジン》（原注。兀真は夫人と云はんが如し）様、御産めでたく安々と敖難河添の迭里温勃勒荅黒《テリウンボルタク》（原注。敖難《オノン》河の左岸、也客阿剌勒《エケアラル》と呼ぶ大河洲の上流十四支那里の地といふ）の御幕舎にて御男子御出生、

ウジンの注は(67)に基いている。出産のことは(77)の前後に依る。テリウンボルタクの注は(77)を参照し、さらに『訳文証補』一上（十九頁）の、

俄羅斯人、訪㆓査其地㆒、在㆓斡難河右岸㆒、今地名猶如㆑故、在㆓曷克阿拉耳河洲之上十四華里㆒。

をも取り入れている。ただし、『実録』『訳文証補』ともに「右岸」に作るを、「伝奇」は「左岸」に作っているのは、[11]何かの誤りであろうか。

第四。チャラカは更に瑞祥を伝える。

若様は其の御ン右の手に。（中略）失阿《シア》（原注。蒙古の児童、我が邦の児童の毬《まり》を弄ぶが如くに弄ぶ玩具にして、大鹿其他の巨獣の骨を以て作る球、これを擲ちて遊戯す、玉の如き光沢ありといふ）のような真赤な血の塊を御握りなされて御生れなされました。

これは(78)に依る。エスガイはこの子の名を、

今度の戦の勝利に因《ちな》んで、鉄木真《テムヂン》といふ名をつけて呉れう。

と命名するが、これも(78)の後の部分に依る。

なお、『実録』の注ではテムジンの生誕年を一一六二年としているが、「伝記」の時は「一千百五十五年」になっている。『蒙古史』第一編第二章（二三頁）は、Djami ut-Tévarikh（年代紀彙集）に基いて、一一五五年と考証しているから、露伴はこれを採用したのであろう。

十九

以上の如く「伝奇」は、『実録』を主たる典拠とし、細部を『秘史註』『訳文証補』『蒙古史』『金史』等をもって補った作品であった。そのほかに、作品には実際には反映していないが、序にあげられた『元史』『聖武記』（元聖武親征録）『蒙古游牧記』『朔方備乗』をも、露伴は参照していたことであろう。そのように多くの書物を調査して書いた作品だが、やはり『実録』に大きく拠っていることは、もはやいうまでもないであろう。

そこで、なぜ露伴は『実録』を主たる典拠に選んだのかを考えてみよう。

第一には、『実録』の話が面白かったからであろう。『実録』は記録ではあるが、岩村忍氏が「遊牧民の一大叙事文学」(中公新書『元朝秘史』まえがき)といわれたような叙事詩的な性格を備えている。そこには壮大で男性的で、起伏に富む話が展開されている。そうした面白さを露伴は導入しようとしたのであろう。

第二には、『元朝秘史』が歴史資料として価値が高く、しかも世に発表されて間もない、いわゆるウブな資料だったからである。その歴史資料としての価値の高さは那珂通世博士の序論に委曲であるから、それに譲る。しかもまた、那珂博士の『実録』訳出の業績自体が全世界の『秘史』研究史に燦然と輝くものであったことも、諸家の喧伝する所である。露伴は『秘史』の、また『実録』の資料としての、研究としてのすばらしさに着眼したに相違ないのである。ウブな資料という点に関しては、『実録』が世に出てのち、金井保三・稲葉君山・石浜純太郎・羽田透らの東洋史家の研究がようやく発表されだし、露伴の勉強もそれに雁行していた、(12) ということを挙げておけば十分納得されよう。露伴が東洋史関係の資料を学界に伍して、否、ともすれば学界にも先んじて入手研究していたことは、石田幹之助氏が『露伴全集』月報(全集付録)にも述べられているが、『実録』の場合も、学界でも研究が緒についたばかりの資料であるから、それに取り組み、もって作品化することに、露伴は意義と喜びを感じていたと思われる。『龍姿蛇姿』序の「忙豁侖紐察脱卜察安訳書」という秘密めかした典拠の示唆法にも、用いている資料のウブなことを誇る気持が表われているようである。

第三は、第一とも関連することであるが、『実録』が露伴の嗜好に適うものであったからである。すでに五年前に『運命』(大正八年)を発表していたことに窺えるように、露伴は、壮大雄渾な世界を扱った歴史物を愛していた。『実録』は時間と空間の壮大さ、英雄譚の雄渾さにおいて、露伴の嗜好に合致するものだったろう。

そして、この第三の理由が、「伝記」の性格をも決定することになる。なぜならば、典拠の性格を愛し、それを粉本とするということは、典拠の性格を自己の作品に導入するということだからである。『実録』には長年にわたる多くの人間の行動が叙述されているが、それは世界が広いということでもある。露伴は、この世界の広さを愛しているのであり、それを自作に移そうとした。そのための具体的な方法は、多くの人間の各人各様の性格・物の考えかた・心情を、その人の立場になってみて想像し、それらをいかにもそうあるかの如くに描き分けることだった。一言でいえば、広い視野に立って多様な人間群像を造形することである。世界の大きな作品に仕立てることである。露伴は、こうした意味での世界観の大きさを『実録』に感取し、それをより洗練されたかたちで自分の作品に投影させようとしたのである、と思われる。

それでは、多様な人間群像の描き分けは、どのように行なわれていたか。それは逐一検討してきたように、多くの人間の行動を一つ一つ典拠に基いて叙し、さらに、典拠の行間に埋もれている情景と心情とをこうもあろうかと補綴する方法でなされている。『実録』を初めとする諸典拠は、事件の経過は叙述していても、それは事を伝える記録としての文体であって、眼に見え耳に聞えるような具象性をかもし出しているわけではない。また、多くの登場人物の行動は記されていても、その行動の背後に潜む心情と人となりを具体的に描いたものではない。露伴は、表面には描かれていないその情景と心情とを、生き生きと浮かび上らせることにこれ務めたのである。こうした作意のことを、序で「成吉思汗の誕生に至るまでの事情を幻灯映画的に映出した」といっているのである、と考える。

従って、この作品に一貫するテーマを求める、という読みかたをしても、それは徒労事に終るだろう。各折ごとに、場面は目まぐるしく変るのであり、扱われている情景と心情も多種多様なものである。そのように変化の多い多面的な作品の底に一貫して流れるものを見つけ出そうとすることは、この場合には牽強付会に陥る。ただ、長い時間を、多様な個性が、様々の心情を抱いて、複雑な事件と人生に関わってきたことを描いた作品だ、と見ておけば、それでよいのである。そして、そのことが作品の価値を貶しめることにはならないと思う。文芸作品の場合、価値は、情景と心情との形象化の達成度いかん、に在るのだから。

二十

この情景と心情の形象化の達成度についていえば、一つ一つ典拠と較べてみた私をしていわしむれば、伝説の記録としての『実録』を、より豊かな形象性を備えた文学にまで引き上げたもの、といってよい。しかし、一般の読者は、典拠の探原などは無縁であり、ただ作品そのものを読んで批評するだけである。そうした読者は、露伴がどのように典拠を踏まえているのか、典拠をいかように文学にまで引き上げようとしているのか、という点に面白さを感じ取ることはできない。作品そのものに示現された、筋と情景描写と人物造形及び文体からかもし出される面白さを問題とするばかりである。そのような読みかたからすれば、変った題材を扱っている点で珍らしく、一応の面白さはあるが、しかしそれ以上のものではない、と思うかも知れない。すなわち、典拠を探原しつつ読めば興味深々の作品であるが、作品それだけを読めば一通りにしか評価してもらえないという恐れのあるのがこの作品なのである。

そうした事情が、露伴がいったと伝えられる言葉「こちらは力を入れて書いているのに大して評判にもならなかったからやめた」(塩谷賛『幸田露伴』)に、端なくも語られていよう。典拠と比較してきたいま、我々は露伴の学者的良心と努力の結晶に驚かざるを得ない。しかし、その学者的良心と努力は、一般の読者のまったくあずかり知らないことなのである。ここに、露伴の文学が近代の読者にあまり受け入れられないという不幸を持つに至った原因の一つがある。彼の作品は、あたかも近世中期の都賀庭鐘・上田秋成・建部綾足といった文人作家の作品のように、一部の学究的読者しか喜ばないような点をねらっている所がある。小説の典拠探しを楽しみとするような読み方がなされなくなった近代においては、それはもはや一般受けしなくなった方法なのであった。

注

(1) 露伴が実際に使用している『蒙古史』は、本文の後の部分で述べるように、ドーソンのフランス語で書かれたものの翻訳であると考えられる。ドーソンの『蒙古史』の叙を見ても、トルコ人、米人の蒙古史は挙げられていない。その点、この序文には読者を煙に巻くような韜晦趣味があるのが感ぜられる。

(2) 柳田泉氏の「露伴先生蔵書瞥見記」(『文学』昭和四十一年三・四月号。のち日本文学研究資料叢書『幸田露伴・樋口一葉』所収)には収められていない。

(3) その後刊行された、小林高四郎氏の『元朝秘史の研究』「序説――元朝秘史研究小史」(昭和二十九年、日本学術振興会)に拠れば、『秘史註』は、正史十一種、宋代史料七種、金代史料一種、元代史料七種、元人碑碣十余種、明代史料十七種の群籍を渉猟引用した、秘史注釈の第一位に推すべきものであるという。ただし、朝鮮研究会本の訓読は「読むに堪へざる」よしであるが、後述部分を見れば明瞭になる如く、露伴がこの書を使用したことは確かである。

(4) 『改造』は「布児特斎諾」に作る。『龍姿蛇姿』が「布児特斎話」と作っているのは、校正のミスによるものか。『全集』の本文が、この場合、『実録』と合致することになる。

(5) 『改造』は「統格黎克豁羅罕《テングリクガラカン》」に作り、『龍姿蛇姿』は「統格黎克谿羅罕《テングリクガラカン》」に作る。『全集』の表記が『実録』のそれと一致する。

(6) 『改造』大正十四年一月号・『龍姿蛇姿』ともに「不古訥台《ブダンダイ》、別勒古訥台《ベルグンダイ》」に作っているのは、校正ミスであろう。『全集』

の振仮名が正しい。

(7)『改造』大正十四年一月号・『龍姿蛇姿』ともに、すべて「馬阿里克」に作っている。『全集』は、『実録』『秘史註』と同じく「黒」に作る。『全集』に従う。

(8)『改造』大正十四年一月号・『龍姿蛇姿』ともに「天の子であって」と作る。『全集』は「あった」と作る。『全集』に従う。

(9)『改造』大正十四年一月号・『全集』いずれも「右丞相」に作る。『龍姿蛇姿』は「右承相」に作るが、丞の誤りであろう。

(10)『改造』大正十四年三月号・『龍姿蛇姿』ともに「斡赤斤」に作る。『全集』は「斡惕赤斤」に作るが、これに従うべきである。

(11)『改造』大正十四年四月号・『龍姿蛇姿』『全集』ともに「左岸」に作る。

(12)この考えは、注3前掲書の「序説」を参考にして言う。

(『明治大学教養論集』通巻一七九号　一九八五年三月)

後記

還暦を記念して、前著『日本近世小説と中国小説』（昭和六十二年刊）、『江戸漢学の世界』（平成二年刊）以降に書きためた、近世小説と近代小説に関する論考を一書にまとめることにした。それも、主として文言・白話を併せた中国小説・戯曲との関連を扱ったものを集めた。

文言小説をも扱っているのに、題名には「中国白話文学」という六字を入れているのは、国文学界においてはまだ〳〵白話文学との関連を扱う研究者と研究書が少なく、その点に本書のユニークさを打ち出そうとしたからである。また「白話小説」ではなくて、「白話文学」としたのは、第二十二章における如く、戯曲をも扱っているからである。

それぞれの論考の初出年時は、各章の終りに注記してあるが、このたび、大きく増補・訂正したものもある。第一章、第六章、第八章が、それである。各論考は、末尾の幸田露伴関係の三章を除いては、大むね九〇年代に書かれたものであり、この九十年代から二千年代にかけては小説と漢詩の注釈に追われた日々も多く、中には一年間以上も小説関係の論考を物しない時もあったが、いま振り返ってみると、やはり元来好きな事に携わっているためか、結構な量になっている。第一・二章の如く、概説的なものを依頼されたため、そのような書き方になっているものも存するが、しかし各章を通じて、なるたけ先人が扱っていない問題を発掘し、少しでもその問題の解明に寄与すべく務めた積りである。

末尾の露伴関係の論考だけは、八十年代に書いたもので、その頃は、幸田露伴と東洋文学という題のもとに、露伴文学と日本・中国の古典文学との関わりを主題として、一書をまとめようかと思っていたほどであったが、本書では三章を収める程度に止まった。

汲古書院の編集長大江英夫氏とは、『馬琴中編読本集成』などの仕事を通じて旧知の仲であるが、本書の刊行に際しても、いろ〳〵御尽力戴いた。厚く御礼申し上る。

平成十六年八月四日

徳　田　武

著者略歴

1944年　群馬県に生まれる
1974年　早稲田大学大学院日本文学研究科博士課程終了
現　在　明治大学教授　文学博士

主要著書

『江戸詩人伝』（ぺりかん社）、『日本近世小説と中国小説』（青裳堂、昭和63年度日本学士院賞）、『江戸漢学の世界』（ぺりかん社）、校注『繁野話・曲亭伝奇花釵児』（岩波書店、新日本古典文学大系）、『野村篁園・館柳湾』『梁田蛻巖・秋山玉山』（岩波書店、江戸詩人選）、『文人』（岩波書店、江戸漢詩選）、『近世説美少年録』①②③、『日本漢詩』（小学館、新編日本古典文学全集）、『馬琴中編読本集成』１～13（汲古書院）、『近世日中文人交流史の研究』（研文出版）

近世近代小説と中国白話文学

二〇〇四年一〇月一二日　発行

著　者　徳　田　　武
発行者　石　坂　叡　志
整　版　中　台　整　版

発行所　汲　古　書　院
〒102-0072　東京都千代田区飯田橋二―五―四
電　話〇三（三二六五）九七六四
ＦＡＸ〇三（三二二二）一八四五

ISBN 4－7629－3520－4　C3093

KYUKO-SHOIN, Co.,Ltd.　Tokyo